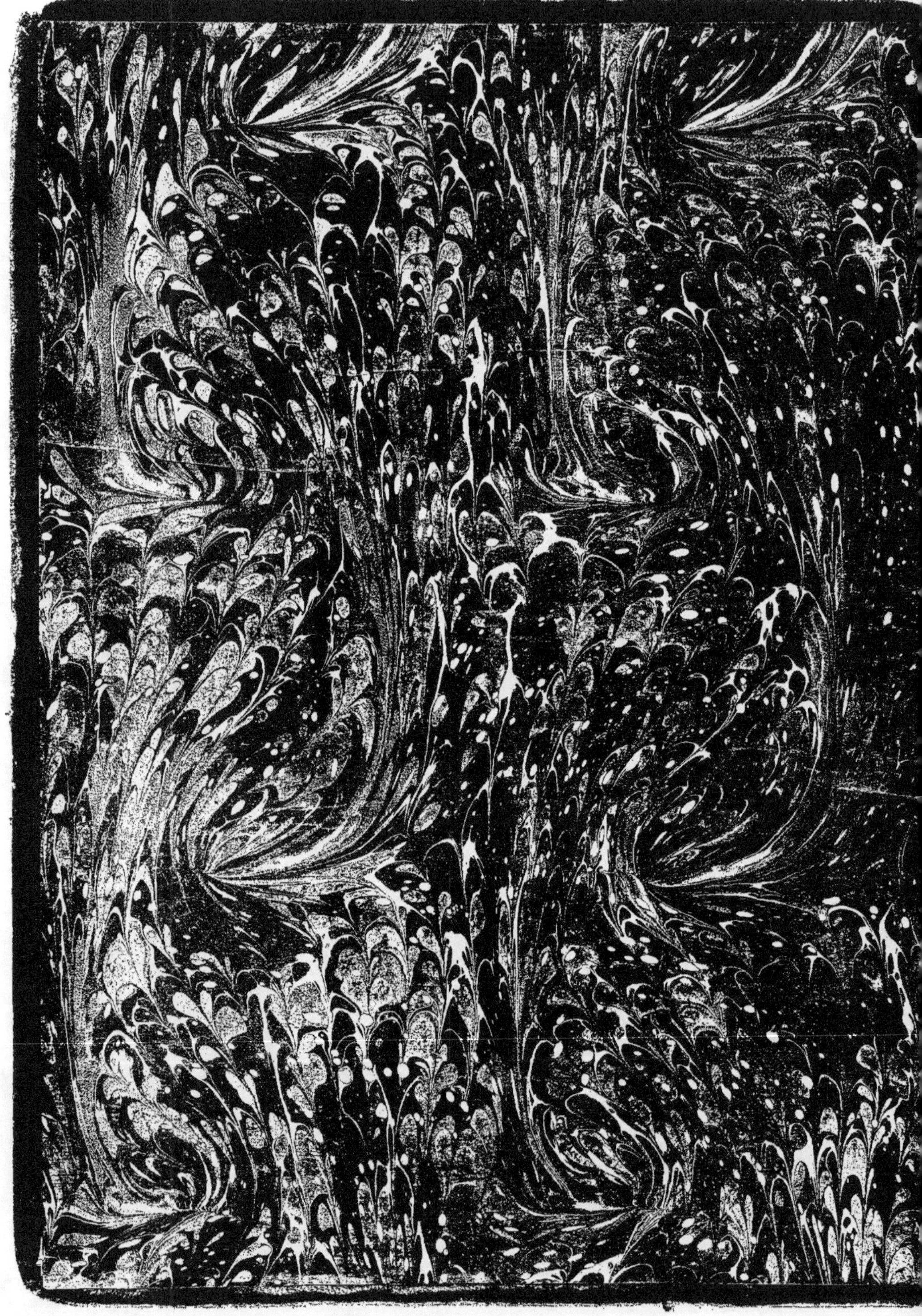

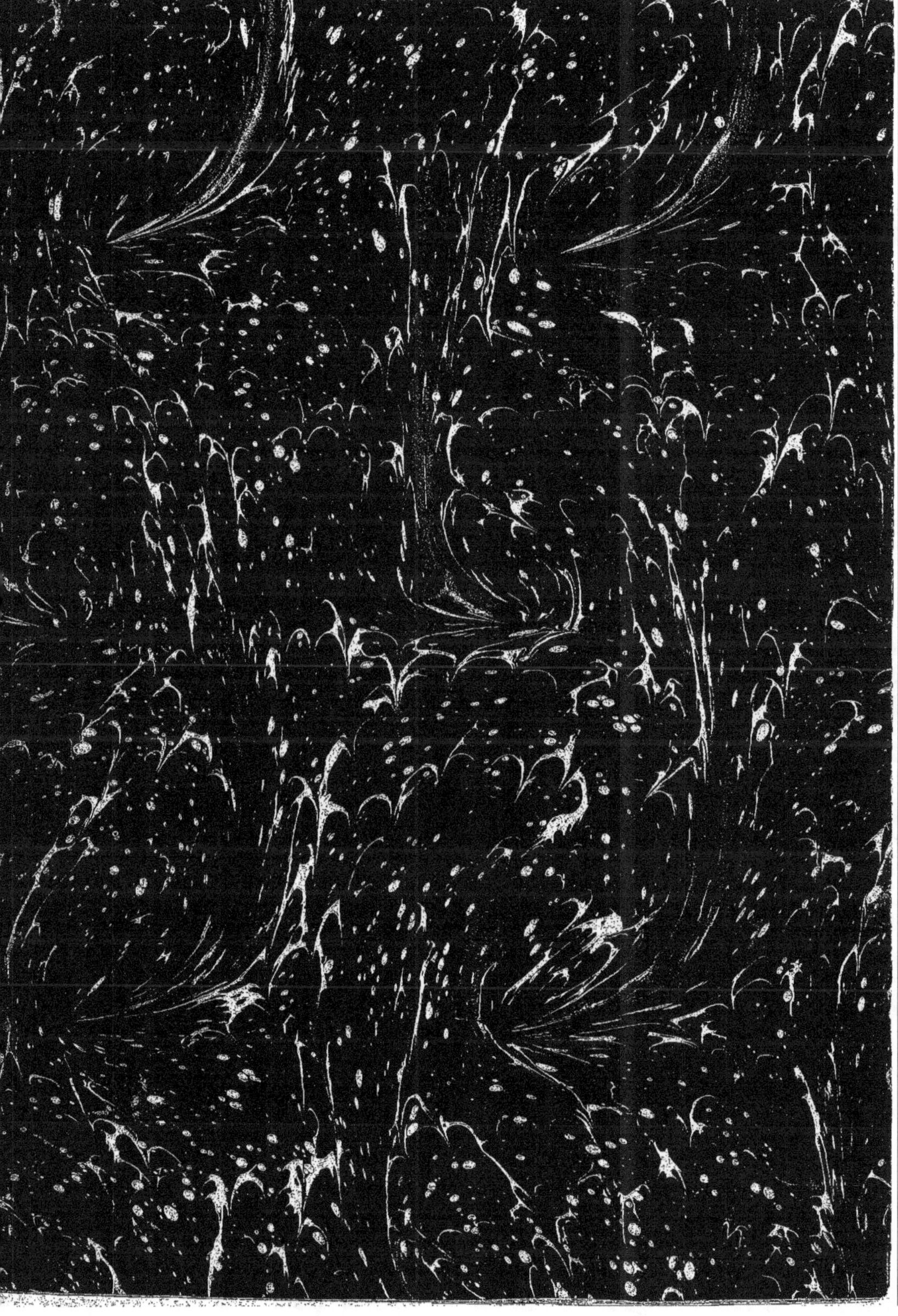

RELATION

D'UN VOYAGE
DU
LEVANT,

FAIT PAR ORDRE DU ROY.

CONTENANT

L'Histoire Ancienne & Moderne de plusieurs Isles de l'Archipel, de Constantinople, des Côtes de la Mer Noire, de l'Armenie, de la Georgie, des Frontieres de Perse & de l'Asie Mineure.

AVEC

Les Plans des Villes & des Lieux considerables ; Le Genie, les Mœurs, le Commerce & la Religion des differens Peuples qui les habitent ; Et l'Explication des Médailles & des Monumens Antiques.

Enrichie de Descriptions & de Figures d'un grand nombre de Plantes rares, de divers Animaux ; Et de plusieurs Observations touchant l'Histoire Naturelle.

Par M. PITTON DE TOURNEFORT, Conseiller du Roy, Academicien Pensionnaire de l'Academie Royale des Sciences, Docteur en Medecine de la Faculté de Paris, Professeur en Botanique au Jardin du Roy, Lecteur & Professeur en Medecine au College Royal.

TOME SECOND.

A PARIS,

DE L'IMPRIMERIE ROYALE.

M. DCCXVII.

LETTRES

CONTENÜES
DANS LE SECOND VOLUME.

VOYAGE

VOYAGE DU LEVANT,

FAIT PAR ORDRE DU ROY.

LETTRE XIII.

*A Monſeigneur le Comte de Pontchartrain, Secre-
taire d'Etat & des Commandemens
de Sa Majeſté, &c.*

MONSEIGNEUR,

Si vous n'aviez pas deſtiné mes Relations à paroître au
jour, je me garderois bien de vous entretenir d'une infinité de choſes que vous ſçavez beaucoup mieux que moi;

*Du Gouvernement
& de la Politique
des Turcs.*

Tome II.   A

mais comme vous m'avez ordonné de faire part au public de ce qui se passe dans le Levant, je crois que vous
ne trouverez pas mauvais que j'insére dans les lettres que
j'ai l'honneur de vous adresser, plusieurs choses que tout
le monde ne sçait pas, ou qui ont reçû divers changemens
depuis qu'on les a publiées : je tâcherai même de faire
sentir les veritables causes de ces changemens. Il faut auparavant découvrir, pour ainsi dire, les fondemens de
l'Empire des Turcs, & démontrer les principes sur lesquels leur domination s'est établie.

Ceux qui ne remontent pas jusques à l'origine de cet
Empire, trouvent d'abord le gouvernement des Turcs
fort dur, & presque tyrannique : mais si l'on considere
qu'il a pris naissance dans la guerre, & que les premiers
Othomans ont été de pere en fils les plus redoutables
conquerans de leurs siecles ; on ne sera pas surpris qu'ils
n'ayent mis d'autres bornes à leur pouvoir, que leurs
seules volontez.

Pouvoit-on esperer que des Princes qui ne devoient
leur grandeur qu'à leurs armes, se dépoüillassent du droit
du plus fort en faveur de leurs esclaves! Un Empire dont
on jetteroit les fondemens pendant la paix, & dont les
peuples se choisiroient un Chef pour les gouverner, de-
vroit joüir naturellement d'un grand repos, & l'authorité
pourroit s'y trouver comme partagée. Mais les premiers
Sultans ne devant leur élevation qu'à leur propre valeur ;
tout remplis des maximes de la guerre, affectérent de se
faire obéir aveuglément, de punir avec sévérité, de tenir
leurs sujets dans l'impuissance de se revolter: En un mot de
ne se faire servir que par des personnes qui leur fussent redevables de leur fortune, qu'ils pussent avancer sans faire
naître de jalousie, & dépoüiller sans commettre d'injustice.

Ces maximes qui subsistent chez eux depuis quatre sie-

cles, rendent le Sultan maître abfolu de fon Empire ; s'il
en poffede tous les fiefs, il ne fait que joüir de l'héritage de
fes peres ; s'il a droit de vie & de mort fur fes peuples, il
les regarde comme les defcendans des efclaves de fes ancêtres. Ses fujets en font fi perfuadez, qu'ils ne trouvent
point à redire qu'à fes premiers ordres on leur ôte la
vie ou les biens : on leur infpire même dés le berçeau, par
une politique trés rafinée, que cet excés d'obéïffance eft
plûtôt un devoir de religion, qu'une maxime d'Etat. Sur
ce préjugé les premiers officiers de l'Empire conviennent
que le comble du bonheur & de la gloire, eft de finir fa
vie par la main ou par l'ordre de leur maître. Les Sauvages de Canada font encore plus tranquilles fur cet article
que les Turcs. Sans avoir lû Epictete ni les Stoïciens,
ils regardent naturellement la mort comme un trés-grand
bien, & fe moquent de nous qui plaignons le fort de ceux
que l'on fait mourir : ces Sauvages chantent au milieu des
flammes ; & la douleur la plus vive les frappe moins, qu'ils
ne font flattez de l'efperance d'une vie plus fortunée.

Le Grand Seigneur eft adoré de fes fujets ; il fe les attache par lemoindre bienfait, car ils ne poffédent aucuns
biens que ceux qu'ils tiennent de lui. Son Empire s'étend
depuis la mer Noire jufques à la mer Rouge : il poffède ce
qu'il y a de meilleur en Afrique ; maître de toute la Gréce,
il eft reconnu jufques fur les frontieres de Hongrie & de
Pologne : enfin il peut fe vanter que fes predéceffeurs ou
leurs Grands Vifirs font venus affieger la capitale de l'Empire d'Occident, & qu'ils n'ont laiffé que le Golphe de Venife entre leurs terres & l'Italie. Aprés cela croira-t-on qu'il
y ait eu des Sultans qui n'ont vêcu que des revenus des jardins Royaux dépendans de l'Empire, quoique ces revenus ne montent, même aujourd'hui, qu'à des fommes mé-
diocres! on a veu auffi quelques Sultans qui ne vivoient

que du travail de leurs mains, & l'on montre encore à Andrinople les outils dont Sultan Mourat se servoit pour faire des fléches que l'on vendoit à son profit dans le Serrail: il y a apparence que les courtisans payoient bien cher l'ouvrage de l'Empereur: Il s'en faut beaucoup qu'on ne vive aujourd'hui dans la maison du Prince avec la même frugalité.

Les Sultans de crainte qu'on ne les trouvât desarmez, se sont fait des chaînes à eux-mêmes & à leur posterité, en instituant une milice formidable, qui subsiste également en temps de paix & en temps de guerre. Les Janissaires & les Spahis balancent tellement la puissance du Prince, quelque absolu qu'il soit, qu'ils ont quelquefois l'insolence de lui demander sa tête. Ils déposent les Empereurs & en créent de nouveaux avec plus de facilité que les troupes Romaines ne le faisoient dans leurs temps : c'est un frein pour les Sultans qui empêche la Tyrannie.

Les revenus de l'Empereur sont en partie fixes & en partie casuels; les fixes sont les douanes ; la capitation que l'on impose sur les Juifs & sur les Chrétiens ; la taille réelle qui se prend sur les denrées que l'on retire des terres; & les tributs annuels que le Kan des petits Tartares, les Princes de Moldavie & de Valachie, la Republique de Raguse, une partie de la Mengrelie & la Russie payent en or. Il faut ajoûter à cela cinq millions de livres que l'Egypte produit; car de douze millions que ce grand Royaume fournit en sequins frappez dans le païs, la solde des milices & les appointemens des officiers en consomment quatre : le Grand Seigneur fait porter les trois autres à la Méque pour les presens accoûtumez ; pour l'entretien du culte; & pour faire remplir d'eau les cisternes d'Arabie, qui sont sur le passage des Pelerins.

Les Thrésoriers des Provinces reçoivent les droits de

leurs départemens & payent les charges fur les affignations
de la Porte. Ils envoyent tous les trois mois aux Thréforiers de l'Empire les deniers qui font en leurs mains ; &
ceux-ci font comptables au Grand Vifir des recettes des
Provinces.

Les revenus cafuels du Grand Seigneur, confiftent en
fucceffions ; car fuivant les loix de l'Empire, le Prince eft
l'heritier des grands & des petits à qui il a donné des penfions pendant leur vie , il herite même des gens de guerre
s'ils meurent fans enfans. S'ils ne laiffent que des filles , il
retire les deux tiers de l'heritage, & ce tiers ne fe prend pas
fur les fiefs, car ils font naturellement au Prince ; mais fur
les terres indépendantes des fiefs, comme fur les jardins
& fur les fermes , fur l'argent comptant , fur les meubles ,
fur les efclaves, fur les nippes, les chevaux &c. Les parens
n'oferoient détourner quoique ce foit de la fucceffion ;
il y a des officiers établis pour y veiller , & fi ils le faifoient
tout feroit confifqué au profit du Sultan

Les dépoüilles des Grands de la Porte & des Pachas
montent à des fommes immenfes , & c'eft ce qui fait qu'on
ignore jufques où vont les revenus du Grand Seigneur.
Bien fouvent on n'attend pas que les Grands meurent de
mort naturelle , ni qu'ils ayent le temps de cacher leurs
threfors : on porte au Serrail leur or, leur argent, leurs
joyaux & leurs têtes. La dépofition des Pachas n'eft pas le
feul avantage qui en revient au Grand Seigneur ; celui qui
fuccéde au gouvernement d'un Pacha dépofé, paye pour
fa bienvenuë une fomme confiderable. Tous ceux que le
Sultan gratifie d'une viceroyauté, ou d'une charge de confequence, font indifpenfablement obligez de lui faire des
prefens, non pas felon leurs facultez ; car fouvent ce font
des gens élevez dans le Serrail , où ils n'ont pû prefque
rien amaffer : mais il faut que ces prefens répondent à la

grandeur des bienfaits qu'ils reçoivent. On a mis le prefent du Pacha du Caire à quinze cens mille livres, fans
compter fept ou huit cent mille livres qu'il faut diftribuer
à ceux qui lui ont procuré cette viceroyauté, & qui ont
affez de credit pour l'y maintenir: ce font les principales
Sultanes, le Moufti, le grand Vifir, le Boftangi-Bachi &c.

Les fommes dont on vient de parler ne reftent pas entre les mains des Thréforiers, qui pourroient les diffiper ou
les faire valoir à leur profit: on les porte au Serrail dans le
thréfor Royal, qui n'eft pas loin de la Sale du Divan. Ce
thréfor eft divifé en quatre chambres, dont les deux premieres font occupées par differentes armes & par de grands
coffres pleins de veftes, de fourrures, de carreaux brodez &
relevez de perles, de pieces du plus beau drap d'Angleterre, de Hollande & de France, de velours, de brocards d'or
& d'argent, de brides & de felles couvertes de pierreries.

On garde dans la troifiéme chambre les bijoux de la
couronne, qui font d'un prix ineftimable: les porte-ai-
grettes font garnis de pierres les plus précieufes: ce font
des tuyaux en façon de Tulipe, que l'on attache au turban du Grand Seigneur, & qui foûtiennent fon panache.
S'il fouhaite de voir quelques-uns de fes bijoux, le chef
du thréfor accompagné d'environ 60 pages deftinez pour
cette chambre, fait avertir le garde-clefs de fe rendre à la
porte du thréfor: le Threforier reconnoît d'abord fi le
cachet qu'on a appliqué la derniere fois fur le cadenat eft
entier: enfuite il commande au garde-clefs de le caffer &
d'ouvrir, aprés quoi il lui fait fçavoir qu'elle eft la piece que
le Grand Seigneur demande; il la reçoit & va la lui prefenter. On tient auffi dans la même chambre les plus beaux
harnois, & les plus riches armes qu'il y ait au monde; les
diamans, les rubis, les émeraudes, les turquoifes, les perles brillent fur les fabres, fur les épées, fur les poignards.

Toutes ces pieces ne font ordinairement que circuler: car à mesure que l'Empereur en donne quelques-unes à des Pachas, il en reçoit d'autres quand ils meurent, ou quand ils font dépofez.

La quatriéme chambre eft proprement le Threfor public: elle eft pleine de coffres forts, armez de bandes de fer, & fermant chacun à deux cadenats, on y met toutes les efpeces d'or & d'argent. La porte de cette chambre eft fcellée du cachet du Grand Seigneur, qui en garde une clef, & l'autre refte entre les mains du Grand Vifir. Avant que de détacher le fceau on vérifie exactement s'il n'a point reçeu d'alteration, & cela fe fait ordinairement les jours de Confeil: pour lors on enferme dans ces coffres les nouvelles recettes, ou l'on en tire les fommes deftinées au payement des Troupes & à d'autres ufages: le Grand Vifir y fait appliquer enfuite de nouveau le cachet de l'Empereur.

A l'égard de l'or il paffe dans le threfor de l'épargne du Grand Seigneur, qui eft une entre-fale ou fouterrain vouté, dans lequel perfonne n'entre que ce Prince accompagné de quelques pages du threfor; l'or y eft mis dans des facs de cuir de quinze mille fequins chacun, & tous ces facs font dans des coffres forts. Quand il fe trouve affez d'or dans la quatriéme chambre pour en remplir deux cens facs, le Grand Vifir en avertit Sa Hauteffe, laquelle fe rend au threfor pour les faire tranfporter dans fon épargne, & pour les cacheter Elle-même. Il fait ordinairement fes largeffes ce jour-là, tant aux Pages qui l'accompagnent dans le threfor fecret, qu'aux Grands qui le fuivent jufques à la porte, & qui reftent dans la quatriéme chambre avec le Grand Vifir.

Si les guerres épuifent toutes ces fommes, ou que l'Etat foit dans une preffante neceffité, les threfors des

Mofquées qui font dans le Château des Sept Tours, font
encore d'une grande reffource pour l'Empereur.

Les Mofquées font riches, & fur-tout celle qu'on appelle *Royale* : aprés qu'on a payé les Officiers, le refte des
deniers eft mis dans le threfor dont le Grand Seigneur
eft le principal gardien. Il eft vrai qu'il ne peut s'en fervir
que pour défendre la Religion ; mais l'occafion ne s'en
prefente-t'elle pas toutes les fois qu'il eft en guerre avec
fes voifins, qui font ou Chrétiens ou Mahometans fchifmatiques ? ainfi le Moufti ne fçauroit defaprouver l'ufage
qui fe fait de ces deniers en temps de guerre.

Il n'eft point de Prince qui foit fervi plus refpectueufement que le Sultan. On infpire tant de vénération pour
lui aux perfonnes qu'on éleve dans le Serrail ; leur fort
même exige tant de fidelité & tant d'attachement pour
fa perfonne, que non feulement il y eft regardé comme
le maître du monde, mais encore comme l'arbitre fou-
verain du bonheur & du malheur de chaque particulier :
ce Palais n'eft donc rempli que de gens qui lui font entierement confacrez. On peut les divifer en cinq Claffes,
les Eunuques, les Ichoglans, les Azamoglans, les Dames & les Muets, auxquels on peut joindre les Nains &
les Bouffons, qui ne meritent pas de faire une Claffe
particuliere.

Les Eunuques ont l'Intendance de tout le Palais, &
font les perfonnes de confiance : incapables de plaire au
beau fexe, & dégagez des interêts de l'amour, ils fe donnent tout entiers à l'ambition & au foin de leur fortune.
On les diftingue aifément par la couleur de leur vifage,
il y en a de blancs & de noirs ; les blancs font attachez au
fervice du Prince, & prennent foin de l'éducation des
Enfans du Serrail ; les noirs font plus malheureux, car ils
rongent tout le jour leur frein dans les appartemens des
Dames

Dames de ce Palais. Tous ces Eunuques font reduits à
fe fervir d'une canule pour faire de l'eau, étant privez dés
leur plus tendre enfance du conduit naturel. Les Sultans
ne laiffoient pas d'en être jaloux, quand on épargnoit autrefois cette partie; & ce n'eft que pour guerir cette folle
imagination, qu'on les taille, comme l'on dit, *à fleur de
ventre.* L'operation n'eft pas fans danger, & elle coûte la
vie à plufieurs; mais les Orientaux & les Africains facri-
fient tout à leur jaloufie : aprés cette efpece de meurtre, à
peine fouffrent-ils que ces pauvres malheureux jettent les
yeux fur leurs femmes, ils ne leur permettent même le
plus fouvent, que d'être en fentinelle derriere la porte de
leurs chambres.

Le Chef des Eunuques blancs, qui n'a pas été epargné
en fa jeuneffe non plus que les autres, eft le Grand Maître
du Serrail : il a l'infpection fur tous les pages ou enfans
d'honneur du Palais, on lui donne tous les placets qu'on a
deffein de prefenter au Prince, il a le fecret du cabinet &
commande à tous les Eunuques de fa couleur. Les principaux de ces Eunuques font 1°. Le grand Chambellan
qui eft à la tête des Gentils-hommes de la chambre. 2°. Le
fur-Intendant des chambres des pages & des autres bâtimens du Palais; celui-ci ne fort jamais de Conftantinople, & fait la charge des autres pendant qu'ils font à la fuite
du Grand Seigneur. 3°. Le Tréforier de l'épargne qui garde les bijoux de la couronne & l'une des clefs du threfor
fecret : tous les pages du threfor font fous l'obéïffance de
cet officier. 4°. Le grand Defpenfier du Serrail, qui eft
auffi grand Maître de la Garderobe; fa charge s'étend jufques fur les confitures, fur les boiffons du Sultan, fyrops,
forbets, & même fur les contrepoifons, comme la Thériaque, le Bezoard & autres drogues; il prend foin encore
de la porcelaine & de la vaiffelle du Grand Seigneur. Les

Chef des Eunuques blancs.

Tome II. .B

autres Eunuques blancs font les Precepteurs des pages, le premier Prêtre de la mofquée du Palais, l'Intendant des infirmeries.

Chef des Eunuques noirs. Le Chef des Eunuques noirs, que l'on peut appeller l'Eunuque par excellence, commande abfolument dans l'appartement des Dames, & tous les Eunuques noirs, qui font prépofez pour leur garde, lui obeiffent aveuglément; il a la Surintendance des Mofquées royales de l'Empire, & il difpofe de toutes les charges des Officiers qui les fervent. Les principaux Eunuques noirs font, l'Eunuque de la Reyne mere; l'Intendant ou Gouverneur des Princes du fang; l'Intendant du threfor de la Reyne mere; l'Intendant des parfums, des confitures & des boiffons de la même Princeffe; les deux Chefs de la grande & de la petite chambre des femmes; le premier Portier de l'appartement des femmes; les deux Prêtres de la Mofquée royale où elles vont faire leurs priéres.

Ichoglans & Azamoglans. Les Ichoglans font de jeunes gens qu'on éleve dans le Serrail, non feulement pour fervir auprés du Prince; mais auffi pour remplir dans la fuite les principales charges de l'Empire. Les Azamoglans font ceux que l'on nourrit dans le même Palais pour les offices les plus bas.

Pour ne pas rendre les dignitez héreditaires ou fucceffives, & n'élever aucune famille qui puiffe former un grand parti; bien loin de donner des furvivances aux enfans des Vifirs & des Pachas, il eft ordonné qu'ils ne fçauroient tout au plus devenir que Capitaines de galére: s'il y a des exemples contraires, ils font bien rares. Il n'y a même pas longtemps que les Empereurs ne fe fervoient que de gens qui n'avoient ni parents ni amis dans le Serrail: on y amenoit continuellement des Provinces les plus éloignées, de jeunes enfans Chrétiens, pris à la guerre, ou levez par tribut en Europe; car ceux d'Afie en étoient exempts: on choisiſſoit parmi eux les plus beaux, les mieux faits, & ceux qui paroiſſoient avoir le plus d'eſprit & les meilleurs ſentimens. Leurs noms, leur âge, leur pays étoient enregiſtrez; ces pauvres enfans qui oublioient bien-tôt pere, mere, freres & ſœurs, & même leur patrie, s'attachoient uniquement à la perſonne du Sultan. Aujourd'hui on ne leve plus d'enfans de tribut; ce n'eſt pas pour faire plaiſir aux Grecs: c'eſt parceque les Turcs donnent de l'argent aux Officiers du Serrail pour y faire recevoir les leurs, dans la veuë de les avancer dans les plus grandes charges de l'Empire. Pour peu que ces enfans ayent de génie, ils ne penſent qu'à plaire à ceux qui prennent ſoin de leur éducation afin de mériter les bienfaits de la Cour. L'Empereur les choiſit ſouvent lui même à meſure qu'on les preſente, ou il ordonne qu'ils paſſent en reveuë devant les principaux Eunuques blancs, qui ſont bons phiſionomiſtes : on retient la pluſpart de ces enfans à Conſtantinople. On m'aſſûra même qu'on en faiſoit paſſer quelques-uns à Andrinople, & à Pruſa en Aſie. Ceux qui ſont les mieux faits reſtent parmi les Ichoglans, & les autres ſont confondus parmi les Azamoglans.

On commence par exiger d'eux une profeſſion de foi, & on les fait circoncire. Ils perdent le prépuce en prononçant, *Il n'y a point d'autre Dieu que Dieu, & Mahomet eſt l'Envoyé de Dieu.* Ces enfans ſont élevez dans une modeſtie exemplaire : ils ne ſont pas moins ſouples, ni moins obéiſſants que les novices chez nos Religieux ; ils ſont châtiez ſévérement pour les moindres fautes par les Eunuques qui veillent ſur leur conduite : ils gémiſſent pendant quatorze ans ſous les yeux de ces Précepteurs. Au lieu de la diſcipline, on leur donne la baſtonade ſous la plante des pieds, & il eſt certains péchez pour l'expiation deſquels ils meurent ſous le bâton. Les Eunuques ſont gens cruels, qui fâchez de leur triste état, déchargent leur rage sur ceux qui n'ont pas souffert la même opération. Il faut donc que ces pauvres enfans essuyent tous leurs caprices, & malheureusement ils ne sortent jamais du Serrail que leur terme ne soit fini, à moins qu'ils ne veuillent quitter la partie ; mais alors ils perdent leur fortune, & n'ont qu'une récompense fort médiocre. Ce Serrail est une République, dont les particuliers ont leurs loix & leurs maniéres. Ceux qui y commandent, & ceux qui obéissent ne sçavent ce que c'est que liberté, & n'ont aucun commerce avec les habitans de la ville : les Eunuques n'y vont que pour faire des commissions. Le Sultan lui-même se rend en quelque maniere esclave de ses plaisirs dans son Palais : il n'y a que ce Prince & quelques maitresses qui rient de bon cœur ; tout le reste y languit.

Les Ichoglans sont partagez en quatre chambres, qui sont au-delà de la Sale du Divan, à gauche dans la troisiéme cour : la premiere qu'on appelle la petite chambre, est ordinairement de 400 pages entretenus de tout aux dépens du Grand Seigneur, & qui reçoivent chacun quatre ou cinq aspres de paye par jour ; c'est à dire la valeur de quatre ou cinq sols : mais l'éducation qu'on leur donne est sans prix. On ne leur prêche que civilité, modestie, politesse, exactitude, honnêteté : on leur enseigne sur tout à garder le silence, à tenir les yeux baissez & les mains croisées sur l'estomach. Outre les maîtres à lire & à écrire, ils en ont qui prennent soin de les instruire de leur religion, & principalement de leur faire faire les prieres aux heures ordonnées.

Aprés six ans de pratique, ils passent à la seconde chambre avec la même payé & les mêmes habits qui sont d'un drap assez commun : ils y continuent aussi les mêmes exercices ; mais ils s'attachent plus particuliérement aux langues & à tout ce qui peut former l'efprit. Ces langues font la Turque, l'Arabe & la Perfienne. A mefure qu'ils deviennent plus forts, on les fait exercer à bander un arc, à le tirer, à lancer la zagaye, à fe fervir de la pique ou de la lance, à monter à cheval & à tout ce qui regarde le manége ; comme à darder à cheval, à tirer des fléches en avant, en arriere ou fur la croupe, à droite & à gauche. Le Grand Seigneur prend plaifir à les voir combattre à cheval, & recompenfe ceux qui paroiffent les plus adroits: les pages reftent quatre ans dans cette chambre avant que d'entrer dans la troifieme.

On leur apprend dans celle-ci à coudre, à broder, à faire des fléches, & les pages y font encore condamnez pour quatre ans ; c'eft pour devenir plus propres à fervir auprés de fa Hauteffe. Pour cet effet outre la mufique, ils s'appliquent avec foin à razer, à faire les ongles, à plier des veftes & des turbans, à fervir dans le bain, à laver le linge du Grand Seigneur, & à dreffer des chiens & des oifeaux.

Pendant ces quatorze ans de noviciat, ils ne parlent entre eux qu'à certaines heures ; & leurs entretiens font modeftes & férieux : s'ils fe vifitent quelque fois c'eft toûjours fous les yeux des Eunuques, qui les fuivent par tout. Pendant la nuit, non feulement leurs chambres font éclairées, mais les yeux de ces Argus, qui ne ceffent de faire la ronde, découvrent tout ce qui fe paffe. De fix en fix lits il y a un Eunuque qui prête l'oreille au moindre bruit.

On tire de cette chambre les pages du thréfor & ceux qui doivent fervir dans le laboratoire où l'on prépare la thériaque, les cordiaux & les breuvages délicieux pour le Grand Seigneur : ce n'eft qu'aprés avoir examiné le caractere de leur efprit, qu'on les met auprés du Prince. Ceux qui ne paroiffent pas affez difcrets font renvoyez avec une recompenfe fort légére : on les fait entrer ordinairement dans la cavalerie, qui eſt auſſi la retraite de ceux qui n'ont pas le don de perſéverance ; car la grande contrainte & les coups de bâton leur font bien ſouvent paſſer la vocation ; auſſi la troiſieme chambre eſt réduite à environ deux cens pages, au lieu que la premiere eſt de quatre cens.

La quatrieme chambre n'eſt que de quarante perſonnes, bien faites, polies, modeſtes, éprouvées dans les trois premieres claſſes : leur paye eſt double & va juſques à neuf ou dix aſpres par jour. On les habille de ſatin, de brocard ou de toile d'or, & ce ſont proprement les Gentilshommes de la chambre. Ils font leur cour avec beaucoup d'application, & peuvent fréquenter tous les Officiers du Palais ; mais le Prince eſt leur Idole : car ils ſont dans l'âge propre à ſoupirer aprés les charges & les honneurs : il y en a quelques uns, qui ne quittent le Prince que lorſqu'il entre dans l'appartement des Dames, commme ceux qui portent ſon ſabre, ſon manteau, le pot à l'eau pour boire & pour faire les ablutions, celui qui porte le ſorbet, & celui qui tient l'étrier quand ſa Hauteſſe monte à cheval ou qu'elle en deſcend. Les autres Officiers de la chambre, qui ſont moins attachez à la perſonne du Prince, ſont le Maître de la Garderobe, le premier Maître d'Hôtel, le premier Barbier, celui qui coupe les ongles, celui qui prend ſoin du turban du Prince, le Secretaire de ſes commandemens, le Contrôlleur général de ſa maiſon, le premier Intendant des chiens. Tous ces Officiers aſpirent aux premieres charges avec raiſon, car il eſt naturel de recompenſer ceux que l'on voit à tous momens.

Rien ne paroît plus propre à former d'habiles gens que l'éducation que l'on donne aux pages du Serrail : on les fait paſſer, pour ainſi dire, par toutes les vertus ; neanmoins malgré ces ſoins, lorſqu'on les avance dans les

grands emplois, ils ne font encore que de vrais écoliers:
il faudroit leur apprendre à commander, aprés leur avoir
appris à obéïr, & quoique les Turcs s'imaginent que Dieu
donne la prudence & les autres talents neceffaires à ceux
à qui le Sultan donne de grands emplois; l'expérience fait
voir fouvent le contraire. Quelle capacité peuvent avoir
des pages nourris parmi des Eunuques qui les ont traitez
à coups de bâton pendant fi long temps? Ne feroit-il pas
mieux d'avancer de jeunes gens par dégrez, dans un Empire où l'on n'a aucun égard à la naiffance? d'ailleurs ces
Officiers paffent tout d'un coup de l'état le plus gênant à
une liberté fi grande, qu'il n'eft guéres poffible qu'ils ne fe
livrent aux paffions : cependant on leur donne les meilleurs Gouvernemens des Provinces. Comme ils n'ont ni
capacité ni expérience pour remplir les devoirs de leurs
charges, ils s'en repofent fur leurs Lieutenants, qui font ordinairement ou de grands voleurs, ou des efpions que le
Grand Vifir leur donne pour lui rendre compte de leur
conduite. Ces nouveaux Gouverneurs paffent encore malgré qu'ils en ayent par les mains des juifs ; comme ils n'ont
aucuns biens lorfqu'ils fortent du Serrail, ils ont recours à
ces ufuriers qui ne leurs infpirent que rapines & concuffions. Outre les préfens, qu'un nouveau Pacha eft obligé
de faire au Grand Seigneur, aux Sultanes, & aux Premiers
de la Porte, il faut qu'il mette fa maifon fur pied. Il n'y a
que les juifs qui en puiffent faire les avances, & ces honnêtes
fripons ne prêtent qu'à cent pour cent. Le mal ne feroit
pas fi grand, s'ils s'en faifoient payer peu à peu ; mais comme ils craignent à tout moment que le Pacha ne foit étranglé ou deftitué : ils ne laiffent pas vieillir la dette, & c'eft
fur le peuple qu'ils l'obligent a en faire le recouvrement.

Les Provinces ne gagnent guéres fi on y laiffe un Pacha
pendant quelques années : alors s'il eft homme entendu,

non seulement il travaille à s'acquitter; mais encore à faire
des fonds pour soûtenir sa dépense, & sur tout pour entretenir ses protecteurs à la Cour, sans lesquels, au lieu de s'a-
vancer, il seroit immanquablement revoqué de quelque maniere qu'il s'y prît: ainsi le juif ou le *Chifou,* comme disent les
Turcs, continuë toûjours son manége, & tout l'argent de
la maison, pour ne pas dire de toute la Province, passe par
ses mains. L'avarice du Sultan Mourat est la source de tous
ces desordres: il introduisit l'usage de reçevoir des presents
des Grands à qui il donnoit les charges de l'Empire : les
Grands pour se dédommager en usoient de même à l'é-
gard de leurs inferieurs, depuis ce temps-là tout fut livré
au plus offrant. Sultan Solyman qui aimoit tendrement
ses sœurs & ses filles, les maria aux premiers Officiers de la
Porte, contre l'usage de ses prédecesseurs qui les donnoient
à des Viceroys des Provinces fort éloignées. Les maris, à
l'abri de ces Sultanes, se mirent sur le pied de recevoir de
toutes mains pour subvenir aux dépenses qu'elles faisoient.
On connoît bien aujourd'hui que ces desordres sont capables de ruiner l'Empire; mais le mal est presque sans remede : car l'Empereur lui-même, les Sultanes, les Favoris, les Grands de la Porte ne s'enrichissent que par ces
sortes de voyes; & les inferieurs ne se tirent d'intrigue
que par leurs concussions: il n'est donc pas surprenant que
ce grand Empire soit presentement dans une espece de
décadence.

Des Ichoglans il faut passer aux Azamoglans, puisque
ce dernier corps n'est composé que du rebut du premier.
On recherche plus les qualitez du corps que de l'esprit
dans les Azamoglans, & si l'on manque de sujets, on en
achette des petits Tartares, qui sont toûjours en course
chez leurs voisins pour enlever des enfans. Ces enfans sont
nourris sous la discipline des Eunuques blancs, de même
que

que les Ichoglans. Aprés la circoncifion & la profeffion de
foi, on les inftruit des chofes de la religion, & fur tout de
la priere qui eft la feule langue, comme ils difent, avec laquelle les hommes parlent au Seigneur: on montre à lire
& à écrire à ceux qui y ont de l'inclination ; leurs habits
font de drap de Salonique bleu & fort groffier, & leurs
bonnets font de feutre jaune, faits en pain de fucre. Leurs
premieres occupations font la courfe ou la lutte, le faut
ou le jet de la barre ; enfuite on les deftine dans le Serrail a
être portiers, jardiniers, cuifiniers, bouchers, palefreniers,
garçons d'infirmerie, porteurs de hache ou fendeurs de
bois, fentinelles, valets de pied, archers de la garde & matelots du caïque du Grand Seigneur. On en occupe plufieurs à nettoyer les armes du Prince: quelques autres fous
la conduite des Arabes, prennent foin de fes tentes : il y
en a qui font employez aux bagages & aux charriots ; mais
quelles que foient leurs occupations, leur paye n'eft que
depuis deux afpres par jour jufques à fept & demi, fur quoi
il faut qu'ils fe nourriffent & s'entretiennent; car le Sultan
ne leur fournit que le drap & le linge : ils vivent par chambrées avec une grande œconomie. Le Janiffaire Aga en
fait la reveuë de temps en temps, & fait entrer dans les Janiffaires de la Porte ceux qu'il lui plaît. Il y en a quelques-
uns qui deviennent Spahis ; mais ni les uns ni les autres
n'entrent dans ces troupes, qu'aprés que leur corps eft bien
endurci au travail, & qu'on les a rendus capables de fup-
porter toutes les fatigues de la guerre, en les accoutumant
à fouffrir le froid & le chaud, à fendre du bois, à porter
des fardeaux, à cultiver la terre ; en un mot aux travaux les
plus rudes & les plus pénibles. On en envoye plufieurs en
Afie chez les payfans pour y apprendre l'agriculture.

Ceux qui reftent dans le Serrail font logez à la marine
fous des appentis: les principaux font les Boftangis ou jar-

diniers, dont le Commandant eſt tiré de ce corps & s'appelle *Boſtangi-Bachi ;* c'eſt un des plus puiſſans officiers de la Porte, quoique d'abord ſa charge ne paroiſſe pas des plus honorables ; mais comme il a l'oreille du Prince & qu'il l'accompagne ſouvent dans ſes jardins, il peut rendre de bons ou de mauvais offices : c'eſt par cet endroit-là que les puiſſances lui font la cour. Le Boſtangi-Bachi outre ſon appartement qui eſt à la marine, a un beau Kioſc ſur le Boſphore ; il eſt Surintendant des jardins & des fontaines du Grand Seigneur, & Gouverneur de tous les villages qui ſont ſur le canal de la mer noire ; il commande plus de dix mille Boſtangis ou jardiniers qui ſont dans le Serrail ou dans les maiſons royales des environs de Conſtantinople : c'eſt lui qui eſt chargé de la police ſur le Boſphore de France ; il punit ſéverement les Muſulmans & les Chrétiens qui s'enyvrent, ou qui ſont ſurpris avec des femmes : ſa fonction la plus honorable eſt de tenir le timon du caïque du Sultan lorſqu'il va ſe divertir ſur l'eau, & de lui ſervir de marchepied en lui prêtant le dos pour monter à cheval, ou pour en deſcendre quand il va à la chaſſe, ou à la promenade.

Tous les vendredis les Chefs des jardiniers rendent compte au Boſtangi-Bachi de l'argent qu'ont produit les denrées des potagers du Grand Seigneur : cet argent eſt proprement le patrimoine du Prince, car il eſt deſtiné pour ſa bouche ; auſſi prend-il ſouvent plaiſir à voir travailler ſes jardiniers, mais il faut qu'il ſoit ſeul, car s'il eſt accompagné de quelques Sultanes, ces pauvres gens ſe retirent bien vite, ou du moins ils ſe cachent dans la terre autant qu'ils peuvent : ce ſeroit pour eux un crime ſans remiſſion de ſe laiſſer voir, & le pauvre Boſtangi ſeroit mis à mort ſur le champ. L'honneur de paroître en préſence des Dames n'eſt accordé qu'aux Eunuques noirs, qui ne ſçauroient donner ni tentation, ni jalouſie.

On aſſûre à Conſtantinople que les Renoncules font le plus grand ornement des parterres du Serrail; mais ces parterres ſont en petit nombre, en comparaiſon des potagers & des vergers qui occupent preſque toute la pente & le bas de ce Palais. Les Cyprez, les Pins & les broſſailles deshonorent fort ces vergers; mais les Turcs ſont en poſſeſſion de négliger leurs jardins, ou du moins de ne prendre ſoin que de leurs Melons & de leurs Concombres. Il y a des familles entieres qui ne vivent que de Concombres pendant plus de la moitié de l'année; on les mange tout cruds ſans les peler, comme ſi c'étoient des pommes; ou bien on les coupe par groſſes tranches, mais ce n'eſt pas pour les mettre en ſalade; on les jette dans un baſſin plein de lait fort aigre, & aprés en avoir beaucoup mangé l'on boit une grande potée d'eau fraîche: ces fruits ſont excellens & ne donnent point de tranchées. Les Pages du Palais n'oſeroient entrer dans les lieux où on les cultive, depuis que Mahomet II. en fit éventrer juſques à ſept pour découvrir celui qui avoit mangé un de ſes Concombres.

Outre les officiers dont on vient de parler, les Sultans ont encore dans leur Palais deux ſortes de gens qui ſervent à les divertir; ſçavoir les muets & les nains: c'eſt une eſpéce ſinguliere d'animaux raiſonnables que les muets du Serrail. Les Muets. Pour ne pas troubler le repos du Prince, ils ont inventé entre eux une langue dont les caracteres ne s'expriment que par des ſignes; & ces ſignes ſont auſſi intelligibles la nuit que le jour par l'attouchement de certaines parties de leur corps. Cette langue eſt ſi bien reçeuë dans le Serrail que ceux qui veulent faire leur cour, & qui ſont auprés du Prince l'apprennent avec grand ſoin; car ce ſeroit manquer au reſpect qui lui eſt dû, que de ſe parler à l'oreille en ſa preſence.

Les nains ſont de vrais ſinges qui font mille grimaces Les Nains.

entre eux, ou avec les muets pour faire rire le Sultan, & ce Prince les honore souvent de quelques coups de pied. Lorsqu'il se trouve un nain qui est né sourd, & parconsequent muet, il est regardé comme le Phœnix du Palais: on l'admire plus qu'on ne feroit le plus bel homme du monde, sur tout si ce magot est eunuque : cependant ces trois défauts qui devroient rendre un homme tres méprisable, forment la plus parfaite de toutes les creatures, aux yeux & au jugement des Turcs.

Les Dames du Serrail. Ce seroit ici le lieu de parler des Dames du Serrail; mais on est dispensé de le faire, puis qu'elles ne tombent pas sous les sens, non plus que les esprits purs. Ces beautez ne sont faites que pour divertir le Sultan, & pour faire enrager les Eunuques. Les Gouverneurs des Provinces font present au Grand Seigneur des plus belles personnes de l'Empire, non seulement pour lui faire leur cour, mais pour tâcher de se faire des creatures dans le Palais, qui puissent les avancer. Aprés la mort du Sultan, les femmes qu'il a daigné honorer de ses caresses, & les filles majeures passent dans le vieux Serrail de Constantinople ; les plus jeunes sont quelquefois reservées pour le nouvel Empereur, ou mariées à des Pachas. Quoi qu'il en soit comme c'est un crime de voir celles qui restent dans le Palais, il faut peu compter sur tout ce qu'on en a écrit : quand même on pourroit trouver le moyen d'y entrer, qui est-ce qui voudroit mourir pour un coup d'œil si mal employé! Ainsi que ces belles entrent par les pieds du lit du Sultan, comme quelques-uns ont voulu le faire croire, ou par les côtez, je n'en déciderai pas, je me contente de les regarder comme les moins malheureuses esclaves qui soient au monde ; la liberté est toûjours préférable à un si foible bonheur.

Que dire d'un lieu où l'on admet à peine le premier Medecin du Prince, pour voir des femmes à l'agonie ! &

encore ce docteur ne peut-il les voir ni en être veu : il ne
lui est permis de tâter le poux qu'au travers d'une gaze ou
d'un crêpe, & bien souvent il ne sçauroit distinguer si c'est
l'artére ou les tendons qui se remuent : les femmes même
qui prennent soin de ces malades ne sçauroient lui rendre
compte de ce qui s'est passé ; car elles s'enfuyent avec grand
soin, & il ne reste autour du lit que les Eunuques pour empêcher le medecin de voir la malade, & pour lever seulement les coins du pavillon de son lit, autant qu'ils le ju-
gent necessaire pour laisser passer le bras de cette mori-
bonde. Si le medecin demandoit à voir le bout de la langue ou à tâter quelque partie, il seroit poignardé sur le
champ. Hippocrate avec toute sa science eût été bien em-
barrassé s'il y eût eu des Musulmanes de son temps. Pour
moi qui ai été nourri dans son école & suivant ses maximes, je ne sçavois quel parti prendre chez les Grands
Seigneurs, quand j'y étois appellé, & que je traversois les
appartemens de leurs femmes : ces appartemens sont faits
comme les dortoirs de nos religieuses, & je trouvois à chaque porte un bras couvert de gaze qui avançoit par un
trou fait exprés. Dans les premieres visites je croyois que
c'étoient des bras de bois ou de cuivre destinez pour éclai-
rer la nuit ; mais je fus bien surpris quand on m'avertit qu'il
falloit guérir les personnes à qui ces bras appartenoient.

C'est à tort que l'on pretend que les Juives peuvent entrer dans tous les appartemens des Dames du Serrail pour
leur vendre des bijoux : elles ne sçauroient avancer au delà d'une certaine sale où se fait ce commerce, & la porte
ne leur en est ouverte qu'aprés que les Eunuques les ont
bien & deüement visitées ; un homme qui seroit surpris tra-
vesti en femme seroit égorgé dans le moment, & une Chrétienne y seroit tres-mal reçûë. Les Eunuques seuls font les
messages & les marchez : ils portent les bijoux, & rappor-

tent l'argent ; mais ils sçavent bien se faire payer de leurs
peines. Aprés tout quel usage peuvent faire des sequins,
ces Eunuques qui n'ont ni parens ni amis, & qui ne sçauroient goûter d'autre plaisir que celui de toucher leur or
& de le dévorer avec les yeux : on dit pourtant que leur
principale veuë est de le garder pour sauver leur vie, lors
des révolutions qui arrivent à la mort des Sultans ; mais rarement s'en prend-on à ceux qui gardent les femmes.

L'Intendant des Bains & autres officiers du Serrail.

Les autres Officiers qui gardent le Serrail dont il nous
reste à parler sont l'Intendant des bains ; le Grand Fauco-
nier ; dont les officiers portent l'oiseau sur le poing de la
main droite ; le Grand Veneur qui a sous lui plus de douze
cens piqueurs ou valets de chiens ; le Gouverneur des chiens
courans & des braques ; celui des levriers, des dogues & des
épagneuls ; le Grand Ecuyer qui a deux premiers Ecuyers
sous lui, lesquels commandent à plusieurs officiers, & ceux-
ci à un nombre infini de palefreniers ; car il n'y a point de
pays où les chevaux soient mieux pensez qu'en Turquie.
On les nourrit d'un peu d'orge & de paille hachée qu'on
leur distribuë soir & matin en petite quantité, ils passent le
reste de la journée au filet & deviennent par-là capables
des plus grandes courses ; on assûre même que les chevaux
qui viennent d'Arabie & des environs de Babylone sont
des traittes de trente lieuës sans débrider : ils ont les jambes
admirables ; mais ils n'ont ni croupe ni encolûre.

Il ne faut pas oublier deux autres sortes d'officiers qui
sont d'un grand usage au Grand Seigneur tant dedans que
dehors le Serrail ; ce sont les Capigis & les Chiaoux. Le

Les Capigis.

corps des Capigis ou portiers est d'environ quatre cens
personnes, commandées par quatre Capitaines de la Porte
qui sont de garde chacun à leur tour les jours de Conseil :
la solde des portiers est de quinze aspres par jour, qui reviennent à dix sols de notre monnoye : leur habit est sem-

blable à celui des Janiſſaires, mais ils n'ont point de cornes devant leur bonnet. Cinquante de ces Capigis ſont de garde tous les jours à la porte de la premiere cour du Serrail, & il y en a autant à celle de la cour du Divan. Quand le Grand Seigneur eſt mal ſatisfait de la conduite d'un Viceroy ou d'un Gouverneur, il lui envoye un de ces Capigis avec ordre de demander ſa tête. Le Capigi la coupe après l'avoir étranglé ; la met dans du ſel pour la conſerver ſi le chemin eſt long, & la porte dans un ſac au Sultan ; ainſi ces Capigis ſont autant de bourreaux.

Les Chiaoux ſont employez à des commiſſions plus honnêtes, ils portent les ordres de l'Empereur dans tous ſes états, & ſont chargez des lettres qu'il écrit aux Princes ſouverains : ce ſont comme les Exempts des Gardes du Grand Seigneur. Leur corps eſt d'environ ſix cens hommes, commandez par un chef qui s'appelle le *Chiaoux-Bachi :* cet officier fait la fonction de Grand Maître des cérémonies & d'Introducteur des Ambaſſadeurs. Les jours de Divan il ſe trouve à la porte de l'appartement du Grand Seigneur avec le Capitaine des Gardes qui eſt de ſervice. La paye des Chiaoux eſt depuis douze aſpres par jour juſques à quarante : ils ſont à la diſpoſition du Grand Viſir, des Viſirs, des Beglierbeis, & même des ſimples Pachas ; mais on diſtingue par la pomme de leurs bâtons, ceux qu'ils ſervent : car cette pomme eſt d'argent pour les premiers officiers, au lieu qu'elle n'eſt que de bois pour les autres. La plûpart des Chiaoux font l'office de ſergens pour aſſigner les parties à comparoître au Divan, ou à s'accommoder entre elles ; mais ils ne quittent jamais leur bâton ni leur bonnet : ce bonnet eſt fort grand, ſemblable au bonnet de cérémonie des premiers officiers de l'Empire.

Il eſt temps, Monſeigneur, que je vous entretienne des Officiers qui logent hors du Palais du Prince, & qui n'y

viennent que lorſqu'ils ſont mandez, ou que le devoir de
leur charge les y appelle. Le Sultan met à la tête de ſes Miniſtres le Grand Viſir, qui eſt comme ſon Lieutenant général avec lequel il partage, ou à qui il laiſſe tous les ſoins
de l'Empire. Non ſeulement le Grand Viſir eſt chargé des
finances, des affaires étrangéres, & du ſoin de rendre la
juſtice pour les affaires civiles & criminelles ; mais il a le
département de la guerre & le commandement des armées.
Un homme capable de ſoûtenir dignement un ſi grand
fardeau eſt bien rare & bien extraordinaire : cependant il
s'en eſt trouvé qui ont rempli cette charge avec tant d'é-
clat, qu'ils ont fait l'admiration de leur ſiecle. Les Cuper-
lis pere & fils ont triomphé dans la paix & dans la guerre,
& par une politique preſque inconnuë juſques alors, ils
ſont morts tranquillement dans leurs lits. Cuperli leur parent, qui fut tué à la bataille de Salankemen, étoit un grand
homme auſſi : il auroit peutêtre mis à couvert l'Etat des
grandes révolutions dont il eſt encore menacé. Cet Empire qui ſemble décliner aujourd'hui auroit beſoin de pareils Miniſtres.

  Quand le Sultan nomme un Grand Viſir, il lui met entre les mains le ſceau de l'Empire, ſur lequel eſt gravé ſon
nom : c'eſt la marque qui caractériſe le premier Miniſtre ;
auſſi le porte-t'il toûjours dans ſon ſein. Il expédie avec
ce ſceau tous ſes ordres, ſans conſulter & ſans rendre compte à perſonne. Son pouvoir eſt ſans limites, ſi ce n'eſt à
l'égard des troupes, qu'il ne ſçauroit faire punir ſans la par-
ticipation de leurs chefs. A cela prés il faut s'adreſſer à
lui pour toutes ſortes d'affaires, & en paſſer par ſon jugement. Il diſpoſe de tous les honneurs & de toutes les charges de l'Empire, excepté de celles de judicature. L'entrée
de ſon Palais eſt libre à tout le monde, & il donne au-
dience juſques au dernier des pauvres. Si quelqu'un pourtant

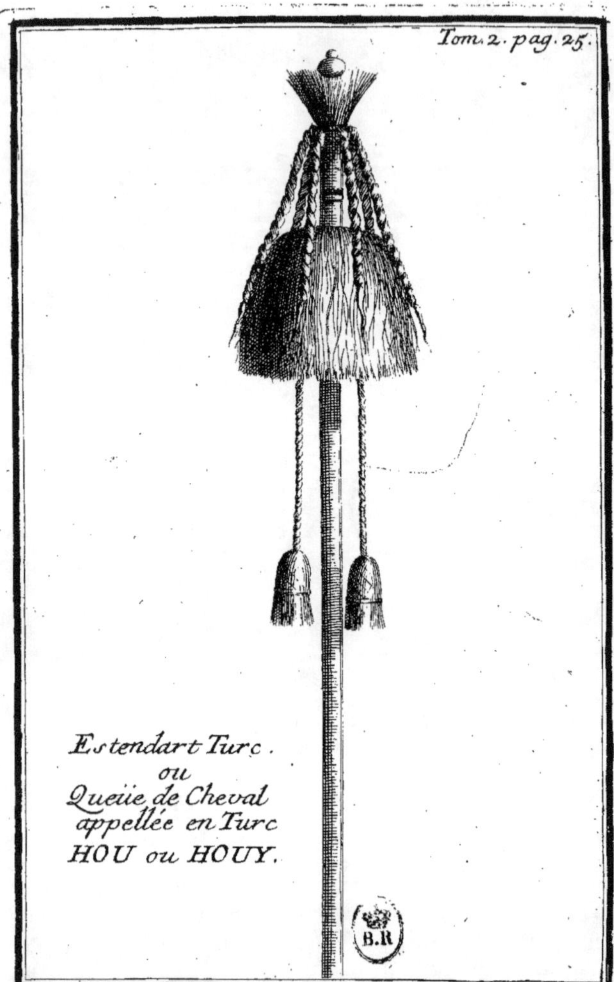

Estendart Turc.
ou
Queüe de Cheval
appellée en Turc
HOU ou HOUY.

tant croit qu'on lui ait fait quelque grande injuſtice, il peut
ſe preſenter devant le Grand Seigneur avec du feu ſur ſa
tête ; ou mettre ſa requête au haut d'un roſeau & porter
ſes plaintes à ſa Hauteſſe.

Le Grand Viſir ſoûtient l'éclat de ſa charge avec beaucoup de magnificence, il a plus de deux mille officiers ou
domeſtiques dans ſon Palais, & ne ſe montre en public
qu'avec un Turban garni de deux aigrettes chargées de
diamans & de pierreries, le harnois de ſon cheval eſt ſe-
mé de rubis & de turquoiſes, la houſſe brodée d'or & de
perles. Sa garde eſt compoſée d'environ quatre cens Boſ-
niens ou Albanois, qui touchent de paye depuis douze
juſques à quinze aſpres par jour : quelques-uns de ces ſoldats l'accompagnent à pied quand il va au Divan, mais
quand il marche en campagne, ils ſont bien montez &
portent une lance, une épée, une hache, & des piſtolets.
On les appelle *Delis*, c'eſt-à-dire foux, à cauſe de leurs
fanfaronades & de leur habit qui eſt ridicule ; car ils ont
un capot comme les matelots.

La marche du Grand Viſir eſt precedée par trois queües
de cheval terminées chacune par une pomme dorée, c'eſt
le ſigne militaire des Othomans qu'ils appellent *Thou* ou
Thouy. On dit qu'un General de cette nation, ne ſça-
chant comment rallier ſes troupes, qui avoient perdu tous
leurs étendarts, s'aviſa de couper la queüe d'un cheval &
& de l'attacher au bout d'une lance ; les ſoldats coururent
à ce nouveau ſignal & remportérent la victoire.

Quand le Sultan honore le Grand Viſir du commandement d'une de ſes armées, il détache à la tête des troupes, une des aigrettes de ſon Turban, & la lui donne pour
la placer ſur le ſien : ce n'eſt qu'aprés cette marque de diſtinction que l'armée le reconnoît pour General, & il a le
pouvoir de conferer toutes les charges vacantes, même

les Viceroyautez & les Gouvernemens aux officiers qui fervent fous lui. Pendant la paix, quoique le Sultan difpofe
des premiers emplois, le Grand Vifir ne laiffe pas de con-
tribuer beaucoup à les faire donner à qui il veut, car il
écrit au Grand Seigneur & reçoit fa reponfe fur le champ:
c'eft de cette maniere qu'il avance fes creatures, ou qu'il
fe vange de fes ennemis ; il peut faire étrangler ceux-ci,
fur la fimple relation qu'il fait à l'Empereur de leur mauvaife conduite. Il va fouvent la nuit vifiter les prifons, &
mene toûjours avec lui un bourreau pour faire mourir ceux
qu'il juge coupables.

Quoique les appointements de la charge de Grand Vifir ne foient que de vingt mille écus, il ne laiffe pas de
joüir d'un revenu immenfe. Il n'y a point d'officier dans
ce vafte Empire qui ne lui faffe des prefens confiderables
pour obtenir ou pour fe conferver dans fa charge : c'eft
une efpece de tribut indifpenfable. Les plus grands ennemis du Grand Vifir, font ceux qui commandent dans le
Serrail aprés le Sultan, comme la Sultane mere, le Chef
des Eunuques noirs, & la Sultane favorite ; car ces perfonnes ayant toûjours en veuë de vendre les grandes charges,
& celle du Grand Vifir étant la premiere de toutes, elles
font obferver jufques à fes moindres actions : avec tout fon
credit, il eft donc environné d'efpions ; & les puiffances
qui lui font oppofées, font quelques fois foulever les gens
de guerre, qui fous pretexte de quelque mécontentement,
demandent la tête ou la dépofition du Miniftre : le Sultan pour lors retire fon cachet, & l'envoye à celui qu'il honore de cette charge.

Ce premier Miniftre eft donc à fon tour obligé de faire
de riches prefens pour fe conferver dans fon pofte. Le
Grand Seigneur le fuce continuellement, foit en l'hono-
rant de quelques-unes de fes vifites qu'il lui fait payer cher,

foit en lui envoyant demander de temps en temps des
fommes confiderables ; ainfi le Vifir met tout à l'enchére
pour pouvoir fournir à tant de dépences : fon Palais eft
le marché où toutes les graces fe vendent ; mais il y a de
grandes mefures à garder dans ce commerce, car la Turquie eft le pays du monde où la juftice eft fouvent la mieux
obfervée parmi les plus grandes injuftices.

Si le Grand Vifir a le genie de la guerre, il y trouve
mieux fon compte que dans la paix. Quoique le commandement des armées l'éloigne de la Cour, il a fes penfion-
naires qui agiffent pour lui en fon abfence ; & la guerre
avec les etrangers, pourvû qu'elle ne foit pas trop allu-
mée, lui eft plus favorable qu'une paix qui cauferoit des
guerres civiles. La milice s'occupe pour lors fur les frontieres de l'Empire, & la guerre ne lui permet pas de penfer
à des foulevemens ; car les efprits les plus remuans & les
plus ambitieux, cherchant à fe diftinguer par de grandes
actions, meurent fouvent dans le champ de Mars ; d'ailleurs le Miniftre ne fçauroit mieux s'attirer l'eftime des
peuples, qu'en combattant contre les infidelles.

Aprés le premier Vifir, il y en a fix autres qu'on nom- ^{Vifirs du Banc, ou}
me fimplement Vifirs, Vifirs du Banc ou du Confeil, & ^{du Confeil, & Pa-}
Pachas à trois queuës, parce qu'on porte trois queuës de ^{chas à trois queües.}
cheval quand ils marchent, au lieu qu'on n'en porte qu'une
devant les Pachas ordinaires. Ces Vifirs font des perfonnes
fages, éclairées, fçavantes dans la loi, qui affiftent au Divan, mais ils ne difent leur fentiment fur les affaires qu'on
y traitte, que lors qu'ils en font requis par le Grand Vifir,
qui appelle fouvent auffi dans le Confeil fecret, le Moufti & les Cadilefquers ou Intendans de Juftice. Les appointements de ces Vifirs font de deux mille écus par an :
le Grand Vifir leur renvoye ordinairement les affaires de
peu de confequence, de même qu'aux Juges ordinaires ;

D ij

car comme il eſt l'Interprete de la loi dans les choſes qui ne regardent pas la religion, il ne ſuit le plus ſouvent que ſon ſentiment, ſoit par vanité, ſoit pour faire ſentir ſon credit.

Le Grand Viſir tient tous les jours ª Divan chez lui, excepté le vendredi qui eſt le jour de repos chez les Turcs. Pendant le reſte de la ſemaine, il va quatre fois au Divan du Serrail, ſçavoir, le Samedi, le Dimanche, le Lundi, & le Mardi ; il eſt precedé du Chiaoux-Bachi, de quelques Chiaoux & de pluſieurs Sergens à verge, accompagné des plus grands Seigneurs de l'Empire, ſuivi de ſa garde Albanoiſe, & de plus de quatre cens perſonnes à cheval, qui marchent parmi une populace infinie, laquelle fait mille acclamations pour ſa proſperité. Les jours de Divan, une heure avant le lever du Soleil, trois Officiers à cheval ſe rendent devant le Serrail, pour y faire quelques prieres en attendant l'arrivée des miniſtres, & les trois Officiers les ſaluent à haute voix, & par leurs propres noms, à meſure qu'ils paſſent. Les Pachas perdent leur gravité à la veuë du Palais, ils commencent à galoper à trente ou quarante pas de la porte, & ils ſe rangent à droite dans la premiere cour pour attendre le Grand Viſir. Les Janiſſaires & les Spahis vont ſe placer dans la ſeconde cour ſous les galeries ; les Spahis à gauche & les Janiſſaires à droite. Tout le monde deſcend de cheval dans cette premiere cour : on paſſe enſuite dans la ſeconde, mais l'on n'ouvre la porte du Divan, que quand le Grand Viſir arrive, & aprés qu'un prêtre a fait la priere pour l'âme des Empereurs morts & pour la ſanté de celui qui regne.

Ceux qui ont à faire au Divan, entrent en foule dans cette ſale : les Viſirs & les Intendans de Juſtice, par reſpect, n'entrent qu'avec le Grand Viſir, & alors tout le

monde se prosterne jusques à terre. Quand ce premier
Ministre est assis, les deux Intendans de Justice se mettent
à sa gauche, qui est la place la plus honorable parmi eux;
celui d'Europe est le premier tout prés du Grand Visir,
& celui d'Asie le second: ensuite se placent les Thresoriers
Generaux de l'Empire, parmi lesquels il y a un sur-Inten-
dant & deux artisans. Les Visirs se mettent à sa droite selon leur rang avec le Garde des Sceaux: s'il y a quelque
Beglierbey ou Viceroy de retour de son gouvernement,
le Grand Visir lui fait l'honneur de lui donner scéance
aprés les Visirs.

On commence par les affaires de Finance: Le Chiaoux-
Bachi va le premier à la porte du thresor pour en lever le
sceau & le porte au Grand Visir qui examine s'il est entier. On ouvre ensuite le thresor, pour y mettre ou pour
en tirer l'argent necessaire pour payer les troupes, ou pour
les autres destinations; aprés quoi le Grand Visir redonne-
ne le sceau pour être appliqué à la porte du thresor. Aprés
les affaires de Finance, on traitte de celles de la guerre:
on examine les demandes & les réponses des Ambassadeurs, on expédie les commandemens de la Porte, les Patentes, les Provisions, les Passeports, les Privileges. Le
Reys-Effendi ou Secretaire d'Etat, reçoit des mains du
Grand Visir toutes les dépêches & les expédie: si ce sont
des commandemens de la Porte, le Chancelier les scelle,
mais pour les lettres de cachet, le Grand Visir y met seulement au bas le cachet de l'Empereur, qu'il imprime lui-
même aprés l'avoir trempé dans l'ancre. On passe ensuite
aux causes criminelles; l'accusateur se presente avec les
témoins, & le coupable est absous ou condamné sans dé-
lay: on finit par les affaires civiles qui se presentent.

C'est à ce Tribunal où le dernier homme de l'Empire a la consolation de tirer raison des plus grands Sei-

gneurs du pays; le pauvre a la liberté de demander juſtice;
les Muſulmans, les Chrétiens, les Juifs y ſont également
écoûtez : on n'y entend point mugir la chicane en furie,
on n'y voit ni Avocats ni Procureurs, les commis des Secretaires d'Etat liſent les Requêtes des particuliers. Si c'eſt
pour dettes, le Viſir envoye chercher le débiteur par un
Chiaoux, le créancier ameine les témoins & l'argent eſt
compté ſur le champ, ou le débiteur eſt condamné à recevoir un certain nombre de coups de bâton. Si c'eſt une
queſtion de fait, deux ou trois témoins en font la déciſion à
l'heure même ; de quelque nature que ſoit une affaire, elle ne traîne jamais plus de ſept ou huit jours. On a recours
à l'Alcoran & le Viſir interprete la loi ſi c'eſt une queſtion de droit. Pour une affaire de conſcience, il conſulte
le Moufti par un petit billet où il expoſe l'état de la queſtion ſans nommer perſonne. A l'égard des affaires de l'Empire, il envoye l'abregé des Requêtes au Grand Seigneur,
& en attend la réponſe. Les commis du Secretaire d'Etat,
écrivent toutes les reſolutions priſes par le Grand Viſir : le
Secretaire eſt environné de Greffiers qui font les écritures
en auſſi peu de mots qu'il eſt poſſible, & il délivre toutes
les Sentences : aprés quoi il n'y a point d'appel, on n'y revient ni par caſſation d'Arreſt, ni par Requéte civile.

Il faut convenir d'un autre côté que les procez ſont
bien plus rares en Turquie que chez nous ; car les ſujets
du Grand Seigneur n'ayant que l'uſufruit des biens qu'ils
poſſédent ſous ſon bon plaiſir, ne laiſſent pas grande matiere de conteſtation en mourant ; aulieu que nos dona-
tions, nos teſtamens, nos contracts de mariage, ſont des
ſources de procez. Un Italien me diſoit un jour à Conſtantinople, qu'on ſeroit bien heureux en Europe, ſi l'on
pouvoit appeller de nos Tribunaux au Divan : ſa reffle-
xion me fit rire, car ajoûtoit-il on feroit aiſément le voya-

ge de Conſtantinople, & même de toute la Turquie s'il
étoit néceſſaire, avant qu'un procez ſoit jugé diffinitive-
ment en Europe. Un Turc d'Affrique plaidant au Parle-
ment de Provence contre un marchand de Marſeille, qui
l'avoit fait promener pendant longues années de tribunal
en tribunal, fit une plaiſante réponſe à un de ſes amis qui
voulut s'informer de l'état de ſes affaires. *Elles ſont bien
changèes*, dit l'Afriquain, *lorſque j'arrivai dans ce pays-ci,
j'avois un rouleau de piſtoles d'une braſſe de long, & tout
mon procez étoit énoncé ſur une demi feüille de papier : preſentement j'ai plus de quatre braſſes d'écriture, & mon rouleau n'a que demi pouce de long.*

Avec toutes ces précautions, on ne laiſſe pas de faire
de grandes injuſtices en Turquie, car on y reçoit toutes
ſortes de perſonnes en témoignage, & les plus honnêtes
gens ſont quelquefois expoſez à perdre leurs biens & leur
vie, ſur la ſimple dépoſition de deux ou trois faux-témoins.
Si la juſtice eſt bien exercée dans le Divan de Conſtantinople, c'eſt que l'on apprehende que le Sultan ne ſoit aux
écoutes à la fenêtre qui répond ſur la tête du Grand Viſir,
& qui n'eſt fermée que d'une jalouſie & d'un crêpe : combien ne commet-on pas d'injuſtices criantes dans les Di-
vans des autres villes! ou les Cadis ſe laiſſent le plus ſouvent corrompre par argent, & emporter par leurs paſſions.
Il eſt vrai que l'on peut appeller de leurs jugemens à Conſtantinople, mais tout le monde n'eſt pas en état de faire
le voyage. Voici encore un grand abus.

Les Religieux Turcs par un privilége particulier ne ſont
point ſoûmis à la juſtice ordinaire ; ainſi pluſieurs perſonnes qui ſe ſont enrichies dans le maniement des affaires,
& qui apprehendent les recherches, ſe font *Dervis* ou *San-
tons*. Il n'y auroit pas d'ordre Religieux ſi puiſſant parmi
les Chrétiens, que le deviendroit celui ou pourroient être

reçûs ceux à qui il feroit permis, après avoir ruiné les Provinces par leurs concuffions, d'imiter en cela la conduite
des Turcs.

La milice a le privilege de n'être jugée que par ceux
qui la commandent, ou par leurs officiers fubdéleguez.
Pendant les quatre heures que dure le Divan de Conftantinople, les Spahis & les Janiffaires font dans la feconde cour
fous les galeries, où ils gardent un filence profond, & tiennent chacun à la main un bâton d'argent doré. Le Colonel de la cavalerie, & celui de l'infanterie y rendent juftice
chacun à leurs foldats, auxquels il eft défendu, pour éviter le defordre, de fortir de leurs places fans être appellez:
s'ils ont quelques Requêtes à prefenter, ils les remettent à
deux de leurs compagnons, qui font deftinez pour aller &
pour venir. Ce privilége authorife de grands maux dans les
Provinces : car la plûpart des fcelerats fe mettent parmi
les Janiffaires pour éviter le châtiment de leurs crimes.

J'ai oublié de vous dire, Monfeigneur, qu'il y a un
cabinet à côté de la fale du Divan occupé pendant le Confeil par plufieurs officiers, tels que font les Garde-rolles des
revenus du Grand Seigneur ; celui qui enregiftre tout ce
qui entre dans le threfor public, ou qui én fort ; celui qui
eft prépofé pour faire pefer & pour éprouver les efpeces.
Le Chiaoux-Bachi & le Capigi-Bachi vont & viennent
dans la cour pour executer les commandemens du Grand
Vifir.

Les Ambaffadeurs ont toûjours leurs audiences du
Grand Seigneur un jour de Divan, & ils y font introduits
par le Capitaine des gardes qui eft de fervice : l'Ambaffadeur fe met fur un placet vis-à-vis le Grand Vifir, & l'entretient en attendant que l'on ferve à dîner : après cela l'on
fait porter dans la fale les prefens que l'Ambaffadeur doit
faire. Lorfque le Grand Vifir & les autres officiers du Divan

van les ont confiderez, les Capigis les emportent piece à
piece & les expofent dans la cour afin que chacun juge de
la magnificence du Prince qui les envoye : pendant ce
temps l'on donne une vefte à l'Ambaffadeur, & l'on en
diftribuë auffi à ceux de fa fuite. Le Sultan fe rend dans la
fale d'Audiance, qui eft auprés du Divan, & fe place fur
fon Thrône ; ce thrône eft à piliers qui foutiennent un
dais de bois, tout couvert de lames d'or garnies de châ-
tons dont les diamans & les pierreries font d'un tres-grand
prix. Il eft au coin de la fale fur une eftrade élevée d'un
pied & demi, couverte de tapis & de quarreaux de la
derniere magnificence. Le Sultan eft affis les genoux
croifez,& l'on ne voit autour de lui que le Chef des Eunuques blancs, le Garde du Threfor fecret, & quelques Muets.
On ne fauroit voir le vifage de ce Prince que de profil,
parce que la porte de la fale ne répond pas au coin où le
Thrône eft placé. Les perfonnes de la fuite de l'Ambaffadeur, à qui on a donné des veftes, faluënt le Sultan les premiers, & font conduits chacun par deux Capigis qui les
portent fous les bras. L'Ambaffadeur même qui felon la
coûtume du pays le faluë le dernier, eft porté en cette pofture par deux Capitaines de la Porte ; & la marche fe fait
de telle maniere qu'ils ne tournent jamais le dos au Sultan. On lui baifoit autrefois la main, mais on a jugé à propos de retrancher cette cérémonie depuis que Amurat I.
du nom, fils d'Orcan fut poignardé par un malheureux
qui crût par là venger la mort du Defpote de Servie fon
maître. On a baifé pendant certain temps une longue
manche qui étoit attachée tout exprés à la vefte de l'Empereur ; M\^r de Cefi & M\^r de Marcheville Ambaffadeurs
de France ont eü cet honneur. Mais cet ufage a été aboli
depuis peu, & à prefent les Ambaffadeurs font un fimple
falut, quoi-que les Capitaines des Gardes affectent autant

qu'ils peuvent de les faire incliner, ce qui ne leur réuffit
pas, car les Ambaffadeurs avertis de ce qui fe doit paffer,
fe tiennent ferme & fe roidiffent de toutes leurs forces.
Aprés avoir fait leur réverence ils reftent feuls dans la fale
avec le Secretaire de l'Ambaffade & l'Interpréte, à qui
ils remettent les Lettres de leur Prince aprés les avoir dé-
cachetées ; cet Interpréte les explique, enfuite ils fe retirent. Le Sultan faluë l'Ambaffadeur avec une légére inclination de tête, il s'entretient un moment avec les Vifirs
fur le fujet de l'Ambaffade, & il délibere fur les affaires
dont il eft queftion, fuppofé qu'elles foient de conféquence. Le Grand Vifir s'en retourne au Divan, où il refte
jufques à midi qui eft l'heure que le Confeil doit finir:
aprés quoi il fe retire chez lui précédé de deux compagnies, l'une de Janiffaires, l'autre de fes Chiaoux à cheval,
de fa Garde à pied, & fuivi d'une infinité de gens qui forment une Cour tres nombreufe.

　　L'Empereur fe fait rendre compte ordinairement le jour
du Divan par les principaux Officiers, de tout ce qui s'eft
paffé dans l'affemblée,& principalement du devoir de leurs
Charges. Ils font mandez pour cela l'un aprés l'autre. Le
Janiffaire Aga voyant venir à lui le Capigi Bachi & le
Chiaoux-Bachi, s'avance avec quatre Capitaines de fes
troupes, qui l'accompagnent jufques à l'apartement du
Prince; il les conjure à cette porte de prier Dieu qu'il infpire au Sultan le pardon de fes fautes. Il entre feul pour
fubir fon interrogatoire & s'en retourne en paix, fi le Prince eft fatisfait de fa conduite: fi le Sultan le trouve coupable,il frappe du pied à terre,& à ce fignal les Muets étran-
glent l'Aga fans autre formalité.

　　Le Spahis-Aga eft mandé chez le Grand Seigneur pour
le même fujet; mais il en fort ordinairement plus content,
je ne fcai pas quelle en eft la raifon. Les autres Grands de

l'Empire craignent aussi de tomber sous la coupe, ou pour mieux dire, sous le cordon des Muets. Il n'y a que les Intendans de Justice qui ne sont pas sujets à cette triste avanture, parce qu'ils sont gens de loi. Quelquefois le Sultan consulte le Moufti avant que de faire mourir ses Officiers : Il lui demande par écrit quelle punition meriteroit un esclave qui auroit fait telle faute. Le Moufti qui sçait bien que ce n'est qu'une formalité, & qu'on pourroit se passer de lui faire cet honneur s'il n'entroit pas dans le sentiment de son Maître, ne manque pas de conclure ordinairement à la mort ; & bien souvent c'est contre son meilleur ami.

Les présens dont le Grand Seigneur honore le premier Visir, sont toûjours suspects. Il faut au moins les reconnoître par une somme qui réponde à la grandeur du Maître. Quelquefois, par une grande distinction, ce Prince donne le matin à son premier Ministre la veste qu'il a portée le jour précédent, & l'aprés midi il envoye demander sa tête : cette tête se livre avec une résignation entiere ; tant il est vrai que la nature céde quelquefois aux préjugez. C'est la prévention qui fait les martyrs dans toutes les religions, excepté chez les Chrétiens, où le martyre est un effet de la Grace. Si Mr Descartes & Mr Gassendi avoient fait le voyage de Constantinople, comme ils en avoient eu la pensée, combien d'excellentes réflexions n'auroient-ils pas faites sur la morale & sur la politique des Turcs! Les Grands de la Porte meurent tranquillement de mort violente, & croyent mourir saintement & glorieusement si c'est par l'ordre du Sultan, au moins en font-ils le semblant ; & par politique, sans leur donner le temps de réflechir, on leur accorde seulement celui de faire une courte priere.

Quand le Grand Visir n'est pas à Constantinople, le Caimacan en fait la fonction sous ses ordres. En effet le mot de *Caimacan* signifie en Turquie *Lieutenant* ou *Vicai-*

re. Ce Lieutenant tient le Divan & donne audiance aux
Ambaſſadeurs ; mais le plus grand agrément de cette
Charge, c'eſt qu'il ne répond pas des evénemens pour les
affaires d'Etat ; & s'il ſe paſſe quelque choſe où le Grand
Seigneur trouve à redire, le Caimacan s'en excuſe ſur les
ordres qu'il a reçeus du premier Viſir. Le Caimacan outre cela eſt Gouverneur de Conſtantinople, où il fait exercer une Police admirable. Si un Boulanger vend du pain à
faux poids, on le tient pendant 24. heures cloüé par une
oreille à la porte de ſa boutique. Ceux qui vendent les premiers fruits, tirent l'argent les premiers ; mais ils ne vendent
pas plus cher que les autres : la nouveauté ne ſe paye pas
en Turquie comme en France, & un Marchand qui la voudroit faire payer s'expoſeroit à la baſtonnade. On peut en
toute ſeureté envoyer des enfans au marché, pourveû
qu'ils ſachent demander ce qu'ils veulent. Les Officiers
de Police les arrêtent dans les ruës, ils examinent ce qu'ils
portent, le peſent, & laiſſent paſſer l'enfant, s'il n'a pas
été trompé ; mais s'ils reconnoiſſent qu'on lui ait vendu
à faux poids, à fauſſe meſure, ou trop cher, ils le rameinent
chez le marchand qui eſt condamné à la baſtonnade ou
à l'amende. Il eſt de l'intereſt des fruitiers que les enfans
ſoient ſobres : car s'ils s'aviſoient de manger en chemin
quelque figue ou quelque ceriſe, le pauvre marchand en
ſeroit la dupe. Ordinairement on donne trente coups de
bâton pour un oignon qui ſe trouveroit de moins, &
vingt-cinq pour un poireau. Si l'on fait grace des coups de
bâton, punition ordinaire en cas de récidive, ce n'eſt que
pour mettre autour du col du vendeur deux groſſes planches échancrées & chargées à chaque bout de pierres fort
peſantes. On promene en cet équipage ces pauvres fruitiers par toute la ville, & s'ils veulent ſe repoſer, en chemin
faiſant, ce n'eſt qu'à condition qu'ils payeront certain nom-

bre d'afprés. On y châtie quelquefois les Chirurgiens de la même maniére; mais au lieu de pierres, on met au bout de ces planches plufieurs fonettes qui font un carrillon épouventable pendant la promenade qu'on leur fait faire dans les ruës. Cela fignifie qu'ils font accufez d'avoir laiffé mourir plufieurs perfonnes par leur faute ; & cette cérémonie ne fe fait, à ce que difent les Mufulmans, que pour avertir de ne fe pas mettre légerement entre les mains de pareils affaffins.

Si l'on trouve un corps mort dans les ruës, les plus proches voifins font condamnez à payer le fang, fuppofé que l'auteur du meurtre ne foit pas connu : la crainte que tout le monde a d'un tel malheur, fait que chacun s'empreffe à appaifer les querelles, & à prévenir les defordres qui pourroient arriver dans fon voifinage. On ferme les boutiques au coucher du foleil, & on ne les ouvre qu'au foleil levant. Chacun fe retire de bonne heure chez foi ; en un mot il fe fait plus de bruit en un jour dans un marché de Paris, qu'il ne s'en fait pendant un an dans toute la ville de Conftantinople. Le Grand Seigneur va quelquefois déguifé & fuivi d'un bourreau pour voir ce qui fe paffe dans cette grande ville. Mahomet IV. qui haïffoit fort le tabac en fumée, & qui étoit bien informé qu'on mettoit fouvent le feu aux maifons en fumant, ne fe contenta pas de faire publier de cruelles Ordonnances contre les fumeurs ; il faifoit quelquefois fa ronde pour les furprendre & l'on affeûre qu'il en faifoit pendre autant qu'il en trouvoit : mais c'étoit aprés leur avoir fait paffer une pipe au travers du nez, & leur avoir fait attacher autour du col un rouleau de tabac. Le Guet par toute la Turquie conduit en prifon ceux qui fe trouvent dans les ruës pendant la nuit, de quelque nation & de quelque religion qu'ils foient ; mais on n'y fait gueres de capture, la peur d'avoir la baftonna-

de, ou d'être mis à l'amende retient tout le monde chez
foi. On dit communément en Turquie, que les ruës ne
font que pour les chiens pendant la nuit; il eft vrai qu'elles
en font toutes remplies : chacun leur jette à manger, & il
feroit fort dangereux de s'y promener à pied pendant ce
temps-là. Ces animaux qui font hideux & carnaffiers, comme nos chiens de boucherie, font une terrible patroüille
& des hurlemens épouventables au moindre bruit qu'ils
entendent. Souvent l'agitation de la mer les met en
furie.

Leventis.

    Les foldats y font fort tranquilles, à la réferve des Le-
ventis qui fervent fur les galeres : mais outre qu'ils ne font
de defordre que dans les fauxbourgs de Conftantinople
qui font prés de la marine, on les a mis à la raifon depuis
que le Caimacan a permis aux Chrétiens de fe défendre,
comme je l'ay déja dit ci-devant; & cela fur les plaintes
que les Ambaffadeurs faifoient tous les jours des infultes
que les fujets de leur nation en recevoient. Pour les Ja-

Janiffaires.

niffaires, ils vivent fort honnêtement dans Conftantinople, mais ils font bien déchûs de cette haute eftime où
étoient les anciens Janiffaires qui ont tant contribué à l'é-
tabliffement de cet Empire. Quelques précautions qu'aient
prifes autrefois les Empereurs pour rendre ces troupes in-
corruptibles, elles ont beaucoup dégeneré; il femble même qu'on foit bien aife, depuis prés d'un fiecle, de les voir
moins refpectez, de crainte qu'ils ne fe rendent plus redoutables.

    Quoi-que la plufpart de l'infanterie Turque prenne le
nom de Janiffaires, il eft pourtant feûr que dans tout ce
grand Empire, il n'y en a pas plus de vingt-cinq mille qui
foient vrais Janiffaires, ou Janiffaires de la Porte. Autrefois
cette milice n'étoit compofée que des enfans de Tribut que
l'on inftruifoit dans la religion des Turcs; prefentement

cela ne fe pratique plus, & on laiffe les gens en repos fur
cet article, depuis que les Officiers prennent de l'argent des
Turcs pour les faire entrer dans ce corps.

Il n'étoit pas permis autrefois aux Janiffaires de fe marier, les Turcs étant perfuadez que les foins du ménage
rendent les foldats moins propres à la profeffion des armes.
Aujourd'hui fe marie qui veut avec le confentement des
chefs qui ne le donnent pourtant pas fans argent. La principale raifon qui détourne les Janiffaires du mariage, c'eft
qu'il n'y a que les garçons qui parviennent aux Charges,
dont les plus recherchées font d'être Chefs de leurs chambres : car toute cette milice loge dans de grandes cazernes
diftribuées en 162. chambres. Chaque chambre a fon
Chef qui y commande ; mais hors de la cazerne, il ne fait
fonction que de Lieutenant de compagnie & reçoit les
ordres du Capitaine.

Chaque chambre d'ailleurs a fon Porte-enfeigne, fon
Dépenfier, fon Cuifinier, fon Porteur d'eau. Au-deffus des
Capitaines il n'y a que le Lieutenant Général des Janiffaires, qui obéit à l'Aga. Outre la paye ordinaire, l'Empereur
donne tous les ans aux Janiffaires un Jufte-au-corps de
drap de Salonique, & tous les jours il leur fait diftribuer
du ris, de la viande, & du pain. La Chambre les loge
moyennant un demi pour cent fur la paye qu'ils tirent en
temps de Paix, & de fept pour cent en temps de Guerre.
Cette paye n'eft que depuis deux afpres par jour jufques à
douze, & n'augmente même que peu à peu à mefure qu'ils
fervent ; lorfqu'ils font eftropiez ils deviennent morte-
payes. Le Bonnet de cérémonie des Janiffaires eft fait comme la manche d'une cafaque ; l'un des bouts fert à couvrir
leur tête, & l'autre pend fur leurs épaules ; on attache à ce
bonnet fur le front une efpece de tuyau d'argent doré, long
de demi pied, garni de fauffes pierreries. Quand les Ja-

niffaires marchent pour aller à l'armée, le Sultan leur fournit des chevaux pour porter leur bagage, & des chameaux
pour porter leurs tentes : fçavoir un cheval pour dix foldats, & un chameau pour vingt. A l'avenement de chaque Sultan fur le Thrône, on augmente leur paye d'un
afpre par jour.

Les Chambres heritent de la dépoüille de ceux qui meurent fans enfans, & les autres quoi-qu'ils ayent des enfans
ne laiffent pas de leguer quelque chofe à leur chambre.
Parmi les Janiffaires il n'y a que les *Solacs* & les *Peyes*
qui foient de la garde de l'Empereur : les autres ne vont
au Serrail que pour accompagner leurs Commandans les
jours de Divan, & pour empefcher les defordres qui pourroient arriver dans la cour ; ordinairement on les met en
fentinelle aux portes & aux carrefours de la ville pour y
faire le guet. Tout le monde les craint & les refpecte,
quoi-qu'ils n'aient qu'une canne à la main ; car on ne leur
donne leurs armes que lors qu'ils vont en campagne. La
plufpart des Janiffaires ne manquent pas d'éducation,
étant tirez du corps des Azancoglans, parmi lefquels leur
impatience ou quelqu'autre defaut ne leur a pas permis de
refter. Ceux qui doivent eftre reçeus paffent en reveuë devant le Commiffaire, & chacun tient le bas de la vefte de
fon compagnon. On écrit leurs noms fur le regiftre du
Grand Seigneur, aprés-quoi ils courent tous vers leur Maî-
tre-de-chambre, qui pour leur faire connoître qu'ils font
fous fa jurifdiction, leur donne à chacun en paffant un
coup de main derriere l'oreille. On leur fait faire deux fermens lors de leur enrollement ; le premier eft de fervir fidellement le Grand Seigneur ; le fecond de fuivre la volonté de leurs camarades touchant les affaires du corps. Il
n'y a point de corps dans la Turquie qui foit fi uni que celui des Janiffaires ; c'eft cette grande union qui foutient

leur

leur authorité, & qui leur donne quelquefois la hardiesse
de déposer les Sultans. Quoi-qu'ils ne soient que douze ou
treize mille dans Constantinople, ils font assûrez que leurs
camarades, quelque part de l'Empire qu'ils soient, ne man-
queront pas d'approuver leur conduite.

S'ils croient avoir sujet de se plaindre, leur mécontentement commence à éclater dans la cour du Divan, dans le
temps qu'on leur distribuë les ᵃjattes de Ris preparé dans
une des cuisines du Grand Seigneur ; car ils mangent fort
tranquillement s'ils font contens ; & au contraire ils poussent la jatte du bout du pied & la renversent, s'ils ne font
pas satisfaits du Ministere. Il n'y a point d'insolences qu'ils
ne soient capables de dire dans ce temps-là contre les premiers Ministres, étant bien persuadez qu'on ne manquera
pas de leur donner satisfaction : c'est à quoi l'on tâche aussi
de pourvoir de bonne heure pour prévenir leur soulevement,
sur tout quand on leur doit plusieurs payes. Les
mutineries des Janissaires font fort à craindre : combien
de fois n'ont-ils pas fait changer en un instant la face de
l'Empire! Les plus fiers Sultans & les plus habiles Ministres ont souvent éprouvé combien il étoit dangereux d'entretenir en temps de paix une milice, qui connoît si bien
ses interests. Elle déposa Bajazet II. en 1512. Elle avança
la mort d'Amurat III. en 1595. Elle menaça Mahomet III.
de le deshonorer. Osman II. qui avoit juré leur perte, ayant
imprudemment fait éclater son dessein, en fut indignement traitté, car on le fit marcher à coups de pieds depuis le Serrail jusques au Château des sept tours, où il fut
étranglé l'an 1622. Mustapha I. que cette insolente milice
mit à la place d'Osman, fut détrôné deux mois aprés,
par ceux-là mêmes qui l'avoient elevé. Ils firent aussi mourir Sultan Ibrahim en 1649. aprés l'avoir traîné ignomi-
nieusement aux sept tours. Son fils Mahomet IV. ne fut

ᵃ Gamelles.

pas fi malheureux; mais on le dépoſſeda aprés le dernier
fiege de Vienne, lequel pourtant n'échoüa que par la faute de Cara-Muſtapha premier Viſir. On préfera à ce Sultan ſon frere Solyman III. Prince ſans merite, qui fut dépoſé à ſon tour quelque temps aprés.

A l'égard de la Sultane mere, des Viſirs, du Caïmacan,
des premiers Eunuques du Serrail, du grand Treſorier, &
de leur Aga même, les Janiſſaires ſe joüent de leurs perſonnes, & demandent leurs têtes au moindre mécontentement. Tout le monde ſait comment ils traitérent, au
commencement de ce ſiecle, le Moufti Feſullah-Effendi
qui avoit été précepteur de Sultan Muſtapha. Ce Prince
qui l'aimoit aveuglément ne put empêcher qu'il ne fuſt
traîné fur la claye à Andrinople, & jetté dans la riviere. Le
ſeul temperamment qu'on ait pû apporter juſques à pre-
ſent pour reprimer l'inſolence de ces ſoldats, a été de leur
oppoſer les Spahis, & de les rendre jaloux les uns des autres; mais ils ne s'accordent que trop en certaines occaſions. On a beau les faire changer de quartier; comme les
abſens approuvent toûjours ce que leurs camarades ont
fait, il n'eſt gueres poſſible d'éviter leur furie, quand ils ſe
mettent en tête qu'on leur a fait quelque grande injuſtice.
L'hiſtoire des Turcs ne fournit pas beaucoup d'exemples,
qu'on ſoit venu à bout de les appaiſer ſans leur faire de
grandes largeſſes, ou ſans qu'il en ait coûté la vie aux plus
grands officiers de l'Empire.

On n'a jamais oſé confiſquer le Threſor des Janiſſaires,
ni s'emparer des biens que leurs Officiers poſſedent en
propre en pluſieurs endroits de l'Aſie, comme à Cataye,
à Angora, à Caraiſſar & dans d'autres places. Quand le
Général vient à mourir, le Threſor herite de ſes biens:
c'eſt le ſeul officier dont les dépoüilles ne ſont point con-
fiſquées au profit de l'Empereur. Ce Général a l'avantage

de se présenter devant le Sultan, les bras libres; au lieu que
le premier Visir & les autres Grands de la Porte, ne paroif-
sent jamais en sa présence, que les bras croisez sur l'estomac, ce qui est plûtost une posture servile que respe-
ctueuse.

Aprés l'Aga des Janissaires, les principaux officiers de
ce corps sont; le Lieutenant de l'Aga; le Grand Prevost;
le Capitaine des Baillifs, qui marchent aux côtez de l'Empereur les jours de ceremonie; les Capitaines de ses archers à pied; le Commandant de ses valets de pied : ces
derniers marchent, de même que les archers à pied, auprés de la personne du Grand Seigneur lorsqu'il va par la
ville. Ils ne sont que soixante & ils portent des bonnets
d'or battu, garnis sur le devant d'une plume toute droite.
Pour les archers à pied, ou les archers de la garde du corps,
ils sont au nombre de trois ou quatre cens; & les jours de
bataille, ils sont autour de Sa Hautesse avec des arcs & des
fléches seulement, pour ne pas effrayer son cheval. Leur
habit est un doliman ou soutanne de drap, retroussée par
les coins jusques à la ceinture, & qui laisse voir leur chemise; leur bonnet est de drap terminé en pointe, garni de
plumes en maniere d'aigrette. Ces archers tirent des fléches de la main gauche aussi-bien que de la droite : on leur
apprend cet exercice, afin qu'ils ne tournent jamais le dos
au Grand Seigneur. Quand ce Prince passe des rivieres,
ils nagent autour de son cheval, & vont sonder le gué avec
toute l'application possible : aussi par récompense, à la premiere riviere que le Sultan passe, il leur fait distribuer à chacun un écu s'ils ont de l'eau jusqu'au genou; s'ils en ont
jusques à la ceinture, ils ont deux écus, & trois quand l'eau
passe la ceinture.

On tire encore du corps des Janissaires, les canoniers,
& ceux qui ont soin des armes. Les canoniers sont envi-

ron douze cens, qui reçoivent les ordres du Grand Maître de l'Artillerie : ils logent à Topana dans des cazernes diftribuées en 52. chambres ; mais il s'en faut bien qu'ils ne foient auffi habiles que les chrêtiens, pour la fonte & pour le fervice de l'artillerie. Ceux qui prennent foin des armes, font au nombre de fix cens, divifez en 60. chambres, & ils logent dans des cazernes auprés de fainte Sophie ; non feulement ils prennent foin de la confervation des anciennes armes qui font dans les arfenaux, mais encore de celles des Janiffaires & des Spahis à qui ils les diftribuent en bon état quand il faut aller à l'armée.

Janiffaires du fecond ordre.

Outre les Janiffaires dont je viens de parler, toutes les provinces de ce vafte Empire font remplies préfentement de fantaffins qui portent le nom de Janiffaires : mais ces Janiffaires du fecond ordre ne font pas enrollez dans le corps des Janiffaires de la Porte, & n'ont rien de l'ancienne difcipline des Turcs. Tous les fcelerats qui veulent fe fouftraire à la juftice ordinaire, & même les honnêtes gens qui veulent fe mettre à couvert des infultes des fcelerats; ceux qui veulent éviter les taxes & fe décharger des devoirs publics, achettent des Colonels des Janiffaires qui font dans les villes de province, le titre de Janiffaires. Il y en a qui bien loin de recevoir la paye, donnent quelques afpres par jour à ces Officiers, pour pouvoir joüir des mefmes privileges : plufieurs paffent pour eftropiez ou pour morte-payes, & vivent tranquillement chez eux fans être obligez d'aller à l'armée. Eft-il furprenant aprés cela que les forces des Turcs foient fi diminuées ! jamais ils n'ont eu tant de foldats, ni de fi petites armées : les Officiers qui font obligez de marcher, font paffer leurs domeftiques pour foldats, & prennent de l'argent de ceux qui devroient porter les armes pour le fervice du Prince. Il femble que la corruption qui s'eft introduite dans ce grand Empire, le menace de quelque étrange révolution.

Il ne faut pas confondre non plus avec les Janissaires, d'autres fantassins que l'on appelle *Azapes & Arcangis.* Les Azapes sont de vieilles bandes musulmanes, plus anciennes même que les Janissaires, mais fort méprisées; ils servent de pioniers, quelquefois même de pont à la cavalerie dans les marais, & de fascines pour combler les fossez des places que l'on assiége. Les Arcangis sont comme les enfans perdus, qui n'ont point de paye non-plus que les Azapes, & qui ne sont destinez que pour ravager les frontieres des ennemis: cependant en pleine paix, car la guerre n'est censée être declarée que lorsque l'artillerie marche, les Arcangis ne laissent pas de faire toûjours des courses & de piller leurs voisins. S'il s'en trouve quelques-uns parmi ces troupes qui deviennent bons soldats, aprés quelque action vigoureuse on les fait entrer dans le corps des Janissaires.

Voilà, MONSEIGNEUR, ce qui regarde l'infanterie des Turcs, leur cavalerie n'est pas en meilleur état aujourd'hui: elle est composée de deux sortes de gens que l'on connoît sous le nom de *Spahis,* mais il faut les distinguer avec soin. Les uns sont à la solde de l'Empereur, & les autres non. Les Spahis à la solde, sont divisez en plusieurs Cornettes, dont les principales sont, la jaune & la rouge: ceux qui ne tirent point de paye sont de deux sortes, les *Zaims* & les *Timariots.*

Les Spahis à la solde sont tirez du corps de Ichoglans & de celui des Azancoglans, qui ont été nourris dans les Serrails du Grand Seigneur. La moindre de leur paye est de 12 aspres par jour, & la plus forte de 100. Ceux qui sortent des Ichoglans commencent ordinairement avec 20 ou 30 aspres de paye, laquelle augmente suivant leur me-

F iij

rite, ou le crédit de leurs amis. En temps de guerre tous les Spahis à la folde qui rapportent des têtes des ennemis, gagnent deux afpres d'augmentation par jour. Ceux qui apprennent les premiers au Grand Seigneur la mort de quelqu'un de leurs camarades, en attrapent autant.

La paye des Spahis fe fait dans la fale & en préfence du Grand Vifir, ou de fon Chiaïa, afin d'éviter tout fujet de plainte. Quoiqu'on ignore la naiffance des Spahis, on peut les regarder comme la nobleffe du pays: leur éducation les a mieux formez que les autres Turcs, & par tout pays les bonnes mœurs devroient faire la veritable nobleffe. Ceux de la Cornette rouge n'étoient autrefois que les ferviteurs de ceux de la Cornette jaune ; ils font tous égaux aujourd'hui, & même les rouges avoient pris le deffus fur leurs maîtres fous Mahomet III. qui dans une bataille où les Spahis jaunes avoient laché le pied, rétablit fes affaires par la valeur des rouges.

Les armes des uns & des autres font la lance & le cimeterre, quelques-uns fe fervent du dard qu'ils manient avec une adreffe admirable : ce dard eft un bâton ferré par un bout, & qui n'a qu'environ deux pieds & demi de long. Ils portent auffi l'epée, mais elle eft attachée à côté de la felle de leur cheval & paffe fous la cuiffe du cavalier, de telle forte qu'elle n'empéche pas qu'on ne faffe le coup de piftolet & de carabine. Il y en a auffi qui fe fervent d'arcs & de flêches, fur-tout les Spahis d'Anatolie, car ceux d'Europe ou de Romelie comptent plus fur nos armes. Cependant ces troupes combattent fans ordre & par pelotons, au lieu d'efcadroner & de fe rallier à propos. Mahomet Cuperli Grand Vifir, qui favoit bien la guerre, bien loin de les difcipliner, affecta de les humilier & de les entretenir dans leur ignorance, de peur que leur infolence n'augmentaft. Depuis ce temps-là ce corps a beaucoup

perdu de fon ancienne reputation : on leur donne aujourd'hui la baftonade fous la plante des pieds, de crainte que fi on les foüettoit ils ne pûffent pas monter à cheval ; & par une raifon oppofée on foüette les Janiffaires,
parce qu'ils ont befoin de leurs pieds dans les marches.

Quand le Grand Seigneur va commander fes armées,
il fait diftribuer de groffes fommes aux Spahis. On met
un Spahis & un Janiffaire en fentinelle à chaque corde de
fa tente, & autant à celle du premier Vifir. Les autres
Cornettes de ce corps font, la blanche, la blanche & rouge, la Cornette blanche & jaune, & la Cornette verte :
mais les Spahis les plus illuftres font ceux qu'on appelle
Mutafaraca, qui tirent quarante afpres de paye par jour.
L'Empereur eft leur Colonel, ils font deftinez pour l'accompagner, & font environ cinq cens.

A l'égard des autres cavaliers, qu'on appelle *Zaims* &
Timariots, ce font des Chevaliers à qui le Grand Seigneur
donne à vie des Commanderies appellées *Timars*, à condition qu'ils entretiendront un certain nombre de cavaliers pour fon fervice. Les premiers Sultans étant les maîtres des Fiefs de l'Empire, les erigérent en Baronies ou
Commanderies pour récompenfer les fervices des plus
braves, & fur tout pour lever & pour entretenir des troupes
fans débourfer de l'argent : mais Solyman II. établit l'ordre
& la difcipline parmi ces Chevaliers ou Barons de l'Empire, & l'on regla par fes ordres le nombre des cavaliers
que chacun d'eux feroit obligé d'entretenir. Ce corps a
été non feulement tres-puiffant, mais tres-illuftre par tout
l'Empire. L'avarice qui eft le vice ordinaire des Orientaux, l'a fait tomber depuis quelques années. Les Viceroys
& les Gouverneurs de Provinces font fi bien par leurs intrigues à la Cour, que les Commanderies mêmes qui
font hors de leurs gouvernemens, font données à leurs

Zaims & Tima-
riots.

domestiques, ou à ceux qui en offrent le plus d'argent.

Les Zaims & les Timariots ne different quasi entre eux que par le revenu. Les Zaims ont les plus fortes Commanderies, & leurs revenus sont depuis vingt mille, jusques à quatre-vingt dix-neuf mille neuf cens quatre-vingt dix-neuf aspres. S'il y avoit un aspre de plus, ce seroit le revenu d'un Pacha: ainsi lorsqu'un Commandeur vient à mourir, l'on partage la Commanderie, supposé qu'elle ait augmenté de revenu sous le deffunt, comme cela arrive ordinairement; car on les augmente plutôt que de les laisser déperir. Les Zaims doivent entretenir pour le moins quatre cavaliers, à raison de cinq mille aspres de rente pour la dépense de chacun.

Il y a deux sortes de Timariots, les uns reçoivent leurs provisions de la Porte, & les autres du Viceroy du pays; mais leurs équipages sont moindres que ceux des Zaims, & leur tentes plus petites & proportionnées à leur revenu. Ceux qui reçoivent leurs patentes de la Cour, ont depuis cinq ou six mille, jusques à dix-neuf mille neuf cens quatre-vingt dix-neuf aspres: s'ils avoient un aspre de plus, ils passeroient au rang des Zaims. Ceux qui prennent des Lettres patentes des Viceroys, ont de revenu depuis trois mille aspres jusqu'à six mille. Chaque Timariot est obligé d'entretenir un cavalier par chaque trois mille aspres du revenu qu'il tire de sa Commanderie.

Les Zaims & les Timariots doivent marcher en personne à l'armée, aux premiers ordres qu'ils reçoivent, sans que rien les puisse dispenser de ce devoir; les malades vont en litiere, & les enfans dans des paniers ou dans des berceaux. Les Timariots sont obligez de fournir des paniers à leurs cavaliers, qui s'en servent à porter la terre necessaire pour combler les fossez & les tranchées. Cette cavalerie

valerie est mieux disciplinée que celle qu'on appelle proprement Spahis, quoique les Spahis soient plus lestes &
plus vigoureux : ceux-ci ne combattent que par pelotons à
la tête des plus anciens cavaliers, au lieu que les Zaims &
les Timariots sont divisez par regimens, & commandez
par des Colonels sous les ordres des Pachas. Le Pacha
d'Alep est le Colonel général de cette cavalerie lorsqu'il
se trouve à l'armée, parce qu'étant naturellement le Seras-
kier de l'armée, c'est à lui à la commander en chef quand
le grand Visir n'y est pas.

Je devrois parler ici, MONSEIGNEUR, de la milice
d'Egypte, mais comme je n'en ai pas fait le voyage, je ne
la connois pas assez pour avoir l'honneur de vous en rendre compte. Je passe donc à la Marine dont je me suis informé avec soin à Constantinople & dans les Isles de l'Archipel. Il n'est pas surprenant que les Turcs soient si foibles sur mer, car ils manquent de bons Matelots, d'habiles
Pilotes & d'Officiers expérimentez. A peine les Pilotes du
Grand Seigneur savent-ils se servir de la boussole, & il n'en
est pas question sur les Saïques qui sont leurs vaisseaux marchands. Ils ne comptent que par la connoissance des côtes,
qui est fort trompeuse, & ils s'en rapportent ordinairement, dans les longs voyages comme ceux de Syrie &
d'Egypte, à des Grecs qui ont fait la course sous des ar-
mateurs chrétiens, & qui ont appris par routine à connoître les terres d'Asie & d'Afrique. Cependant si les Turcs
vouloient s'appliquer à la navigation, ils se rendroient aisément les maîtres de la Mediterranée, & ils dissiperoient
les corsaires qui font tant de tort à leur trafic. Sans compter le secours qu'ils pourroient tirer de la Grece, des Isles
de l'Archipel, de l'Egypte, & de la côte d'Afrique ; la
mer Noire seule leur fourniroit plus de bois & plus d'a-

grets qu'il n'en faudroit pour entretenir des armées formidables. Aujourd'hui les forces maritimes de ce grand
Empire se trouvent réduites à 28 ou 30 vaisseaux de guerre, & l'on n'arme guere plus de 50 galeres. Les Turcs
ont eu des flotes beaucoup plus puissantes du temps de
Mahomet II, de Selim, de Solyman II. mais elles n'ont
jamais fait de grandes expéditions. Depuis la guerre de
Candie on a fort négligé la marine, & peut-être qu'elle le
seroit encore davantage, si Mezomorto Capitan-Pacha ne
l'eût relevée de nos jours. L'avantage qu'il remporta aux
Isles de Spalmadori sur les Venitiens, lui valut la prise de
Scio, & r'anima le courage des Mahometans. Il avoit les
talents d'un grand homme de mer, & il n'oublioit rien
pour engager les Officiers chrétiens au service du Grand
Seigneur. Le Sultan peut avoir aujourd'hui cinq ou six
Capitaines renegats qui sont fort expérimentez, mais les
Matelots ignorent la manœuvre, & les Canoniers sont tres-
mal-adroits. Le successeur de Mezomorto n'étoit pas fort
estimé. Adraman Pacha qui fut nommé Général de la mer
aprés la mort de ce dernier, étoit capable de perfection-
ner la marine des Turcs, si ses envieux ne l'avoient pas fait
étrangler quelque temps aprés son élevation. Il étoit connu parmi les Turcs sous le nom du Pacha de Rhodes, &
chez les chrétiens, sous celui du fils de la bouchere de
Marseille. On le prit tout jeune sur un vaisseau de cette ville
armé en course, & il eut le malheur de se faire Mahometan: il passoit chez les Turcs pour un homme fort équitable
& fort desinteressé. On asseûre qu'un jour faisant la police à Scio, il demanda à qui appartenoient trois ou quatre
bourriques chargées de pierres & attachées à la porte d'u-
ne maison; & ayant appris que leurs maîtres déjeunoient
tout prés de là, il poursuivit sa tournée; mais à son retour,

En Janvier 1706.
Le prétexte fut
qu'il n'avoit pas
fait éteindre assez
promptement l'in-
cendie qui avoit
endommagé quel-
ques maisons du
côté de l'arsenal.

indigné de trouver encore ces pauvres animaux à l'attache, sans qu'il parût qu'on eût pris soin de les faire repaî-
tre, il fit appeller leurs maîtres & leur dit, qu'il étoit juste
que les ânes mangeassent à leur tour; les paysans en tom-
berent d'accord: mais ils furent fort surpris, quand il leur
commanda de prendre chacun sur leurs dos la charge de
pierres, tandis que les ânes mangeroient. On fait un semblable conte de Sultan Mourat.

La charge de Capitan Pacha est une des plus belles de
l'Empire. Il est grand Amiral & Général des Galeres:
son pouvoir est si absolu, lorsqu'il est hors des Dardanelles, qu'il peut faire étrangler les Vicerois & les Gouverneurs qui sont sur les côtes, sans attendre l'ordre du Sultan; le grand Visir est le seul Ministre qui soit au-dessus de
lui: sa Charge est la seconde de l'Empire, & il ne rend
compte qu'au Grand Seigneur. Non seulement les Officiers de marine, mais tous les Gouverneurs des provinces maritimes reçoivent ses ordres. J'ai eu l'honneur de
vous dire, MONSEIGNEUR, qu'il n'y avoit à Constantinople que 28 ou 30 vaisseaux de guerre.

Pour ce qui est des galeres, on les distingue en deux
classes, celles de Constantinople, & celles de l'Archipel.
Celles de Constantinople ne tiennent la mer que pendant
l'été. On les desarme au retour de la campagne pour les
enfermer dans l'arsenal de Cassum Pacha: la pluspart des
Beys ou Capitaines sont des renegats. Outre le corps de
la galere, l'artillerie & le biscuit, l'Empereur donne encore
les soldats, le reste de l'équipage qui consiste en 200 rameurs, & le suif pour espalmer. Si les Capitaines sont assez
riches pour substituer leurs esclaves à ces rameurs, ils font
des profits considerables, car ils tirent douze mille livres
pour la paye des rameurs, & profitent encore des journées

de leurs efclaves qu'ils font travailler fur terre autant qu'ils peuvent pendant le refte de l'année. Quand il n'y a pas affez de rameurs, on loüe à Conftantinople des efclaves des particuliers pour faire la campagne ; mais on ne tire pas grand fervice de tous ces malheureux qui n'ont nulle expérience, & la plufpart periffent fur mer. Vous favez mieux que perfonne, MONSEIGNEUR, que le fervice de mer demande beaucoup plus de pratique que celui de terre. Pour renforcer les foldats des galeres, les Turcs y mêlent quelques Janiffaires.

Les galeres de l'Archipel doivent être prêtes à fe mettre en mer en tout temps. Les Capitaines font payez fur les affignations des Ifles, & ils font obligez de fournir les forçats & les foldats; car le Grand Seigneur ne leur donne que le corps de la galere, l'artillerie & les agrets. Pour conferver leurs efclaves, ils évitent le combat autant qu'ils peuvent; & la plufpart même n'ont ni le nombre de galeres qu'ils doivent entretenir, ni leurs équipages complets, parce que le Capitan Pacha, pour quelque fomme d'argent qu'on fcait lui donner à propos, fait fouvent femblant de n'y pas prendre garde; par conféquent la difcipline militaire n'eft obfervée que tres-légérement.

Les Beys de Rhodes & de Scio doivent entretenir fept galeres dans chacune de ces Ifles. Celui de Chypre fix. Ceux de Metelin, de Negrepont, de Salonique, de la Cavale, chacun une. Andros & Syra enfemble n'en fourniffent qu'une ; de même que Naxie & Paros. Le Capitan Pacha vient pendant l'été faire fa ronde dans l'Archipel pour exiger la capitation, & pour prendre connoiffance des affaires qui s'y font paffées : Il tient ordinairement fes grands jours dans un Port de l'Ifle de Paros appellé Drio; il eft là comme dans le centre de l'Archipel. Les adminiftrateurs des Isles y viennent faire leurs presents & porter les sommes auxquelles châque Isle est taxée : c'est dans ce même endroit que le Capitan Pacha juge en dernier ressort toutes les affaires tant civiles que criminelles.

J'ay l'honneur d'être avec un profond respect, &c.

L E T T R E XIV.

A Monseigneur le Comte de Pontchartrain, Secre-
taire d'Etat & des Commandemens
de Sa Majesté, &c.

Monseigneur,

De la Reli-
gion, des
Mœurs, & des ma-
niéres des Turcs.

J'ai eu l'honneur de vous entretenir dans ma derniere Lettre, du Gouvernement & de la Politique des Turcs; leur Religion, leurs Mœurs, & leurs maniéres feront la matiere de celle-ci.

De toutes les fausses Religions, la Mahometane est la plus dangereuse, parce qu'outre qu'elle flatte beaucoup les sens, elle est d'ailleurs conforme en plusieurs points au Christianisme. Le Mahometisme est fondé sur la connoissance du vrai Dieu créateur de toutes choses, sur l'amour du prochain, sur la propreté du corps, sur la vie tranquille. On y abhorre les Idoles, & leur culte y est scrupuleusement deffendu.

Naissance de Ma-
homet.

Mahomet nâquit idolatre parmi les Arabes en 570. il étoit naturellement plein de bon sens : à Dieu ne plaise que je veüille ici faire son éloge, mais je ne sçaurois m'empécher de le regarder comme un génie superieur, & d'admirer que sans le secours de la grace, cet homme ait pû revenir de l'idolatrie. On dit que Sergius, Moine Nestorien échappé de Constantinople, avoit contribué à le désabuser des erreurs du paganisme, mais Mahomet n'avoit pas laissé de secoüer un si grand préjugé, & d'ouvrir les yeux pour tâcher de découvrir la verité.

Il paroît par l'Alcoran, que ces deux hommes ont tiré de l'Ecriture sainte ce qu'ils ont proposé de meilleur: mais comme dans leur temps il y avoit en Arabie beaucoup plus de Juifs que de Chrêtiens, ils s'attachérent moins au Nouveau Teſtament qu'à l'Ancien, afin d'engager les Juifs dans leur ſecte, ſans en trop éloigner les Chrêtiens. Si Mahomet n'avoit pas eu la folie de vouloir paſſer pour l'Envoié de Dieu, ſa religion n'eût gueres differé du Socinianiſme; mais il voulut joüer un rôlle extraordinaire en faiſant croire qu'il avoit commerce avec les Etres ſuperieurs. Comme il n'avoit ni miſſion, ni le don des miracles, il fut obligé pour établir ſon ſyſteme, de joindre aux lumieres de la raiſon, la politique & la fourberie. Ses enthouſiaſmes, ou feints, ou cauſez par l'epilepſie, perſuadérent à la multitude qu'il étoit infiniment au-deſſus des autres hommes, & qu'il étoit inſpiré du Ciel. Sa femme & ſes amis diſoient tout haut qu'il étoit l'interprete du Seigneur, & qu'il n'êtoit venu au monde que pour annoncer ſes ordres: le pigeon que l'on avoit dreſſé à voltiger au-deſſus de ſa tête ne ſervoit pas peu à appuyer le myſtere; & cet oiſeau paſſoit pour l'Ange Gabriel qui venoit parler à l'oreille de l'Envoié.

Pour ne pas trop effaroucher les Idolâtres, il ne voulut paroître ni Juif, ni Chrétien; & pour ménager les juifs & les chrétiens, il adopta une partie de la croyance des uns & des autres. Il enſeigna qu'il y avoit trois ſortes de Loi écrite, communiquées aux hommes par le Seigneur, & dans leſquelles on pouvoit ſe ſauver; parce qu'elles ordonnent de croire en un ſeul Dieu createur & juge de tous les hommes. La premiere Loi, diſoit-il, fut donnée à Moyſe; mais comme elle étoit trop gênante, peu de gens pouvoient l'accomplir exactement. La ſeconde eſt celle de Jeſus-Chriſt, laquelle quoi-que remplie de grace, eſt en-

core bien plus difficile à obferver, par rapport à fon oppofi-
tion à la nature corrompuë. C'eſt pourquoi, continüoit-il,
le Seigneur qui eſt plein de mifericorde vous envoye par
mon miniſtere une Loi facile & proportionnée à vos foi-
bleſſes, afin qu'en la fuivant exactement, chacun de vous
puiſſe fe rendre heureux en ce monde & en l'autre.

Comme je ne connois pas le génie de la langue Arabe,
ni fes délicateſſes, l'Alcoran me femble un livre mal compofé, qui parmi de bonnes chofes contient une infinité
de contes pueriles & frivoles; quoique cependant l'exercice
de la religion Mahometane, à quelques bagatelles prés qui
regardent le foin que chacun doit prendre de fon corps,
paroiſſe beaucoup mieux entendu. Peut-être que pour fe
rendre maître de l'imagination des Idolâtres, frappée des
figures de bois & de pierre, Mahomet crût qu'il étoit néceſſaire de les flatter par des images agréables de l'autre
monde; & que pour les approcher de la raifon, il falloit
entrer dans leur goût, en faifant efperer des plaifirs fen-
fuels aprés la mort, à des gens qui pendant leur vie n'en
avoient pas connu d'autres. Ce livre, tel qu'il eſt, renferme toutes les Loix Ecclefiaſtiques & Civiles des Mahometans, & il leur apprend tout ce qu'ils doivent croire & pratiquer. Ils n'oferoient l'ouvrir fans l'avoir porté fur la tête,
ce qui eſt parmi eux la plus grande marque de vénération
qu'ils puiſſent donner; & leur principale ocupation eſt de
le lire, fuivant le precepte qui dit. *Attachez-vous fouvent à
la lecture du livre qui vous a été envoié, & priez inceſſam-
ment, parce que l'oraifon détourne du peché.* Ils font perfuadez que ceux qui le liront un certain nombre de fois,
gagneront le paradis. Enfin ils l'appellent le livre par excellence, car *Alcoran* ne fignifie autre chofe que *l'Ecriture.*

Il feroit aſſez inutile de rapporter ici comment ce livre
a été

a été composé, & comment il a été reformé aprés la mort de Mahomet; il suffit de remarquer qu'il y a quatre sectes parmi les Mahometans. La plus superstitieuse est celle des Arabes qui s'en tiennent aux traditions d'Abubeker. Celle des Persans, que l'on doit aux soins de Hali, est la plus épurée; mais les Turcs qui sont attachez à celle d'Omer, les traitent d'heretiques & prononcent des anathêmes contre eux. La plus simple de toutes est celle des Tartares qui s'en rapportent à Odeman ou Osman grand compilateur des memoires de Mahomet.

Le seul article de foy qu'ayent les Mahometans, est qu'il n'y a qu'un seul Dieu, & que Mahomet est l'Envoyé de Dieu. A l'égard des commandemens de la Loy, les Turcs les réduisent à cinq, 1°. Faire la priere cinq fois le jour, 2°. Jeûner le carême, 3°. Donner l'aumône & pratiquer les œuvres de charité, 4°. Aller en pelerinage à la Méque, s'il est possible, 5°. Ne souffrir aucune ordure sur son corps. On y ajoûte quatre autres points, mais ils ne sont pas absolument nécessaires pour le salut, 1°. Observer religieusement le vendredi, 2°. Se faire circoncire, 3°. Ne boire point de vin, 4°. Ne manger point de chair de pourceau, ni d'animaux suffoquez.

Les Mahometans ont plus de respect pour le vendredi que pour les autres jours de la semaine, parce qu'ils croyent que ce fut un vendredi que Mahomet, persecuté par les Idolâtres, fut obligé de se sauver de la Méque à Medine dans l'Arabie. C'est par ce jour-là que commence l'Ere Mahometane qu'ils appellent *Egire*; & ce celebre vendredi fut le 22. Juillet de l'an 622. aprés la mort de Jesus-Christ. Les Mahometans sont obligez d'aller tous les vendredis faire la priere de midi à la Mosquée; on en dispense les femmes de crainte de donner des distractions aux hommes. Les Marchands tiennent leurs boutiques fer-

Tome II.   .H

mées ce jour-là jusques à midi, & même ceux qui font un peu aifez ne les ouvrent que le lendemain.

La Circoncifion & l'abftinence du pourceau, & des viandes fuffoquées, n'ont peut-être été inferées dans la Loy que par complaifance pour les Juifs qui étoient alors autant ménagez par les Mahometans, qu'ils en ont été méprifez par la fuite. Le bien public porta le Legiflateur à deffendre l'ufage du vin à fes difciples. *Abftenez-vous, dit-il, du vin, de joüer aux jeux de hazard & aux echets ; ce font des inventions du démon pour répandre la haine & la divifion parmi les hommes ; pour les éloigner de la priere, & pour les empêcher d'invoquer le nom de Dieu.* Cependant ils avoüent que le vin eft une chofe excellente, & que la tentation en eft fi chatoüilleufe, qu'elle rend ce peché fort pardonnable. Ils fe moquent de nous qui le beuvons avec de l'eau, & difent que lorfqu'on fe mêle d'en boire, il faut fatisfaire fon appetit & non pas l'irriter. A l'égard de la chair de pourceau, les Turcs l'ont en horreur ; mais les Perfans en regardent l'abftinence, plûtoft comme un confeil, que comme un precepte ; ils en mangent, ou s'en abftiennent de même que du vin, fuivant l'ufage qu'en fait le Prince, fur le goût duquel tout l'Empire fe conforme aveuglément. Quand on entre fur les terres du Roy de Perfe, il eft agréable pour les voyageurs d'y pouvoir boire du vin fans en faire miftere, & d'y voir dans la campagne des troupeaux de pourceaux ; les Perfanes qui habitent les frontieres connoiffent fi bien les Chrétiens, qu'elles courent à eux à toutes jambes avec des bouteilles de vin & des jambons, dés qu'elles apperçoivent une caravane.

Pour la Circoncifion, les Turcs la regardent plûtoft comme une marque d'obéiffance à la religion, que comme une Loy effentielle ; il n'eft point parlé de cette cérémonie dans l'Alcoran, & c'eft plûtoft une tradition qu'ils ont prise des Juifs. Les Mahometans sont persuadez que les enfans qui meurent sans circoncision ne sont pas moins sauvez, & ils leur cassent le petit doit avant que de les enterrer pour marquer qu'ils n'ont pas été circoncis. Les plus scrupuleux (comme il y en a dans toutes les religions) croyent que la circoncision de leur pere influë sur eux; mais ceux qui présument de savoir mieux les points fondamentaux de leur religion, conviennent que la circoncision n'a été établie, que pour faire souvenir les Musulmans, le reste de leur vie, de ce qu'ils ont promis à Dieu par leur profession de foy, sçavoir qu'il n'y a d'autre Dieu que Dieu, & que Mahomet est l'Envoyé de Dieu; & que c'est pour cela qu'on ne doit circoncire les enfans qu'à l'âge de 12. ou 14. ans, afin qu'ils y fassent attention. Quelques-uns de leurs Docteurs croyent qu'on n'a adopté parmi eux la circoncision des Juifs, que pour mieux observer le precepte de la propreté, par lequel il est deffendu de laisser tomber de l'urine sur ses chairs. Or il est certain que le prépuce en retient toûjours quelque goutte, & sur-tout chez les Arabes, qui naturellement l'ont beaucoup plus long que les autres hommes. Aujourd'hui la pluspart des renégats ne sont pas circoncis ; on se contente de leur faire lever le doit & prononcer les paroles qui expriment la profession de foy. Peut-être que c'est par mépris pour eux qu'on ne les fait pas circoncire ; car les Turcs disent ordinairement, qu'un mauvais Chrétien ne sera jamais bon Turc.

On ne coupe rien aux filles Turques dans la circoncision, mais en Perse on leur coupe les nymphes. En Turquie le jour de la circoncision on prépare un repas chez les parens de celui que l'on doit tailler : on l'habille le plus proprement que l'on peut, & on le promene à cheval ou sur un chameau, au son des instrumens, par toute la ville si elle est de mediocre grandeur ; ou dans son quar-

Cérémonie de la Circoncision.

H ij

tier feulement fi elle eft fort vafte. Cet enfant tient à la main droite une fléche dont il tourne le fer du côté du cœur, pour marquer qu'il fe laifferoit plûtoft percer cette partie que de renoncer à fa foy. Ses camarades, fes amis & fes voifins le fuivent à pied, en chantant fes loüanges avec des marques de joye, jufques à la Mofquée, où l'Iman, aprés une petite exhortation, lui fait faire fa profeffion de foy & lever le doit: enfuite il ordonne au barbier prépofé, de le placer fur le fopha & de faire l'opération. Deux valets tiennent une nape étenduë devant l'enfant, & le barbier lui ayant tiré le prépuce autant qu'il peut, fans pourtant lui faire mal, il le ferre au bout du gland avec une pincette, le coupe avec un rafoir, & le montre aux affiftans, en difant à haute voix, *Dieu eft grand.* Le circoncis ne laiffe pas de crier, car la douleur eft affez vive: on le penfe, & chacun vient le féliciter de ce qu'il eft mis au rang des Mufulmans, c'eft à dire des fideles.

Si les parens font riches, il font circoncire à leurs dépens les enfans des pauvres gens de leur voifinage. Aprés la cerémonie, on fe retire dans le même ordre qu'on étoit venu, & l'on marche comme en triomphe pour fe rendre chez les parens, qui donnent à manger pendant trois jours à tous ceux qui fe prefentent. On en eft quitte pour une grande chaudiere de ris par jour, quelques pieces de bœuf, de mouton, & quelques poules: la dépenfe n'eft pas confiderable en liqueurs, car on fatisfait tout le monde avec une grande cruche d'eau. Les gens plus aifez prefentent le forbet, le caffé & le tabac, & les parens font quelques prefens aux pauvres garçons que l'on a circoncis avec leurs fils; ils donnent auffi l'aumône aux pauvres de leur quartier. Aprés qu'on a bien danfé & bien chanté, les conviez font à leur tour des prefens au nouveau Mufulman. Chez les perfonnes de diftinction, on donne des veftes,

des armes, des chevaux. Quand on circoncit un des Enfans du Grand Seigneur, les réjoüiffances font publiques,
& l'on tire toute l'artillerie du Serrail. On fait des courfes
dans l'Atmeidan & dans les autres places; on tend les efcarpolettes dans les ruës, & on renouvelle tous les divertiffemens du Bairam.

Il eft bon de remarquer que l'Iman n'impofe point de
nom au nouveau circoncis; c'eft le pere qui donne le nom
qu'il veut à fes enfans lorfqu'ils viennent au monde. Il
tient entre fes bras le nouveau né, & l'élevant vers le ciel
pour l'offrir à Dieu, il lui met un grain de fel dans la bouche en difant: *Plaife à Dieu que fon faint nom, mon fils Solyman*, par exemple, *te foit toûjours auffi favoureux que ce
fel, & qu'il t'empefche de goûter les chofes de la terre.* Ces
noms font pour l'ordinaire *Ibrahim* ou Abraham : *Solyman* qui fignifie Salomon : *Ifouph* Jofeph : *Ifmael* Oyant
Dieu: *Mahomet* Loüable : *Mahmoud* Defirable : *Scander*
Alexandre: *Sophy* Saint; *Haly* Haut: *Selim* Paifible : *Muftapha* Sanctifié : *Achmet* Bon : *Amurat* ou *Mourat* Vif:
Seremeth; Diligent.

Des Confeils je paffe aux Commandemens. Les Mufulmans font fi convaincus que les prieres font les clefs du
Paradis & les colonnes de la religion, comme ils difent,
qu'ils s'y appliquent avec une attention tout-a-fait édifiante. Rien ne peut les difpenfer de prier; il eft ordonné que
lorfqu'ils feront à l'armée, ils fe releveront les uns les autres pour prier tandis que leurs camarades feront fous les
armes. *Que ceux*, dit l'Alcoran, *qui vont faire la priere, ne
foient pas yvres, mais fobres & qu'ils ayent l'efprit libre,
afin qu'ils fachent ce qu'ils doïvent faire ; ce qu'ils doivent dire.* On lit dans le même livre, que ceux qui prient
avec un efprit malade & fans penfer à ce qu'ils font, quoiqu'ils paroiffent bien faire, n'ont gueres d'amour de Dieu.

H iij

Comme les Turcs croyent que ce qui foüille le corps est capable de foüiller l'ame; ils font perfuadez auffi que ce qui purifie l'un, ne manque pas de purifier l'autre. Sur ce principe, qui eft bien contraire à celui de plufieurs Chrétiens, ils fe préparent à la priere par les ablutions. *Hommes de bien*, dit l'Alcoran, *quand vous voudrez faire vos prieres, il faut laver vôtre vifage, vos mains, vos bras, & vos pieds. Les gens mariez qui auront couché enfemble fe baigneront. Si les malades & les voyageurs ne trouvent point d'eau, qu'ils fe frottent le vifage & les mains avec de la pouffiere bien nette; car Dieu aime la netteté. Il veut que les prieres qu'on lui fait, foient parfaites, qu'on le remercie des graces qu'il nous donne, & que l'on invoque fouvent fon faint nom.*

Les Mahometans ont réduit ce commandement à deux ablutions, la grande & la petite. La premiere eft de tout le corps, mais elle n'eft ordonnée qu'aux perfonnes mariées qui ont couché enfemble; qu'à ceux qui ont eû quelque pollution en dormant; ou qui en urinant ont laiffé tomber de l'eau fur leur chair. Voilà les trois plus grandes foüilleures des bons Mufulmans. Afin que rien ne foit à couvert de l'eau qui doit purifier leur corps & leur ame, & pour qu'elle penetre mieux, ils fe coupent les ongles avec beaucoup de foin, & font tomber le poil de toutes les parties de leur corps, excepté du menton. La grande ablution confifte à fe plonger trois fois dans l'eau, quelque rigoureufe que foit la faifon. J'ay veu dans le fort de l'hiver des Turcs fe détacher de la caravane pour fe jetter tout nuds dans des ruiffeaux qui étoient à côté du chemin, fans apprehender ni colique ni pleurefie; ils viennent enfuite joindre la troupe avec cet air de tranquilité, qui paroît fur le vifage des perfonnes dont la confcience eft jufte; quand ils trouvent des fources chaudes ils s'y plongent avec plaisir. Dans la plufpart des maifons des gens aifez il y a des cuves que l'on remplit d'eau tous les matins pour y faire la grande ablution. Quand nous paffâmes de Scio à Conftantinople, un bon Mufulman de nôtre compagnie donnoit trente fols de temps en temps à deux Matelots qui le prenoient chacun par une oreille & le plongeoient par trois fois dans la mer, quelque froid qu'il fift.

Pour faire la petite ablution, on tourne la tête du côté de la Méque, on fe lave les mains & les bras jufques au coude, on rince trois fois fa bouche, & on fe nettoye les dents avec une broffe. Aprés cela il faut fe laver le nez trois fois, & tirer par les narines de l'eau que l'on prend avec le creux de la main ; on fe jette enfuite avec les mains trois fois de l'eau fur le vifage ; il eft ordonné de fe frotter avec la main droite depuis le front jufques au-deffus de la tête; de là il faut venir aux oreilles & les bien nettoyer en dedans & en dehors: enfin la cerémonie fe termine par les pieds.

Mahomet avoit beau dire que fa Loy étoit aifée à pratiquer; pour moi je la trouve fort gênante, & je ne doute pas que la plufpart des renégats ne paffent par deffus toutes ces vetilles. On eft obligé pour lâcher de l'eau de s'acroupir comme les femmes, de peur qu'il ne tombe quelque goutte d'urine dans les chauffes. Pour éviter ce peché, ils expriment avec grand foin, le canal par où elle a paffé, & en effuyent le bout contre la muraille ; on voit en plufieurs endroits des pierres toutes ufées par ces frottemens. Quelquefois les Chrétiens pour fe divertir frottent ces pierres avec le fruit du *Poivre d'Inde*, avec de la racine du *Pied-de-Veau*, ou de quelques autres plantes brûlantes, en forte qu'il furvient fouvent une inflammation à ceux qui viennent s'y effuyer. Comme la douleur eft fort cuifante, ces pauvres Turcs courent fouvent, pour chercher le remede, chez les mêmes Chirurgiens chrétiens, qui font la caufe du mal qu'ils fouffrent : neanmoins on ne manque pas de leur dire que la maladie eft dangereufe, & qu'on fera peutêtre obligé de faire quelque amputation. Les Turcs jurent de leur côté qu'ils n'ont eû aucun commerce avec femme ni fille qui puiffent être fufpectes : enfin on envelope la partie malade avec des linges trempez dans l'oxicrat que l'on a coloré avec un peu de bol, & on leur vend ce remede comme un grand fpécifique pour ces fortes de maux.

Quand ils vont à la garderobe chez eux ou à la campagne, ils font provifion de deux grands mouchoirs qu'ils portent à leur ceinture, ou qu'ils mettent fur les épaules comme les maîtres-d'hôtel font la ferviette : dans cet equipage ils portent à la main un pot plein d'eau qui leur fert pour faire le *Taharat*, c'eft à dire pour fe laver & relaver le fondement avec le doit. Le Grand Seigneur luimême ne fauroit s'en difpenfer, & c'eft la premiere inftruction que fon Gouverneur lui donne ; il eft à préfumer qu'aprés cette operation les Turcs fe lavent & s'effuyent fouvent le bout des doits. Ce n'eft pas là le feul inconvenient, il peut furvenir bien des chofes qui rendent cette ablution inutile, & qui obligent à la recommencer de nouveau, par exemple fi on laiffe échapper quelque vent : mais le malheur eft bien plus grand fi on a le cours de ventre, auquel cas cette ablution qui doit être fouvent réiterée, devient une cérémonie tres fatigante. J'ai oüi dire à des Turcs, qu'une des principales raifons qui les empéchoit de voyager en païs de Chrétienté, c'étoit de ne pouvoir pas faire de pareilles fonctions affez à leur aife.

A l'égard de l'ablution particuliere, il faut y revenir pour la moindre faute, comme pour s'être mouché avec la main droite ; pour s'être lavé les parties du corps plus de trois fois ; pour avoir employé à cet ufage de l'eau échaufée

au

au soleil. On tombe dans le même inconvenient, si l'on se jette de l'eau sur le visage avec trop de violence, si l'on reçoit du sang ou quelqu'autre ordure sur son corps, si l'on vomit, si l'on s'évanoüit, si l'on boit du vin, si l'on dort pendant la priere ; enfin si l'on se laisse toucher par un chien, ou par quelqu'autre animal impur. Toutes ces raisons leur font bâtir des reservoirs, des fontaines, des robinets autour des Mosquées, ou chez eux. Au deffaut d'eau, ils peuvent se servir de sable, de poussiere, ou de quelques plantes propres pour se nettoyer. Le Chapitre que [a] Rabelais a fait & qui porte un assez plaisant titre, leur seroit d'un grand secours si on le traduisoit en leur langue.

[a] Rabelais Livre Prem.r Chap. XIII.

Aprés que les Turcs se sont purifiez, ils baissent les yeux & se recüeillent en eux-mêmes pour se disposer à la priere qui se fait cinq fois par jour, 1°. Le matin entre la pointe du jour & le lever du Soleil, 2°. A midi, 3°. Entre midi & le Soleil couchant, 4°. Au coucher du Soleil, 5°. Environ une heure & demi aprés que le Soleil est couché. Toutes ces prieres sont accompagnées de plusieurs inclinations & de quelques prosternations. Ils peuvent prier ou chez eux ou dans les Mosquées, & ils sont avertis des heures destinées à cet exercice par des hommes gagez qui se reglent sur le cours du Soleil, & sur des horloges de sable : ce sont des cloches parlantes, car ils montent, aux heures reglées, dans les galeries des Minarets, & se bouchant les oreilles avec les doits, ils chantent de toute leur force les paroles suivantes : *Dieu est Grand, il n'y a point d'autre Dieu que Dieu ; venez à la priere, je vous l'annonce clairement.* Ces Chantres repetent quatre fois ces mêmes paroles, en se tournant premierement vers le Midi, puis vers le Septentrion, ensuite vers le Levant, & ils finissent du côté du Couchant.

A ce signal tout le monde se purifie & s'en va à la Mos-

Tome II. .I

quée, à la porte de laquelle on quitte ses pantoufles, si mieux on n'aime les porter à la main, de crainte qu'elles ne se mêlent avec celles des autres. Tout cela se passe en grand silence. On saluë d'une profonde reverence la niche où est l'Alcoran, & cet endroit désigne la situation de la Méque. Aprés cela chacun leve les yeux & se met les pouces dans les oreilles avant que de s'asseoir : la maniére même de s'asseoir est la posture la plus humiliée qu'on puisse prendre parmi eux, car on est assis sur les gras de-jambes ; ils s'y tiennent quelque temps, puis ils baissent les yeux & baisent trois fois la terre : ils se remettent ensuite sur leur séant en attendant que le prêtre commence, afin de le suivre tout bas & de faire les mêmes inclinations que lui. C'est dans ce temps-là que leur modestie est la plus admirable ; ils ne saluent personne, & ils n'oseroient causer ni s'entretenir avec qui que ce soit, pas même regarder à droit ni à gauche. Tout le monde est immobile, on ne crache ni l'on ne tousse : enfin on ne donne des marques de vie que par quelques soupirs profonds, qui sont des épanoüissemens de l'ame envers Dieu, plûtost que des mouvemens mécaniques. Parmi ces soupirs le prêtre se leve ; il porte ses mains ouvertes à la tête, il bouche ses oreilles avec les pouces, leve les yeux vers le Ciel & chante fort haut & distinctement : *Dieu est grand, gloire à toy Seigneur. Que ton nom soit beni & loüé. Que ta grandeur soit reconnuë ; car il n'y a point d'autre Dieu que toy.*

Voici la priere qu'ils récitent ordinairement les yeux baissez & les mains croisées sur l'estomac. C'est leur Oraison Dominicale.

Au nom de Dieu plein de bonté & de misericorde. Loüé soit Dieu le Seigneur du monde, qui est un Dieu plein de bonté & de misericorde. Seigneur qui jugeras tous les hommes, nous t'adorons, nous mettons toute nôtre confiance en toy. Conserve nous, puisque nous t'invoquons dans la veritable voye, qui est celle que tu as choisie & que tu favorise de tes graces. Ce n'est pas la voye des infideles ni de ceux contre qui tu es justement irrité. Ainsi soit-il.

Ils font aprés cela des inclinations, & appuyant les mains sur leurs genoux, à demi courbez ils repetent l'Oraison, *Dieu est Grand, gloire à toy Seigneur, &c.* ou bien ils disent par trois fois, *Soit glorifié le nom du Seigneur.* Ils se prosternent de nouveau, baisent la terre deux fois, & crient autant de fois, *O grand Dieu que ton nom soit glorifié !* Ensuite ils recitent encore la grande Oraison: *Au nom de Dieu plein de bonté & de misericorde, &c.* A quoy ils ajoutent l'article suivant tiré de l'Alcoran: *Je confesse que Dieu est Dieu, que Dieu est eternel, qu'il n'a ni engendré, ni été engendré, & qu'il n'y a aucun qui luy soit semblable ni égal.* Aprés avoir fait les inclinations que l'heure de la priere demande, ils se relevent à demi, quoique assis sur leurs talons, & jettant les yeux sur leurs mains ouvertes comme sur un livre, ils prononcent ces paroles.

L'adoration & les prieres ne font deües qu'à Dieu. Salut & paix foient fur toy, ô Prophete. La misericorde, les benedictions & la paix du Seigneur foient fur nous & fur les serviteurs de Dieu. Je proteste qu'il n'y a qu'un seul Dieu, qu'il n'a point de compagnon, & que Mahomet est l'Envoyé de Dieu.

Les prieres finissent par la salutation des deux Anges qu'ils croyent être à leurs côtez. Pour s'aquitter de ce devoir, ils empoignent leur barbe & se tournent à droite & à gauche. Ils s'imaginent que l'un de ces Anges est blanc, & que l'autre est noir; le blanc, à ce qu'ils croyent, les excite à bien faire, & tient un registre de leurs bonnes actions; le noir controlle les mauvaises pour les en accuser aprés leur mort. En faliüant chaque Ange, ils prononcent, *Le falut & la miſericorde de Dieu ſoient ſur toy.* Ils croyent d'ailleurs que les prieres ne ſauroient être éxaucées, s'ils n'ont auparavant fait une ferme réſolution de pardonner à leurs ennemis ; c'eſt pour cela qu'ils ne laiſſent point paſſer le vendredi ſans ſe reconcilier de bon cœur avec eux ; de là vient auſſi qu'on n'entend jamais ni médiſance ni injure parmi les Turcs.

Les prieres du *Vendredi* ſe font dans l'intention d'attirer la grace du Seigneur ſur tous les Muſulmans. On prie le *Samedi* pour la converſion des Juifs : le *Dimanche* pour celle des Chrétiens : le *Lundi* pour les Prophetes : le *Mardi* pour les Prêtres, & pour ceux qu'ils eſtiment ſaints dans ce monde : le *Mercredi* pour les Morts, pour les malades, & pour les Muſulmans qui ſont eſclaves parmi les infideles : le *Jeudi* pour tout le monde, de quelque nation & de quelque religion qu'il puiſſe être. Le vendredi les Moſquées ſont plus frequentées, mieux éclairées, & les prieres s'y font plus ſolemnellement.

Nous n'avons pas vcû prier dans les Moſquées, car il n'eſt permis aux Chrétiens d'y entrer que lors qu'il n'y a perſonne ; mais nous avons veû faire la priere aux Muſulmans dans les caravanes. Le Chef de la caravane connoiſſant par la hauteur du Soleil l'heure qu'il eſt, s'arrête & leur anonce la priere tout comme feroit le Chantre ordinaire ; les Chrétiens & les Juifs attendent à cheval, s'ils veulent, ou ſe promenent pendant ce temps-là. Les Muſulmans étendent chacun leur tapis à terre, font leurs inclinations & récitent leurs Oraiſons. Bien ſouvent le Chef de la caravane leur tient lieu de prêtre ; s'il s'y trouve quelque Dervich, comme cela ſe rencontre fort ſouvent dans les caravanes d'Aſie, il fait cette fonction. Tout cela ſe paſſe au milieu des champs avec la même attention & la même modeſtie que s'ils étoient dans une Moſquée. Quand il n'y a qu'un, deux, ou trois Turcs dans une caravane, on les voit s'écarter du chemin pour prier, & courir ensuite à toute bride pour rejoindre la troupe. Rien de plus exemplaire que ces exercices, & cela m'a donné beaucoup d'indignation contre les Grecs, qui la plufpart vivent comme des chiens.

Outre les prieres journalieres dont on vient de parler, les Turcs se rendent à la Mosquée à minuit pendant le Carême pour y faire la priere suivante.

Seigneur Dieu qui excuses nos fautes : Toy qui seul dois être aimé & honoré : Qui es grand & victorieux : Qui tournes les cœurs & les pensées des hommes : Qui disposes de la nuit & du jour : Qui pardonnes nos offenses & purifies nos cœurs : Qui fais misericorde & distribuës tes bienfaits à tes serviteurs. Adorable Seigneur nous ne t'avons pas honoré comme tu devois l'être. Grand Dieu qui merites qu'on ne parle que de toy, nous n'en avons pas parlé aussi dignement que nous le devions. Grand Dieu que l'on doit remercier incessamment, nous ne t'avons pas assez rendu d'actions de graces. Dieu misericordieux, toute sagesse, toute bonté, toute vertu viennent de toy ; c'est à toy qu'il faut demander pardon & misericorde. Il n'y a point d'autre Dieu que Dieu. Il est unique. Il n'a point de compagnon. Mahomet est l'Envoyé de Dieu. Mon Dieu vôtre benediction sur Mahomet & sur la race des Musulmans.

Le Carême des Turcs a pris le nom du mois où il se trouve, qui est la Lune de *Ramazan* ou *Ramadan*, car ils comptent toûjours par les Lunes. Leur année est de 354 jours partagez en 12 Lunes, ou Mois, lesquels ne commencent qu'à la nouvelle Lune ; ces mois sont alternativement l'un de 30 jours & l'autre de 31. Le premier qui est de 30 jours s'appelle *Muharrem*. Le 2. *Sefer*, & n'est que de 29 jours. Le 3. *Rebiul-euvel.* Le 4. *Rebiul-ahhir.*

Carême des Turcs.

Le 5. *Giamazil-euvel.* Le 6. *Giamazil-ahhir.* Le 7. *Regeb.*
Le 8. *Chaban.* Le 9. *Ramazan* ou *Ramadan.* Le 10. *Chu-*
val. Le 11. *Zoulcudé.* Le 12. *Zoulhigé.* Ces mois ne suivent pas les saisons, parce qu'ils ne s'accordent pas avec
le cours du Soleil, & leurs années sont plus courtes de
onze jours que les nôtres ; ainsi le Ramazan remonte tous
les ans de pareil nombre de jours ; delà vient que d'une
année à l'autre, il parcourt toutes les saisons.

Le Carême a été établi pendant la Lune de Ramazan,
parce que Mahomet publia que l'Alcoran lui avoit été envoyé du Ciel dans ce temps-là. Le Jeûne qu'il ordonna
est different du nôtre, en ce qu'il est absolument deffendu
durant tout le cours de cette Lune, de manger, de boire,
ni de mettre aucune chose dans la bouche, pas même de
fumer depuis que le Soleil se leve, jusques à ce qu'il soit
couché. En récompense tant que la nuit dure, ils peuvent
manger & boire sans distinction de viande ni de boisson,
si l'on en excepte le vin ; car ce seroit un grand crime d'en
goûter, & ce crime ne s'expioit autrefois qu'en jettant du
plomb fondu dans la bouche des coupables ; on n'est
pas si sévere aujourd'huy, mais on ne laisseroit pas d'être
puni corporellement. L'eau de vie n'est pas épargnée la
nuit pendant ce temps de penitence ; encore moins le sorbet & le caffé : Il y en a même qui sous pretexte de penitence se nourrissent plus délicieusement que tout le reste
de l'année. L'amour propre qui est ingénieux par tout,
leur inspire en ce temps-là, de faire meilleure chere dans
les temps destinez à la mortification : les confitures conso-
lent l'estomac des devots, quoiqu'elles ne soient ordinairement qu'au miel & au resiné. Les riches observent le
Carême aussi séverement que les pauvres ; les soldats de
même que les Religieux ; le Sultan comme un simple particulier. Chacun se repose pendant le jour, & l'on ne pen-

se qu'à dormir, ou au moins à éviter les exercices qui alté-
rent, car c'est un grand suplice que de ne pouvoir pas boire
de l'eau pendant les grandes chaleurs. Les gens de travail,
les voyageurs, les campagnards soufrent beaucoup ; il est
vray qu'on leur pardonne de rompre le Jeûne, pourveû
qu'ils tiennent compte des jours, & à condition d'en jeûner par la suite un pareil nombre quand leurs affaires le
leur permettront : tout bien consideré, le Carême chez les
Musulmans n'est qu'un dérangement de leur vie ordinaire. Quand la Lune de Chaban, qui précede immédiate-
ment celle de Ramazan est passée, on observe avec grand
soin la nouvelle Lune. Une infinité de gens de toute sortes d'états se tiennent sur les lieux élevez & courent avertir
qu'ils l'ont aperçeüe ; les uns agissent par devotion, les autres pour obtenir quelque récompense. Dés le moment
qu'on est asseûré du fait, on le publie par toute la ville, &
on commence à jeûner. Dans les endroits où il y a du
canon, on en tire un coup au coucher du Soleil. On allume une si grande quantité de lampes dans les Mosquées,
qu'elles ressemblent à des chapelles ardentes, & l'on prend
soin de faire de grandes illuminations sur les minarets pendant la nuit.

Les Muezins au retour de la Lune, c'est à dire à la fin
du jour du premier Jeûne, anoncent à haute voix qu'il est
temps de prier & de manger. Les pauvres Mahometans
qui ont alors le gozier fort sec, commencent à avaler de
grandes potées d'eau, & donnent avidement sur les jattes
de ris. Chacun se régale avec ses meilleures provisions ;
& comme s'ils apprehendoient de mourir de faim, ils
vont chercher à manger dans les ruës, aprés s'être bien
rassasiez chez eux ; les uns courent au caffé ; les autres au
sorbet ; les plus charitables donnent à manger à tous ceux
qui se présentent. On entend les pauvres crier dans les

ruës, *Je prie Dieu qu'il remplisse la bourse de ceux qui me donneront pour remplir mon ventre.* Ceux qui croyent raffiner sur les plaisirs, se fatiguent la nuit autant qu'ils peuvent, pour mieux reposer le jour, & pour laisser passer le temps du Jeune sans en être incommodez. On fume donc pendant les tenebres aprés avoir bien mangé; on joüe des instrumens; on voit joüer les marionettes à la faveur des lampes. Tous ces divertissemens durent jusques à ce que l'aurore éclaire assez pour distinguer, comme ils disent, un fil blanc, d'avec un fil noir; alors on se repose & l'on donne le nom de Jeûne à un sommeil tranquile qui dure jusques à la nuit. Il n'y a que ceux que la necessité oblige de travailler, qui vont à leur ouvrage ordinaire. Où est donc, selon eux, l'esprit de mortification qui doit purifier l'ame des Musulmans! Ceux qui aiment la vie déreglée souhaiteroient que ce temps de pénitence durast la moitié de l'année, d'autant mieux qu'il est suivi du grand Bairam, pendant lequel par une alternative agréable on dort toute la nuit, & l'on ne fait que se réjoüir tant que le jour dure.

Le Bairam.

Sur la fin de la Lune de Ramazan, on observe avec soin celle de Chuval, & on anonce le Bairam dés qu'on l'a découverte. On n'entend alors que tambours & trompettes dans les Palais & dans les Places publiques. Si le temps est assez couvert pour cacher la nouvelle Lune, on retarde la feste d'un jour; mais si les nuages continuent, on suppose que la Lune doit être nouvelle, & l'on allume des feux de joye dans les ruës. Les femmes qui sont renfermées pendant toute l'année, ont la liberté de sortir pendant les trois jours que dure cette fête. On ne voit dans les places que musiciens, escarpolettes, roües de fortune. On voltige dans ces escarpolettes, ou pour mieux dire, on se promeine en l'air sur des sieges de bois, par le moyen des cordes que des hommes conduisent avec plus ou moins

de

de violence au gré de celui qui eſt aſſis. Les rouës de fortune ſont ſemblables à celles des moulins d'eau ; on les fait tourner ſans que ceux qui ſont aſſis en dedans touchent les uns aux autres, quoique chacun ſe trouve à ſon tour au haut & au bas de la rouë.

Le premier jour du Bairam, les Muſulmans ſont entre eux une réconciliation générale, & ſe donnent réciproquement les mains dans les ruës ; aprés avoir baiſé celles de leurs ennemis, ils les portent à leur teſte. On ſe ſouhaite mille proſperitez, & l'on s'envoye des préſens comme nous faiſons ici au commencement de l'année. Les Prédicateurs expliquent dans les Moſquées quelques points de l'Alcoran, & aprés le ſermon, on y chante l'Oraiſon ſuivante : *Salut & benediction ſur toi Mahomet ami de Dieu. Salut & benediction ſur toi Jeſus-Chriſt ſoufle de Dieu. Salut & benediction ſur toi Moyſe familier de Dieu. Salut & benediction ſur toi David Monarque établi de Dieu. Salut & benediction ſur toi Salomon le fidele du Seigneur. Salut & benediction ſur toi Noé, qui as été ſauvé par la grace de Dieu. Salut & benediction ſur toi Adam la pureté de Dieu.*

Le Grand Seigneur paroit plus magnifique ce jour-là qu'à l'ordinaire ; il reçoit les complimens des Grands de la Porte, & leur fait donner un repas ſomptueux dans la Sale du Divan. On aſſeure qu'au retour de ſainte Sophie il monte ſur ſon thrône, ayant le Chef des Eunuques blancs à ſa gauche. Si les fils du Kam des Tartares ſe trouvent à la Cour, ils viennent les premiers ſe proſterner devant lui, & ne ſe retirent qu'aprés avoir baiſé ſes mains & lui avoir ſouhaité une heureuſe feſte. Le Grand Viſir ſe preſente enſuite à la tête des Vicerois & des Pachas qui ſont dans la ville ; & aprés avoir fait ſon compliment au Sultan un genou en terre, il lui baiſe la main & prend la place du Chef des Eunuques blancs. Le Moufti accompagné des Intendans de Juſtice, des grands Cadis, des plus fameux Prédicateurs, en un mot de tous ceux qu'on appelle principaux Officiers de la Foy, & de celui même qui ſe dit le Chef de la race de Mahomet: Le Moufti, dis-je, la tête baiſſée juſques à terre & les mains dans ſa ceinture, vient baiſer l'épaule du Sultan ; on dit que ce Prince avance un pas pour le recevoir. Le Janiſſaire Aga fait ſon compliment le dernier de tous, aprés que les Officiers qui ont accompagné le Moufti ont fait leur reverence. Quand le repas eſt fait on diſtribuë de la part du Grand Seigneur des veſtes de Marte Zibeline aux premiers Officiers de la Porte. Voilà ce qui ſe paſſe à l'entrée du Serrail. Dans l'interieur de ce Palais, le Sultan reçoit des complimens des Chefs des Eunuques & de ſes premiers Gentilhommes. Les Sultanes même ſortent de leurs appartemens & paſſent en carroſſe chez le Grand Seigneur ; mais ces carroſſes ſont fermez avec le même ſoin que ſi l'on conduiſoit des priſonniers. On aſſeure que pendant les trois jours, qu'il eſt permis à ces Dames de venir chez le Sultan, ce Prince n'eſt ſervi que par des Eunuques noirs ; les Pages, les Eunuques blancs, les Gentilhommes, enfin tous ceux qui n'ont pas le viſage noir en ſont exclus pour tout ce temps-là. Les Dames ſe viſitent auſſi entre elles aprés avoir offert leurs vœux à l'Empereur.

Les Mahometans célebrent encore quelques autres feſtes pendant le reſte de l'année. J'ay eû l'honneur, Mgr. de vous parler du petit Bairam dans ma troiſiéme Lettre: cette feſte ſe ſolemniſe le 70e jour aprés le grand, c'eſt à dire le 10e. jour de la Lune de *Zoulhigé*, & les pelerins qui vont à la Méque prennent ſi bien leurs meſures, qu'ils y arrivent la veille de ce même jour. Les Turcs célebrent auſſi avec réjoüiſſance la nuit de la naiſſance de Mahomet, qui eſt la nuit du 11 au 12 du 3e mois. On fait les illuminations ordinaires dans les Mosquées & aux minarets de Constantinople. L'Empereur va à la Mosquée neuve où il fait colation aprés la priere, & l'on y distribuë par ses ordres des confitures & des boissons. Mahomet, suivant la croyance des Musulmans, monta au ciel sur l'Alborac la nuit du 26 au 27 du 4ᵉ mois, c'est un jour de grande feste chez eux. Deux mois avant le Ramazan, on celebre la nuit du 4 au 5 du 7ᵉ mois, pour se souvenir que le Carême approche. On ne jeûne point à l'occasion de ces festes ; au contraire, aprés avoir prié la nuit dans les Mosquées, on va faire bonne chere chez soi, ou chez ses amis pendant la journée.

Les Turcs n'attendent pas les jours de festes pour faire des œuvres de charité, l'aumône chez eux est un commandement indispensable, ils la regardent même comme le moyen le plus asseûré pour augmenter leur bien & pour attirer la benediction du Ciel sur leurs heritages. *Ceux qui lisent l'Alcoran*, dit Mahomet, *qui prient, qui distribuent les biens que Dieu leur a donnez, soit en public, soit en particulier, doivent être asseurez de n'être point trompez dans ce commerce. Ils seront remboursez bien amplement de tout ce qu'ils auront donné. Dieu que nous devons toûjours glorifier, pardonne les pechez à ceux qui font des charitez, & rend avec usure tout ce qu'on a donné en son nom.* Il est ordonné aux Musulmans de faire l'aumône dans l'unique veûë de plaire à Dieu, & non par un principe de vanité : *Gens de bien ne perdez pas le profit de vos aumônes en voulant qu'on les voye ; car celuy qui les fait pour être veû, & non pas dans l'intention de se rendre le Seigneur favorable au jour du Jugement, est à l'égard des choses du Ciel comme une terre remplie de cailloux couverts d'un peu de poussiere, laquelle se dissipe à la moindre pluye, de telle sorte qu'il n'y reste que les cailloux.*

K ij

Les Casuistes Mahometans ne conviennent pas sur quel pied chacun doit regler ses aumônes. Les uns croyent qu'il suffit de donner un pour cent de tous ses biens; les autres prétendent qu'il faut en retrancher la quatriéme partie en faveur des pauvres; les plus séveres obligent à la dixiéme partie. Outre les aumônes particulieres, il n'y a point de nation qui fasse plus de dépense en fondations que les Turcs. Ceux même qui ne joüissent que d'une médiocre fortune, laissent aprés leur mort de quoi entretenir un homme qui, dans les grandes chaleurs de l'Eté, donne de l'eau à boire à ceux qui passent devant leur sepulture. Je ne doute pas qu'on n'y trouvast des muids de vin, si Mahomet ne leur en eust deffendu l'usage. La maniére de faire l'aumône est bien expliquée dans le précepte suivant. *Assistez vos peres & meres, vos proches parens, les orphelins, vos voisins, ceux qui voyagent avec vous, les pelerins, ceux qui sont sous vôtre puissance; mais ne le faites pas pour en tirer de la vanité, car Dieu l'a en horreur. Je puniray séverement, (dit le Seigneur) & je couvriray de confusion ces sortes d'avares, qui non contens de ne point faire part aux autres, des biens dont je ne les ay rendus que dépositaires, persuadent au contraire qu'il ne faut rien donner. Que ceux qui ont la foy fassent des aumônes & des prieres avant que le jour du Jugement vienne, car il ne sera plus temps d'achetter le paradis aprés ce terrible jour.*

On ne trouve en Turquie ni gueux ni mendians, parce que l'on y prévient les besoins des malheureux. Les riches vont dans les prisons délivrer ceux qui y sont arrêtez pour dettes. On assiste avec soin les pauvres honteux. Combien voit-on de familles ruinées par les incendies qui se rétablissent par les charitez! elles n'ont qu'à se presenter à la porte des Mosquées. On va dans les maisons consoler les affligez. Les malades, fussent-ils pestiferez, trouvent du fecours dans la bourfe de leurs voifins, & dans les fonds des parroiffes. Les Turcs ne bornent pas là leurs charitez, comme le remarque Leunclaw. Ils employent leur argent à faire réparer les grands chemins, à y faire conduire des fontaines pour le foulagement des paffans; ils font bâtir des Hôpitaux, des Hôtelleries, des Bains, des Ponts, des Mofquées.

Quoique les plus belles Mofquées foient à Conftanti-nople, à Andrinople, à *Burfa* ou Prufe, on trouve la mê-me diftribution de bâtimens dans celles des principales villes, & une cour où il y a des eaux pour faire les ablu-tions. Le corps de la Mofquée eft ordinairement un dôme affez propre, l'interieur en eft tout fimple, & l'on ne voit fur les murailles que le nom de Dieu écrit en Arabe. La niche où eft l'Alcoran eft toûjours tournée du côté de la Méque; & la dédicace des plus célebres Mofquées fe fait en y attachant une piece de quelque etoffe qui a fervi de portiere à la Mofquée de la Méque. La moindre Mof-quée a un minaret; celles d'une mediocre beauté en ont deux : s'il n'y en a point, le Muezin fe place devant la por-te, il met fes pouces dans les oreilles, & fe tournant vers les quatre parties du monde, il anonce les heures de la priere. Ce chantre fert de cloche, de quadran & d'hor-loge ; car dans toute la Turquie il n'y a que des montres de poche. Le fervice de ces Eglifes eft uniforme; tous les officiers dépendent du Curé, qui en qualité de premier miniftre préche & fait faire les prieres. Quelque beau que foit le pavé d'une Eglife, il eft toûjours couvert d'un tapis ou d'une natte. Pour ce qui eft des revenus des Mofquées, il eft certain qu'il n'y en a point de pauvres; la plufpart font tres-riches, & l'on prétend que l'Eglife poffede un tiers des terres de l'Empire. Orcan II. Empereur Otho-man changea les Eglifes grecques en Mofquées: fes fuccefleurs ont fait de même, mais ils en ont augmenté les revenus, bien loin de les diminuer. Cet Empereur fut le premier aussi qui fit bâtir des Hôpitaux pour les pauvres, & pour les pelerins; il établit & renta des Colleges pour y faire étudier la jeuneffe. Il eft peu de Mofquées confidérables, qui n'ayent leurs Hôpitaux & leurs Colleges. Les pauvres, de quelque religion qu'ils foient, font affiftez dans ces Hôpitaux; mais on ne reçoit dans les Colleges que des Mahometans, à qui l'on apprend à lire, à écrire, à interpreter l'Alcoran. Quelques-uns s'y appliquent à l'Arithmetique, à l'Aftrologie, à la Poëfie; quoique les Colleges foient principalement deftinez pour y former les gens de Loy.

Les Hôtelleries de fondation qu'on trouve fur les chemins, font de grands édifices longs ou quarrez qui ont l'apparence d'une grange. On ne voit en dedans qu'une banquette attachée aux murailles, & relevée d'environ trois pieds, fur fix pieds de largeur; le refte de la place eft deftiné pour les chevaux, pour les mulets, & pour les chameaux. La banquette fert de lit, de table, & de cuifine aux hommes. On y a pratiqué de petites cheminées à fept ou huit pieds les unes des autres, où chacun fait boüillir fa marmite. Quand la foupe eft prête, on êtend la nappe & l'on fe range autour, les pieds croifez comme les Tailleurs. Le lit eft bientôt dreffé aprés le fouper, il n'y a qu'à étendre fon tapis, ou placer fon ftrapontin à côté de la cheminée, & ranger fes hardes & fes habits autour; la felle du cheval tient lieu d'oreiller; le capot fupléé aux draps & à la couverture: ce qu'il y a de plus commode, c'eft que le matin on monte à cheval fans defcendre de la banquette, car les étriers fe trouvent tout de niveau. Les voituriers tiennent l'étrier oppofé à celui du montoir: ces gens-là ne dorment gueres, ils paffent plus de la moitié de la nuit à faire manger leurs chevaux, à les pancer, & à les charger.

On trouve à achetter à la porte de ces Hôtelleries, du pain, des poules, des œufs, des fruits, quelquefois du vin; on va se pourvoir au village prochain si l'on manque de quelque chose. S'il y a des Chrétiens, l'on y trouve du vin, sinon il faut s'en passer. On ne paye rien pour le gîte. Ces retraites publiques ont conservé en quelque maniére le droit d'hospitalité, si recommandable chez les anciens.

Les Hôtelleries des villes sont plus propres & mieux bâties; elles ressemblent à des monastéres, car il y en a beaucoup où l'on a bâti une petite Mosquée; la fontaine est ordinairement au milieu de la cour; les cabinets pour les nécessitez sont autour; les chambres sont rangées le long d'une grande galerie, ou dans des dortoirs bien éclairez. Dans les Hôtelleries de fondation on ne donne pour tout payement qu'une estrene au concierge, & l'on est à bon marché dans les autres; pour y être à son aise, il faut avoir une chambre pour la cuisine. Le marché n'est pas loin, car l'on achette à la porte de la maison, viande, poisson, pain, fruits, huile, beurre, pipes, tabac, caffé, chandelles, & jusques à du bois. Il faut s'adresser à des Juifs ou à des Chrétiens pour avoir du vin, & pour peu de chose ils l'apportent en cachette; le meilleur est chez les Juifs, & le moindre chez les Grecs: nous en avions ordinairement d'excellent, parce que nos gens qui s'y trouvoient interessez ne manquoient pas de publier dans le quartier que nous étions Medecins. On venoit nous demander des remedes, ou nous prier de voir des malades, & l'honoraire se réduisoit ordinairement à quelques bouteilles de bon vin. Il y a de ces Hôtelleries où l'on fournit aux dépens du Fondateur, la paille, l'orge, le pain, & le ris.

Celles d'Europe font mieux bâties, mieux rentées & plus propres que celles qui font en Afie; car dans les grandes villes elles font couvertes de plomb & embellies de plufieurs dômes: mais comme les pluyes font moins frequentes en Afie, on aime mieux pendant la belle faifon, camper dans des campagnes agréables le long des ruiffeaux où l'on pefche d'excellentes Truites. On trouve des perdrix prefque par tout.

Comme la charité & l'amour du prochain font les points les plus effentiels de la religion Mahometane, les grands chemins font ordinairement bien entretenus, & l'on y trouve affez frequemment des fources, parce qu'ils en ont befoin pour leurs ablutions. Les pauvres gens prennent foin de la conduite des eaux, & ceux qui font dans une fortune médiocre rétabliffent les chauffées. Ils s'affocient avec leurs voifins pour bâtir des ponts fur les grandes routes, & contribuent au bien public fuivant leurs facultez. Les ouvriers payent de leur perfonne, & fervent gratuitement de maçons & de manœuvres pour ces fortes d'ouvrages. On voit dans les villages aux portes des maifons, des cruches d'eau pour l'ufage des paffans. Quelques bons Mufulmans fe logent fous des efpeces de barrieres qu'ils font conftruire fur les grands chemins, & là ils ne font occupez pendant les grandes chaleurs qu'à faire repofer & rafraichir ceux qui font fatiguez. L'efprit de charité eft fi généralement répandu parmi les Turcs, que les mendians même, quoiqu'on en voye tres peu chez eux, fe croyent obligez de donner leur fuperflu à d'autres pauvres; ils outrent la charité, ou plutôt la vanité, car ils donnent leurs reftes à des perfonnes aifées, qui ne font aucune difficulté de recevoir leur pain & de le manger, pour leur témoigner combien ils font cas de leur vertu.

La charité des Mahometans s'étend même fur les animaux,

maux, fur les plantes, fur les morts. Ils croyent qu'elle eft
agréable à Dieu parceque les hommes qui veulent fe
fervir de leur raifon, ne manquent jamais de rien; au lieu
que les animaux, n'ayant aucune raifon, leur inftinct les
expofe fouvent à chercher leur vie aux dépens de leur vie
même. Dans les bonnes villes on vend de la viande au
coin des ruës, pour la diftribuer aux chiens : quelques
Turcs par charité les pancent de leurs bleffures, & fur tout
de la galle dont ces animaux font tres-mal traitez fur la fin
de leurs jours. On voit des perfonnes de bon fens, qui
par devotion portent de la paille pour les mettre coucher
à leur aife, ou pour foulager les chiennes qui viennent de
mettre bas : il y en a qui leur bâtiffent de petites huttes
pour les mettre à couvert avec leurs petits. On aura de la
peine à croire qu'il y ait des fondations établies par des
teftamens en bonne forme, pour nourrir un certain nombre de chiens & de chats pendant certains jours de la femaine ; cependant c'eft un fait conftant, & l'on paye dans
Conftantinople des gens pour executer l'intention des
teftateurs, en diftribuant dans les carrefours la nourriture
à ces animaux ; les bouchers & les boulangers ont fouvent de petits fons deftinez à cet ufage. Les Turcs avec
toute leur charité haïffent les chiens & ne les fouffrent
pas dans leurs maifons ; en temps de pefte ils en tuent autant qu'ils en trouvent, perfuadez que ce font des animaux
immondes qui infectent l'air.

Au contraire ils aiment beaucoup les chats, foit à caufe de leur propreté naturelle, foit parceque ces animaux
fympathifent avec eux par leur gravité, au lieu que les
chiens font folâtres, étourdis, remuans. D'ailleurs les Turcs
croyent, par je ne fçai quelle tradition, que Mahomet aimoit fi fort fon chat, qu'étant un jour confulté fur quelque point de religion, il aima mieux couper le parement

berté quand ils veulent, ou ils les retiennent à leur service pendant toute leur vie. Ce qu'il y a de loüable dans cette vie libertine, c'est que les enfans que les Turcs ont de toutes leurs femmes, heritent également des biens de leur pere, avec cette difference seulement, qu'il faut que ceux des esclaves soient déclarez libres par Testament. Si le pere ne leur fait pas cette grace, ils suivent la condition de leur mere, & sont à la discretion de l'aîné de la famille.

Quoique les femmes en Turquie ne se montrent pas en public, elles ne laissent pas d'être magnifiques en habits, leurs chausses sont semblables à celles des hommes, & descendent jusqu'aux talons en maniére de pantalon, au bas duquel est cousu un chausson de marroquin fort propre. Ces chausses sont de drap, de velours, de satin, de brocard, de boucassin, ou de toile claire, suivant la saison & la qualité des personnes. Il y a dans Constantinople des femmes débauchées & perduës à tel point, que faisant semblant de racommoder leur veste, elles montrent en pleine rüe tout ce que la modestie ordonne de cacher, & gagnent leur vie à ce détestable mestier. Les femmes Turques portent sur la chemise une camisole piquée, & pardessus la camisole une espece de soutane d'une riche etoffe: cette soutane est boutonnée jusques au dessous du sein, & serrée par une ceinture de soye ou de cuir, avec des plaques d'argent enrichies de pierreries. La veste qu'elles mettent sur cette soutane est d'une etoffe plus ou moins épaisse suivant les saisons, & la fourrure en est plus ou moins chere suivant leur état; elles croisent souvent une partie de la veste sur l'autre, & les manches tombent jusques aux bouts des doits qu'elles cachent quelquefois dans les ouvertures qui sont à costé de la veste; leurs souliers sont tout à fait semblables à ceux des hommes, c'est à dire garnis d'un demi cercle de fer en place de talon.

Pour faire paroître leur taille plus avantageuse, au lieu de turban elles portent un bonnet de carton couvert de toile d'or ou de quelque belle etoffe : ce bonnet qui est fort haut ressemble, en quelque maniere, à cette espece de panier renversé que l'on voit dans les Medailles antiques sur les testes de Diane, de Junon & d'Isis ; la mode s'en est conservée dans le Levant : mais comme il faut tout cacher parmi les Turcs, le bonnet est envelopé d'un voile qui descend jusques aux sourcils ; le reste du visage est aussi couvert d'un mouchoir tres fin, si étroitement noué par derriere, que ces femmes paroissent comme bridées. Leurs cheveux pendent par tresses sur le dos, ce qui leur donne assez bonne grace ; celles qui n'ont pas de beaux cheveux, en portent de postiches.

Les femmes Turques, sur le rapport de nos Françoises de Constantinople & de Smyrne qui les voyent au bain avec beaucoup de liberté, sont en général belles & bien faites ; elles ont la peau fine, les traits réguliers, la gorge admirable, & presque toutes les yeux noirs : il s'en trouve plusieurs qui sont d'une beauté parfaite. Leur habit à la verité n'est pas avantageux à la taille ; mais chez les Turcs les plus grosses femmes passent pour les mieux faites, les tailles fines n'y sont pas estimées. La poitrine de ces femmes est en pleine liberté sous leur veste, sans corps ni corset qui les gêne : enfin elles sont comme la nature les a faites, au lieu que chez nous, pour vouloir corriger avec des machines de fer ou de baleine cette nature qui dans un certain âge laisse voir quelquefois des defauts sur l'épine du dos & aux épaules, on rend tres souvent les belles personnes contrefaites. D'ailleurs leur nourriture est beaucoup plus douce & plus uniforme que celle de nos femmes qui mangent des ragouts, qui boivent du vin, des liqueurs, & qui passent la plus grande partie des nuits à

joüer : est-il surprenant aprés cela qu'elles ayent des enfans noüez ou contrefaits ! le sang des femmes du Levant
est beaucoup plus pur. Leur propreté est extraordinaire ;
elles se baignent deux fois la semaine & ne soufrent pas le
moindre poil ni la moindre crasse sur leur corps ; tout cela
contribuë fort à leur santé. Elles pourroient s'épargner le
soin qu'elles prennent de leurs ongles & de leurs sourcils,
car elles se colorent les ongles en rouge brun avec une
poudre qui vient d'Egypte, & elles mettent une autre drogue sur leurs sourcils pour les rendre noirs.

A l'égard des qualitez de l'ame, les femmes Turques
ne manquent ni d'esprit, ni de vivacité, ni de tendresse ;
il ne tiendroit qu'aux hommes de ce pays-là qu'elles ne
fussent capables des plus belles passions : mais l'extrême
contrainte avec laquelle elles sont gardées leur fait faire
trop de chemin en peu de temps. Les plus vives font
quelquefois arrêter par leurs esclaves les gens les mieux
faits qui passent dans les ruës. Ordinairement on s'adresse
à des Chrétiens, & l'on n'aura pas peine à croire qu'on ne
choisit pas les moins vigoureux en apparence. On nous
contoit à Constantinople, qu'un Papas Grec de belle taille, au retour d'une expedition galante tomba malheureusement dans une trappe par la faute de l'esclave qui le
conduisoit ; cette trappe aboutissoit à un égout, & l'égout
se vuidoit dans le port : on peut juger combien ce pauvre Papas maudissoit l'avanture, & avec quelle vitesse il
courut au bain pour se faire parfumer. Les esclaves Juives, qui font les confidentes des Turques, entrent à toute
heure dans leurs appartemens sous pretexte de leur porter
des bijoux, & menent souvent avec elles de beaux jeunes
garçons déguisez en filles ; on prend soin de mettre un
vertugadin sous le doliman pour grossir leur taille. L'heure de la priere du matin & du soir, est pour l'ordinaire

l'heure du berger en Turquie, de même qu'en plufieurs
endroits d'Efpagne; mais cela ne fe peut pratiquer que dans
les grandes villes, où les femmes déreglées & celles dont
les maris font commodes, prennent un turban tandis qu'-
ils font à la Mofquée; les rendez-vous fe donnent chez
les Juives, où les Turques trouvent bonne compagnie,
& c'eft là que les étrangers font avec elles en pleine liberté. L'amour eft ingénieux par tout pays, mais quelques
précautions que l'on prenne pour cacher fon jeu, il arrive fouvent que l'on eft furpris dans les endroits où l'on
croit être le plus en feûreté. L'adultere eft puni rigoureufement en Turquie; c'eft dans ce cas là que les maris
font les maîtres de la vie de leurs femmes, car s'ils ont
l'ame vindicative, ces malheureufes qui font prifes en fla-
grant délit, ou convaincuës dans les formes, font enfermées dans un fac plein de pierres & noyées : mais la
plufpart favent fi bien ménager leurs intrigues, qu'elles
meurent rarement dans l'eau. Quand les maris leur accordent la vie, elles deviennent quelquefois plus heureu-
fes qu'elles n'étoient, car on les oblige à époufer leur galand, qui eft condamné à mourir, ou à fe faire Turc fuppofé qu'il foit Chrétien. Souvent le galand eft auffi condamné à fe promener dans les ruës fur un âne, la tefte
tournée vers la queüe, qu'on lui fait tenir en maniere de
bride, avec une couronne de tripailles & une cravate de
pareille etoffe. Aprés ce triomphe on le régale d'un certain nombre de coups de bâton fur les reins & fous la plante des pieds; pour derniere punition il paye une amende
proportionnée à fon bien. Les Sauvages de Canada ne font
pas fi rigoureux; car quoiqu'ils condamnent l'adultere, ils
conviennent cependant que la fragilité étant fi naturelle aux
deux fexes, il faut fe pardonner réciproquement, fi l'on fauffe la foi que l'on s'eft donnée fur une matiere auffi délicate.

L'Alcoran détefte l'adultere, & ordonne que celui qui en accufera fa femme, fans le pouvoir prouver, fera condamné à quatre-vingt coups de bâton. Comme la chofe eft difficile à prouver en Turquie où il faut avoir des témoins, le mari eft obligé de jurer quatre fois devant le Juge, qu'il dit la verité; il protefte à la cinquiéme fois qu'il veut eftre maudit de Dieu & des hommes s'il ment. La femme ne fait qu'en rire dans fon ame, car elle eft crüe fur fes fermens, pourveû qu'au cinquiéme elle prie Dieu qu'il la faffe perir fi fon mari a dit vrai. Toute femme en pareil cas ne femble-t-elle pas devoir être difpenfée de dire la verité?

La jaloufie à part, les Turcs font de bonnes gens, & ils prennent toutes les mefures poffibles pour en eviter les occafions, car ils ne laifferoient pas voir le vifage de leurs femmes à leur meilleur ami pour tout le bien du monde. D'ailleurs ils font affez bien faits & de belle taille; le fang varie moins chez eux que parmi nous, peut-être parce qu'ils font plus fobres & que leur nourriture eft plus douce & plus uniforme. On y voit moins de boffus, de boiteux, & de nains. Il eft vrai que leurs habits cachent bien des deffauts que les nôtres laiffent à découvert. La premiere piece de cet habit eft un grand haut de chauffe en maniere de pantalon ou de calçon, lequel defcend jufques aux talons, où il eft terminé par un chauffon de marroquin jaune qui entre dans des pantoufles de même cuir: au lieu de talon, ces pantoufles font garnies d'ùn petit fer épais feulement d'une ligne & demi, large d'environ quatre lignes, courbé en fer à cheval, lequel empéche qu'elles ne s'ufent en cet endroit; la pointe eft terminée en arcade gothique, & elles font coufuës avec plus de propreté que nos fouliers. Quoiqu'elles foient à fimple femelle, elles durent long-temps, fur tout celles

de

long-temps, fur tout celles de Conftantinople où l'on employe le cuir du Levant le meilleur & le plus leger. Le Sultan n'eft pas mieux chauffé que les autres. On ne permet qu'aux Chrétiens étrangers de porter des pantoufles jaunes, car les fujets du Grand Seigneur, Chrétiens ou Juifs, en ont de rouges, de violettes, ou de noires : Cet ordre eft fi bien établi & fuivi avec tant d'exactitude, que l'on diftingue les gens par les pieds & par la tefte, de quelque religion qu'ils foient. La grande commodité de ces pantoufles, c'eft qu'on les quitte & qu'on les reprend fans peine, mais il faut y être fait ; je les perdois quelquefois au milieu des ruës les premiers jours que je commençai à m'en fervir, & je ne m'en apereevois qu'un moment aprés par la douleur que je fentois aux pieds.

Nos fouliers font d'un meilleur ufage, quoique les Turcs les trouvent bien lourds. Leurs pantoufles ne font bonnes que pour la belle faifon, car la moindre goutte d'eau les falit ; elles ne conviennent pas aux perfonnes qui aiment à herborifer ; on ne fauroit entrer avec cette chauffure dans une prairie fans être bleffé du moindre caillou ; il eft vrai qu'on prend alors des bottines de marroquin auffi legeres que des bas drapez, ferrées au talon de même que les pantoufles ; les feuls Mufulmans & les Chrétiens privilegiez les portent de couleur jaune.

Le haut de chauffe des Turcs fe ferme par devant au moyen d'une ceinture large de trois ou quatre pouces, qui entre dans une gaine de toile coufuë contre le drap. L'ouverture qui eft par devant n'eft pas plus fenduë que celle qui eft par derriere, parce que les Mahometans n'urinent qu'en s'acroupiffant. Leurs chemifes font de toile de cotton fort claire & fort douce, avec des manches plus larges que celles de nos femmes ; auffi dans leurs ablutions trouffent-ils leurs manches au deffus du coude, & ils les arrêtent

Tome II.   N

avec beaucoup de facilité, parce qu'elles n'ont point de poignet. Ils mettent le doliman par deſſus la chemiſe; c'eſt une eſpece de ſoutane de boucaſſin, de bourre, de ſatin, ou d'une etoffe d'or, laquelle deſcend juſques aux talons. En hiver cette ſoutane eſt piquée de cotton, quelques Turcs en ont de drap d'Angleterre du plus fin. Le doliman eſt aſſez juſte ſur la poitrine, & ſe boutonne avec des boutons d'argent doré ou de ſoye, gros comme des grains de poivre. Les manches ſont auſſi fort juſtes & ſerrées ſur les poignets avec des boutons de même groſſeur, qui s'attachent avec des ganſes de ſoye au lieu de boutonnieres, de même que ceux du doliman. Pour s'habiller plus promptement on n'en boutonne que deux ou trois d'eſpace en eſpace : ces manches ſe terminent quelquefois par un petit rond qui couvre le deſſus de la main. Le doliman eſt ſerré par une ceinture de ſoye de dix ou douze pieds de long, ſur un pied & un quart de large; les plus propres ſe travaillent à Scio. On fait deux ou trois tours de cette ceinture, en ſorte que les deux bouts qui ſont tortillez d'une maniere aſſez agréable, pendent par devant.

Ils portent un poignard, & quelquefois deux dans cette ceinture ; ce ſont des couteaux à gaine, dont le manche eſt garni d'or ou d'argent, & de pierreries. Comme ils n'ont point de poches, la même ceinture leur ſert à porter leurs mouchoirs. Ils mettent tout dans leur ſein, bourſe à tabac, porte-lettres &c, ce qui les fait paroître fort gros. La grande veſte couvre ce doliman, & pendant les chaleurs ils la portent en maniere de caſaque ſans paſſer les bras dans les manches; mais ce ſeroit une choſe fort indécente de ſe préſenter en cette poſture chez les gens de diſtinction. Les manches de ces veſtes ſont aſſez étroites & l'on ne les double pas de fourrures, car outre que

cette grosseur seroit desagréable, c'est qu'ils pourroient
à peine s'aider de leurs bras ; elles descendent jusques sur
le poignet & elles sont retroussées avec un parement assez
large qui est d'une fourrure pareille à celle dont la veste
est doublée. Les fourrures ordinaires sont de peau de Renard, de Martre, de petit gris : les plus belles sont, ou de
queuës de Martre Zibeline bien foncées & presque noires, ou de gorges de Renard de Moscovie, blanches à é-
bloüir : ces dernieres sont tres cheres, parce qu'il faut un
grand nombre de queuës de Martres, ou de gorges de
Renard pour fourrer une veste : elles coustent depuis cinq
cens écus jusqu'à mille ; les plus cheres reviennent à quatre ou cinq mille livres. Les vestes sont de drap d'Angleterre, de France, ou de Hollande, écarlatte, couleur de
musc, couleur de caffé, ou vert d'olive, & descendent jusques aux talons comme les robes des anciens.

Le Turban ou *Saric* est composé de deux pieces, c'est
à dire du bonnet & de la sesse ou linge qui est autour. Les
Turcs nomment le linge *Tulbend*, d'où nous avons fait
Turban. Le bonnet est une maniere de toque rouge ou
verte, sans bords, assez plate, quoique arrondie par dessus,
matelassée, pour ainsi dire, avec du cotton, mais elle ne
couvre pas les oreilles : on roule autour de cette toque
un linge de cotton fort clair, lequel fait differens tours en
divers sens. Il y a de la science à savoir donner le bon
air aux turbans, & c'est un mestier en Turquie, comme chez
nous de vendre des chapeaux. Les Emirs qui se vantent
de descendre de la race de Mahomet, portent le turban
tout verd, celui des autres Turcs est ordinairement rouge avec la sesse blanche. Il faut changer souvent de turban pour être propre : à tout prendre cet habit ne laisse
pas d'estre assez commode, & je m'en accommodois mieux
que de mon habit à la françoise.

N ij

Les Turcs prennent beaucoup de foin & font grand
cas des belles barbes. Chez eux une des plus grandes marques d'amitié, c'eſt de ſe baiſer en ſe prenant la barbe;
comme auſſi c'eſt une injure atroce d'arracher le poil de
la barbe à quelqu'un, ou de la lui couper. Quand ils jurent, c'eſt par leur barbe. Les gens de Loy ſeroient mé-
priſez s'ils n'avoient pas de la barbe. Ceux qui s'attachent
aux armes ſe contentent de porter une belle mouſtache,
& ſe piquent d'avoir de beaux crochets. La maniere de ſaluer chez les Turcs, c'eſt de faire une legere inclination
de tête, & de porter en même temps la main ſur le cœur
en ſouhaitant mille benedictions, & appellant freres ceux
que l'on ſalüe. Quand c'eſt un homme de diſtinction, on
s'avance juſques à lui ſans ſe courber ; & quand on eſt à
portée on ſe baiſſe pour prendre l'un des bouts du devant
de ſa veſte, que l'on leve à la hauteur d'environ un pied &
demi; on baiſe par reſpect, ou bien on laiſſe tomber ce
bout de veſte, ſuivant la qualité des perſonnes: lors qu'on
a fait ſon compliment, ou qu'on a parlé d'affaires on ſe re-
retire aprés avoir obſervé la même cérémonie.

Dans les ſimples viſites on ne fait que porter la main
ſur le cœur; on ſe place les pieds croiſez ſur le ſopha, qui
eſt une eſtrade un peu élevée; on preſente ordinairement
des pipes toutes allumées tres propres, & dont les tuyaux
ont deux ou trois pieds de long, leſquels par conſéquent
ne laiſſent monter à la bouche que la fumée la moins
acre, déchargée de cette huile fœtide qui brûle la langue & enflame le palais lors qu'on fume avec des pipes
courtes ; d'ailleurs on fume dans le Levant le plus agréable tabac du monde; ordinairement c'eſt du tabac de Salonique, mais celui des côtes d'Aſie eſt encore meilleur, &
ſur tout celui de Syrie, qu'on appelle tabac de l'*Ataxi*
ou l'*Ataquie*, parce qu'on le cultive autour de l'ancienne

ville de Laodicée. Les Turcs mêlent du bois d'aloës ou d'autres parfums parmi ce tabac, mais cela le gâte. Les noix de leurs pipes sont plus grosses & plus commodes que les nôtres. Celles de Negrepont & de Thebes sont d'une terre naturelle que l'on taille avec un couteau en sortant de la carriere, & qui se durcit dans la suite. Aprés le tabac on presente aussi le caffé & le sorbet; le caffé est excellent, mais ils n'y mettent jamais de sucre, soit par avarice, ou parce qu'ils le trouvent meilleur tout naturel. Outre le tabac, chez les gens de qualité on donne aussi le parfum. Un esclave fait brûler des drogues sous vôtre nez, tandis que d'autres tiennent un linge sur vôtre tête pour empêcher que la fumée ne se dissipe trop vîte; il faut être fait à ces odeurs, autrement elles ne laissent pas d'être nuisibles.

La plufpart des visites se passent en pareilles cérémonies. Il ne faut pas avoir beaucoup d'esprit pour se tirer d'affaire; la bonne mine & la gravité tiennent lieu de merite parmi les Orientaux, & trop de brillant gâteroit tout: ce n'est pas que les Turcs ne soient gens d'esprit, mais ils parlent peu, & se piquent plus de sincerité & de modestie que d'éloquence. Il n'en est pas de même parmi les Grecs qui sont des parleurs impitoyables. Quoique ces deux nations naissent sous le mêmê climat, leur humeur est plus differente que si elles étoient bien éloignées les unes des autres; & l'on n'en sauroit rapporter la cause qu'à la differente éducation qu'on leur donne. Les Turcs ne disent point de paroles inutiles; les Grecs au contraire ne cessent de parler. En hiver ils passent des journées entieres dans les *Tendours*; c'est là où se tiennent les grands caquets & le prochain n'y est pas épargné. Ces Tendours sont des tables garnies de bois par les côtez, dans lesquelles ils s'enferment jusques à la ceinture, hommes

N iij

& femmes, filles & garçons, aprés y avoir fait mettre un petit poile pour échauffer le lieu. Nos Miſſionnaires ont beau déclamer contre les Tendours, l'uſage en eſt trop commode pour être ſupprimé. Les Turcs pratiquent ce que leur religion leur ordonne ; les Grecs au contraire n'en ont gueres, & la miſere les oblige à faire bien des ſottiſes que le mauvais exemple autoriſe, & perpetüe de pere en fils dans les familles. Enfin les Turcs font profeſſion de candeur & de bonne foy, au lieu que la foy des Grecs eſt ſuſpecte depuis long-temps ; on n'a qu'à lire leurs Hiſtoriens.

L'uniformité regne dans toutes les actions des Turcs ; ils ne changent jamais de genre de vie. Il ne faut pas s'attendre à de grands feſtins chez eux ; peu de choſe les ſatisfait, & l'on n'entend pas dire qu'un Turc ſe ſoit ruiné par trop de bonne chere. Le Ris eſt le fondement de leurs cuiſine ; ils l'aprêtent de trois differentes maniéres. Ce qu'il appellent *Pilau* eſt un ris ſec, moïeux qui ſe fond dans la bouche, & qui eſt plus agréable que les poules & les queües de mouton avec quoi il a boüilli. On le laiſſe cuire à petit feu avec peu de boüillon ſans le remuer ni le découvrir, car en le remuant & en l'expoſant à l'air il ſe mettroit en boüillie. La ſeconde maniere d'aprêter le ris s'appelle *Lappa*, il eſt cuit & nourri dans le boüillon, à la même conſiſtance que parmi nous, & on le mange avec une cueillier, au lieu que les Turcs font ſauter dans leur bouche avec le pouce le pilau par petits pelotons, & que le creux de la main leur tient lieu d'aſſiette. La troiſiéme eſt le *Tchorba* : c'eſt une eſpece de crême de ris qu'ils avalent comme un boüillon : il ſemble que ce ſoit la préparation du ris dont les anciens nourriſſoient les malades.

Les poules ſont merveilleuſes dans le Levant, mais la

viande de boucherie n'y eſt pas bonne en bien des endroits. On y vend ſouvent du buffle pour du bœuf, &
la chair du buffle eſt fort coriace. Le mouton y eſt trop
gras & ſent le ſuif, ſurtout la queüe qui n'eſt qu'un pelo-
ton de graiſſe d'une groſſeur prodigieuſe ; les Turcs ne
tuent les moutons que lors qu'on veut mettre le pot au feu.
Comme ils n'aiment que le potage, ils coupent la viande
par morceaux fort menus avant que de la mettre dans la
marmite, & la font boüillir avec toute ſorte de gibier.
Quand ils la veulent faire rotir, ils la coupent encore plus
menu, & enfilent tous les morceaux dans des broches fort
longues, mettant alternativement un morceau de viande &
un oignon. A Conſtantinople on mange de bon bœuf &
d'excellens liévres. Sur les côtes d'Aſie les francolins ſont
merveilleux, & les perdrix exquiſes. Le meilleur poiſſon
du monde ſe pêche dans le Levant. Outre les eſpeces
que nous connoiſſons, la mer Noire leur en fournit quantité d'autres qui nous ſont inconnües. Les Turcs ſe réga-
lent quelquefois d'un ragout de viande hachée avec un peu
de graiſſe, & parſemée de ris tout crud ; on en forme des
pelotons que l'on envelope dans des feüilles de vigne, ou
de choux ſuivant la ſaiſon ; aprés cela on les fait cuire
dans une terrine couverte. Par tout le Levant on fait du
mauvais pain avec pourtant d'excellent grain ; leur pâte
n'eſt ni battuë ni levée, mais cela n'empéche pas qu'on n'y
trouve ſouvent d'aſſez bonne patiſſerie & de la pâte feüille-
tée tres délicate. Leur vaiſſelle eſt de porcelaine, de fayence
ou d'étain. La plus commune eſt de cuivre etamé, car
l'Aſie mineure eſt riche en mines de cuivre. Ils l'étament
fort proprement & tres promptement, en faiſant rougir
au feu les pieces de vaiſſelle ; ils les ſaupoudrent pour
lors avec du ſel ammoniac, & ils y appliquent enſuite
des boutons d'étain qu'ils étendent avec un bruniſſoir ;

cet étain s'attache si bien au cuivre, que leur vaisselle ne rougit pas aussi facilement que la nôtre.

Quand l'heure du repas est venuë, on étend à terre ou sur le sopha, une nape ronde de marroquin noir, plus ou moins grande suivant le monde qui doit manger. Ceux qui aiment la propreté mettent cette nape sur une table de bois, haute seulement de demi pied, sur laquelle on sert un grand bassin de bois qui est chargé de plats de ris & de viande. Le maître de la maison fait la priere ordinaire, *Au nom de Dieu tout puissant & miséricordieux, &c.* On fait passer tout autour de la table une serviette de toile bleüe qui sert à tous ceux qui sont du repas ; une cueillier de bois à long manche sert pour tout le monde, & l'on donne sur le ris de fort bon appetit. On mange de la viande & des fruits, & l'eau fraîche n'est pas épargnée sur la fin du repas. Nous nous levions quelquefois de table avec le ventre à la glace : en récompense on nous donnoit le caffé tout boüillant, & nous fumions comme les autres, mais plutôt par complaisance que par goût. Le tabac en fumée, pris comme un remede, convient à l'asthme, aux maux de dents, & à plusieurs maladies causées par des sérositez, lesquelles trouvent trop de facilité à s'imbiber dans certaines parties : en ce sens là le tabac est assez propre pour les Turcs, que le turban rend fluxionaires, par son épaisseur qui empéche la transpiration, & parce qu'il ne couvre pas les oreilles. Le tabac d'ailleurs flatte leur fainéantise ; on ne conçoit pas comment ils crachent si peu en fumant, ils avalent leur salive par habitude & par propreté sans en être incommodez. Quand je voulois me contraindre chez d'honnêtes gens pour ne pas cracher, mon estomac en étoit tout bouleversé ; cependant la bienséance demande que l'on crache dans un mouchoir pour épargner les tapis qui sont à terre, ou bien il faut se placer

cer

cer dans un coin & retirer le bout du tapis pour cracher
fur le plancher.

La premiere fois que nous fûmes obligez de loger chez
des Turcs, nous étions aſſez embarraſſez de ſçavoir où
nous coucherions. Nôtre hôte n'avoit que la ſale où nous
mangions, une petite cuiſine à côté, & une autre chambre qui étoit occupée par ſa femme ; cette chambre apparemment n'étoit pas deſtinée pour nous. On ne voyoit
ailleurs ni lit, ni couchette, ni bancs, ni chaiſes ; car les
Turcs ſont les gens du monde qui embarraſſent le moins
une chambre de meubles. Tout d'un coup un eſclave tira
d'une armoire pratiquée dans le mur tout ce qu'il fallut
pour faire nos lits. Pour en dreſſer trois, on étendit trois
matelats fort minces & fort durs ſur l'eſtrade où nous
avions mangé ; on les couvrit d'autant de draps, & l'on mit
un ſecond drap ſur chacun, mais ſuivant la mode du pays,
il étoit couſu contre la courte-pointe de peur qu'il ne ſe
dérangeaſt pendant la nuit. Chaque lit avoit ſon oreiller,
& quand nous fûmes levez, le même eſclave plia dans un
moment tout ce bagage & le remit dans l'armoire, tout
auſſi vîte qu'on change de décoration à l'Opera.

L'oiſiveté dans laquelle vivent la pluſpart des Turcs, les
oblige à chercher des amuſemens : On ne ſauroit employer de terme plus convenable en cette rencontre ;
quand ils joüent même, ce n'eſt que pour paſſer le temps,
comme ils diſent, & non pas pour gagner de l'argent.
Mahomet qui n'avoit en veüe que la paix des familles &
la tranquilité publique, leur a donné de bons principes
là-deſſus. *Abſtenez-vous*, dit-il, *de joüer aux jeux de hazard & aux echets, ce ſont des inventions du diable pour jetter la diviſion parmi les hommes, pour les divertir de leurs
prieres, & pour les empêcher d'invoquer le nom de Dieu.*
Par rapport aux echets, ils n'ont pas tenu parole à Ma-

homet ; mais ils ne connoissent ni les cartes ni les dez ; ils joüent quelquefois aux dames. Le *Mancala* est leur jeu favori, c'est une table à deux battans comme un damier, laquelle a six fossettes de chaque côté. On n'y joüe que deux, & chacun prend 36 coquilles dont il garnit les six creux qui sont de son côté.

Les plus habiles Musulmans s'occupent à la lecture de l'Alcoran & de ses Commentateurs. Les autres s'attachent à la Poësie, où l'on dit qu'ils réussissent bien. Je n'en suis pas surpris ; le sang des plus beaux genies que l'Asie & la Grece ont autrefois produit, coule encore dans leurs veines, ou au moins reçoit-il les mêmes influences du ciel. La Musique fait les délices de quelques Turcs ; quelques-uns passent toute la journée à joüer d'un instrument sans s'ennuyer, quoiqu'ils ne fassent que repeter les mêmes airs. Les Dervis sont grands musiciens & grands danseurs : mais il faut faire quelque mention de gens de Loi avant que de parler des Religieux.

Le *Moufti* qui est à la tête des gens de Loi, est le Chef de la religion & l'interprete de l'Alcoran. Le Sultan le nomme & ne le dépose gueres : il choisit un homme de probité, sçavant dans la connoissance de la Loi, & dont la réputation soit bien établie. Par ce choix il devient l'Officier le plus respecté de l'Empire ; c'est l'Oracle du pays, & l'on s'en tient à toutes ses décisions, lesquelles ne se font que par un *oüi* ou par un *non*, qu'il met au bas de la question proposée. Il a pour cela trois Officiers ; l'un qui établit bien l'état de la question, après l'avoir débarrassée de toutes les difficultez qui pourroient la rendre obscure ; l'autre en fait la copie, & le dernier y applique le cachet de son maître, lorsqu'il a mis sa réponse : cette réponse leve toutes les difficultez, il n'y a plus d'appel, & l'affaire est terminée pour toujours. Quand il s'agit de

la paix ou de la guerre, de la mort des grands Officiers,
ou de quelque affaire qui regarde le bien de l'Empire, le
Sultan lui propose le cas par écrit en forme de doute, &
sans nommer personne : *Que doit-on faire dans cette ren-*
contre ? C'est au Moufti à être circonspect ; car souvent il
n'est consulté que pour la forme, & il est quelquefois dépo-
sé s'il ne parle suivant la volonté du Prince. Sultan Mourat
ayant à faire à un Moufti qui étoit rétif, lui demanda fie-
rement : *Qui est-ce qui t'a fait Moufti ? C'est ta Hautesse,*
répondit-il. *Hé bien, dit le Sultan, puisque j'ay eû le pou-*
voir de te revétir de cette dignité, n'ay-je pas celui de t'en
dépoüiller ? On ne dit pas ce que le Moufti repliqua, mais
il fut dégradé. Il y a eû plusieurs Mouftis qui ont signé la
déposition & l'arrest de mort des Empereurs qui les a-
voient mis en place.

Quoiqu'ils persuadent aux peuples que l'Alcoran est
un livre parfait, ils ne laissent pas de donner differentes
interpretations à la Loi, suivant le temps & les besoins. Le
Grand Seigneur fait present au nouveau Moufti d'une veste
de grand prix, fourrée de Zibeline, & de sa propre main lui
met dans le sein un mouchoir plein de sequins. On estime
deux mille écus la veste & le present en or. D'ailleurs
le Prince lui assigne un fond d'environ 25 écus par jour,
qui se prend ordinairement sur une Mosquée. Les Pachas
qui se trouvent à la Cour, les Ambassadeurs, & les Resi-
déns lui font un présent considérable en venant le feliciter
sur son élevation : Enfin le Moufti est le seul Officier que le
Grand Seigneur salüe respectueusement. Le Prince ne lui
refuse aucune audiance, & s'avance même quelques pas en
le recevant ; le Grand Visir ne se leve & ne vient au devant de personne que du Moufti. Le Visir se met à sa gauche qui est le côté de l'épée & la place la plus honorable parmi les gens qui font profession des armes ; parceque, disent-

ils, ceux qui font à leur droite font au deſſous de leur épée ; mais le Moufti & les Cadileſquers font fort contens de prendre la droite qui eſt la place d'honneur parmi les gens de Loy ; ainſi il n'y a jamais de conteſtation entre eux : voilà comme l'on ſatisfait l'imagination des hommes. Si le Moufti eſt dépoſé par l'intrigue de ſes ennemis, pour placer une perſonne de leur faction dans un poſte auſſi avantageux, on aſſigne au dépoſé la diſpoſition de quelques charges de judicature, leſquelles produiſent un revenu fort honorable. Mais ſi le Moufti étoit coupable de haute-trahiſon ou de quelque crime énorme, il auroit beau dire que la Loy deffend de le faire mourir, on ne laiſſeroit pas de le dégrader & de le conduire aux ſept tours où il ſeroit pilé vif dans un mortier.

Aprés le Moufti, les *Cadileſquers* font les Officiers de Juſtice les plus accreditez dans l'Empire. Enſuite viennent les *Moula* ou *Moula-Cadis*, appellez *grands Cadis*, & les *Cadis* ou Juges ordinaires. Parmi les Cadileſquers ou Intendans de Juſtice, celui d'Europe, ou de Romanie eſt le premier ; celui d'Aſie, ou d'Anatolie le ſecond ; & celui d'Egypte le troiſiéme. Ces Cadileſquers font la fonction du Cadi en ſon abſence ; ils deviennent tres ſouvent Mouftis & s'appliquent à fond à l'étude de l'Alcoran, qui eſt leur Code civil & canonique ; on les appelle auſſi Juges de l'armée, parceque la milice n'eſt jugée que par eux : leur place au Divan eſt à côté du Grand Viſir, & l'on appelle quelquefois à eux de la Sentence d'un Cadi pour les affaires civiles : enfin leur emploi les oblige à veiller ſur tous les gens de Juſtice qui font dans l'Empire. Ils donnent les commiſſions de Cadis, & même celles de Moula-Cadis ; mais pour ces dernieres, c'eſt avec le conſentement du Grand Seigneur. Sur des plaintes conſidérables & bien fondées, ils dépoſent les Cadis & les condamnent à des amendes aprés les avoir fait bâtonner.

Les Juges des grandes villes s'appellent *Moula*, ou *Moula-Cadis*; ceux des petites villes, des bourgs & des villages se nomment *Cadis*. Toute la Justice est entre les mains de ces sortes de gens en Turquie; & comme tout y est corrompu à present, le Moufti est pensionnaire des Cadilesquers, les Cadilesquers le sont des Moula, les Moula des Cadis, & les Cadis du peuple. Chaque Cadis a ses Sergens préposez pour avertir de vive voix ceux qui sont recherchez en Justice. Si celui qui est assigné manque à l'heure marquée, on accorde par provision à sa partie ce qu'elle souhaite. Il est souvent inutile d'appeller des Sentences des Cadis, car on n'instruit jamais de nouveau les procés; ainsi la Sentence seroit toujours confirmée, parceque le Cadis a instruit le procés comme il l'a entendu, c'est en quoi il se commet d'horribles abus; neanmoins on casse souvent les Cadis, on les châtie si leurs injustices sont criantes; mais la Loi deffend de les faire mourir. Constantinople reconnoît des Cadis depuis environ 1390. car Bajazet I. du nom, obligea Jean Paleoloque Empereur des Grecs, d'en recevoir dans cette ville pour juger les affaires qui arriveroient entre les Grecs & les Turcs qui s'y étoient établis.

Les Prêtres & les Religieux Turcs ont le bonheur de mourir dans leur lit, de même que les Cadis. Ordinairement les Prêtres commencent par anoncer les heures de la priere dans les galeries des minarets. S'ils sont gens de bien & d'une réputation sans reproche, le peuple des parroisses les presente au Grand Visir lorsque les Curés viennent à vaquer. Ce Ministre fait expedier leurs Provisions, après leur avoir fait lire quelques passages de l'Alcoran, ou leur avoir mis ce Livre sur la tête. L'emploi des Prêtres est de faire la priere, de lire dans les Mos-

quées, de benir les mariages, d'affifter les agonizans, &
d'accompagner les morts. Pour confoler les agonizans qui
ont des dettes lefquelles ils ne fauroient acquiter, le Curé
fait venir leurs créanciers, & les exhorte à remettre leurs
obligations fous le chevet des moribonds, ou a déclarer
devant témoins qu'ils ne leur demandent rien. Les créanciers qui font affez durs pour refufer cette grace, font ré-
putez mal honnêtes gens.

On lave les morts avec beaucoup de foin en Turquie,
on les raze par tout le corps, on brûle de l'encens autour
d'eux pour en éloigner les mauvais efprits, on les enfeve-
lit enfuite dans un drap dont le haut & le bas ne font point
coufus. Ils ont leur raifon pour cela ; car ils s'imaginent
que lorfque le mort eft dans la foffe, deux Anges viennent
le faire mettre à genoux pour lui faire rendre compte
de fes actions ; c'eft pour cela que la plufpart des Turcs
laiffent une houppe de cheveux fur leur tête pour donner prife à l'Ange qui leur fait changer de pofture. Afin
que le mort foit plus à fon aife, on couvre la foffe d'une
efpece de voûte formée par quelques planches légeres
fous lefquelles on l'étend tout de fon long. Si le mort
a vécu en homme de bien, deux Anges, blancs comme
neige, fuccedent à ceux qui viennent de l'examiner, & ne
l'entretiennent que des plaifirs qu'il goutera en l'autre
monde ; mais s'il a eté grand pecheur, deux nouveaux
Anges, noirs comme du jais, le tourmentent horriblement ; l'un, difent-ils, l'enfonce à coups de maffuë dans
la terre, l'autre le releve avec un crochet de fer, & ils fe
divertiffent à ce cruel exercice jufques au jour du grand
Jugement, fans difcontinuer d'un feul moment.

Mahomet qui avoit à ménager les Arabes, les a fervis
fuivant leur goût. Comme leur terre eft un defert aride
& fec, pour les confoler il leur a fait un paradis rempli de

fontaines & de jardins, les fuſtayes y ſont impénétrables
au ſoleil, les parterres tous couverts de fleurs, & les vergers chargez de toute ſorte d'excellens fruits. Dans ce lieu
charmant coulent en abondance le lait, le miel & le vin ;
mais c'eſt un vin qui ne porte point à la tête & qui ne
trouble pas la raiſon. Les plus parfaites beautez s'y promenent, & ne ſont ni trop faciles ni trop cruelles ; on y
épouſera celles que l'on voudra, car il y en a de toutes
les façons ; leurs yeux, qui ſont gros comme des œufs, ſont
toujours attachez ſur leurs maris qu'elles aiment à la folie. Les filles, ſuivant ce prophete, y ſont toutes pures,
& l'on n'y entend point parler des maladies du ſexe : on
n'y connoit ni ſabine, ni mercure, ni gayac, ni ſalſepa-
reille. La meilleure choſe que Mahomet ait dite touchant l'autre monde, eſt qu'il ne faut pas mettre au nombre des morts ceux qui meurent dans la voye de Dieu,
parce qu'ils vivent en Dieu, & qu'ils joüiſſent de ſes biens
& de ſon amour. Les damnez au contraire ſeront préci-
pitez dans un feu devorant, au milieu duquel leur peau
ſe renouvellera à tous momens pour augmenter leur ſu-
plice. Ils ſouffriront une ſoif incroyable ſans pouvoir ſe
flatter d'avoir une goutte d'eau ; & ſi par hazard on leur
verſe à boire, ce ſera d'une liqueur empoiſonnée qui les
ſuffoquera ſans les faire mourir. Pour comble de maux,
ils n'y trouveront point de femmes.

J'ay oublié de dire, qu'avant que d'enterrer les morts
on les expoſe dans les maiſons, enfermez dans une biere
ſous un poile de differente couleur, ſuivant la qualité des
perſonnes : ce poile eſt rouge pour les gens de guerre, noir
pour un bourgeois, vert pour un Emir ou pour un Che-
rif ; les turbans que l'on met ſur la biere ſont de la même
couleur que le poile. Les Prêtres précedent le convoi &
prient pour le deffunt ; les pauvres ſuivent avec les eſcla-

vès & les chévaux de la maifon, fi c'eft uné perfonne de
diftinction. Les pleureufes n'y manquent pas, non plus
qu'aux enterrémens des Grecs ; elles font une mufique en-
ragée tout le long des ruës, tandis qu'on enterre le mort,
& aprés qu'on l'a enterré. Quand on eft arrivé au cimetiere on tire le corps de la biere pour le mettre dans la foffe,
enveloppé d'un fimple drap ; mais on fe garde bien de
jetter de la terre par deffus : on couvre la foffe de quelques planches fur lefquelles on ramaffe les materiaux qui
fe trouvent aux environs. Aprés cela les hommes fe retirent, & les femmes y reftent encore quelque temps : enfuite les prêtres s'avancent pour être aux écoutes,& pour
informer les parens fi le mort s'eft bien deffendu quand
les Anges l'ont interrogé : ces prêtres n'ont garde de dire
qu'il a été confondu, car ils ne font bien payez que lorfqu'ils anoncent de bonnes nouvelles. Les femmes viennent prier fouvent fur la foffe de leurs maris ; mais c'eft
toujours en plein jour & jamais la nuit, de peur qu'il ne
leur arrivât quelqu'avanture pareille à celle de la Matro-
ne d'Ephefe. On apporte quelquefois à manger dans les
cimetieres, fur tout le vendredi ; les uns croyent que cela
foulage les morts ; les plus raifonnables difent que cela fe
fait pour attirer les paffans, qui en s'arrêtant prient Dieu
pour le deffunt.

Une des principales raifons qui oblige les Turcs à enterrer les morts fur les grands chemins, c'eft pour exciter
les paffans à leur fouhaiter du bien ; & le fouhait ordinaire eft *que Dieu les délivre des tourmens que les Anges
noirs leur font fouffrir.* On éleve deux groffes pierres à
chaque bout de la foffe : parmi les gens qui font de quelque diftinction ; celle qui eft à la tête marque la difference du fexe par un turban ou par un bonnet, & c'eft à ces
fortes d'ouvrages que s'occupent les fculpteurs de Con-
ftanti-

ftantinople & des meilleures villes de l'Empire ; on grave l'epitaphe du défunt fur la pierre qui eft aux pieds de la foffe. Le Chef-d'œuvre des plus habiles maîtres c'eft de faire un tombeau pour les plus grands Seigneurs ; en quoi cependant ils réuffiffent mal, car ils travaillent fans fcience & fans aucun goût. Ordinairement on va foüiller dans les ruines des anciennes villes pour chercher des bouts de colomnes ou quelques vieux marbres propres à marquer les foffes. Ceux qui aiment les infcriptions ne doivent pas négliger les Cimetieres, parceque les Turcs, les Grecs & les Armeniens y portent les plus beaux marbres ; ces cimetieres font d'une étenduë prodigieufe, car on n'enterre jamais deux perfonnes dans la même foffe, & le terrein qu'occupent ceux qui font aux environs de Conftantinople, produiroit, fi l'on prenoit foin de le cultiver, affez de grains pour nourrir cette grande ville pendant la moitié de l'année ; on y trouveroit auffi des pierres en affez grande quantité pour faire une feconde enceinte à la ville.

Je ne connois pas affez les Religieux Turcs pour entrer dans le détail des differens Ordres qui font parmi eux, car nous n'avons prefque veû que ceux qu'on appelle *Dervis*. Ce font de maîtres moines qui vivent en communauté dans des monafteres fous la conduite d'un fuperieur lequel s'applique particulierement à la predication. Ces Dervis font vœu de pauvreté, de chafteté & d'obéiffance ; mais ils fe difpenfent aifément des deux premiers, & même ils fortent de leur Ordre fans fcandale, pour fe marier quand l'envie leur en prend. Les Turcs tiennent pour maxime, que la tête de l'homme eft trop legere pour être long-temps dans la même difpofition. Le General de l'Ordre des Dervis réfide à *Cogna* qui eft l'ancienne ville d'*Iconium* capitale de la Lycaonie dans l'Afie mineure. Othoman premier Empereur des Turcs erigea le fuperieur du couvent de cette ville en Chef-d'ordre, & accorda de grands privileges à cette maison. On affûre qu'elle entretient plus de cinq cens Religieux, & que leur fondateur fut un Sultan de la même ville appellé *Melelava*, d'où vient qu'on les appelle les *Melelevis :* Ils ont le tombeau de ce Sultan dans leur couvent.

Les Dervis qui portent des chemises, les font faire, par penitence, de la plus grosse toile qui se puisse trouver ; ceux qui n'en portent point, mettent sur la chair une veste de bure de couleur brune que l'on travaille à Cogna, & qui descend un peu plus bas que le gras de jambe ; ils la boutonnent quand ils veulent, mais ils ont la plufpart du temps la poitrine découverte jusqu'à leur ceinture qui est ordinairement d'un cuir noir. Les manches de cette veste font larges comme celles des chemises de femmes en France, & ils portent par dessus une espece de casaque ou de mantelet dont les manches ne descendent que jusques au coude. Ces moines ont les jambes nües & se servent souvent de pantoufles à l'ordinaire ; leur tête est couverte d'un bonnet de poil de chameau d'un blanc sale, sans aucun bord, fait en pain de sucre, arrondi neantmoins en maniere de dôme ; quelques-uns y roulent un linge ou une fesse pour en faire un turban.

Ces Religieux en présence de leurs superieurs & des étrangers font d'une modestie affectée, les yeux baissez & dans un profond silence. On dit qu'ailleurs ils ne font pas si modestes, ils passent pour grands buveurs d'eau de vie, & même de vin. L'usage de l'Opium leur est plus familier qu'aux autres Turcs. Cette drogue qui est un poison pour ceux qui n'y font pas accoûtumez, & dont une petite dose fait mourir les autres gens, met d'abord les Dervis, qui en mangent des onces tout à la fois, dans une gayeté pareille à celle des hommes qui font entre deux vins. Une dou-

ce fureur, que l'on pourroit appeller enthoufiafme, fuccéde à cette gayeté, & les feroit paffer pour des gens extraordinaires, fi l'on n'en connoiffoit pas la caufe; mais comme leur fang, trop diffous par cette drogue, excite une décharge confiderable de férofitez dans le cerveau, ils tombent enfuite dans l'affoupiffement & paffent une journée
entiere fans remuer ni bras ni jambes. Cette efpece de léthargie les occupe tout le Jeudi, qui eft un jour de jeûne
pour eux, pendant lequel ils ne fauroient manger, fuivant
leur regle, quoique ce foit qu'aprés le coucher du foleil.

Les Dervis fe piquent de beaucoup de politeffe; leur
barbe eft propre, bien peignée; leurs poëfies ne roulent
jamais fur les femmes, fi ce n'eft fur celles qu'ils efperent
voir un jour en paradis. Ils ne font plus affez fots pour fe
découper & taillader le corps, comme ils faifoient autrefois; à peine aujourd'hui effleurent-ils leur peau, ils ne
laiffent pas cependant de fe brûler quelquefois du côté
du cœur, avec de petites bougies, pour donner des marques de tendreffe aux objets de leur amour. Ils s'attirent
l'admiration du peuple en maniant le feu fans fe brûler,
& le tenant dans la bouche pendant quelque temps, comme
font nos charlatans. Ils font mille tours de foupleffe &
joüent à merveille des gobelets. Ils prétendent charmer les
viperes par une vertu fpécifique attachée à leur robe. De
tous les Turcs ce font les feuls qui voyagent dans les pays
Orientaux; ils vont dans le Mogol & au delà, & profi-
tans des groffes aumônes qu'on leur fait, ils ne laiffent
pas d'aller manger chez tous les Religieux qui font fur leur
route. La mufique fait une partie de leur application; leur
chant nous parut trifte mais harmonieux; & quoiqu'il foit
deffendu par l'Alcoran de loüer Dieu avec des inftru-
mens, ils fe font pourtant mis fur le pied de le faire malgré les Edits du Sultan & la perfécution des devots.

P ij

Les principaux exercices des Dervis, font de danfer le mardi & le vendredi; cette efpece de comédie eft precedée par une predication qui fe fait par le fuperieur du couvent, ou par fon fubdélegué. On affûre que leur morale eft bonne, & qu'on en peut faire un excellent ufage, de quelque religion que l'on foit. Les femmes qui font bannies de tous les endroits publics où il y a des hommes, ont la permiffion de fe trouver à ces prédications, & elles n'y manquent pas. Pendant ce temps-là les Religieux font renfermez dans une baluftrade, affis fur leurs talons, les bras croifez & la tête baiffée. Aprés le fermon, les chantres placez dans une galerie qui tient lieu d'orcheftre, accordant leurs voix avec les flûtes & les tambours de bafque, chantent un hymne fort long. Le fuperieur en étole & en vefte à manches pendantes, frappe des mains à la feconde ftrophe; à ce fignal les moines fe levent, & aprés l'avoir falué d'une profonde reverence, ils commencent à tourner l'un aprés l'autre, en piroüettant avec tant de viteffe, que la juppe qu'ils ont fur leur vefte s'élargit & s'arrondit en pavillon, d'une maniere furprenante: tous ces danfeurs forment un grand cercle tout-à-fait réjoüiffant, mais ils ceffent tout d'un coup au premier fignal que fait le fupérieur, & ils fe remettent dans leur premiere pofture, auffi frais que s'ils n'avoient pas remué. On revient à la danfe au même fignal par quatre ou cinq reprifes, dont les dernieres font bien plus longues à caufe que les moines font en haleine; & par une longue habitude ils finiffent cet exercice fans en être étourdis. Quelque veneration qu'ayent les Turcs pour ces Religieux, ils ne leur permettent pas d'avoir beaucoup de couvens, parce qu'ils n'eftiment pas les perfonnes qui ne font point d'enfans. Sultan Mourat vouloit exterminer les Dervis comme gens inutiles à la Republique, & pour qui le peuple avoit trop de confidération; nean-

Tom. 2. pag. 116.
Danse des Dervis.

moins il se contenta de les releguer dans leur couvent de *Cogna*. Ils ont encore une maison à Pera, & une autre sur le Bosphore de Thrace. Nous entendîmes la predication dans leur couvent de Pruse en Bithynie, & nous les vîmes danser avec plaisir au travers des barreaux de la Mosquée.

Des marchands Armeniens de nôtre caravane, qui parloient Italien, nous expliquérent une partie de la predication. Le principal sujet rouloit sur Jesus-Christ; le predicateur déclama contre les Juifs, mais de sang froid car ils ne s'emportent jamais, & il trouva fort mauvais que les Chrétiens crussent que les Juifs avoient fait mourir un si grand Prophete; il assûra au contraire qu'il passa dans le ciel, & que les Juifs avoient crucifié une autre personne à sa place.

Je ne sçaurois finir cette lettre par un plus bel endroit, qu'en parlant de l'estime que les Turcs sont de Jesus-Christ. Il n'est pas vrai qu'ils vomissent des blasphémes contre lui, comme quelques voyageurs l'ont assûré. Si les Turcs ont le malheur de ne pas croire la Divinité de Jesus-Christ, ils le révérent au moins comme un grand ami de Dieu, & sur tout comme un grand intercesseur auprés du Seigneur. Ils conviennent qu'il a eté envoyé de Dieu pour apporter une Loi pleine de grace; & s'ils nous traittent d'infidelles, ce n'est pas parce que nous croyons en Jesus-Christ, c'est parce que nous ne croyons pas que Mahomet soit venu aprés lui pour anoncer une autre Loi moins opposée à la nature corrompuë.

J'ay l'honneur d'être avec un profond respect, &c.

Lettre XV.

A Monseigneur le Comte de Pontchartrain, Secretaire d'Etat & des Commandemens de Sa Majesté, &c.

Monseigneur,

Description du Canal de la mer Noire.

Je vous prie de trouver bon qu'avant que de m'engager sur la mer Noire, j'aye l'honneur de vous rendre compte de ce que nous avons observé sur le canal par où elle se décharge dans la mer de *Marmara*, qui fait une partie de la *mer Blanche*, selon le langage des Turcs.

Le Canal de la mer Noire, ou le Bosphore de Thrace, commence proprement à la pointe du Serrail de Constantinople, & finit vers la colomne de Pompée. Herodote, Polybe, Strabon & Menippe cité par Estienne de Byzance[a], lui donnent 120 stades de longueur, lesquelles reviennent à 15 milles : mais ils fixent le commencement de ce canal entre Byzance & Chalcedoine, & le font terminer au Temple de Jupiter, où est présentement le nouveau Château d'Asie. Quoique cette différence soit arbitraire, on se détermine pourtant plus aisément, après l'inspection des lieux, pour les mesures que j'ai proposées. Il s'en faut beaucoup que ce canal ne soit en ligne droite ; son embouchûre, qui du côté de la mer Noire a la forme d'un entonnoir, regarde le Nord-est, & doit se prendre à la colomne de Pompée, d'où l'on compte prés de trois milles jusques aux nouveaux Châteaux. Celui d'Asie est bâti sur un [b] Cap où l'on croit qu'étoit le temple de [c] Jupiter *distri-*

Βόσπορος Θράκιος. Polyb. & Strab. Βόσπορος τῆς Χαλκηδονίης. Herod. lib. 4.

[a] Sur le mot Χαλκηδών.

[b] Ἀργυρόντιον Ἄκρα.
[c] Jupiter Urius Οὔριος.

buteur des bons vents, d'où vient que cet endroit s'appelle encore *Joro*, du mot corrompu *Ieron*, qui signifie un
Temple. Le Château d'Europe est sur un [d]Cap opposé, auprés duquel on voyoit autrefois le Temple de [e]Serapis
dont parle Polybe. De ces Châteaux le canal fait un grand
coude, où sont les Golphes de *Saräia* & de *Tarabié ;* & de
ce coude il tire au sud-est vers le Serrail appellé *Sultan
Solyman Kiofc*, à la distance de cinq milles des Châteaux.
Aprés cela par un autre coude en *zig-zag*, le même canal s'approche peu à peu du Sud jusques à la pointe du
Serrail, où il finit selon ma pensée. De ce dernier coude
aux vieux Châteaux on compte deux milles & demi ; & de
là au Serrail ou à la pointe de Byzance, six milles. Ainsi
suivant ces mesures, tout le canal a seize milles & demi de
long, ce qui n'est pas éloigné de la supputation des anciens, lesquels gagnoient du côté de Chalcedoine, où
commençoit le canal selon eux, ce qu'ils perdoient entre
les Temples de Jupiter & de Serapis, & la colomne de
Pompée.

La largeur du canal aux nouveaux Châteaux où étoient
ces Temples, est d'un mille ; & d'un mille & demi, ou
deux milles en quelques autres endroits. Le lieu le plus
étroit est aux vieux Châteaux, dont celui d'Europe se trouve sur la hauteur où les anciens, au rapport de Polybe,
avoient bâti un Temple à Mercure ; c'est pour cela qu'il
s'appelloit le Cap *Hermée*. Ce cap se trouvoit à moitié
chemin du canal, suivant les anciens, parce que d'un côté
ils le faisoient terminer, comme nous venons de dire, entre Chalcedoine & Byzance ; & de l'autre au Temple de
Jupiter. Cet endroit n'a pas plus de 800 pas de large, &
le canal est presque aussi resserré un peu plus bas à *Cou-
richifmé* village bâti au pied du Cap, que les anciens ont
nommé *Esties*, d'où il s'élargit jusqu'au Serrail d'environ

[d] Μίλτου Ἄκρα, Dionyf. Bizant.

[e] Σαραπιτῖον τῆς Θράκης. Polyb. hist. lib. 4.

Ἑϛίας. Polyb. hist. lib. 4.

de la longueur d'un mille, ou d'un mille & demi. Ainsi les eaux de la mer Noire entrent avec assez de vitesse dans le canal des nouveaux Châteaux, & s'étendent en liberté dans les golphes de *Saraïa* & de *Tharabié*. De là sans augmenter de vitesse, ces eaux tirent vers le Kiosc du Sultan Solyman, d'où elles sont obligées de se réfléchir vers le midi, sans que leur mouvement paroisse augmenté, si ce n'est entre les vieux Châteaux où le lit est le plus étroit.

Dans cet endroit-là, comme le remarque Polybe, outre que le rétrécissement du canal augmente la vitesse des eaux; elles se réfléchissent obliquement du cap de *Mercure*, sur lequel est le vieux château d'Europe, contre le cap de *Candil-bachesi* en Asie, & reviennent en Europe vers *Courichismé* au cap *des Esties*, d'où elles enfilent la pointe du Serrail. Voilà ce que Polybe en a observé de son temps, c'est à dire du temps de Scipion & de Lœlius avec lesquels il étoit lié d'amitié. Pour moi j'avoüe que je n'ai pû remarquer ce mouvement en *zig-zag*, en deçà des Châteaux, quoi-que j'aye passé quatre ou cinq fois sur ce canal; mais il est certain qu'avec un vent de Nord, la rapidité est si grande entre les deux Châteaux, qu'il n'y a point de bâtiment qui s'y puisse arrêter, & qu'il faut un vent opposé au courant pour les faire remonter : cependant la vitesse des eaux diminuë si sensiblement, que l'on monte & que l'on descend sans peine, lorsque les vents ne sont pas violens.

Indépendamment des vents, il y a des courans fort singuliers dans le canal de la mer Noire ; le plus sensible est celui qui en parcourt la longueur depuis l'embouchûre de la mer Noire, jusques à la mer de *Marmara* qui est *la Propontide* des anciens. Avant que ce courant y entre, il heurte en partie contre la pointe du Serrail, comme Polybe, Xiphilin, & aprés eux Mr Gilles, l'ont remarqué ; car une partie

tie de ces eaux, quoique la moins considérable passe dans le port de Constantinople ou de l'ancienne Byzance, & suivant le tour du couchant elle vient se rendre vers le fond qu'on appelle les *Eaux douces*. Polybe même & Xiphilin ont crû que ces eaux réfléchies formoient ce fameux Port que les anciens ont admiré sous le nom de la *Corne d'Or* à cause des richesses qu'il apportoit à cette puissante ville. Ce qui passe donc des eaux du canal dans le port de Constantinople, fait un courant qui suit le tour des murailles de la ville ; tout le reste se dégorge dans la mer de Marmara entre le Serrail & Chalcedoine.

Mr le Comte Marsilly a observé, que les deux petites rivieres des Eaux douces faisoient un courant dans le port de Constantinople, du Nord-ouest à l'Est, lequel balayant, pour ainsi dire, les côtes de Galata & de Topana, se continüoit par celle de *Fondoxli* jusques vers *Arnautcui* en remontant le canal du côté des Châteaux, c'est à dire par un cours opposé au grand courant : il n'est pas surprenant aprés cela que les bateaux montent à la faveur de ce petit courant, tandis que les autres descendent en suivant le cours du grand. Il y a apparence que les eaux qui sortent du port heurtant de biais contre le grand courant, se glissent vers le Nord ; au lieu que ce grand courant les entraîneroit ou les repousseroit si elles se presentoient d'un autre sens. Mr le Comte Marsilly a aussi remarqué qu'il y avoit un petit courant dans l'enfoncement de la côte de *Scutari ;* de sorte que les eaux du grand courant qui frappent contre le Cap de Scutari, se réfléchissent vers le Nord. Suivant les observations de ce sçavant homme, les eaux du grand courant étant parvenües au Cap *Modabouron*, remontent le long de la côte de Chalcedoine vers le Cap de Scutari, & font une autre espece de courant.

Tome II. .Q

Tous ces courans n'ont rien de bien extraordinaire.
On conçoit aifément qu'un Cap trop avancé doit faire re-
culer les eaux qui fe prefentent dans une certaine direction; mais il eft difficile de rendre raifon d'un autre courant caché, que nous appellerons dans la fuite, *le courant
inférieur*, parce qu'il ne s'obferve que dans le grand canal au deffous du grand courant, que l'on doit nommer
le courant fupérieur, lequel roule fes eaux depuis les Châteaux jufques dans la mer de Marmara. Il faut donc remarquer que les eaux qui occupent la furface de ce canal jufques à une certaine profondeur, coulent des Châteaux au
Serrail. Cela eft inconteftable; mais il eft certain auffi
qu'au deffous de ces eaux il y a une partie de l'eau du
même canal, laquelle fe meut dans un fens contraire, c'eft
à dire qu'elle remonte vers les Châteaux.

Procope de Cefarée, qui vivoit dans le VI. fiecle, affûre que les pefcheurs remarquoient que leurs filets au lieu
de tomber à plomb dans le fond du canal, étoient entraînez du Nord vers le Sud depuis la furface de l'eau jufques à une certaine profondeur, tandis que l'autre partie
de ces mêmes filets, qui defcendoit depuis cette profondeur jufques au fond du canal, fe courboit dans un fens
oppofé. Il y a même beaucoup d'apparence que cette obfervation eft encore plus ancienne, car de tout temps le
Bofphore a eté fort celebre pour la pefche. Ce canal eft
nommé *Poiffonneux* dans l'infcription que Mandrocles fit
mettre au bas du tableau où il avoit fait réprefenter le
Pont fur lequel Darius paffa avec fon armée lorfqu'il alloit combattre les Scythes. Procope affûre que, fuivant
l'obfervation des pefcheurs, les deux courans oppofez, l'un
fupérieur & l'autre inférieur, font tres-fenfibles dans cet
endroit du Bofphore qu'on appelle l'*Abîme*. Peut-être y
a-t-il dans ce lieu-là un gouffre profond formé par un

rocher creux comme un cuilleron, dont la partie cave regarde les Châteaux; car suivant cette supposition, les eaux
qui font vers le fond du canal, heurtant avec violence
contre ce rocher, doivent en se réfléchissant prendre une
détermination contraire à celle qu'elles avoient auparavant, c'est à dire qu'elles font obligées de rebrousser vers
les Châteaux, & par-conséquent de couler dans un sens
opposé à celui du courant supérieur. Le peu de séjour
que nous fimes à Constantinople ne nous permit pas d'e-
xaminer cette merveille. Mr Gilles en a parlé comme
d'une chose extraordinaire, & Mr le Comte Marsilly l'a
observée avec beaucoup de soin; en effet je ne trouve rien
de plus digne de remarque. Cet habile Philosophe n'a
pas voulu hazarder sa pensée sur l'explication d'un fait
aussi singulier; & moi je ne propose la mienne que pour
exciter les sçavans à rechercher la veritable cause de ce
Phénomene.

Il n'est pas facile non-plus de rendre raison pourquoi
le Bosphore vuide si peu d'eau, sans que la mer Noire
qui en reçoit une si prodigieuse quantité, en devienne
plus grande. Cette mer qui est d'une étenduë si considérable, outre les *Palus Meotides*, c'est à dire une autre mer
digne de remarque, reçoit plus de rivieres que la Mediterranée. Tout le monde sait que les plus grandes eaux
de l'Europe tombent dans la mer Noire par le moyen du
Danube dans lequel se dégorgent les rivieres de Suabe, de
Franconie, de Baviere, d'Austriche, de Hongrie, de Mo-
ravie, de Carinthie, de Croatie, de Bosnie, de Servie, de
Transsylvanie, de Valaquie. Celles de la Russie noire &
de la Podolie se rendent dans la même mer par le moyen
du Niester. Celles des parties meridionales & orientales
de la Pologne, de la Moscovie septentrionale & du pays
des Cosaques, y entrent par le Nieper ou Borysthene. Le

Tanais & le Copa ne paſſent-ils pas dans la mer Noire
par le Boſphore Cimmerien? Les rivieres de la Mengrelie, dont le Phaſe eſt la principale, ſe vuident auſſi dans
la mer Noire, de même que le Caſalmac, le Sangaris, & les
autres fleuves de l'Aſie mineure qui ont leur cours vers
le Nord. Neantmoins le Boſphore de Thrace n'eſt comparable à aucune des grandes rivieres dont on vient de
parler. Il eſt certain d'ailleurs que la mer Noire ne groſſit
pas, quoiqu'en bonne phyſique un réſervoir augmente
quand ſa décharge ne répond pas à la quantité d'eau qu'il
reçoit. Il faut donc que la mer Noire ſe vuide & par des
canaux ſouterrains, qui traverſent peut-être l'Aſie & l'Europe, & par la dépenſe continuelle de ſes eaux, leſquelles
s'abreuvent dans la terre & s'écoulent bien loin des côtes.
Cette eſpece de tranſpiration répond à celle du corps des
animaux, laquelle, ſuivant la ſupputation de Sanctorius, eſt
beaucoup plus conſidérable que celle qui ſe fait par les
évacuations les plus ſenſibles.

Suppoſé que la mer Noire ait eté un veritable Lac ſans
décharge, formé par le concours de tant de rivieres, il ne
pouvoit ſe vuider, ſuivant la conformation des lieux, que
par le Boſphore de Thrace; les montagnes qui ſont entre la mer Noire & la mer Caſpienne, s'oppoſoient à ſon
ouverture du côté d'Orient. Les eaux des Palus Meotides
tombent dans la mer Noire du côté du Nord, bien loin
de permettre que celles de la mer Noire s'y dégorgent.
Les rivieres d'Aſie repouſſent auſſi la mer Noire, du Sud
au Nord. Le Danube les éloigne de ſes embouchures
du côté du Couchant. Il n'y avoit donc que ce recoin,
qui eſt au Nord-Eſt au deſſus de Conſtantinople, où elles
pûſſent creuſer la terre ſans oppoſition, entre le fanal d'Europe & celui d'Aſie. La décharge même ne ſe pouvoit
pas faire du côté d'aucun de ces fanaux, à cauſe que les

côtés en font horriblement efcarpées : ainfi les eaux de la mer Noire furent obligées de paffer dans l'endroit où il n'y avoit que du terrein : c'eft dans ce terrein qu'elles commencerent à fe creufer un canal en fe prefentant de front par une colomne qui amollit les terres & les emporta par differentes fecouffes. Les eaux, fuivant cette hypothefe, fe firent d'abord une ouverture en ligne droite entre les deux rochers où font les nouveaux Châteaux, & détremperent les terres qui occupoient le premier coude où font les Golphes de Saraïa & de Tharabié, contraintes de fe tenir dans un baffin bordé de rochers fort élevez ; mais leur pente naturelle les fit defcendre enfuite jufques au Kiofc de Solyman II ; & de là changeant de détermination par la rencontre d'autres nouveaux rochers, elles formérent le fecond coude du canal dont les terres obéirent du côté du Midi.

Cette route avoit eté fans doute tracée par l'auteur de la nature, qui fe fervit des eaux pour creufer les terres dont elle étoit remplie ; car fuivant les loix du mouvement qu'il a établies, elles fe jettent toujours du côté qui s'oppofe le moins à leur cours. Celles de la mer Noire continuerent donc à charrier les terres qui fe trouvoient entre les deux rochers où font les vieux Châteaux, & par là elles poufferent leur canal jufques à la pointe du Serrail, dont le fond eft une roche vive & inébranlable. Ce bras de mer emporta peut-être tout d'un coup la digue de terre qui reftoit entre Conftantinople & le Cap de Scutari, d'où il fe dégorgea dans la mer de Marmara.

C'eft dans ce temps-là, fuivant les apparences, qu'arriva cette grande inondation dont parle Diodore de Sicile l'un des plus fideles Hiftoriens de l'antiquité. Cet auteur affûre que les peuples de Samothrace, Ifle confidérable fituée à gauche de l'entrée des Dardanelles, s'aper-

Bibliot. Hift. lib. 5. pag. 322.

Sanmandraki.

çeûrent bien de l'irruption que le Pont Euxin fit dans la Propontide par l'embouchûre des Isles Cyanées; car le Pont Euxin que l'on regardoit dans ce temps-là comme un grand Lac, augmenta de telle sorte par la décharge des rivieres qui s'y dégorgeoient, qu'il déborda dans la Propontide & inonda une partie des villes de la côte d'Asie, lesquelles sans doute se trouvoient plus basses que celles d'Europe. Malgré cette situation les eaux monterent jusques sur les plus hautes montagnes de Samothrace, & firent changer de face à tout le pays. Les Insulaires en avoient encore la tradition du temps de nôtre Historien, qui par là nous a conservé une des plus belles observations de l'antiquité; car il est certain que ce changement est arrivé long-temps avant le voyage des Argonautes, & ces heros n'entreprirent ce voyage que 1263 ans avant Jesus-Christ. Cela étant, ce que nous venons de proposer comme une conjecture de physique, devient une verité historique, & doit nous persuader que le grand écoulement de la Propontide dans la Mediterranée, s'étoit fait long-temps auparavant par la même mécanique.

Il est fort vrai-semblable que les eaux de la Propontide, qui n'étoit peut-être anciennement qu'un Lac formé par les eaux du Granique & du Rhyndacus, ayant trouvé plus de facilité à se creuser un canal aux Dardanelles, que de se faire un autre passage, se répandirent dans la Mediterranée, & décharnérent, pour ainsi dire, les rochers à force de laver les terres. Les Isles de la Propontide ne sont autre chose que les restes des rochers que les eaux ne purent dissoudre, de même que celles qui ont tant fait de bruit dans l'antiquité sous le nom des Isles Cyanées d'Europe & d'Asie à l'embouchure de la mer Noire. Il semble que les Isles sont comme autant de cloux attachez au

globe de la terre, & dont les montagnes font, pour ainfi
dire, les têtes.

Mais quels changemens les Ifles de la mer ᵃEgée ne
receurent elles pas par le débordement du Pont Euxin,
& fur tout celles qui fe trouvent expofées comme en ligne droite! puifque Samothrace, qui eft à côté du canal,
en fut tellement inondée, que fes habitans ne favoient à
quels Dieux fe voüer: les pefcheurs quand les eaux furent abaiffées tiroient avec leurs filets des chapiteaux de
colomnes & d'autres morceaux d'architecture. S'il en
faut juger par la violence du coup que les eaux porterent
dans la mer de Grece, eft-il furprenant que les plus anciens auteurs Hiftoriens & Poëtes, ayent publié que plufieurs Ifles s'étoient abimées dans l'Archipel, & qu'il s'en
étoit formé de nouvelles! Peut-être que la fameufe *Delos*
ne parut que dans ce temps-là, & que les peuples des Ifles
voifines lui donnerent ce nom qui fignifie *Manifefte*. On
traite neantmoins la plufpart des anciens auteurs de ré-
veurs & de conteurs de fables. Combien de colonies ne
fallut-il pas établir aprés ce ravage! & que ne faurions nous
pas fi les ouvrages de ceux qui avoient décrit tous ces
changemens étoient paffez jufques à nous, comme ceux
de Diodore! Ce qui nous paroît de plus incroyable dans
Pline, ne font peut-être que les meilleurs morceaux de
plufieurs auteurs qui avoient écrit fur ces matieres, & dont
le refte eft perdu.

Je vous demande pardon, Monseigneur, fi je pouffe la Philofophie un peu loin. L'exemple d'un favant Miniftre à qui nous devons la connoiffance de tant de belles
chofes, m'a dépayfé; mais ce n'eft pas pour le fuivre en
toutes chofes; car tout grand homme de mer qu'il étoit,
puifqu'il commandoit des armées navales, il me femble
qu'il a pris la formation des mers dans un fens tout oppo-

ᵃ Archipel.

*Diod. Sic. Bi-
blioth. ibid.*

fé au fens naturel. Il a crû que l'Ocean par fes fecouffes ayant feparé des terres d'Afrique la montagne de Calpe, s'étoit répandu dans ce vafte efpace où eft préfentement la Mediterranée : que cette mer avoit enfuite percé les terres vers le Nord & produit la Propontide ou mer de Marmara, la mer Noire, & les Palus Meotides. Cependant indépendamment de l'obfervation de Diodore de Sicile, s'il eft permis de confiderer la formation des chofes peu à peu, n'eft-il pas plus raifonnable de regarder les Palus Meotides, la mer Noire, la Propontide, & la mer Mediterranée, comme de grands Lacs formez par tant de rivieres qui s'y déchargent, que de croire que ce foient des épanchements de l'Ocean ! Que pouvoient devenir les eaux qui fe ramaffoient enfemble jour & nuit dans les mêmes baffins avant qu'ils euffent leurs décharges ! elles formoient fans doute des Lacs d'une prodigieufe étenduë, qui auroient enfin couvert toutes les terres voifines, s'ils n'avoient forcé leurs digues de la maniere qu'on a dit plus haut.

Il eft donc certain que les eaux du Nord tombent dans la Mediterranée par le Bofphore Cimmerien, par le Bofphore de Thrace, & par le canal des Dardanelles qui, fuivant l'idée des anciens, eft une autre efpece de Bofphore, c'eft à dire un bras de mer qu'un bœuf peut traverfer à la nage. La décharge de la Mediterranée dans l'Ocean eft au détroit de Gibraltar où heureufement les eaux trouverent plus de facilité à fe creufer un canal, que de fe répandre fur les terres d'Afrique. Le Seigneur avoit laiffé cette ouverture entre le mont Atlas & celui de Galpe, il ne falloit qu'en déboucher la digue. Peut-être que l'irruption épouventable qui fe fit alors dans l'Ocean fubmergea ou emporta cette fameufe Ifle Atlantide que [a] Platon décrit au delà des côtes d'Efpagne, & [b] Diodore de Sicile au delà

* *In Tim. tom. 3. pag. 24. Edit. Henr. c. Steph.*
[b] *Bibliot. Hift. lib. 5.*

delà de celles d'Afrique. Les Isles Canaries, les Açores &
l'Amerique en font peut-être encore des restes; & on ne
fera pas surpris qu'elles ayent eté peuplées par les descen-
dans d'Adam & de Noé, ni que leurs peuples ayent eû l'u-
fage des mêmes armes que les anciens peuples d'Asie &
d'Europe, c'est à dire de l'arc & des fléches.

Pline auroit donc mieux fait de s'en tenir au sentiment de quelques auteurs qui ne lui étoient pas inconnus,
& qui de son aveu faisoient venir les eaux dans l'Ocean
du Nord au Midi. Comment juger du cours d'une eau
dormante ! de la Saone par exemple, ou de la Marche, si
ce n'est par les courans qui passent sous les arches de leurs
ponts ? or ces courans sont manifestes dans les Bosphores
dont il s'agit. Il n'y a qu'une circonstance qui puisse favo-
riser le sentiment de Pline, c'est la saleûre de l'eau de toutes ces mers; il n'est pas possible de rendre raison comment ces grands Lacs dont nous avons parlé, & qui ne
se sont formez que par la décharge des rivieres d'eau douce, sont devenus salez. Mais outre la communication
de l'Ocean avec la Mediterranée, il est certain que les
eaux de la mer Noire sont beaucoup moins salées que celles de nos mers; & d'ailleurs les terres qui sont autour de
la mer Noire sont toutes remplies de sel fossile qui se dis-
sout continuellement dans ses eaux : ce sel mêlé avec une
portion de soufre que fournit l'huile des poissons qui s'y
pourrissent continuellement, augmente ce degré de saleûre, & communique ce filet d'amertume si sensible
dans l'eau marine. La mer Caspienne par la même raison
est aussi salée que les autres mers, quoiqu'elle ne paroisse
qu'un étang où il ne se décharge que des eaux douces.

Avant que de revenir au canal de la mer Noire, il est
bon de remarquer que la prophetie de Polybe ne s'est pas
accomplie. Ce bon homme s'étoit imaginé que le Pont

Tome II. R

Euxin devoit fe changer en marais ; & même il ne croyoit pas que le temps en fût trop éloigné, parce que, difoit-il, le limon que les rivieres y charrient devoit former une barre de vafe capable d'en embarraffer l'emboucheure, de même que de fon temps on voyoit une barre confidérable de vafe aux bouches du Danube. Heureufement pour les Turcs, à qui le commerce de la mer Noire procure tant de fortes de biens, le Bofphore s'eft confervé, & peut-être eft-il devenu plus grand ! Quoiqu'il en foit, il n'y a pas lieu de craindre qu'il s'y forme de barre ; cela n'arrive qu'à l'emboucheure des rivieres, dont les eaux font repouffées vers les terres par les vagues de la mer, & par les marées. Rien ne fait rebrouffer les eaux de la mer Noire ; le Bofphore au contraire eft un canal de décharge, où les eaux coulant d'elles-mêmes par des endroits étranglez, pour ainfi dire, d'efpace en efpace, augmentent la viteffe & entrainent tout ce qui pourroit s'oppofer à leur cours. Par rapport aux marées, Strabon a remarqué qu'il n'y en avoit point dans le Bofphore, & M^r le Comte Marfilly a obfervé qu'elles n'y étoient pas fenfibles. Quelque rapide que foit ce Bofphore, fes eaux ne laiffent pas de fe geler dans les plus grands hivers. Zonare affûre qu'il y en eut un fi rude fous Conftantin Copronyme, que l'on paffoit à pied fur la glace de Conftantinople à Scutari ; la glace foutenoit même les charrettes. Ce fut bien autre chofe en 401. fous l'Empire d'Arcadius, la mer Noire fut glacée durant 20 jours, & quand la glace fut rompuë, on en voyoit paffer devant Conftantinople des monceaux effroyables.

Dans la belle faifon, les côtes du Bofphore font charmantes, de quelque côté qu'on les confidere. Les villages & les maifons de campagne difperfées parmi les forêts, font des payfages fort agréables, entrecoupez de collines couvertes de taillis. Celles qui viennent fondre dans l'eau, quelque escarpées qu'elles soient en quelques endroits, font par leur varieté un contraste qui n'a rien d'affreux. Dans la Lettre où j'ay parlé de Constantinople, j'ay fini par la description du Pavillon qu'on appelle *Fanari-Kiosc*, Je vais presentement décrire toute la côte d'Asie, depuis le canal de la mer Noire jusques au Fanal qui est au delà de son emboucheure : ensuite je passerai au Fanal d'Europe & à la colomne de Pompée, pour suivre la côte d'Europe de ce même canal, & revenir à Constantinople, où nous nous embarquâmes tout de bon pour le voyage de Trebisonde.

Je ne saurois suivre de meilleurs guides sur ce canal, que deux excellens hommes, dont l'un étoit du pays, & l'autre François. Le Grec s'appelloit Denys, & pour le distinguer de tant d'auteurs qui ont porté le même nom, on l'appelle *Denys de Byzance*. La description qu'il a faite du Bosphore de Thrace est exacte jusques au scrupule. Holstenius & Mr du Cange en avoient promis une edition sur les Manuscrits du Vatican, & de la Bibliotheque du Roy ; mais ils n'ont pas eû le temps de la donner. Mr Gilles, qui est le François dont je veux parler, a verifié sur les lieux avec une exactitude admirable la description de Denys, & n'a pas oublié le nom du moindre rocher. J'espere, MONSEIGNEUR, que vous ferez satisfait du plan du Bosphore que j'ai eû l'honneur de vous presenter ; il est bien orienté, les distances y sont bien marquées, & je ne crois pas qu'il y ait de fautes considérables pour la position des villages. J'ai crû qu'il étoit nécessaire d'ajoûter aux anciens noms Grecs, ceux que les Turcs y ont donnez, afin d'illustrer ce que Denys & Gilles y ont remarqué dans leur temps. On croit que le premier vivoit sous Domitien. A l'égard de Mr Gilles, il étoit du Diocefe d'Alby, & mourut à Rome en 1555. dans le Palais du Cardinal d'Armagnac, aprés avoir voyagé en Afie & en Afrique par ordre de François I. pour amaffer des manufcrits & des monumens antiques.

Pour commencer la defcription du Canal de la mer Noire, il faut reprendre celle de Conftantinople qui finit à *Fanari-Kiofc* bâti fur le Cap de Chalcedoine. A l'Eft de ce Cap eft un des ports de cette ville, connu par les anciens fous le nom du Port d'*Eutrope,* où les enfans de l'Empereur Maurice furent mis à mort par l'ordre de Phocas, qui le dépoüilla de l'Empire dans le commencement du VII. fiécle. Cinq ans aprés l'Imperatrice Conftantine veuve de Maurice, & fes trois filles y eurent la tête tranchée. Il femble que ce Port étoit deftiné pour y faire perir cette malheureufe famille. L'Empereur Juftinien l'avoit fait réparer par des ouvrages dignes de fa magnificence.

Aprés le Port ª d'Eutrope, il faut doubler ᵇ le Cap de *Modabouron,* lequel termine la Prefqu'ifle, fur l'Ifthme de laquelle la fameufe ville de Chalcedoine étoit bâtie. Je crois que ce Cap s'appelloit autrefois *Herea,* car Eftienne de Byzance le place vis à vis de cette ville, & cite des vers de Demofthene de Bithynie, qui l'a marqué dans le même endroit. La côte de Calamoti s'étend au delà du Cap, & a pris fon nom d'une Eglife de Saint Jean Chryfoftome bâtie dans un lieu marécageux & plein de rofeaux. L'autre Port de Chalcedoine eft fur la même côte à l'échancrure de l'Ifthme qui regarde le couchant,& par conféquent la ville de Conftantinople. On y avoit pratiqué avec des dépenfes immenfes des jettées admirables par ordre de l'Empereur Juftinien, au moyen defquelles il ne pouvoit entrer qu'un vaiffeau à la fois ; mais il n'en refte plus que les fondemens. Tout cela marque le mauvais gout de ceux qui avoient choifi cet endroit pour y bâtir Chalcedoine ; puifqu'on avoit eté obligé d'y faire deux Ports artificiels ; au lieu que le Port de Byzance eft naturellement le plus beau Port du monde. Ce mauvais choix fit que l'Oracle d'Apollon, & Megabize Général des troupes de Darius traiterent d'aveugles les Megariens fondateurs de Chalcedoine, que Pline nomme auffi la ville *des aveugles.*

Le Grand Conftantin auroit fait le même choix que les Megariens, fans un prodige bien étonnant, s'il en faut croire Cedren. Quand on commença par ordre de cet Empereur à rebatir Chalcedoine ruinée par les Perfes, on vit des aigles enlever avec leurs ferres les pierres entre les mains des ouvriers & les tranfporter à Byzance. Ce miracle fut repeté plufieurs fois, & toute la Cour en fut frapée. Euphratas l'un des principaux Miniftres de l'Empereur affûra ce Prince que le Seigneur vouloit qu'il fift bâtir une Eglife en l'honneur de la Vierge à Byzance. Il femble que Chalcedoine n'avoit eté bâtie que pour fervir d'embelliffement à cette ville ; car aprés que l'Empereur Valens, irrité contre les Chalcedoniens de ce qu'ils avoient fuivi le parti de Procope, en eut fait rafer les murailles, il en fit porter les materiaux à Conftantinople, pour être employez à ce bel aqueduc que l'on nomma *l'Aqueduc Valentinien.* Ammian Marcellin affûre que les bourgeois de Chalcedoine, parmi les autres outrages qu'ils prétendoient faire à Valens, l'appelloient pendant le fiege de leur ville, *Beuveur de biere ;* les Empereurs Turcs en ont ufé de même par rapport à Chalcedoine. Solyman II. n'a fait rétablir l'Aqueduc Valentinien & bâtir la Solymanie, que des ruines de cette ville. L'établiffement des Poftes paroît plus ancien qu'on ne croit ; voici ce que Procope en dit au fujet de Chalcedoine. Les Empereurs

Sabaïa. *Biere.*

R iij

reurs, dit-il, avoient établi des Postes sur les grands chemins, afin d'être servis plus promptement & d'être avertis à temps de tout ce qui se passoit dans l'Empire. Il n'y
avoit pas moins de cinq postes par journée, & quelquefois huit; on entretenoit quarante chevaux dans chaque
poste, & autant de postillons & de palefreniers qu'il étoit
nécessaire. Justinien cassa les postes en plusieurs endroits,
& sur tout celles par où l'on alloit de Chalcedoine à Dia-
cibiza, qui est l'ancienne ville de *Lybissa* fameuse par le
tombeau d'Annibal, & située dans le golphe de Nicome-
die. Le même auteur, pour donner plus de ridicule à
Justinien, avance qu'il établit la poste aux ânes en plusieurs endroits du Levant.

Chalcedoine n'est plus aujourd'hui qu'un méchant village de sept ou huit cens feux, appellé *Cadiaci*, ou *le Village du Juge;* mais les Grecs lui ont conservé son ancien
nom, lequel n'est connu des Chrétiens que par le Concile œcumenique assemblé en 451. dans l'Eglise de Sainte
Euphemie, où les Peres condamnérent Eutyches, qui nioit
qu'il y eût deux natures en Jesus-Christ. Il n'y a pas d'apparence que cette Eglise fust celle qui sert aujourd'hui de
parroisse aux Grecs, car Evragius nous apprend qu'elle
étoit dans les fauxbourgs de cette ville; & Mr de Nointel
Ambassadeur de France à la Porte, au rapport de Mr Spon,
assûroit que les restes de l'Eglise de Sainte Euphemie
étoient à un mille du village, & qu'il y avoit leû une inscription qui faisoit mention du Concile. La côte de
Chalcedoine est fort poissonneuse, & certainement Strabon & Pline avoient eté trompez par ceux qui leur a-
voient fait accroire que les *Pelamides* ou jeunes Tons
s'en détournoient, épouvantez par des roches blanches
cachées sous l'eau, lesquelles les obligeoient de gagner la
côte de Byzance. Au contraire les Pelamides de Chalce-

doine étoient fi recherchées par les anciens, que Varron,
cité par Aulugelle, les mettoit parmi les morceaux les
plus délicats ; & l'on ne voit aujourd'hui que filets autour
de cette ville pour la pefche des jeunes Tons.

De Chalcedoine on monte au Cap de Scutari, appellé
anciennement le *Bœuf*, ou *le paſſage du Bœuf :* ce qui
prouve qu'il faut prendre cet endroit là pour le commencement du Bofphore, puifque ce bœuf ou cette vache prétenduë y traverfa le canal à la nage. Quand Polybe parle de la route qu'il faut tenir pour aller de Chalcedoine à Byzance, il remarque avec raifon qu'on ne fcau-
roit traverfer directement la mer à caufe du grand courant qui eſt entre ces deux villes ; mais qu'il faut ranger
la côte & venir au Promontoire appellé le Bœuf. De même pour défigner le cours du courant du Bofphore, il
avertit que ce courant vient du Cap des Efties, où eſt
aujourd'hui Courouchifmé, & qu'il paffe au lieu appellé
le Bœuf ou la Vache ; car les Poëtes ont aufli publié que
Io maîtreffe de Jupiter avoit paffé ce détroit déguifée en
Vache. Chares Général Athenien battit, auprés de ce Cap,
la flotte de Philippe de Macedoine qui affiégeoit Byzance.

On y enterra Damalis femme de ce Général, laquelle
mourut de maladie pendant ce fiége ; & les Byzantins,
pour reconnoître plus autentiquement les fervices que
Chares leur avoit rendus, y dreffèrent encore un autel en
l'honneur de fa femme, & une colomne qui foutenoit fa
ftatuë. Or ce lieu retint le nom de *Damalis,* qui fignifie *une Vache.* Codin qui rapporte cette hiftoire, l'a prife
dans Denys de Byzance, où l'on trouve une ancienne infcription qui en fait mention. Le Serrail de Scutari occupe aujourd'hui le Cap de la Vache ; je crois que
ce fut Solyman II. qui le fit bâtir. La fontaine d'Herma-

gora, dont parle Denys de Byzance, doit se trouver dans son enceinte.

Il ne faut pas confondre ce Cap avec le marché aux bœufs de Constantinople, que les historiens ont quelquefois appellé simplement le Bœuf, & qui étoit dans la XI. region de la ville. Ce marché avoit pris son nom d'un fourneau de bronze, lequel avoit la figure d'un bœuf, comme dit Zonare, & qu'on y avoit apporté des ruines de Troye. Ce fut en ce lieu-là que Phocas, par ordre d'Heraclius, fut brûlé aprés avoir eté décolé & privé des parties qui avoient servi à violer les plus illustres Dames de Constantinople. Zonare remarque aussi que lors de la grande révolution qui se fit dans cette puissante ville, quand les Comnenes se mirent sur le Trône & firent renfermer Nicephore Botaniate dans un cloître, leur faction qui n'épargna pas même les choses les plus sacrées, continua ses desordres jusques à l'endroit appellé le Bœuf. Ce Bœuf, ou ce marché aux Bœufs, a servi de theatre à d'illustres martyrs. Julien l'Apostat, dit Codin, fit brûler plusieurs Chrétiens dans ce fourneau de bronze qui avoit la teste d'un bœuf, & qui étoit dans l'endroit appellé le Bœuf. Le saint martyr Antipas y fut consumé, dit Cedren. On y brûloit aussi les criminels.

La Tour de *Leandre* est tout prés du Cap de Scutari. L'Empereur Manuel la fit bâtir sur un écueil d'environ deux cens pas de tour, & en fit construire une autre du côté d'Europe au couvent de saint George, pour y tendre une chaîne qui fermât le canal. Mr Gilles a remarqué qu'il y avoit autrefois un mur dans la mer, lequel occupoit le passage qui se trouve entre l'écueil où est la Tour, & la terre ferme d'Asie. Il y a beaucoup d'apparence que c'étoit l'ouvrage du même Empereur; car par ce moyen la chaîne étant tenduë d'une Tour à l'autre, il

n'étoit

n'étoit pas poſſible aux vaiſſeaux de remonter le canal de la mer Noire. Mr Gilles aſſûre que les Turcs ont démoli ce mur pour en employer les pierres à d'autres bâtimens. Ils nomment cette Tour, *la Tour de la Pucelle* ; mais les Francs ne la connoiſſent que ſous le nom de *la Tour de Leandre*, quoique les amours de Hero & de Leandre ſe ſoient paſſées bien loin de là ſur les bords du canal des Dardanelles. Cette Tour eſt quarrée, terminée par un comble pointu, garnie de quelques pieces d'artillerie, enfermée dans une enceinte qui eſt auſſi quarrée : elle eſt preſque ſans deffenſe, & n'a pour toute garniſon qu'un concierge qui reçoit les appointemens de ſon gouvernement ſur ce que lui donnent les Janiſſaires ou les marchands de Conſtantinople qui vont s'y divertir en ſecret. On pretend que l'eau douce du puis qui eſt creuſé dans cet écueil ſoit une ſource vive ; d'autres aſſûrent que ce n'eſt qu'une ciſterne dans laquelle ſe vuident les égouts du comble par un tuyau caché dans la muraille.

Quoique ce ne ſoit pas la coûtume des Turcs de rebâtir les villes ruinées, ils ont pourtant relevé Scutari que les Perſans avoient mis en cendre. Il eſt vray que les Turcs regardent cette place comme un des fauxbourgs de Conſtantinople, ou comme leur premier repoſoir en Aſie ; c'eſt d'ailleurs un des principaux rendévous des marchands, & des caravanes d'Armenie & de Perſe qui viennent trafiquer en Europe. Le Port de Scutari ſervoit autrefois de retraite aux galeres de Chalcedoine ; & ce fut à cauſe de ſa ſituation, que les Perſes qui méditoient la conquête de Grece, le choiſirent non ſeulement pour en faire une place d'armes, mais pour y dépoſer l'or & l'argent qu'ils tiroient par tribut des villes d'Aſie. Tant de richeſſes lui firent donner le nom de *Chryſopolis*, ou *Ville d'Or*, ſelon Denys de Byzance, au rapport d'Eſtien-

ne le Geographe, qui ajoûte pourtant que l'opinion la
plus commune étoit, que le nom de *Chryſopolis* vient de
Chryſes fils de Chryſeis & d'Agamemnon. Conſtantin
Manaſſes marque ſi bien la ſituation de Chryſopolis, qu'on
ne peut pas douter que ce ne ſoit Scutari, quoiqu'il aſſûre
auſſi que ceux qui ont pris cette ville pour *Uranopolis*, ne
ſe ſont pas trop éloignez de la verité. C'étoit peut-eſtre le
nom de la ville avant que les Perſes s'en fuſſent rendus
les maîtres ; & ce nom qui ſignifie *la ville du Ciel*, ne lui
étoit pas moins glorieux que celui de *la ville d'Or*. Quoiqu'il en ſoit, elle étoit deſtinée à ſervir de retraite à des
maltotiers ; car les Atheniens, par le conſeil d'Alcibiade,
y établirent les premiers une eſpece de doüane pour faire payer les droits à ceux qui navigeoient ſur la mer Noire. Xenophon aſſûre qu'ils firent murer Chryſopolis ; cependant c'étoit bien peu de choſe du temps d'Auguſte,
puiſque Strabon ne la traitte que de village. Aujourd'hui
c'eſt une grande & belle ville, & même la ſeule qui ſoit ſur
le Boſphore du côté d'Aſie. Cedren nous apprend qu'en
la 19ᵉ année de l'Empire du grand Conſtantin, Licinius
ſon beaufrere aprés avoir eté battu pluſieurs fois ſur mer
& ſur terre, fut pris priſonnier dans la ville de Chryſopolis, & de là conduit à Theſſalonique, où il eut la teſte tranchée.

Le premier village du Boſphore au delà de Scutari, eſt
Coſſourgé, enſuite *Stavros*, lequel receut ce nom d'une
croix dorée poſée ſur le haut d'une Egliſe que Conſtantin y fit bâtir. Aprés Stavros, on découvre le village de
Telengelcui, qui pourroit bien être le lieu qu'on nommoit
autrefois *Chryſoceramos*, ou *Brique dorée*, à cauſe d'une
Egliſe couverte de briques de couleur d'or ; car ſuivant le
dénombrement de Mʳ Gilles, qui ſuit Denys de Byzance
comme pas à pas, & qui l'a redreſſé dans les endroits les

plus obſcurs, *Chryſoceramus* eſt ſitué aprés Stavros, en montant aux vieux Châteaux d'Aſie. Leanclaw fait mention de Chryſoceramus, & place entre ce village & Stavros le monaſtere *Akimiti*, ou des Religieux qui *veillent la nuit.*

Avant que d'arriver au vieux Château d'Anatolie, on rencontre deux autres villages, & l'on paſſe deux ruiſſeaux. Le premier de ces villages ſe nomme *Coulé* ou *Coulé-bacheſi*, & l'autre *Candil-bacheſi*. Coulébacheſi eſt ſur la pointe que les anciens nommoient le Cap *Cecrium*, & qui s'appelle encore *Cecri*, oppoſé au Cap des Eſties, au bas duquel eſt bâti Courouchiſmé. Candil-bacheſi eſt à l'embouchûre du premier ruiſſeau qui ſe jette dans le golphe de *Napli*; & peut-être que Napli vient de *Nicopolis*, que Pline décrit dans ces quartiers-là. Mr Gilles appelle ce ruiſſeau *le ruiſſeau de Napli*, mais les Turcs lui ont donné le nom de *Ghioc-ſou* ou *l'Eau verte*, auſſibien qu'à l'autre qui eſt prés du Château; ainſi l'on ne haſarde pas trop de dire que Candil-bacheſi eſt l'ancienne Nicopolis du Boſphore. Eſtienne de Byzance ſe contente de dire, que c'eſt une ville de Bithynie; il ſeroit à ſouhaiter que l'on pût découvrir à l'occaſion de quelle victoire elle fut ainſi nommée. Le ſecond ruiſſeau que l'on paſſe avant que d'arriver au vieux Château d'Aſie, ou premier Château d'Anatolie, s'appelle auſſi *l'Eau verte*, comme l'on vient de dire, & c'eſt le plus grand ruiſſeau qui ſe jette dans le Boſphore du côté d'Aſie. Les anciens le nommoient *Arete*, & quelques Grecs l'appellent encore *Enarete*; mais il eſt bon de remarquer que tous ces quartiers ſont occupez par les Jardins du Grand Seigneur, leſquels non ſeulement s'étendent depuis les premieres Eaux vertes juſques à celles-ci, mais même juſques à Sultan Solyman Kioſc; & de là ſuivant la côte ils vont finir à l'em-

bouchûre de la mer Noire. Tout le reſte du pays eſt deſtiné pour les grandes chaſſes de l'Empereur, auſſi y en
a-t-il peu dans le monde qui ſoit plus propre pour un
pareil divertiſſement.

Il eſt certain, comme le remarque Leunclaw, que du
temps des Empereurs Grecs il y avoit deux Châteaux ſur
le Boſphore, l'un ſur la côte d'Aſie, & l'autre ſur celle
d'Europe, leſquels deffendoient le paſſage du canal dans
ſa partie la plus étroite. On les laiſſa tomber en ruine dans
la décadence de l'Empire, & même avant ce temps-là on
les regardoit plutoſt comme des priſons, que comme des
citadelles à y mettre des garniſons. En effet Gregoras aſſûre qu'on les appelloit les Châteaux de *Lethé*, ou *les
priſons de l'oubli*, parce qu'on y oublioit entierement
les malheureux qu'on y avoit enfermez. Les Turcs ont
rétabli ces Châteaux en differens temps, avant même
qu'ils fuſſent les maîtres de Conſtantinople. Nous ne parlerons préſentement que de celui qui eſt ſur la côte d'A-
ſie. On lit dans Leunclaw que l'Empereur Mourat II. qui
paſſa les Dardanelles pour venir combattre ſon oncle Muſtapha dans la Thrace, repaſſa en Europe par le canal de
la mer Noire pour faire la guerre à Uladiſlas Roy de Hongrie. Ce Sultan qui vouloit ſe conſerver un paſſage ſi néceſſaire, fit bâtir dans l'endroit le plus étroit du canal ᵃ le
Château neuf ſur les ruines du Château des Grecs; &
Mahomet II. qui ſucceda à Mourat, le fit fortifier à ſa maniere, dans le deſſein de couper à l'Empereur de Conſtantinople la communication avec le Nord, comme il
l'avoit fait du côté du Midi par les Châteaux des Dardanelles. Cependant tous ces Châteaux que les Grecs nommérent *Nouveaux* dans ce temps-là, ont eté nommez
dans la ſuite *Vieux Châteaux*, aprés qu'on en a eû bâti
d'autres à l'embouchûre de ces canaux.

ᵃ Neocaſtron.

Comme le vieux Château d'Asie est situé sur l'endroit le plus étroit du canal, il est hors de doute que ce fut là que Darius, pere de Xerxes, fit dresser un pont pour aller chez les Scythes ou Tartares à qui il avoit déclaré la guerre. La conduite de cet ouvrage fut donnée à Mandrocles habile Ingenieur de Samos. Denys de Byzance nomme cet Ingenieur Androcles, & assûre qu'on avoit taillé un siege dans le rocher pour y faire asseoir Darius lorsque les troupes défiloient sur le pont : il n'est pas dit si ce siege étoit en Europe ou en Asie, & l'on ne sauroit le vérifier, supposé même qu'il fût encore en état, parce que les Turcs ne permettent à personne l'entrée ni les approches de leurs Châteaux. Ils ne savent, ni ne s'embarrassent pas de savoir s'il y a eû des Darius & des Xerxes dans le monde : que sait-on même s'ils ne vont point faire aujourd'hui leurs ordures dans l'endroit qui servoit de thrône au Maître du monde de ce temps-là !

Aprés que ce Prince eut veû la marche de ses troupes, il fit élever deux grandes pierres carrées, sur l'une desquelles on grava en caracteres Assyriens les noms des nations qui étoient à sa solde ; on en fit autant sur l'autre en caracteres Grecs, & c'est beaucoup dire, car Herodote convient que ces troupes étoient composées de tous les peuples de son obéissance. L'armée de terre étoit de sept cens mille hommes, & la flote de six cens vaisseaux ; mais cette armée étoit restée dans la Propontide, avec ordre de venir dans le Bosphore pour se rendre à l'embouchûre du Danube, où l'on dressa un autre pont. Mandrocles fut si satisfait des génerositez de Darius, qu'il fit réprésenter dans un tableau le passage des Perses sur le pont du Bosphore, en presence de leur Prince, qui étoit, dit Herodote, sur un thrône à la maniére des Perses. Ce tableau fut mis dans un temple de Junon avec une inscription en quatre vers

Grecs qu'Herodote nous a confervez. On ne fcait pas fi ce fut dans un temple de Junon bâti fur le Bofphore, ou fi Mandrocles envoya le tableau dans celui de Junon de Samos fa patrie. Herodote veut que le pont de Darius ait eté dreffé à peu prés au milieu de Byzance, & du temple qui étoit à l'embouchure du Bofphore. Pline donne 500 pas de largeur à cet endroit là; mais Polybe qui fe piquoit d'une grande exactitude, a mieux défigné ce lieu que perfonne, en l'oppofant au Cap où êtoit le temple de Mercure, dans l'endroit où le canal n'a que cinq ftades de large. On fera voir dans la fuite que ce cap eft occupé préfentement par le vieux Château d'Europe, vis à vis de celui dont nous parlons; & par conféquent que le paffage de Darius fe fit entre les deux Châteaux, ou un peu au deffus, pour éviter la violence du courant.

La place de l'ancienne ville de *Ciconium* mentionnée par Denys de Byzance, eft au delà du Château d'Afie, & le lieu s'appelle encore *Cormion*, tout prés du golphe *Manoli* où l'on pefche d'excellent poiffon. La côte conduit au village d'*Inghircui*, qui veut dire le *village aux Figues*. On paffe un ruiffeau à Inghircui pour entrer dans le golphe *Cartacion* ou *Catangium* de Denys de Byzance. Ce golphe eft terminé au Nord par le cap *Stridia*, ou le cap *aux Huîtres*, car on y en pefche d'amirables, & les Grecs appellent *Oftridia* ces fortes de coquillages. Mr Gilles nomme ce cap, *le Cap Turc*, parce qu'il eft vis à vis du Kiofc de Sultan Solyman, dont il n'eft feparé que par un beau ruiffeau. Ce Kiofc n'a rien d'extraordinaire, ce font des pavillons à grands combles écrafez & fort avancez, à la maniére du Levant, où l'on préfere à la magnificence le plaifir d'être au frais. Les pavillons des Orientaux font ouverts de tous côtez, & le milieu en eft occupé par des jets d'eau. Celui du Sultan est à l'entrée d'un beau golphe qui fait le tour du coude du canal, où le Bosphore prend la forme d'un Equerre, quoique dans les Cartes il soit representé presque en ligne droite. C'est là le golphe *rond* de Denys de Byzance, ou le golphe du *Sultan* de Mr Gilles qui y a remarqué du côté du Sud les fondemens du fameux Monastere de ces moines qui passoient toutes les nuits en prieres, au lieu que Leunclaw le place entre *Stavros* & *Telengelcui*. Il ne faut pas oublier que le Cap par lequel le golphe *Castacium* est tourné au Midi, fait deux pointes considérables, l'une ferme le golphe du côté du *grand Glari*, l'autre qui est au *petit Glari*, forme le golphe de *Placa*, dont la figure approche de celle d'une table. Les deux *Glari* sont peut-être les rochers que Denys de Byzance a nommez *Oxyrrhoon & Poryrhoon*, car les ondes font un bruit considérable autour de ces pointes.

En montant du pavillon de Sultan Solyman vers les nouveaux Châteaux, on rencontre *Beicos* ou *Becoussi* le *village aux Noyers*, c'est pourquoi Leunclaw l'appelle *Megalo Carya*. Le beau ruisseau qui vient s'y rendre, & son Port avantageux, font soupçonner avec raison que c'étoit là où Amycus Roy des Bithyniens tenoit sa Cour. Il n'est point d'autre endroit sur cette côte où l'on puisse fixer la demeure d'un Prince si redouté, que Valerius Flaccus l'appelle *le Geant*, & Apollonius de Rhode, *l'homme le plus temeraire de son temps :* non seulement c'étoit un grand lutteur, mais il étoit encore fort adroit à faire le coup de poing, & à s'escrimer à ce genre d'exercice qu'on appelloit *le Pugilat*, ce qui faisoit une grande partie du merite des premiers Heros. Avant l'invention du fer & des armes, dit Donatus, les hommes s'exerçoient à coups de poing, à coups de pied, & se mordoient à belles dens. Combien de crocheteurs passeroient aujourd'hui pour des heros, si ces sortes de jeux revenoient à la mode? Amycus étoit d'une taille au dessus de la riche, *semblable*, dit le poëte, *à celle de ces grands hommes que la terre en colere enfanta pour opposer à la puissance de Jupiter.* Cependant ce terrible champion trouva son maître. Il fit, selon sa coutume, un insigne deffi au plus brave des Argonautes qui se présenterent sur les côtes de son Royaume. Pollux frere de Castor, & fils de Jupiter & de Leda, Pollux, dis-je, le plus grand lutteur des Grecs, vigoureux comme un jeune Lion, terrassa ce Colosse, quoi qu'à peine ses joües eussent déja du poil follet. Ils commencerent d'abord à se pousser rudement, comme des beliers qui veulent se culbuter; aprés les premieres secousses, on prit le Ceste à la main, & l'on entendit des coups *semblables à ceux des marteaux dont on se sert pour enfoncer les planches d'un navire*, c'est la comparaison d'Apollonius; & c'est ainsi que dans ces temps là on entendoit raisonner les machoires & les joües des Athletes; chacun frappoit impitoyablement sur son compagnon, les dens en tremoussoient & s'en alloient enfin en petits chicots. Quoique bien souvent le Ceste ne fût qu'une courroye de cuir fort sec & fort endurci, il portoit cependant des coups meurtriers quand on savoit les appliquer à propos. Nos heros fatiguez de ce premier début, aprés s'estre essuyez le visage, en vinrent aux gourmades & aux coups de poing; ils se colletérent apparemment, car le fils de Jupiter donna un croc en jambe à celui de Neptune, lequel tomba par terre si rudement, que les os de l'oreille, quoique les plus durs de la teste, en furent cassez: ainsi mourut Amycus qui avoit vaincu tant d'étrangers & tant de ses sujets. Apollodore & Valerius Flaccus, qui décrivent sa mort d'une autre maniére, conviennent pourtant qu'il perit par les mains de Pollux.　　　　　　　　　　　　　　　On

On accusoit Amycus de surprendre les étrangers, & de
les faire tomber dans des embuscades inevitables; mais les
Argonautes avertis de ses ruses y mirent bon ordre : non
seulement ils accompagnerent Pollux dans la forest qui
servoit de champ de bataille, mais ils se rangerent auprés
de lui pendant le combat. Il étoit bien honteux à des
cousins germains, fils de Dieux & de Deesses, de se traiter
si indignement. Pollux étoit fils de Jupiter & de Leda, &
Amycus fils de Neptune & de la Nymphe Melie, fille de
l'Ocean, c'étoit une Hamadryade qui présidoit parmi les
Frênes. Pour le Ceste ce n'étoit pas toujours une simple courroye de peau de bœuf; il y en avoit aussi à plusieurs courroyes attachées à une massuë au bout desquelles pendoient des balles de plomb.

Beicos donc, pour reprendre nôtre sujet, etoit suivant
les apparences la Capitale des Etats d'Amycus, & ce qu'-
on appelloit le Port d'Amycus, & la ville qu'Arrien nomme *Laurus insana*, ou *le Laurier qui renversoit la cervel-
le des gens.* Cet arbre qui avoit donné le nom à la Place, &
qui rendoit fols les Matelots qui en avoient sur leurs bords,
étoit peut-être une de ces especes de *Chamærhododendros*
qui croissent sur les côtes de la mer Noire, & dont je
parlerai dans la suite. La partie de Beicos qui est tout à
fait sur la côte, s'appelle encore *Amya,* comme si c'étoit un
nom corrompu d'*Amycus;* c'est peut-être le lieu de la sepulture de ce Prince, car il est fait mention de son tombeau
dans les anciens auteurs. Quoiqu'il en soit, toute cette
côte est si fertile, que chaque village y porte le nom
d'un fruit. Le village qui est au dessus de Beicos avant
que d'arriver au premier coude du canal, s'appelle *Toca,*
c'est à dire village *aux Cerises,* situé entre les sinus *Mo-
nocolos & Moucapouris,* séparez entre eux par un petit
ruisseau & par le Cap Turc, qu'on appelloit *Aetorhecum.*

Tome II.   .T

Un peu en deçà du nouveau Château d'Anatolie, font les ruines d'un ancien château fur une des eminences qui du côté d'Afie fait le premier coude de l'entrée du Bof-phore; le château ruiné fubfiftoit du temps de Denys de Byzance. Au deffus du Temple de Phryxus, dit cet au-teur, eft bâtie une Citadelle bien forte enfermée par une enceinte circulaire que les Gaulois détruifirent, de même que plufieurs autres places d'Afie. Les Empereurs Grecs ont entretenu cette Citadelle jufques à la décadence de leur Empire. Il y a apparence que ce Château avoit eté bâti par les Byzantins aprés la retraite des Gaulois ; car Polybe affûre, que ceux de Byzance avoient fait beau-coup de dépenfe pour fortifier cet endroit-là, quelques années avant qu'ils euffent la guerre avec les Rhodiens & le Roy Prufias. Cette Fortereffe leur étoit abfolument né-ceffaire, dans le deffein qu'ils avoient de fe rendre les maîtres de la navigation du Pont, & de faire payer les droits fur les marchandifes qui en venoient. Le Cap fut nommé *Argyronium*, foit à caufe des grandes dépenfes qu'on avoit faites pour le fortifier, foit qu'on l'euft rache-té à beaux deniers comptans du Roy de Bithynie; car il fut porté par les articles de Paix, que Prufias rendroit aux Byzantins les terres, les fortereffes, les efclaves, les mate-riaux & les thuiles du Temple qu'il avoit fait démolir pen-dant la guerre; en conféquence de quoi on rétablit en-tierement, à la grande gloire des Rhodiens, la liberté de la navigation du Pont-Euxin. Pour ce qui eft des nou-veaux Châteaux qui font au delà de ces ruines, tant en Afie qu'en Europe, il n'y a pas long-temps qu'on les a bâ-tis par ordre de Mahomet IV pour arrêter les courfes des Cofaques, des Polonois & des Mofcovites, qui venoient bien avant dans le Bofphore.

Toutes ces côtes font couvertes de vieux matériaux,

car les anciens avoient une idée si affreuse de la mer Noire, qu'ils n'osoient y entrer sans faire dresser des autels &
des temples à tous les Dieux, & à toutes les Déesses de
leur connoissance. Tout le détroit de l'embouchûre étoit
nommé ª *Hiera*, c'est à dire *Lieux sacrez*. Outre le temple
que fit bâtir sur la côte d'Asie Phryxus fils d'Athamante
& de Nephele qui porta la Toison d'Or en Colchide;
les Argonautes qui entreprirent le même voyage pour
rapporter ce thresor en Grece, ne manquerent pas d'im-
plorer le secours des Dieux avant que de se hazarder sur
une mer si dangereuse. Apollonius le Rhodien, & son
Commentateur, qui ont assez bien expliqué les démarches
de ces fameux voyageurs, assûrent qu'étans retenus par
des vents contraires à l'embouchûre du Pont, ils passe-
rent de la Cour du Roy Phinée, qui étoit en Europe
sur la côte d'Asie, pour y faire élever des autels & des
temples aux douze plus fameuses divinitez de ce temps-
là. Suivant Timosthene, cité dans le Commentaire d'A-
pollonius, c'étoient les compagnons de Phryxus qui
avoient dressé les autels des douze Dieux, & les Argonautes n'en avoient élevé qu'un à Neptune. Aristide &
Pline font mention du temple de ce Dieu. Herodote,
suivant le même Commentaire, prétendoit que les Argonautes avoient sacrifié sur l'autel de Phryxus. Polybe
a crû que Jason à son retour de la Colchide, avoit fait
bâtir sur la côte d'Asie un temple consacré aux douze
divinitez, & opposé au temple de Serapis qui étoit sur la
côte d'Europe. Quoique ces sortes de recherches soient
assez inutiles aujourd'hui, il n'y a rien pourtant de si
agréable, quand on est sur les lieux, que de les faire passer
en reveüe dans son esprit. On pourroit, en cas de besoin,
nommer les divinitez reverées. Suivant le Commentateur d'Apollonius le Rhodien, c'étoient *Jupiter, Junon,*

T ij

Neptune, Ceres, Mercure, Vulcain, Apollon, Diane, Vesta, Mars, Venus & Minerve. Jupiter étant le plus puissant de la troupe, Jason lui fit la cour préferablement aux autres, & tâcha de se le rendre favorable; de là vient qu'Arrien, Menippe, Denys de Byzance, & Mela ne font mention que du temple de Jupiter *distributeur des vents favorables,* quoique ceux des autres divinitez ne fussent pas loin, puisqu'il y avoit autant de temples que d'autels. C'étoit apparemment dans ce temple de Jupiter qu'on avoit posé une statuë de Jupiter si parfaite, que Ciceron a dit qu'il n'y en avoit que trois semblables sur la terre. Ce fut de la porte de ce temple, que Darius eut le plaisir de considerer le Pont-Euxin, ou suivant l'expression d'Herodote, *la mer la plus digne d'admiration.* Il ne faut pas s'imaginer, comme quelques-uns, que ce temple fût sur une des Isles Cyanées, car la plus grande de toutes à peine peutelle soutenir la colomne de Pompée : Herodote dit seulement, que du pont que Darius avoit fait jetter sur le Bosphore, dans le lieu que nous venons de dire plus haut, ce Roy alla vers les Isles Cyanées pour y contempler la mer dont la veüe étoit merveilleuse à l'entrée du temple. Ce temple devoit donc être au village de *Ioro,* comme si l'on vouloit dire *Hieron,* & *Ioro* est tout auprés du nouveau Château d'Asie.

En parcourant la côte au delà de ce Château vers l'embouchûre de la mer Noire, on passe par cet endroit que Denys de Byzance appelle *Pantichium,* & d'autres *Mancipium.* Ensuite on découvre le Cap *Coraca,* ou le Cap *des Corbeaux,* lequel forme le commencement du détroit; c'est peut-être le Cap de Bithynie de Ptolomée, auprés duquel il y avoit un temple de Diane. On ne trouve plus rien sur la côte d'Asie, au delà de ce Cap, qui soit marqué dans les auteurs, que le golphe *aux Vignes ;* mais

aprés cela fe prefente le fameux Cap *de l'Ancre*, ainfi
nommé, parce que les Argonautes, felon Denys de Byzance, furent obligez de s'y munir d'une ancre de pierre.
Minerve apparemment avoit oublié une piece fi neceffaire, elle qui avoit pris foin de tous les agrets d'*Argos*,
c'eft à dire du plus grand & du meilleur vaiffeau qu'on
eût veu fur la mer avant ce temps-là. Ce vaiffeau alloit à
la voile & à la rame comme les galiotes, & tous les gens
de l'equipage étoient des heros. Le fanal d'Afie eft fur
ce Cap, auprés duquel fe voyent auffi ces [a]rochers fi
dangereux chez les anciens, que Phinée exhorta Jafon
de n'y paffer que par un beau temps, autrement, dit-il,
vôtre Argos fe brifera, fuft-il de fer. Ces rochers ne font
que les pointes d'une Ifle ou d'un écueil feparé de la terre ferme par un petit détroit, lequel refte à fec quand
la mer eft calme, & fe remplit d'eau à la moindre bourrafque ; alors on ne voit que la pointe la plus élevée de
l'écueil, les autres étant cachées fous l'eau ; c'eft ce qui
rend ce lieu fi dangereux, fur tout fi l'on veut s'obftiner
de paffer par le détroit, comme il femble que Phinée le
confeilloit aux Argonautes. On n'ofoit aller que terre à
terre dans ces premiers temps, où la navigation étoit à
peine en fon enfance. Pour nous qui n'étions pas certainement dans un *Argos*, mais dans une felouque à quatre
rames, nous affeétâmes d'en paffer bien loin. Les Argonautes rifquerent le coup ; car l'hiftoire, ou plutoft la poëfie, dit que leur vaiffeau s'accrocha fi fort fur ces rochers,
qu'il fallut que Minerve defcendît du ciel pour le pouffer
de la main droite dans l'eau, tandis qu'elle s'appuyoit de
la gauche contre les pointes du rocher. Les Argonautes
n'étoient-ils pas d'habiles matelots ! Auffi Apollonius remarque fort judicieufement, qu'ils ne commencerent à
refpirer à leur aife, qu'aprés que leur épouvante fut dif-
fipée.

T iij

[a] Les pierres Cya-
nées d'Afie.

Des Isles Cyanées d'Asie, il faut passer à celles d'Europe, afin de parcourir avec ordre l'autre côté du Bosphore jusques à Constantinople. Ces Isles donc, de même que celles d'Asie, ne sont proprement qu'une Isle herissée, dont les pointes paroissent autant de petits écueils séparez lorsque la mer est fort agitée. Strabon a remarqué, que vers l'embouchûre du Pont-Euxin, il y avoit une petite Isle de chaque côté, au lieu que les anciens Geographes s'étoient imaginez qu'il y avoit plusieurs écueils tant du côté d'Europe que de celui d'Asie, lesquels non seulement flottoient sur l'eau, mais se promenoient le long des côtes & se heurtoient les uns contre les autres. Tout cela étoit fondé sur ce qu'on voyoit paroître ou disparoître leurs pointes suivant que la mer les couvroit dans la tempeste, ou les laissoit voir dans le calme. On ne publia qu'ils s'étoient fixez, qu'après le voyage de Jason, parce qu'apparemment on les reconnut de si prés, qu'on avoüa qu'ils n'étoient pas mobiles : neantmoins comme la pluspart des gens sont plus agréablement frappez par les fables que par la verité, on eut de la peine à revenir de ce préjugé. On découvre entierement l'écueil qui est du côté d'Europe, lorsque la mer est retirée, il est relevé de cinq pointes, lesquelles paroissent autant de rochers separez pendant l'agitation de la mer. Cet écueil n'est separé du cap du fanal d'Europe, que par un petit bras de mer qui reste à sec dans le beau temps ; & c'est sur la plus haute de ces pointes qu'on voit une colomne à qui on a donné, sans raison, le nom de colomne de Pompée. Il ne paroit par aucun endroit de l'Histoire, que Pompée après la défaite de Mithridate, ait fait dresser des monumens sur ces lieux ; d'ailleurs l'inscription qui se lit sur la baze de cette colomne, fait mention d'Auguste. Quand on examine avec soin

cette baze & le fuſt, on convient que ces deux pieces
n'ont jamais été faites l'une pour l'autre ; il ſemble plutoſt
qu'on ait mis la colomne ſur la baſe pour ſervir de guide aux bâtimens qui paſſent ſur ces côtes. La colomne
qui eſt d'environ 12 pieds, eſt ornée d'un chapiteau corin-
thien mais elle eſt dans un lieu ſi eſcarpé, qu'on n'y ſçauroit monter qu'en s'appuiant ſur les mains, & la pluſpart
du temps la baſe eſt couverte de l'eau de la mer. Denys
de Byzance aſſûre que les Romains avoient dreſſé un
autel à Apollon ſur cet écueil ; & cette baſe en eſt peut-
être un reſte, car les feſtons ſont à feüilles de Laurier, qui
étoit un arbre conſacré à cette divinité. Il ſe peut faire
que dans la ſuite on y ait mis, par flaterie, une inſcription
à la loüange d'Auguſte. Je ne ſçai ſi la colomne eſt de
marbre ou de pierre du pays, la mer ne nous permit pas
de l'aller examiner d'aſſez prés ; la pierre du pays a dans
ſa couleur griſâtre quelque choſe qui tire ſur le bleu plus
ou moins foncé, & c'eſt ce qui avoit fait donner le nom
d'Iſles ou de pierres Cyanées aux écueils dont on vient
de parler.

 S'il en faut juger par la route des Argonautes, la ª Cour
de Phinée ce Roy ſi fameux par ſes malheurs & par ſes
predictions, étoit à l'entrée du Boſphore ſur la côte d'Europe. Nous liſons dans Apollonius le Rhodien, que les
Argonautes aprés avoir eſſuyé une rude tempête en quit-
tant les terres du Roy Amycus, relâcherent chez Phinée
pour le conſulter. La cour de ce Prince étoit peut-être
à *Mauromolo*, où il y a un port commode & un ruiſſeau
fort agréable. *Belgrade* petite ville au-deſſus de Mauromolo ne ſeroit-elle point l'ancienne *Salmydeſſe* où Phinée faiſoit ſa réſidence ſuivant Apollodore ! On ſçait bien
que les anciens placent cette ville au-delà des Iſles Cyanées ; mais comme il n'y a point de port ſur ces côtes,

ª Phinopolis.

& qu'Apollonius dit précisément que le débarquement
se fit au Palais de Phinée, qui étoit sur le bord de la mer,
est-ce trop hazarder que de proposer que Belgrade, qui
naturellement est un lieu tout-à-fait charmant & veritablement digne du séjour d'un grand Prince, soit bâti
sur les ruines de Salmydesse, dont Mauromolo étoit le
port !

Le portrait qu'Apollonius fait de Phinée, & les moyens
que ce Prince donna aux Argonautes de passer les pierres Cyanées, sont tout-à-fait singuliers. Phinée averti que
cette troupe de heros venoit d'arriver chez lui, se leva de
son lit (car il se souvenoit que Jupiter avoit ordonné que
ces demi-dieux lui rendissent service) & marcha moitié
endormi, s'appuyant d'une main sur un bâton, & se cram-
ponant de l'autre contre les murailles. Ce bon homme
trembloit de langueur & de vieillesse ; à peine sa peau qui
étoit collée sur ses os, pouvoit les empescher de se séparer.
Dans cet état il parut comme un spectre à l'entrée d'un
salon, où il ne fut pas plutost assis, qu'il s'endormit sans
pouvoir dire un seul mot. Les Argonautes qui sans doute
s'attendoient à toute autre figure, furent surpris à la veüe
de ce spectacle ; cependant Phinée qui étoit plus occupé
de ses propres affaires que de celles de ces heros, repre-
nant un peu ses esprits. *Heros*, dit-il, *qui faites l'honneur*
de la Grece, car je connois bien qui vous êtes par la science
que j'ay de deviner, ne vous retirez pas, je vous en conjure,
sans m'avoir délivré du malheureux état où je suis. Y a-t-il
rien de plus cruel que de mourir de faim dans l'abondance
des vivres ! Ces maudites Harpies viennent m'ôter les mor-
ceaux de la bouche ; & si elles laissent quelque chose sur mes
plats, elles l'infectent d'une puanteur si horrible, qu'il n'y
a personne qui en puisse goûter, eust-on le cœur aussi inal-
terable que le diamant : mais il est porté par l'Oracle, que

ces

ces vilains oiseaux seront dissipez par les fils d'Aquilon.

Zetes & *Calaïs* qui étoient de la troupe furent touchez du sort de ce malheureux Prince, & lui promirent tout secours. On ne tarda pas de servir le soupé ; mais dés que Phinée voulut toucher à la viande, les Harpies sortant de certains nuages, parmi des eclairs affreux, fondirent sur la table avec un bruit surprenant, & devorérent tout ce qu'il y avoit ; aprés quoi elles s'enfuirent laissant une puanteur insupportable qui fit fremir toute l'assemblée. Les fils d'Aquilon qui ne manquérent pas de les poursuivre, les auroient bientoft atteintes ; mais Iris descendant du ciel, les avertit qu'il falloit bien se garder de les tuer ; que c'étoient les chiens du grand Jupiter, & qu'elle juroit par le fleuve Styx qu'on les enverroit si loin, qu'elles n'approcheroient plus de la maison de Phinée. Cette bonne nouvelle fut portée au Prince, qui pour s'assûrer du fait, ordonna qu'on apportât ce qu'il y avoit de prêt à manger ; & n'entendant plus le bruit de ces vilaines bêtes, il se rassasia tout à son aise. Par reconnoissance le bon vieillard commença à dogmatiser, & donna à nos Heros les avis qu'il jugea necessaires pour continuer leur route sans danger. Apollodore raconte ces fables avec d'autres circonstances, dont un plus ample recit seroit trop ennuyeux. Je laisse à de plus habiles gens à expliquer l'histoire des Harpies. Que nous importe de sçavoir si c'étoient des sauterelles qui infectoient les terres de Phinée, & qui dévoroient ses moissons, comme l'ont pensé Mr Bochart & l'autheur de la Biblioteque Universelle ! si les fils d'Aquilon doivent être pris pour les vents du Nord qui chassérent ces insectes ! si Phinée fut dépoüillé par ses maîtresses qui le réduisirent à la derniere extremité ! si les Argonautes, que toute l'antiquité traite de Heros, n'étoient que des marchands plus hardis que les autres, qui allérent jufques dans la Colchide achetter des moutons pour en peupler la Grece! tout cela me paroît fort obfcur. Mais j'admire l'invention du bon-homme Phinée qui, n'ayant point de bouffole non plus que les Argonautes, leur confeilla avant que de rif-quer le paffage des Ifles Cyanées, de laiffer voler une colombe; *fi elle paffe faine & fauve au-deffus de ces ro-chers*, leur dit-il, *faites force de rames & de voiles, & comptez plus fur vos bras que fur les vœux que vous pourriez faire aux Dieux : mais fi la colombe revient, faites volte-face, & re-venez fur vos pas.* Je ne vois rien de mieux imaginé que cet expedient.

Revenons à la Cour de Phinée, ou plutoft à Mauro-molo. C'eft un beau Monaftere de Caloyers, qui ne payent pour tout tribut qu'une charge de Cerifes. On dit qu'un Sultan s'étant égaré à la chaffe autour de cette mai-fon, & ne croyant pas être connu des Religieux, leur demanda la colation. Les Moines qui fçavoient bien qui il étoit, lui préfenterent du pain & un plat de Cerifes; el-les furent trouvées fi bonnes, que le Sultan déchargea les Religieux de la capitation, & leur ordonna feulement de porter tous les ans une charge de Cerifes au Serrail.

Il n'y a point aujourd'hui d'endroit confidérable entre Mauromolo & le nouveau Château d'Europe, quoique les anciens n'ayent pas manqué fans doute de donner des noms fameux à toute cette côte, quelque efcarpée qu'elle foit: mais on ne fçauroit faire un pas dans le pays où les Grecs ont habité, qu'on n'y découvre encore quelques noms de leur façon.

> *Il n'eft plaine en ces lieux fi feche & fi fterile*
> *Qui ne foit en beaux mots par tout riche & fertile.*

Quoi de plus confolant, parmi ceux qu'on appelle *gens d'érudition*, que de favoir que le premier recoin qui eft à droite, en entrant dans le détroit, s'appelloit autrefois *Dios sacra,* comme qui diroit *les sacrifices de Jupiter!* Que le port qui vient ensuite, étoit le Port des *Lyciens* dans les premiers temps, & qu'il fut celui des *Myrléens* dans la suite! Les Lyciens étoient des peuples d'Asie qui venoient négocier dans le Pont, & qui relâchoient ordinairement dans ce Port. Pour les Myrléens, Denys de Byzance nous apprend que quelques séditieux de Myrlée se retirérent en cet endroit du Bosphore; & *Myrlée* étoit cette ville de Bithynie que Nicomede Epiphane fit nommer *Apamée* du nom de sa mere *Apama.* Le Port des Lyciens est suivi de deux autres petits ports qui ont autrefois pris leurs noms de quelque autel de Venus; car *Aphosiati* paroit un reste d'*Aphrodisium* que Denys de Byzance marque dans ce quartier-là; & comme l'un de ces Ports étoit frequenté par les marchands d'Ephese, il y a beaucoup d'apparence que c'est le Port des Ephesiens dont le même autheur a parlé. Mais la plus grande merveille de cet endroit, est un filet d'eau dont le sable paroissoit doré dans le temps que l'on travailloit aux mines de cuivre qui sont sur cette côte; cette eau coule tout auprés de la chapelle de Nôtre-Dame *aux Chataigniers* au pied d'une montagne, si élevée au dessus des autres, que l'on découvre de là Constantinople, la mer Noire & la Propontide. Le feu qu'on y allumoit autrefois dans un Phare bâti sur sa pointe, étoit d'un aussi grand secours aux Pilotes, que ceux des Isles Cyanées d'Europe & d'Asie, mais on en a laissé perir la tour. On avoit eû grande raison de mettre des fanaux sur la côte d'Europe, car les anciens Thraces étoient des gens impitoyables. On lit dans Xenophon que ceux qui habitoient le long de la côte de la mer, avoient marqué leurs terres fort exactement par de grandes bornes. Avant cette précaution ils

V ij

ils se coupoient la gorge tous les jours à l'occasion des
débris des navires qui y échouioient, & dont chacun vouloit s'emparer. Les anciens Thraces vivoient dans ces
cavernes affreuses qui sont sur le détroit à gauche, en allant
du Château d'Europe vers la colomne de Pompée. Peut-
être étoit-ce dans ces rochers que les Myrléens avoient
établi leur domicile? On y entend en passant des echos si
furieux, qu'ils imitent quelquefois les coups de canon,
sur tout du côté de Mauromolo.

Pour ce qui est du nouveau Château d'Europe, il a été
bâti par ordre de Mahomet IV. vis à vis celui d'Asie; on
voit au delà de ce Château les ruines d'une ancienne Citadelle que les Empereurs Grecs, ou peut-être les Byzantins, avoient fait bâtir pour garder ce passage impor-
tant où ils faisoient payer les droits aux vaisseaux qui passoient. Au rapport de Polybe, il y avoit dans cet endroit-là un Temple dedié à Serapis vis-à-vis celui de Jupiter, qui étoit sur les terres d'Asie. Le premier de ces
Temples a été nommé par Strabon *le Temple des Byzantins*, pour le distinguer de celui de Jupiter, qu'il a
nommé *le Temple des Chalcedoniens*. Denys de Byzance a
donné le nom d'*Amilton* au Cap qui est à la fin du détroit avant que d'entrer dans le golphe de *Saraïa*; c'est
le Cap *Tripition* des Grecs. Saraïa est un village qui répond au golphe de *Scletrine*, d'où l'on passe la riviere de
Boujouderé, laquelle arrose ces belles campagnes que Denys appelle *les beaux champs*. On l'appelle aussi la riviere *du golphe profond*, parce qu'au delà de Boujouderé, le Bosphore se courbe & fait ce grand coude par lequel il se tourne vers le Sud Est, formant une espece
d'équerre avec l'embouchûre de la mer Noire. Ce golphe profond s'appelloit aussi *Saronique*, à cause qu'on a-
voit posé sur ses bords l'autel de *Saron* Heros de Megare,

ou Dieu marin. Selon quelques autres le golphe finit à
ce fameux rocher appellé *la pierre de justice*, dont on
raconte une fable assez ridicule, rapportée par Denys de
Byzance.

Deux marchands, dit-il, faisant voile vers le Pont,
mirent en dépost dans un trou de cette pierre une fomme d'argent, & convinrent entre eux qu'ils n'y touche-
roient point qu'ils n'y fussent tous les deux ensemble ; mais
l'un d'eux vint quelque temps après tout seul pour enlever cet argent. La pierre ne voulut jamais rendre le
dépôt, & acquit par là le nom de *pierre équitable*. De
loin cette pierre paroît comme une pomme de Pin dont
la pointe est relevée & percée. C'est peut-être ce trou
qui a donné lieu à la fable du prétendu thresor caché par
les marchands. Les matelots font les gens du monde les
plus propres à inventer de pareils contes, sur tout dans le
calme où ils ne sçavent que faire.

La ville de *Tarabié* ou *Tharapia* est au dessous de ce rocher sur une petite riviere, à l'embouchûre de laquelle est
l'écueil *Catargo*, lequel de loin ressemble à une petite galere. L'embouchûre de cette riviere fait un assez bon Port
appellé *Pharmacias*, parce qu'on croyoit par tradition
que Medée y ayant relâché, avoit fait débarquer sa quaisse
de drogues par le moyen desquelles elle faisoit tant de
miracles. Vis à vis Tarabié, de l'autré côté de la riviere,
est la vallée appellée *Linon* où est le golphe *Eudios calos*
de Denys de Byzance ; mais plus bas descendant vers
Yenicui, est le Port du Roy *Pithecus*, dont le même auteur a fait mention. La côte est si escarpée depuis cet endroit-là jusques au coude qui est tourné vers le vieux
Château d'Europe, que les anciens avoient pris ces roches pour des Bacchantes, à cause du bruit que les vagues y font. Le coude avant que d'arriver à *Yenicui*, étoit

autrefois couvert d'une foreſt d'Arbouſiers, & s'appelloit *Commarodes*, de *Commaros* qui ſignifie un *Arbouſier*.

Pour *Yenicui*, c'eſt un village placé ſur le coude que le canal fait pour aller à Conſtantinople. *Yenicui* eſt un mot Turc, qui par conſéquent n'a point de rapport à aucun ancien nom, non-plus que *Neocorion* qui eſt le nom du même lieu & qui ſignifie en grec vulgaire *nouveau village*. On trouve *Iſtegna* au delà d'*Yenicui* dans le fond d'un petit port: ce pourroit bien être le *Leoſtenion* de Denys & d'Eſtienne de Byzance, puiſque *le Port aux femmes*, dont nous allons parler, doit être entre le vieux Château d'Europe & le *Leoſtenion*. Or il eſt certain que *le Port aux femmes*, de Denys de Byzance, eſt à l'entrée de la riviere d'*Ornouſderé* ou du *ruiſſeau des Cochons*, qui coule juſtement entre le Château & Iſtegna. L'embouchûre de cette riviere fait le plus beau Port du Boſphore, & ce Port a eû pluſieurs ſortes de noms. Les Grecs le nomment *Sarantacopa* à cauſe de ſon Pont de bois lequel eſt ſoutenu par quarante poutres qui ſervent de piles. Denys de Byzance le nomme le *golphe de Laſthenes*, d'où il paroît qu'il faut lire dans Pline *Laſthenes* non pas *Caſtanes*; & peut être même *Leoſthenes* dans Denys, pour s'accommoder à Eſtienne de Byzance. Quoiqu'il en ſoit, le même Port, eſt le *Port aux femmes* de Denys, & le *Port des vieillards* de Pline: car pour celui que cet autheur a nommé du même nom, il y a apparence que c'eſt le Port d'*Iſtegna*, puiſqu'il en a fait mention aprés le Port *des vieillards*. Le Port de *Sarantacopa* s'appelloit auſſi le Port *de Phidalie* femme *de Byzas*, laquelle, ſuivant Eſtienne de Byzance, s'étant miſe à la teſte d'une petite armée de femmes, vainquit dans cet endroit, *Strele* qui vouloit déthroner ſon frere Byzas.

Balthalimano, ou le Port *de la hache*, avec un village

de même nom, font fituez entre d'*Ornoufderé* & le vieux
Château ; mais c'eft un port fi peu confiderable, qu'il
n'en eft pas fait mention dans les auteurs. Toute la côte
jufques au Château, eft comme taillée à plomb en plufieurs endroits, & les flots y font un bruit fi épouventable, que les Grecs la nomment encore *Phonea*, comme
qui diroit *Phonema, voix repetée.* La voix agitée par de con-
tinuels tourbillons, pour me fervir de l'expreffion d'Eftienne de Byzance, *y bout de même que l'eau dans un chau-
deron qui eft fur le feu.* C'eft là que les matelots en remontant le canal, font obligez de fe fervir de fortes perches
pour appuyer de toutes leurs forces contre les rochers,
fans quoi ils échoüeroient inévitablement, les rames ne
fuffifant pas pour empefcher d'eftre pouffez par le vent du
Sud. Il y a donc beaucoup d'apparence que le Pont de
Darius fut jetté plus bas vers le vieux Château d'Europe.

Le vieux Château eft fitué à l'endroit le plus étroit du
canal fur un cap oppofé à celui où eft le Château d'Afie.
C'eft fur ces caps que les Empereurs Grecs avoient fait
bâtir autrefois des fortereffes, comme nous l'avons dit
plus haut : mais les Turcs ont encore mieux fortifié ces
lieux, dont la fituation eft tres avantageufe. *Amurat* ou
Mourat II. ayant déclaré la guerre à Uladiflas Roy de
Pologne, voulut s'affûrer le paffage du Bofphore ; & comme les Châteaux des Grecs tomboient en ruine, il fit démolir le monaftere de *Softhenion* dedié à S. Michel, &
fondé par le grand Conftantin. Les matériaux furent employez pour bâtir ce Château ; ils étoient excellens, car
Juftinien & Bafile le Macedonien avoient parfaitement
bien fait rétablir ce couvent. Neanmoins Mahomet II. 1451. ou 1452.
ne trouva pas les fortifications de Mourat affez bien en-
tenduës, & pour bloquer Conftantinople de tous côtez,

il les fit mettre en l'état où elles font à prefent. Ce Château, comme dit Calchondyle, a trois grandes tours, deux
fur le bord du canal, & la troifiéme fur la croupe de la
colline. Ces tours font couvertes de plomb, épaiffes de
trente pieds, & les murailles de leur enceinte qui eft trian-
gulaire, en ont environ vingt-deux d'épaiffeur ; mais elles
ne font pas terraffées. Les embrafures des canons font horribles, de même que celles des autres Châteaux du Bofphore & des Dardanelles. Les canons font fans affûts, & il
faut beaucoup de temps pour les charger. Mahomet II fit
achever ces fortifications en trois mois ; il affiegea Conftantinople au printemps fuivant, & nomma ce Château
Chafcefen, c'eft à dire *Coupeur de teftes*. Les Grecs l'appellent *Neocaftron*, le *Château neuf*, & *Lemocopie* ou *Château du détroit*. Il porte le nom de *Château vieux* depuis
que Mahomet IV a fait bâtir ceux qui font à l'entrée de
la mer Noire. Mahomet II qui mit 400 hommes de garnifon dans fon Château de *Bafcefen*, en donna le gouvernement à Pherus Aga, avec ordre de faire payer les
droits à tous les bâtimens, tant Genois & Venitiens,
qu'à ceux de Conftantinople, de Caffa, de Sinope, de
Trebifonde, &c. qui pafferoient par là. Le Gouverneur
interpreta cruellement les ordres de fon Maître, car
Erizzo capitaine Venitien n'ayant pas voulu baiffer les
voiles, eut le malheur de voir fon navire couler à fond par
l'effet d'un boulet de pierre d'une groffeur prodigieufe ; &
tout ce qu'il pût faire dans ce defordre fut de fe jetter à
terre avec environ 30 hommes de fon équipage : mais il
fut empalé par ordre du Gouverneur, & l'on coupa la tefte
aux autres qui furent laiffez fur le rivage fans fepulture.

    Le Château de Mahomet II eft bâti fur le Cap *de
Mercure* de Polybe ; & ce temple du dieu des voleurs &
des marchands étoit bâti, fuivant cet auteur, dans l'endroit

droit le plus étroit du Bosphore, à peu prés entre Byzance & le Temple de Jupiter *Distributeur des vents* ; Denys de Byzance appelle ce même Cap *le chien rouge*. C'est-là que venoit aboutir l'autre tête du Pont sur lequel Darius fit passer son armée pour aller combatre les Scythes: la premiere teste de ce grand ouvrage étoit en Asie dans l'endroit le plus étroit du Bosphore vis à vis l'autre Château. A l'égard de la chaire que l'on creusa pour y faire asseoir le Prince, qui voulut voir défiler son armée, elle étoit, suivant les apparences, du côte d'Europe, & Denys de Byzance convient que c'étoit le plus beau monument qui restast de cette ancienne histoire; mais ce monument ne s'y voit plus. Les Mahometans ont renversé entierement les deux côtez du canal pour y bâtir non seulement les vieux Châteaux, mais encore ce beau Village qui est autour de celui d'Europe, & qui proprement fut nommé *Lemocopie*, quand Mahomet II ordonna à des gens ramassez de tous côtez de s'y retirer.

Le canal s'élargit depuis le Château jusques à *Courouchismé*, & fait un grand golphe en maniére d'arcade, sur le bord de laquelle est bâti un Serrail du Grand Seigneur, puis le village de *Bubec Bachesi*, & ensuite *Arnautcui*, ou le village *des Albanois* ou *Arnautes*. Ce golphe d'*Arnautcui* est désigné par Denys de Byzance sous le nom de golphe *de l'Echelle*, parce que dans ce temps-là il y avoit une fameuse echelle ou machine compofée de poutres, laquelle étoit d'un grand usage pour charger & pour décharger les vaisseaux, parce que l'on y montoit comme par degrez. Ces sortes de machines s'appelloient *Chelæ*, par je ne sçai quelle ressemblance qu'on y trouvoit avec les pattes des écrevisses: de *Chelæ* on fit *Scalæ*, de là vient que les Ports les plus frequentez du Levant s'appellent *des Echelles*. Peut-être que le Temple de Diane bâti à Arnautcui, & fort connu par les pescheurs sous le nom de *Dictynne*, avoit donné lieu de dresser là des Echelles pour s'y débarquer & pour se rembarquer plus facilement. Ces machines, qui avoient peu d'élevation, étoient presque couchées sur le bord de la mer, & servoient à faire passer & repasser les gens à pied sec.

Aprés Arnautcui se presente le fameux Cap *des Esties*, au pied duquel est bâti Courouchismé. *Esties* pourroit bien être un reste d'*Estia*, nom sous lequel les Grecs ont connu la Deesse *Versa*, à laquelle peut-être on avoit dressé quelque Temple dans ce quartier-là. Courouchismé s'appelloit autrefois *Asomaton*, à cause d'une Eglise que Constantin y avoit fait bâtir en l'honneur de l'Arcange S. Michel. Procope décrit la magnificence de ce Temple, qui fut relevé par Justinien; mais il n'en reste plus aucune trace. Il n'en est pas de même de la marche des écrevisses, lesquels pour n'estre pas entraînez par le courant, qui est tres-violent au dessus du Cap, sont obligez de grimper sur les rochers, & ne viennent reprendre le canal qu'aprés avoir bien eguisé leurs pattes & gravé, pour ainsi dire, leurs pas sur les roches.

Du Cap de *Courouchismé* à la pointe de *Besichtachi*, le canal prend le tour d'un demi cercle, sur le bord duquel sont situez *Ortacui* & *S. Phocas*. *Ortacui* est un village sur le Port que les anciens appelloient *Clidium* & *le vieillard marin*, que quelques-uns prenoient pour Nerée, pour Protée, ou pour quelque Dieu des eaux. Le petit Port de S. Phocas est à l'entrée d'une vallée tres-fertile, connüe par les anciens à l'occasion d'*Archias* de *Tassos* qui l'avoit choisie pour y bâtir une ville; mais, suivant Estienne de Byzance, les Chalcedoniens s'y opposerent par jalousie. Au dessous de S. Phocas est un autre Port où les Rhodiens relâchoient quand ils venoient naviger dans le Pont; ce qui lui a confervé le nom de *Rho-dacinon*. Ces Rhodiens étoient fi puiffans fur mer dans ce temps-là, qu'ils obligérent les Byzantins à entretenîr la liberté du commerce du Pont-Euxin, c'eft à dire à laiffer paffer librement toutes les nations qui voudroient commercer dans la mer Noire, fans qu'il fût permis d'exiger d'elle aucuns droits.

Il ne refte plus que *Befichtachi* ou *Befichtas* pour aller à *Fondocli*, c'eft à dire au premier des fauxbourgs de Conftantinople, fuivant la route que nous avons ténuë. *Befichtachi* portoit autrefois le nom de *Jafon* chef des Argonautes. Ce heros, au rapport d'Eftienne de Byzance, relâcha dans ce lieu où il n'y avoit qu'une foreft de Cyprés, & un Temple d'Apollon. Dans la fuite, ou pour mieux dire plufieurs fiécles aprés, le même endroit prit le nom de *Diplocionion*, de deux colomnes de pierre Thebaïque, lefquelles on voit encore auprés du tombeau de Barberouffe, qui fans doute étoit plus grand homme de mer que Jafon, quoiqu'il fuft né de pauvres parens dans l'Ifle de Metelin. Barberouffe eft mort Roy d'Alger & Capitan-Pacha en 1547. Solyman II le nomma *Chairadin*, c'eft à dire *grand Capitaine*: de *Chairadin* Calcondyle a fait *Charatin*, & Paul Jove *Hariadene*.

Si l'on vouloit fuivre entierement la defcription que Denys de Byzance a faite du Bofphore, il faudroit chercher les places de *Pentecontarion*, de *Thermaftis*, de *Delphinus & Charandas*; du *Temple de Ptolemée Philadelphie*, du *Palinormicon*, & de l'*Aiantium*; mais où les trouver! les Grecs & les Turcs ont tout renverfé depuis ce temps-là pour habiter *Fondocli & Topana*, où fe trouve le Cap *Metopon* qui fait front à la pointe du Serrail.

J'ay l'honneur d'être avec un profond refpect, &c.

X ij

LETTRE XVI.

A Monseigneur le Comte de Pontchartrain, Secretaire d'Etat & des Commandemens de Sa Majesté, &c.

MONSEIGNEUR,

Description des côtes meridionales de la mer Noire, depuis son embouchûre jusques à Sinope.

Quoiqu'en aient dit les anciens, la mer Noire n'a rien de noir, pour ainsi dire, que le nom ; les vents n'y soufflent pas avec plus de furie, & les orages n'y sont gueres plus frequens que sur les autres mers. Il faut pardonner ces exagérations aux Poëtes anciens, & sur tout au chagrin d'Ovide ; en effet le sable de la mer Noire est de même couleur que celui de la mer Blanche, & ses eaux en sont aussi claires ; en un mot, si les côtes de cette mer, qui passe pour si dangereuse, paroissent sombres de loin, ce sont les bois qui les couvrent, ou le grand éloignement qui les font paroître comme noirâtres. Le ciel y fut si beau & si serein pendant tout nôtre voyage, que nous ne pûmes nous empescher de donner une espece de démenti à Valerius Flaccus fameux Poëte Latin, qui a décrit la route des Argonautes, lesquels passoient pour les plus celebres voyageurs de l'antiquité, mais qui ne sont cependant que de fort petits garçons en comparaison des Vincent le Blanc, Tavernier, & une infinité d'autres qui ont veû la plus grande partie de la terre habitée.

Ce Poëte assûre que le ciel de la mer Noire est toûjours embroüillé, & qu'on n'y voit jamais de temps bien formé. Pour moy je ne disconviens pas que cette mer ne

foit fujette à de grandes tempêtes, & je n'aurois pas de
bonnes raifons pour le nier, car je ne l'ai veüe que dans
la plus belle faifon de l'année; mais je fuis perfuadé qu'aujourd'hui dans l'état de perfection où l'on a porté la navigation, on y voyageroit auffi feûrement que dans les
autres mers, fi les vaiffeaux étoient conduits par de bons
Pilotes. Les Grecs & les Turcs ne font gueres plus habiles que Tiphys & Nauplius qui conduifirent Jafon,
Hercule, Thefée, & les autres Heros de Grece, jufques
fur les côtes de la Colchide ou de la Mengrelie. On voit
par la route qu'Apollonius de Rhodes leur fait tenir, que
toute leur fcience aboutiffoit, fuivant le confeil de Phinée cet aveugle Roy de Thrace, à éviter les écueils qui
fe trouvent fur la côte meridionale de la mer Noire, fans
ofer pourtant fe mettre au large; c'eft à dire qu'il falloit
n'y paffer que dans le calme. Les Grecs & les Turcs ont
prefque les mêmes maximes; ils n'ont pas l'ufage des Cartes maritimes, & fçachant à peine qu'une des pointes de la
bouffole fe tourne vers le Nord, ils perdent la tramontane, comme l'on dit, dés qu'ils perdent les terres de veüe.
Enfin ceux qui ont le plus d'expérience parmi eux, au
lieu de compter par les rumbs des vents, paffent pour
fort habiles lorfqu'ils fçavent que pour aller à Caffa il faut
prendre à main gauche en fortant du canal de la mer
Noire; & que pour aller à Trebifonde il faut fe détourner à droite.

A l'égard de la manœuvre, ils l'ignorent tout-à-fait,
leur grand merite eft de ramer. Caftor & Pollux, Hercule, Thefée, & les autres demi-dieux fe diftinguérent par
cet exercice dans le voyage des Argonautes : peut-être
qu'ils étoient plus forts & plus hardis que les Turcs, qui
fouvent aiment mieux s'en retourner d'où ils font venus
& fuivre le vent qui fouffle, que de lutter contre lui. On

a beau dire que les vagues de la mer Noire sont courtes, & par conséquent violentes, il est certain qu'elle sont plus étendües & moins coupées que celles de la mer Blanche, laquelle est partagée par une infinité de canaux qui sont entre les Isles. Ce qu'il y a de plus fâcheux pour ceux qui navigent sur la mer Noire, c'est qu'elle a peu de bons Ports, & que la plufpart de ses Rades font découvertes; mais ces Ports feroient inutiles à des Pilotes, qui dans une tempête n'auroient pas l'adreffe de s'y retirer. Pour affûrer la navigation de cette mer, toute autre nation que les Turcs formeroit de bons Pilotes, répareroit les Ports, y bâtiroit des Moles, y établiroit des magazins; mais leur génie n'est pas tourné de ce côté-là. Les Genois n'avoient pas manqué de prendre toutes ces précautions lors de la décadence de l'Empire des Grecs, & sur tout dans le XIII. siécle, où ils faifoient tout le commerce de la mer Noire, aprés en avoir occupé les meilleures Places. On y reconnoit encore le débris de leurs ouvrages, & sur tout de ceux qui regardent la marine. Mahomet II les en chaffa entierement; & depuis ce temps-là les Turcs, qui ont tout laiffé ruiner par leur négligence, n'ont jamais voulu permettre aux Francs d'y naviger, quelques avantages qu'on leur ait propofez pour en obtenir la permiffion.

Tout ce qu'on a dit de cette mer depuis le temps d'Homere jufqu'à prefent, & tout ce que les Turcs en penfent, eux qui n'ont fait que traduire le nom de la mer Noire en leur langue; tout cela, dis-je, ne nous fit pas balancer un moment à entreprendre ce voyage: mais il faut avoüer que ce ne fut qu'à condition que nous le ferions fur un Caïque, & non pas fur une Saïque. Les Caïques qui vont fur cette mer, font des felouques à quatre rames qui fe retirent tous les foirs à terre, & qui ne fe

remettent en mer que dans le calme, ou avec un bon
vent, à la faveur duquel on déploye une voile quarrée
animée par les zéphirs, & que l'on baiſſe bien ſagement
lorſqu'ils ceſſent de ſouffler. Pour éviter les allarmes que
la nuit donne quelquefois ſur l'eau, les Matelots de ce
pays-là qui aiment à dormir à leur aiſe, tirent le bâtiment
ſur le ſable & dreſſent une eſpece de tente avec la voile ;
c'eſt la ſeule manœuvre qu'ils entendent bien.

Le départ de *Numan Cuperli* Vizir, ou Pacha à trois
queües, qui venoit d'être nommé Viceroi d'Erzeron,
nous parut une de ces occaſions favorables que nous ne
devions pas laiſſer échaper. C'eſt un Seigneur d'un grand
merite, ſçavant dans la langue Arabe, profond dans la
connoiſſance de ſa religion, & qui à l'âge de 36 ans a leû
toutes les Chroniques de l'Empire. Il eſt fils du Grand
Viſir Cuperli qui fut tué ſi glorieuſement à la bataille de
Salankemen, dans le temps que la fortune ſembloit ſe dé-

tection, en confidération de l'Empereur de France, dont il ne ceffoit d'admirer la prévoyance, jufques à envoyer, difoit-il, des perfonnes capables de découvrir ce que la nature produit dans chaque pays, & pour apprendre fur les lieux les ufages qu'on en fait par rapport à la fanté. Au furplus le Pacha n'étoit pas fâché d'avoir des Medecins à fa fuite, & il m'apprit que fon pere avoit eté fort fatisfait de l'habileté de M^r d'Hermange, qu'il avoit eû long temps auprés de lui, & entre les mains de qui il étoit mort à Salankemen. Nos principales converfations pendant le voyage rouloient fur les interêts des Princes de l'Europe, qu'il connoît parfaitement, & elles fe terminoient ordinairement par une petite relation de ce que nous avions obfervé de plus curieux. De crainte de fcandalifer fa maifon, il nous faifoit demander en fecret les deffeins des plantes que nous obfervions fur la route; je les remettois par fes ordres à un de fes freres Cuperli Bey, qui nous les rendoit aprés que le Pacha les avoit confiderez feul & à loifir. Cette politique eft néceffaire parmi les Turcs, où l'on trouve mauvais que les bons Mufulmans prennent connoiffance des fciences cultivées par les Chrétiens, & qu'ils donnent des marques de l'eftime qu'ils en font. J'eus occafion de lui donner un morceau de Phofphore, & de lui expliquer la maniére dont il faut s'en fervir; mais il ne voulut pas que j'en fiffe l'experience en fa prefence. Quelques jours aprés il convint que les Chrétiens étoient d'habiles gens, & que leur fagacité étoit auffi loüable, que la fainéantife des Orientaux meritoit d'être blâmée. Nous fûmes affez heureux pour ne voir mourir perfonne de fa maifon entre nos mains. Quoiqu'il eût auprés de lui Mr de S. Lambert habile Medecin François, il lui ordonna pourtant qu'on nous fift voir tous les malades, ce que je n'acceptai qu'à condition que nous les verrions enfemble.

ble. Toute sa maison fut malade sur la route; nous traitâmes le Maître le premier, sa femme, sa mere, sa fille, & ses autres officiers: tout se passa à nôtre honneur, & les malades s'en trouverent bien.

Nôtre equipage fut bientost dressé, quoique la route dust être fort longue, car dans les plus grands voyages je crois qu'il ne faut absolument se charger que des choses nécessaires. Nous acheptâmes donc une tente, quatre grands sacs de cuir pour enfermer nôtre bagage, & des coffres d'ozier couverts de peau, pour conserver nos plantes & les papiers qui servoient à les secher. Les tentes du Levant sont moins embarrassantes que celles de ce pays-ci. Elles n'ont qu'un arbre au milieu qui se démonte en deux pieces quand on veut plier bagage, mais qui soutient, lorsque la tente est placée, un pavillon de grosse toile bien serrée sur laquelle l'eau coule aisément; le pavillon est arrêté dans sa circonference avec des cordons que l'on accroche à des chevilles de fer fichées en terre; aux deux tiers de la hauteur de ce pavillon sont attachées des cordes que l'on bande fortement par le moyen d'autres chevilles plus ecartées de l'arbre que les premieres; ces cordes tirent le haut du pavillon en dehors, & lui font faire un angle saillant en maniére de Mansarde. Nous placions nos trois strapontins de telle maniére, que le chevet se trouvoit contre l'arbre, & les pieds à la circonference du pavillon, laquelle d'ailleurs étoit occupée par nos sacs & par nos coffres. Un quart d'heure suffit pour dresser un pareil appartement, & l'on y trouve toutes ses commoditez. A l'égard de la batterie de cuisine, elle consistoit en six assiettes, deux grandes jattes, deux marmittes, deux tasses, le tout de cuivre blanchi; deux bouteilles de cuir pour porter de l'eau, un fanal & quelques cuilliers de bois à long manche; car on n'en trouve pas d'autres en Turquie, où ordinairement les gens les plus aisez ne sont pas mieux en vaisselle que nous l'étions.

Nos capots de Marseille nous furent d'un secours merveilleux; ils étoient d'un gros drap de Capucin, doublez d'une étoffe d'égale résistance pour la fatigue. Un capot est un meuble incomparable pour un voyageur, & sert en cas de besoin de lit & de tente. Nous nous étions fournis dans l'Archipel de linge pour la table, & pour nôtre usage, sur tout de calçons de toile de coton, qui tiennent lieu de draps de lit dans ces sortes de routes; nous pouvons nous vanter d'en avoir fait venir la mode parmi les Armeniens de nos caravanes. Il fallut quitter l'habit François à Constantinople pour prendre le Dolyman & la veste; mais comme cet habit nous parut fort embarrassant pour travailler à nos recherches, nous fîmes faire aussi un habit à l'Armenienne pour aller à cheval, & des botines de marroquin pour courir dans la campagne; l'habit à la Turque étoit destiné pour les visites de ceremonie & de bienséance, & l'autre étoit pour la fatigue.

Nos amis de Constantinople nous indiquérent un homme admirable qui savoit toute sorte de mêtiers, & qui nous servoit d'Intendant, de valet de chambre, de cuisinier, d'interprete, & de maître si je l'ose dire; car le plus souvent il en falloit passer par tout ce qu'il vouloit. Cet habile homme étoit un Grec, fort comme un Turc, & qui avoit couru par tout le pays; il faisoit la cuisine à la Turque & à la Françoise. Outre le Grec vulgaire, il parloit Turc, Arabe, Italien, Russiote & Provençal qui est ma langue naturelle. Nous nous trouvâmes si bien de *Janachi*, c'étoit ainsi qu'il s'appelloit, que nous n'en prîmes pas d'autre jusques en Armenie; Pourquoi dépenser l'argent du Roy mal à propos! D'ailleurs il faut faire le

moins de fracas qu'il eſt poſſible dans les pays étrangers
lors qu'on n'y eſt envoyé que pour faire des obſervations.
Janachi avoit encore une excellente qualité pour un
voyageur ; il étoit poltron en homme de bon ſens, car
qui eſt-ce qui s'aviſe de courir le monde pour ſe battre,
à moins que d'être du caractere de Don Guichot ! tout
conſideré, on va bien loin avec un peu de poltronerie &
beaucoup de ſobrieté. Nôtre officier poſſedoit la premiere de ces qualitez au ſublime degré ; mais comme il ne
connoiſſoit gueres la ſeconde, quelque robuſte qu'il fuſt,
il ne pouvoit pas réſiſter à la violence du vin, & s'aſſou-
piſſoit de temps en temps : nous devons cependant lui rendre juſtice, il ſavoit ſi bien prendre ſon temps, que cette liqueur ne faiſoit ſon effet que lorſqu'il étoit à cheval ; il
dormoit alors tranquillement, & nos affaires n'en étoient
point dérangées.

Mr l'Ambaſſadeur eut la bonté de nous faire expedier
gratuitement un Commandement de la Porte, c'eſt à
dire qu'il en voulut payer tous les droits à vôtre conſidé-
ration, Monseigneur, & nous ſçavons bien que nous
vous ſommes redevables de toutes les honnêtetez dont il
nous combla. Voici la teneur de ce Paſſeport que j'ay
traduit à la lettre, pour faire voir la formule dont ſe ſervent les Turcs en pareille occaſion.

COMMANDEMENT

*Addreſſé aux Pachas, Beglier-Beys, Sangiac-Beys, Ca-
dis & autres Commandans qui ſe trouvent ſur le chemin
de Conſtantinople à Trebiſonde, Erzeron, Alep, Damas,
&c. tant par mer que par terre.*

*Vous ſçaurez à l'arrivée de ce ſublime Commandement,
que l'exemplaire des grands de la religion du Meſſie, Mr de*

Ferriol *Ambassadeur de l'Empereur de France, résident à* *ma suprême Porte (que sa fin soit heureuse) a envoié une re-* *queste à mon Camp Imperial, par laquelle m'ayant fait sça-* *voir qu'un des Docteurs de France nommé* Tournefort, *par-* *ticuliérement experimenté dans la connoissance des Plantes,* *est parti de France avec quatre personnes pour chercher des* *plantes qui ne se trouvent point dans leur Royaume ; &* *ayant demandé mon Commandement, pour que dans les* *endroits de son passage, soit par mer ou par terre, on n'y* *mette aucun empéchement, & qu'il n'y soit fait aucun dom-* *mage à ses hardes & à son equipage, ne s'employant qu'-* *aux choses de son Art, ne se mêlant point des affaires de* *nos sujets tributaires, ne sortant point des bornes de son état,* *& se comportant comme il le doit ; ce mien Commandement* *a eté donné, pour cette fois seulement, pour qu'il ne soit mi-* *se aucune opposition à son passage ; & j'ordonne qu'arri-* *vant avec ce noble Commandement, vous vous comportiez* *conformément aux ordres qu'il contient à ce sujet, & que* *ledit Docteur avec les quatre personnes de sa suite seule-* *ment, ne se mêlant point des affaires de nos sujets tribu-* *taires, & restant dans les bornes de son devoir, dans quel-* *que endroit de nôtre jurisdiction qu'il arrive, pour cette* *fois seulement, vous ne mettiez aucune opposition à son pas-* *sage, & qu'il ne soit fait aucune peine aux personnes de sa* *suite, ni à son equipage, & ne faisant rien de vôtre part* *qui soit opposé aux Constitutions Imperiales, vous lui fas-* *siez donner pour son argent, au prix courant, les choses dont* *il aura besoin, par ceux qui les vendent, & que vous exe-* *cutiez tout ce que contient mon noble Commandement, lors-* *qu'il vous sera presenté. Sachez-le ainsi, & aprés en avoir* *fait la lecture, remettez-le entre les mains de celui qui en est* *le porteur, & ajoûtez foy au noble signe dont il est mar-* *qué. Ecrit au commencement de la Lune Zilcadeh de* *l'Egire mille cent douze. Ordonné dans la plaine de Daout Pacha.*

Nous prîmes congé de M^r l'Ambaſſadeur le 13 Avril, & couchâmes le même jour à *Ortacui* ſur le canal de la mer Noire dans le Serrail de Mahemet-Bey, Page du Grand Seigneur. Mahemet en avoit laiſſé l'uſage à Mr Chabert Apoticaire de Provence établi depuis long-temps à Conſtantinople, où il étoit fort employé dans ſa profeſſion : ce pauvre homme quelque temps aprés nôtre départ eut le ſort de la pluſpart des gens qui vont cher-cher fortune dans cette puiſſante Ville, c'eſt à dire qu'il y mourut de la peſte dont il fut frappé & emporté dans le temps qu'il s'y attendoit le moins. Son fils qui étoit Apo-ticaire du Pacha, & qui nous fut d'un grand ſecours pen-dant la route, à cauſe de l'intelligence qu'il a des langues du pays, vint avec nous attendre ce Seigneur dans la mai-ſon du Bey, laquelle paſſe pour une des plus belles du ca-nal.

Le lendemain nous en reconnûmes les environs ; ce ſont de petites collines fort agréables par leur verdure, mais elles ne produiſent que des plantes communes. A l'é-gard du Serrail, il n'a pas beaucoup d'apparence, non plus que les autres maiſons du Levant, quoique les apparte-mens en ſoient beaux, & qu'on y ait fait beaucoup de dé-penſe. Tous les plafonds ſont peints, hiſtoriez & dorez dans le goût de Turquie, c'eſt à dire avec des ornemens ſi petits & ſi meſquins, quoique riches, qu'ils ſeroient plus propres pour des ouvrages de broderie que pour des ſales. Ces ſales ſont boiſées aſſez proprement, & l'on y voit par tout, au lieu de tableaux, des ſentences Arabes tirées de l'Alcoran. Mais quelque ſoin qu'on ait apporté pour la décoration de ces lieux, les planchers en ſont trop bas, & c'eſt là le défaut ordinaire des bâtimens du

Y iij

Levant, où l'on ne garde point de proportion. Ce défaut paroit en dehors, car les combles font fi bas, qu'on
diroit qu'ils écrasent les maisons ; en effet ils leur déro-
bent la moitié du jour. Quoique les chambres ayent
double rang de fenêtres, elles n'en font pas mieux éclairées : ces fenêtres font ordinairement quarrées, furmontées
chacune par une autre fenêtre plus petite qui est ceiu-
trée. C'est principalement par les bains qu'on distingue
les maisons des grands Seigneurs, de celles du commun.
Quoique les Turcs ne bâtissent les bains que pour la commodité, ils ne laissent pas de les accompagner de quelques ornemens ; ceux de la maison du Bey font pavez &
incrustez de marbre ; on y tempere l'eau par le moyen
d'un tuyau de plomb qui en verse de la chaude autant
qu'on veut ; les galeries & les coridors qui font de bois
peint, regnent autour de la maison : il n'y a que l'escalier qui la deshonore, mais on n'en sçait pas faire de
plus beaux en Turquie, où les Architectes placent, pour
tout escalier, une espece d'échelle de bois couverte d'un
appentis ; c'est encore pis chez les Grecs, où cette échelle
est exposée à la pluye & au soleil. La cour de la maison
dont je parle feroit assez belle, fi elle n'étoit pas rétressie
par un bassin qui fert (pour ainsi dire) de remise aux Caïques, car ces caïques fur le canal de la mer Noire tiennent lieu de carrosses, de charrettes & de fourgons : on
s'en fert à toute forte d'usages, dont la pêche n'est pas un
des moins utiles. De la cour on passe dans les jardins,
qui feroient fort beaux, s'ils n'étoient trop resserrez par
les collines qui les environnent ; mais le parc est bien planté
& d'une étenduë considérable. Voilà le modele d'une maifon de campagne de Turquie ; quoi-qu'elles ne foient pas
comparables à celles des environs de Paris, elles ne lais-
fent pas d'avoir des beautez & une certaine magnificence.

Nous ne nous ennuyâmes pas dans celle de Mahemet Bey.

Le Pacha parut enfin sur le canal le 26 Avril avec huit gros caïques ou felouques, sur lesquelles on avoit mis une partie de sa maison, le reste avoit pris les devans sur les saïques, & l'alloit attendre à Trebisonde. La felouque où étoient les Dames étoit si couverte & si garnie de jalousies de bois, faites en maniére de raiseaux, qu'elles avoient de la peine à y respirer. Le Pacha n'avoit que sa mere, sa femme, une de ses filles, six esclaves de même sexe pour les servir, & quelques eunuques. Nôtre felouque étoit le neuviéme bâtiment de cette petite flote, & en formoit l'arriere garde. Soit que les Turcs n'aiment pas trop à se mêler avec les Chrétiens, ou que l'on crût que ce seroit manquer de respect pour le Pacha si nous nous rangions sur la même ligne que les caïques de sa maison, son Intendant avoit ordonné qu'on laisseroit une certaine distance entre nôtre felouque & les autres. J'eûs beau dire à nos matelots d'avancer, ils n'avoient garde de s'approcher, ni de débarquer avant les autres. Quoique nous eussions fretté nôtre bâtiment au même prix que ceux du Pacha, c'est à dire à 400 livres pour le voyage de Constantinople à Trebisonde, nous n'avions pourtant que quatre matelots & un timonier, au lieu qu'il y avoit des matelots de relais sur les autres; mais il n'est pas surprenant que les gens du pays, & sur tout les grands Seigneurs, soient mieux servis que les étrangers! Je voulus un jour trouver à redire de ce qu'on avoit renvoié sur nôtre felouque quelques moutons qui embarrassoient la cuisine du Pacha; mais je pris le parti de me taire quand j'entendis qu'on commençoit à nous traitter de chiens & d'infideles : ainsi pour faire nôtre voyage en paix, il fallut nous accoûtumer aux maniéres Turques.

Nous nous rangeâmes donc à la queüe de la flotte, après avoir embrassé nos amis qui étoient venus nous dire adieu à Ortacui, & nous passâmes les premiers Châteaux à force de rames, car il ne faisoit point de vent. Nous arrivâmes aux derniers Châteaux avec le même calme, & nous eûmes le plaisir d'entrer dans la mer Noire avec la plus grande tranquillité du monde. Quoique cette mer nous parût ce jour-là aussi pacifique que celle d'Amerique, le cœur ne laissa pas de nous palpiter un peu à la veüe de cette immense quantité d'eau. Nous relachâmes vers *le Quindi*, c'est à dire sur les quatre heures, à l'entrée de la riviere de Riva, à 18 milles d'Ortacui. On campa le long de l'eau dans des prairies assez marécageuses; & comme nous étions un peu instruits des maniéres du pays, nous fimes dresser nôtre tente assez loin de celles des Musulmans, pour leur marquer nôtre respect, & pour leur laisser toute la liberté qu'ils pouvoient souhaiter, par rapport à leurs ablutions. On planta pour cela de petits cabinets de toile, où une personne avoit autant de place qu'il lui en falloit pour se laver à son aise. La tente du Pacha étoit sur la pelouse & sur la croupe d'une petite colline dans des bois éclaircis; l'appartement des Dames n'en étoit pas loin, il étoit composé de deux pavillons entourez de fossez, autour desquels elles se promenoient sans être veües, à la faveur d'une grande enceinte de chassis de toile peinte en vert & en gris. Le Pacha & son frere le Bey y passoient la nuit & une partie du jour. La garde des Dames étoit confiée à des eunuques noirs comme jay, dont les visages me déplaisoient extrémement, car ils faisoient des grimaces horribles, & rouloient les yeux d'une maniére affreuse quand j'entrois, & quand je sortois de l'enceinte où l'on portoit la fille du Pacha qui étoit tourmentée d'une cruelle toux.

Riva

Riva que je viens d'appeller une riviere, n'eft pourtant
qu'un ruiffeau large à peu prés comme celui des Gobe-
lins, tout bourbeux, & dont l'embouchûre peut à peine
fervir de retraite à des bateaux; cependant les anciens en
ont fait fonner le nom bien haut, fous celui de *Rhebas.*
Denys le Geographe, qui a fait trois vers en fa faveur, l'appelle une aimable riviere; Apollonius le Rhodien au contraire en parle comme d'un torrent rapide. Il n'eft pourtant
ni aimable ni rapide aujourd'hui, & fuivant toutes les apparences, il n'a jamais été ni l'un ni l'autre. Ses fources font
vers le Bofphore, du côté de Sultan Solyman Kiofc, dans
un pays affez plat d'où il coule dans des prairies maré-
cageufes parmi des rofeaux. Il n'eft pas furprenant que Phinée eût donné une idée fi affreufe de ce ruiffeau aux Argonautes, lui qui regardoit les Ifles Cyanées comme les
ecueils les plus dangereux de la mer. Arrien compta 11
milles & 250 pas depuis le Temple de Jupiter jufqu'à la
riviere Rhebas, c'eft à dire depuis le nouveau Château
d'Afie jufqu'à Riva; cet auteur eft d'une exactitude admirable, & perfonne n'a fi bien que lui connu la mer Noire, dont il a décrit toutes les côtes aprés les avoir recon-
nües en qualité de Général de l'Empereur Adrien, à qui
il en dédia la defcription fous le nom du *Periple du Pont-
Euxin.*

Je ne fçai pas comment on faifoit du temps de cet
Empereur pour faire débarquer les femmes : mais je fçai
bien qu'à prefent chez les Turcs on fait retirer tout le
monde fort brufquement lors qu'elles veulent mettre
pied à terre; les matelots mêmes fe cachent aprés avoir
ajufté des planches qui leur fervent de paffage; & s'il fe
trouve des endroits où les caïques ne puiffent pas avancer jufqu'au fable, on enveloppe les Dames, ou pour
mieux dire on les emballe dans cinq ou fix couvertures,

& les matelots les chargent sur leur col comme des ballots de marchandises. Quand on les a mises à terre, les esclaves les débalent, & les eunuques ne cessent de crier & de menacer, à quelque distance que l'on soit d'eux fust-ce à plus d'un mille. Les valets de pied du Pacha fuyoient pour lors dans les bois, & bien loin de servir ces Dames, ils les auroient laissé noyer plutost que de tourner la teste de leur costé.

De peur que nous n'ignorassions cette loüable coûtume, le Lieutenant du Pacha nous en instruisit dés la premiere visite. *Comme vous venez de bien loin, j'ai à vous avertir, me dit-il, de certaines choses qu'il faut absolument sçavoir parmi nous. De vous éloigner toujours du quartier des femmes autant que vous le pourrez; de n'aller pas vous promener sur des hauteurs d'où l'on puisse découvrir leurs tentes; de ne faire aucun dégât dans les terres semées, en cherchant des plantes; & sur tout de ne point donner de vin aux gens du Pacha.* Nous le remerciâmes tres-humblement de ses bontez. Pour les Dames nous n'y pensions pas certainement, l'amour des plantes nous occupoit entiérement. A l'égard du vin, les valets de pied du Pacha venoient la nuit avec tant d'empressement que nous ne pouvions pas quelquefois leur en refuser, ce qui fit que je priai l'Intendant de leur deffendre absolument d'avoir commerce avec nous.

Cet Intendant nous parut fort honnête & aimé dans la maison de son Maître, quoiqu'il ne fût pas de son choix, car le Grand Visir pour voir jusques dans le fond de l'ame des Pachas, & pour être informé de tout ce qui se passe chez eux, leur donne ordinairement ces sortes d'Officiers. Celui dont nous parlons nous assûra qu'on se retireroit tous les soirs vers le Quindi, quelque temps qu'il fist; Que le Pacha prendroit quelques jours de repos sur sa route;

Qu'on nous donneroit des gens de sa maison, quand nous
le souhaiterions, pour nous accompagner dans nos pro-
menades; En un mot qu'il favoriseroit nos recherches
autant qu'il le pourroit. Il nous presenta le bras pour lui
toucher le poux, & fit apporter ensuite le caffé & le tabac. Nous lui offrimes réciproquement ce qui dépendoit
de nostre ministere; il en fut quitte pour deux saignées
& pour une purgation pendant toute la route.

Nous sentimes bientost la difference qu'il y avoit entre la mer Noire & l'Archipel. Quoique nous fussions
au 17 Avril, il ne cessoit pas de pleuvoir, au lieu que
dans l'Archipel il ne pleut gueres passé le mois de Mars.
Il fallut donc nous isoler par un fossé qui vuidoit les eaux
dont nôtre tente étoit environnée ; d'ailleurs le vent du
Nord qui commençoit à souffler n'échauffoit pas nôtre
logement, & la pluye continüoit par grosses ondées:
néanmoins nous ne laissions pas de courir avec plaisir,
tantôt sur les côtes, tantôt dans les terres, & sur tout le
long du ruisseau, qui devenoit si marécageux qu'il falloit
à tous momens revenir sur nos pas, de crainte de nous
engager dans des lieux impénetrables : nous fumes enfin contraints de nous tenir sur les hauteurs ; mais nous
les épuisâmes en cinq ou six jours. C'est alors que le
vent du Nord & la pluye commencerent à nous chagri-
ner. On jugea à propos d'entrer plus avant dans la riviere, bien loin de se mettre en mer, & nous fumes épouvantez de voir qu'on ne pensoit qu'à faire des provisions. Les
gens du Pacha nous offrirent fort honnêtement de la
viande ; mais nous en envoiâmes chercher, comme les
autres, à deux journées du camp. Rien n'adoucit plus nos
peines, que deux Plantes admirables, dont voici la description.

Thymelæa Pontica, Citrei foliis. Coroll. Inst. rei Herb. 41.

Sa racine qui a demi pied de long , est grosse au collet comme le petit doit, ligneuse, dure, divisée en quelques fibres, couverte d'une écorce couleur de citron. Cette racine produit une tige d'environ deux pieds de haut, branchüe quelquefois dés sa naissance, épaisse d'environ trois lignes, ferme, mais si pliante qu'on ne sçauroit la casser, revêtuë d'une écorce grise, accompagnée vers le haut de feüilles disposées sans ordre, semblables par leur figure & par leur consistance, à celles du citronier ; les plus grandes ont environ quatre pouces de long sur deux pouces de large, pointuës par les deux bouts, lisses, vert-gai & luisant, relevées au-dessous d'une côte assez grosse, laquelle distribuë des vaisseaux jusques vers les bords. De l'extremité des tiges & des branches, poussent sur la fin d'Avril de jeunes jets terminez par de nouvelles feüilles, parmi lequelles naissent les fleurs attachées ordinairement deux à deux sur une queüe longue de neuf ou dix lignes. Chaque fleur est un tuyau jaune verdâtre, tirant sur le citron, gros d'une ligne sur plus de de demi pouce de long, divisé en quatre parties opposées en croix, longues de prés de cinq lignes sur une ligne de large, un peu pliées en gouttiere, & qui vont en diminüant jusques à la pointe. Quatre etamines fort courtes se trouvent à l'entrée du tuyau, chargées de sommets blanchâtres & déliez, surmontées de quatre autres etamines de pareille forme. Le pistille qui est au fond du tuyau est un bouton ovale, long d'une ligne, vert-gai, lisse, terminé par une petite teste blanche. Le fruit n'étoit encore qu'une baye verte & naissante dans laquelle on distinguoit la jeune graine. Toute la plante est assez touffuë. Les feüilles écrasées ont l'odeur de celles du sureau, & sont d'un goût mucilagineux, lequel laisse une impression de feu assez considérable, de même que tout le reste de la

Thymelæa Pontica Citrei
foliis Coroll. Inst. Rei herb. 4v.

Blattaria Orientalis, Bugulæ folio, flore maximo, virescente, lituris luteis in semicirculum Striato Coroll. Inst. Rei herb. 8.

plante. L'odeur de la fleur est douce, mais elle se passe facilement. Cette plante vient sur les collines & dans les bois éclaircis. De toutes les especes connües de ce genre, c'est celle qui a les feüilles les plus grandes.

La Plante qui suit n'est pas moins considérable par la singularité de sa fleur. Je l'ai nommée.

Blattaria Orientalis , Bugulæ folio , flore maximo virescente , Lituris luteis in semicirculum striato. Coroll. Inst. rei Herb. 8.

La racine est à trois ou quatre navets charnus, longs depuis un pouce jusques à trois, épais d'environ deux lignes jusques à demi pouce, blancs, cassants, couverts d'une peau brune gercée, garnis de quelques fibres assez deliées, attachez à un collet gros comme le petit doit. Les premieres feüilles que cette racine pousse, sont presque ovales, semblables à celles de la Bugle, bosselées, ondées sur les bords, longues d'un pouce & demi ou deux, sur quinze lignes de large, soutenües par un pedicule de deux lignes de long, plat en dessus, arrondi en dessous, purpurin & répandu jusques à l'extremité des feüilles en plusieurs vaisseaux de même couleur. La tige n'a le plus souvent qu'environ neuf à dix pouces de haut sur une ligne d'épais, legérement velüe, accompagnée de feüilles de sept ou huit lignes de long, sur quatre ou cinq lignes de large. Celles d'enbas sont lisses, les autres parsemées de quelques poils de même que la tige. De leurs aisselles naissent vers le haut, des fleurs assez serrées & disposées en maniére d'un gros épi. Chaque fleur est un bassin de prés de quinze lignes de diametre, découpé en cinq parties arrondies, dont les deux superieures sont un peu moindres que les autres. Le fond de cette fleur est un vert-celadon de même que les bords, lesquels tirent un peu sur le jaune; mais les parties arrondies, dont on

Z iij

vient de parler, sont rayées en demi-cercle d'un jaune vif qui perce de part en part. Du trou qui occupe le centre de cette fleur, partent deux bandes purpurines, mêlées de blanc, lesquelles vont aboutir au demi-cercle jaunâtre des deux parties superieures; & du même bord de ce trou naissent deux etamines blanchâtres, terminées par des sommets courbes remplis de poussiere jaune. Outre ces etamines on voit sur les bords du même trou des floccons purpurins, velus, cotoneux & soyeux. Le calice est un bassin vert-pâle, long de quatre lignes, découpé en cinq parties jusques vers le centre, dont il y en a trois beaucoup plus étroites que les autres. Le pistile, qui est tout au milieu, est arrondi, velu, long d'une ligne, terminé par un filet beaucoup plus long. Nous fûmes convaincus par les coques qui restoient des fruits de l'année précedente, que cette plante est une veritable espece d'*Herbe aux Mites*, qui varie non seulement par la hauteur de sa tige, mais encore par la couleur & par la grandeur de ses fleurs.

Tandis que nous nous amusions agréablement à observer des plantes, on nous menaçoit de passer le reste du mois d'Avril dans ce marais; mais heureusement le vent du Nord cessa le 26. La mer en fut encore agitée pendant deux jours; mais à force de rames & de cordes, nous sortîmes enfin de l'embouchûre de Riva le 28 d'Avril. Nôtre flote rangea la côte, & nous relachâmes à *Kilia* village à 30 milles de Riva. Les Turcs mirent pied à terre pour faire leurs prieres; mais ensuite nous profitâmes du Sud-ouest pour aller jusqu'à la riviere d'*Ava* ou d'*Ayala* à 24 milles de Kilia. Tout ce pays, ou pour mieux dire, toutes les côtes de la mer Noire jusques à Trebisonde, sont admirables par leur verdure; & la pluspart des futayes s'étendent si avant dans les terres, qu'on les

perd de veüe. Il eſt ſurprenant que les Turcs ayent retenu l'ancien nom de la riviere d'Ava, car ils l'appellent
Sagari ou *Sacari*, & ce nom vient ſans doute de *Sanga-
rios* fleuve aſſez celebre dans les anciens auteurs, lequel
ſervoit de limite à la Bithynie. Strabon aſſûre qu'on l'a-
voit rendu navigable, & que ſes ſources venoient d'un
village appellé *Sangias*, auprés de *Peſtinunte* ville de Phrygie, connüe par le Temple de la mere des Dieux. Lucullus étoit campé ſur ſes bords lorſqu'il apprit la perte
de la bataille de Chalcedoine, où Mithridate deffit Cotta qui commandoit une partie de l'armée Romaine. Lucullus s'avança juſques à Cizique que Mithridate vouloit aſſieger; il tomba ſur ſon armée & la mit en pieces.
Pour ce qui eſt des autres ruiſſeaux que Strabon & Arrien
font couler entre Chalcedoine & Heraclée du Pont, il
faut qu'ils ſoient taris, ou réduits à peu de choſe; car nos
matelots nous aſſûrérent qu'ils n'en connoiſſoient point
d'autres entre Riva & Ava.

Le 29 Avril, quoique la bonace fuſt grande, nous ne
laiſſâmes pas de faire 40 milles à force de rames, & nous
campâmes vers le midi ſur la plage de *Dichilites*. Comme nos matelots étoient en haleine, nous entrâmes le
lendemain dans l'embouchûre de la petite riviere d'*Anaplia*, aprés avoir fait 60 milles terre à terre. Le 1 May
nous arrivâmes à *Penderachi*. La riviere d'Anaplia, ſuivant la deſcription d'Arrien, doit être celle qu'il a nommée *Hypius*, puiſqu'il ne s'en trouve aucune autre juſques
à ªHeraclée, qu'on appelle aujourd'hui *Eregri* ou *Pende-* · Eregri.
rachi. Quelque petite que ſoit la riviere d'Anaplia, elle
fut d'un grand ſecours à Mithridate; il ſe retira dans ſon
embouchûre avec ſa flote, aprés avoir perdu pendant la
tempête quelques galeres. Comme le mauvais temps l'o-
bligeoit d'y reſter, il corrompit Lamachus le plus puiſſant

Seigneur d'Heraclée, qui par ses brigues y fit recevoir le
Roy du Pont & ses troupes.

Penderachi est une petite ville bâtie sur les ruines de
l'ancienne ville d'Heraclée; cette derniére devoit être une
des plus belles villes d'Orient, s'il en faut juger par les ruines,
& sur tout par les vieilles murailles bâties de gros quartiers de pierre qui sont encore sur le bord de la mer. Pour
l'enceinte de la ville qui est fortifiée d'espace en espace
par des tours quarrées, elle ne paroit être que du temps
des Empereurs Grecs. On découvre de tous côtez des
colomnes, des architraves & des inscriptions fort maltrai-
tées. On voit, auprés d'une mosquée, la porte de la maison d'un Turc, dont les montans sont des pieces de marbre sur lesquelles on lit d'un côté P. B. A. TPAIAN
& de l'autre TOKPATΩPI qui sont les restes d'une inscription de l'Empereur Trajan. Cette ville étoit bâtie
sur une côte élevée qui domine sur la mer, & qui semble être faite pour commander tout le pays. Du côté de
terre il reste encore une ancienne porte toute simple, con-
struite de grosses pieces de marbre. On nous assûra qu'il
y avoit, encore plus loin, d'autres restes d'antiquité; mais
la nuit qui s'approchoit, & les tentes des femmes, qu'on
avoit dressées proche de ces masures, ne nous permirent
pas d'aller les reconnoître. Par un malheur même auquel nous ne nous attendions point, nous ne trouvâmes
aucun guide: les Grecs celebroient leur Pasque, & vouloient profiter de l'argent qu'ils avoient donné au Cadi
pour avoir la liberté de bien boire & de bien danser ce
jour-là. Nous allâmes donc nous promener à l'aventure
du côté du levant, jusques aux marais qui sont au dessous de la ville, où apparemment croupissent les eaux du
Lycus.

Il ne nous fut pas possible de traverser ces marais, & en revenant

ELEGRI.
Tom. 2. pag. 184.

venant vers les ruines de la ville, nous y découvrîmes une
espece admirable de *Sphondylium* que nous primes d'a-
bord pour la *Panacée d'Heraclée* de Dioscoride ; mais les
fleurs en sont blanches, au lieu que celles de la plante de
Dioscoride doivent être jaunes. C'est le nom d'*Heraclée*
qui nous en imposa, car suivant cet auteur on l'appelloit
Panacée d'Heraclée à cause de ses grandes vertus que l'on
comparoit aux forces d'Hercule. La plante de Dioscoride venoit naturellement dans la Bœotie, dans la Phoci-
de, dans la Macedoine sur les côtes d'Afrique, & donnoit le suc qu'on appelloit *Opopanax*, lequel est peut-être
different de celui qui porte le même nom aujourd'hui.
Quoiqu'il en soit, la plante qui croît dans les ruines d'Heraclée me parut tres-belle, & la plus grande de toutes les
especes de plantes à fleur en parasol qui soit connüe ; c'est
pour cette raison que je l'ai appellée

Sphondylium Orientale, maximum Cor. Inst. rei herb. 22.
La tige est haute d'environ cinq pieds, épaisse d'un pouce & demi, creuse d'un nœud à l'autre, canelée, vert pâle,
velüe, accompagnée de feüilles de deux pieds & demi
de long sur deux pieds de large, découpées jusques à leur
côte en trois grandes parties, dont celle du milieu est recoupée en trois pieces, & la moyenne de celles-ci est encore taillée de même. Toutes ces feüilles sont lisses par
dessus, blanches & velües par dessous, soutenües par une
côte plus grosse que le pouce, solide, charnüe, embras-
sant la tige par deux grandes aîles, qui forment une espece
de gaine de neuf ou dix pouces de long. Des aisselles de
ces feüilles sortent de grandes branches aussi hautes que
la tige, & quelquefois davantage, chargées de fleurs blanches tout-à-fait semblables à celles du *Sphondylium* commun ; mais les ombelles qui les soutiennent ont un pied
& demi de diametre ; les graines, quoique vertes & peu

avancées, étoient beaucoup plus grandes que celles des autres especes de ce genre. Cette plante naît dans les débris de ces belles murailles qui font fur le Port, & qui nous parurent de la premiere antiquité.

On doute fi Strabon a voulu dire que cette ville eût un bon Port, ou s'il faut laiffer dans cet auteur le mot qui exprime qu'elle n'en avoit point. Pour moi je crois que le vieux Mole qui eft entiérement ruiné, & que l'on croit être l'ouvrage des Genois, avoit eté bâti fur les fondemens de quelqu'autre Mole plus ancien qui mettoit à couvert du vent de Nord, les vaiffeaux des Heracliens: car la Rade qui forme la langue de terre ou la prefqu'ifle d'*Acherufias*, eft trop découverte, & n'eft pas même d'un grand fecours pour les faïques, bien loin de pouvoir fervir de Port à des vaiffeaux de guerre. Cependant Arrien dit pofitivement que le Port d'Heraclée étoit bon pour ces fortes de bâtimens. Xenophon affûre que les Heracliens en avoient beaucoup, & qu'ils en fournirent quelques-uns pour favorifer la retraite des Dix milles qui regardoient cette place comme une ville Gréque, foit qu'elle eût eté fondée par les Megariens, par les Bœotiens, par ceux de Milet, ou par Hercule même. La belle Médaille de *Julia Domna*, qui eft chez le Roy, & dont le revers repréfente un Neptune, qui de la main droite tient un Dauphin, & de la gauche un Trident, marque bien la puiffance que cette ville avoit fur mer : mais rien ne fait plus d'honneur à fon ancienne marine, que la flote qu'elle envoya au fecours de Ptolemée après la mort de Lyfimachus l'un des fucceffeurs d'Alexandre. Ce fut par ce fecours que Ptolemée battit Antigonus ; & Memnon remarque qu'il s'y trouvoit un vaiffeau nommé *le Lyon*, d'une beauté furprenante, & d'une grandeur fi prodigieufe qu'il avoit plus de trois mille hommes d'équipage.

Les Heracliens fournirent 13 galeres à Antigonus fils de
Demetrius, pour s'oppofer à Antiochus, & 40 aux Byzantins que le même Prince avoit attaquez. On fçait auffi
que la ville d'Heraclée entretint pendant 11 ans, au fervice des Romains, deux galeres couvertes, lefquelles leur
furent d'un grand fecours contre leurs voifins, & même
contre ces peuples d'Afrique qu'on appelloit *Marrucins*,
d'où peut-être eft venu le nom de *Marroquins*. L'Hiftoire eft remplie de traits qui marquent bien la puiffance des
Heracliens fur mer, & par conféquent la bonté de leur
Port. Aprés que Mithridate eut fait piller Scio par Do-
rylaüs, fous prétexte que cette Ifle avoit favorifé les Rhodiens; on mit, par l'ordre de ce Prince, les plus illuftres
Sciotes fur quelques vaiffeaux pour les difperfer dans le
Royaume du Pont; mais les Heracliens eurent la géné-
rofité de les arrêter, de les mener dans leur Port, & de
renvoyer ces malheureux chargez de préfens. Enfin les
Heracliens eurent le malheur eux-mêmes, quelques années aprés, d'être battus par Triarius General de la flote
Romaine compofée de 43 vaiffeaux, laquelle furprit celle d'Heraclée forte feulement de 30 vaiffeaux équipez à
la hâte. Où mettre à couvert tant de navires, fi ce n'eft
dans le Mole dont on vient de parler, puifqu'il n'y a point
de Port aux environs de cette place? Si Lamachus
General Athenien, qui avoit eté envoyé pour exiger les
contributions des Heracliens, avoit eû l'entrée de ce Mole,
il n'auroit pas perdu fa flote par la tempête, dans le temps
qu'il ravageoit la campagne avec les troupes qu'il avoit
débarquées. Ne pouvant retourner à Athenes, ni par mer,
ni par terre, il y fut renvoyé, comme dit Juftin, par les peuples d'Heraclée qui fe crurent dédommagez du dégat
que les Atheniens avoient fait fur leurs terres, en les obli-
geant à force d'honnêtetez à leur accorder leur amitié.

La caverne par laquelle on prétend qu'Hercule deſ-
cendit aux Enfers pour enlever le Cerbere, & que l'on
montroit encore du temps de Xenophon dans la penin-
ſule *Acheruſias*, eſt plus difficile à découvrir que l'ancien Port d'Heraclée, quoiqu'elle euſt deux ſtades de profondeur. Elle doit s'être abimée depuis ce temps-là, car
il eſt certain qu'il y a eû une caverne de ce nom, laquelle
a donné lieu à la fable du Cerbere. On n'a pas frappé
ſans fondement une Médaille à la teſte du 3 Gordien,
dont le revers eſt un Hercule qui aſſomme le Cerbere
aprés l'avoir mis hors de l'antre. Mr Foucaut Conſeiller
d'E'tat en a une de Macrin, où ce chien eſt au pied
d'Hercule debout, qui tient une maſſuë de ſa main droite ; Si Hercule n'a pas eté le fondateur d'Heraclée, il y a
certainement eté en grande venération. Pauſanias nous
apprend qu'on y célébroit tous les travaux de ce Heros.
On voit une Médaille de Severe, où Hercule tient ſa
maſſuë d'une main, & de l'autre trois Pommes d'or du
jardin des Heſperides. On a repreſenté ſur une Médaille
de Caracalla, Hercule domptant Acheloüs ſous la forme
d'un taureau. Le combat de ce demi-dieu avec l'Amaſo-
ne Hyppolite, eſt exprimé ſur une Médaille de Macrin.
Le combat du ſanglier d'Erymanthe, ſur une d'Helioga-
bale & les legendes de toutes ces Médailles ſont au nom
des Heracliens. Quand Cotta eut pris la ville d'Heraclée, il y trouva dans le Marché une ſtatuë d'Hercule,
dont tous les attributs étoient d'or pur. Pour marquer la
fertilité de leurs campagnes, les Heracliens avoient fait
frapper des Médailles avec des épis & des cornes d'abondance ; & pour exprimer la bonté des plantes medecina-
les que produiſoient les environs de leur ville, on avoit
repreſenté ſur une Médaille de Diadumene, un Eſcula-
pe appuyé ſur un bâton, autour duquel un ſerpent étoit
tortillé.

Il ne nous reste aucune Médaille, que je sçache, des
Roys, ou plutôt des Tyrans de cette ville. L'extrait que
Photius nous a conservé de Memnon, nous doit confoler de la perte de l'histoire que Nymphis d'Heraclée
avoit faite de sa patrie. Non seulement cet auteur se rendit illustre par ses écrits, mais encore par cette Ambassade
fameuse où il obligea les Galates à se retirer, dans le
temps qu'ils mettoient tout à feu & à sang dans la campagne d'Heraclée.

Cette ville ne fut pas seulement libre dans les premiers
temps, mais recommandable par ses Colonies. Clearque
un de ses citoyens, qui pendant son exil avoit etudié à
Athenes la Philosophie de Platon, y fut rappellé pour
appaiser le peuple qui demandoit de nouvelles Loix &
une nouvelle repartition des terres; le Senat s'y oppo-
soit puissamment, mais Clearque qui n'avoit pas l'esprit
Platonicien se rendit maître des affaires, à la faveur du
peuple; il commit mille cruautez dans la ville, & Diodo-
ré de Sicile assûre qu'il avoit pris pour modele dans l'art
de regner, Denys de Syracuse. Theopompe, fameux
historien de Scio, rapporte que les citoyens d'Heraclée
n'osoient aller faire leur cour à Clearque, qu'ils n'eussent
auparavant déjeuné avec de l'herbe de la Rhüe, bien informez qu'il leur feroit présenter un verre de Cigüe pour
les envoyer moins cruellement en l'autre monde.

Clearque fut tué la douziéme année de son regne,
pendant les Bachanales que l'on celébroit dans la ville.
Diodore assûre que son fils Timothée fut éleû en sa place & qu'il regna 15 ans; mais Justin fait succeder à Clearque son frere Satyrus. Suidas même assûre que Clearque
ne fut pas le premier tyran d'Heraclée, puisqu'il vit en
songe Evopius autre tyran de sa patrie; & Memnon, à
qui il faut s'en rapporter, puisqu'il avoit employé douze

livres de son Histoire pour y traiter celle d'Heraclée,
est du sentiment de Justinien. Memnon, pour marquer
le caractere de Satyrus, dit qu'il ne surpassoit pas seulement
son frere en cruauté, mais encore tous les autres tyrans qui
étoient au monde. Attaqué d'un cancer qui lui devora
tout le bas ventre jusqu'aux entrailles, aprés avoir souffert autant qu'il le meritoit, il se déchargea du soin des
affaires sur Timothée son neveu la 65 année de son âge,
& la septiéme de son regne.

Timothée répondit parfaitement à son nom, & fut un
Prince accompli dans la paix & dans la guerre ; aussi me-
rita-t-il le nom de *Bienfaiteur*, & de *Sauveur de sa patrie*. Avant sa mort il associa au Gouvernement son frere Denys, lequel profitant de la retraite des Perses
qu'Alexandre venoit de battre à la bataille du Granique,
étendit assez loin les limites du Royaume d'Heraclée.
Aprés la mort d'Alexandre & de Perdiccas, Denys é-
pousa Amastris fille d'Oxathre frere de Darius, & cou-
sine de cette belle Statira qui avoit merité d'avoir Alexandre pour mari. Alexandre même avoit pris soin, avant
que de mourir, de marier Amastris à Craterus l'un de ses
Favoris, lequel ensuite devenu amoureux de Philas fille
d'Antipater, ne trouva pas mauvais qu'Amastris, ou *Ames-
tris* selon Diodore de Sicile, épousât Denys. Ce Prince
étoit un honnête homme qui quitta le nom de tyran pour
prendre celui de Roy, qu'il soutint avec beaucoup de
grandeur ; & c'est sans doute de ce Roy dont parle Strabon,
lorsqu'il assure qu'il y eut des Tyrans & des Roys d'Heraclée. Le Roy Denys devint si gros & si gras parmi tant
de félicitez, qu'il tomba dans une espece de léthargie, dont
on avoit même de la peine à le faire revenir, en lui en-
fonçant des aiguilles bien avant dans les chairs. Nymphis
attribuoit cette maladie à Clearque, fils du premier tyran

d'Heraclée, il affûroit que ce Prince s'étoit fait enfermer dans une boëſte, d'où il ne montroit que la teſte pour donner ſes audiances. On en croira ce qu'on voudra; le bon Roy Denys, avec tout cet embonpoint, ne laiſſa pas d'avoir d'Amaſtris trois enfans, Clearque, Oxathre, & une fille de même nom. Il laiſſa la tutele de ſes enfans, & l'adminiſtration du Royaume à ſa femme, & mourut âgé de 55 ans, aprés en avoir regné 30, & merité le nom de Prince *tres benin.* Antigonus un des ſucceſſeurs d'Alexandre, prit ſoin de la tutele des enfans de Denys & des affaires d'Heraclée. Mais Lyſimachus ayant épouſé Amaſtris, fut le maître de la ville, long-temps même aprés avoir abandonné cette Princeſſe; car s'étant retiré à Sardes il épouſa Arſinoë fille de Ptolemée Philadelphe.

Cependant Clearque II du nom monta ſur le trône d'Heraclée avec ſon frerere Oxathre : mais ces Princes ſe rendirent odieux par l'horrible aſſaſſinat de leur mere qu'ils firent étouffer dans un vaiſſeau où elle s'étoit embarquée pour aller apparemment d'Heraclée à Amaſtris, ville qu'elle venoit de fonder & de nommer de ſon nom. Lyſimachus qui regnoit alors en Macedoine, outré d'une action ſi noire, par un juſte retour de tendreſſe pour Amaſtris ſa premiere femme, vint à Heraclée & fit mourir les deux Princes parricides. ainſi il n'y a pas d'apparence qu'ils ayent regné pendant 17 ans, comme le veut Diodore de Sicile, qui appelle *Zathras* le plus jeune, au lieu d'*Oxathre.* Lyſimachus, ſuivant Memnon, remit la ville dans ſa pleine liberté, mais elle n'en joüit pas long temps, car Arſinoë qui avoit beaucoup de credit ſur l'eſprit de ce Prince, en ayant obtenu la poſſeſſion, en donna le gouvernement à Heraclite qui en fut le ſeptiéme tyran.

Les Heracliens aprés la mort de Lyſimachus, voulans

secoüer le joug de la tyrannie, sous lequel ils avoient gémi pendant 75 ans, proposérent à Heraclite de se retirer avec ses richesses; mais le tyran en fut si irrité, qu'il se mit en devoir de faire punir les principaux de la ville; il ne fut pas néanmoins le plus fort, on le mit aux fers, on démolit les murailles de la citadelle jusques aux fondemens; & après avoir envoyé une Ambassade à Seleucus, autre successeur d'Alexandre, on proclama Phocrite administrateur de la ville; Seleucus ayant receû fort mal leurs Ambassadeurs, ils firent une ligue avec Mithridate Roy du Pont, avec les Bizantins, & avec ceux de Chalcedoine; & ils receurent même tous les exilez de leur ville.

La Republique d'Heraclée se soutint avec honneur, jusqu'au temps que les Romains se rendirent formidables en Asie. Pour s'assûrer du Senat, cette Republique députa à Paul Emile & aux deux Scipions; il ne tint pas même aux Heracliens qu'Antiochus ne fist sa paix avec les Romains. Enfin l'intelligence fut si bien établie entre Rome & Heraclée, que ces deux villes firent entre elles une ligue offensive & deffensive, dont on écrivit les conditions sur des tables de cuivre à Rome dans le Temple de Jupiter Capitolin, & à Heraclée dans celui de ce même Dieu. Cependant Heraclée fut assiegée vigoureusement par Prusias Roy de Bithynie, qui l'auroit emportée sans un coup de pierre qui lui cassa la cuisse, ce qui l'obligea de se retirer dans le temps qu'il alloit monter à l'escalade. Aprés cela les Galates inquietérent fort cette ville, mais ils furent obligez de se retirer. Malgré son alliance avec les Romains, elle crut qu'il étoit de son interêt de garder la neutralité pendant la guerre que les Romains firent à Mithridate sous le commandement de Murena. Epouvantée d'un côté de leur formidable

puis

fance, & allarmée du voisinage du Roy du Pont, Heraclée refusa d'abord l'entrée de son Port à l'armée de ce Prince, & ne lui fournit que des munitions de bouche. Ensuite à la persuasion d'Archelaus General de la flote, les Heracliens lui donnérent cinq galeres, & coupérent la gorge si secrettement aux Romains qui se trouvérent dans leur ville pour exiger le tribut, qu'on ne pût jamais avoir aucun indice de leur mort. Enfin Mithridate lui-même fut reçû dans la place par le moyen de Lamachus son ancien ami qu'il gagna à force d'argent.

Ce Prince y laissa Cannaeorix avec quatre mille hommes de garnison; mais Lucullus aprés avoir battu Mithridate fit assiéger la ville par Cotta, qui l'ayant prise par trahison & entiérement pillée, la réduisit en cendres. Il reçeut le surnom de *Pontique* à Rome; mais les richesses immenses qu'il avoit emportées d'Heraclée, lui attirérent de cruelles affaires. Il fut accusé en plein Senat par un des plus illustres citoyens, qui dépeignit avec des couleurs si vives l'incendie d'une puissante ville, laquelle n'avoit manqué à l'alliance des Romains que par la fraude de ses Magistrats, & par la fourberie de ses ennemis, qu'un Senateur ne pût s'empescher de dire à Cotta, *nous t'avions ordonné de prendre Heraclée, mais non pas de la détruire.* On renvoya par ordre du Senat tous les captifs, & les habitans furent rétablis dans la possession de leurs biens. On leur permit l'usage de leur Port & la faculté de commercer. Britagoras n'oublia rien pour la repeupler & fit longtemps, quoi qu'inutilement, sa cour à Jules Cesar pour obtenir la premiere liberté de ses citoyens. Ce fut apparemment dans ce temps-là que les Romains y envoyérent la Colonie dont parle Strabon, & dont une partie fut reçeüe dans la ville & l'autre dans la campagne. Avant la bataille d'Actium M. Antoine donna ce quartier d'He raclée à Adiatorix fils de Demenecelius Roy des Galates, & celui-ci par la permission, à ce qu'il dit, d'Antoine, fit couper la gorge aux Romains qui s'y trouvérent ; mais aprés la défaite de ce General il servit de triomphe, & fut mis à mort avec son fils. Aprés cette expédition, Heraclée fut du département de la Province du Pont, laquelle fut jointe à la Bithynie. Voilà comment cette ville fut incorporée dans l'Empire Romain sous lequel elle fleurissoit encore, comme il paroît par le reste de l'inscription de Trajan, dont on a parlé plus haut.

Heraclée passa ensuite dans l'Empire des Grecs, & c'est dans la décadence de cet Empire qu'on luy donna le nom de *Penderachi*, lequel suivant la prononciation des Grecs, semble un nom corrompu *d'Heraclée du Pont*. Elle fut possedée par les Empereurs de Trebisonde aprés que les François eurent occupé l'Empire de Constantinople ; mais Theodore Lascaris l'enleva à David Comnene Empereur de Trebisonde. Les Genois se saisirent de *Penderachi* dans leurs conquêtes d'Orient, & la gardérent jusques à ce que Mahomet II le plus grand Capitaine de son temps, les en chassa. Depuis ce temps là elle est restée aux Turcs ; ils l'appellent *Eregri* qui paroit tenir encore quelque chose d'Heraclée. Presentement on n'y connoît ni Tyrans, ni Romains, ni Genois. Un seul Cadi y exerce la Justice, un Vaivode y exige la taille & la capitation des Grecs, les Turs y payent seulement les droits du Prince ; trop heureux de fumer tranquillement parmi ces belles mazures, sans savoir ni s'embarrasser de ce qui s'y est passé autrefois.

Nous ne fûmes pas aussi long-temps dans Penderachi qu'il m'en auroit fallu pour pouvoir en débroüiller l'histoire, car nous ne fîmes qu'y coucher ; & nous en partîmes le 2 May par un beau temps qui nous laissa faire 80

milles tout à nôtre aife. Nous entrâmes fur les quatre
heures aprés midi dans la riviere de *Partheni*, dont les
Grecs ont encore confervé le nom ; mais les Turcs l'appellent *Dolap*. La riviere n'eft pas bien grande, quoique
ce fut une de celles que les Dix milles apprehendoient de
paffer. Strabon & Arrien affûrent qu'elle féparoit la Paphlagonie de la Bithynie. Si ce premier autheur revenoit au
monde, il la trouveroit auffi belle qu'il l'a décrite. Ses eaux
coulent encore parmi ces prairies fleuries qui lui avoient
attiré le nom de *Vierge*. Denys de Byzance auroit mieux
fait de les faire paffer au travers de la campagne d'Amaftris, que par le milieu de la ville ; auffi croit-il que le nom
de *Vierge* lui fut donné à l'occafion de Diane que l'on
adoroit fur fes bords. Les Citoyens d'Amaftris l'avoient
reprefentée fur une Médaille de M. Aurele ; le fleuve
a le vifage d'un jeune homme couché, tenant un rofeau
de la main droite, avec le coude appuyé fur des roches
d'où fortent fes eaux. Pline n'a pas bien connu la difpofition de ces côtes, car il a placé la riviere de Partheni
bien loin au delà d'Amaftris, & même plus loing que
Stephane dont nous parlerons dans la fuite. Cependant
nous découvrîmes Amaftris le lendemain 3 May fur les
9 heures du matin, & nous nous retirâmes ce jour là dans
la riviere de *Sita*, aprés avoir fait 70 milles, moitié à la
voile & moitié à la rame.

Amaftris, qu'on *appelle* aujourd'hui *Amaftro*, & non
pas *Famaftro*, comme l'on voit dans nos Cartes, eft un
méchant village bâti fur les ruines de l'ancienne ville d'A-
maftris, par la Reine dont on vient de parler, laquelle y
réunit quatre villages, *Sefame*, *Cytore*, *Cromna* & *Tios* ;
mais les habitans de Tios quitterent peu de temps aprés
cette focieté ; & Sefame qui étoit comme la citadelle de la
ville, prit proprement le nom d'Amaftris. Il faut lire Ar-

rien pour bien entendre Strabon; car Arrien comptant
90 ſtades, de la riviere Parthenius à Amaſtris; 60 ſtades
d'Amaſtris à Erythine ; autant de là à Cromna , & de
Cromna à Cytore, où il y avoit un Port, 90 ſtades ; on
ne peut conclure autre choſe , ſi ce n'eſt que la Reine
Amaſtris pour peupler ſa nouvelle ville y fit venir des
habitans de tous ces villages. Memnon d'ailleurs le dé-
clare en termes exprés, & aſſûre que ce changement
arriva aprés la retraite d'Amaſtris, indignée de ce que Lyſimachus ſon mari venoit d'épouſer Arſinoë à Sardes.
Or puiſque, ſelon Strabon , la citadelle qui s'appelloit auparavant Seſame, prit le nom d'Amaſtris, il eſt hors de
doute que l'ancienne ville de Seſame, dont a fait mention
Eſtienne de Byzance, où il dit que Phinée fixa ſa premiere
demeure, étoit ſituée où eſt preſentement Amaſtro. Pline convient qu'autrefois Amaſtris s'appelloit *Seſame* , &
que le mont Cytore ſi fameux par ſes boüis, dont toutes
les côtes de la mer Noire ſont couvertes, étoit éloignée
de Tios de 63 milles. Cytore fut un Port dépendant de
Sinope, mais Amaſtris ſuivit la fortune d'Heraclée. La
ſituation d'Amaſtris eſt avantageuſe, car elle ſe trouve ſur
l'Iſthme d'une preſqu'iſle, dont les deux échancrures forment autant de Ports ; du temps d'Arrien il y en avoit
un fort bon pour les vaiſſeaux de guerre, tous les deux
ſont remplis de ſable aujourd'hui. Cet auteur traite
Amaſtris de ville grecque, à cauſe que ſa fondatrice, quoique Perſienne, étoit Reine d'Heraclée, & qu'elle avoit
commencé par une colonie de Grecs. La bonté des
Ports d'Amaſtris avoit donné lieu au Senat & au peuple de cette ville de faire frapper quelques Médailles ; on
en trouve aux teſtes de Nerva, de M. Aurele, de la jeune Fauſtine, de Lucius Verus, dont les revers répreſen-
tent une fortune debout, laquelle tient de la main droi-

te un timon, & de la gauche une corne d'abondance. On
n'avoit pas manqué d'en frapper en l'honneur de Neptune, comme celle d'Antonin Pie qui est chez le Roy,
où ce Dieu marin tient de la main droite un Dauphin,
& de la gauche un Trident. Il est assez surprenant qu'il se
voye tant de Médailles d'une ville qui n'a pas fait beaucoup de bruit dans l'Histoire : on y en avoit frappé, pour
ainsi dire, pour toutes les Divinitez. La Diane d'Ephese n'y avoit pas eté oubliée. Il y a chez le Roy une Médaille de Domitia femme de Domitien, sur le revers de
laquelle cette Diane est réprefentée. On voit des Médailles d'Amastris à la teste d'Antonin Pie, avec des revers
de Jupiter, de Junon, de la Mere des Dieux, de Mercure, de Castor & de Pollux. On en voit même une à la
teste de M. Aurele, & au revers d'Homere, comme si la
ville d'Amastris avoit voulu se glorifier de la naissance de
ce grand homme. Il n'y a pas de plus belle Médaille de
cette ville que celle qui est chez le Roy, à la teste de Julia
Mæsa, le revers réprefente Bacchus tout debout vêtu en
femme, tenant une pinte de la main droite ; Jupiter est à
gauche debout aussi mais avec des attributs bien differens, car il a une pique à la droite, & la foudre à la gauche. La Médaille de M. Aurele marque bien que cette
ville devoit avoir eû des avantages confidérables sur ses
voisins, puisqu'elle a pour revers une femme avec des
trophées à sa gauche. Celles de Faustine la jeune & de
Gordien Pie sont remarquables par leurs revers, sur lesquels il y a une Victoire qui de la main droite tient une
couronne & une palme de la gauche. Celle de Lucius
Verus n'est pas moins estimable, c'est une Victoire aîlée
avec les mêmes attributs. Le Roy en a une belle à la teste
du même Empereur ; Mars tout nud est sur le revers le
casque en teste, dans l'attitude d'un homme qui marche

Bb iij

la pique à la main droite, & un bouclier à la gauche. Par
rapport à la Medecine, je sçai bon gré aux citoyens d'A-
maſtris d'avoir frappé pluſieurs Médailles en ſon honneur:
on voit beaucoup d'Eſculapes d'Amaſtris avec des bâtons,
autour deſquels un ſerpent eſt tortillé. La Deeſſe *Salus* eſt
répreſentée ſur quelques autres où les ſerpens ne ſont pas
oubliez; la pluſpart des teſtes ſont d'Adrien, d'Antonin
Pie, de M. Aurele, de Fauſtine la jeune.

On ne voit aucune Médaille de la fondatrice Amaſtris qui fut ſuffoquée ſur mer par ordre de ſes freres.
Aprés ſa mort Lyſimachus donna les villes d'Amaſtris,
d'Heraclée & de Tios à ſa femme Arſinoë, qui les remit
à Hercule 7ᵉ. tyran ou Roy d'Heraclée. Son regne ne
fut pas long, car Lyſimachus étant mort quelque temps
aprés, Heraclée & Amaſtris ſecoüérent le joug. Amaſtris même fut démembrée du Royaume des Heracliens;
& lorſque Antiochus fils de Seleucus déclara la guerre
à Nicomede Roy de Bithynie, ce même Nicomede qui
avoit beſoin du ſecours des Heracliens, ne pût jamais les
faire rentrer dans la poſſeſſion d'Amaſtris, parce qu'elle
étoit occupée par Eumene qui aima mieux en faire préſent
à Ariobarzane fils de Mithridate, que de la rendre à ceux
d'Heraclée.

Aprés la priſe d'Heraclée par Cotta, Triarius par l'ordre de ce General ſe ſaiſit d'Amaſtris où Cannacorix s'é-
toit retiré; & depuis ce temps là cette ville reſta ſous la domination des Romains & de leurs Empereurs, juſques à
l'établiſſement des Empereurs Grecs. Elle fut de l'Empire de Trebiſonde fondé par les Comnenes, aprés que les
François ſe furent établis à Conſtantinople: mais Theodore Laſcaris ayant défait Iathine Sultan d'Iconium, prit
Amaſtris en 1210. avec Heraclée, & quelques autres places. Amaſtris étoit en la puiſſance des Genois lorſque

Mahomet II prit Conſtantinople & Pera. Ils jugérent à propos de lui déclarer la guerre ſur le refus qu'il fit de leur rendre Pera. Mahomet alla en perſonne à Amaſtris avec une nombreuſe artillerie, laquelle fit une ſi forte impreſſion, non ſur les murailles de la ville, mais ſur l'eſprit des habitans, qu'ils lui en ouvrirent les portes. Il n'y laiſſa que la troiſiéme partie des habitans, & fit tranſporter le reſte à Conſtantinople.

Nous laiſſerons la ville d'Amaſtro entre les mains des Turcs, & pourſuivrons nôtre route. Le 4 May nous quittâmes la riviere de *Sita* que je ne trouve ni dans les Cartes ni dans les Auteurs : nous n'allâmes qu'à 30 milles au delà, & la tramontane nous obligea de camper ſur une méchante plage où nous eûmes de la peine à nous mettre à l'abri du vent. Le 5 May nous doublâmes le Cap *Piſello*, que les anciens ont connu ſous le nom de *Carambis*, & qu'ils ont oppoſé au front de Belier de la Cherſoneſe Taurique, que l'on appelle aujourd'hui *la petite Tartarie* ou *Crimée*. Les anciens, comme remarque Strabon, ont comparé la mer Noire à un arc bandé, dont la corde eſt repreſentée par la côte meridionale, laquelle ſeroit preſque en ligne droite ſans le Cap Piſello.

Ce jour là 5 May nous ne fimes que 50 milles, & campâmes ſur le bord de la mer à *Abono* où il n'y a que de méchantes caſernes deſtinées pour un grand nombre d'ouvriers qui travaillent à des cordes pour les vaiſſeaux & pour les galeres du Grand Seigneur. J'ai oublié de dire que les côtes de la mer Noire fourniſſent abondamment tout ce qu'il faut pour remplir les arſenaux, les magazins & les ports de cet Empereur. Comme elles ſont couvertes de foreſts & de villages, les habitans ſont obligez de couper des bois pour la marine, & de les ſcier. Quelques-uns travaillent aux cloux, les autres aux voiles, aux cordes &

agretz neceſſaires. On met des Janiſſaires qui ont inſpe-
ction ſur ces ouvriers, & il y a des Commiſſaires pour lever les equigages. C'eſt de là que les Sultans ont tiré leurs
plus puiſſantes flotes dans le temps de leurs conquêtes,
& rien ne ſeroit plus aiſé que de rétablir leur marine. Le
pays eſt excellent, il abonde en vivres, comme bled, ris,
viande, beurre, fromages ; & les gens y vivent tres ſobre-
ment.

Il ſemble qu'*Abono* ſoit le reſte du nom d'une ancienne
ville appellée *Les murs d'Abonos*. Si j'écrivois à quelque
homme de lettre condamné depuis long-temps à feüil-
leter des vieux livres, je me ferois beaucoup valloir ſur cette prétendüe découverte ; mais comme j'ay l'honneur d'é-
crire à un Miniſtre qui connoît la juſte valeur des choſes,
à peine oſai-je propoſer cette conjecture. Quoiqu'il en
ſoit, ces murs d'Abono n'ont jamais êtez qu'un méchant
village dont Strabon, Arrien, Ptolemée & Eſtienne de
Byzance nous ont conſervé le nom.

Je fais bien plus de cas d'une eſpece admirable de *Chamærhododendros* à fleur jaune que nous y découvrîmes ;
non ſeulement elle peut ſervir, de même qu'une autre belle eſpece de ce genre à fleur purpurine que nous avions
veüe au delà de Penderachi, à éclaircir un endroit de Pline ; mais encore à rendre raiſon de cette cruelle avanture
arrivée aux Dix milles, qui aprés la défaite du jeune Cyrus ſe retirérent dans leur pays par les côtes de la mer
Noire. J'aurai l'honneur, Mgr, de vous envoyer les deſcriptions de ces deux plantes, lorſque nous en aurons veû
les fruits bien formez.

Nous partîmes d'Abono le 16 May dans le deſſein d'aller à *Sinope* ; mais la pluye nous obligea de reſter à moitié chemin, & de camper le long de la plage à 40 milles
de cette ville. On voit d'aſſez beaux villages ſur la côte,
à l'en-

l'entrée des bois qui font d'une beauté furprenante. *Ste-phanio* n'eft pas un des moindres ; ce nom a tant de rapport avec celui de *Stephane* qui fe trouve dans Pline, dans Arrien, dans Marcien d'Heraclée & dans Eftienne de Byzance, qu'on ne peut guere douter qu'il n'en foit dérivé, & que par conféquent l'ancienne ville ne fuft proche de ce village.

La mer fut fi groffe le lendemain 17 May, que nous fûmes obligez de débarquer à une anfe à huit milles de Sinope, où nous allâmes le même jour à pied en herborifant ; nous y féjournâmes pendant deux jours.

J'ay l'honneur d'être avec un profond refpect, &c.

LETTRE XVII.

A Monseigneur le Comte de Pontchartrain, Secre-
taire d'Etat & des Commandemens
de Sa Majesté, &c.

Monseigneur,

DESCRIPTION
des Côtes de la mer
Noire, depuis Si-
nope jusques à
Trebisonde.

Il seroit à souhaiter que parmi tant de Reglemens qui
ont eté faits en France pour l'avancement des Sciences &
des beaux Arts, il y en eût quelqu'un qui regardât précisément la perfection de la Geographie : car les fautes que
font les Geographes sont tres essentielles, & elles sont cause que tres souvent les voyageurs, les Pilotes, & même
quelquefois les Officiers Géneraux prennent de fausses
mesures. Je voudrois qu'on exigeast des Geographes quelques marques de leur capacité, avant que de leur permettre de publier des Cartes ; & qu'ils fussent obligez de
voyager eux-mêmes pendant un certain temps, puisqu'ils
veulent guider les autres dans leurs voyages.

Je ne trouve rien de si difficile que de faire une Car-
te Geographique qui soit exacte. Il faudroit pour cela
parcourir les lieux dont on veut donner le plan, en prendre les mesures avec de bons instrumens, & faire les observations necessaires par rapport au ciel. Nos plus fameux Geographes travaillent le plus souvent à veüe de
pays, sans connoître les endroits qu'ils veulent répresenter;
ils copient les Cartes qui ont déja paru, ils s'en rapportent
à des relations imparfaites, & ils se croyent fort habiles
quand ils ont fait graver sur les marges de leurs ouvrages

Vüe de Sinope sur les Côtes de la Mer Noire.

quelques ornemens particuliers, qui le plus souvent n'ont
aucun rapport avec les pays dont ils font la description.
Les Cartes marines font plus exactes que les autres, parce
que les frequens naufrages ont enfin fait sentir la necessité qu'il y a de connoître les côtes; neantmoins les contours de ces côtes font ordinairement mal dessinez. Enfin si l'on a des connoissances certaines par rapport à la
Geographie, comme il n'en faut pas douter, on en a l'o-
bligation aux Astronomes qui, par des observations réite-
rées, ont déterminé la position d'une infinité de lieux.
Que ne doit-on pas aux découvertes de Galilée & de
ceux qui ont suivi ses veües! Non seulement Mr Cassini
merite le nom du plus grand Astronome de ce siécle,
mais encore celui du plus grand Geographe qui ait paru.
Si nous avons d'excellentes Cartes de Mrs de Lisle, c'est
parce qu'ils font habiles Cosmographes, & qu'ils font en
commerce avec les plus sçavans Astronomes, & avec les
plus habiles voyageurs. Combien voit-on de Geographes
en France, en Hollande, & en Italie où se font la pluspart des Cartes nouvelles, soit de terre, soit de mer; combien, dis-je, voit-on de Geographes s'appliquer à l'Astro-
nomie! La pluspart bâtissent des Royaumes, des Provinces, des Mappemondes auprés de leur feu, la regle &
le compas à la main, sans être jamais sortis de leur ville,
ou sans avoir consulté ceux qui ont eté sur les lieux.

C'est la position de *Sinope* qui m'a mis de mauvaise humeur contre nos Geographes. Elle est si bien marquée
dans Polybe & dans Strabon, qu'il n'est pas permis d'i-
gnorer que cette ville occupe l'Isthme d'une presqu'isle
d'environ six milles de circuit, terminée par un Cap considérable. Cependant Sinope est réprésentée dans nos Cartes sur une plage toute découverte, sans qu'on y remarque aucun Port, quoiqu'elle en ait deux fort bons & bien

décrits par Strabon. Une situation si avantageuse invita sans doute les Milesiens à y bâtir une place, ou au moins à y envoyer une colonie; car Autolicus, un des Argonautes, passoit pour en être le fondateur. Plutarque & le Scholiaste d'Appollonius le Rhodien, remontent plus loin pour trouver l'origine de cette ville, mais on ne s'interesse plus pour ces sortes de recherches. Les habitans de Sinope entreprirent de fortifier toutes les avenuës de leur Cap pour s'opposer aux entreprises de ce Mithridate qui, suivant Polybe, descendoit d'un des sept Perses qui firent mourir les Mages, & qui gouvernoit le pays que Darius avoit donné pour récompense à ses ancêtres sur la côte du Pont Euxin : c'étoit peut-être le même Mithridate fondateur du Royaume du Pont !

Il ne faut pas confondre ce fondateur avec le grand Mithridate Eupator fils de Mithridate Evergete. Eupator naquit à Sinope, il y fut elevé, il l'honora de ses bienfaits, la fortifia & la mit en état de résister à Murena General de l'armée Romaine, aprés que Sylla se fut retiré d'Asie : Enfin Mithridate fit Sinope la capitale de ses Etats, & Pompée voulut qu'il y fust enterré. Pharnace fut le premier qui priva cette ville de sa liberté. Ce Pharnace ne fut pas le fils du grand Mithridate, mais son ayeul ; car suivant la généalogie des Roys du Pont, dressée par Tollius, il y eût un Pharnace qui fut pere de Mithridate Evergete. Lucullus joignit Sinope aux conquêtes des Romains, en délivrant cette place du joug des Ciliciens, qui s'en étoient emparez, sous pretexte de la conserver à Mithridate. Les Ciliciens, aux approches des troupes Romaines, mirent le feu à la ville & se sauvérent pendant la nuit : mais Lucullus, que les veritables citoyens regardoient comme leur liberateur, entra dans Sinope & fit mourir huit mille Ciliciens qui n'avoient pas fait la même dilgence que les autres. Il rétablit les habitans dans la poſſeſſion de leurs biens & leur rendit toutes ſortes de bons offices; frappé de ce qu'il avoit veû en ſonge le fondateur de leur ville le jour qu'il y fit ſon entrée. Les Romains y envoyérent une Colonie, laquelle occupa une partie de la ville & de la campagne. Cette campagne eſt encore aujourd'hui telle que Strabon l'a dépeinte, c'eſt à dire, que le terrein qui eſt entre la ville & le Cap eſt rempli de jardins & de champs. Appien rapporte la priſe de Sinope d'une autre maniére, neanmoins il convient du ſonge & de la clemence de Lucullus. Ce General, ſelon Plutarque, en pourſuivant les fuyards, trouva ſur le bord de la mer la ſtatuë de ce même Autolycus, laquelle ils n'avoient pas eû le temps d'embarquer, & la fit enlever. C'étoit un bel ouvrage auquel on rendoit des honneurs divins & qui, ſuivant la croyance des peuples, rendoit des Oracles.

Il y a apparence que l'on frappa dans ce temps-là à Sinope la Médaille que j'en ay apportée, ou du moins que c'eſt à l'occaſion de Lucullus qu'elle y fut frappée. D'un côté c'eſt une teſte nuë à la Romaine, laquelle me paroit celle de ce General; au revers c'eſt une corne d'abondance qui marque les richeſſes que les Ports de Sinope y attiroient. Elle eſt placée entre les deux bonnets de Caſtor & de Pollux; & ces bonnets qui ſont ſurmontez d'autant d'étoilles, nous apprennent que ces enfans de Jupiter & de Leda favoriſoient la navigation des Sinopiens. Les Colonies qu'ils avoient fondées marquent que leur puiſſance ſur mer s'étendoit bien loin; mais il n'y a rien de plus glorieux pour cette ville, que le ſecours qu'elle donna au reſte de l'armée des Dix mille Lacedemoniens, dont la retraite fait un des plus beaux morceaux de l'Hiſtoire grecque.

Les Sinopiens affectérent même, fous les Empereurs
Romains, de conferver à leur ville le nom de Colonie
Romaine. Patin nous a donné le type de deux Médailles
dont les legendes en font mention, l'une eft à la tefte de
Caracalla, & l'autre à celle de Geta : celle-ci a pour revers un poiffon, & me fait fouvenir du grand commerce
de poiffon qu'on fait encore aujourd'hui en cette ville.
Hormis les cables & les cordes que l'on y charge pour
Conftantinople, on n'y trafique qu'en falines & en huile
de poiffon. Les principales falines font les Maquereaux
& les Pelamides ou jeunes Thons. Les huiles fe tirent
des Dauphins & des veaux de mer. A l'égard de la Médaille de Caracalla, elle réprefente Pluton à demi couché
fur un lit ; fa tefte eft chargée d'un boiffeau, une aigle
s'appuie fur le poing de fa main gauche, & il tient de la
droite une hafte pure, c'eft à dire une lance fans fer.
Tacite après avoir parlé des prétendus miracles de Vef-
pafien qui avoit rendu la veüe à un aveugle & fait marcher un eftropié dans la ville d'Alexandrie, raconte de
quelle maniére la ftatuë de Pluton, ou du Jupiter de Sinope, fut tranfportée à Alexandrie par ordre de Ptolemée
premier Roy d'Egypte. Ce Prince envoya une celebre
Ambaffade au Roy de Sinope, appellé Scydrothemis, lequel gagné par des préfens d'un grand prix, après avoir
amufé les députez pendant trois ans fous divers pretex-
tes, permit enfin que le Dieu partît ; mais ce ne fut pas
fans miracle. Pour fatisfaire apparemment le peuple qui en-
vioit un fi grand bonheur à l'Egypte, & qui apprehendoit les fuites fâcheufes du départ de cette divinité ; on fit
courir le bruit que le Temple étoit tombé, & que la fta-
tüe étoit venüe s'embarquer d'elle-même & de fon bon
gré. Que ne dit-on pas quand on veut parler miracle !
Le bruit fe répandit qu'elle avoit paffé dans trois jours

de Sinope à Alexandrie. On lui dreſſa dans cette ville un Temple magnifique, dans le même endroit où il y en avoit eû autrefois un conſacré à Serapis & à Iſis ; le nom même de Serapis lui en reſta peut-eſtre pour cette raiſon ; car Euſtathe remarque que le Dieu Serapis des Egyptiens eſt le même que le Jupiter de Sinope.

Pharnace par ſa révolte ayant obligé le grand Mithridate ſon pere à ſe tuer, feignit d'être ami des Romains, & ſe contenta du Boſphore Cimmerien que Pompée lui accorda : mais quelque temps aprés ſe flattant de pouvoir recouvrer les autres Royaumes de ſon pere, pendant que ce même Pompée & Jules Ceſar avoient mis en combuſtion tout l'Empire Romain, il leva le maſque & prit pluſieurs villes des côtes du Pont-Euxin ; Sinope ne fut pas des dernieres. Il fut battu enſuite par Ceſar & obligé de rendre Sinope à Domitius Calvinus qui eut ordre du General de continüer la guerre contre Pharnace. On ne ſçait pas ſi la ville fut maltraitée alors, mais il eſt certain que les murailles en étoient encore belles du temps de Strabon qui vivoit ſous Auguſte ; celles d'aujourd'hui ont été bâties ſous les derniers Empereurs Grecs. Les murailles ſont à double rempart, deffenduës par des tours la pluſpart triangulaires & pentagones, qui ne préſentent qu'un angle. La ville eſt commandée du côté de terre, & il faudroit deux armées navales pour l'aſſiéger par mer. Le Château eſt fort négligé aujourd'hui. Il y a peu de Janiſſaires dans la ville, & l'on n'y ſouffre aucuns Juifs. Les Turcs qui ſe méfient des Grecs, les obligent de loger dans un grand fauxbourg ſans deffence. Nous ne trouvâmes aucune inſcription ni dans la ville ni aux environs, mais en récompenſe, outre les morceaux de colomnes de marbre qui ſont enclavez dans les murailles, on en voit une prodigieuſe quantité dans le cimetiere des

Turcs, parmi plusieurs chapiteaux, bases & piédestaux
de même espéce : ce sont les restes des débris de ce magnifique Gymnase, du Marché & des Portiques dont
Strabon fait mention, sans parler des anciens Temples de
la ville. Le Pacha campa avec toute sa Maison au pied
des murailles, entre la ville & le fauxbourg. Pour nous
qui étions regardez comme des profanes, quoiqu'on nous
traitât chez le Pacha le plus honnêtement du monde,
nous logeames dans le fauxbourg chez un Grec qui vendoit de fort bon vin de treille, car on n'y voit point de
vignes basses. Les eaux y sont excellentes, & l'on y cultive des Oliviers d'une grandeur assez raisonnable : mais
quelque belle que soit cette campagne, elle ne produit
que des plantes assez communes, si l'on en excepte une
espece d'Absinthe qui naît dans le sable le long de la marine, & qui suivant les apparences doit être l'*Absinthe
Pontique* des anciens, laquelle je crois n'avoir été connüe d'aucun auteur moderne. Peut-être qu'elle est plus
commune vers les embouchûres du Danube, car Ovide
assûre que les champs n'y produisent rien de plus ordinaire que l'absinthe. Peut-être aussi qu'il parle en poëte,
& qu'il ne se sert du mot d'*Absinthe*, que pour mieux faire sentir les amertumes de son exil.

La plante dont nous parlons est un sous-arbrisseau de la
hauteur de deux pieds, dur, touffu, & branchu dés le bas
où il est gros comme le petit doit & roussâtre. Le reste,
de même que les branches, en est cotoneux & blanc.
Toute la plante est garnie de feüilles de même couleur,
assez molles, presque rondes, larges de deux pouces;
mais découpées plus menu que cette espece que l'on cultive dans les jardins sous le nom de *la petite Absinthe*,
ou de l'*Absinthe de Galien*. Des aisselles des feüilles de nôtre *Absinthe du Pont*, naissent des branches & des brins
char-

chargez de feüilles moins arrondies & découpées encore
plus menu ; les derniéres qui se trouvent vers l'extrémité
des branches, lesquelles sont assez serrées les unes contre
les autres, n'ont qu'environ demi pouce de long sur demi
ligne de large, & sont ordinairement toutes simples, ou
n'ont au plus qu'une ou deux divisions. Les fleurs naissent en abondance tout le long des branches & des brins
qui sont plus cotoneux & plus blancs que le reste de la
plante. Chaque fleur est un bouton de deux lignes de
long composé de feüilles tres menuës posées en écailles
& couvertes d'un duvet assez épais, lesquelles enveloppent
sept ou huit fleurons d'un jaune pâle, tres menus, divisez en cinq pointes dans l'endroit où ils s'évasent ; ils
laissent échaper une petite gaîne plus foncée, au travers
de laquelle déborde un filet verdâtre. Chaque fleuron
porte sur un embryon de graine, qui ne meurit que dans
l'arriere saison ; elle est tres-petite & brune. On cultive
cette espece d'Absinthe dans le Jardin du Roy depuis
plus de 20 ans, & je ne sçai d'où elle y est venüe. Peut-
être que quelque Missionnaire en a apporté la graine des
côtes de la mer Noire. La racine de cette espece d'Absinthe est dure, ligneuse, roussatre, divisée en fibres on-
doyantes & cheveluës. Les feüilles & les fleurs sont d'une
tres-grande amertume. Leur odeur est moins forte que
celle de l'Absinthe commune qui se trouve naturellement
dans les Alpes, & que l'on cultive dans tous les jardins
de l'Europe.

Charatice Capitaine Mahometan surprit Sinope & la
pilla, dans le dessein d'enlever les thresors que les Empereurs y avoient mis en dépost ; mais il fut obligé d'abandonner la place sans toucher aux richesses, sur l'ordre
du Sultan son maître qui recherchoit l'amitié d'Alexis
Comnene, & qui lui avoit envoyé un Ambassadeur. Le

gouvernement de la ville fut donné à Constantin Dalaf-
tene parent de l'Empereur, & le plus grand Capitaine de
ce temps-là. Lorsque les François & les Venitiens se rendirent maîtres de Constantinople, Sinope tomba sous la
puissance des Comnenes, & fut une des principales villes
de l'Empire de Trebisonde. Sinope devint dans la suite
une Principauté indépendante de Trebisonde; & ce fut
apparemment quelque Sultan qui en fit la conquête dans
le temps qu'ils se répandirent dans l'Asie mineure, car
Ducas rapporte que Mahomet II étant à Angora en
1461. y fut salüé, & reçeut les presens d'Ismael Prince de
Sinope, par les mains de son fils. Mahomet lui ordonna
de faire savoir à son pere qu'il eût à lui remettre ses
Etats ; le compliment étoit un peu dur, mais la flote
Turque paroissant devant la ville, fit prendre à Ismael le
parti d'obéir. Calcondyle assûre qu'il fit un échange de
sa Principauté avec la ville de *Philippopolis* en Thrace,
quoiqu'il y eût 400 pieces d'artillerie sur les remparts de
Sinope. Par le même traité Mahomet acquit *Castame-
ne* ville tres forte, laquelle dépendoit de la même Principauté. Les Turcs qui reprochent aux Chrétiens de se faire
entre eux de cruelles guerres, ne sont pas bien instruits de
l'Histoire de leur Empire; car les premiers Sultans n'ont
pas fait difficulté de dépoüiller les premiers Mahometans
dont les terres étoient, comme l'on dit, de leur bienséance.
Tout le monde sçait qu'ils n'ont conquis l'Asie mineure
que sur des Princes de leur religion qui s'étoient erigez
en petits Souverains aux dépens des Grecs.

On ne sçauroit passer par Sinope sans se souvenir du fameux Philosophe Diogene le Cinique : ce Diogene dont
Alexandre admiroit les bons mots en étoit natif. Vous
sçavez, Mgr, qu'Alexandre dit un jour à ses Courtisans,
qu'il souhaiteroit être Diogene, s'il n'étoit pas Alexan-

dre, & que ce fut à l'occasion d'une réponse de ce Philosophe ; car le Prince l'ayant honoré d'une de ses visites à
Corinthe, lui demanda *s'il avoit besoin de quelque chose* : Diogene lui répondit, *qu'il n'avoit besoin que de la
chaleur du Soleil, & qu'il le supplioit de se ranger pour
ne pas l'en priver.* On voit son Epitaphe sur un ancien
marbre à Venise dans la cour de la maison d'Erizzo ; elle
est au dessous de la figure d'un Chien qui est assis sur son
derriere, & on peut la traduire ainsi.

Dem. *Parle donc Chien, de qui gardes-tu le tombeau
avec tant de soin !* Rép. *Du Chien.* Dem. *Qui estoit donc
cet homme que tu appelles Chien !* Rép. *C'étoit Diogene.*
Dem. *D'où est-ce qu'il étoit !* Rép. *De Sinope, c'est lui
qui vivoit autrefois dans un tonneau, & qui a présentement les astres pour domicile.*

Au reste la terre de Sinope de laquelle Strabon, Dioscoride, Pline & Vitruve ont parlé, n'est pas verte, comme
plusieurs personnes le croyent, s'imaginans que la couleur verte que l'on appelle *Sinople* en terme de Blazon, en
a tiré son nom. La terre de Sinope est une espece de
Bol plus ou moins foncé, que l'on trouvoit autrefois autour de cette ville & que l'on y apportoit pour le distribuer. Ce qui marque que ce n'étoit autre chose que du
Bol, c'est que les autheurs, que l'on vient de citer, assûrent
qu'il étoit aussi beau que celui d'Espagne : tout le monde
sçait qu'on trouve de tres beau Bol en plusieurs endroits
de ce Royaume, où on l'appelle *Almagra* ; & ce Bol, suivant les apparences, est un *Safran de Mars* naturel. Il se
peut faire neanmoins qu'il y ait quelque espece de terre
verte dans la campagne de Sinope, car Calcondyle assûre
qu'il y a d'excellent cuivre aux environs, & je crois que la
terre verte que les anciens nommoient *Theodotion* n'é-
toit proprement que du *vert de gris* naturel, tel qu'on le

D d ij

trouve dans les mines de cuivre. Les anciens eftimoient la terre verte de Scio, mais on ne l'y connoît plus, ou du moins perfonne ne pût nous en apprendre des nouvelles.

Nous partîmes de Sinope le 10 May, & nous ne fimes que 18 milles, parce que le mauvais temps nous conduifit à *Carfa*, comme prononcent les gens du pays. Ce village eft nommé *Carofa* dans nos Cartes, & ce nom approche encore plus de celui que lui avoient donné les anciens; car Arrien le nomme *Caroufa* & affûre, avec raifon, que c'eft un méchant port à cent cinquante ftades de Sinope, qui font juftement 18 milles & demi. Il eft furprenant que les mefures des anciens répondent quelquefois fi correctement à celles d'aujourd'hui.

Le 11 May nous campâmes fur la plage de l'Ifle que forment les branches du fleuve *Halys* à 30 milles de Carfa. Voici encore une beveüe de nos Geographes qui font venir ce fleuve du côté du Midi, au lieu qu'il coule du Levant. Ils ne font excufables que fur ce qu'Herodote a fait la même faute; cependant il y a longtemps qu'Arrien l'a relevée, lui qui avoit eté fur les lieux par ordre de l'Empereur Adrien. Strabon qui étoit de ce pays-là décrit parfaitement le cours de l'Halys. Ses fources, dit il, font dans la grande Cappadoce, d'où il coule vers le Couchant, & tire enfuite au Septentrion par la Galilée & par la Paphlagonie. Il a pris fon nom des terres falées au travers defquelles il paffe. En effet, tous ces quartiers-là font pleins de fel foffile; on en trouve même fur les grands chemins & dans les champs labourables; fa falûre tire fur l'amertume. Strabon qui ne négligeoit rien dans fes defcriptions, remarque avec raifon que les côtes depuis Sinope jufques en Bithynie, font couvertes d'arbres dont le bois eft propre à faire des navires; que les campagnes font pleines d'Oliviers, & que les Menuifiers de Sinope faifoient de belles tables de bois d'Erable & de Noyer. Tout cela fe pratique encore aujourd'hui, excepté qu'au lieu de tables qui ne conviennent pas aux Turcs, ils employent l'Erable & le Noyer à faire des Sophas, & à boifer ou lambriffer des appartemens : ainfi ce n'eft pas contre ce quartier de la mer Noire qu'Ovide a déclamé avec tant de vehemence dans fa troifiéme Lettre écrite du Pont, à Rufin.

Le lendemain nous fimes feulement 20 milles, & le vent du Nord nous fit relâcher, malgré nous, à l'embouchûre du *Cafalmac*, au Port que les anciens ont nommé *Ancon*. Le Cafalmac qui eft la plus grande riviere de toute cette côte, a eté connu autrefois fous le nom d'*Iris*. Strabon n'a pas oublié de marquer qu'il paffoit par Amafia fa patrie, & qu'il recevoit la riviere de Themifcyre avant que de tomber dans le Pont-euxin.

Nous laiffâmes derriere nous fur le bord de la mer un village bâti fur les ruines d'*Amifus* ancienne Colonie des Atheniens, fuivant Arrien. Theopompe qui dans Strabon en attribüe la fondation aux Milefiens, en convient auffi ; & par là il nous apprend la raifon pourquoi la ville fut appellée *Pirée*, qui étoit le nom d'un des Ports d'Athenes. La ville d'Amifus fut libre pendant long-temps, & paroiffoit même fi jaloufe de fa liberté, qu'il en étoit prefqué toujours fait mention fur les Médailles. On en voit, à cette legende, aux teftes d'Ælius, d'Antonin Pie, de Caracalla, de Diadumene, de Maximin, de Tranquilline. Alexandre le Grand étant en Afie rétablit la liberté d'Amifus ; le fiege & la prife de cette ville par Lucullus font décrits fort au long dans Plutarque. Ce Capitaine Romain ne jugeant pas à propos de la preffer, y laiffa Murena ; mais il y revint aprés la déroute de Mithridate, &

l'auroit emportée aisément sans l'Ingenieur Callimachus, qui aprés avoir bien fatigué les troupes Romaines, & ne pouvant plus se deffendre, mit le feu à la Place. Lucullus avec toute son authorité, ne pût le faire éteindre, & témoigna d'abord le chagrin qu'il avoit d'être moins heureux en cette rencontre, que Sylla qui avoit garanti des flammes la ville d'Athenes. Le ciel néanmoins seconda ses desirs, & la pluye tomba assez à propos pour sauver une partie d'Amisus; Lucullus fit rétablir le reste, & affecta de n'avoir pas moins de clemence pour les citoyens, qu'-Alexandre en avoit montré à l'égard des Atheniens: enfin Amisus fut remise en sa premiere liberté. A l'égard de la ville d'*Eupatoria* que Mithridate avoit fait bâtir sous son nom tout auprés d'Amisus, elle fut emportée par escalade & rasée pendant le siege d'Amisus. On la releva dans la suite, & de ces deux villes on n'en fit qu'une seule, laquelle fut nommée *Pompeiopolis* ou *ville de Pompée;* mais elle ne joüit pas long-temps de sa liberté, Pharnace fils de Mithridate l'assiégea pendant les guerres de Cesar & de Pompée, & l'emporta aprés de si grandes difficultez, que pour s'en venger sur les habitans, il les fit tous égorger avec la derniere cruauté. Cesar étant devenu le maître du monde, battit Pharnace, & l'obligea de se soumettre. Il crut dédommager, comme dit Dion Cassius, les citoyens d'Amisus de tous les maux qu'ils avoient soufferts, en leur accordant cette liberté qui leur étoit si chere. M. Antoine, à ce qu'assûre Strabon, remit la ville à ses Roys; & par un retour assez bizarre, le Tyran Straton l'ayant fort mal traitée, Auguste aprés la bataille d'Actium lui accorda son ancienne liberté.

Ce fut peut-être à cette occasion que fut frappée cette belle Médaille qui est chez le Roy, à la teste d'Ælius Cesar. Le revers est une Justice debout tenant des ba-

lances à la main, car l'epoque P Ξ Θ revient à celle d'Augufte. Des payfans qui travailloient à des cordes nous ap-
porterent quelques Médailles affez communes, parmi lefquelles il s'en rencontra une de la ville d'Amifus qui me
parut affez rare ; d'un côté c'eft la tefte de Minerve, de
l'autre c'eft Perfée qui vient de couper la tefte à Medufe.
Nous avons remarqué plus haut qu'Amifus étoit une Colonie d'Athenes ; fans doute qu'on y réveroit encore cette
Minerve, & comme elle avoit eû beaucoup de part à l'expédition de Perfée, on avoit réprefenté fur le revers une
des plus grandes actions de ce Heros.

On ne fçauroit paffer fur ces côtes, fans fe fouvenir
que le Cafalmac arrofoit une partie de cette belle plaine de *Themifcyre* où les fameufes Amazones ont eû leur
petit Empire, s'il eft permis de parler ainfi de ces femmes
que l'on traite d'imaginaires ; cependant Strabon qui les
place dans ces quartiers-là, affûre que le Thermodon arrofoit le refte de leur pays. Cette riviere rappelle agréablement l'idée de ces Heroïnes dont peut-être on a avancé
bien des fables ; quoiqu'il en foit la veüe de cette côte
ne laiffa pas que de nous réjoüir. C'eft un pays plat couvert de Bois & de Landes qui commencent depuis Sinope ; au lieu que de Sinope à Conftantinople le pays eft
élevé en collines qui font d'une verdure admirable.

Le 13 May nous campâmes encore fur les côtes des
Amazones, fort mal-contens de nos recherches, car nous
n'y trouvâmes aucune plante rare ; & c'eft à quoi nous faifions plus d'attention, qu'à tout ce qu'on a dit de ces
femmes illuftres. Nôtre journée ne fut pas plus heureufe le
lendemain, car la pluye nous fit perdre tout nôtre temps.
On voulut nous perfuader le 15 que nous avions fait 50
milles, mais nous les trouvâmes bien courts, & nous entrâmes de fort bonne heure dans la riviere de *Tetradi*

que les Turcs appellent *Cherſanbadereſi*. Le lendemain nous nous retirâmes dans celle d'*Argyropotami*, en Turc *Chairguelu*, qui n'eſt qu'à 40 milles de Tetradi.

Nous eûmes une tres grande joye ce jour-là, & plus grande même que ſi nous euſſions rencontré des Amazones; cependant ce n'étoit qu'une eſpece d'*Elephant* d'un pied & demi de haut dont toutes les hayes étoient remplies. C'eſt une plante qu'il faut placer ſous le genre d'*Elephant* avec Fabius Columna le plus exact de tous les Botaniſtes du ſiecle paſſé. La fleur de ce genre de plante reſſemble ſi fort, par ſa trompe, à la teſte d'un Elephant, qu'on ne ſauroit s'empécher d'entrer dans la penſée de ce ſavant homme. Souffrez, M.ſgr. que je vous en envoye la deſcription; car l'eſpece d'Elephant qui vient ſur les côtes de la mer Noire, n'eſt pas préciſement celle que Columna a trouvée dans le Royaume de Naples.

D'une racine chevelüe, rouſſâtre & qui traſſe, s'élevent pluſieurs tiges hautes d'un pied & demi ou deux, épaiſſes d'environ une ligne & demie, quarrées, vert pâle, parſemées de petits poils, creuſes d'un nœud à l'autre, relevées à leur naiſſance de quelques tubercules blanchâtres aſſez plats, ridez, charnus, longs de deux ou trois lignes & poſez preſque en maniére d'écailles. Les feüilles naiſſent deux à deux oppoſées en croix avec celles de deſſus & celles de deſſous, longues depuis un pouce juſques à deux, ſur 9 ou 10 lignes de largeur, traverſées par une côte accompagnée de nerfs aſſez gros, preſque paralleles entre eux, leſquels ſe courbent & ſe ſubdiviſent à meſure qu'ils avancent vers les bords. Ces feüilles d'ailleurs ſont de même tiſſure que celles de *la Pediculaire à fleur jaune*, vert-brun, chagrinées au deſſous, relevées de petits poils de chaque côté, légerement crenelées, & ſouteniies par un pedicule mince, long de deux lignes. Des aiſſelles de ces

feüil-

feüilles qui diminüent jufques vers le haut, naiffent des branches oppofées en croix comme les feüilles, & le long de ces branches fortent des fleurs, quelquefois feules, quelquefois oppofées deux à deux, jaunes, & longues de 6 ou 7 lignes. Chaque fleur commence par un tuyau d'environ deux lignes de long, lequel s'évafant fe divife en deux lévres, dont l'inférieure a prés d'un pouce de long fur un peu plus de largeur, découpée en trois pieces affez arrondies, rabatüe en maniére de fraize, & marquée au commencement de fes divifions d'une tache feüille-morte foncé. La levre fupérieure eft un peu plus longue que l'inférieure, & commence par une efpece de cafque applati en deffus comme le crane d'un chien, large d'environ trois lignes fur quatre lignes de long jufques aux orbites, lefquelles font marquées par deux gros points rouge-brun, d'un tiers de ligne de diametre. De ces orbites le cafque fe rétrailfit peu à peu & s'allonge en maniére de Trompe d'un Elephant. Elle eft creufe, longue de 4 ou cinq lignes, obtufe, ou émouffée par le bout, & laiffe échapper le filet du piftile. A la naiffance de cette Trompe avant qu'elle fe plie en goutiere, fe voyent deux petits crochets longs de demi ligne, courbez en dedans; les étamines font cachées dans le cafque & garnies de fommets jaunâtres : le piftile eft un bouton ovale, long d'une ligne, terminé par un filet : le calyce a 4 ou cinq lignes de long, vert-pâle, découpé profondément en 3 parties velües rayées, dont celle du milieu, qui eft la plus grande, eft pliée en goutiere. Le piftile devient un fruit plat, membraneux, noirâtre, prefque quarré, mais arrondi dans fes coins, partagé en deux loges dans fa longueur & rempli de femences un peu courbes, longues d'une ligne & demi, noirâtres, canelées dans leur longueur. Toute la plante eft d'un goût d'herbe fans odeur, fes fleurs sentent comme celles du *Muguet ;* elle aime les lieux gras & qui sont à l'ombre.

Le 14. May aprés avoir fait 28 milles, nous relachâmes à l'embouchûre de la petite riviere de *Vatiza*, tout prés d'un village du même nom, où l'on alla prendre des rafraîchissemens ; le vent étoit au Nord & la mer un peu grosse, ainsi l'on tint conseil de Marine ; & comme les avis étoient partagez, le Pacha balançoit s'il avanceroit ou non. J'eus l'honneur de le déterminer à rester, non seulement ce jour-là mais encore le lendemain, l'asseûrant, foy de Medecin, que les malades de sa maison avoient besoin de repos & sur tout son Predicateur qu'il honoroit de son estime. Aprés tout, ce repos fit du bien & du plaisir aux malades ; les seuls Matelots grondoient, parce qu'étans payez pour tout le voyage, ils auroient bien voulu profiter du temps. Pour moi j'étois ravi d'aller courir dans un si beau pays, & je m'embarrassois peu de leurs discours. Les collines de Vatiza sont couvertes de *Laurier-Cerize* & d'un *Guaiac de Padoüe* plus haut que nos plus grands Chênes ; nous ne pouvions nous lasser de les admirer. On y voit une espece de *Micocoulier* à larges feüilles, dont les fruits ont demi pouce de diametre. Nous y observâmes encore une infinité de belles plantes ; mais il fallut en décamper le jour suivant. La mer parut encore agitée aux gens de la suite du Pacha, & quoique les Matelots assûrassent qu'elle étoit aussi tranquille que de l'huile, car c'est une comparaison dont on se sert par tout sur mer, nous ne fimes que 20 milles avant disner. On relâcha au pied d'un vieux Château démoli, dont on ne sçut nous apprendre le nom ; nous nous en consolâmes, les masures ne marquant rien qui sentisse l'antiquité. Il ne faut pas, Mgr, sur cette relation vous faire une idée desavantageuse de la mer Noire ; nous n'a-

vancions que dans le calme parfait, les vents du Nord que
l'on apprehendoit tant, & la mer qui paroiſſoit toujours
groſſe à ces bons Muſulmans, ne ſecoüoit pourtant pas
nos bateaux bien fortement & n'empéchoit point les Saiques d'aller & de venir. Nôtre marche me faiſoit ſouve-
nir de ces temps de molleſſe que Mr Deſpreaux décrit ſi
bien dans ſon Lutrin ;

On repoſoit la nuit, on dormoit tout le jour.

C'étoit là juſtement la vie de nôtre cour. On ne s'éveil-
loit que pour fumer, pour prendre du caffé, pour manger du ris & boire de l'eau ; on n'y parloit ni de chaſſe ni
de peſche. Nous ne fîmes ce jour là que 12 milles à la
rame, & nous abordâmes ſur une plage dans un lieu
charmant & rempli de belles plantes.

Le 26 May quelqu'un s'aviſa, pour faire peſter les Matelots, de dire que c'étoit un jour malheureux, c'en fut aſſez pour ne nous faire partir qu'aprés le diſné ; ainſi l'heure de la priere étant venüe, il fallut relâcher à deux milles de *Ceraſonte*, que les Grecs appellent *Kiriſontho*. L'envie que nous avions de voir cette ville, me fit aviſer de
dire que le miel manquoit pour nos malades & qu'il falloit y en aller achetter. On dit que c'étoit un jour malheureux & que Dieu prendroit ſoin des malades. Nous
nous en conſolâmes par la découverte que nous fîmes
d'une eſpece admirable de *Millepertuis* & certainement
il n'y avoit qu'une auſſi belle plante qui fût capable d'a-
doucir nos chagrins ; car à qui les compter dans un pays
où l'on ne voyoit ni gens ni bêtes ! Quand nous ne trouvions pas de belles plantes, la lecture nous tenoit lieu de
toute autre conſolation.

Les vieux pieds de cette eſpece de *Millepertuis* ont la
racine épaiſſe de deux ou trois lignes, dure, ligneuſe, cou-

chée en travers, & longue de plus d'un demi pied. Celle
des jeunes plantes est une touffe de fibres jaunâtres frifées, longues de trois ou quatre pouces. Les tiges font
hautes depuis demi jufques à un pied, quelques unes droites, les autres couchées puis relevées, vert-pâle, épaiffes
d'une ligne, garnies d'une petite arête ou filet, lequel
defcend d'une feüille à l'autre. Ces feüilles qui naiffent
deux à deux, font longues d'un pouce ou quinze lignes
fur deux lignes de largeur, vert-pâle aussi, de la tiffure de
celles de nôtre *Millepertuis*, ferrées, fans qu'on y découvre des points tranfparans, dentées fur les bords à peu
prés comme celles de *l'Herbe à éternuer* qui vient dans
nos prez, attachées à la tige fans pedicule, & terminées en bas par deux oreilles tres pointuës, longues de
deux lignes, mais découpées plus profondément que le
refte de la feüille. De leurs aiffelles naiffent des branches
garnies de femblables feüilles, quoique plus courtes &
plus larges. Ces branches forment un bouquet pareil à
celui du *Millepertuis* commun. Les fleurs de l'efpece
dont nous parlons, font à cinq feüilles jaunes, longues de
huit ou neuf lignes fur trois lignes de largeur, arrondies
à la pointe mais plus étroites à la bafe. Du milieu de ces
feüilles s'éleve une touffe d'étamines jaunes plus courtes
que les feüilles, garnies de petits fommets. Elles environnent un piftile long de deux lignes & demi, verdâtre,
terminé par trois cornes. Le calice eft long de trois lignes, découpé en cinq parties dentées aussi proprement
que les feüilles. Le piftile devient un fruit rouffâtre-brun,
haut de trois lignes, divifé en cinq loges, remplies de fé-
mences brunes & tres menuës, lefquelles tombent par la
pointe du fruit lorfqu'il eft bien meur. Toute la plante a
une odeur réfineufe. Elle varie confidérablement par
rapport à fa grandeur; on en trouve avec des pieds fort

Hypericum Orientale, Ptarmicæ foliis Coroll. Rei herb. 18.

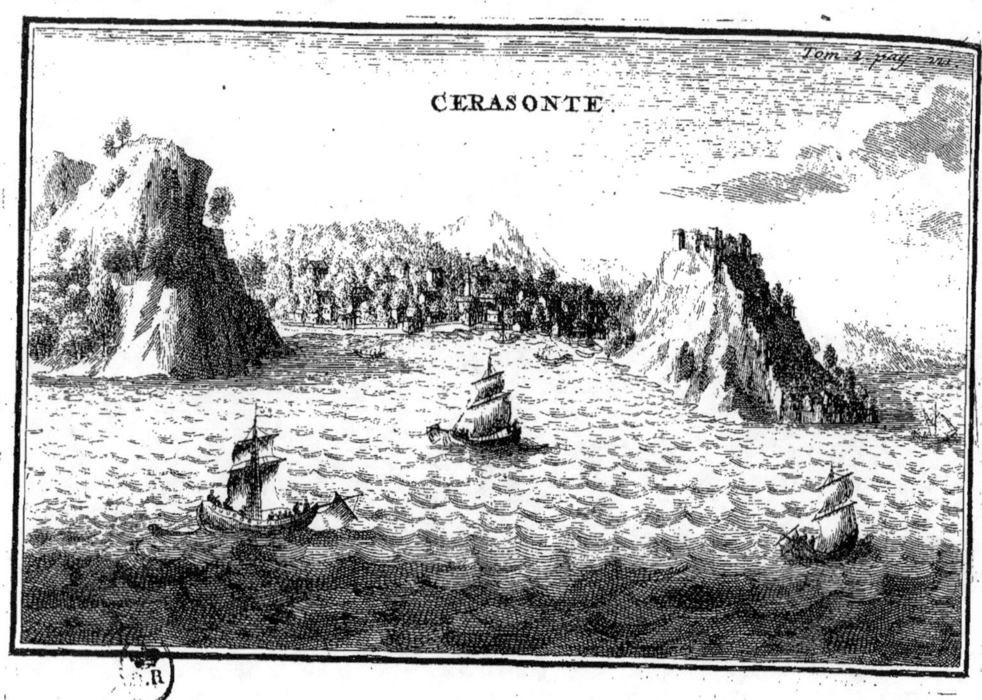

Tom. 2. pag. 238.
CERASONTE.

bas, & dont les feüilles font tres menuës. La fleur varie
aussi, car il y en a dont les feüilles ont jufques à dix lignes de long. Les feüilles font ameres, un peu gluantes
& fentent la réfine.

Le 21 May nous paffâmes devant *Cerafonte* ville affez grande bâtie au pied d'une colline fur le bord de
la mer, entre deux rochers fort efcarpez. Le Château
ruiné qui étoit l'ouvrage des Empereurs de Trebifonde,
eft fur le fommet d'un rocher à droite en entrant dans
le port, & ce port eft affez bon pour des Saiques. Il y
en avoit plufieurs qui n'attendoient que le vent favorable
pour aller à Conftantinople. La campagne de Cerafonte
nous parut fort belle pour herborifer. Ce font des collines couvertes de bois où les *Cerifiers* naiffent d'eux-
mêmes. Saint Jerofme a crû que ces fortes d'arbres a-
voient tiré leur nom de cette ville, & Ammian Marcellin affûre que Lucullus fut le premier qui fit tranfporter
de là les Cerifiers à Rome. On ne connoiffoit pas, dit Pline,
les Cerifiers avant la bataille que Lucullus remporta fur
Mithridate, & ces arbres ne pafferent que cent vingt ans
aprés en Angleterre. *Cerafonte,* felon Arrien, fut nommée
dans la fuite *Pharnacia,* c'étoit une Colonie de Sinope à
qui elle payoit tribut, comme le remarque Xenophon :
cependant Strabon & Ptolemée diftinguent Pharnacia de
Cerafonte. Ce fut à Cerafonte que les Dix mille Grecs
qui s'étoient trouvez lors de la bataille de Babylone dans
l'armée du jeune Cyrus, pafférent en reveüe devant leurs
Generaux. Ils y féjournérent dix jours, & leur armée aprés
tant de fatigues ne s'y trouva diminüée que de 14. cens
hommes. On diftinguoit dans ce temps-là les villes grecques, c'eft à dire les Colonies des Grecs fur les côtes
du Pont-euxin, des autres villes bâties par les gens du
pays, que les Grecs regardoient comme des barbares &

E e iij

comme leurs ennemis déclarez. Les restes des Dix mille évitoient avec soin ces sortes de villes pour se rendre
aux Colonies des Grecs; mais ce n'étoit ordinairement
qu'en combattant. Quoique Cerasonte n'ait jamais eté
une ville fort considérable, on ne laisse pas d'en trouver
des Médailles. On en voit à la teste de M. Aurele, sur le
revers desquelles est un Satyre debout, qui de la main
droite tient un flambeau & une houlette de la gauche.
On voit bien par là que ce n'étoit pas une ville de commerce maritime; elle se faisoit valoir plutost par ses bois
& par ses troupeaux.

Nous relachâmes ce jour-là à 36 milles de Cerasonte
pour aller achetter des provisions à *Tripoli* village dont
Arrien & Pline ont fait mention, & dont on trouvera ici
le dessein. Ensuite nôtre petite flotte vint donner fond à
trois milles au dessous, à l'entrée d'une riviere qui portoit
apparemment le même nom que la ville du temps de
Pline. On a travaillé autrefois des mines de cuivre le
long de cette riviere, car on y trouve encore beaucoup
de récremens de ce métail, couverts de vitrifications é-
maillées de blanc & de vert. Toutes ces côtes sont agréables & la nature s'y est conservée dans sa beauté, parce
que depuis long-temps il n'y a pas eû assez d'habitans
pour les détruire. Nous y observâmes un arbrisseau qui,
selon les apparences, est le *Raisin d'Ours* de Galien.

Cet arbrisseau vient de la hauteur d'un homme. La tige en est épaisse comme le bras, le bois blanchâtre, l'écorce gresse, mêlée de brun, gercée & dont la premiere
peau se détache facilement. Cette tige pousse plusieurs
branches dés le bas, grosses comme le pouce, quelquefois
davantage, subdivisées en rameaux revetus d'une écorce
vert-pâle. Tous ces rameaux sont chargez de nouveaux
jets couverts d'une écorce nette & luisante, garnis de

Veüe de Tripoli sur les Côtes de la Mer. Noire.

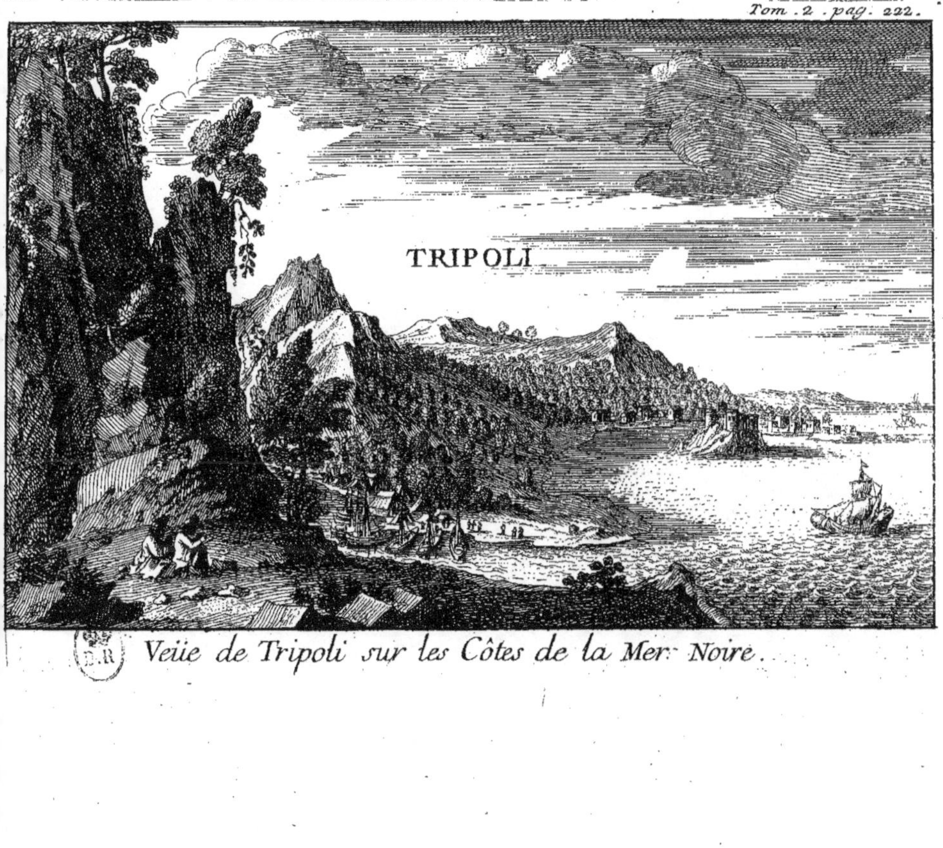

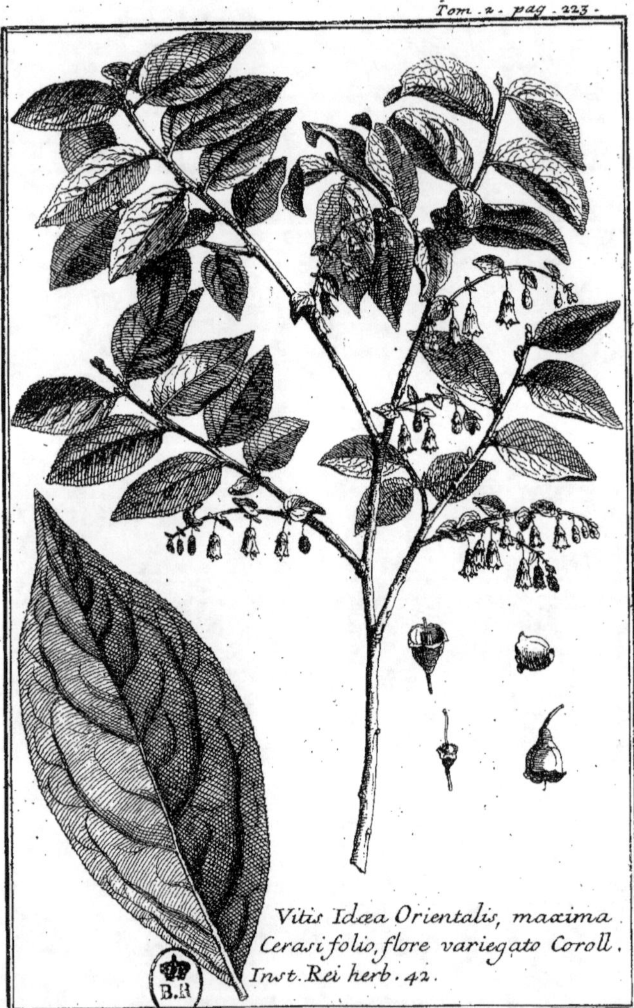

*Vitis Idæa Orientalis, maxima
Cerasi folio, flore variegato Coroll.
Inst. Rei herb. 42.*

feüilles semblables à celles du Cerisier, longües de deux pouces & demi sur un pouce & demi de large, dentées légerement sur les bords, pointües par les deux bouts, vert-guai, quelquefois rougeâtres, lisses, relevées d'une côte en dessous & parsemées de poils tres-courts. Les fleurs naissent parmi ces feüilles sur ces brins longs d'un pouce & demi, panchées en bas, disposées sur la même ligne dans les aisselles des feüilles qui n'ont encore qu'un demi pouce de longueur, & leur pedicule n'a que trois ou quatre lignes de long. Chaque fleur est une cloche d'environ quatre lignes de diametre, & d'environ cinq lignes de haut, blanc-sale, panachée de grandes bandes purpurines du costé qu'elle est exposée au soleil, découpée en cinq pointes, quelquefois davantage, & ces pointes sont un peu refléchies en dehors. Cette fleur varie. Il y a des pieds sur lesquels elle est toute blanche, & quelques autres où elle tire sur le purpurin sans être panachée. De quelque couleur qu'elle soit, elle est toujours percée dans le fond & articulée avec le calice. Des environs du trou de la fleur, naissent dix etamines longües d'une ligne & demi, blanchâtres, un peu courbes, chargées chacune d'un sommet aussi long, jaune foncé tirant sur le feüille-morte. Le calice est un bouton verdâtre, plat en devant & comme piramidal en derriere, long d'une ligne & demi, découpé en cinq parties qui forment un petit bassin relevé d'une espece de bourlet creux dans le milieu, comme dans les autres especes de ce genre. Du centre de ce bassin sort un filet menu, long de 4 ou 5 lignes. Les feüilles de cette plante ont un goût d'herbe qui tire sur l'aigre. Les fleurs sont sans odeur. Je n'ai veû que des fruits verts d'environ trois lignes de long, aigrelets & creusez en devant en maniére de nombril. C'est la plus grande espece de *Vitis Idæa* qui soit

connuë. Il y a apparence que c'est celle que Galien a
nommée Αρκτοςαφυλος ou *Raisin d'Ours* : cet autheur affûre qu'elle naît dans le Royaume du Pont, & qu'elle a
les feüilles semblables à *l'Arboufier*, ce qui est vrai, si l'on
compare les feüilles de cette plante à celles de *l'Arboufier Adrachne*, laquelle est aussi commune en Grece, &
plus commune en Asie, d'où étoit Galien, que nôtre *Arboufier ordinaire*.

Nous ne fîmes que 35 milles le 22 May, & l'on dressa
nos tentes proche d'un moulin d'eau à la veüe de Trebifonde, que les Turc appellent *Tarabofan*, où nous arrivâmes le lendemain en quatre heures de temps à la voile & à la rame. Cette ville n'est devenüe celebre dans
l'histoire que par la retraite des Comnenes, qui aprés la
prife de Conftantinople par les François & par les Venitiens, en firent le fiege de leur Empire. Anciennement
Trebifonde étoit regardée comme une Colonie de Sinope à qui même elle payoit tribut, comme nous l'apprenons de Xenophon qui paffa par Trebifonde en recon-
duifant le refte des Dix mille. Xenophon raconte la
trifte avanture qui leur arriva pour avoir mangé trop de
miel. Voici, Mgr, la defcription des plantes fur lefquelles les abeilles le fuccent.

*Chamærhododendros Pontica maxima, Mefpili folio, flore
luteo.* Coroll. Inft. Rei herb. 42.

Cet arbriffeau s'éleve à fept ou huit pieds de haut, &
produit un tronc prefque aussi gros que la jambe, accompagné de plufieurs tiges plus menues divifées en branches inégales, foibles, caffantes, blanches, mais couvertes
d'une écorce grifâtre & liffe, si ce n'eft aux extrémitez où
elles font veluës & garnies de bouquets de feüilles affez
femblables à celles du *Néflier* des bois, longues de 4. pouces fur un pied & demi de largeur, pointuës par les deux
bouts,

bouts, vert-gai, légerement veluës, excepté fur les bords
où les poils forment comme une efpece de fourcil. La
côte de ces feüilles eft affez forte & fe diftribuë en ner-
veûre fur toute la furface. Cette côte n'eft que la fuite
de la queuë des feüilles, laquelle le plus fouvent eft de
trois ou quatre lignes de long fur une ligne d'épais. Les
fleurs naiffent 18 ou 20 enfemble par bouquets à l'extremité des branches, foutenuës par des pedicules d'un pouce de long, velus, & qui naiffent des aiffelles de petites
feüilles membraneufes, blanchâtres, longues de fept ou
huit lignes fur trois lignes de largeur. Chaque fleur eft un
tuyau de deux lignes & demi de diametre, légerement canelé, velu, jaune tirant fur le verdâtre. Il s'évafe au delà
d'un pouce d'étenduë & fe divife en cinq parties, dont
celle du milieu a plus d'un pouce de long fur prefque autant de largeur, réfléchie en arriere de même que les autres,
& terminée en arcade gothique, jaune-pâle quoique doré
vers le milieu. Les autres parties font un peu plus étroites & plus courtes, jaune-pâle auffi. Cette fleur qui eft
percée en derriere s'articule avec le piftile, lequel eft piramidal, canelé, long de deux lignes, vert-blanchâtre, légerement velu, terminé par un filet courbe, long de deux
pouces, arrondi à fon extrémité en maniére de bouton
vert-pâle. Des environs du trou de la fleur fortent cinq
étamines plus courtes que le piftile, inégales, courbes,
chargées de fommets longs d'une ligne & demi, remplis
de pouffiere jaunâtre. Les étamines font de même couleur, veluës depuis leur naiffance jufques vers le milieu,
& toutes les fleurs font penchées fur les côtez, de même que celles de la *Fraxinelle*. Le piftile devient dans la
fuite un fruit d'environ quinze lignes de long fur fix ou
fept lignes de diametre, dur, brun, pointu, relevé de cinq
côtes. Il s'ouvre de la pointe à la baze en fept ou huit

parties, creusées en maniére de goutiere, lesquelles as-
semblées avec le pivot qui en occupe le milieu, forment
autant de loges remplies de graines. Les feüilles de cette
plante sont stiptiques. L'odeur des fleurs approche de celle
du *Chevrefeüille*, mais elle est plus forte & porte à la teste.

*Chamærhododendros Pontica, maxima, folio Laurocera-
si, flore Cæruleo purpurascente.* Coroll. Instit. Rei herb. 42.

Cette espece s'éleve ordinairement à la hauteur d'un
homme. Son principal tronc est presque aussi gros que
la jambe. Sa racine trace jusques à cinq ou six pieds de
long, partagée d'abord en quelques autres racines grosses comme le bras, distribuées en subdivisions d'un pouce d'épaisseur. Celles-ci diminuent insensiblement, accompagnées de beaucoup de chevelu. Elles sont dures,
ligneuses, couvertes d'une écorce brune, & produisent
plusieurs tiges de differentes grandeurs, lesquelles environnent le tronc. Le bois en est blanc, cassant, revétu
d'une écorce grisâtre, plus foncée en quelques endroits.
Les branches sont assez touffuës & naissent dés le bas, mal
formées, inégales, garnies seulement de feüilles vers les
extrémitez. Ces feüilles, quoique rangées sans ordre, sont
d'une grande beauté & ressemblent tout-à-fait à celles du
Laurier-Cerise. Les plus grandes ont sept ou huit pouces
de long sur environ deux ou trois pouces de large, & sont
terminées en pointe par les deux bouts, vert-guai, lisses,
presque luisantes, fermes & solides. Le dos qui n'est que
l'allongement de la queüe, laquelle a prés de deux pouces
de long, est relevé d'une grosse côte sillonnée en devant, dont les subdivisions principales sont comme alter-
nes. Les feuilles diminuent à mesure qu'elles approchent
des sommitez, quoiqu'on y en apperçoive assez souvent
qui sont encore plus grandes que les inferieures. Depuis
la fin du mois d'Avril jusques à la fin de Juin, ces sommi-

tez font chargées de bouquets de 4 ou cinq pouces de
diametre, compofez chacun de vingt ou trente fleurs, à
la naiffance defquelles fe trouve une feüille longue feulement d'un pouce & demi, membraneufe, blanchâtre, large de 4 ou 5 lignes, creufe & pointuë. Le pedicule des
fleurs a depuis un pouce jufques à 15 lignes de longueur,
mais il n'eft épais que d'environ demi ligne. Chaque
fleur eft d'une feule piece, longue d'un pouce & demi ou
deux, rétrecie dans le fond, évafée & découpée en cinq
ou fix parties. Celle d'en haut qui eft quelquefois la plus
grande, eft large d'environ fept à huit lignes, arrondie par
le bout de même que les autres, légerement frifée, ornée
vers le milieu de quelques points jaunes ramaffez en maniére d'une groffe tache. Les parties d'en bas font un peu
moindres & recoupées plus profondément que les autres. A l'égard de la couleur de cette fleur, le plus fouvent elle eft violette tirant fur le grisdelin. On trouve des
pieds de cette plante à fleurs blanches, & d'autres à fleurs
purpurines plus ou moins foncées, mais toutes ces fleurs
font marquées des mêmes points jaunes dont on vient de
parler, & leurs étamines qui naiffent en touffe, font plus
ou moins colorées de purpurin, quoique blanches & co-
tonneufes à leur naiffance. Ces étamines font inégales,
crochuës & environnent le piftile. Leurs fommets font
pofez en travers, longs de deux lignes fur une ligne de
large, divifez en deux bourfes pleines d'une pouffiere
jaunâtre. Le calice n'a qu'environ une ligne & demi de
longueur, légerement cannelé en cinq, fix, ou fept côtes
purpurines. Le piftile eft une efpece de cone de deux
lignes de haut, relevé à fa baze d'un ourlet verdâtre &
comme frifé. Un filet purpurin, courbe & long de 15 ou
18 lignes, termine ce jeune fruit & finit par un bouton
vert-pâle. Les bouquets de fleurs font très gluants

F f ij

avant qu'elles s'épanoüiffent Lorfqu'elles font paffées, le
piftile devient un fruit cilindrique, long d'un pouce à 15
lignes, épais d'environ quatre lignes, cannelé, arrondi par
les deux bouts. Il s'ouvre par le haut en cinq ou fix parties, & laiffe voir autant de loges qui le partagent en fa
longueur, féparées les unes des autres par les aîles d'un
pivot qui en occupe le milieu. C'eft ce pivot qui eft terminé par le filet du piftile ; & bien loin de fe deffecher, il
devient plus long tandis que le fruit eft vert, & ne tombe
point lorfqu'il eft mur. Les graines font tres menuës, brun-
clair, longues de prés d'une ligne. Les feüilles de cette
plante font ftiptiques. Les fleurs ont une odeur agréable, mais qui fe paffe facilement.

　　Cette plante aime la terre graffe, humide & vient fur
les côtes de la mer Noire le long des ruiffeaux, depuis la
riviere d'Ava[a] jufques à Trebifonde. Cette efpece paffe
pour mal faifante. Les beftiaux n'en mangent que lorfqu'ils ne trouvent pas de meilleure nourriture. Quelque
belle que foit fa fleur, je ne m'avifai pas de la prefenter
au Pacha Numan Cuperli, Beglierbey d'Erzeron, dans le
temps que j'eus l'honneur de l'accompagner fur la mer
Noire ; mais pour la fleur de l'efpece précedente, elle me
parut fi belle, que j'en fis de gros bouquets pour mettre
dans fa Tente ; cependant je fus averti par fon Chiaia, que
cette fleur excitoit des vapeurs & caufoit des vertiges.
La raillerie me parut affez plaifante, car le Pacha fe plaignoit de ces fortes d'incommoditez. Le Chiaia me fit
connoître qu'il ne railloit point, & m'affûra qu'il venoit
d'apprendre des gens du pays, que cette fleur étoit nui-
fible au cerveau. Ces bonnes gens par une tradition fort
ancienne, fondée apparemment fur plufieurs obfervations,
affûrent auffi que le miel que les abeilles font aprés avoir
fuccé cette fleur, étourdit ceux qui en mangent, & leur caufe
des naufées.

[a] Sangaris.

Diofcoride a parlé de ce miel à peu prés dans les mêmes termes. *Autour d'Heraclée du Pont, dit-il, en certains
temps de l'année, le miel rend infenfez ceux qui en mangent,
& c'est fans doute par la vertu des fleurs d'où il est tiré. Ils
fuent abondamment, mais on les foulage en leur donnant de
la Rhüe, des Salines, & de l'Hydromel à mefure qu'ils vo-
miffent.* Ce miel, ajoûte le même auteur, *est acre & fait
éternuer. Il efface les rouffeurs du vifage fi on le broye avec
du Coftus. Mêlé avec du fel ou de l'Aloës, il diffipe les noir-
ceurs que laiffent les meurtriffures. Si les Chiens ou les Cochons avalent les excrémens des perfonnes qui ont mangé de
ce miel, ils tombent dans les mêmes accidens.*

Pline a mieux débroüillé l'hiftoire des deux arbriffeaux dont on vient de parler, que Diofcoride ni qu'A-
riftote ; ce dernier a crû *que les abeilles amaffoient ce miel
fur les Boüis ; qu'il rendoit infenfez ceux qui en mangeoient
& qui fe portoient bien auparavant ; qu'au contraire il gue-
riffoit les infenfez.* Pline en parle ainfi. *Il est des années, dit-
il, où le miel est tres-dangereux autour d'Heraclée du Pont.
Les auteurs n'ont pas connu de quelles fleurs les abeilles le
tiroient. Voici ce que nous en fçavons. Il y a une plante dans
ces quartiers appellée Ægolethron, dont les fleurs, dans les
printemps humides, acquierent une qualité tres-dangereufe
lorfquelles fe flétriffent. Le miel que les abeilles en font, est
plus liquide que l'ordinaire, plus pefant & plus rouge. Son
odeur fait éternuer. Ceux qui en ont mangé fuent horriblement, fe couchent à terre, & ne demandent que des rafrai-
chiffemens.* Il ajoûte enfuite les mêmes chofes que Difco-
ride, dont il femble qu'il ait traduit les paroles ; mais outre le nom d'*Ægolethron* qui ne fe trouve pas dans cet
auteur, voici une excellente remarque qui appartient
uniquement à Pline.

On trouve, continüe-t-il, fur les mêmes côtes du Pont,

une autre forte de miel qui eft nommé Mœnomenon, *parce
qu'il rend insensez ceux qui en mangent. On croit que les
abeilles l'amassent sur la fleur du* Rhododendros *qui s'y trouve communément parmi les forêts. Les peuples de ce quartier-
là, quoiqu'ils payent aux Romains une partie de leur tribut en cire, se gardent bien de leur donner de leur miel.*

Il semble que sur ces paroles de Pline l'on peut déterminer les noms de nos deux espéces de *Chamærhododendros.* La premiere, suivant les apparences, eft l'*Ægolethron*
de cet auteur, car la seconde qui fait les fleurs purpurines,
approche beaucoup plus du *Rhododendros,* & l'on peut
la nommer *Rhododendros Pontica Plinii,* pour la diftinguer du *Rhododendros ordinaire,* qui eft nôtre *Laurier-
Rose* connû par Pline sous le nom de *Rhododaphne* &
Nerium. Il eft certain que le Laurier-Rose ne croît pas sur
les côtes du Pont-euxin. Cette plante aime les pays
chauds. On n'en voit guéres aprés avoir passé les Dardanelles, mais elle eft fort commune le long des ruiffeaux
dans les Ifles de l'Archipel ; ainfi le *Rhododendros* du
Pont ne sçauroit être nôtre *Laurier-Rose.* Il eft donc
tres vraifemblable que le *Chamærhododendros* à fleur purpurine, eft le *Rhododendros* de Pline.

Quand l'armée des Dix mille approcha de Trebifonde, il lui arriva un accident fort étrange & qui caufa une
grande confternation parmi les troupes, suivant le rapport
de Xenophon qui en étoit un des principaux Chefs.
Comme il y avoit plufieurs ruches d'abeilles, dit cet auteur,
*les soldats n'en épargnérent pas le miel : il leur prit un
dévoyement par haut & par bas suivi de rêveries, en forte
que les moins malades reffembloient à des yvrognes, &
les autres à des perfonnes furieufes, ou moribondes. On
voyoit la terre jonchée de corps comme aprés une bataille ;
perfonne néanmoins n'en mourut, & le mal cessa le lende-*

main environ à la même heure qu'il avoit commencé, de forte que les soldats se levérent le troisiéme & le quatriéme jour, mais en l'état qu'on est aprés avoir pris une forte medecine.

Diodore de Sicile rapporte le même fait dans les mêmes circonstances. Il y a toute apparence que ce miel avoit eté succé sur les fleurs de quelqu'une de nos especes de *Chamærhododendros.* Tous les environs de Trebisonde en sont pleins, & le Pere Lambert Missionnaire Theatin, convient que le miel que les abeilles succent sur un certain arbrisseau de la Colchide ou Mengrelie, est dangereux & fait vomir. Il appelle cet arbrisseau *Oleandro Giallo,* c'est à dire *Laurier-Rose jaune,* lequel sans contredit est nôtre *Chamærododendros Pontica maxima, Mespili folio, flore luteo.* *La fleur,* dit ce Pere, *tient le milieu entre l'odeur du musc & celle de la cire jaune.* Cette odeur nous parut approcher de celle du *Chevrefeüille,* mais incomparablement plus forte.

Les Dix mille furent receûs à Trebisonde avec toutes les marques d'amitié que l'on donne à des gens de son pays lorsqu'ils reviennent de bien loin ; car Diodore de Sicile remarque que Trebisonde étoit une ville grecque fondée par ceux de Sinope qui descendoient des Milesiens. Le même auteur assûre que les Dix mille séjournérent un mois dans Trebisonde, qu'ils y sacrifiérent à Jupiter & à Hercule, & qu'ils y celebrérent des jeux.

Trebisonde apparemment tomba sous la puissance des Romains, lorsque Mithridate se trouva dans l'impuissance de leur résister. Il seroit inutile de rapporter de quelle maniére elle fut prise sous Valerien par les Scythes, que nous connoissons sous le nom de Tartares, si l'Historien qui en parle n'avoit décrit l'état de la place. Zozime donc remarque que c'étoit une grande ville bien peuplée, fortifiée d'une double muraille. Les peuples voisins s'y étoient réfugiez avec leurs richesses, comme dans un lieu où il n'y avoit rien à craindre. Outre la garnison ordinaire, on y avoit fait entrer dix mille hommes de troupes; mais ces soldats dormant sur leur bonne foy & se croyant à couvert de tout, se laissérent surprendre la nuit par les Barbares, qui ayant entassé des fascines tout contre les murailles, entrérent par ce moyen dans la Place, tuérent une partie des troupes, renversérent les Temples & tous les plus beaux Edifices; après quoi chargez de richesses immenses, ils emmenérent un grand nombre de captifs.

Les Empereurs Grecs ont possedé Trebisonde à leur tour. Du temps de Jean Comnene Empereur de Constantinople, Constantin Gabras s'y étoit erigé en petit Tyran. L'Empereur vouloit l'en chasser, mais l'envie qu'il avoit d'ôter Antioche aux Chrestiens, l'en détourna. Enfin Trebisonde fut la capitale d'une Duché ou d'une Principauté dont les Empereurs de Constantinople disposoient; car Alexis Comnene, surnommé *le Grand,* en prit possession en 1204. avec le titre de *Duc* lorsque les François & les Venitiens se rendirent les maîtres de Constantinople sous Baudoüin Comte de Flandres.

L'éloignement de Constantinople à Trebisonde, & les nouvelles affaires qui survinrent aux Latins, favorisérent l'établissement de Comnene; mais Nicœtas remarque que l'on ne lui donna que le nom de *Duc,* & que ce fut Jean Comnene qui souffrit que les Grecs l'appellassent *Empereur* de Trebisonde, comme s'ils eussent voulu faire connoître que c'étoit Comnene qui étoit leur veritable Empereur, puisque Michel Paleologue, qui faisoit sa résidence à Constantinople, avoit quitté le Rit Grec pour suivre celui de Rome. Il est bien certain que Vincent de Beauvais appelle simplement Alexis Comnene, *Seigneur*

de

Tom. 2. pag. 233.
TREBISONDE.

de Trebifonde. Quoiqu'il en foit, la *Souveraineté* de cette ville, fi l'on ne veut pas fe fervir du mot *d'Empire,* commença l'an 1204. fous Alexis Comnene, & finit en 1461.
lorfque Mahomet II dépoüilla David Comnene. Ce
malheureux Prince avoit époufé Irene fille de l'Empereur Jean Cantacuzene, mais il implora fort inutilement
le fecours des Chreftiens, pour fauver les débris de fon
Empire. Il fallut ceder au Conquerant, qui le fit paffer à
Conftantinople avec toute fa famille, qui fut maffacrée
quelque temps aprés. Phranzez même affûre que Comnene mourut d'un coup de poing qu'il reçût du Sultan.
Ainfi finit l'Empire de Trebifonde, aprés avoir duré plus
de deux fiecles & demi.

La ville de Trebifonde eft bâtie fur le bord de la mer
au pied d'une colline affez efcarpée ; fes murailles font
prefque quarrées, hautes, crenelées, & quoi qu'elles ne
foient pas des premiers temps, il y a beaucoup d'apparence qu'elles font fur les fondemens de l'ancienne enceinte, laquelle avoit fait donner le nom de *Trapeze* à
cette ville. Tout le monde fçait que *Trapeze* en Grec fignifie *une Table*, & le plan de cette ville eft un quarré-
long affez femblable à une table. Les murailles ne font
pas les mêmes que celles qui font décrites par Zofime ; celles d'aujourd'hui ont eté bâties des débris des anciens édifices, comme il paroît par les vieux marbres qu'on y a enclavez en plufieurs endroits, & dont les Infcriptions ne font
pas lifibles, parce qu'elles font trop hautes. La ville eft
grande & mal peuplée. On y voit plus de bois & de jardins
que de maifons ; & ces maifons, quoique bien bâties, n'ont
qu'un fimple étage. Le Château qui eft affez grand &
fort négligé, eft fitué fur un rocher plat & dominé, mais
les foffez en font tres beaux, taillez la plufpart dans le roc.
L'Infcription que l'on lit fur la porte de ce Château, dont

Tome II. .Gg

le cintre eft en demi cercle, marque que *l'Empereur Juf-tinien renouvellâ les édifices de la ville.* Il eft furprenant que Procope n'en ait pas fait mention ; lui qui a employé trois livres entiers à décrire jufques aux moindres bâti-mens que ce Prince avoit fait élever dans tous les coins de fon Empire. Cet Hiftorien nous apprend feulement que Juftinien fit bâtir un Aqueduc à Trebifonde fous le nom de *l'Aqueduc de Saint Eugene le martyr.* Pour reve-nir à nôtre Infcription, les caracteres en font beaux & bien confervez ; mais comme la pierre eft encaftrée dans la muraille, & enfoncée de prés d'un pied & demi, on n'en fauroit lire la derniere ligne, à caufe de l'ombre. Voici ce que nous lûmes aprés en avoir ôté, autant que nous pûmes, les toiles d'araignées avec une perche au-tour de laquelle nous avions attaché un mouchoir.

ΕΝ ΩΝΟΜΑΤΙ ΤΟΥ ΔΕСΠΟΤΟΥ ΗΜΩΝ ΙΗСΟΥ ΧΡΙΣ

ΤΟΥ ΘΕΟΥ ΗΜΩΝ ΑΥΤΩΚΡΑΤΟΡ ΚΑΙСΑΡ ΦΑ

ΙΟΥСΤΙΝΙΑΝΟС ΑΛΑΜΑΝΙΚΟС ΓΟΘΙΚΟС ΦΡΑΝΓΙΚΟС

ΓΕΡΜΑΝΙΚΟС ΠΑΡΤΙΚΟС ΑΛΑΝΙΚΟС ΟΥΑΝΔΑΛΙΚΟС.

ΑΦΡΙΚΟС ΕΥСΕΒΗС ΕΥΤΙΧΗС ΕΝΔΟΞΟС ΝΙΚΗΤΗС

ΠΡΟΠΕΟΥΧΟС ΑΕΙ СΕΒΑСΤΟС ΑΥΤΟΥС ΑΝΕΝΕΩСΕΝ

ΦΙΛΟΤΙΜΙᾼ ΤΑΔΗΜΟС ΚΤΙСΜΑΤΑ ΤΗС ΠΟΛΕΟС

ΕΠΟΥΔΗΚΑ ΕΠΙΜΕΛΙΑ ΟΥΡΑΝΙΟΥ ΤΟΝ ΘΕΟΦΙΛΕΟ.....

ΧϹ ΤΠ Γ

Dans le veftibule d'un Couvent de Religieufes grec-ques, il y a un Chrift tres mal peint, avec deux figures à fes côtez, l'on y lit les paroles fuivantes en tres mauvais ca-racteres peints, & en Grec corrompu.

ΑΛΕΞΙΟC ΕΝ X̄Ω̄ ΤΟ Θ̄ΟΠΙϛ̄ΟΣ ΒΑΣΙΛΕΤ̄ ΚΕ ΑΤΤΟ-
ΚΡΑΤΟΡΩC ΠΑCΙC ΑΝΑΤΟΛΗC Ο ΜΕΓΑC ΚΟΜΝΗΝΟC.

ΘΕΟΔΩΡΑ X̄Τ ΧΑΡΗΤΙ ΕΤCΕΒΕϛ ΑΤΗ ΔΕCΠΗΤΑ
ΚΕ ΑΤΤΟΚΡΑΤΟΡΗCA ΠΑCΙC ΑΝΑΤΟΛΗC

ΗΡΙΝΗ X̄Τ ΜΗΤΗΡ ΑΕΤΟΤ ΕΤCΕΒΕϛ ΑΤΟΤ ΒΑCΙ-
ΛΕΟC ΚΤΡΙΟΤ ΑΛΕΞΙΟΤ ΤΟΤ ΜΕΓΑΛΟΤ ΚΟΜΝΗΝΟΤ.

Suivant les obſervations de M꭫ˢ de l'Académie Royale
des Sciences, la hauteur du Pole de Trebiſonde eſt de
40. *à* 45. & la longitude de 63.

Le Port de Trebiſonde appellé *Platana* eſt à l'Eſt de
la ville. L'Empereur Adrien le fit réparer, comme nous
l'apprenons par Arrien. Il paroit par les Médailles de cette ville, que le Port y avoit attiré un grand commerce.
Goltzius en rapporte deux à la teſte d'Apollon. On ſçait
que ce Dieu étoit adoré en Cappadoce, dont Trebiſonde
n'étoit pas la moindre ville. Sur les revers d'une de ces
Médailles eſt une ancre, & ſur le revers de l'autre, la
proüe d'un navire. Ce Port n'eſt bon preſentement que
pour des Saïques. Le Mole que les Genevois, à ce qu'on
prétend, y avoient fait bâtir, eſt preſque détruit, & les
Turcs ne s'embarraſſent gueres de réparer ces ſortes d'ouvrages. Peut-être que ce qui en reſte eſt le débris du Port
d'Adrien; car de la maniére qu'Arrien s'explique, cet Empereur y avoit fait faire une jettée conſidérable pour y
mettre à couvert les navires qui auparavant n'y pouvoient
moüiller que dans certains temps de l'année, & encore
étoit-ce ſur le ſable.

Nous herboriſâmes le 24 & le 25 May autour de la ville.
On y voit de tres belles plantes. Le 26 nous allâmes nous
promener à *Sainte Sophie* ancienne Egliſe grecque, à

deux milles de la ville prés du bord de la mer. On a converti une partie de ce bâtiment en Mofquée, le refte eft ruiné. Nous n'y trouvâmes que quatre colomnes d'un marbre cendré. Je ne fçai fi cette Eglife a été bâtie par Juftinien, comme celle de Sainte Sophie de Conftantinople; c'eft affez la tradition du pays, mais on ne fçauroit le prouver par aucune Infcription. Procope même n'en a pas fait mention. Les débris de cette Eglife me font fouvenir de deux grands hommes qui font fortis de cette ville, *George de Trebifonde*, & le *Cardinal Beffarion*. On convient pourtant que George n'étoit qu'Originaire de Trebifonde, & qu'il étoit né en Candie. Quoiqu'il en foit, il fleuriffoit dans le quinziéme fiecle fous le Pontificat de Nicolas V. de qui il fut fecretaire. Georges avoit auparavant enfeigné la Rhetorique & la Philofophie dans Rome; mais fon enteftement pour Ariftote lui attira de groffes querelles avec Beffarion qui ne juroit que par Platon. Beffarion fut un favant homme auffi, mais fes Ambaffades le diffipérent trop. Cela ne l'empécha pas d'écrire plufieurs traitez, & fur tout de faire une tres belle Bibliotheque qu'il laiffa par fon Teftament au Senat de Venife. On la conferve encore avec tant de foin, qu'on n'en veut communiquer les manufcrits à perfonne, & il faut regarder ce beau recüeil comme un threfor enfoüi.

Quoique la campagne de Trebifonde foit fertile en belles plantes, elle n'eft pourtant pas comparable, pour ces fortes de recherches, à ces belles montagnes où eft bâti le grand Couvent de *Saint Jean* à 25 milles de la ville du côté du Sud-Eft. Il n'y a pas de plus belles forêts dans les Alpes. Les montagnes qui font autour de ce Couvent produifent des Heftres, des Chênes, des Charmes, des Guaïacs, des Frênes & des Sapins d'une hauteur prodigieufe. La maifon des Religieufes n'eft bâtie que de bois, tout contre une roche fort efcarpée, au fond de la plus belle folitude du monde. La veüe de ce Couvent n'eft bornée que par des païfages merveilleux, & j'aurois fouhaité d'y pouvoir paffer le refte de ma vie. On n'y trouve que des folitaires occupez de leurs affaires temporelles & fpirituelles, qui n'ont ni cuifine, ni fcience, ni politeffe, ni livres: mais comment vivre fans tout cela! On monte à la maifon par un efcalier tres rude & d'une ftructure fort finguliere. Ce font deux troncs de fapin, gros comme des mats de navire, inclinez contre le mur & alignez de même que les montans d'une echelle; au lieu des planches ou des echellons que l'on met ordinairement au travers des echelles, on y a taillé des marches d'efpace en efpace à grands coups de hache, & l'on a mis fort à propos des perches fur les côtez pour fervir de gardefoux; car je deffie les plus habiles danfeurs de corde d'y pouvoir grimper fans ce fecours. La tefte nous tournoit quelquefois en defcendant, & nous nous ferions caffez le col fans cet appui. Il n'eft pas poffible que les premiers hommes ayent jamais fait un efcalier plus fimple; il n'y a qu'à le voir pour fe former une idée de la naiffance du monde. Tous les environs de ce Couvent font une image parfaite de la pure nature; une infinité de fources y forment un beau ruiffeau plein d'excellentes Truites, & qui coule entre des tapis verts & des bofquets propres à infpirer de grands fentimens; mais il n'y a aucun de ces Moines qui en foit touché, quoiqu'ils y foient au nombre d'environ quarante. Nous regardions leur maifon comme une tanniere où ces bonnes gens s'étoient retirez pour éviter les infultes des Turcs & pour y prier Dieu tout à leur aife. Cependant ces Anachoretes poffedent tout le pays à plus de fix milles à la ronde. Ils ont plufieurs Fermes dans ces montagnes, & même plusieurs maisons dans Trebisonde; nous y logions dans un grand Couvent qui leur appartenoit & qui étoit partagé en plusieurs galetas : A quoi sert tant de bien quand on n'en peut pas joüir ! Ils n'oseroient faire bâtir une belle Eglise ni un beau Couvent, de crainte que les Turcs n'éxigeassent d'eux les sommes destinées pour ces bâtimens, quand l'ouvrage seroit commencé.

Aprés avoir visité les environs du Couvent, où il y a des plantes qui amusent le plus agréablement du monde, nous montâmes jusques aux lieux les plus élevez, que la neige n'avoit abandonnez que depuis quelques jours, & d'où nous en découvrions d'autres qui en étoient encore chargez. Les gens du pays appellent Πεύκος les *Sapins* ordinaires, qui ne different en rien de ceux qui naissent sur les Alpes & sur les Pyrenées; mais ils ont conservé le nom d'Ελάτη pour une autre belle espece de Sapin que je n'avois veû encore qu'autour de ce Monastere. Son fruit qui est tout écailleux & comme cilindrique, quoiqu'un peu renflé, n'a que deux pouces & demi de long sur huit ou neuf lignes d'épaisseur, terminé en pointe, panché en bas & pendant, composé d'écailles molles, brunes, minces, arrondies, lesquelles couvrent des semences fort menuës & huileuses. Le tronc & les branches de cet arbre sont de la grandeur de celles du *Picea* ordinaire. Ses feüilles n'ont que quatre ou cinq lignes de long, elles sont luisantes, vert-brun, fermes, roides, larges seulement de demi ligne, relevées de 4. petits coins, & rangées comme celles de nos Sapins, c'est à dire en branche aplatie.

Il fallut quitter ce beau pays pour venir à Trebisonde chercher nôtre bagage. On nous avertit fort à propos que le Pacha venoit de partir, & ce n'étoit pas une fausse allarme; car nous le rencontrâmes en chemin. Dieu

fçait fi nous fîmes grande diligence ; que ferions-nous devenus fi nous avions perdu une fi belle occafion ! Il fallut donc travailler toute la nuit à faire nos balots, à
chercher du bifcuit & du ris qui font les chofes les plus
néceffaires pour une marche, car on trouve de l'eau par
tout. Heureufement le Pacha ne campa ce jour-là, qui
étoit le 2 Juin, qu'à environ quatre heures de la ville.
Le lendemain nous le joignîmes avec beaucoup de peine, & nous le trouvâmes à quatorze milles de fon premier camp.

J'ay l'honneur d'être avec un profond refpect, &c.

L E T T R E XVIII.

A Monseigneur le Comte de Pontchartrain, Secre-
taire d'Etat & des Commandemens
de Sa Majesté , &c.

Monseigneur,

Voyage d'Ar-
menie et de
Georgie.

Les villes de ce pays-ci font affez-bien policées & l'on n'y entend point parler de voleurs ; ils fe tiennent tous à la campagne & n'en veulent qu'aux voyageurs ; on prétend même qu'ils font moins cruels que nos voleurs de grands chemins. Pour moi je fuis perfuadé du contraire, & que l'on n'iroit pas bien loin fi l'on s'expofoit feul ici fur une grande route. Si ces malheureux n'affaffinent pas les gens, c'eft faute d'en trouver l'occafion, car on ne marche qu'en bonne compagnie. Ces compagnies , qu'on appelle *Caravanes ,* font des convois ou affemblées de voyageurs, plus ou moins nombreufes fuivant le danger. Chacun y eft armé à fa maniére , & fe deffend comme il peut dans l'occafion. Quand les Caravanes font confidérables , elles ont un Chef qui en ordonne la marche. On y eft moins expofé au centre qu'à la queüe, & la meilleure précaution que l'on puiffe prendre, n'eft pas toujours d'attendre les Caravanes les plus nombreufes, comme la plufpart des voyageurs fe l'imaginent ; c'eft de profiter de celles où il y a beaucoup de Turcs & de Francs, c'eft à dire gens propres à fe bien deffendre. Les Grecs & les Armeniens n'aiment point à fe battre : on les condamne fouvent à payer le fang, comme l'on parle dans le

pays,

pays, d'un voleur qu'ils n'ont pas tué. On n'eſt pas ex-
poſé à ces malheurs en Amerique ; ces Americains
que nous traitons de ſauvages ; ces Iroquois dont le
nom fait peur aux enfans, ne tuent que les gens d'une
nation avec laquelle ils ſont en guerre. S'ils mangent
des Chrétiens, ce n'eſt pas en temps de paix. Je ne ſçai
s'il y a moins de cruauté à poignarder un homme pour
avoir ſa bourſe, que de le tuer pour le manger. Qu'importe à un malheureux d'être mangé ou dépoüillé aprés
ſa mort!

On eſt donc contraint de marcher en Caravane dans
le Levant; les voleurs en font de même afin de pouvoir
ſe rendre les maîtres des autres par la loi du plus fort.
Nous joignîmes la Caravane du Pacha d'Erzeron le 3
Juin à une journée de Trebiſonde, & nous trouvâmes en
chemin je ne ſçai combien de marchands qui venoient
des provinces voiſines pour profiter d'une ſi belle occaſion. Les voleurs nous fuyoient avec la même diligence
qu'ils ſuivent les autres Caravanes, par la raiſon que lors
qu'un Pacha marche, autant de voleurs pris, autant de
teſtes coupées ſur le champ. On leur fait cet honneur
aprés les avoir appellez *Jaours,* c'eſt à dire *Infidelles.* Outre
que nous étions fort en repos de ce côté-là, nous étions
encore ravis de ce que le Pacha ne faiſoit qu'environ douze ou quinze milles par jour ; ce qui nous donnoit tout le
temps de conſidérer le pays à nôtre aiſe.

Nôtre Caravane étoit de plus de ſix cens perſonnes,
mais il n'y en avoit qu'environ trois cens de la Maiſon du
Pacha, les autres étoient des marchands & des paſſagers;
tout cela faiſoit un aſſez beau ſpectacle. C'étoit une
nouveauté pour nous de voir des chevaux & des mulets
parmi je ne ſçai combien de chameaux. Les femmes
étoient dans des littieres terminées en berceau, dont le

<table>
<tr><td>*Tome II.*</td><td>Hh</td></tr>
</table>

deſſus étoit couvert de toile cirée, le reſte étoit grillé de
tous côtez avec plus de ſoin que ne le ſont les parloirs
des Religieuſes les plus auſteres. Quelques-unes de ces
littieres reſſembloient à des cages poſées ſur le dos d'un
cheval, & elles étoient couvertes d'une toile peinte ſou-
tenuë par des cerceaux ; on ne ſçavoit ſi elles renfer-
moient des ſinges, ou des animaux raiſonnables.

Le *Chaia* étoit le premier Officier de la maiſon. Nous
n'avons pas de Charge parmi nous qui réponde à celle-là,
car il eſt plus qu'Intendant, & comme le ſubdelegué du
Maître. Souvent même il eſt le maître du Maître. Le
Divan Effendi, ou *Chef du Conſeil*, étoit le ſecond Officier. Le Pacha avoit ſon *Cotja* ou *Aumônier* qu'ils appellent auſſi *Mouphti*, pluſieurs Secretaires, ſoixante & dix
Boſſinois pour ſa garde, une infinité de Chaoux, de muſiciens ou joüeurs d'inſtrumens, une effroyable quantité de
valets de pied ou *Chiodars*, ſans compter les Pages. Son
Medecin étoit de Bourgogne, & ſon Apoticaire de Provence : Où eſt-ce qu'il n'y a pas de François !

Le *Chaoux Bachi* ou Chef des Chaoux, marchoit une
journée par avance portant une queuë de cheval pour marquer le *Conac*, c'eſt à dire le lieu où le Pacha devoit camper. Le maître Chaoux en recevoit l'ordre tous les ſoirs,
comme font nos Maréchaux de Logis. Il avoit à ſa ſuite
pluſieurs Officiers pour diſpoſer le camp, & beaucoup
d'Arabes pour dreſſer les tentes. Tous ces gens marchoient à cheval avec des lances & des bâtons ferrez. La
muſique du Pacha n'étoit deſagréable qu'en ce qu'on ré-
petoit toujours le même air ; comme ſi les muſiciens
n'euſſent ſçu qu'une ſeule chanſon. Quoique leurs inſtrumens ſoient differens des nôtres, nos oreilles s'en accom-
modoient aſſez. Un jour le Pacha m'ayant fait l'honneur
de me demander *comment je trouvois ſa muſique*, je lui

répondis *qu'elle étoit excellente, mais un peu trop unifor-me*. Il me repliqua, *que c'étoit dans l'uniformité que con-fiftoit la beauté des chofes.* Il eft vrai que l'uniformité eft une des principales vertus de ce Seigneur, car il paroît d'une humeur inalterable. La première chamade com-mençoit ordinairement une heure avant la marche, c'é-toit pour éveiller tout le monde. On entendoit la fecon-de environ demi heure aprés, elle fervoit de fignal pour défiler. La troifiéme commençoit au départ du Pacha qui étoit toujours à la queuë de la Caravane, à la diftance de 4 ou 5 cens pas. La mufique ceffoit & recommençoit plufieurs fois pendant la route, fuivant le caprice des mu-ficiens qui redoubloient leur fimphonie en arrivant au Conac, où l'on plantoit devant la Tente du Pacha les deux autres queuës de cheval qui avoient fervi à la mar-che. Le Chaoux Bachi ayant receû l'ordre, prenoit la troifiéme queuë, & s'en alloit marquer le gîte du lende-main.

Nous fûmes bientoft faits à ce manege. Nous nous le-vions à la premiere chamade, & nous montions à cheval à la feconde ; les Officiers du Pacha chaffoient tout le monde comme des moutons, en criant *Aideder, Aide-der*, c'eft à dire *marchez, marchez*. Ils ne permettent à qui que ce foit de fe mêler parmi les gens de la Maifon, & l'on s'expoferoit à quelque coups de bâton fi l'on y étoit furpris. Les Turcs font gens d'ordre en tout ce qu'ils font, & fur tout dans leurs marches. Les *Catergis* ou *voituriers* fe levoient une heure avant le fignal, & tout étoit chargé avant que la chamade de la marche fonnaft. J'admirois fouvent leur exactitude ; tout cela fe paffoit fans bruit, & bien fouvent nous n'étions avertis que l'on chargeoit, que par la lueur des fanaux.

On paffa ce jour-là 4 Juin par des montagnes fort éle-
H h ij

vées, & l'on avança toujours vers le Sud-Eft. Nous ne prîmes pas la route la plus courte pour aller à Erzeron; le Pacha voulut fuivre la plus commode & la moins rude; la plufpart des marchands en étoient chagrins, & nous en étions ravis, dans l'efperance de voir beaucoup de pays, perfuadez d'ailleurs que nous ne trouverions jamais de Caravane plus feûre. On obferva ce jour-là les mêmes plantes que l'on avoit veuës autour de Trebifonde; mais ce qui nous fit plus de plaifir, c'eft que nous connûmes par la marche de la Caravane que nous aurions dans la fuite affez de temps pour découvrir des plantes, tant fur les grands chemins, que fur les collines voifines. En effet, nous mettant le matin à la tefte de la Caravane, nous prenions chacun un fac & nous nous détachions à quelques pas, tantôt à droit, tantôt à gauche, pour amaffer ce qui fe prefentoit. Les marchands rioient de nous voir defcendre de cheval & remonter, pour ne faire que cueillir des plantes qu'ils méprifoient fort, parce qu'ils ne les connoiffoient pas. Nous menions quelquefois nos chevaux par la bride, ou nous les faifions mener par nos voituriers, afin de faire nôtre récolte plus à nôtre aife. Au premier gifte nous décrivions nos plantes tout en mangeant, & Mr Aubriet en deffinoit le plus qu'il pouvoit.

J'apprehende, Mgr, que le détail de nôtre marche par journées ne foit languiffant; mais il ne fera pas inutile pour la Geographie & pour la connoiffance du pays. Je fuis perfuadé même que ce grand détail vous ennuyera moins que les autres, vous qui fçavez faire un fi bon ufage des moindres circonftances dont on a l'honneur de vous rendre compte. De plus habiles gens que moi profiteront peut-être auffi de ce Journal; une montagne, une grande plaine, des gorges, une riviere, fervent fouvent à déterminer des endroits où fe font paffées de grandes actions.

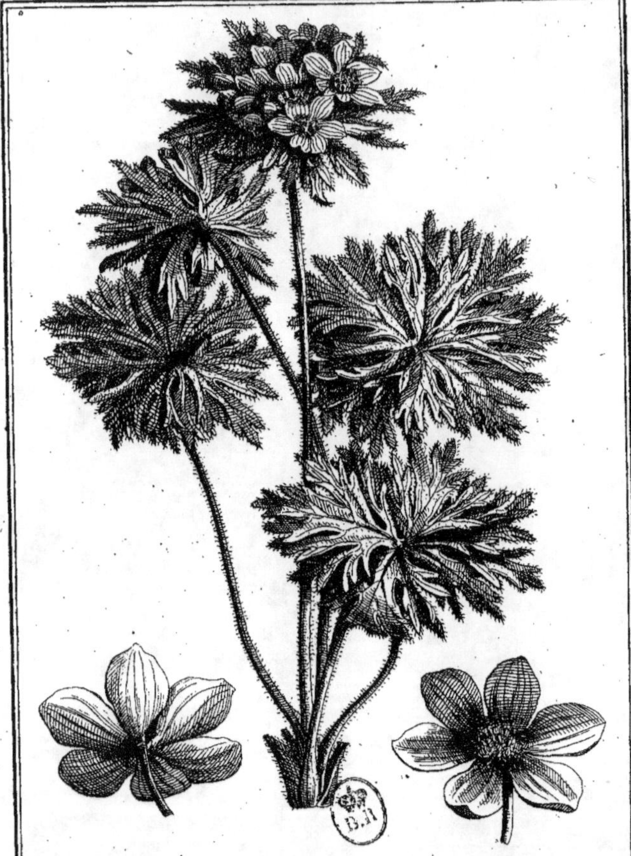

Ranunculus Orientalis, Aconiti Lycoctoni folio, flore
magno albo Coroll. Inst. Rei herb. 20.

Le 5 Juin nous marchâmes depuis 4 heures du matin jufques à midi à travers de grandes montagnes couvertes de Chênes, de Heftres, de Sapins ordinaires, & d'autres qui ont le fruit fort petit, dont nous avions veû de pareils dans les montagnes du Monaftere de Saint Jean de Trebifonde. Nous obfervâmes dans nôtre route, outre le *Charme commun*, une autre efpece beaucoup plus petite dans toutes fes parties. Ses feüilles n'ont qu'un pouce de long, & fes fruits font tres courts. Ce Charme a levé de graine dans le Jardin du Roy, & n'a pas changé. Les efpeces de *Chamærhododendros* à fleur purpurine & à fleur jaune, fe faifoient voir affez frequemment le long des ruiffeaux. Nous campâmes ce jour-là dans une plaine couverte de neige, dont la terre n'avoit encore rien produit. Quoique ces montagnes foient moins hautes que les Alpes & que les Pyrenées, elles font auffi tardives, car la neige n'y fond qu'à la fin du mois d'Aouft. Parmi plufieurs Plantes rares, nous obfervâmes une belle efpece de *Renoncule* à gros bouquets de fleurs blanches.

Ses feüilles font larges de trois ou quatre poucés, femblables par leurs découpures à celles de l'*Aconit Tüeloup*, vert gai, liffes, veinées proprement, parfemées de poils fur les bords & en deffous, foutenuës par un pedicule long de 4 ou 5 pouces, vert pâle, velu, épais de deux lignes, affez rond, fiftuleux, large de 4 lignes à fa bafe, où il eft plié en maniére de goutiere. La tige eft d'environ un pied de haut, creufe auffi, vert pâle & veluë, épaiffe d'environ deux lignes, toute nuë, fi ce n'eft vers le haut où elle foutient un bouquet de fept ou huit fleurs, entouré de 4 ou 5 feüilles, longues feulement de deux pouces ou deux pouces & demi fur un pouce de large, découpées en trois principales parties, & recoupées encore à peu prés comme les autres feüilles. Quoique le bouquet foit affez

Hh iij

ferré, chaque fleur est pourtant soutenuë par un pedicule long d'environ 15 lignes. Les fleurs ont deux pouces de diametre, composées de 5 ou 6 feüilles blanches d'un pouce de long sur 8 ou 9 lignes de largeur, arrondies à leur pointe, mais pointuës à leur naissance. Le milieu de ces feüilles est occupé par un pistile ou bouton à plusieurs graines, terminées par un filet crochu & couvertes d'une touffe d'étamines blanches de demi pouce de long, chargées de sommets jaune-verdâtre, longs d'une ligne. Ces fleurs sont sans calice, sans odeur, sans acreté, de même que le reste de la plante. Il y a des pieds dont les fleurs tirent sur le purpurin. Nous n'eûmes pas le temps d'en arracher la racine.

Le 6 Juin nous partimes à trois heures du matin, & nous traversâmes jusques à midi de grandes montagnes toutes pelées, & dont la veuë est fort desagréable, car on n'y découvre ni arbres ni arbrisseaux, mais seulement une méchante pelouse brulée par la neige qui étoit nouvellement fonduë. Il y en avoit encore beaucoup dans les fonds, & nous campâmes tout auprez. Cette pelouse étoit couverte en quelques endroits de cette belle espece de *Violette à grandes fleurs*, jaunes sur certains pieds, violet-foncé sur d'autres, panachées de jaune & de violet sur quelques-uns, jaune rayé de brun avec l'étendart violet & d'une odeur tres agréable.

On se leva sur les deux heures du matin le 7 Juin, pour partir à trois heures ; l'on continüa la route par des montagnes pelées & parmi la neige. Le froid étoit âpre, & les broüillards si épais, qu'on ne se voyoit pas à quatre pas les uns des autres. Nous campâmes sur les 9 heures & demi dans une vallée assez agréable par sa verdure, mais fort incommode pour les voyageurs. On n'y trouve pas une branche de bois, pas même une bouze de vache ; &

comme nous ne manquions pas d'appetit, nous eûmes
le chagrin de ne pouvoir, faute de broſſailles, faire cuire
des agneaux dont nous avions fait proviſion. On ne vécut
ce jour-là que de confitures chez le Pacha. Nous ne découvrîmes rien de nouveau. Toute la pelouſe étoit couverte des mêmes Violettes, ainſi nous paſſâmes la journée
fort triſtement; les Turcs ne s'accommodant pas de ce jeûne, non plus que nous. Le 8 Juin nous commençâmes à
la pointe du jour à nous appercevoir que nous étions veritablement en Levant. De Trebiſonde juſques ici le pays
nous avoit paru aſſez ſemblable aux Alpes & au Pyrenées ; pour ce jour-là il nous ſembla que la terre avoit tout
d'un coup changé de face, comme ſi l'on eût tiré un rideau qui nous eût découvert un nouveau payſage. Nous
deſcendîmes dans de petites vallées couvertes de verdure,
coupées par des ruiſſeaux agréables, & remplies de tant de
belles Plantes, ſi differentes de celles auxquelles nôtre
veuë étoit accoûtumée, que nous ne ſçavions ſur leſquelles nous jetter. On arriva ſur les dix heures du matin à
Grezi village qui n'eſt, à ce qu'on nous aſſûra, qu'à une
journée de la mer Noire ; mais le chemin n'eſt pratiqua-
ble que pour les gens de pied. Je fus ſi ébloüi d'une eſpece *d'Echium* qui ſe trouve ſur les chemins, que je ne
ſçaurois m'empécher d'en faire ici la deſcription.

Sa racine a plus d'un pied de long, elle eſt épaiſſe de
deux pouces, accompagnée de groſſes fibres blanchâtres
en dedans, mucilagineuſe, douçâtre, couverte d'une écorce brune & gerſée. La tige qui eſt haute d'environ trois
pieds, eſt groſſe comme le pouce, vert-pâle, dure, ſolide,
& remplie d'une chair gluante & comme glaireuſe. Les
feüilles inferieures ont 15 ou 16 pouces de longueur, ſur
4 à 5 pouces de largeur, pointuës, vert blanchâtre, douces, molles, veluës, comme ſatinées en deſſus, cotoneuſes

par deſſous, relevées d'une groſſe côte, laquelle fournit
une nerveure aſſez ſemblable à celle des feüilles du *Boüillon-blanc* ; ces feüilles diminüent conſidérablement le
long de la tige, où elles n'ont guere plus de demi pied de
long, moins cotoneuſes que les premieres, mais beaucoup
plus pointuës. De leurs aiſſelles naiſſent des branches longues d'environ demi pied, heriſſées de poils aſſez fermes,
de même que le haut de la tige, accompagnées de feüilles
d'environ un pouce & demi de longueur. Toutes ces branches ſe diviſent en petits brins recourbez en queuë de
Scorpion, chargez des plus grandes fleurs qu'on ait obſervées juſques ici ſur les eſpeces de ce genre. Chaque fleur
a un pouce & demi de haut, vers le bas c'eſt un tuyau de 4
ou 5 lignes de diametre & tant ſoit peu courbé, lequel
ſe dilate enſuite en maniére de cloche, dont l'ouverture
eſt diviſée en cinq parties égales, taillées en arcade gothi-
gue. Cette fleur eſt bleu-pâle tirant ſur le gris-de-perle,
mais trois de ſes découpures ſont traverſées dans leur
longueur par deux bandes rouges ſang-de-bœuf, ſur un
fond purpurin fort clair. Des bords interieurs du tuyau,
naiſſent cinq étamines blanches, recourbées en crochet,
chargées chacune d'un ſommet jaunâtre. Le calice eſt
preſque auſſi long que la fleur, & découpé en cinq parties juſques vers le bas, leſquelles n'ont qu'environ deux
lignes de large, pointuës, vert-pâle, heriſſées de poils fort
gros. Le piſtile pouſſe du fond de ce calice, formé par 4
embrions arrondis & verdâtres, du milieu deſquels ſort
un filet preſque auſſi long que la fleur, légerement velu,
purpurin & fourchu. Les graines, quoique peu avancées,
étoient aſſez ſemblables à celles d'une Vipere. La fleur
n'a point d'odeur. Les feüilles ont un goût d'herbe aſſez
agréable.

Le 9 Juin nous partîmes à trois heures du matin, &
paſſâ-

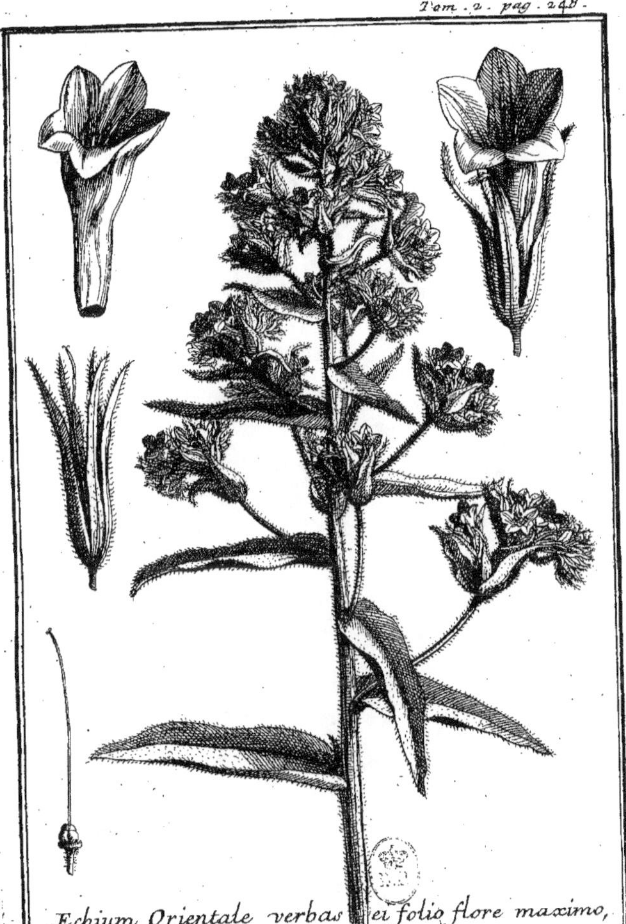

Echium Orientale verbasci folio flore maximo,
Campanulato Coroll. Inst. Rei herb. 6.

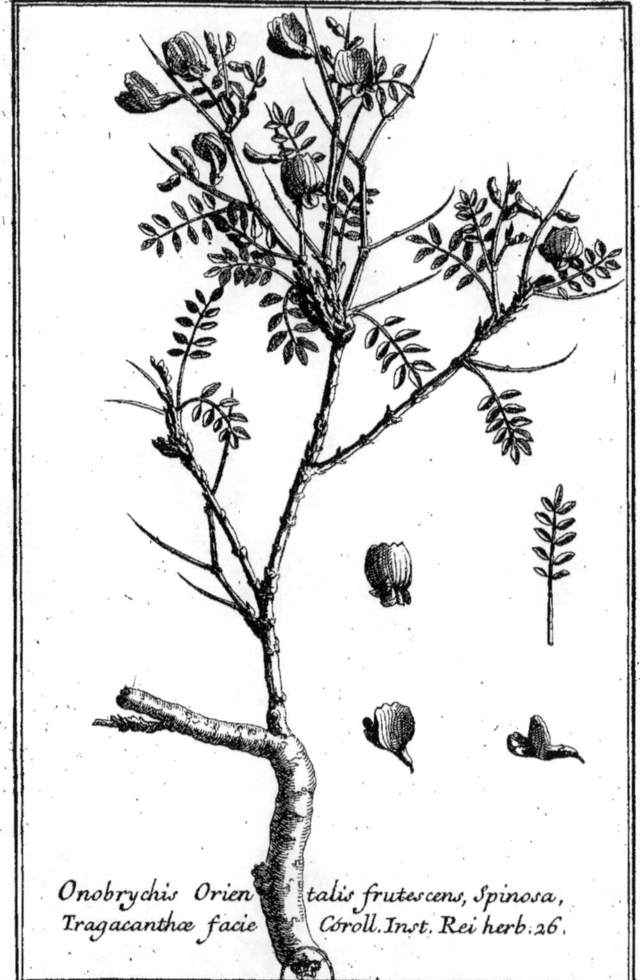

Onobrychis Orientalis frutescens, Spinosa, Tragacanthæ facie   Córoll. Inst. Rei herb. 26.

paſſâmes par des vallées fort ſeches & toutes découvertes.
On campa ſur les neuf heures au deſſous de *Baibout* dans
la plaine, le long d'une petite riviere. Baibout eſt une petite ville tres forte par ſa ſituation ſur une roche fort eſcarpée. On fit courir le bruit que le Pacha y ſéjourneroit
cinq ou ſix jours pour tenir les Grands-jours, & l'on y
amena des priſonniers de pluſieurs endroits ; ainſi nous
paſſâmes le reſte de la journée à courir pour chercher des
Plantes ; mais nous fûmes trompez, car il fallut partir un
jour aprés ſans pouvoir monter à la ville. Peut-être que
nous y aurions trouvé quelques reſtes d'antiquité, ou quelques inſcriptions qui nous euſſent fait connoître ſon ancien nom. Suivant ſa ſituation, elle paroit marquée dans
nos Cartes ſous le nom de *Leontopolis* & *Juſtinianopolis*,
qui avoit eté nommée *Byzane* ou *Bazane*. Nous fûmes
auſſi ſurpris que chagrins d'entendre la chamade qui
nous avertiſſoit qu'il falloit monter à cheval. Voici une
des plus belles Plantes qui naiſſe autour de Baibout, & qui
ne contribua pas peu à nous conſoler de nôtre départ
précipité.

C'eſt un buiſſon d'un pied de hauteur ſeulement, mais
étendu à la ronde juſques à deux ou trois pieds, touffu &
tout-à-fait ſemblable à la *Tragacantha*. Ses tiges vers le
bas ſont groſſes comme le pouce, blanches en dedans, couvertes d'une écorce noirâtre, gercées, tortuës dans la ſuite, diviſées en pluſieurs branches nuës & partagées en
vieux brins épineux & ſecs. Les ſommitez de ces brins
ſoutiennent de jeunes jets tortus & branchus, terminez en
piquants vert-pâle, garnis de feüilles rangées ſur une côte
longue de 9 ou 10 lignes, ſur laquelle on compte ordinairement deux ou trois paires de feüilles oppoſées vis-à-
vis, longues de 4 ou 5 lignes ſur moins d'une ligne de
large, pointuës par les deux bouts, un peu pliées en gou-

tiere. La côte se termine par une semblable feüille. Le haut des piquants soutient une ou deux fleurs légumineuses, purpurines, rayées, avec un étendart velu, relevé, long d'environ 9 lignes sur trois lignes de largeur, échancré & même denté. Les aîles & la feüille inferieure sont plus pâles & plus petites. Le pistile devient un fruit semblable à celui de nôtre *Sainfoin*, mais il est lisse, & nous ne l'avons pas veû dans sa maturité. Le calice est rougeatre, long de deux lignes, découpé en 5 pointes. Les feüilles sont d'un goût d'herbe un peu aigrelet.

Nous fûmes donc obligez de quitter Baibout le 11 Juin. On nous assûra que le Pacha avoit fait grace à tous les prisonniers. Plusieurs de nos Caravaniers loüoient sa clemence; quelques-autres le blâmoient de n'avoir pas fait d'exemple. On fit passer en reveuë ces scelerats, dont la pluspart avoient au moins merité la roüe, à en juger par leur mauvaise mine. Nous imposâmes ce jour-là le nom à une des plus belles plantes que le Levant produise; & parce que Mr *Gundelscheimer* la découvrit le premier, on convint que par reconnoissance elle devoit porter son nom. Malheureusement nous n'avions que de l'eau pour celebrer la feste, mais cela convenoit mieux à la ceremonie, puisque la plante ne vient que dans des lieux secs & pierreux. La musique du Pacha ne s'éveilla que dans ce temps-là, çe que nous prîmes pour un bon augure; cependant nous eûmes beaucoup de peine à trouver un nom latin qui répondît à celui de ce galant homme. Il fut enfin conclu que la Plante s'appelleroit *Gundelia*.

La tige de cette plante est haute d'un pied, épaisse de cinq ou six lignes, lisse, vert-gai, rougeâtre en quelques endroits, dure, ferme, branchuë, accompagnée de feüilles assez semblables à celles de l'*Acanthe épineuse*, dé-

Gundelia Orientalis ,
folio, Capite glabro Coroll.
Acanthi aculeati
Inst. Rei herb. 15.

coupées jufques vers la côte, & recoupées en plufieurs
pointes, garnies de piquants tres fermes. Les plus grands
de ces piquants ont demi pied ou huit pouces de largeur,
fur environ un pied de long. La côte eft purpurine, la
nerveure veluë, blanchâtre, relevée, cotoneufe, le fond
des feuilles vert-gai, leur confiftance dure & ferme ; elles
diminüent jufques au bout des branches lefquelles quelquefois font couvertes d'un petit duvet. Toutes ces parties foutiennent des chapiteaux femblables à ceux du
Chardon à Bonnetier, longs de deux pouces & demi,
fur un pouce & demi de diametre, environnez à leur
bafe d'un rang de feüilles de même figure & tiffure
que le bas, mais de la longueur feulement de deux pouces. Chaque chapiteau eft à plufieurs écailles longues de
fept ou huit lignes, creufes & piquantes, parmi lefquelles
font enchaffez les embrions des fruits ; ils font d'environ
cinq lignes de long, vert-pâle, pointus en bas, épais d'environ 4 lignes, relevez de quatre coins, creufez à leur
fommité de cinq foffes ou chatons à bords dentez, de
chacun defquels fort une fleur d'une feule piece longue
de demi pouce. C'eft un tuyau blanchâtre ou purpurin-
clair, évafé jufques à une ligne & demi de diametre, fendu en cinq pointes purpurin-fale, lefquelles bien loin de
s'écarter en pavillon d'entonnoir, fe rapprochent plutôt ;
le dedans de la fleur eft d'un purpurin plus agréable. De
fes parois fe détachent cinq filets ou piliers qui foutiennent une gaine jaunâtre, rayée de purpurin, furmontée
par un filet jaune & poudreux. Ce qui fait voir que ces
fleurs font de vrais fleurons qui portent chacun fur une
jeune graine enfermée dans les embrions des fruits ; & ces
embrions font divifez en autant de capfules ou loges qu'il
y a de fleurons. La plufpart de ces embrions avortent, excepté celui du milieu, qui preffant les autres les

fait perir. Toute la plante rend du lait fort doux, lequel se grumele en grains de maſtic comme celui de la *Carline* de Columna. La *Gundelia* varie, il y en a des pieds à teſtes veluës & à fleurs rouge-brun.

On partit ce jour-là ſur les huit heures du matin, nous paſſâmes par des vallées étroites, incultes, ſans bois, & qui n'inſpiroient que de la triſteſſe. On campa ſur le midi, & nous n'eûmes d'autre plaiſir que celui de déterminer encore un nouveau genre de plante lequel fut nommé *Veſicaria*, à cauſe de ſon fruit. C'eſt une veſſie longue d'un pouce & preſque auſſi large, membraneuſe, vert-pâle, traverſée dans ſa longueur par quatre cordons tirans ſur le purpurin, qui par leur réunion viennent former une petite pointe au bout de la veſſie, & qui diſtribuent en paſſant des vaiſſeaux entrelaſſez en maniére de raizeau. Ce fruit renferme quelques graines ovales, longues d'environ une ligne & demi, attachées chacune par un cordon tres mince qui part du gros cordon purpurin. La plufpart de ces graines étoient encore vertes ou avortées. Ce fruit n'eſt autre choſe que le piſtile de la fleur gonflée en veſſie. Les fleurs ſont à quatre feüilles jaunes diſpoſées en bouquet, ſoutenu par une tige ſans branches. Toute la plante n'a qu'environ 4 pouces de haut, ſans compter la racine qui a deux pouces de long, rouſſâtre, épaiſſe de trois ou quatre lignes au collet, diviſée en quelques fibres peu cheveluës. Elle pouſſe pluſieurs teſtes garnies de feüilles diſpoſées en rond, ſouvent rabatuës en bas, longues de 9 ou 10 lignes, larges ordinairement d'une ligne, vert-gai, dentées proprement ſur les bords à peu prés comme celles de la *Corne de Cerf.* Celles qui ſont le long des tiges n'ont qu'environ 3 ou 4 lignes de long ſur deux lignes de large, & ſont preſque ſans denture. Elles diminüent juſques au haut de la tige, laquelle eſt toute ſimple

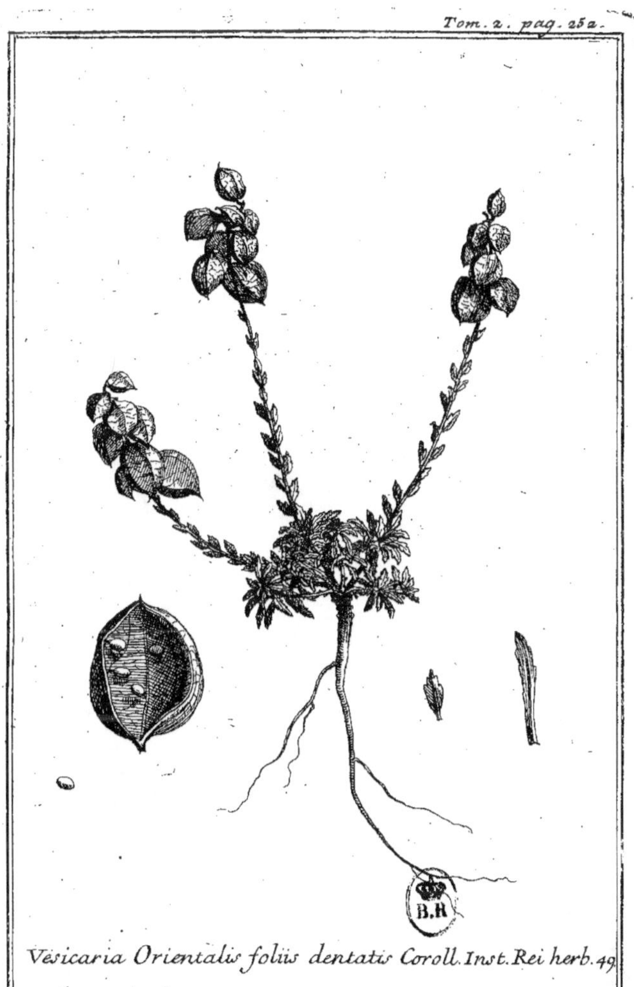

Vesicaria Orientalis foliis dentatis Coroll. Inst. Rei herb. 49.

& fans branches. Si la racine de cette plante étoit char-
nuë, elle feroit de même genre que le *Leontopetalon*.

Le 12 Juin nous partîmes à trois heures du matin, &
l'on arriva au Conac à fix heures avant midi : Quel plaifir
pour des gens comme nous qui ne foupirions qu'aprés des
plantes, & à qui on donnoit tout un jour pour en chercher !
Nous ne fîmes gueres plus de trois milles dans cette marche de trois heures, & fuivîmes toujours la même vallée,
dans laquelle ferpente une riviere qu'il faut paffer fept ou
huit fois. Le lendemain nous ne fatigâmes pas davantage, car on ne marcha que depuis deux heures & demi du
matin jufques à fept ; ce fut fur une montagne tres haute où l'on voit beaucoup de ces fortes de *Pins* qui font à
Tarare auprés de Lyon. On voit auffi, fur celle dont nous
parlons, une belle efpece de *Cedre* qui fent auffi mauvais
que nôtre *Sabine,* & dont les feüilles lui reffemblent tout-
à-fait ; mais c'eft un grand arbre du port & de la hauteur
de nos plus grands *Cyprés.* On nous fit partir ce jour-là,
je ne fçai par quel caprice, à onze heures du foir, & nous
arrivâmes le 14 Juin, fur les fept heures du matin, à un
village appellé *Iekmanfour.* La Lune étoit fi belle cette
nuit-là, qu'elle invita les Turcs qui n'avoient fait que ron-
fler tout le jour, à fe mettre en chemin : Mais comment
herborifer au clair de la Lune ! Nous ne laiffâmes pas pourtant de remplir nos facs ; nos marchands ne ceffoient de
rire en nous voyant tous trois marcher à quatre pattes &
fourrager dans un pays fec & brûlé en apparence, mais en-
richi pourtant de tres belles plantes. Quand le jour fut
venu, nous fîmes la reveüe de nôtre moiffon, & nous
nous trouvâmes affez riches. Peut-on rien voir de plus
beau, en fait de plantes, qu'un *Aftragale* de deux pieds
de haut, chargé de fleurs depuis le bas jufques à l'extrémité de fes tiges !

Ii iij

Ces fleurs font groſſes comme le petit doit, cánelées, fermes, ſolides, vert-pâle, couvertes d'un duvet blanc, garnies de feüilles attachées ſur une côte d'un empan de long, vert-pâle auſſi, & veluë, accompagnée de deux aîles à ſa baſe, longues d'un pouce ſur deux ou trois lignes de largeur, terminées en pointe. Les feüiilles ſont la pluſpart rangées par paires ſur cette côte, & l'on y en compte juſques à 13 ou 14 paires. Les plus grandes, qui ſont vers les aîles, ont un pouce de long ſur ſept ou huit lignes de largeur, preſque ovales, mais un peu plus étroites vers le haut, vert-brun, liſſes, couvertes en deſſus de poils blancs, & pliées ordinairement en goutiere. Elles diminüent juſques au bout de la côte où elles n'ont que cinq ou ſix pieds de long. La tige eſt branchuë dés le bas, mais enſuite elle ne pouſſe des aiſſelles des côtes, que des pedicules longs d'environ deux ou trois pouces, chargez chacun de cinq ou ſix fleurs, diſperſées en long & ſoutenuës par une queüe longue de deux lignes, laquelle ſort de l'aiſſelle d'une feüille aſſez petite, tres deliée & fort veluë. Toutes ces fleurs ſont jaunes, longues de 15 lignes, avec un étendart relevé, échancré, preſque ovale, large de 7 ou 8 lignes. Les aîles & la feüille inferieure ſont beaucoup plus petites. Le calice a 8 lignes de long, vert-pâle, membraneux, large d'environ 5 lignes, parſemé de poils blancs & découpé en cinq pointes tres menuës. Le piſtile eſt un bouton piramidal épais de deux lignes, blanc & velu, terminé par un filet blanc-ſale, enveloppé dans une gaine membraneuſe blanche, frangée en etamines à ſommets purpurins. Le piſtile devient un fruit long d'un pouce, épais de 8 ou 9 lignes, terminé par une pointe longue de 4 ou 5 lignes. Ce fruit eſt arrondi ſur le dos, plat & ſilloné de l'autre côté, cotoneux, diviſé en deux loges, dont les parois ſont charnus, épais de trois lignes lorſque le fruit eſt encore

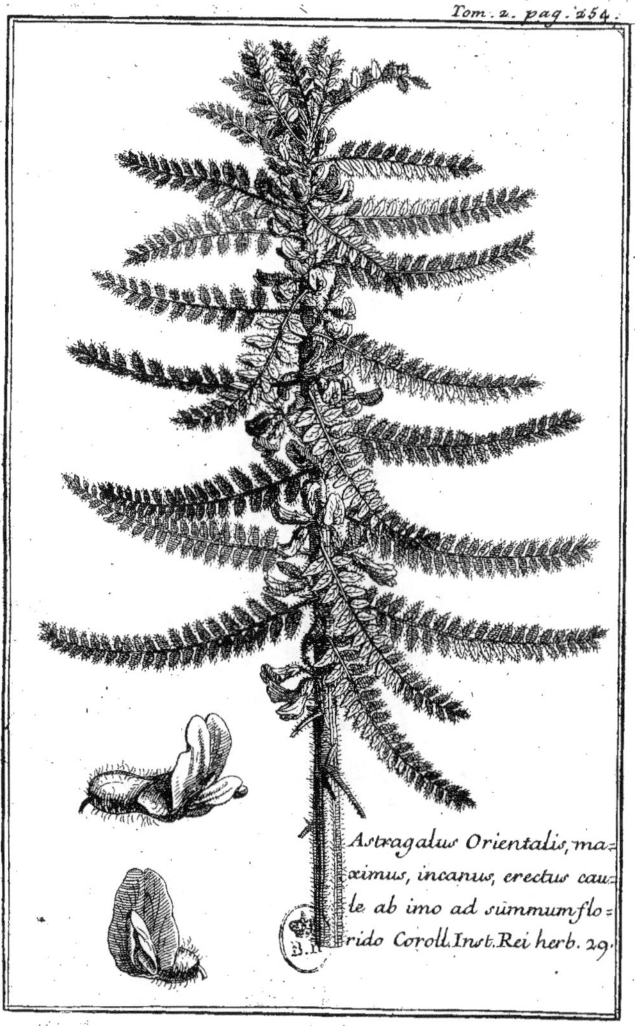

Tom. 2. pag. 254.
Astragalus Orientalis, ma=
ximus, incanus, erectus cau=
le ab imo ad summum flo=
rido Coroll. Inst. Rei herb. 29.

vert. On trouve dans chaque loge un rang de 5 ou 6 femences de la forme d'un petit rein, attachées chacune par
un cordon. Dans leur maturité ces graines font brunes de
même que le fruit. Toute la plante fent mauvais. Elle a
levé de graine dans le Jardin Royal où elle fe porte bien,
malgré l'éloignement & la difference des climats.

Nous découvrîmes ce jour-là pour la premiere fois,
une tres belle efpece de *Toute-Bonne,* dont je n'avois veû
que des avortons il y avoit quelques années, dans le Jardin de Leyden. Mr *Hermans* Profeffeur de Botanique en
l'Univerfité de la-dite ville, tres habile homme, & qui avoit
obfervé de fi belles plantes dans les Indes Orientales, a
donné la figure de celle dont nous parlons. Il femble que
Rauvolf, Medecin d'Ausbourg, en ait fait mention dans la
Relation de fon Voyage du Levant, fous le nom de *Belle efpece d'Ormin à feüilles étroites, veluës & découpées profondément.*

La racine de cette plante pique en fond, longue d'un
pied, groffe au collet deux fois comme le pouce, blanche
en dedans, couverte d'une ecorce-rouge-orangé ou couleur de Safran. Le nerf de cette racine eft dur & blanc, les
fibres font affez groffes & s'étendent fur les côtez. Elle
pouffe une ou deux tiges hautes d'un pied & demi, groffes vers le bas comme le petit doit, purpurines, couvertes
d'un gros duvet blanc, accompagnées de feüilles d'une
propreté qui fait plaifir, longues de huit ou neuf pouces,
découpées jufques vers la côte en parties longues de deux
ou trois pouces fur demi pouce de largeur, relevées de
groffes boffes toutes chagrinées, vert-blanchâtre. La côte
& la nerveure font comme tranfparantes; cette côte a
deux pouces de large à fa naiffance, purpurine en quelques endroits, chargée d'un duvet tres blanc, de même que
le deffous des feüilles. Celles qui viennent enfuite font

auſſi longues & embraſſent une partie de la tige par deux
aîles arrondies, mais elles diminüent de leur longueur
vers le milieu de la tige où elles ſont larges de deux pouces. Enſuite les tiges deviennent toutes branchuës, arrondies, & touffuës, accompagnées de feüilles longues d'environ un pouce, coupées, pour ainſi dire, en arcade gothique, dont la pointe eſt fort aiguë ; ces feüilles ne ſont
pas boſſelées, mais veinées ſeulement & veluës. Les fleurs
naiſſent par anneaux & par étages le long des branches,
diſpoſées à ſimple rang. Quelquefois même il n'y a qu'-
une ou deux fleurs à chaque verticille. La fleur eſt longue d'environ un pouce, épaiſſe d'une ligne & demi à ſa
naiſſance, blanche, évaſée en deux levres dont la ſupérieure eſt courbée en faucille, large de deux lignes, parſemée de poils fort courts, colorée d'un petit œil citron,
preſque imperceptible, échancrée & arrondie ; la levre inferieure eſt beaucoup plus courte, diviſée en trois parties
dont la moyenne, qui eſt la plus grande, eſt jaune-citron ;
les deux autres parties ſont blanches & relevées en maniére d'oreilles. Les etamines ſont de même couleur, & en-
trelaſſées comme les diviſions de l'*Os Hyoïde*. Le piſtile
eſt à 4 embrions ſurmonté par un filet violet, & fourchu
à ſa pointe, lequel ſe courbant dans la faucille déborde
de trois ou quatre lignes. Le calice eſt long de demi pouce, rayé, vert-pâle, velu, partagé en deux levres, dont l'u-
ne a trois pointes aſſez courtes, & l'autre en a deux ſeulement, mais beaucoup plus longues. Le haut des tiges
eſt un peu gluant & ſent mauvais. La racine de cette plante eſt amere. Les feüilles ont un goût d'herbe & ſentent le
bouquin, comme la *Toute-Bonne Ordinaire*.

Il faut avoüer, Mgr, que l'erudition eſt d'un grand ſecours pour allonger des Lettres. Le pays où nous ſommes fourniroit beaucoup de matiere à un plus habile
homme

homme que moi. Combien de grandes armées ont dû paſſer par ici! Peut-étre que Lucullus, Pompée & Mithridate y reconnoîtroient encore les reſtes de leurs camps. Enfin nous ſommes dans la grande Armenie ou Turcomanie. Les Romains & les Perſes en ont protegé les Roys en differens temps. Les Sarraſins l'ont poſſedée à leur tour. Quelques-uns croyent que Selim l'ajoûta à ſes conquêtes aprés ſon retour de Perſe, où il venoit de gagner cette fameuſe bataille contre le grand Sophi Iſmaël. Sanſovin convient que du temps de Selim qui mourut en 1520, il y avoit un Roy de la grande, & un autre Roy de la petite Armenie appellée *Aladoli*. Selim fit trancher la teſte au Roy d'Aladoli, & l'envoya à Veniſe pour marque de la victoire qu'il venoit de remporter en Levant. Il y a beaucoup d'apparence que les Turcs ſe ſaiſirent en même temps de la grande Armenie, afin de pouvoir paſſer en Perſe ſur leurs propres terres, ſans ſe fier aux Princes voiſins. Quoiqu'il en ſoit, l'Armenie ne tarda pas de tomber ſous la domination des Turcs; car les *Annales Turques*, citées par Calviſius, marquent que Selim fils de Selim, conquit l'Armenie en 1522.

On nous fit partir le 14 Juin à deux heures aprés minuit, & nous marchâmes juſques à ſept heures dans des prairies fertiles, ſemées de toutes ſortes de grains. On campa tout proche du pont d'Elija ſur une des branches de l'Euphrate, à ſix milles de la ville d'*Arzeron* ou d'*Arzerum*, que d'autres appellent *Erzeron*, quoique *Arzerum* ſoit le vrai nom de cette ville, comme je le dirai plus bas. *Elija* n'eſt qu'un méchant village dont les maiſons ſont tout-a-fait écraſées, moitié enterrées, bâties de boüe; mais le Bain qui eſt auprés du village rend ce lieu recommendable. Les Turcs l'appellent *le Bain d'Arzerum*. Le bâtiment eſt aſſez propre, octogone, vouté & percé en deſſus.

Le baſſin qui eſt de la même figure, c'eſt à dire à huit pans, pouſſé deux boüillons d'eau preſque auſſi gros que le corps d'un homme; cette eau eſt douce & d'une chaleur ſupportable. Dieu ſçait comme les Turcs y courent; ils viennent d'Erzeron s'y baigner, & la moitié de nôtre Caravane ne laiſſa pas échapper une ſi belle occaſion.

^a Erzeron.   Le lendemain nous arrivâmes à Erzeron^a. C'eſt une aſſez grande ville à cinq journées de la mer Noire, & à dix de la frontiere de Perſe. Erzeron eſt bâti dans une belle plaine au pied d'une chaîne de montagnes qui empeſchent l'Euphrate de ſe rendre dans la mer Noire, & l'obligent de ſe tourner du côté du Midi. Les collines qui bordent cette plaine étoient encore couvertes de neige en pluſieurs endroits. On nous aſſûra même qu'il y en étoit tombé le premier jour de Juin, & nous étions fort ſurpris d'avoir les mains engourdies juſqu'à ne pouvoir écrire ſur le point du jour: cet engourdiſſement duroit encore une heure aprés le ſoleil levé, quoique les nuits y fuſſent aſſez douces & les chaleurs incommodes depuis les dix heures du matin juſques à quatre heures aprés midi. La plaine d'Erzeron eſt fertile en toutes ſortes de grains. Le bled y étoit moins avancé qu'à Paris, & n'avoit pas deux pieds de haut, auſſi n'y fait-on la recolte qu'en Septembre. Je ne ſuis pas ſurpris de ce que Lucullus trouva étrange que les champs fuſſent encore tous nuds au milieu de l'Eté, lui qui venoit d'Italie où la moiſſon eſt faite dans ce temps-là. Il fut encore bien plus étonné de voir de la glace dans l'Equinoxe d'automne; d'apprendre que les eaux par leur froideur faiſoient mourir les chevaux de ſon armée; qu'il falloit caſſer la glace pour paſſer les rivieres, & que ſes ſoldats étoient forcez de camper parmi la neige qui ne ceſſoit de tomber. Alexandre Severe ne fut pas plus ſatisfait de ce pays-ci. Zonare remarque que ſon armée repaſſant par

l'Armenie fut fi maltraitée du froid exceffif qui s'y faifoit
fentir, qu'on fut obligé de couper les mains & les pieds à
plufieurs foldats que l'on trouvoit à demi gelez fur les chemins.

Outre la rigueur des hivers, ce qu'il y a de plus facheux
à Erzeron, c'eft que le bois y eft rare & fort cher. On n'y
connoît que le bois de Pin que l'on va chercher à deux
ou trois journées de la ville, tout le refte du pays eft découvert. On n'y voit ni arbres ni buiffons, & l'on n'y
brûle communément que de la bouze de vache dont on
fait des mottes, mais elles ne valent pas celles des tan-
neurs dont on fe fert à Paris, encore moins celles du marc
des olives que l'on prépare en Provence. Je ne doute pas
que l'on ne trouvât de la hoüille fi l'on vouloit fe donner la peine de foüiller les terres. C'eft un pays où les mi-
neraux ne manquent pas, mais ils font accoûtumez à leur
bouze. On ne fçauroit s'imaginer quel horrible parfum
fait cette bouze dans des maifons qu'on ne peut comparer qu'à des renardieres, & fur tout les maifons de la
campagne. Tout ce qu'on y mange fent la fumée; leur
crême feroit admirable fans cette caffolette, & l'on feroit
fort bonne chere fi l'on pouvoit y faire cuire, avec du
bois, la viande de boucherie qui y eft fort bonne.

Les fruits qu'on y apporte de Georgie font excellens.
C'eft un pays plus chaud & moins tardif qui produit en
abondance des Poires, des Prunes, des Cerifes, des Melons. Les collines voifines fourniffent à Erzeron de tres-
belles fources, lefquelles non feulement arrofent la campagne, mais encore les ruës de la ville. C'eft un grand a-
vantage pour les étrangers que les eaux foient bonnes,
car on y boit le plus déteftable vin du monde. On fe
confoleroit de toutes les glaces & de tous les frimats &
on compteroit la fumée pour rien, fi l'on trouvoit du vin

Kk ij

paſſable ; mais il eſt puant, moiſi, aigre, pourri ; le vin de Brie y paſſeroit pour du nectar ; l'eau de vie ne vaut pas mieux, elle eſt chancie & amere, encore en coûte-t-il bien des ſoins & de l'argent pour avoir ces boiſſons déteſtables. Les Turcs y affectent plus de ſevérité qu'autre part, & ſe font un plaiſir de ſurprendre & de bâtonner ceux qui font ce commerce : franchement ils n'ont pas trop de tord, car c'eſt rendre un grand ſervice au public que d'empeſcher le débit d'auſſi mauvaiſes drogues.

La ville d'Erzeron vaut mieux que celle de Trebizonde ; l'enceinte de cette premiere place eſt à doubles murailles deffenduës par des tours quarrées ou pentagones, mais les foſſez ne font ni profonds ni bien entretenus. Le Beglierbey ou le Pacha de la Province, eſt logé dans un vieux Serrail fort mal entendu. Le Janiſſaire Aga ſe tient dans une eſpece de Fort au haut de la ville. Quand le Pacha ou les perſonnes les plus conſidérables du pays vont dans ce Fort, c'eſt pour y laiſſer leurs teſtes. Le Janiſſaire les fait avertir de s'y rendre par ordre du Grand Seigneur : le Capigi arrivé de la Cour leur montre ſes ordres & les execute ſans autre cérémonie. On croit qu'il y a dix-huit mille Turcs dans Erzeron, ſix milles Armeniens, & quatre cens Grecs. On eſtime qu'il y a ſoixante mille Armeniens dans la Province, & dix mille Grecs. Les Turcs qui ſont dans Erzeron ſont preſque tous Janiſſaires ; on y en compte environ douze mille, & plus de cinquante mille dans le reſte de la Province. Ce ſont preſque tous gens de mêtier, qui la pluſpart donnent de l'argent au Janiſſaire Aga bien loin d'en retirer ; cela s'appelle achetter le privilege de ne rien valoir & de commettre toutes ſortes d'inſolences. Les plus honnêtes gens ſont obligez de s'engager dans ce corps, parce qu'outre qu'ils ne ſeroient pas bien venus du Commandant qui eſt preſque abſo-

Veüe d'Erzeron Capitale d'Armenie.

lu dans la ville, ils se trouveroient tous les jours expo-
sez aux violences de leurs voisins & n'auroient aucune
justice des Officiers. Le Grand Seigneur ne donne par
jour aux veritables Janissaires du pays, que depuis cinq
aspres jusqu'à vingt; l'Aga profite de cet argent.

Les Armeniens ont un Evêque & deux Eglises dans
Erzeron. Ils ont quelques Monasteres à la campagne,
comme le *grand Couvent*, & le *Couvent rouge*. Ils reconnoissent tous le Patriarche d'Erivan. Pour les Grecs, ils
ont aussi leur Evêque dans la ville, mais ils n'y ont qu'-
une Eglise qui est fort pauvre. Ils sont presque tous
Chauderonniers & occupent le fauxbourg où ils travaillent à mettre en vaisselle le cuivre qu'on y apporte
des montagnes voisines. Ces pauvres gens font un tin-
tamarre horrible jour & nuit, car ils ne cessent de forger,
& les Turcs aiment trop la tranquillité pour souffrir qu'-
on batte l'enclume dans la ville. Outre cette vaisselle que
l'on transporte en Turquie, en Perse & même chez le
Mogol, on fait un grand commerce à Erzeron de fourrures & sur tout de celles de *Jardava* ou *Zerdava*, ce
sont des peaux d'une espece de Martre assez commune
dans le pays. Les peaux les plus foncées sont les plus estimées; on compose les plus prétieuses fourrures avec
les seules queües, à cause qu'elles tirent sur le noir, c'est
ce qui les rend si cheres, car il faut bien assembler des
queües de ces animaux pour en doubler une veste. On
apporte aussi à Erzeron beaucoup de Gales de cinq ou
six journées de la ville, & l'on y conserve les Chesnes
avec soin par ordre du Pacha; le bois seroit d'ailleurs trop
cher si on l'y apportoit pour brûler.

Cette ville est le passage & le reposoir de toutes les
marchandises des Indes, sur tout lorsque les Arabes courent autour d'Alep & de Bagdat. Ces marchandises dont

les principales font la foye de Perfe, le Coton, les Drogues, les Toiles peintes, ne font que paffer en Armenie.
On y en vend tres-peu en détail, & l'on laifferoit mourir un malade faute d'un gros de Rhubarbe, quoiqu'il
y en eût plufieurs balles toutes entieres. On n'y débite que
le *Caviar*, qui eft un ragoût déteftable. C'eft un pro-
verbe dans le pays, que fi l'on vouloit donner à déjeuner
au diable, il faudroit le régaler avec du Caffé fans fucre,
du Caviar & du Tabac ; je voudrois y ajoûter du vin
d'Erzeron. Le Caviar n'eft autre chofe que les œufs fa-
lez des Efturgeons que l'on prépare autour de la mer
Cafpienne. Ce ragoût brûle la bouche par fon fel, &
empoifonne le nez par fon odeur. Les autres marchandifes dont on vient de parler, font portées à Trebifonde où on les embarque pour Conftantinople. Nous fûmes furpris de voir arriver à Erzeron une fi grande quantité de *Garance*, qu'ils appellent *Boïa* : elle vient de Perfe, & fert pour les teintures des cuirs & des toiles. La
Rhubarbe y eft apportée du pays d'Usbeq en Tartarie.
La *Semencine* ou la *Graine aux vers* vient du Mogol.
Il y a des Caravaniers qui de pere en fils ne fe mêlent
que de voiturer les drogues, & qui croiroient dégenerer
s'ils fe chargeoient d'autres marchandifes.

Le Gouvernement d'Erzeron rend trois cens bourfes
par an au Pacha, que nous appellerons dans la fuite le
Beglierbey ou le *Viceroy* de la Province, pour le diftinguer des autres Pachas du pays qui font fous fes ordres.
Chaque bourfe eft de 500 écus, de même que dans tout
le refte de la Turquie ; ainfi ces trois cens bourfes font
cent cinquante mille écus. Elles fe prennent. 1°. fur les
marchandifes qui entrent dans la Province, ou qui en fortent ; la plufpart payent trois pour cent, quelquefois le
double. On exige de gros droits pour les efpeces d'or

& d'argent. La foye de Perfe *Chorbafi* qui eft la plus fine, & l'*Ardachi* qui eft la plus groffiere, payent 80 écus par charge de Chameau, qui eft du poids de 800 jufques à 1000 livres. 2°. Le Beglierbey difpofe de toutes les Charges des villes de la Province ; ces Charges s'afferment fuivant l'ufage du pays, & fe donnent au plus offrant & dernier encheriffeur, comme par tout ailleurs. 3°. Excepté les Turcs, tous ceux qui doivent fortir de la Province pour aller en Perfe, font obligez de payer dans Erzeron au moins cinq écus, quoiqu'ils n'ayent point de marchandifes ; c'eft comme une efpece de capitation qu'on leur impofe. Ceux qui ne portent de l'or & de l'argent que pour les frais de leur voyage, doivent cinq pour cent fur la fomme dont ils font porteurs.

Nôtre Beglierbey à fon arrivée abolit la plufpart de ces droits, parce qu'il les jugea tyranniques ; peut-être que fon fucceffeur les a rétablis ou augmentez depuis fon départ. Outre ces taxes, avant l'arrivée de Cuperli on exigeoit de tous les étrangers la Capitation ordinaire, de quelque nation qu'ils fuffent, lorfqu'ils entroient dans Erzeron, & cette Capitation étoit réglée fur l'eftimation que les Turcs faifoient de chaque perfonne. Celui ci, difoient-ils, doit payer dix écus fur fa bonne mine ; l'autre qui n'a pas beaucoup de hardes n'en payera que cinq. On rançonnoit impunément les pauvres étrangers, & les Miffionnaires étoient les plus maltraitez : pour ne pas s'y tromper, on commençoit par découvrir la tefte des paffans pour voir s'ils étoient tonfurez, en forte que ces hommes Apoftoliques deftinez pour les pays étrangers, étoient fouvent obligez de laiffer partir leur Caravane pour tâcher d'obtenir quelque modération, ou pour attendre quelque gros marchand Armenien ou Franc qui eût la charité de payer pour eux. On ne fçauroit avoir de juftice fur les frontieres d'un fi grand Empire, lorfque les Commandans authorifent les vexations, & ces gens-là ne les authorifent que parce qu'ils en profitent. Quand on part de Conftantinople pour la Perfe, la meilleure précaution qu'on puiffe prendre, n'eft pas feulement d'obtenir un Commandement de la Porte, mais encore des Lettres de recommandation de nôtre Ambaffadeur pour les Beglierbeys des frontieres par où l'on doit paffer. Les Religieux Italiens font trop circonfpects pour manquer à fe mettre fous la protection de nôtre Ambaffadeur. Le Roy de France eft bien plus connu & plus eftimé des Mufulmans, que le Saint Pere qu'ils appellent fimplement le *Moufti de Rome.*

Les Miffionnaires ont beaucoup gagné à la mort de Fafullah-Effendi, Moufti de Conftantinople, qui fut traîné dans les ruës à Andrinople fous le regne précedent. Il avoit part, difoit-on, à toutes les extorfions qui fe faifoient dans la Province d'Erzeron d'où il étoit natif, & où il poffedoit des biens immenfes. Cet homme infatiable qui étoit le maître abfolu de l'Empereur Muftapha, s'étoit declaré ouvertement contre tous les Religieux, & fur tout contré les Jefuites. On ne manqua pas de s'informer fi nous étions *Papas,* c'eft à dire *Prêtres,* mais ce ne fut que pour la forme; car outre que le Beglierbey nous honoroit de fa protection, nous n'étions pas certainement tonfurez.

La Province d'Erzeron rend en argent plus de 600 bourfes au Grand Seigneur. Outre les 300 bourfes du Carach que l'on exige des Armeniens & des Grecs, il retire encore fix pour cent des marchandifes de la Doüanne. Ainfi tout compte fait, ces marchandifes payent neuf pour cent, fçavoir fix au Grand Seigneur & trois au Beglierbey. Le Grand Seigneur joüit auffi du droit de

Beldar-

Beldargi ou *Taille réelle* que payent les biens poſſedez par les Spahis.

La ville d'Erzeron n'eſt pas ſur l'Euphrate, comme les Geographes la placent ; mais plutoſt dans une preſqu'iſle formée par les ſources de cette fameuſe riviere. La premiere de ces ſources coule à une journée de la ville, & l'autre à une journée & demi ou deux. Les ſources de l'Euphrate ſont du coté du Levant dans des montagnes moins élevées que les Alpes, mais couvertes de neige pendant preſque toute l'année. La plaine d'Erzeron eſt donc renfermée dans deux beaux ruiſſeaux qui forment l'Euphrate. Le premier coule du Levant au Midi, & paſſant par derriere les montagnes, au pied deſquelles la ville eſt ſituée, va ſe rendre vers le Midi à une bourgade appellée *Mommacotum*. L'autre ruiſſeau aprés avoir coulé quelque temps vers le Nord, pareil à peu prés à celui

Les voleurs de nuit font quelquefois plus à craindre que ceux qui volent le jour. Si l'on ne fait bonne garde dans les tentes, ils viennent tout doucement & fans bruit pendant que l'on repofe & tirent des balots de marchandifes avec des crochets, fans qu'on s'en apperçoive : fi les balots font attachez ou comme enchaînez avec des cordes, ils ne manquent pas de bons rafoirs pour les couper. Quelquefois ils les vuident à quelques pas des tentes, mais quand ils découvrent qu'il y a du Mufc, alors ils les emportent & ne laiffent que la coque du balot. Quand on part avant le jour, comme c'eft l'ordinaire, les voleurs fe mêlent avec les voituriers & détournent fouvent des mulets chargez de marchandifes, qu'ils dépaïfent à la faveur des tenebres. Ils ne s'attaquent pas à la pire, car ils connoiffent les balots de foye auffi-bien que les marchands. Il part, toutes les femaines, des Caravanes d'Erzeron pour *Gangel, Teflis, Tauris, Trebifonde, Tocat,* & pour *Alep.* Les Curdes ou peuples du Curdiftan, qui defcendent à ce qu'on prétend des anciens Caldéens, tiennent la campagne autour d'Erzeron, jufques à ce que les grandes neiges les obligent à fe retirer, & font à l'affût pour piller ces pauvres Caravaniers. Ce font de ces *Jafides* errans qui n'ont point de religion, mais qui par tradition croyent en *Jafid* ou *Jefus,* & ils craignent fi fort le diable, qu'ils le refpectent de peur qu'il ne leur faffe du mal. Ces malheureux s'étendent tous les ans depuis *Moufoul* ou la *Nouvelle Ninive* jufques aux fources de l'Euphrate. Ils ne reconnoiffent aucun maître, & les Turcs ne les puniffent pas, même lorfqu'ils font arrêtez pour meurtre ou pour vol, ils fe contentent de leur faire rachetter leur vie pour de l'argent & tout s'accommode aux dépens de ceux qui ont été volez. Il arrive même fouvent que l'on traite avec les voleurs qui attaquent une Caravane, fur tout lorſqu'ils ſont les plus forts, ou qu'ils ſont bien les méchans; on en eſt quitte alors pour une ſomme d'argent, & c'eſt le meilleur parti qu'on puiſſe prendre. Il faut que chacun vive de ſon mêtier; pourveû qu'il n'y ait perſonne de tué ou de bleſſé, ne vaut-il pas mieux vuider ſa bourſe que de verſer ſon ſang! il n'en coûte quelquefois que deux ou trois écus par teſte. D'ailleurs rien ne convient mieux aux voleurs que de rançonner les plus foibles, parce que ne trouvant pas aiſément à qui vendre les marchandiſes, ils en ſont tres-ſouvent embarraſſez. Preſentement toutes la Caravanes du Levant paſſent par Erzeron; même celles qui ſont deſtinées pour les Indes Orientales, parce que les chemins d'Alep & de Bagdat, quoique plus courts, ſont occupez par les Arabes qui ſe ſont révoltez contre les Turcs & rendus maîtres de la campagne.

Le 19 Juin nous partîmes à midi pour aller viſiter les montagnes qui ſont à l'Eſt de la ville. A peine la neige y étoit fonduë, & nous campâmes ſur les ſix heures à 15 milles dans un pays ſi tardif que les plantes ne commençoient qu'à pouſſer & les collines n'étoient encore couvertes que de gazon; il eſt mal-aiſé de rendre raiſon de la pareſſe, s'il faut ainſi dire, de cette terre. Nous couchâmes ſous nos tentes dans une vallée au milieu d'un hameau, dont les chaumieres ſont plus ecartées les unes des autres que les Baſtides de Marſeille. L'eau dans laquelle nous avions mis nos plantes pour les conſerver & pour les décrire le lendemain, ſe gela la nuit de l'épaiſſeur de deux lignes, quoiqu'elle fuſt à couvert dans un baſſin de bois. Le lendemain 20 Juin aprés avoir herboriſé, quoique avec peu de profit à cauſe du froid qui ne permettoit pas à la terre de pouſſer, nous prîmes le parti de nous rapprocher d'Erzeron par une route differente de celle que nous a-

vions tenüe. Nous allâmes donc voir un ancien Monaſtere d'Armeniens, lequel n'eſt qu'à une journée de cette
ville, & qui porte le nom de *Saint Gregoire*. Toute la campagne eſt découverte, & l'on ne voit pas la moindre broſ-
ſaille dans tout le terrein que la veüe peut découvrir. Ce Monaſtere eſt aſſez riche, mais j'aimerois autant habiter au pied
du Mont Caucaſe, car il ne ſçauroit être plus froid. Je
crois qu'outre le ſel foſſile qui n'eſt pas rare dans ces quartiers, la terre eſt pleine de ſel Ammoniac qui entretient
les neiges, pendant dix mois de l'année, ſur des collines à
peu prés ſemblables au *Mont Ualerien*. Pluſieurs expe-
riences font voir que le ſel Ammoniac rend tres-froides
les liqueurs où il eſt diſſous, & cela par ſa partie ſaline fixe, plutôt que par ſa partie volatile, comme il paroît par
la ſolution de la tête morte d'où l'on a tiré l'eſprit & le ſel
volatile aromatique huileux ; car on ſent un froid tres-
conſidérable, au milieu de l'été, en appliquant les mains
autour de la cornuë de verre dans laquelle on a fait la
ſolution de cette tête morte.

Nous allâmes coucher ce même jour à un autre Monaſtere d'Armeniens, appellé le *Monaſtere Rouge* parce que
le dôme, qui eſt fait en lanterne ſourde, eſt barboüillé de
rouge ; je ne ſçaurois trouver de comparaiſon plus juſte,
car le comble de ce dôme aboutit en pointe, ou en cone
gauderonné comme un parapluye à moitié ouvert. Ce
vent n'eſt qu'à trois heures de chemin d'Erzeron, & l'E-
vêque, qui paſſe pour le plus ſçavant homme qui ſoit parmi les Armeniens, y fait ſa réſidence ; ce n'eſt pas beaucoup dire, car on ne ſe pique guere de ſcience en Armenie ; mais comme on nous aſſûra qu'il étoit fort bien vé-
nu parmi les Curdes qui étoient campez ſelon leur coûtume aux ſources de l'Euphrate, nous n'oubliâmes rien
pour l'engager à venir s'y promener avec nous. On

ne fçauroit faire ce voyage avec trop de précautions, car les Curdes font des animaux peu raifonnables; ils ne reconnoiffent pas même les Turcs, & ils les dépoüillent tout comme les autres lorfqu'ils en trouvent l'occafion. Enfin ces brigands n'obeïffent ni à Beglierbey ni à Pacha, & il faut avoir recours à leurs amis lorfqu'on veut avoir l'honneur de les voir, ou pour mieux dire le pays où ils fe trouvent. Quand ils ont confommé les pâturages d'un quartier, ils vont camper dans un autre. Aulieu de s'appli-quer à la fcience des Aftres comme les Caldéens, de qui on les fait defcendre, ils ne cherchent qu'à piller, & fui-vent les Caravanes à la pifte, pendant que leurs femmes s'occupent à faire du beurre, du fromage, à élever leurs enfans, & à prendre foin de leurs troupeaux.

Nous partîmes le 22 Juin à trois heures du matin du Monaftere Rouge. La Caravane ne fut pas nombreufe, il falloit fe livrer à l'Evêque, ou renoncer à voir les fources de l'Euphrate; mais dans le fond, que rifquions-nous ! les Curdes ne mangent pas les hommes, ils ne font que les dépoüiller, & nous y avions fagement pourveû en pre-nant nos plus méchants habits: nous n'avions donc à crain-dre que le froid & la faim. Par rapport à l'Evêque, c'é-toit un homme de bien qui n'auroit pas voulu nous ex-pofer à montrer nos nuditez. Nous le priâmes de ferrer dans fa caffette quelques fequins que nous avions pris pour nôtre dépenfe. Nanti de nôtre bourfe, il fit faire les pro-vifions dont nous avions befoin, & paroiffoit agir de bon-ne foy, bien informé d'ailleurs que nous étions fous la pro-tection du Beglierbey, & que nous étions connus dans la ville pour fes Medecins. Nous avions donné des reme-des gratuitement à tous les cliens du Monaftére qui s'é-toient adreffez à nous. Aprés ces précautions nous nous abandonnâmes avec confiance à fa conduite. Il fe mit à

LI iij

la teste de la compagnie, parfaitement bien monté de mé-
me que trois de ses domestiques, & il nous fit donner de
fort bons chevaux à nous & à nôtre suite. A demi heure
de là nous prîmes un venerable vieillard de ses amis dans
un assez joli village situé sur cette branche de l'Euphrate, laquelle passe à Elija. On nous régala de quelques Truites
que l'on pescha sur le champ, & rien n'est comparable à
la bonté de ces poissons lorsqu'on les mange sortant du
ruisseau, cuites dans de l'eau où l'on a jetté une poignée
de sel. Ce vieillard nous fit beaucoup d'honnêtetez, &
aprés nous avoir fait promettre de guerir à nôtre retour
un de ses amis, (car c'étoit là le compliment ordinaire) il
nous fit assûrer qu'il parloit bien la langue des Curdes;
qu'il trouveroit de ses amis dans les montagnes où nous
allions, & que nous n'avions rien à craindre estant accompagnez de l'Evêque & de lui. Nous entrâmes dans de
belles vallées, où l'Euphrate serpente parmi des Plantes
merveilleuses, & nous fûmes charmez d'y trouver cette
belle espece de *Pimprenelle à fleur rouge*, qui fait un des
principaux ornemens des jardins de Paris, & que l'on a
apportée depuis long-temps de Canada en France. Ce qui
nous fit plus de plaisir, c'est que les plantes y étoient a-
vancées, & nous nous flations de les trouver en bon état
dans les montagnes ; mais à mesure que nous montions,
nous ne découvrions que pelouse & neige. Les forests
en sont bannies pour le reste des siecles, cependant le
paysage est agréable, & les ruisseaux qui tombent de
tous côtez font un spectacle divertissant. On voit je ne
sçai combien de fontaines sur le haut de ces montagnes;
les unes coulent tout simplement, les autres boüillonnent
dans de petits bassins bordez de gazon. Nous choisîmes
un des plus jolis gazons pour étendre nôtre nappe, &
pour nous délasser avec du vin du Monastere qui valoit

mieux que tout le vin d'Erzeron. Là revenus de la peur que ce nom de Curdes n'avoit pas laissé d'exciter en nous, nous puisions à pleines tasses dans les sources de l'Euphrate, dont nôtre nectar temperoit la fraîcheur excessive.

Il n'y avoit qu'une chose qui troubloit nos innocens plaisirs, c'est que de temps en temps nous voyions venir à nous certains députez des Curdes, qui s'avançoient à cheval la lance en arrest pour s'informer quelles gens nous étions. Je ne sçai même si la peur ou le vin n'en faisoit pas paroitre deux pour un, car à mesure que la peur s'emparoit de nôtre ame, il falloit bien avoir recours au cordial. S'il est permis de boire un peu plus qu'à l'ordinaire c'est en pareille rencontre, car sans cette précaution l'eau de l'Euphrate auroit achevé de glacer nos sens. Enfin comme il nous sembla que la députation augmentoit à veuë d'œil, l'Evêque & le vieillard s'avancérent à quelques pas, nous faisans signe de la main de rester où nous étions. Nous fûmes ravis d'être dispensez d'aller faire la reverence à ces députez. Aprés les premiers complimens, qui ne furent pas bien longs, ils s'avancérent tous ensemble vers nous, & commencérent à raisonner fort gravement sur je ne sçai quelle matiere. Comme les gens qui craignent s'imaginent toujours qu'on parle d'eux, & que d'ailleurs les Curdes nous honoroient de temps en temps de leurs regards, nous affections aussi beaucoup de gravité ; & ne doutant pas que l'Evêque ne leur dît que nous cherchions des Plantes, nous amassions celles qui étoient sous nos yeux & faisions semblant de discourir à leur sujet. Dans le fond nous parlions de la triste situation où nous nous trouvions, & nous nous expliquions en mauvais latin, de peur que nos Interpretes qui étoient faits à nôtre jargon n'y comprissent quelque chose.

La conference de l'Evêque & des Curdes ne laiſſoit
pas de nous inquietter par ſa longueur. Il y avoit bien loin
de là au Monaſtere pour ſe retirer en chemiſe; & que ſçait-
on ſi ces gens qui ſont accoûtumez à faire des Eunuques,
n'auroient point eû envie de nous metamorphoſer ainſi,
dans l'eſperance de nous vendre mieux? Nous fûmes un
peu raſſurez quand nôtre Drogman Armenien vint nous
dire que les Curdes avoient donné un fromage à l'Evêque.
En même temps le vieillard s'avança pour prendre un fla-
con d'eau de vie qu'il leur preſenta. Nous fîmes demander
à ce bon homme de quoi il s'agiſſoit, il répondit en ſou-
riant que les Curdes étoient de méchantes gens, mais que
nous n'avions rien à craindre; que l'ancienne amitié qui
étoit entre eux & la venération qu'ils avoient pour l'Evêque, nous mettroient à couvert de tout. En effet aprés qu'-
ils eurent bû l'eau de vie, ils ſe retirérent & l'Evêque revint à nous avec un viſage fort gay. Nous ne manquâmes
pas de le faire remercier de tous les ſoins qu'il s'étoit donné pour nous garentir des inſultes de ces loups raviſ-
ſans, & nous continuâmes à faire nos obſervations ſur
les Plantes. Il y en a de fort belles autour de ces ſources.
Leur concours fait la branche de l'Euphrate, que nous
avions preſque toujours ſuivie depuis le Monaſtere, & qui
va paſſer à Elija. On y prend des Truites avec la main,
dont nous fîmes grande chere tout le jour, mais nous les
trouvâmes ſi molles le lendemain, que nous n'en voulumes pas gouter. Juſques-là nous fûmes bien contens de
nôtre journée. Nous fîmes demander à l'Evêque s'il ne
ſeroit pas poſſible d'aller voir l'autre branche de l'Euphrate laquelle va ſe joindre à la premiere, à *Mommacotum.* Il
nous dit en riant qu'il ne connoiſſoit pas les Curdes de ce
quartier-là, & que nous n'y verrions que des ſources ſemblables à celles que nous venions de quitter. Nous le re-
merciâ-

merciâmes tres-humblement, mais il auroit bien pû se dispenser de nous jetter dans de nouveaux embarras.

Ce bon homme, par honnêteté comme nous le jugeâmes par la suite, s'avisa d'aller faire ses adieux aux Curdes, & de leur distribuer les restes de nôtre eau de vie : nous aurions fort approuvé son procedé si nous n'avions pas été de la partie & qu'il n'eût pas fallu s'approcher de leurs pavillons. Ce sont de grandes tentes d'une espece de drap brun foncé, fort épais & fort grossier qui sert de couvert à ces sortes de maisons portatives, dont l'enceinte, qui fait le corps du logis, est un quarré long fermé par des treillis de cannes de la hauteur d'un homme, tapissez en dedans de bonnes nattes. Lorsqu'il faut démesnager ils plient leur maison comme un paravent, & la chargent avec leurs ustencilles & leurs enfants sur des bœufs & sur des vaches. Ces enfants sont presque nuds dans le froid, ils ne boivent que de l'eau de glace, ou du lait boüilli à la fumée des bouzes de vache que l'on amasse avec beaucoup de soin, car autrement leur cuisine seroit tres froide. Voila comment les Curdes vivent en chassant leurs troupeaux de montagne en montagne. Ils s'arrêtent aux bons pâturages, mais il faut en décamper au commencement d'Octobre & passer dans le Curdistan, ou dans la Mesopotamie. Les hommes sont bien montez & prennent grand soin de leurs chevaux; ils n'ont que des lances pour armes. Les femmes vont, partie sur des chevaux, partie sur des bœufs. Nous vîmes sortir une troupe de ces Proserpines qui venoient pour voir l'Evêque, & sur tout nous qui passions pour des Ours que l'on menoit promener. Quelques-unes avoient une bague qui leur perçoit une des narines; on nous assûra que c'étoient des Fiancées. Elles paroissent fortes & vigoureuses, mais elles sont fort laides, & ont dans la phisionomie un certain air de ferocité. Elles ont les yeux peu ouverts, la bouche extrémement fenduë, les cheveux noirs comme jay, & le teint farineux & couperofé.

Nous voici pourtant, fans y penfer, en pays d'érudition. Qui le croiroit, Mgr, parmi des Proferpines & des Curdes! La montagne où font les fources de l'Euphrate doit être une des divifions feptentrionales du *Mont Taurus* fuivant Strabon ; & ce Mont Taurus avec fes branches & fes Chefnes occupe prefque toute l'Afie mineure. Denys le Geographe nomme le *Mont Armenien*, celui d'où fort l'Euphrate. Les anciens l'ont appellé *Paryardes*. Strabon s'explique plus clairement dans un autre endroit, où il dit pofitivement que l'Euphrate & l'Araxes fortent tous deux *du Mont Abos*, qui eft une portion du Mont Taurus. Pline affûre que l'Euphrate vient d'une Province appellée la *Caranitide* dans la grande Armenie que Domitius Corbulo, qui avoit eté fur les lieux, appelle le *Mont Aba* & que Nutianus, qui avoit auffi veû ce pays-là, nomme *Capotes*. Euftathe, fur Denys Periegete, la nomme *Achos*.

Mitridate paffa par les fources de l'Euphrate en s'enfuyant dans la Colchide, aprés avoir eté battu par Pompée. Il y a beaucoup d'apparence que l'action fe paffa dans la plaine d'Erzeron ; car les deux branches de l'Euphrate dont on a parlé, peuvent être appellées fes fources par les Hiftoriens. Procope n'a pas connû ces fources, il les fait fortir de la même montagne que celles du Tigre. Il y a, dit-il, une montagne en Armenie à cinq milles & demi de *Theodofiopolis*, d'où fortent deux grands fleuves ; celui qui paffe à droite s'appelle l'Euphrate, & l'autre le Tigre. Strabon a eû raifon de dire que les fources de ces rivieres étoient éloignées de deux cens cinquante milles, ou de deux mille cinq cens ftades. Pompée, comme dit Florus, fut le premier qui fit dreffer un

pont de batteaux fur l'Euphrate, dans le temps qu'il pour-
fuivoit Mitridate. Ce fut apparemment vers le coude que
cette riviere fait aprés que fes deux branches fe font jointes à Mommacotum. Quelques années auparavant Lucullus avoit facrifié un Taureau à cette fameufe Riviere
pour en obtenir un paffage favorable.

On croit ordinairement qu'Erzeron eft l'ancienne ville de *Theodofiopolis*, neantmoins la chofe ne paroit pas
trop affûrée, fi ce n'eft que l'on fuppofe, comme cela fe
peut, que les habitans d'*Artze* fe fuffent retirez à Theodofiopolis aprés qu'on eut détruit leurs maifons. Cedren
rapporte que fous l'Empereur Conftantin Monomaque,
qui mourut vers le milieu du onziéme fiecle, Artze étoit
un grand Bourg plein de richeffes, habité non feulement
par les marchands du pays, mais auffi par plufieurs autres
marchands ou facteurs Syriens, Armeniens, & autres de
differentes nations, qui comptant beaucoup fur leur grand
nombre & fur leurs forces, ne voulurent pas fe retirer
avec leurs effets à Theodofiopolis pendant les guerres que
l'Empereur eût avec les Mahometans. Theodofiopolis étoit
une grande & puiffante ville qui paffoit pour imprenable
dans ce temps-là, & qui étoit fituée tout proche d'Artze.
Les Infideles ne manquérent pas d'affiéger ce Bourg; les
habitans fe deffendirent vigoureufement pendant fix jours,
retranchez fur les toits de leurs maifons, d'où ils ne ceffoient de jetter des pierres & des fleches. Abraham Général des affiégeans, voyant leur opiniâtre réfiftance &
apprehendant que la Place ne fût fecouruë, y fit mettre
le feu de tous cotez, facrifiant un fi riche butin à fa réputation. Cedren affûre qu'il y périt cent quarante mille
ames, ou par le fer ou par le feu. Les maris, dit-il, fe pré-
cipitoient dans les flâmes avec leurs femmes & leurs enfans. Abraham y trouva beaucoup d'or & des ferrements

que le feu n'avoit pû devorer. Il en fit sortir plusieurs chevaux & autres bêtes de somme. Zonare raconte à peu
prés la même chose de la destruction d'Artze, mais il ne
parle pas de Theodosiopolis. Cet auteur assûre seulement
qu'Artze étoit sans murailles, & que ses habitans en a-
voient fortifié les avenuës avec du bois ; je crois qu'ils
consumérent tout celui qui étoit aux environs, car depuis ce temps-là l'espece s'en est perduë. Comme la Place
fut réduite en cendres, & que ce passage est absolument
nécessaire pour le commerce, il y a beaucoup d'apparence que les restes de ces pauvres habitans, & les marchands
étrangers qui s'y vinrent établir dans la suite, pour ne pas
tomber dans un pareil malheur, se retirérent à Theodosiopolis qui en étoit tout prés, suivant Cedren.

Les Turcs à qui peut-être le nom de *Theodosiopolis* parut trop long & trop embarrassant, donnérent le nom
d'*Artzé-rum* à cette Place, c'est à dire *Artze des ²Grecs* ou
des Chrétiens, car *Rum* ou *Rumili* signifie en langue Turque *la Romanie* ou *la terre des Grecs*. Ils distinguent *la
Romelie* ou *Rumili* en celle d'Europe & en celle d'Asie,
ainsi d'*Artzé-rum* on a fait *Arzerum*, & *Erzeron*, comme
prononcent la pluspart des Francs. Il ne faut pas confondre cette ville de *Theodosiopolis* avec une autre ville de
même nom, qui étoit sur le fleuve *Abhorras* en Mesopotamie, & que l'Empereur Anastase avoit fait revêtir de
fortes murailles, comme l'assûre Procope. Ce même auteur fait mention de la *Theodosiopolis* dont nous parlons.
On croit que c'est Orthogul pere du fameux Othoman
premier Empereur des Turcs, qui prit Erzeron, mais cela
n'est pas certain, car l'Armenie avoit encore ses Roys sous
Selim premier. La ressemblance des noms a persuadé a
plusieurs qu'Erzeron étoit la ville d'*Aziris,* que Ptolomée
place dans dans la petite Armenie.

² Ῥωμαῖοι.

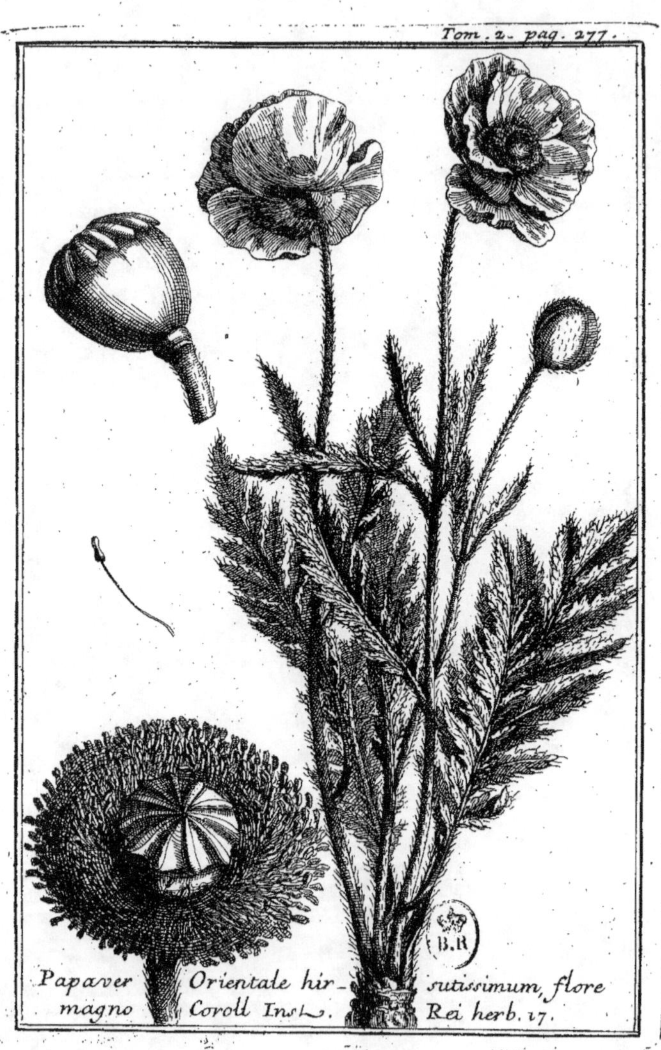

Papaver Orientale hir_ sutissimum, flore magno Coroll Inst. Rei herb. 17.

Vous me permettrez, Mgr, de passer de l'erudition à
l'Histoire naturelle. Nous observâmes aux environs de
cette ville une tres-belle espece de *Pavot* que les Turcs &
les Armeniens appellent *Aphion*, de même que l'*Opium
commun*; cependant ils ne tirent pas d'Opium de l'espece dont nous parlons, mais par ragoût ils en mangent les
testes encore vertes, quoiqu'elles soient fort acres & d'un
goût brulant.

La racine de cette plante est grosse comme le petit
doit & longue d'un pied, blanche en dedans, brune en
dehors, fibreuse, pleine d'un laict blanc-sale tres-amer &
tres-acre. Ordinairement les tiges sont de la hauteur d'un
pied & demi ou deux, épaisses de trois ou quatre lignes,
droites, fermes, vert-pâle, herissées de poils blanchâtres,
roides, longs de trois lignes, si ce n'est vers le haut où elles
sont couvertes de poils ras. Les feüilles ont un pied de
haut & sont découpées à peu prés comme celles du *Co-
quelicoc* en plusieurs parties jusques vers la côte. Ces pieces ont environ deux pouces & demi de long sur neuf ou
dix lignes de large, vert-brun & comme luisantes sur certains pieds, recoupées sur les bords à grosses dents pointuës & terminées par un poil blanc, semblables à ceux qui
couvrent les feüilles, & tous ces poils sont aussi roides &
aussi longs que ceux des tiges. Chaque tige ne soutient
le plus souvent qu'une fleur, dont le bouton qui a dix-huit
ou vingt lignes de long, est couvert d'un calice à deux ou
trois feüilles membraneuses, creuses, blanchâtres sur le
bord, herissées de poils. Elles tombent quand la fleur s'é-
panoüit, & l'on s'apperçoit alors qu'elle est composée depuis quatre jusques à six feüilles, longues de deux pouces
& demi sur trois pouces & demi de large, arrondies comme celles des autres Pavots & de la couleur du Coqueli-
coc, plus ou moins foncé, avec une grosse tache à l'on-

glet, laquelle est aussi plus ou moins obscure. Les feüilles intérieures sont un peu plus étroites que les extérieures, & tiennent fortement contre le pedicule; souvent même elles ne tombent que deux jours aprés que la tige est coupée. Le milieu de la fleur est rempli par un pistile long d'un pouce, oblong, spherique sur quelques pieds, vertpâle, lisse, arrondi vers le haut en maniére de calote purpurine découpée en pointe sur les bords, & relevée d'environ une douzaine de bandes violet foncé, poudreuses, lesquelles, partant du même centre, viennent se distribuer en rayon & se terminer à une des pointes qui sont sur les bords. Ce pistile est surmonté par une grosse touffe d'étamines à plusieurs rangs, grisdelin luisant, chargées chacune d'un sommet violet foncé, poudreux, long d'une ligne & demi sur demi ligne de large. La Plante rend un suc limpide, mais le pistile est rempli d'un laict blanc-sale tres amer & tres acre, de même que la racine. Ce pistile devient un fruit ou coque. Cette belle espéce de Pavot se plaît fort au Jardin du Roy, & même en Hollande où nous l'avons communiquée à nos amis. Mr *Commelin*, tres-habile Professeur de Botanique à Amsterdam, en a donné la figure.

Nous retournâmes le 24 Juin à Erzeron, où nous apprîmes par Mr Prescot qui est Consul de la nation Angloise depuis 10, ou 12 ans, qu'il y avoit deux Caravanes prêtes à partir, l'une dans trois jours pour Tocat, & l'autre dans 10, ou 12 jours pour Teflis. Nous prîmes le parti d'aller à Teflis, non seulement pour voir la Georgie, qui est le plus beau pays du monde, mais aussi pour cueillir à nôtre retour les graines de tant de belles Plantes que nous avions observées autour d'Erzeron. On assûroit de plus qu'il y avoit beaucoup de voleurs sur le chemin de Tocat, qui se retireroient suivant leur coûtume ordinaire sur lafin de l'Eté, à caufe qu'alors les campagnes brûlées par les grandes chaleurs ne fourniffent plus de fourages. Il eft certain que les mois de Juin, Juillet & Août font les mois les plus favorables pour les voleurs ; ils trouvent partout à nourrir graffement leurs chevaux, & c'eft de quoi ils fe foucient le plus ; car ces gens-là ne marchent pas comme des gueux. Du côté de Tocat & dans la Georgie Turque on moiffonne à la fin de Juillet, au lieu qu'aux environs d'Erzeron on ne coupe les bleds qu'en Septembre. De toutes les Caravanes celle de Teflis paffe pour la moins dangereufe.

En attendant qu'elle fût affemblée nous ne perdîmes pas nôtre temps. Quand nous n'étions pas en campagne nous allions faire la converfation chez le Conful Anglois où il y a toujours bonne compagnie. Non feulement c'eft le rendévous des plus gros marchands Armeniens, mais encore de tous les étrangers: M.r *Prefcot* eft un des plus honnêtes hommes du monde, bien faifant, & qui nous prévenoit fur tout ce qui nous pouvoit faire plaifir ; j'apprehende même que les gens du pays n'abufent de fes bontez, car ils l'obfedent continuellement. Quoiqu'il ne foit pas de la Communion Romaine, il rend toutes fortes de bons offices aux Miffionnaires ; il les loge fouvent chez lui & leur facilite l'entrée & la fortie du pays avec beaucoup de charité. Nous apprîmes qu'à trois ou quatre journées de la ville il y avoit de bonnes mines de cuivre, d'où l'on tiroit la plus grande partie de celui qui fe travaille dans le fauxbourg des Grecs, & que l'on répand en Turquie & en Perfe. On nous affûra auffi qu'il y avoit des mines d'argent autour d'Erzeron, auffi-bien que fur le chemin ordinaire de cette ville à Trebifonde. Nous ne pûmes pas voir ces dernieres mines, parce que le Beglierbey voulut prendre le plus beau chemin qui

en eſt aſſez éloigné. Pour celles qui ſont autour d'Erzeron, nous ne trouvâmes perſonne qui oſât nous y conduire; le Beglierbey même ne nous conſeilla pas d'en approcher, à cauſe de la jalouſie des gens du pays, qui s'imaginent que les étrangers n'y vont que pour enlever leurs
treſors. On nous aſſura qu'on y trouvoit du Lazuli parmi celles de cuivre, mais en petite quantité, & qu'il étoit
trop mêlé de marbre. Celui que l'on trouve du côté de
Toulon en Provence dans la montagne de *Carqueirano*
a le même deffaut, mais certainement ce n'eſt pas la pierre d'Armenie, comme bien des gens le croyent. La pierre d'Armenie, comme il paroît par la deſcription de *Boot*,
eſt d'un bleu-celeſte, unie mais friable. Celles d'auprés
d'Erzeron & de Toulon ſont tres-dures & plus dures même que le Lazuli; car ce n'eſt proprement qu'un marbre
pétri naturellement avec du Lazuli. Peut-être que le Lazuli le plus fin n'eſt autre choſe qu'une eſpece de vert-de-
gris ou de roüille naturelle. Peut-être auſſi que c'eſt de
l'or déguiſé par quelque liqueur corroſive, comme le
vert-de-gris n'eſt qu'un cuivre déguiſé par le vin & le marc
de raiſin. Outre que le Lazuli ſe trouve dans les mines
d'or, il ſemble qu'il y ait parmi cette pierre quelques filets
d'or qui ne ſont pas corrompus, s'il faut ainſi dire.

Nous demandâmes un jour à Mr Preſcot, où étoit mort
Mr *Vernon* ſçavant Mathematicien Anglois qui avoit fait
de belles obſervations aſtronomiques en Levant & dont
Mrs *Wheler* & *Spon* parlent avec eloge; le Conful nous
aſſura qu'il lui avoit prédit ſouvent qu'il ſeroit malheureux avec toute ſa ſcience, s'il ne ſe modéroit. Mr Vernon
étoit d'une vivacité admirable mais il s'emportoit trop facilement. En effet Mr Preſcot fut prophéte, & nôtre Mathematicien mourut à Hiſpaham des bleſſures qu'il avoit
reçeües à la teſte dans une querelle qu'il eut avec un Perſan

ſan en ſortant de table. M ͬ Vernon accuſa le Mahometan
de lui avoir volé un fort bon couteau à l'angloiſe ; le Perſan ne fit qu'en rire, ſoit qu'il eût pris le couteau ou non;
l'Anglois en fut encore plus offenſé. On s'échauffa la-
deſſus, on en vint aux mains, & le Perſan frappa ſi rudement M ͬ Vernon ſur la teſte, qu'on fut obligé de l'attacher ſur ſon cheval pour le conduire à Hiſpaham où il
mourut quelques jours aprés ſans ſecours, car il n'y avoit
pas encore des Anglois établis en cette ville. Ils y ſont
fort puiſſans aujourd'hui, & y vivent en grands Seigneurs.
Leur magnificence va quelquefois juſqu'à la profuſion,
ſur-tout quand la Cour vient les viſiter.

Pendant qu'on travailloit à faire nos balots, nous her-
boriſions ſouvent avec plaiſir, ſur-tout dans la vallée des
Quarante Moulins qui eſt à une promenade de la ville, à
l'entrée de deux montagnes fort eſcarpées, d'où coulent
pluſieurs belles ſources qui forment un ruiſſeau conſidérable. Non ſeulement ce ruiſſeau fait moudre pluſieurs
moulins, mais il arroſe encore une partie de la campagne
juſqu'à la ville. Nous eûmes le plaiſir de proceder dans
un de ces moulins à la nomination d'un des plus beaux
genres de Plantes qu'il y ait dans tout le Levant ; auſſi lui
donnâmes-nous le nom d'une perſonne fort eſtimable par
ſa ſcience & par ſa vertu. C'eſt M ͬ *Morin* de l'Académie
Royale des Sciences, Docteur en Medecine de la Faculté
de Paris, qui par un bonheur ſingulier a elevé cette Plante, de graine, dans ſon Jardin de l'Abbaye de S. Victor;
je dis par un bonheur ſingulier, car elle n'a pas levé au
Jardin du Roy, ni dans quelques autres jardins où je l'a-
vois fait ſemer. Il ſemble qu'elle ſoit glorieuſe de porter
le nom de M ͬ Morin, qui a toujours aimé & cultivé la
Botanique avec paſſion.

La *Morine* a la racine plus groſſe que le pouce, longue

d'un pied, partagée en groſſes fibres brunes, gerſées, peu
cheveluës. Sa tige qui a juſques à deux pieds & demi de
haut, eſt ferme, droite, liſſe, purpurine à ſa naiſſance,
épaiſſe de deux ou trois lignes, rougeâtre auſſi, mais veluë
vers le haut, accompagnée ordinairement à chaque nœud
de trois feüilles aſſez ſemblables à celles de la *Carline*,
vert-gai, luiſantes, longues de 4 ou 5 pouces ſur environ
un pouce de large, découpées, ondées & garnies de piquants jaunâtres, fermes, durs, longs de 4 ou 5 lignes.
Ces feüilles diminüent un peu vers le haut & ſont un peu
veluës en deſſous. De leurs aiſſelles naiſſent des fleurs par
étage & à double rang, longues d'un pouce & demi. Chaque fleur eſt un tuyau courbe fort menu vers le bas où il
eſt blanc & légerement velu; mais il s'évaſe en haut & ſe
diviſe en deux levres. La ſupérieure eſt relevée & longue d'environ 5 pouces ſur 4 lignes de large, arrondie &
profondément échancrée. L'inferieure eſt un peu plus
longüe & découpée en trois parties arrondies auſſi. L'ouverture du tuyau qui eſt entre ces deux levres eſt toute
découverte. Deux etamines courbes qui débordent de
prés de trois lignes, blanchâtres & chargées de ſommets
jaunâtres, ſont collées contre la levre ſuperieure. Le filet du piſtile qui eſt tant ſoit peu plus long, finit par un
bouton verdâtre. Le calice eſt un tuyau long de trois lignes, fendu profondément en deux languettes arrondies,
légerement canelées. C'eſt du fond de ce dernier tuyau
que ſort la fleur. On en trouve ſouvent de deux ſortes
ſur le même pied, les unes ſont toutes blanches, les autres ſont couleur de roſe tirant ſur le purpurin, avec les
bords blanchâtres. Toutes ces fleurs ont l'odeur de celles du *Chevrefeüille*, & portent ſur un embryon de graine. Les feüilles de cette Plante ont d'abord un goût
d'herbe aſſez fade, mais on y trouve enſuite de l'acrimonie.

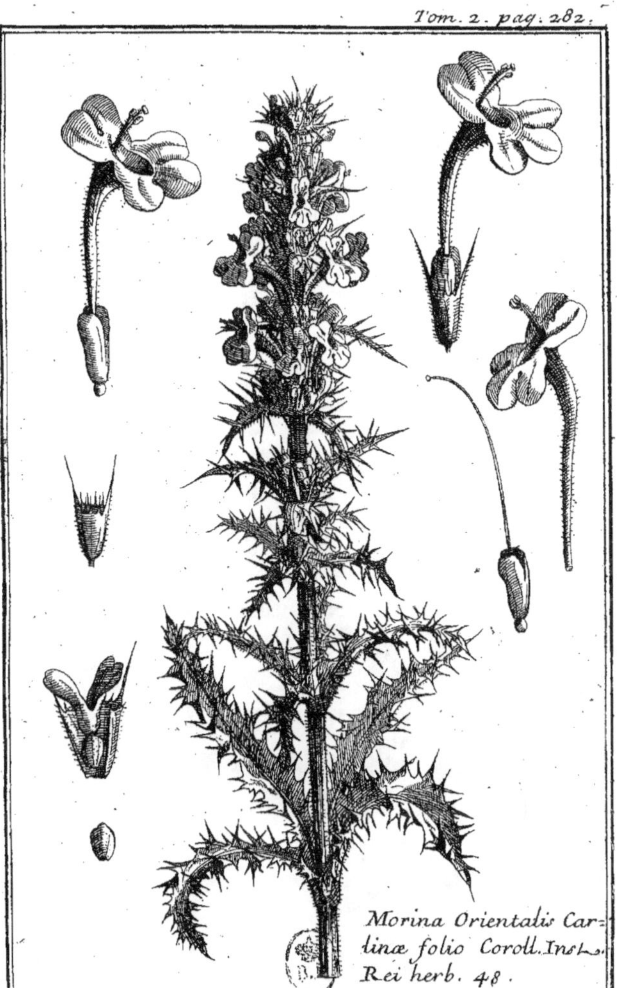

Morina Orientalis Car-
dinæ folio Coroll. Inst.
Rei herb. 48.

Nous allâmes chez le Beglierbey lui baifer la vefte, & demander la continüation de fa protection. Il eut la bonté de nous faire remercier des foins que nous avions pris de fa fanté, & de toute fa maifon. Il nous prevint fur les Lettres de recommendation que nous fouhaitions pour le Pacha de Cars, & nous fit encore expedier une Patente fort avantageufe où il fe loüoit de nôtre capacité en fait de Medecine, & dans laquelle il rendoit de bons témoignages de nôtre conduite.

Nous partîmes d'Erzeron le 6 Juillet pour Teflis, & nous nous rendîmes à *Elzelmic* village au Nord-Eft à trois heures de la ville. Nôtre Caravane compofée de marchands, dont les uns alloient à Cars & à Teflis, les autres à Erivan, quelques-uns à Gangel, n'étoit qu'environ de deux cens hommes armez de lances & de fabres ; quelques-uns avoient des fufils & des piftolets. La campagne d'Erzeron jufques à moitié chemin d'Elzelmic eft fort feche ; fes collines font pelées. On entre enfuite dans une plaine fermée à droit & à gauche par des eminences où il y avoit encore affez de neiges. Il en tomba beaucoup aux environs d'Erzeron la nuit du fecond au troifiéme Juillet.

Voyage de Georgie.

Le 7 Juillet nous partîmes à trois heures & demi aprés minuit, & nous campâmes fur les dix heures auprés d'un village appellé *Badijoüan*, aprés en avoir laiffé un autre en arriere, dont j'ai oublié le nom. On ne voit aucun arbre dans tout ce quartier lequel d'ailleurs eft plat, bien cultivé, & arrofé avec autant de foin que la campagne d'Erzeron. Sans cette précaution la moitié des bleds feroient rotis : neanmoins cela paroit affez étrange, car de ces mêmes champs qu'on eft obligé d'arrofer, on découvre la neige fur les collines voifines. Au contraire dans les Ifles de l'Archipel, où il fait des chaleurs à calciner la terre & où il ne pleut que pendant l'hiver, les bleds font les plus beaux du monde. Cela montre bien que toutes les terres n'ont pas le même suc nourricier. Celles de l'Archipel sont comme les Chameaux, elles boivent pour long-temps. Peut-être que l'eau est plus necessaire à celles d'Armenie, pour dissoudre le sel fossile dont elles sont impregnées, lequel détruiroit la tissûre des racines si ses petits grumeaux n'étoient bien fondus par un liquide proportionné ; aussi y laboure-t-on profondément. Quoique ces terres ne soient pas fortes on attele trois ou quatre paires de bœufs ou de busles à une charruë, & c'est sans doute afin de bien mêler la terre avec le sel fossile qui resteroit en trop grande quantité sur la surface & brûleroit les plantes. Au contraire dans la *Camargue d'Arles,* qui est cette Isle si fertile que le Rhône enferme audessous de la ville, on ne fait qu'esleurer la terre en labourant pour ne pas la mêler avec le sel marin qui est audessous. Avec cette précaution la Camargue où il n'y a qu'un demi pied de bonne terre, est le pays le plus fertile de la Provence, & les Espagnols le nommérent *Comarca* par excellence, dans le temps que les Comtes de Barcelone en étoient les maîtres. *Comarca* signifie chez eux un champ qui produit abondamment. Ainsi le mot de *Camargue* ne vient pas du *Camp de Marius,* comme l'on prétend, car ce Géneral Romain n'y a jamais campé. Le grand fossé qu'il fit faire pour fortifier son camp & pour y faire voiturer les munitions qu'il tiroit de la Mediterranée, se trouvoit, suivant Plutarque, entre le Rhône & Marseille. On découvre encore les traces de cet ouvrage du côté de *Fos* village auprés du *Martigues* qui a retenu le nom de *la Fosse de Marius*, & non pas celui des *Phociens* peuples d'Asie au-dessus de Smyrne, qui s'établirent à Marseille pendant les guerres des Perses & des Grecs. Mille pardons, Mgr, de cette digression ; nous fommes fi accoûtumez à nous écarter en herborifant, qu'il n'eft pas furprenant que je m'égare quelquefois dans les lettres que vous m'avez permis de vous écrire.

Je reviens à notre Caravane. Elle partit le 8 Juillet fur les neuf heures du matin, & marcha jufques à une heure aprés midi à travers de grandes campagnes peu cultivées, mais excellentes à ce qu'on nous dit. Nous y obfervâmes de fort belles Plantes, comme nous avions fait le jour précedent ; mais voila tout, car on n'y voit ni ville ni villages, pas même la moindre broffaille. On dreffa nos tentes auprés d'un ruiffeau qui fait moudre un moulin , je ne fçai à quel ufage ; car nous ne rencontrâmes pas une ame pendant toute la journée.

La route du 9 Juillet fut bien plus agréable. Quoiqu'on nous eût fait partir à trois heures du matin, nous nous retirâmes fur les dix heures aprés avoir paffé par des montagnes peu élevées, fur lefquelles on voit des Pins de la même efpece que ceux de nôtre montagne de *Tarare.* Ce changement de décoration ne laiffe pas de réjoüir en voyageant : Il n'y a rien de plus ennuyeux que de marcher dans ces grandes plaines où l'on ne voit que la terre & le ciel , & fans les Plantes qu'on y trouve j'aimerois mieux être fur mer, je veux dire pendant le calme ; car j'avoüe tout naturellement que dans la bourrafque on donneroit tout ce qu'on a au monde pour fe pouvoir tranfporter dans la plaine la plus ennuyeufe. On campa ce jour-là à *Coroloucalefi* village que l'on peut appeller en françois *la Tour de Corolou.* Notre moiffon fut affez belle ; & comme l'érudition me manque ici, car je ne fçai ce que c'eft que *Corolou* ni fa *Tour ,* vous me permettrez de vous envoyer la defcription d'une Plante qui fait encore aujourd'hui les délices de M.r le Premier Medecin. Elle a fort bien levé, bien fleuri & bien

grainé dans le Jardin du Roy. Il y a même apparence
qu'elle y durera long-temps.

C'eſt une *Ombellifer*, pour parler Botanique, dont la
racine pique en fond juſques à un pied & demi, groſſe au
collet comme le bras, partagée en quelques autres racines de la groſſeur du pouce, peu cheveluës, couvertes d'u-
ne ecorce brune, pleine de lait acre & fort amer. Les
feüilles d'enbas qui ont environ trois pieds de large ſur autant de long, ſont découpées ſi menu, qu'on ne ſçauroit
mieux les comparer qu'à celles d'une autre eſpece de ce
genre que *Moriſon* a nommée *Cachrys ſemine fungoſo,
levi, foliis Ferulaceis*. Il ſemble même que la comparaiſon cloche un peu, car il n'y a point d'eſpece de *Ferule*
qui ait les feüilles ſi menuës, & j'aurois mieux fait, ſans ſui-
vre l'exemple de Moriſon, de comparer les feüilles de celle dont je parle, à celles du *Fenoüil*. Les tiges de nôtre
Plante s'élevent à 4 pieds, groſſes comme le pouce, fermes, dures, droites, ſolides, couvertes d'une fleur ſemblable à celle des *Prunes fraîches*, liſſes, canelées, noüeuſes,
garnies aux nœuds de deux ou trois feüilles beaucoup
plus petites que les autres; & des aiſſelles de celles-ci naiſſent vers le haut trois ou quatre branches, leſquelles forment une plante aſſez arrondie. Les extrémitez de ces
branches ſont chargées d'ombelles ou bouquets de demi
pied de diametre, compoſez de rayons inégaux qui ſoutiennent d'autres bouquets plus petits & comme ſpheri-
ques, terminez par des fleurs jaunes à 5, 6, ou 7 feüilles,
longues d'une ligne & demi, avec la pointe tournée en
dedans, ce qui les fait paroitre comme echancrées. Les
etamines & les ſommets ſont de même couleur. Le calice qui d'abord n'a que deux lignes de long, groſſit à veüe
d'œil à meſure que les fleurs ſe paſſent, & devient enſuite
un fruit long d'environ 10 lignes ſur 6 lignes de large,

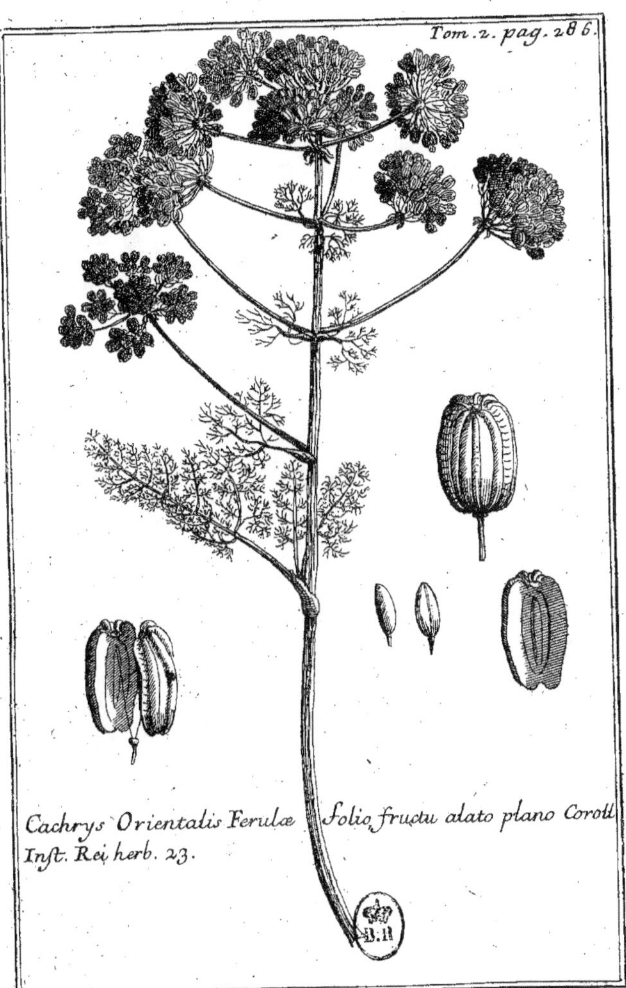

Cachrys Orientalis Ferulæ Folio, fructu alato plano Corol.
Inst. Rei herb. 23.

compofé de deux parties arrondies fur le dos, garnies dans leur longueur de petites ailes ou feüillets membraneux & blancs comme le fruit du *Laterpitium*. Il faut pourtant rapporter noftre Plante au genre de *Cachrys*, parce que les parties de fon fruit font fpongieufes, épaiffes de trois lignes & remplies d'une graine plus groffe qu'un grain d'orge. Les feüilles de cette Plante font un peu aromatiques, mais tres acres & tres ameres.

Le 10 Juillet nous partîmes à 3 heures aprés minuit, & marchâmes jufqu'aprés midi par des montagnes agréables & bien fournies de Pins. A la verité nous n'étions pas trop attentifs à les confidérer, car nous découvrions de temps en temps quelques pelotons de voleurs armez de lances & de fabres. Ils n'oferent pourtant nous attaquer, parce qu'ils nous crurent les plus forts ; cependant ils fe trompoient tres fort, & ils auroient eû bon marché de nous s'ils s'étoient approchez. Nous avions affez de Turcs dans nôtre Caravane, mais les Armeniens, à ce que nous apprîmes par nos Drogmans, commençoient à parler entre eux d'accommodement, & fi les voleurs ne s'étoient pas écartez, on n'auroit pas manqué de leur envoyer un Deputé pour traiter de la rançon. Nous n'en fûmes pas quittes pour cette allarme. Nos marchands crurent que ces voleurs étant à nos trouffes, nous leur avions dérobé une marche : fi la chofe étoit ainfi elle s'étoit paffée fort innocemment de nôtre part, car aucun de nous n'avoit penfé à les tromper ; heureufement nous n'entendîmes plus parler d'eux. Nous defcendîmes le lendemain, des montagnes fur les dix heures pour entrer dans une affez belle plaine où nous campâmes à *Chatac* méchant village fur un ruiffeau qui tombe de quelques collines où l'herbe ne faifoit que de naître. A peine trouvoiton à faire paître les chevaux dans les meilleurs fonds.

Les chemins y font bordez de cette belle efpece d'*Echium*
à fleur rouge, que *Clufius*, le plus grand obfervateur de
Plantes de fon temps, avoit découverte en Hongrie. Les
tiges naiffent trois ou quatre enfemble, hautes d'un pied
& demi ou deux, épaiffes de trois lignes, vert-pâle, piquées
de rouge brun, caffantes, heriffées de poils blancs, garnies
de feüilles longues de demi pied, & larges feulement de
demi pouce, de la même couleur & tiffûre que celles de
l'*Echium commun*, mais beaucoup plus heriffées des deux
côtez. Elles diminüent jufques en haut; & de leurs aiffelles, prefque depuis la moitié de la tige jufques à l'extrémité, naiffent des brins longs d'un pouce & demi courbez
en queüe de Scorpion, fur lefquelles s'appuyent deux
rangs de fleurs hautes de 8 ou 9 lignes, rétrecies en mâ-
niére de tuyau recourbé, évafé & découpé en cinq parties arrondies, dont les inferieures font plus courtes que la
fuperieure. Ces fleurs font rouges couleur de Garence
& fans feu. Les etamines, qui débordent de trois côtez,
font un peu plus eclatantes, mais leurs fommets font fon-
cez. Le calice eft d'environ demi pouce, découpé en cinq
parties fort étroites & fort veluës. Le piftile eft à 4 embryons, lefquels dans la fuite deviennent autant de graines
longues d'une ligne & demi, brunes, de la figure de la
tefte d'une vipere.

Le 12 Juillet on partit fur les quatre heüres du matin,
& nous marchâmes jufques à midi dans une des plus belles plaines qu'on puiffe voir. La terre, quoique noire &
graffe, n'y produit pas beaucoup parce qu'il y gele la nuit,
& nous trouvions fouvent de la glace autour des fontaines avant le lever du foleil. Quelque chaud qu'il y faffe
le jour, le froid de la nuit retarde furieufement les plantes : les bleds n'avoient pas plus d'un pied de haut, & les
autres Plantes n'étoient pas plus avancées qu'elles le font

à la

à la fin d'Avril aux environs de Paris. La maniére de labourer ces terres eſt encore plus ſurprenante, car on attache juſques à dix ou douze paires de Bœufs à une charruë. Chaque paire de Bœufs a ſon poſtillon, & le laboureur pouſſe encore le ſoc avec le pied ; tous leurs efforts aboutiſſent à faire des ſillons plus profonds qu'à l'ordinaire. L'expérience ſans doute leur a appris qu'il falloit creuſer bien avant, ſoit pour mêler la terre ſuperficielle qui eſt trop ſeche, avec celle de deſſous qui l'eſt moins, ſoit pour garentir les graines des grandes gelées, car ſans cela ils ne prendroient pas tant de peine & ne feroient pas tant de dépenſe inutilement. Nous en demandâmes pluſieurs fois la raiſon à nos conducteurs, qui ſe contentérent de nous dire que c'étoit la mode du pays. On ne voit aucun arbre parmi ces champs, mais ſeulement quelques Pins que l'on traiſne ſur les grands chemins pour les conduire dans les villes & les villages, en y attelant autant de Bœufs qu'il en faut pour les transporter. Cela ne nous ſurprenoit pas. On ne rencontre autre choſe en Armenie que des Bœufs ou des Bufles attelez ou chargez à dos comme des mulets. Les Pins cependant, de l'aveu des gens du pays, commencent à devenir fort clair ſemez, & l'on en découvre peu qui levent de graine. Je ne ſçai comment ils feront quand on aura coupé tous les grands arbres, car ils ne ſçauroient bâtir ſans ce ſecours ; je ne dis pas les meilleures maiſons où l'on n'employe les poutres que pour ſoutenir les couverts ; je parle des chaumieres qui ſont les maiſons les plus communes, dont les quatre murailles ſont fabriquées avec des Pins rangez par la pointe, à angles droits, les uns ſur les autres juſques au couvert, & arrêtez dans les coins avec des chevilles de bois. Nous ne trouvâmes aucune Plante nouvelle ce jour-là, & nous fûmes un peu allarmez de voir parmi quelques Plantes rares que nous avions obſervées plus d'une fois, des *Mauves* ordinaires, du *Plantain*, de la *Parietaire*, & ſur-tout du *Boüillon-blanc*, du *Velar* & de cette Plante que l'on vend à Paris pour le cours de ventre, ſous le nom de *Thalitron*. Nous croyions être revenus en Europe, ce-pendant nous arrivâmes inſenſiblement à Cars aprés une marche de ſept heures.

Cars eſt la derniere place de la Turquie ſur la frontiere de Perſe, que les Turcs ne connoiſſent que ſous le nom d'*Agem*. Je me trouvai embarraſſé un jour chez le Be-glierbey, qui me fit demander ce que l'on diſoit en Fran-ce de l'Empereur d'Agem ! Heureuſement il me ſouvint d'avoir lû dans Cornuti que le *Lilac de Perſe* s'appelloit *Agem Lilac*, & cela me fit comprendre qu'*Agem* de-voit ſignifier la Perſe. Pour revenir à Cars, la ville eſt bâtie ſur une côte expoſée au Sud-Sud-Eſt. L'enceinte en eſt preſque quarrée & un peu plus grande que la moi-tié de celle d'Erzeron. Le Château de Cars eſt fort eſcar-pé ſur un rocher tout au haut de la ville. Il paroît aſſez bien entretenu, mais il n'eſt deffendu que par des vieilles tours. Le reſte de la place eſt comme une eſpece de thea-tre, au derriere duquel il y a une vallée profonde, & eſ-carpée de tous côtez & par où paſſe la riviere. Cette ri-viere ne va pas à Erzeron, comme l'a crû Sanſon, au contraire elle vient de cette grande Plaine par où l'on ar-arrive d'Erzeron à Cars, & tombe de ces montagnes où nous rencontrâmes des voleurs pour la premiere fois. Aprés avoir ſerpenté dans cette Plaine elle vient ſe ren-dre à Cars, où elle forme une Iſle en paſſant ſous un pont de pierre, & ſuit la vallée qui eſt derriere le Château. Non ſeulement elle y fait moudre pluſieurs moulins, mais elle en arroſe les jardins & les champs. Enfin elle ſe joint à la riviere d'*Arpagi*, laquelle ne coule pas loin de là ; &

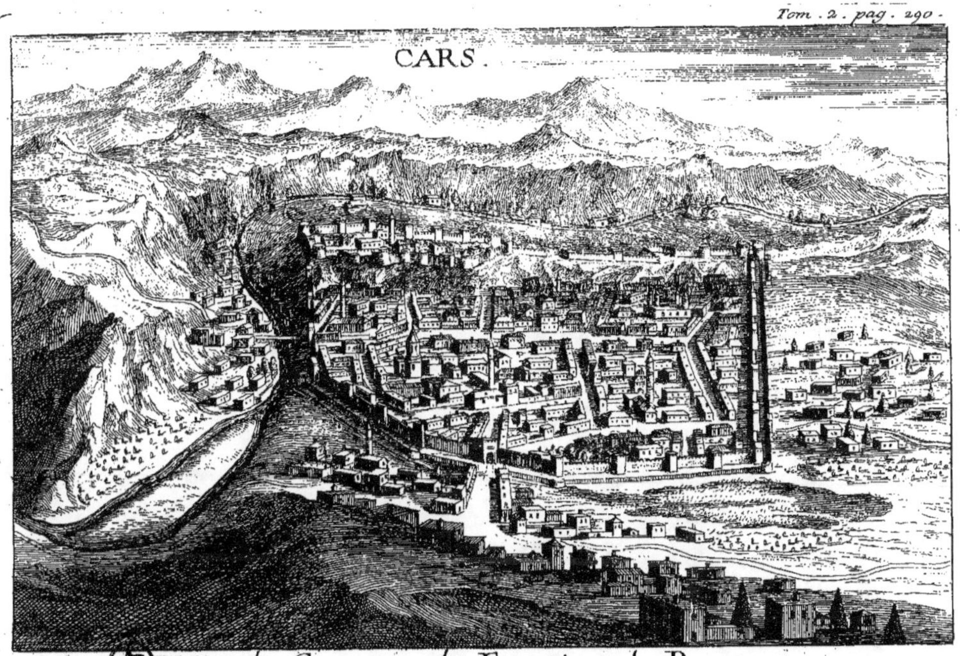

Veüe de Cars sur la Frontiere de Perse.

ces deux rivieres jointes enſemble ſous le nom d'Arpagi, ſervent de frontiere aux deux Empires avant de tomber dans l'*Araxe,* que les Turcs & les Perſans appellent *Aras.* Ce qui peut avoir trompé Sanſon, c'eſt que l'Araxe, comme l'on verra dans la ſuite, a ſa ſource dans la même montagne que l'Euphrate. Cet auteur a ſitué Cars au confluant des deux branches imaginaires de l'Euphrate, leſquelles, ſelon lui, forment une riviere conſidérable qui paſſe à Erzeron. Il faut attribuer ces fautes aux mauvais memoires qu'on lui a fournis, car Sanſon étoit un excellent homme, qui le premier a fait les meilleures Cartes qui ayent paru en France.

Non ſeulement Cars eſt une ville dangereuſe pour les voleurs, mais les Officiers Turcs y font ordinairement de grandes avanies aux étrangers, & en tirent tout ce qu'ils peuvent. Nous demandâmes à ſaluer le Pacha, à l'occaſion des extorſions dont on nous menaçoit. Son Chiaïa chez qui l'on nous conduiſit d'abord malgré nous, nous fit dire fort civilement que toutes nos Patentes ne ſervoient de rien, & qu'aſſurément il ne nous feroit pas permis de paſſer dans le pays d'Agem. Cependant nous lui avions fait voir un Commandement de la Porte & un Paſſeport du Beglierbey d'Erzeron, ſous le département duquel eſt le Pacha de Cars. Voici l'analyſe que le Chiaïa fit de nos Pieces. Pour le Commandement de la Porte, dit-il, c'eſt la Patente la plus venérable qui ſoit au monde, & il ne ceſſoit de la porter à ſon front, mais la ville de Cars n'y eſt pas mentionnée. Je répondis qu'il n'étoit pas poſſible de mettre ſur une feüille de papier les noms des principales villes de leur Empire. Le Paſſeport du Beglierbey d'Erzeron porte, dit-il, que vous viendrez ici, mais il ne marque pas que vous paſſerez plus avant. Comme j'en avois fait faire une traduction à Erzeron, je ſuppliay le Chiaïa de le relire, proteftant que le Beglierbey nous avoit fait affûrer, que fur fon Paffeport on ne feroit aucune difficulté de nous laiffer paffer de Cars dans le Gurgiftan qui appartient à l'Empereur d'Agem, & que c'étoit-là nôtre veritable deffein. Aprés quelques conteftations fur ce Paffeport, nous lui fîmes dire que nous ferions bien aifes de baifer la vefte du Pacha, & de lui prefenter la lettre du Beglierbey. Il répondit qu'il fe chargeoit de cette lettre, mais qu'affurément le Pacha ne nous laifferoit pas fortir des terres du Grand Seigneur; qu'il alloit s'en éclaircir fur l'heure. En effet il nous quitta brufquement pour paffer, à ce qu'on nous dit, dans l'appartement du Pacha.

Aprés avoir attendu fort long-temps, on nous avertit que nous courions rifque de coucher dans la ruë fi nous ne gagnions vîte le fauxbourg où étoit nôtre Caravanferai. Quoique les Turcs & les Perfans vivent dans une paix auffi tranquille qu'on la puiffe fouhaitter, ils ne laiffent pas de fermer les portes de leur ville lorfque le foleil fe couche. Avant que de fortir de chez le Chiaïa, je fis prier, par nôtre Interprete, un de fes valets de lui dire, que nous êtions obligez de nous retirer à caufe de la nuit, mais que nous ferions ravis d'apprendre nôtre deftinée avant que de fortir. Il nous fit fçavoir que le Pacha fon Maître, aprés avoir lû & examiné la lettre du Beglierbey, ne pouvoit fe difpenfer de nous laiffer paffer; mais qu'on feroit affembler le lendemain le Moufti, le Janiffaire Aga, le Cadi, & les plus apparens de la ville pour en faire la lecture; que fans cette précaution le Pacha pourroit bien perdre fa tefte, fi on venoit à fçavoir à Conftantinople qu'il n'eût pas fait arrêter trois Francs, qui peut-être étoient des efpions du grand Duc de Mofcovie. Toutes ces cerémonies nous chagrinoient fort : nous apprehendions

qu'elles ne trainaffent en longueur, & que de difficulté en
difficulté on ne laiffât partir nôtre Caravane fans nous;
ainfi nous foupâmes affez triftement. Deux Emiffaires du
Chiaïa eurent la bonté le lendemain au matin de nous
eveiller à la pointe du jour, & de nous dire fans façon
que l'on venoit de découvrir que nous étions des efpions;
que le Pacha n'en étoit pas encore informé & qu'ainfi la
chofe n'étoit pas fans remede, mais que nous pouvions
compter que les avis venoient de bonne part. Comme
nous ne paroiffions gueres allarmez de leurs difcours, ils
nous affeûrérent que les efpions en Turquie étoient condamnez au feu, & que les plus honnêtes gens de la Caravane étoient prêts à déclarer que fous prétexte de chercher des Plantes, nous obfervions la fituation & les murailles des villes, que nous en prenions le Plan, que nous
nous informions avec foin des troupes qui s'y trouvoient,
que nous voulions fçavoir d'où venoient les moindres rivieres, que tout cela meritoit punition. Ainfi parloit celui qui paroiffoit être le plus méchant des deux; l'autre qui
fembloit plus doux, difoit qu'il n'y avoit pas d'apparence
que nous fuffions venus de fi loin pour n'amaffer que du
foin. Nous nous retranchions toujours fur les bons témoignages que le Beglierbey d'Erzeron portoit de nous
dans fa lettre. Ils répondoient qu'on n'en pouvoit pas
faire la lecture, que le Cadi ne fût venu de la campagne
où il devoit refter encore un jour ou deux. Nous nous
féparâmes affez froidement la-deffus

Heureufement en nous promenant par la ville, nous
rencontrâmes un Aga du Beglierbey d'Erzeron, qui ne
faifoit que d'arriver & qui nous reconnut d'abord, parce
qu'il nous avoit veû traiter des malades dans le Palais.
Aprés les premieres civilitez, nous lui contâmes l'embarras où nous étions. Surpris de notre avanture, il alla chez

le Chiaïa du Pacha, & lui témoigna en notre presence qu'on n'avoit pas raison de nous refuser le passage ; que le Beglierbey Coprogli, à qui nous avions eté recommandez à Constantinople par l'Ambassadeur de l'Empereur de France, nous honnoroit de sa protection ; que nous avions eû l'honneur de l'accompagner de Constantinople à Erzeron, qu'il s'étoit bien trouvé de nos conseils & de nos remedes ; qu'enfin on ne devoit pas recevoir de cette maniére des gens qui étoient si bien recommandez de sa part. Il nous fit signe de nous retirer, & nous fit assûrer par son valet que nous serions satisfaits dans peu de temps. Nous entrâmes dans un caffé pour attendre la décision de cette grande affaire. Un moment aprés, les mêmes Chiodars du Chiaïa, qui nous avoient traitez d'espions du Grand Duc de Moscovie & qui étoient, à ce que je crois, nos espions, car ils nous gardoient à veüe, vinrent nous annoncer avec une joye feinte & dans le dessein de tirer quelqu'argent de nous, que tous les passages de l'Empire étoient ouverts pour nous ; mais qu'assurément on nous auroit arrêtez sans la lettre du Beglierbey d'Erzeron, ou qu'aumoins on nous auroit fait payer une grosse avanie, comme il arrive à tous ceux qui passent de Turquie en Perse. Dans ce temps-là notre Aga liberateur sortit, & nous vint prendre pour nous présenter au Chiaïa, qui nous fit donner à fumer & à boire du caffé. Il nous assûra que nous pouvions partir quand il nous plairoit ; qu'en considération du Beglierbey d'Erzeron, il nous faisoit grace de deux écus que lui doivent toutes les bêtes de somme qui passent par là : & comme on lui fit faire réflexion que nous n'étions pas marchands, mais Medecins, il mit sur son marché que nous gueririons, avant partir, un Aga de ses amis qui avoit une fistule au fondement. Comme il parloit si gravement & que nous ne voulions plus tomber dans fes filets, aprés l'avoir fait remercier de fes honnêtetez, je lui fis dire que nous prendrions foin de fon ami, & que nous lui donnerions tous les fecours poffibles pendant que nous ferions à Cars; mais qu'une fiftule au fondement ne pouvoit être guerie que par l'operation, & que malheureufement nous n'avions pas les inftruments néceffaires pour la faire.

Nous nous retirâmes à nôtre Camp beaucoup plus fatisfaits que le jour precédent. Pendant que nous étions à table, un des valets de l'Aga d'Erzeron vint nous réprefenter que fon maître nous avoit rendu un fervice fort confidérable; qu'il n'éxigeoit aucune reconnoiffance de nous, mais que nous fçavions trop bien le monde pour ne pas lui faire quelque prefent. Nous en fûmes quittes pour trente fols pour le valet, & pour deux oques de caffé que nous envoyâmes à fon maître, trop heureux d'en fortir à fi bon marché. De peur qu'on ne vint encore nous faire quelque nouveau compliment, nous prîmes le parti de nous tenir à la campagne à chercher des Plantes jufques au départ de la Caravane; ainfi les Turcs pillent toujours & principalement fur leurs frontieres; mais il faut dire à leur loüange qu'ordinairement ils fe contentent de ce qu'on leur donne.

On peut douter avec raifon, fi Cars n'eft pas l'ancienne ville que Ptolomée marque parmi celles qui font dans les montagnes de la petite Armenie. La reffemblance des noms eft affez favorable, & il ne faut pas s'embarraffer fi cet auteur la place dans la petite Armenie. Outre que ce pourroit être une faute d'inadvertance, les divifions de l'Armenie ont changé fi fouvent, qu'il y a beaucoup de confufion parmi les auteurs qui parlent de ce pays. On pourroit auffi foupçonner que Cars foit la Place que Ptolomée appelle *Chorfa* & qu'il place dans la grande Armenie, si ce Geographe ne la marquoit le long de l'Euphrate. Tout cela pourroit avoir trompé Sanson ; mais il est certain que Cars est bien loin de cette riviere, & je pardonnerois plutost à ceux qui ont proposé comme un doute, si Cars ne seroit pas la ville de *Nicopolis* que Pompée fit bâtir dans le lieu où il avoit battu Mithridate, puisque cette ville se trouvoit entre l'Euphrate & l'Araxe. Cedren & Curopalate nomment Cars, *Carse*, Leunclaw *Carseum*. Ce dernier assûre qu'en 1579. Mustapha Pacha commandant l'armée de Sultan Mourat contre les Perses & les Georgiens, fortifia Cars & la pourveut des munitions nécessaires. On en pourroit faire une des plus fortes Places du Levant.

Le 12 & le 13 Juillet la Caravane y séjourna pour payer les droits de la Doüanne. Nous en partîmes le lendemain à une heure aprés minuit, parce que nos plus gros Marchands qui n'avoient déclaré qu'une partie de l'argent qu'ils faisoient voiturer en Perse, voulurent éviter, par leur diligence, les nouvelles recherches que les Officiers en auroient pû faire. Ils monterent donc à cheval dés qu'ils furent expediez, & nous traversâmes une grande plaine pendant toute la nuit, quelque obscure qu'elle fut. On campa sur les neuf heures du matin auprés de *Barguet* gros village, dont le Château à moitié démoli paroit avoir eté bien bâti dans son temps. On ne découvrit presque que des Plantes ordinaires, & surtout beaucoup de *Gallium* jaune, & du *Gramen sparteum, pennatum* C B. On descendit sur le midi dans une assez belle vallée à demi lieuë de Barguet. Parmi quelques Plantes rares nous y observâmes une espece de *Betoine* assez singuliere, dont la graine a levé & multiplié dans le Jardin du Roy. Elle se distingue principalement par la longueur de ses feüilles longues de demi pied sur un pouce de largeur,

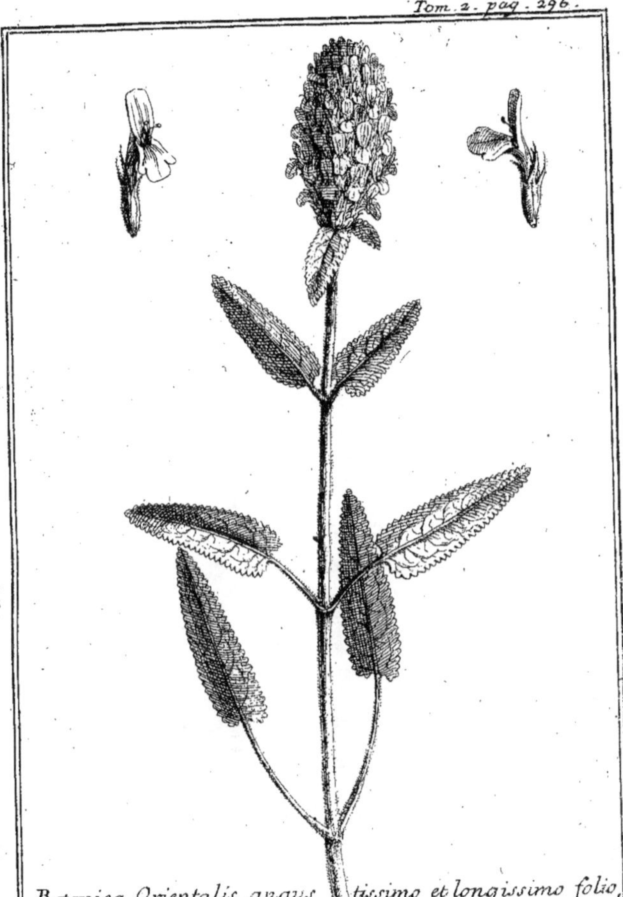

Betonica Orientalis, angustissimo et longissimo folio,
Spica florum crassiori Coroll. Inst. Rei herb. 13.

geur, que la culture n'a point changées. Il y a long temps que cette Plante est connuë en France, puisque M^r le Premier Medecin en a trouvé la figure parmi les Planches que Mr *de la Brosse* son grand oncle & Intendant du Jardin du Roy, avoit fait graver. C'est dommage que ces Planches n'ayent pas paru dans leur temps ; elles sont aussi grandes que celles du Jardin d'*Aisted* & beaucoup mieux gravées. M^r le Premier Medecin qui les a recouvrées depuis peu, nous fait esperer de les donner au public.

Je ne sçai par quelle destinée la plufpart des grands ouvrages de Botanique qui ont esté faits en France dans le siecle passé & qui auroient fait beaucoup d'honneur au Royaume, n'ont point encore paru. Mr *Richer de Belleval* Chancelier de l'Université de Montpellier avoit décrit & fait graver une infinité de Plantes rares qui naissent dans les Alpes & dans les Pyrenées, & que l'on donne tous les jours comme des Plantes inconnuës. Il paroît par les Planches qui font entre les mains de ses heritiers, que les *Bauhins* n'avoient rien découvert de si beau dans ce temps-là. L'ouvrage du P. *Barrillier* est enseveli dans le fond de la Bibliotheque des Dominicains de la rüe S. Honoré. Cet homme infatigable aprés avoir parcouru toute l'Espagne & toute l'Italie, & dêpensé beaucoup à faire graver ce qu'il avoit découvert de plus rare, mourut à Paris sans avoir rien mis au jour. Il n'y a pas d'apparence que ce beau Recueil soit jamais publié. Il en sera de même, Mgr, de celui du P. *Plumier* Minime, si vous n'en favorisez l'edition ; cependant il faut dire à la loüange de ce Pere, qu'il a lui seul décrit & dessiné plus de Plantes d'Amerique, que n'ont fait tous ensemble ceux qui se font mêlez d'en parler. Il est bien aisé de faire des livres de Plantes en décrivant & donnant les figures de

Tome II. .Pp

celles que l'on cultive dans un jardin, & dont on a receu les graines ou les racines par differens correspondans ; mais le P. Plumier avoit fait quatre voyages en Amerique, & il mourut à Cadis dans le temps qu'il devoit en partir, par vos ordres, pour aller au Perou. Pour moi je me flatte, Mgr, que vous me continüerez l'honneur de vôtre protection, & que vous voudrez bien faire graver tant de belles Plantes que j'ay observées dans mes voyages.

Voilà une de ces sortes de digressions qu'il n'est permis de faire que dans des lettres ; le genre epistolaire souffre tout & il convient parfaitement aux voyageurs qui ne sauroient s'empescher de s'égarer quelquefois dans une longue route. Me voici de retour à la Caravane. Le 15 Juillet nous partîmes à quatre heures du matin, & passâmes par des plaines assez bien cultivées, entrecoupées de quelques collines agréables où les bleds êtoient bien plus avancez que du coté d'Erzeron. On y cultive beaucoup de Lin, surtout auprés des villages qui sont assez frequens. Sur les sept heures du matin nous passâmes à guai une petite riviere considérable qui va se décharger, à ce qu'on nous dit, dans l'Arpagi. La grande Caravane nous quitta à une lieuë de là pour aller à Gangel, & nous fûmes fort consternez de nous voir réduits à la seule compagnie de trois marchands qui venoient à Teflis. Un Aga Turc campé sur le chemin envoya deux gardes pour nous reconnoître ; mais comme ils ne sçavoient pas lire, ils ne firent que jetter les yeux sur nos Passeports, & nous demandérent pour leur peine quelques Truites que nos Drogmans avoient peschées. Ils firent payer dix aspres par charge à nos marchands, & se firent donner chacun une piece de savon pour se razer.

Nous découvrîmes ce jour-là, à mon gré, la plus belle

Elephas Orientalis flore magno
proboscide incurva Coroll. Inst. Rei
herb. 48.

Plante que le Levant produife. C'eft une efpece d'*Elephant* à grande fleur, dont la trompe eft courbée en bas.

Sa racine qui eft longue d'environ deux ou trois pouces, n'a qu'une ligne & demi d'épais, dure, rouffatre, cheveluë, & jette une tige haute de neuf ou dix pouces, quarrée, purpurine vers le bas, légerement veluë, accompagnée de feüilles oppofées en croix deux à deux les unes avec les autres, longues d'un pouce à 15 lignes fur 9 ou 10 lignes de large, femblables à celles de la *Pediculaire* jaunes, veluës fur les bords, crenelées, vénées. De leurs aiffelles fort une fleur de chaque coté, rétrecie en tuyau par derriere, verdatre, long feulement d'une ligne & demi ou deux. Ce tuyau s'evafe enfuite en deux levres, dont la fuperieure eft dilatée d'abord en deux efpeces d'oreilles affez arrondies, d'entre lefquelles fort une trompe ou tuyau courbe long de neuf lignes, épais d'une ligne, terminé par une levre ovale d'une ligne & demi de diametre, frifée, bordée de petits poils, au delà de laquelle déborde le filet du piftile. La levre inferieure eft longue & large d'un pouce, chantournée & découpée en trois parties, dont celles des côtez font comme deux grandes oreilles. La partie inferieure eft recoupée en trois pieces. Celles des côtez font arrondies auffi, mais celle du milieu n'eft qu'un petit bec fort pointu. Toute cette fleur eft jaune couleur de fafran, hormis le bas de la levre fuperieure qui eft blanchatre. Les etamines font fort courtes & cachées fous les aifles de la levre fuperieure. Leurs fommets ont deux lignes de long fur une ligne de large, applatis, jaune-pâle. La levre fuperieure réprefente la trompe d'un Elephant qui la courbe pour porter quelque chofe dans fa bouche, au lieu que dans les autres efpeces de ce genre qui font préfentement connuës, cette levre eft relevée. Le calice eft d'une feule piece, long de trois lignes, légerement velu, la levre superieure en est obtuse, échancrée. L'inferieure est fenduë plus profondément en deux pieces. Chaque fleur est attachée à un pedicule long de demi pouce & fort délié. Le pistile qui est un bonton un peu ovale, n'a qu'une ligne de long & devient un fruit de demi pouce de long, presque quarré à coins arrondis, vert-pâle, membraneux, épáis d'environ deux lignes & demi, partagé dans sa longueur en deux loges lesquelles s'ouvrent par les côtez & renferment des graines longues d'une ligne & demi ou deux, épaisses d'une ligne, cane-lées dans leur longueur, & de la forme d'un petit rein.

Le 16 Juillet nous partîmes à quatre heures du matin & campâmes sur les huit heures dans une belle & grande prairie où nos tentes furent dressées pour la premiere fois sur les terres du Roy de Perse. Nous n'avions couché qu'à une heure seulement de la frontiere, laquelle se prend au haut d'une colline à la descente de laquelle commence la Georgie Persienne, ou le pays que les Persans appellent le *Gurgistan*, c'est à dire *la Terre des Georgiens*, car *Tan* est un ancien mot Celte qui signifie un *pays*, & ce mot s'est conservé par tout l'Orient, où l'on dit *le Curdistan*, l'*Indostan*, &c. pour exprimer la *Terre des Curdes*, celle *des Indiens*, &c. Nous découvrîmes d'abord plusieurs villages assez considérables; mais toute cette belle campagne ne produit pas un seul arbre, & l'on est obligé de bruler de la bouze de vache. Les bœufs y sont tres frequens, & on les y éleve autant pour cet usage, que pour en manger la chair. On en attele jusques à 14 ou 15 paires à une charruë pour labourer la terre. Chaque paire a son homme qui la conduit, monté comme un postillon; tous ces postillons qui crient à chaque pas comme les matelots qui font une manœuvre, forment ensemble un charivari épouvantable. Nous étions faits à ce mané-

ge depuis Erzeron. Ce n'eſt pas apparemment de ces terres de Georgie dont parle Strabon, que l'on effleuroit
ſeulement avec une charruë de bois, bien loin d'y employer le fer.

C'eſt un excellent pays que la Georgie. Dés qu'on eſt
ſur les terres du Roy de Perſe, on vient vous preſenter
toutes ſortes de proviſions, pain , vin, poules, cochons,
agneaux, moutons. On s'adreſſe ſur tout aux Francs avec
un viſage riant, au lieu qu'en Turquie on ne voit que des
gens ſerieux qui vous meſurent gravement depuis les pieds
juſques à la teſte. Ce qui nous ſurprit le plus, c'eſt que les
Georgiens mépriſent l'argent & ne veulent pas vendre
leurs denrées. Ils ne les donnent pas non plus, mais ils les
troquent pour des braſſelets, des bagues, des coliers de
verre, de petits couteaux, des aiguilles ou des epingles.
Les filles ſe croyent plus belles quand elles ont cinq ou
ſix coliers pendus au col, qui leur tombent ſur la gorge;
elles en ont auſſi les oreilles garnies, cependant tout cela
fait un aſſez vilain étalage. Nous dépliâmes donc nôtre
mercerie ſur le gazon ; & comme nous êtions avertis de
leurs maniéres, nous avions employé dix écus à Erzeron
en rocailles, comme ils diſent, c'eſt à dire en emaux de
Veniſe qui ſont tous ſemblables à ceux de Nevers. Ces
rocailles nous produiſirent le centuple, mais il ne faut pas
trop s'en charger, car on ne s'en deffait que par troc, &
ces trocs ne ſe font que pour des choſes néceſſaires à la
vie, & pendant deux journées ſeulement; comme ſi les
anciennes maniéres des Georgiens ne s'êtoient conſer-
vées que dans cette contrée. Ces gens-là, comme dit Strabon, ſont plus grands & plus beaux que les autres hommes, mais leurs mœurs ſont tres ſimples. Ils ne ſe ſervent
d'aucune monnoye, d'aucun poids, d'aucune meſure, à
peine ſçavent-ils compter au-delà de cent. Tout ſe fait

chez eux par échange. Nous confiâmes donc nôtre petit tréſor à ces bonnes gens; ils prirent ce qui leur plut, mais aſſurément ils n'abuſérent pas de la confiance que nous avions en eux. Ils nous donnoient une poule groſſe comme un dindon, pour un colier de ſix blancs, & une grande meſure de vin pour des braſſelets de dix-huit deniers. Les cochons s'y promenoient en toute liberté, au lieu qu'en Turquie on les chaſſe comme des animaux inmondes; on dit qu'ils ſont beaucoup meilleurs dans la Georgie qu'ailleurs, mais je crois que c'eſt parce que la pluſpart des voyageurs, qui ont ordinairement beaucoup d'appetit, trouvent tout excellent; en effet les jambons nous parurent un mets nouveau, car nous n'en avions point mangé depuis que nous avions quitté l'Archipel. Les Georgiens traitent les Turcs d'ignorans & de ridicules ſur l'uſage des cochons; les Turcs au contraire appellent les Perſans *ſchiſmatiques*, & les Georgiens *infideles*, parce qu'ils mangent ſans ſcrupule la chair de ces animaux.

A l'égard des Georgiennes, elles ne nous ſurprirent pas, parce que nous nous attendions à voir des beautez parfaites, ſuivant ce qu'on en dit dans le monde. Les femmes avec qui nous troquâmes nos émaux, n'avoient rien de deſagréable, & elles auroient pû paſſer tout au plus pour de belles perſonnes, en comparaiſon des Curdes que nous avions veües vers les ſources de l'Euphrate. Nos Georgiennes avoient pourtant un air de ſanté qui faiſoit plaiſir, mais après tout elles n'étoient ni ſi belles ni ſi bien faites qu'on le dit. Leur teint eſt ſouvent parfumé à la vapeur des bouzes de vache, celles qui ſont dans les villes n'ont rien d'extraordinaire non plus; ainſi je crois qu'il m'eſt permis de m'inſcrire en faux contre les deſcriptions que la pluſpart des voyageurs en ont faites. Nous en fîmes convenir les Capucins de Teflis, qui connoiſſent

Tom. 2. pag. 303.
Femmes de
TEFLIS.

mieux le pays que les étrangers, & qui n'ont jamais pû persuader à ces femmes de se desabuser du vilain fard dont elles couvrent leur visage pour conserver les anciennes coûtumes du pays. On nous assûra qu'on enlevoit les plus belles filles dés l'âge de six ou sept ans pour les transporter à Hispaham, ou en Turquie ; les parens & les meilleurs amis de la maison se mêlent souvent de ce commerce. Pour éviter cet inconvenient, on les marie à 7 ou 8 ans, ou bien on les enferme dans des couvents ; ainsi les lorgnettes que nous avions apportées de Paris nous furent tout-à-fait inutiles, & l'on avoit apparamment enlevé depuis peu ce qu'il y avoit de plus joli dans le pays. Voici le portrait d'une Georgienne qui nous parut assez gracieuse. De tout temps, pour ainsi dire, on a enlevé ce qu'il y avoit de belles personnes dans le pays. Zonare remarque qu'on y prenoit par ordre du Roy les beaux garçons pour les faire Eunuques & les vendre ensuite aux Grecs ; mais pour appaiser les séditions il en coutoit souvent la vie aux peres.

Ce qu'il y a de plus édifiant sur la frontiere de Georgie, c'est qu'on ne demande rien aux étrangers. On peut entrer & sortir quand on veut des terres du Roy de Perse, sans demander permission à qui que ce soit. Les marchands de nôtre Caravane, qui avoit un peu grossi en chemin, nous assûroient que non seulement on traitoit respectueusement les Francs, mais qu'on les regardoit avec crainte & veneration quand ils avoient des chapeaux & des juste-au-corps ; au lieu qu'on les lapideroit en Turquie s'ils marchoient en pareil équipage. On n'exige que des droits fort modiques sur les marchandises qui entrent en Perse. Nous passâmes, sur cette frontiere, la riviere d'Arpagi, laquelle vient de Cars, ou pour mieux dire, dans laquelle se jette la riviere de Cars, comme on l'a dit ci-devant. L'Arpagi va se rendre dans l'Araxe, l'Araxe se joint au Kur, & la mer Caspienne reçoit toutes ces differentes eaux. L'Arpagi passe pour une des rivieres des plus poissonneuses du pays ; quelques-uns prétendent qu'elle sert de frontiere aux deux Empires : mais ce n'est pas à nous à en décider, en tout cas il ne s'agit que d'un quart de lieuë de terrein.

On monta à cheval le 17 Juillet à trois heures & demi du matin, & l'on campa sur les dix heures dans une grande plaine, aprés avoir passé sur des montagnes assez hautes, où le froid se faisoit sentir vigoureusement. Tout le pays est herbu, mais les arbres en sont bannis depuis long-temps. Parmi les Plantes que nous y observâmes, on découvrit une espece d'*Aconit* semblable à celui que l'on appelle *Tüeloup*. Les tiges de celle dont nous parlons forment une pyramide de fleurs, haute d'environ un pied & demi. Chaque fleur est blanche. Le casque qui a 15 lignes de haut, est arrondi par le bout & large de trois lignes. Les crosses sont purpurines. On voit, sur quelques pieds, des fleurs qui tirent sur le blanc-sale.

Le 18 Juillet nous partîmes à quatre heures & demi, & nous marchâmes jusques à midi. Le changement des paysages nous surprit si agréablement, que nous crûmes être arrivez dans un nouveau monde. Ce n'étoit que Bois de haute futaye entremêlez de taillis, parmi lesquels s'élevoient des Chesnes, des Hestres, des Ormeaux, des Tilleuls, des Erables, des Fresnes, des Charmes à grande & petite feüille. On y distinguoit des Epines blanches, des Sureaux & des Iëbles. Les Noisetiers, les Poiriers, les Pruniers, les Pommiers, les Framboisiers & les Fraisiers n'y étoient pas rares. Qui se seroit attendu à voir de si belles choses ! On moissonnoit le bled dans le fond de la vallée où nous campâmes. Nous commençâmes à voir

des

des vignes ce jour-là, mais quoique le vin ne fût pas
bon, on pouvoit le regarder comme du Nectar en comparaiſon de celui que l'on boit à Erzeron. Le payſage du lendemain ne fut pas moins agréable, car depuis
trois heures du matin juſques à dix, nous marchâmes
dans une vallée qui, quoi qu'étroite & eſcarpée, étoit
néanmoins charmante par ſa verdure & par ſes differens
points de veüe. Les habitations ſont dans le fond ou à
mi-côte, les bois en occupent les hauteurs, tout le reſte
eſt rempli de vignobles & de vergers naturels, où les
Noyers, les Abricotiers, les Peſchers, les Pruniers, les Poiriers & les Pommiers viennent d'eux-mêmes. Si cette vallée
n'eſt pas celle que Procope décrit entre le pays des Tzans
& la Perſe-armenie, on ne peut pas douter que ce ne ſoit
un de ces quartiers de la Georgie où, ſuivant Strabon, a-
bondent toutes ſortes de fruits que la terre y produit ſans
culture. On n'y donne aucune façon, dit cet auteur, à la
vigne ſi ce n'eſt qu'on la taille tous les cinq ans. Aprés
avoir paſſé le pays des Tzans, ſuivant Procope, on entre
dans une vallée profonde, eſcarpée, qui eſt des apparte-
nances du Mont Caucaſe, bien peuplée, où l'on mange
de toutes les ſortes de fruits que l'on peut ſouhaiter en automne. Elle eſt pleine de vignes & ſe termine, aprés trois
journées de chemin, par la Perſe-armenie. Ce qu'il y a
de certain, c'eſt que nous n'étions pas éloignez du Mont
Caucaſe. Les montagnes qui s'étendent depuis Cars juſques à Teflis & vers la mer Caſpienne, ſont proprement les
Monts Moſchiques des anciens, leſquels ſuivant Strabon,
occupent l'Armenie juſques chez les Iberiens & les Albanois. Quoiqu'il en ſoit, cette belle vallée dont on vient
de parler, finit par une grande plaine aſſez bien cultivée
où paſſe une riviere conſidérable qui deſcend des montagnes & qui, ſuivant ce qu'on nous dit, va du côté de

Teflis fe jetter dans le Kur. On peut propofer comme un doute, fi ce n'eft pas la riviere que Strabon appelle *Aragôs*. Tout le pays eft fertile en belles Plantes. Voici une efpece de *Caffida* que fa fleur jaune & fes feüilles découpées, comme *la Germandrée*, diftinguent de toutes les efpeces de ce genre.

Sa racine qui eft rouffatre, dure, ligneufe, relevée quelquefois en maniére de tubercule & garnie de fibres cheveluës, pouffe des tiges courbées fur terre, puis redreffées, lefquelles fe multiplient facilement par des bouquets de fibres dans les endroits où elles s'appuyent fur terre. Ces tiges font hautes d'environ huit pouces, branchuës dés le bas, épaiffes d'une ligne, dures, touffuës, accompagnées de feüilles deux à deux, longues de huit ou neuf lignes fur quatre ou cinq pouces de large, vert-brun, mais blanches en dedans, découpées comme celles de *la Germandrée*, foutenuës par une queüe de trois ou quatre lignes de long. Elles diminüent jufques vers la fommité, & ces fommitez fe terminent en épi long d'un pouce & demi, garni de feüilles vert-pâle, longues de fept ou huit lignes, pointuës, ferrées, mais point ou peu crenées. Des aiffelles de ces feüilles naiffent des fleurs jaunes hautes d'environ 15 lignes, rétrecies en tuyau coudé tout au bas, lequel n'a qu'une ligne de diametre, mais evafées enfuite & découpées en deux levres. La fuperieure eft un cafque haut de 4 lignes, garni de deux petites aifles jaune-verdâtre; la levre inferieure eft jaune auffi, longue de trois lignes, echancrée, & qui approche en quelque maniére de la figure d'un cœur. Le calice n'a que deux lignes de haut, partagé en deux levres, dont la plus élevée réprefente une toque, au fond de laquelle eft un piftile à 4 embryons furmonté par un filet courbe, allongé & partagé dans le cafque de la fleur. Toute la plante eft amere. Elle aime la

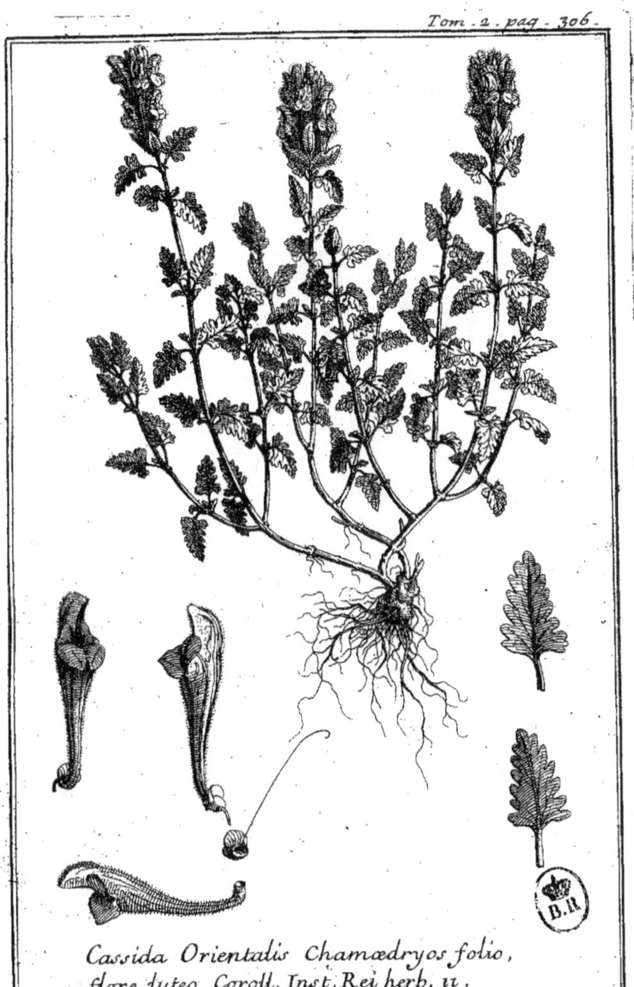

Cassida Orientalis Chamædryos folio,
flore luteo Coroll. Inst. Rei herb. 11.

térre graffe & le chaud. On l'éleve facilement au Jardin du Roy & dans les Jardins de Hollande où je l'ai communiquée à nos amis.

Nous marchâmes toute la nuit du 20 Juillet & n'arrivâmes à Teflis que fur le midi, aprés nous être repofez pendant une heure, à trois milles de la ville fur une montagne affez agréable. Les voituriers partent ordinairement pendant la nuit pour éviter les courriers des Princes Perfans, lefquels pour achever leurs courfes font en poffeffion de prendre les chevaux qu'ils trouvent fur les grands chemins, n'épargnant que ceux des Francs ; car ils croiroient violer le droit d'hofpitalité s'ils les traitoient de même que les gens du pays. Comme il n'y a point de poftes établies, & que ces courriers font cenfez courir pour affaires de conféquence, on ne trouve pas mauvais qu'ils fe fervent des chevaux des particuliers ; de maniére que les courriers démontez font obligez de s'en aller à pied jufques à ce qu'ils ayent ratrappé leur monture. Cette mode eft un peu incivile, mais c'eft l'ufage & il feroit dangereux de s'y oppofer.

Aprés avoir paffé par des pays affez plats, on s'engage dans des défilez efcarpez en approchant de Teflis. Cette ville eft fur la pente d'une montagne toute pelée, dans une vallée affez étroite à cinq journées de la mer Cafpienne, & à fix de la mer Noire, quoique les Caravanes en comptent le double. *Teflis* ou *Tiflis* eft aujourd'hui la capitale de la Georgie, connuë par les anciens fous les noms d'*Iberie* & d'*Albanie*. Pline & Pomponius Mela font mention des peuples appellez *Georgi*. Peut-être que la Georgie en a retenu le nom, peut-être auffi que les Grecs les appelloient *Georgi*, comme qui diroit de *bons Laboureurs*. Les Iberiens, comme nous l'apprend Dion Caffius, habitoient les terres qui font en-deçà & en-delà du fleuve Kur, voifins parconféquent des Armeniens du côté du Couchant, & des Albanois du côté du Levant; car ceux-ci occupoient les terres qui font au-delà du Kur jufques à la mer Cafpienne. Ces Iberiens, peuples fort aguerris, fe declarérent contre Lucullus pour foutenir Mithridate & Tigrane fon gendre. Plutarque remarque qu'ils n'avoient jamais eté foumis, ni aux Medes, ni aux Perfes, ni même au grand Alexandre; néanmoins ils furent battus par Pompée qui s'avança jufques à trois journées de la mer Cafpienne, mais il ne pût la voir, quelque envie qu'il en eût, à caufe que tout le pays étoit couvert de Serpens dont les morfures étoient mortelles. Artoces qui regnoit alors chez les Iberiens, tâcha d'amufer Pompée fous pretexte de rechercher fon amitié; mais Pompée entra dans fes terres, & s'en vint à Acropolis où le Roy tenoit fa Cour. Artoces furpris & épouvanté s'enfuit au-delà du Kur & brûla le Pont. Tout fe foumit aux Romains, qui par là fe rendirent les maîtres d'une des principales gorges du Mont Caucafe. Pompée y-laiffa des garnifons & acheva de foumettre le pays qui eft le long du Kur. Ne peut-on pas conjecturer que *Teflis* eft l'ancienne ville d'*Acropolis* capitale de l'Iberie fur le fleuve Kur ? le nom & la fituation de cette ville favorifent tout-a-fait cette penfée.

Pompée fans vouloir écouter aucunes propofitions de paix, pourfuivit & vainquit Artoces. C'eft apparemment de ce combat dont parle Plutarque dans la vie de cet illuftre Romain, où il affûre qu'il refta neuf mille Iberiens fur la place, & que l'on fit plus de dix mille prifonniers. C'eft auffi ce même Artoces qui, pour obtenir la paix, envoya à Pompée fon lit, fa table & la felle de fon cheval. Quoique toutes ces pieces fuffent d'or, Pompée qui ne voulut écouter aucun accommodement qu'il n'eût receû le fils du Roy pour ôtage, ordonna aux Quefteurs de l'armée de les mettre dans le Trefor public. Appien appelle *Artocus* le Roy d'Iberie; Eutrope *Arthace*, & Sextus Ruffus le nomme *Arface*. Canidius Craffus Lieutenant de M. Antoine rendit recommendable le nom de ce Géneral dans le Mont Caucafe, pour me fervir des termes de Plutarque. Canidius entra dans l'Iberie par le même endroit que Pompée. Suivant Dion il fubjugua Pharnabaze Roy d'Iberie, & Zobere Roy d'Albanie; le même hiftorien rapporte que l'Empereur Claude rendit l'Iberie à un de fes Roys appellé Mithridate. Ce nom a eté commun à plufieurs Roys du Pont, du Bofphore Cimmerien, & d'Iberie. Mithridate dont nous parlons fut dépoffedé & tué par fon frere Pharafmane; mais tous ces changemens nous intereffent peu. Celui qu'on y fit fous le grand Conftantin merite qu'on y faffe plus d'attention.

Dieu permit que les Iberiens, que nous connoiffons aujourd'hui fous le nom de Georgiens, fuffent éclairez de la vraye Foy par le miniftere d'une efclave Chrétienne. Elle les convertit par fes miracles, & guerit leur Roy d'une fuffufion qui lui furvint aux yeux dans le temps qu'il chaffoit. Socrate ajoûte que les nouveaux convertis demandérent des Evêques à Conftantin pour fe faire inftruire; & Procope affûre que c'étoient les meilleurs Chrétiens de leur temps. Gyrgene, un de leurs Roys, preffé par Cavade, Roy de Perfe, de fe conformer à fa religion, implora le fecours de l'Empereur Juftin qui avoit fuccedé à Anaftafe, & cette affaire alluma la guerre entre les deux Empires. Un autre de leurs Roys, nommé Zanabarze, vint à Conftantinople du temps de Juftinien pour s'y faire baptifer avec fa femme, fes enfans, & plufieurs Seigneurs de fa Cour. L'Empereur lui donna de grandes marques d'eftime & d'amitié.

Q q iij

A prefent tout eft bien changé. Le Prince de Georgie, qui proprement n'eft que le Gouverneur du pays, doit être Mahometan, car le Roy de Perfe ne donne point ce Gouvernement à un Seigneur d'une religion differente de la fienne. Le Prince de Teflis s'appelloit Heraclée, dans le temps que nous y êtions, il étoit du Rite Grec, mais on l'obligea de fe faire circoncire. On dit que ce malheureux profeffoit les deux religions, car il alloit à la Mofquée, & venoit à la Meffe chez les Capucins où il beuvoit à la fanté de Sa Sainteté. C'étoit le Prince du monde le plus inconftant & le plus indéterminé : on lui faifoit changer de fentiment plufieurs fois tout de fuite fur les affaires les plus claires : en voici un exemple à l'égard d'un fcelerat, qui fuivant le jugement de tout le monde meritoit plus que la mort, s'il eft poffible d'ôter aux hommes quelque chofe de plus precieux que la vie. Un Seigneur vint lui réprefenter l'enormité des crimes de cet homme ; le Prince ordonna fur le champ qu'on lui coupât la main dont il s'étoit fervi pour tuer les autres ; mais une Dame ayant imploré fa clemence, l'affûra que les enfans de ce malheureux mourroient de faim fi le pere perdoit la main qui gagnoit leur vie ; l'ordre fut révoqué d'abord. Un Courtifan fit connoître aprés cela au Prince, que pour le bien public cet homme meritoit la mort. Qu'on l'éxecute donc, dit Heraclée. La femme du criminel vint enfuite fe jetter à fes pieds ; qu'on fufpende l'éxecution, dit-il : Aprés que cette femme fe fut retirée, un Favori du Prince lui réprefenta qu'on perdroit le refpect qu'on lui devoit, s'il pardonnoit de femblables crimes ; qu'on le puniffe, s'écria-t-il : Pour lors le bourreau le prit au mot & coupa la main au criminel ; mais le Prince, à la follicitation d'un autre Favori à qui les parens du fcelerat avoient fait quelque prefent, pri-

va le bourreau de deux villes qu'il possedoit, parce qu'il
n'avoit pas attendu sa derniere volonté. Les bourreaux
en Georgie sont fort riches, & les gens de qualité y exer-
cent cette charge; bien loin qu'elle soit réputée infame,
comme dans tout le reste du monde, c'est un titre glorieux
en ce pays-là pour les familles. On s'y vante d'avoir eû plusieurs bourreaux parmi ses ancestres, & ils se fondent sur
le principe qu'il n'y a rien de si beau que d'éxecuter la
Justice, sans laquelle on ne sçauroit vivre en seûreté.
Voilà une maxime bien digne des Georgiens.

La Georgie est un pays fort tranquille aujourd'hui,
mais elle a servi plusieurs fois de theatre à la guerre entre
les Turcs & les Perses. Mustapha Pacha qui commandoit l'armée de Sultan Mòurat, prit Teflis en 1578. Il
mit tout le pays à feu & à sang, & fit passer à Constantinople les deux fils de la Reyne de Georgie, dont l'un
se fit Mahometan, & l'autre mourut Chrétien. Les Perses
cependant vinrent au secours des Georgiens, & il resta
dans une bataille soixante & dix mille Turcs sur la place.
La guerre s'y ralluma encore en 1583. mais les Turcs y
furent toujours battus. Mr Chardin décrit fort au long
par quels évenemens la Georgie est passée sous la domination des Perses, on peut le consulter la-dessus car cet
auteur paroît fort exact; mais je le trouve trop prévenu
en faveur des Georgiennes.

Le Prince de Georgie a plus de six cens *Tomans* de rente, suivant la maniére de compter du pays; un Toman vaut
12 écus & demi romains qui font 18 *Aslanis* ou *Abouquels*,
ce sont des écus que l'on frappe en Hollande pour le
Levant. Les Orientaux les nomment *Aslanis*, à cause
de la figure du Lion qu'ils appellent *Aslan*. Cette monnoye est connüe en Egypte sous le nom d'*Abouquel*. Les
revenus du Prince consistent en une pension de 300 To-

mans que le Roy lui fait, & en ce qu'il retire ou de la Doüanne de Teflis ou des entrées de l'Eau de vie & des Melons ; le tout va à prés de 500 Tomans, fans compter ce qu'il exige fous pretexte de régaler les Grands qui paffent par Teflis. Le pays lui fournit des moutons, de la cire, du beurre & du vin. Pour les moutons il en retire un par an de chaque feu, ce qui fait le nombre de 40 mille moutons ; car quoiqu'il y ait foixante mille feux en Georgie, on ne nourrit des troupeaux que dans quarante mille maifons. A l'égard du vin, on en donne quatre mille fommes au Prince ; une fomme pefe quarante *Batmans*, le Batman eft de fix oques.

Les *Sequins* de Venife, qui ont cours par tout l'Orient, valent dans Teflis fix *Abagis* chacun & trois *Chaouris* ou *Sains*. Le Sequin vaut fept livres dix fols monnoye de France, ainfi l'Abagi vaut environ vingt & deux fols ; quatre Chaouris font un Abagi. Cette monnoye femble avoir retenu le nom de ces anciens peuples d'Iberie qu'on appelloit *Abafgiens*. Il eft vrai qu'on écrit *Abaffi*, quoiqu'on prononce *Abagi*, c'eft à dire monnoye frappée au nom du Roy Abas. Ainfi le Chaouri revient à 5 fols 6 deniers ; Un *Ufalton* vaut demi Abagi ou deux Chaouris, c'eft à dire 11 fols. Un Chaouri ou Sain vaut 10 *Afpres* de cuivre ou *Carbequis*, dont 40 font un Abagi. Enfin une Piaftre vaut dix Chaouris & demi.

Les Georgiens & les Armeniens payent la Capitation au Roy de Perfe fur le pied de fix Abagis par tefte. Cette Capitation eft affermée 300 Tomans. On prefente au Roy en hommage quatre Faucons tous les ans, fept efclaves tous les trois ans, & vingt-quatre charges de vin ; mais on ne laiffe pas de lui en envoyer beaucoup plus ; outre cela la plufpart des belles filles du pays font deftinées pour fon Serrail. Les Georgiens font grands yvrognes &

boivent

boivent plus d'eau de vie que de vin ; les femmes pouſſent cette débauche plus loin que les hommes, on peut
juger par là ſi elles ſont cruelles. C'eſt peut-être cet excés
d'yvrognerie qui a gâté le beau ſang de Georgie, car rien
ne contribuë plus à faire de beaux enfans, que la vie reglée, & c'eſt pour cette raiſon que le ſang eſt fort beau en
Turquie. On y voit peu de boiteux & peu d'eſtropiez,
ſurtout dans les pays qui ſont un peu avant dans les terres où les Francs ne ſéjournent pas ; car on accuſe ces
derniers d'incontinence par tout où ils en trouvent l'occaſion.

La débauche eſt grande dans Teflis parmi les Chrétiens ; il eſt vrai qu'ils ne ſont Chrétiens que de nom :
d'ailleurs les Mahometans & les Juifs n'y vivent pas plus
reguliérement. Le vin eſt la ſource de tous ces deſor-
dres ; il faudroit par politique en deffendre l'uſage à ceux
qui ſe portent bien, & ne le permettre qu'aux malades.
Chardin a remarqué avec raiſon, qu'il y a peu de pays
où l'on boive tant de vin qu'en Georgie ; pauvres & riches tout le monde en prend avec excés ; ces débauches
leur font ſupporter plus doucement le joug des Seigneurs
qui les traitent avec tyrannie. Non ſeulement ils les font
travailler à coups de bâton & enlevent leurs enfans pour
les vendre à leurs voiſins, quand ils ont beſoin d'argent ;
mais ils prétendent avoir droit de vie & de mort ſur leurs
ſujets. Le vin gris de Georgie eſt aſſez bon ; celui que
l'on fournit à la Cour de Perſe eſt un vin rouge qui approche de celui de Coſte-rotie, mais il eſt encore plus fu-
meux & plus violent. Les vignes naiſſent en ce pays-là autour des arbres, & grimpent audeſſus comme en Piémont
& en pluſieurs endroits de Catalogne. Les Mahometans
boivent du vin, ou s'en paſſent ſuivant le goût du Roy.
Si le Prince ne l'aime point il leur eſt deffendu d'en boi-

Tome II.   R r

re ; mais ils souffrent impatiemment, en ce dernier cas, d'être obligez de s'accommoder au goût de la Cour.

Teflis est une ville assez grande & bien peuplée, les maisons sont basses, mal éclairées, & bâties ordinairement de boüe & de briques ; c'est encore bien pis dans le reste de la Province où elles ne répondent plus à la peinture que Strabon en a faite. *La plus grande partie de l'Iberie*, dit-il, *est bien habitée : on y voit de gros bourgs & des maisons couvertes de briques ; l'architecture en est bien entenduë, de même que celle des Edifices publics & des Places.* Aujoud'huy les murailles de Teflis ne sont gueres plus hautes que celles de nos Jardins, & les ruës sont mal pavées. La Citadelle est au haut de la ville dans une belle situation, mais l'enceinte qui en est presque ruinée, n'est deffenduë que par de mauvaises Tours. Toute la garnison consiste en quelques malheureux artisans Mahometans qui sont payez pour en faire la garde. Ils y logent avec leurs familles, & ils ne scavent gueres manier les armes. Ce lieu sert d'asile à des malheureux chargez de dettes, ou poursuivis pour crimes. La Place d'armes qui est au-devant, est belle, spacieuse, & sert de marché, on y vend les meilleures denrées du pays. Quand on vient d'Hispaham à Teflis, il faut entrer par la Citadelle ; ainsi le Prince de Georgie qui, suivant la coûtume de Perse, doit aller recevoir les presens & les ordres du Roy hors de la ville, se trouve obligé de passer au havre de cette Citadelle où le Gouverneur pourroit l'arrêter aisément s'il en avoit receu l'ordre.

La ville s'étend du Midi au Nord. La Citadelle est au milieu. On en pourroit faire une Place considérable, car la côte de la montagne sur laquelle elle est située, est fort escarpée, & le fleuve Kur qui passe tout au long n'est pas guéable. L'enceinte de la ville regne

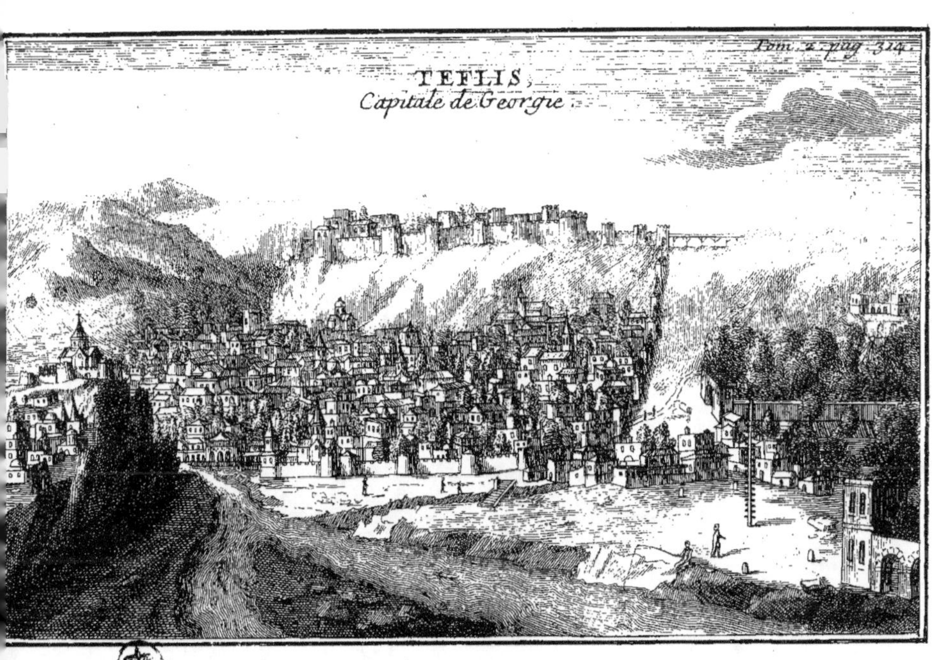

Tom. 2. pag. 314.
TEFLIS,
Capitale de Georgie.

fur cette côte & fait une efpece de quarré, dont les côtez defcendent jufques au fond de la vallée; mais la moitié des murailles font ruinées & ne vallent pas celles du Bois de Vincennes, quoiqu'en dife Mr Chardin. Le Palais du Prince, qui eft au deffous de la Citadelle, eft fort ancien & affez bien ordonné pour le pays. Les Jardins, les Volieres, le Chenil, la Fauconnerie, la Place & le Bazar qui font au devant, meritent qu'on y jette les yeux. On nous fit entrer dans un nouveau falon affez agréable, quoiqu'il ne foit que de bois. Il eft percé de tous cotez & fermé par de grands carreaux de verre bleu, jaune, grifdelin, &c. On y a mis quelques glaces de Venife, mais petites & qui n'aprochent pas de la beauté de celles de Paris. Le plafond eft à compartimens de cuir doré. On nous affûra que l'appartement des femmes étoit encore plus beau; je ne fçai par quelle avanture la clef s'en trouva égarée, cependant on paroiffoit avoir bonne envie de nous le faire voir. La Cour étoit à la campagne dans ce temps-là. Le Prince ne fe portoit pas trop bien, à ce qu'on difoit, & ce fut une des principales raifons qui nous obligea à partir de Teflis, de peur qu'il ne lui prît envie de nous retenir auprés de lui pour prendre foin de fa fanté, comme cela arrive quelquefois dans le Levant.

Du Palais nous allâmes voir les Bains qui n'en font pas éloignez. Ce font de belles fources dont la chaleur eft fupportable à peu prés comme celle des eaux d'Elija auprés d'Erzeron. Dans les Bains de Teflis il y a de l'eau tiede & de la froide, outre la chaude. Ces Bains font bien entretenus & font prefque tout le divertiffement des Bourgeois de la ville. Leur plus grand commerce eft en fourrures que l'on envoye en Perfe ou à Erzeron pour Conftantinople. La Soye du pays, de même que celles de Schamaki & de Gangel, ne paffent point par Teflis, pour

éviter les droits exceſſifs qu'on y feroit payer. Les Armeniens vont l'acheter ſur les lieux & la ſont porter à Smyrne ou aux autres Echelles de la Mediterranée, pour la
vendre aux Francs. On envoye tous les ans plus de deux
mille charges de Chameaux, des environs de Teſſis & du
reſte de la Georgie, à Erzeron de la racine appellée *Boia.*
D'Erzeron elle paſſe dans le Diurbequis où l'on l'employe
à teindre des toiles que l'on y fabrique pour la Pologne.
La Georgie fournit auſſi beaucoup de la même racine
pour l'Indoſtan où l'on fait les plus belles toiles peintes.
Nous ne manquâmes pas de nous aller promener au Bazar de Teſſis dans lequel on voit toutes ſortes de fruits, &
ſur-tout des Prunes, & d'excellentes Poires *de Bon Chrétien d'Eté.* Nous allâmes auſſi nous promener à la maiſon de campagne du Prince, qui eſt dans le fauxbourg
par où on arrive de Turquie. Cette maiſon eſt diſtin-
guée par une eſtrapade qui eſt au-devant de la porte; les
Jardins y ſont beaucoup mieux plantez & mieux ordon-
nez que ceux de Turquie. C'eſt dans ces Jardins que
nous vîmes avec admiration cette belle eſpece de *Perſicaire* à feüilles de Tabac, dont j'ay donné la figure & la
deſcription dans un volume de *l'Hiſtoire de l'Académie
Royale des Sciences.* Mr Commelin en a fait mention dans
ſon *Traité des Plantes Rares.* Comme la graine n'êtoit pas
meure pour lors, nous priâmes un Capucin Italien qui
avoit fini ſa Miſſion à Teſſis, & qui devoit s'en revenir
par Smyrne, d'en amaſſer dans le temps; ce Pere l'a communiquée, comme nous, aux curieux de Hollande &
d'Angleterre. Nous en trouvâmes auſſi dans les Jardins des Moines des *Trois Egliſes.*

La maiſon du Grand Viſir eſt la plus belle de la ville.
A peine êtoit-elle achevée quand nous arrivâmes à Teſſis. Les appartemens ſont en enfilade, mais bas, à la mode

du pays, avec des frizes de fleurs qui font d'un affez mauvais gout, de même que les tableaux d'hiftoire , dont les figures font mal deffinées , mal colorées , & encore plus mal groupées. Les Perfans , quoique Mahometans , fe fervent de tableaux , & l'on peint à frefque dans Teflis fur le plâtre gaché, d'une maniére qui n'eft pas defagréable. Le plâtre y eft fort commun, auffi-bien que le bois, quoiqu'on y brule ordinairement de la bouze de vache. On croit qu'il y a environ vingt mille ames dans la ville, fçavoir quatorze mille Armeniens, trois mille Mahometans, deux mille Georgiens & cinq cens Catholiques Romains. Ces derniers font des Armeniens convertis, ennemis déclarez des autres Armeniens ; les Capucins Italiens n'ont jamais pû les réconcilier enfemble.

Nous logeâmes chez ces bons Peres qui font fort aimez en Georgie où ils font les medecins des corps & des ames. Ils n'y manquent pas d'occupation, car ils ne font que trois, c'eft à dire deux Peres & un Frere. La Congrégation de la *Propaganda* ne leur donne prefentement que 25 écus romains par tefte, qui valent cent livres de France ; mais on leur permet d'exercer la Medecine, laquelle on fuppofe qu'ils favent, quoique pourtant ils n'en ayent que de tres legers principes. Si le malade meurt, ou s'il ne guerit pas, les Medecins ne font point payez ; s'il guerit, ce qui arrive par hafard, on envoye du vin au Couvent, des vaches, des efclaves, des moutons , &c. Leur Couvent eft joli ; ils y reçoivent prefque tous les Francs qui paffent par Teflis, & leur hofpice appartient aux P. Capucins de la Romagne. Le Superieur de la Maifon prend la qualité de *Prefet des Miffions de Georgie.* Les Theatins qui étoient dans la Colchide ou Mengrelie recevoient de la même Congrégation cent écus par tefte, & ils étoient devenus Seigneurs d'une ville. Il n'y a plus

Rr iij

à prefent qu'un feul de leurs Peres qui y faffe fa réfiden-
ce, les autres fe font retirez. Le Patriarche ou Metropolitain des Georgiens reconnoît le Patriarche d'Alexandrie, & tous les deux conviennent que le Pape eft le premier Patriarche du monde. Quand celui des Georgiens
vient chez les Capucins, il boit à la fanté du Pape; mais
il ne veut pas le reconnoître autrement. Le Roy de Perfe
nomme le Patriarche de Georgie fans exiger aucun prefent ni argent. Celui des Armeniens au contraire qui fe
tient à Erivan, dépenfe plus de vingt mille écus en prefens
pour obtenir fa nomination, & fournit chaque année toute la cire qui fe brule dans le Palais du Roy. Ce Patriarche eft fort meprifé à la Cour, de même que les Armeniens ; on les regarde comme un troupeau d'efclaves qui
ne fçauroient s'aguerrir ni fe révolter.

Le Roy de Perfe eft obligé de faire en Georgie beaucoup plus de dépenfe, qu'il n'en retire de profit. Pour
maintenir dans fes interêts les Seigneurs Georgiens, qui
font les maîtres du pays, & qui pourroient fe donner aux
Turcs, il les gratifie de groffes penfions. Les Turcs les
recevroient à bras ouverts, & les Georgiens qui font gens
bien faits & propres pour les armes, ont d'ailleurs affez de
penchant à changer de maître. Avant que la Cour de Perfe fût informée de leur foulevement, ils pourroient non
feulement s'unir avec les Turcs, mais encore avec les Tartares & les Curdes. Il y a dans la Georgie une douzaine de familles confidérables qui vivent en bonne intelligence, par rapport à leurs interêts communs. Elles font
divifées en plufieurs branches, les unes ont deux cens feux,
les autres depuis cinq cens, jufques à mille, deux mille, &
même il s'en trouve qui poffedent jufques à fept ou huit
mille feux. Ces feux font autant de maifons qui compo-
fent les villages, & chaque feu paye la dixme à fon Sei-

gneur. Chaque feu fournit un homme pendant la guerre;
mais les foldats ne font obligez de marcher que pendant
dix jours, parce qu'ils ne peuvent porter des provifions
que pour ce temps-là, & ils fe retirent quand elles viennent à manquer, fuppofé qu'on n'ait pas pourvû à leur
entretien.

Chacun peut faire de la poudre dans Teflis pour fon
ufage; on y apporte le fouffre du Gangel, & le nitre fe
tire des montagnes voifines de Teflis. Le fel foffile eft
tres-commun fur le chemin d'Erivan. L'huile d'Olive y
eft fort chere; on n'y mange & on n'y brûle que de l'huile de Lin; toutes les campagnes font couvertes de cette
Plante, mais on ne la cultive que pour la graine, car on
jette la tige fans la battre pour la filer. : quelle perte! on
en feroit les plus belles toiles du monde; peut-être auffi
que ces toiles feroient grand tort à leur commerce de
toiles de coton. Le Kur porte la fertilité par toutes ces
campagnes; il paffe au milieu de la Georgie, & fa fource vient du Mont Caucafe. Strabon en a bien connu le
cours. Ce fut là que les Roys d'Iberie & d'Albanie, comme dit Appien, fe mirent en embufcade avec foixante
& dix mille hommes pour arrêter les progrés de Pompée;
mais ce Géneral refta un hiver entier fur fes bords, & tailla en pieces les Albanois qui oférent le paffer en fa prefence. Ce fleuve en reçoit plufieurs autres, outre l'Arra-
xe qui eft le plus grand de tous; enfuite il fe jette dans
la mer Cafpienne par douze embouchûres toutes naviga-
bles. Plutarque doute fi le Kur fe mêle avec l'Araxe; mais
fans rapporter ici le fentiment des anciens Geographes,
Olearius qui avoit été fur les lieux, nous en affûre dans
fon *Voyage de Mofcovie, de Tartarie & de Perfe.*

Pour finir ma lettre, M⁽ᵍʳ⁾, je n'ai plus qu'à vous entretenir de ce que j'ai appris, fur les lieux, touchant la reli-

gion des Georgiens, fuppofé qu'on doive leur faire l'honneur de dire qu'ils en ont une. L'ignorance & la fuperftition regnent fi fort parmi eux, que les Armeniens n'en fçavent pas plus que les Grecs, & les Grecs font auffi ignorans que les Mahometans. Ceux qu'on y appelle Chrétiens, font confifter toute leur religion à bien jeûner, & furtout à obferver le grand Carême fi rigoureufement, que les Religieux de la Trappe auroient peine à y réfifter. Cependant non feulement pour l'exemple, mais encore pour éviter le fcandale, il faut que les pauvres Capucins Italiens jeûnent fans neceffité auffi fouvent & auffi féverement que les gens du pays. Les Georgiens font fi fuperftitieux, qu'ils fe feroient baptifer une feconde fois s'ils avoient rompu leurs jeûnes. Outre l'Evangile de Jefus-Chrift, ils ont leur petit Evangile qui court en manufcrit chez eux, & qui ne contient que des extravagances; par exemple, que *Jefus-Chrift étant enfant apprit le mêtier de Teinturier, & qu'étant commandé par un Seigneur pour aller en commiffion, il tarda trop à venir; furquoi ce Seigneur s'impatientant alla chez fon maître pour en apprendre des nouvelles. Jefus-Chrift étant arrivé quelque temps aprés, fut frappé par cet homme, mais le bâton dont il s'êtoit fervi, fleurit fur le champ & ce miracle fut la caufe de la converfion de ce Seigneur, &c.*

Quand un Georgien vient à mourir, s'il ne laiffe pas beaucoup d'argent, comme c'eft l'ordinaire, les heritiers font enlever deux ou trois enfans de leurs vaffaux, & les vendent aux Mahometans, pour payer l'Evêque Grec à qui on donne jufques à cent écus pour une Meffe de mort. Le *Catholicos* ou l'Evêque Armenien met fur la poitrine des morts de fon Rite, une lettre, par laquelle il prie S. Pierre de leur ouvrir la porte du Paradis : enfuite on les met dans le fuaire. Les Mahometans en font autant

pour

pour Mahomet. Quand une personne de considération
est malade, on consulte les devins Georgiens, Armeniens,
Mahometans : ces malheureux assûrent ordinairement
qu'un tel saint ou qu'un tel prophete est en colere ; que
pour l'appaiser & pour guerir le malade, il faut égorger
un mouton & faire plusieurs croix avec le sang de cet
animal : aprés la céremonie on en mange la viande, soit
que le malade guerisse ou non. Les Mahometans ont
recours aux saints Georgiens, les Georgiens aux saints Armeniens, & quelquefois les Armeniens aux prophetes
Mahometans ; mais ils font tous d'intelligence pour faire des frais aux malades, & suivant l'inclination ou la devotion des parens, ils choisissent leurs saints.

Les femmes & les filles font mieux instruites de leurs
superstitions, que les hommes. On éleve la plufpart des
Georgiennes dans des Monasteres où elle apprennent à lire
& à écrire. Elles y font reçües Novices, ensuite Profes-
fes, aprefquoi elles font les fonctions Auriales, comme
de baptifer & d'appliquer les faintes huiles. Leur religion
est proprement un mêlange de la Greque & de l'Armenienne. Il y a quelques femmes Mahometanes dans Teflis
qui font Catholiques en fecret, & celles-la font meilleures Catholiques que les Georgiennes, parce qu'elles font
bien instruites. La fille du Visir, dans le temps que nous
y étions ; la femme du Medecin du Prince & quelques
autres, à ce que nous assûrerent les Capucins, avoient été
baptifées en fecret. Ces Religieux les confessent & leur
donnent la communion en les visitant chez elles, fous pretexte de leur donner des remedes pour des maladies fup-
pofées, & elles viennent quelquefois dans leur Eglife
où elles fe tiennent debout fans ofer donner aucune
marque de leur foy. Dans la derniere révolte du Prince
George, qui fit foulever tout le pays contre le Roy de

Perfe, il y a environ vingt ans, les foldats étoient logez
chez les bourgeois de Teflis, & même dans les Eglifes
Greques & Armeniennes ; mais on porta toûjours beaucoup de refpect à l'Eglife Latine, où les Mahometans
même demandoient par grace de pouvoir entrer.

Il y a cinq Eglifes Greques dans Teflis, quatre dans la
ville, & une dans le fauxbourg ; fept Eglifes Armeniennes,
deux Mofquées dans la Citadelle, & une troifiéme qui
eft abandonnée. La Metropole des Armeniens s'appelle
Sion, elle eft au-delà du Kur fur un rocher efcarpé, le
bâtiment en eft tres-folide, tout de pierres de taille, terminé par un dôme qui fait honneur à la Ville. Le *Ti-
bilclé*, c'eft ainfi qu'on appelle l'Evêque de Teflis, a fon
logement tout auprés. Non feulement les Eglifes des
Chrétiens ont des cloches, mais même des clochers fur
la pointe defquels la croix triomphe. C'eft une grande
merveille dans le Levant. Au contraire les *Muezins* ou
Chantres Mahometans, n'oferoient annoncer les heures
de leurs prieres dans les minarets des Mofquées de la Citadelle, car le peuple les lapideroit. l'Eglife des Capucins
eft petite, mais elle ne laiffera pas d'eftre affez jolie quand
elle fera finie.

J'ay l'honneur d'être avec un profond refpect, &c.

LETTRE XIX.

A Monseigneur le Comte de Pontchartrain, Secretaire d'Etat & des Commandemens de Sa Majesté, &c.

MONSEIGNEUR,

Il y a trop long-temps que nous nous promenons dans le Paradis Terrestre, pour ne pas vous rendre compte de nos découvertes. C'est un avantage que nous vous devons, & qui merite plus que des remercimens ordinaires ; mais il faudroit vous rendre de nouvelles actions de graces dans toutes les Lettres que j'ay l'honneur de vous écrire, si vous ne me l'aviez expressément deffendu. Pardonnez-moy donc, je vous supplie, pour cette fois en faveur du Paradis Terrestre. J'espere que ceux qui liront avec attention ce que je vais en dire, conviendront que s'il est possible de marquer aujourd'huy l'endroit où Adam & Eve ont pris naissance, c'est certainement le pays où nous sommes, ou du moins celui d'où nous venons.

A la verité s'il faut expliquer à la lettre [a] l'endroit où Moyse parle de la situation du Paradis Terrestre, on n'a rien proposé qui paroisse d'abord plus naturel que le systeme de Mr Huet ancien Evêque d'Avranche, l'un des plus Sçavans hommes de ce siecle. Moyse assûre que de ce lieu de délices sortoit un Fleuve qui se partageoit en quatre canaux, l'Eufrate, le Tigre, le Phison & le Gehon. Où trouvera-t'on en Asie un pareil fleuve, si ce n'est ce-

VOYAGE des Trois Eglises. Description du Mont Ararat, & nôtre retour à Erzeron.

[a] *Genes. II. verf. 10. jusqnes à 15.*

lui des Arabes, c'eſt à dire l'Eufrate joint au Tigre, &
partagé en quatre grands canaux qui ſe dégorgent dans
le ſein Perſique ! Il ſemble donc que Mr Huet a ſatisfait
entierement à la lettre, en plaçant le Paradis Terreſtre
dans ce lieu-là ; néanmoins ſon ſyſteme ne ſçauroit ſe ſoutenir, puiſqu'il paroît par les [b]Geographes & les Hiſtoriens Grecs & Latins, que non ſeulement l'Eufrate & le
Tigre couloient anciennement dans des lits ſéparez ;
mais qu'on s'aviſa de faire un canal de communication
entre ces deux rivieres, & qu'enſuite, par ordre des Roys
de Babylone, d'Alexandre le Grand, & même de Trajan
& de Severe, on en tira pluſieurs canaux pour faciliter le
commerce, & rendre les campagnes plus fertiles. En ſorte que l'on ne ſçauroit douter que les branches du fleuve
des Arabes ne ſoient l'ouvrage des hommes ; & par conſéquent il faut convenir qu'elles n'étoient pas dans le Paradis Terreſtre.

    Les Commentateurs de la Geneſe, ceux mêmes qui
ſont les plus attachez à la lettre, prétendent que pour déſigner le Paradis Terreſtre, il n'eſt pas néceſſaire de trouver un fleuve qui ſe partage en quatre canaux, parce que
cela peut étre changé depuis le Déluge ; ils croyent qu'il
ſuffit de montrer les ſources des rivieres nommées par
Moyſe, ſçavoir l'Eufrate, le Tigre, le Phiſon & le Gehon. Dans ce ſens-là on ne ſauroit diſconvenir que ce
Paradis ne ſoit ſur le chemin d'Erzeron à Teflis, ſuppoſé
qu'on puiſſe prendre le Phaſe pour le Phiſon, & l'Araxe
pour le Gehon, comme ils n'en doutent pas. Ainſi pour
ne pas éloigner le Paradis Terreſtre des ſources de ces
quatre rivieres, il faut néceſſairement le placer dans ces
belles vallées de Georgie, d'où l'on apporte toutes ſortes
de fruits à Erzeron & deſquelles nous avons parlé dans
noſtre derniere lettre ; ou s'il eſt permis de regarder le

[b] Plin. Hiſt. nat.
lib. 6. cap. 26.
Polyb. Hiſt. nat.
lib. 5.
Strab. Rerum
Geogr. lib. 16.
Appian de civil.
bell. lib. 2.
Arrian. de Exped.
Alex. lib. 7.
Ptolom. Geogr.
lib. 5. cap. 17.
Ammian. Marc.
lib. 24. cap. 21.
Zoſim. lib. 3. cap.
24.

Paradis Terreſtre comme un pays d'une grande étenduë, lequel a conſervé une partie de ſes beautez, malgré
le Déluge & les changemens qui ſont arrivez ſur la terre depuis ce temps-là ; je ne vois pas de plus bel endroit,
pour déſigner ce lieu merveilleux, que la campagne des
Trois Egliſes, éloignée d'environ vingt lieuës de France
des ſources de l'Eufrate & de l'Araxe, & de preſque autant de celles du Phaſe. Pour en déterminer la circonfé-
rence, il faut au moins l'étendre juſques aux ſources de
ces rivieres. Voila pourquoi le Paradis Terreſtre compre-
noit l'ancienne Medie & une partie de l'Armenie & de
l'Iberie. Si l'on trouve cet eſpace trop étendu, on peut
le réduire à une partie de l'Iberie & de l'Armenie, c'eſt
à dire depuis Erzeron juſques à Teflis, car il eſt hors de
doute que la plaine d'Erzeron, qui eſt aux ſources de
l'Eufrate & de l'Araxe, devoit y eſtre compriſe. Par rapport à la Paleſtine, où quelques-uns ont placé le Paradis Terreſtre ; il me ſemble que c'eſt en vain qu'on voudroit faire quatre grandes rivieres du fleuve Jourdain, qui
pour ainſi dire n'eſt qu'un ruiſſeau : cette contrée d'ailleurs eſt ſeche & pierreuſe. Nos Sçavans en jugeront comme il leur plaira ; pour moi qui n'ai pas veû de plus
beau pays que les environs des Trois Egliſes, je me ſens
fort diſpoſé à croire qu'Adam & Eve y ont eté créez.

Nous partîmes donc pour ce beau lieu le 26 Juillet,
mais nous ne campâmes qu'à quatre heures de Teflis, afin
de joindre une Caravane deſtinée pour les Trois Egliſes. Elle s'aſſembla dans une grande plaine où finit la vallée de Teflis. Cette plaine eſt agréable par ſes vergers &
par ſes jardins. Le fleuve de Kur la traverſe, & coule du
Nord-Nord-Eſt, au Sud-Sud-Eſt ; le chemin que nous
tenions avoit à peu prés la même direction. La pluſpart des marchands de la Caravane firent proviſion, au-

Sſ iij

tour de nôtre camp, de certains roseaux fort déliez &
fort propres pour écrire à leur maniére. C'est une espece
de *Canne* qui ne croist que de la hauteur d'un homme,
& dont les tiges n'ont que trois ou quatre lignes d'épaisseur, solides d'un nœud à l'autre, c'est à dire remplies d'un
bois moüelleux & blanchâtre. Les feüilles qui ont un
pied & demi de long, sur huit ou neuf lignes de large, enveloppent les nœuds de ces tiges par une gaine velüe,
car le reste est lisse, vert-gai, plié en goutiere à fond
blanc. La pannicule ou le bouquet des fleurs n'étoit pas
encore bien épanoüi, mais blanchâtre, soyeux, semblable à celui des autres roseaux. Les gens du pays taillent
les tiges de ces roseaux pour écrire, mais les traits qu'ils
en forment sont tres grossiers, & n'approchent pas de la
beauté des caracteres que nous faisons avec nos plumes.

Le 27 Juillet on partit sur les onze heures du soir, &
nous marchâmes jusques à six heures du matin dans des
plaines marécageuses ; mais nous perdîmes dans la nuit
nôtre riviere, & nous fûmes si fort désorientez, quand le
jour parut, que nous ne sçeumes de quel costé elle s'étoit
jettée. Cependant elle doit se tourner insensiblement
vers l'Orient pour aller se rendre à la mer Caspienne; &
l'Araxe qui va joindre le Kur en doit faire de même;
mais il faut que ce soit loin d'Erivan, puisque dans toute
nostre route, nous n'avons plus veû ni entendu parler
du Kur. On se reposa ce jour-là jusques à huit heures, &
l'on ne marcha que jusques à environ midi & demi, pour
s'arrêter à *Sinichopri* village où il y a un assez beau pont
de pierre, & une espece de Fort abandonné. Nous en
partîmes sur les deux heures pour aller camper dans des
montagnes assez herbuës, où nous fûmes surpris de trouver des Plantes les plus communes, parmi quelques autres assez singulieres. Qui est-ce qui se seroit attendu de

voir des *Orties*, de l'*Eclaire*, & du *Melilot* fur le chemin
du Paradis Terreftre. Il y en a pourtant, auffi-bien que
de l'*Origan commun*, & des *Mauves ordinaires*. Le *Dicta-
me blanc* eft parfaitement beau à l'entrée de ces montagnes, où l'on fentoit une fraifcheur qui faifoit grand
plaifir.

Nous ne fûmes gueres plus heureux en Plantes, le lendemain 28 Juillet, & je commençai à douter fi nous allions vers le Paradis Terreftre, ou fi nous lui tournions
le dos ; car enfin aprés avoir marché, depuis deux heures
aprés minuit jufques à fept heures du matin, dans des
montagnes couvertes de bois & de pâturages, nous ne
trouvâmes fur les grands chemins que du *Millet*, du
Marrube noir & blanc, de la *Bardane*, de la *petite Cen-
taurée*, du *Plantin*, fans répeter les *Orties* & les *Mauves*
du jour precedent. Comme l'ennui ne donne pas beaucoup d'appetit ; que d'ailleurs toute matiere d'erudition
nous manquoit, & que nous avions lieu d'apprehender,
de ne voir dans nôtre pretendu Paradis Terreftre, que
les ronces & les chardons que le Seigneur y avoit fait
naître aprés la cheûte du premier Homme, nous aurions fort mal paffé nôtre temps fans une efpece admirable de *Ciboulette* dont la fleur fent le *Storax en larme*. Ses
feüilles & fes racines qui ont l'odeur de la *Ciboule d'Efpagne*, nous firent trouver plus de gouft aux provifions
qui nous reftoient.

La racine de cette Plante eft prefque ronde, affez douce, & d'une odeur qui participe de celle de l'ail & de
l'oignon. Les cayeux qui l'accompagnent forment une
tefte d'un pouce de diametre. La tige s'éleve à deux
pieds & demi, épaiffe de deux ou trois lignes, folide,
liffe, couverte d'une fleur ou pouffiere femblable à celle
des Prunes fraiches, & garnie de quelques feüilles d'un

pied & demi de long, creuses & larges de trois lignes.
Cette tige est terminée par une teste arrondie, d'un pouce & demi de diametre, dont les fleurs qui sont soute-
nuës par des pedicules de quatre lignes de longueur, sont
à six feüilles de deux lignes de long, relevées sur le dos,
luisantes, rouge-brun, plus clair sur les bords. Du milieu
de ces feüilles sortent autant d'étamines purpurines qui
les surpassent d'une ligne, & qui sont chargées de sommets de même couleur. Le pistile est à trois coins, verdâtre, & devient un fruit semblable à ceux des autres especes d'*Oignon*, c'est à dire à trois loges ; mais il n'étoit
pas assez avancé sur la plante dont nous parlons, pour
pouvoir être décrit.

On partit à minuit le 29 Juillet, & nous passâmes par
des montagnes assez rudes, où il y a des forests, comme
nous le reconnûmes à la pointe du jour, remplies de *Sa-*
bines aussi hautes que des *Peupliers*. Elles different de l'espece que l'on a décrite dans la dixiéme Lettre, en ce que
ses feüilles qui sont de la tissure des feüilles de Cyprés, ne
sont pas serrées les unes contre les autres, mais écartées
sur les côtez, & disposées trois à trois comme par étages.
Les écailles de ces feüilles sont longues d'une ligne &
demi, terminées par un piquant, vert-gai en dessus, fari-
neuses & jaunâtres en dessous. Ces arbres étoient tous
chargez de fruits verts, d'un demi pouce de diametre.

Nous campâmes ce même matin depuis sept heures du
matin jusques à onze heures. Ensuite l'on marcha l'aprés
midi jusques à une heure & demi, pour s'arrêter à *Dili-*
jant village d'assez belle apparence. Des gardes postez
sur le grand chemin, prétendoient que passant de Georgie dans le pays de *Cosac*, qui est une petite contrée entre la Georgie & l'Armenie, nous devions payer
un Sequin par teste ; mais comme nous sçavions que les
Persans

Perſans étoient de bonnes gens, nous commençâmes à faire les méchans, & à porter nos mains ſur nos ſabres. En effet à force de crier & de parler une langue qu'ils n'entendoient pas, comme nous n'entendions pas non plus la leur, ils nous laiſſérent en repos. Tant il eſt vrai que par tout pays ceux qui font le plus de bruit, & qui ſont en plus grand nombre, ont toujours raiſon. Cependant comme les plus diſtinguez du lieu, qui s'étoient aſſemblez au bruit, eurent aſſûré nos voituriers que les gens à cheval qui paſſent par là payent ordinairement un Abagi par teſte, nous le donnâmes volontiers ; aprés-quoi les gardes nous firent plus d'exeuſes & plus de remercimens que nous n'en meritions. On nous apprit que ces ſortes de droits étoient deſtinez pour la garde des chemins, & que cela ſe pratiquoit dans pluſieurs Provinces de Perſe où les Gouverneurs payent des gens pour la ſûreté publique ; le Roy ne leur permettant de faire exiger ces droits, qu'à condition qu'ils ſeront reſponſables des marchandiſes volées. Les habitans du Coſac paſſent pour fiers & ſe font deſcendre de ces Coſaques qui habitent dans les montagnes, au Nord de la mer Caſpienne. Les bourgeois de Dilijant, qui s'étoient attroupez autour de nous, nous firent demander pourquoi nous n'avions pas des habits à la franque, & des chapeaux : Nous leur répondîmes que nous venions de Turquie où l'on eſt fort mal reçeu avec un pareil équipage. Cela les fit rire: On nous preſenta d'aſſez bon vin, & nous continuâmes nôtre route encore pendant une heure au delà du village, pour aller camper juſques au haut d'une montagne couverte de *Cheſnes*, d'*Ormeaux*, de *Frênes*, de *Sorbiers*, & de *Charmes* à *grandes* & à *petites feüilles*.

Nous nous flattions de paſſer la nuit dans un gîte auſſi agréable ; mais nos voituriers nous en firent partir à onze heures du soir & nous firent traverſer, pendant une nuit tres-ſombre, des montagnes affreuſes. Dans la ſaiſon des neiges peu de gens riſquent cette route. Pour moy je m'abandonnai entierement à la conduite de mon cheval, & je m'en trouvai beaucoup mieux que ſi j'avois voulu le conduire. Un automate qui ſuit naturellement les loix de la Mecanique, ſe tire bien mieux d'affaire, dans ces occaſions, que le plus habile Mecanicien qui voudroit mettre en uſage les regles qu'il a appriſes dans ſon cabinet, fuſt-il de l'Academie Royale des Sciences! Enfin nous nous trouvâmes ſur les cinq heures du matin, le 30 Juillet, dans une plaine auprés de *Carakeſis*, chetif village ſur un petit ruiſſeau. Là nous fûmes les maîtres à noſtre tour, comme la raiſon le demandoit, & nous obligeâmes nos voituriers à s'arreſter pour avoir le plaiſir de dormir : mais bon Dieu que ce plaiſir fut court! le démon de la Botanique qui nous agitoit nous éveilla bientoſt; nous nous repentîmes pourtant d'être reſtez, car nous ne fîmes pas grand butin dans cette plaine. Le fleuve *Zengui* qui vient du lac d'Erivan & qui va paſſer par cette ville, y ſerpente; mais il n'eſt pas conſiderable.

Nous partîmes le 31 Juillet à cinq heures du matin, pour traverſer des montagnes aſſez agréables, quoique ſans arbres : auſſi commençames-nous à ſentir la fumée des bouzes de vaches en approchant de *Biſni*, & cette odeur nous incommoda fort dans un Couvent de Moines Armeniens où nous dinâmes. Leur cour eſt toute pleine de cette belle eſpece de *Creſſon* que Zanoni a pris, ſans raiſon, pour la premiere eſpece de *Thlaſpi* de Dioſcoride. Ces bons Religieux nous receûrent fort honnêtement, mais nous ne trouvâmes pas chez eux les mêmes agrémens que chez les Moines Grecs. Les Armeniens font plus graves, & dailleurs nous n'avions pas le mot à dire chez eux, au lieu que nous barragoüinions quelque peu le Grec vulgaire chez les Caloyers, dont la vivacité est tout-a-fait réjoüiffante. Le Couvent de Bifni est le mieux bâti que nous ayons veû dans tous ces quartiers, il est folide, & de bonnes pierres de taille. Les ruines qui font aux environs, marquent qu'il y avoit autrefois une ville confidérable; & quoique le village foit petit, nous l'aurions pris pour *Artaxate*, n'étoit qu'il est fur le fleuve *Zengui*. Pour le Monaftere on le croit de fept ou huit cens ans de fondation. Nous en partîmes à midi, & paffâmes fur une autre montagne pour nous retirer encore dans un Monaftere d'Armeniens à *Yagovat* village plus petit que Bifni, à l'entrée de la grande plaine des Trois Eglifes, où nous prétendions trouver le Paradis Terreftre.

On partit à trois heures le lendemain au matin, dans l'impatience de voir ce fameux bourg que les Armeniens vifitent avec plus de devotion que les *Romipetes* ne vifitoient Rome dans le temps de Rabelais. Les Trois Eglifes ne font qu'à fix heures de chemin d'Yagovat. Les Armeniens appellent ce bourg *Itchmiadzin*, c'est à dire *la defcente du Fils unique*, à ce qu'on nous dit, parce qu'ils croyent que le Seigneur apparut à Saint Gregoire en ce lieu-là. Nous n'en doutâmes pas; car nous n'entendions pas un feul mot d'Armenien vulgaire ni litteral. Quoique nous ne fuffions pas fort avancez dans la connoiffance de la langue Turque, comme pourtant nous fçavions compter jufques à dix, nous comprîmes facilement que *utch* qui fignifie *trois*, joint à *kliffe*, mot corrompu d'*Eclefia*, devoit fignifier *Trois Eglifes*, & c'est le nom que les Turcs y ont donné; mais ils devoient plutoft avoir appellé ce bourg les Quatre Eglifes, puifqu'il y en a quatre qui paroiſſent bâties depuis long-temps. Les Caravanes y ſéjournent pour faire leurs dévotions, c'eſt à dire pour s'y confeſſer, communier, & pour recevoir la benediction du Patriarche. Ce Couvent eſt compoſé de quatre corps de logis bâtis en maniére de cloîtres, diſpoſez ſur un quarré fort long, comme il eſt ici gravé. Les cellules des Religieux & les chambres que l'on donne aux étrangers, ſont toutes de même figure, terminées par un petit dôme en forme de calote, dans la longueur de ces quatre cloîtres. Ainſi cette maiſon doit être regardée comme un grand Caravanſerai où les Moines ont leur logement. L'appartement du Patriarche, qui eſt à droite en entrant dans la cour, eſt un corps de logis plus élevé & de plus belle apparence que les autres. Les Jardins en ſont agréables, bien entretenus; & genéralement parlant les Perſans ſont bien plus habiles Jardiniers que les Turcs. En Perſe on plante les arbres en allignement; on ordonne aſſez-bien les Parterres; les compartimens ſont d'un bon gout, & les plantes y ſont diſpoſées & eſpacées avec propreté; au lieu que tout eſt en confuſion chez les Turcs. L'enceinte des Jardins du Patriarche, de même que la pluſpart des maiſons du bourg, n'eſt que de boüe ſechée au ſoleil, & coupée en grands & gros quartiers que l'on poſe les uns ſur les autres, & que l'on joint enſemble avec de la terre détrempée, au lieu de mortier. Les murailles des Parcs autour de Madrid ſont de même matiére; les Eſpagnols appellent *Tapias* ces pieces de terre cuites, ou pour mieux dire ſechées au ſoleil.

L'Egliſe patriarchale eſt bâtie au milieu de la grande cour, & dédiée à *Saint Gregoire l'Illuminateur*, qui en fut le premier Patriarche, du temps de Tiridate Roy d'Armenie, ſous le grand Conſtantin. Les Armeniens croyent que le Palais de ce Roy étoit à la place du Couvent, &

Mont ARARAT, Veü
des trois Eglises.

Moynes Armeniens.

que Jesus-Christ se manifesta à Saint Gregoire dans l'endroit où est l'Eglise. Ils y conservent un bras de ce Saint, un doit de Saint Pierre, deux doits de Saint Jean Baptiste, une côte de Saint Jacques. C'est un bâtiment tres-solide & de belles pierres de taille ; les piliers en sont fort épais, de même que les voûtes ; mais tout l'édifice est obscur & mal percé, terminé en dedans par trois Chapelles, dont la seule du milieu est ornée d'un autel ; les autres servent de sacristie & de Tresor. Ces deux pieces sont remplies de riches ornemens d'Eglise & de belle vaisselle. Les Armeniens qui ne se piquent de magnificence que dans les Eglises, n'ont rien épargné pour enrichir celle-ci. On y voit les plus riches étoffes qui se fassent en Europe. Les vases sacrez, les lampes, les chandeliers sont d'argent, d'or ou de vermeil. Le pavé de la nef & celui du presbitere sont couverts de beaux tapis. Le presbytere, ou le tour de l'autel, est tapissé communément de Damas, de velours ou de brocard. Cela n'est pas surprenant, car les marchands Armeniens qui commercent en Europe & qui font de gros gains, font des presents magnifiques dans cette Eglise ; mais il est surprenant que les Persans y souffrent tant de richesses. Les Turcs au contraire ne permettroient pas aux Grecs d'avoir un chandelier d'argent dans leurs Eglises : rien n'est plus pauvre que celle du Patriarche de Constantinople. Les Moines des Trois Eglises se font honneur de montrer les richesses qu'ils ont receües de Rome, & font des souris moqueurs quand on leur parle de la réunion. Plusieurs Papes leur ont envoyé des Chapelles entieres d'argent, sans qu'elles ayent encore rien operé. Les Patriarches jusques ici ont amusé les Missionnaires ; il n'est pas mal-aisé de tromper les gens qui sont de bonne foy. La réunion des religions est un miracle que le Seigneur operera lorsqu'il le jugera à propos. C'est du Ciel qu'il faut attendre

T t iij

la veritable converfion des Schifmatiques, dont le nombre eft infiniment plus grand que celui des Armeniens
Romains. Ces malheureux Schifmatiques, par leur credit
& par leur argent, féroient dépofer un Patriarche qui
donneroit les mains à la réunion. La haine qu'ils ont
pour les Latins paroît irréconciliable : enfin foit par envie, foit par intereft, les Preftres fchifmatiques Armeniens ou Grecs veulent commander abfolument chez eux,
& les Patriarches font obligez de leur céder, de peur que
la populace ne fe fouleve.

L'Architecte qui a donné le deffein de l'Eglife Patriarchale étoit un fort habile Maître, fuivant je ne fçai
quelle tradition des Armeniens, qui prétendent que ce
fut Jefus-Chrift lui-même qui en traça le Plan en préfence de Saint Gregoire, & qui lui ordonna de l'éxecuter.
Au lieu de crayon, à ce qu'ils difent, Jefus-Chrift fe fervit d'un rayon de lumiere, au centre duquel Saint Gregoire faifoit fa priere fur une grande pierre quarrée, d'environ trois pieds de diametre, que l'on montre encore aujourd'hui au milieu de l'Eglife. Si cela eft, le Seigneur
y employa un ordre d'architecture affez fingulier ; car les
dômes & les clochers font en pavillon d'entonnoir renverfé, & terminez par une croix.

Les deux autres Eglifes font hors du Monaftere, mais
elles tombent en ruine, & l'on n'y fait plus le fervice depuis long-temps. Celle de *Sainte Caiane* eft à droite du Couvent, fuppofé qu'on y entre par la grande porte, & non par celle des Refectoires. L'autre Eglife qui eft
à gauche & bien plus éloignée de la maifon, porte le nom
de *Sainte Repfime*. On pretend chez les Armeniens que
Caiane & *Repfime* étoient deux Vierges Romaines qui furent martyrifées fur les lieux où font bâties leurs Eglifes.
On fait même defcendre *Sainte Caiane*, de je ne fçay

quelle famille de *Caius*. Ils font plus embarraffez à trouver la genéalogie de *Repfime* dont le nom n'eft pas Romain : cependant on lit dans leur Chronique, que c'ê-
toient deux Princeffes Romaines, qui vinrent en Levant
pour voir Saint Gregoire ; mais Tiridate Roy d'Armenie ayant trouvé cela fort mauvais, fit defcendre Caiane
dans un puis plein de ferpens, ne doutant pas qu'elle n'y
mourût dans peu de temps : neanmoins la Sainte n'en fut
pas bleffée ; les ferpens y perirent, & Caiane y vêcut en
bonne fanté pendant quarante ans. Comment accorder
tout cela avec la fuite de l'Hiftoire ! car ils ajoûtent que le
Roy Tiridate en êtant devenu amoureux, & ne pouvant
pas la fléchir, non-plus qu'aucune de fes compagnes qui
étoient de belles perfonnes, & que la Chronique met jufques au nombre de quarante, leur fit fouffrir à toutes le
martyre.

A l'égard de la campagne qui eft autour des Trois
Eglifes, elle eft tout-a-fait admirable, & je n'en connois
point qui donne une plus belle idée du Paradis Terreftre.
On n'y voit que ruiffeaux qui la rendent extrémement
fertile, & je doute qu'il y ait un pays fur la terre où l'on
recüeille autant de denrées tout à la fois. Outre la grande quantité de toutes fortes de grains qu'on en retire, on
y trouve des champs d'une étenduë prodigieufe, tout
couverts de tabac. Ce feroit une plaifante queftion à
propofer en Botanique ; fçavoir fi cette plante étoit dans
le Paradis Terreftre, car elle fait en ce monde les délices
de bien des gens qui ne fauroient fe paffer d'en faire un
continuel ufage : cependant originairement elle vient d'A-
merique ; mais elle fe porte auffi-bien en Afie que dans
fon propre pays. Le refte de la campagne des Trois
Eglifes eft plein de Ris, de Coton, de Lin, de Melons, de
Paftéques, & de beaux vignobles. Il n'y manque que des

Oliviers, & je ne ſçai où la Colombe qui ſortit de l'Arche fut chercher un rameau d'olivier, ſuppoſé que l'Arche ſe ſoit arrêtée ſur le Mont Ararat, ou ſur quelque autre montagne d'Armenie ; car on ne voit pas de ces ſortes d'arbres aux environs, ou il faut que l'eſpece ſe'n ſoit perduë ; cependant les Oliviers ſont des arbres immortels. On cultive auſſi beaucoup de *Rivinus* autour du Monaſtere, pour en tirer de l'huile à bruler ; celle de Lin eſt employée pour la cuiſine. C'eſt peut-être pour cette raiſon que la Pleureſie eſt aſſez rare en Armenie, quoique le climat y ſoit inégal, & parconſéquent propre à produire cette maladie. Geſner remarque que l'huile de Lin, beuë à la place de celle d'amandes douces, eſt un excellent remede pour la pleureſie.

A l'égard des Melons, il n'y en a pas de meilleurs dans tout le Levant que ceux des Trois Egliſes & des environs. Pour trente ſols nous en faiſions charger un de nos chevaux, & parmi ce grand nombre il s'en trouvoit quelques-uns fort ſuperieurs à ceux que l'on mange à Paris : mais ce qu'il y a d'admirable, c'eſt qu'ils engraiſſent, & qu'ils ne font jamais aucun mal ; plus nous en mangions, & mieux nous nous portions. Ceux qu'on appelle *Melons d'eau* ou *Paſtéques*, dans la plus forte chaleur du jour, ſont comme à la glace quoique couchez ſur terre au milieu des champs où la terre eſt tres-chaude. On ne les cultive pas dans des lieux aquatiques, comme on le croit en ce pays-ci ; mais on les appelle Melons d'eau parce que leur chair ne ſe fond pas ſeulement à la bouche, mais qu'elle répand une ſi grande quantité d'eau qu'on en perd la moitié, ſur-tout quand on mord dans le fruit, comme font les gens du pays qui les pelent & les mangent ordinairement comme des pommes : Nos Poires de *Beurré* & la *Moüille-bouche* ſont ſeches en
compa-

comparaifon de ces Melons. Ce feroient les fruits les plus délicieux du monde s'ils avoient autant d'odeur & de goût que les autres Melons. La chair des Melons d'eau devient plus ferme dans leur parfaite maturité, & à proprement parler ne fe fond pas, mais cette eau délicieufe qui eft renfermée dans les cellules de la chair, fe vuide fi abondamment, comme par autant de petites fources, que bien fouvent les Orientaux préferent ce fruit aux meilleurs Melons. Les Armeniens appellent *Carpous* les Melons d'eau, mais ils ont pris ce nom des Grecs qui le donnent à tous les fruits, & *Carpous* dans ce fens-là veut dire *un fruit par excellence*. On éleve les meilleurs Melons d'eau dans ces terres falées qui font entre les Trois Eglifes & l'Aras. Aprés les pluyes on voit le fel marin tout criftallifé dans les champs, & qui craque même fous les pieds. A trois ou quatre lieuës des Trois Eglifes fur le chemin de Teflis, il y a des carriéres de fel foffile, lefquelles fans être épuifées en fourniroient fuffifamment à toute la Perfe. On y coupe le fel en gros quartiers comme on taille les pierres dans nos carriéres, & l'on charge deux de ces quartiers fur chaque Buffle. On trouve quelquefois des troupes de ces animaux qui fe fuivent fur les grands chemins, & qui ne portent point d'autre marchandife, car en Levant on compte les Buffles parmi les bêtes de fomme. Les Orientaux s'imaginent que le fel croît dans les carriéres, & que les endroits où lon en a coupé depuis long-temps fe rempliffent peu à peu : mais qui eft-ce qui a fait ces obfervations avec exactitude ! on m'en dit de même à *Cardone* en Efpagne, où fe trouvent les plus belles carriéres ou mines de fel qui foient dans le refte du monde. Cette montagne n'eft qu'en bloc de fel qui paroît comme une roche d'argent dans le temps que le foleil éclaire les endroits qui ne font pas cou-

verts de terre. Ceux qui travaillent dans les carriéres de
marbre, font dans la même prévention, & croyent, plûtoſt
par tradition que par bonnes raiſons, que les pierres croiſ-
ſent véritablement par un principe interieur, comme les
Truffes & les Champignons; ainſi le préjugé touchant la
vegétation des foſſiles eſt bien plus étendu qu'on ne s'i-
magine, mais ce n'eſt pas ſur ce préjugé qu'il en faut juger, c'eſt ſur des obſervations bien vérifiées.

Nous faiſions aſſez bonne chere dans le Monaſtere
des Trois Egliſes où nous êtions logez à nôtre aiſe : comme il n'y avoit pas beaucoup d'étrangers, nous avions
autant de chambres que nous en voulions. Les Religieux, qui ſont la pluſpart *Vertabiets*, c'eſt à dire *Docteurs*,
boivent à la glace, & nous en faiſoient donner ſuffiſam-
ment; mais ils n'ont pas de ſecret pour chaſſer les couſins
de leur Couvent. Nous êtions obligez la nuit de quitter
nos chambres & de faire porter nos matelats dans le Cloître ou autour de l'Egliſe, ſur un pavé de grands carreaux
bien entretenus. Les couſins y étoient moins incommo-
des que dans les lieux couverts, mais cela n'empeſchoit
pas qu'ils ne ſuçaſſent beaucoup de nôtre ſang; nous a-
vions tous les matins le viſage couvert de boutons, malgré toutes nos précautions. Les parterres qui ſont ſur la
gauche de l'Egliſe ſont fort agréables. Les *Amaranthes*
& les *Oëillets* en font les principaux ornemens; mais ces
fleurs n'ont rien de ſingulier ni qui merite qu'on en porte les graines en ce pays-ci, au contraire les curieux de
Perſe s'accommoderoient beaucoup mieux des eſpeces
qu'on éleve en Europe. Nous ne cueillîmes dans les parterres du Couvent que la graine de cette belle eſpece
de *Perſicaire* dont les feüilles ſont auſſi grandes que celles du Tabac, & que nous avions obſervée à Teflis dans
le Jardin du Prince. Voici la deſcription d'une belle eſ-

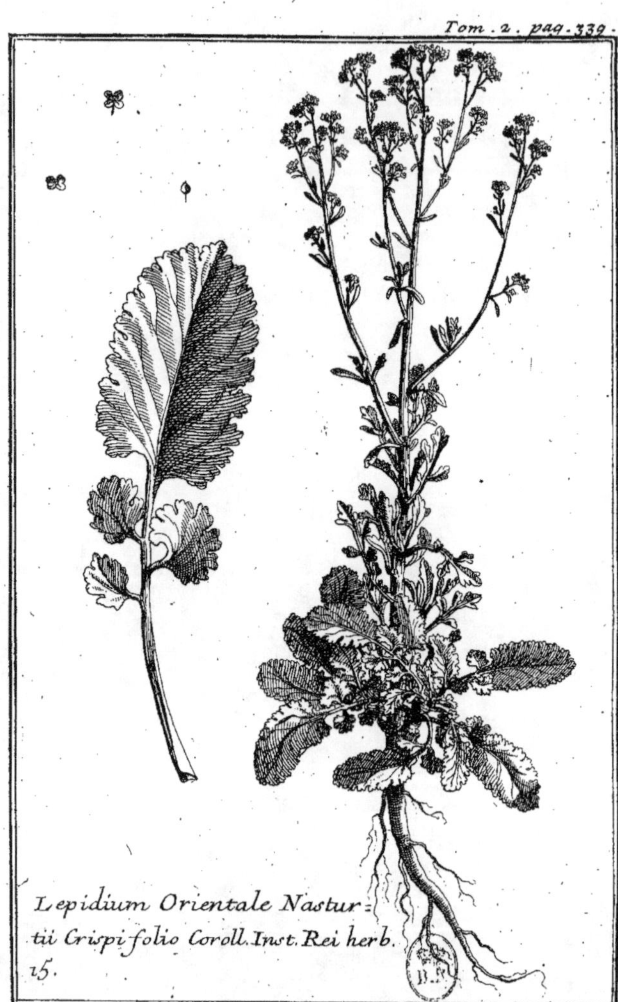

Lepidium Orientale Nastur=
tii Crispi folio Coroll. Inst. Rei herb.
15.

pece de *Lepidium* à feüilles de Cresson frisé, qui croît dans les champs entre le Monastere & la riviere d'Aras.

La racine pique en fond, longue d'un pied, grosse comme le petit doit, dure, ligneuse, blanche, peu chevelüe, & produit une tige haute de deux ou trois pieds, assez branchuë, vert-gai, accompagnée en bas de feüilles longues de quatre pouces, sur deux pouces de large, tout-a-fait semblables à celles du *Cresson frizé*, un peu plus charnuës, lisses des deux côtez, vert-gai, découpées en grosses pieces jusques à la côte, laquelle commence par une queüe assez longue. La derniere piece est plus grande que les autres, arrondie & frizée de mesme que celles qui sont sur le reste de la queüe, lesquelles sont quelquefois incisées plus profondément. Les feüilles qui naissent le long des tiges sont encore découpées plus menu. De leurs aisselles naissent des branches assez étenduës sur les côtez, garnies de bouquets de feüilles dont la pluspart ne sont pas découpées, assez semblables à celles de l'*Iberis commun*. Les branches sont subdivisées en plusieurs brins tous chargez de fleurs blanches. Chaque fleur est à quatre feüilles longues d'une ligne & demie, arrondies à la pointe & fort pointuës à leur naissance. Le calice est à quatre feüilles aussi, le pistile qui est long de demi ligne coupé en fer de pique, devient un fruit de même forme, plat, & partagé en deux loges dans sa longueur. Chaque loge renferme une graine rousse, tirant sur le brun, longue de demi ligne, applatie. Toute la plante a le goût & l'acreté du *Cresson Alenois*.

Pendant nôtre séjour aux Trois Eglises, nous fime chercher, mais inutilement, des voituriers pour nous conduire au Mont *Ararat*. Personne ne voulut être de la partie; les voituriers étrangers ne veulent pas, à ce qu'ils disent, s'aller perdre dans les neiges : ceux du pays étoient employez pour les Caravanes, & ne vouloient pas aller fatiguer leurs chevaux dans un endroit si affreux. Cependant cette montagne si fameuse n'est qu'à deux petites journées du Monastere, & nous connûmes bien dans la suite qu'il n'est pas possible de s'y engager, par la raison qu'elle est toute découverte, & que l'on ne sauroit monter que jusques à la neige. Ce n'est pas une grande merveille, quoiqu'en disent les Religieux, de ne pouvoir pas en ateindre le sommet, puisqu'il est presque à moitié couvert de neige glacée depuis le déluge. Ces bonnes gens croyent, comme un article de foy, que l'Arche s'y arrêta. S'il est vrai que ce soit la plus haute montagne d'Armenie, suivant le jugement des gens du pays ; il est tres-certain aussi que c'est la plus chargée de neige. Ce qui fait paroître l'Ararat plus elevé, c'est qu'il est planté seul en forme de pain de sucre au milieu d'une des plus grandes plaines que l'on puisse voir. Il ne faut pas même juger de sa hauteur par la quantité des neiges qui le couvrent, puisque la neige se conserve dans le plus fort de l'Esté sur les moindres collines d'Armenie. Quand on demande aux Moines Armeniens, s'ils n'ont pas des reliques de l'Arche, ils répondent sagement qu'elle est encore ensevelie dans les fondrieres des neiges du Mont Ararat.

Nous allâmes le 8 Aoust à *Erivan* ville considérable & Capitale de l'Armenie Persienne, à trois heures de chemin des Trois Eglises. Ce n'étoit pas seulement dans le dessein de voir la Place, mais aussi pour prier le Patriarche de nous faire donner des voituriers pour le Mont Ararat, suivant le conseil des Religieux des Trois Eglises ; & certainement nous n'en aurions pas trouvé sans un ordre de sa part. La ville d'Erivan est remplie de vignes & de jardins, bâtie sur une colline qui est au bout

de la plaine; les maisons mêmes s'étendent dans une des
plus belles vallées de Perse, & dont les prairies sont en-
tremêlées d'arbres fruitiers & de vignobles. Les bourgeois d'Erivan sont assez simples pour croire que leurs vignes sont encore de l'espece de celle que Noé y planta.
Quoiqu'il en soit, elles produisent de fort bon vin, &
cela fait mieux leur éloge, que si on les faisoit descendre
de celles du bon Patriarche. La vallée est arrosée par de
belles sources, & les maisons de campagne y sont presque aussi nombreuses qu'aux environs de Marseille. Il
n'y a que le haut des collines qui deshonore le pays par
sa secheresse, mais la vigne y feroit des merveilles s'il
y avoit assez de monde pour la cultiver. Les meilleures
terres sont couvertes de grains, de Coton & de Ris, ce
dernier est principalement destiné pour Erzeron. Les
maisons d'Erivan ne sont qu'à un étage en terrasse, bâties
de boüe & de Torchis à la maniére des autres villes de
Perse. Chaque maison est enfermée dans une enceinte
isolée, quarrée, anguleuse ou arrondie, haute d'environ
une toise. Les murailles de la ville, quoiqu'à double rempart en plusieurs endroits, n'ont gueres plus de deux toi-
ses d'élévation, & ne sont deffenduës que par de méchants ravelins arrondis, épais de quatre ou cinq pieds.
Toutes ces pieces, de même que les murailles, sont de
boüe sechée au soleil, sans être terrassées. Les murailles
du Château qui est au haut de la ville, ne valent guere
mieux, quoiqu'elles soient à triple rang. Le Château qui
est presque ovale, renferme plus de huit cens maisons
occupées par des Mahometans; car les Armeniens qui y
travaillent pendant le jour viennent coucher à la ville.
On nous assûra que la garnison de ce Château étoit de
2500 hommes, la pluspart gens de métier. La Place est
est imprenable du côté du Nord, mais c'est l'ouvra-

Vu iij

ge de la nature, qui au lieu de remparts de boüe, l'a munie d'un precipice effroyable, au fond duquel passe la riviere. Les portes du Château sont garnies de tole. Les sarrasines & les corps de garde paroissent assez bien entendus. L'ancienne ville étoit peut-être plus forte, mais elle fut détruite pendant les guerres des Turcs & des Persans. Mr Tavernier assûre qu'elle fut livrée à Sultan Mourat par trahison, & que les Turcs y laisserent vingt-deux mille hommes de garnison. Cependant Cha-Sefi Roy de Perse l'emporta de vive force : Il fut le premier à l'assaut, & les vingt-deux mille Turcs qui n'avoient pas voulu se rendre, furent taillez en piece. Mourat se vengea en Prince barbare dans Babylone ; il fit passer au fil de l'épée tous les Persans qui s'y trouvérent, quoiqu'il leur eût promis la vie par la capitulation.

Du costé du Midi sur une butte, à mille pas environ de la Citadelle, est le petit Fort de *Quetchycala* revêtu d'une double muraille ; mais ces sortes d'ouvrages craignent plus la pluye que le canon ; Quetchycala ressemble à ces forts de terre grasse que l'on construit quelquefois à Paris pour faire exercer les Académistes. Les canonieres de toutes les fortifications d'Erivan sont d'une structure assez singuliere ; elles avancent hors de la muraille en maniére de masque, d'un pied & demi de saillie, & sont terminées en capuchon ou en groin de cochon, ce qui met tout-a-fait à couvert la tête du soldat qui est commandé pour tirer. Cela n'est pas trop mal imaginé pour les poltrons ; mais aussi ils ne sauroient découvrir les ennemis que quand ils sont à portée & qu'ils viennent se placer justement où il faut pour se faire tuer, car si les assiégez attendent qu'ils soient arrivez au pied des murailles, ils ne peuvent plus tirer sur eux.

Mr Chardin qui a mieux connu Erivan & ses envi-

rons, qu'aucun de nos voyageurs, en décrit exactement les
rivieres. Le *Zengui* coule au Nord-Ouest, & le *Queur-
boulac* au Sud-Ouest, formé par 40 fontaines, comme
l'exprime son nom. Le Zengui vient du Lac d'Erivan à
deux journées & demi de la ville ; mais je ne scai pas si
c'est le même Zengui dont j'ay parlé ci-devant. Le Lac
qui est profond & de 25 lieües de tour, est rempli de Carpes & de Truites excellentes, dont les Religieux, qui sont
dans un Monastere bâti sur l'Isle qui est au milieu du Lac,
ne profitent gueres, car il ne leur est permis d'en manger
que quatre fois l'année, & ils ne peuvent parler entre eux
que ces jours-là. Pendant le reste de l'année ils gardent
un silence perpetuel, & ne mangent que les herbes de
leur Jardin, telles que la nature les leur prepare, c'est à
dire sans huile ni sel. Ces pauvres Moines sont comme
autant de Tantales qui voyent à quatre doits de leur bouche d'excellens fruits sans y pouvoir toucher. Cependant
l'ambition n'est pas tout-a-fait bannie de ce lieu; le Superieur ne se contente pas de prendre le titre d'Archevêque, il prend aussi celui de Patriarche, & il le dispute même au Patriarche des Trois Eglises.

On passe le Zengui à Erivan sur un pont de trois arches, sous lesquelles on a pratiqué des chambres où le
Kan, qui est le Gouverneur du pays, vient quelquefois se
rafraîchir pendant les grandes chaleurs. Ce Kan tire tous
les ans plus de vingt mille Tomans de la Province, c'est à
dire plus de neuf cens mille livres monnoye de France,
sans compter ce qu'il gagne sur la paye des troupes destinées pour garder la frontiere. Il est obligé de donner avis
à la Cour, de toutes les Caravanes & de tous les Ambassadeurs qui passent. A l'égard des Ambassadeurs, la Perse
est le seul pays que je connoisse, où ils soient entretenus
aux dépens du Prince : rien, ce me semble, ne fait tant

d'honneur à un grand Roy. Dés qu'un Ambaſſadeur ou un ſimple Envoyé a fait voir aux Gouverneurs des Provinces les Lettres dont il eſt chargé pour le Roy de Perſe, on lui donne le *Tain*, c'eſt à dire ſa ſubſiſtance journaliere. Tant de livres de viande, de pain, de beurre, de ris, & un certain nombre de chevaux & de chameaux.

On fait bonne chere à Erivan. Les perdrix y ſont communes, & les fruits y viennent en abondance. Le vin y eſt merveilleux; mais les vignes donnent beaucoup de peine à cultiver, car le froid & les gelées obligent les vignerons, non ſeulement à chauffer les ſeps, mais à les enterrer au commencement de l'hiver, pour ne les découvrir qu'au printemps. Quoique la ville ſoit mal bâtie, elle ne laiſſe pas d'avoir certains beaux endroits : Le Palais du Gouverneur, qui eſt dans la Fortereſſe, eſt conſidérable par ſa grandeur & par la diſtribution de ſes appartemens. Le *Meidan* ou la grande Place eſt quarrée, & n'a gueres moins de 400 pas de diametre. Les arbres y ſont auſſi beaux qu'à Lyon dans la Place de *Bellecour.* Le Bazar, qui eſt le lieu où ſe vendent les marchandiſes, n'eſt pas deſagréable. Les Bains & les Caravanſerais ont auſſi leurs beautez, ſur tout le Caravanſerai neuf qui eſt du côté de la Fortereſſe. Il ſemble qu'on entre d'abord dans une Foire, car on paſſe par une galerie où l'on vend toutes ſortes d'étoffes.

Les Egliſes des Chrétiens ſont petites & à demi enterrées. Celle de l'Evêché, & l'autre que l'on appelle *Catoviqué*, ont été bâties, dit-on, du temps des derniers Rois d'Armenie. On voit du côté de l'Evêché une vieille Tour d'une ſtructure aſſez ſinguliere; elle auroit quelque rapport [a] à la Lanterne de Diogenes, ſi ſon architecture n'étoit dans le goût Oriental. Elle eſt à pans, & le dôme qui la termine a quelque choſe de plus agréable; mais les

gens

[a] Monument d'Athénes.

gens du pays ne sçavent à quel usage elle a servi, ni dans quel temps elle a été bâtie. Les Mosquées de la ville n'ont rien de particulier. Mr Chardin assûre que les Turcs prirent Erivan en 1582. & qu'ils y bâtirent la Forteresse ; que les Persans l'ayant reprise en 1604. la mirent en état de résister au canon ; qu'elle soutint un siege de quatre mois en 1615 ; que les Turcs furent obligez de le lever ; qu'ils n'emporterent la place qu'aprés la mort d'Abas le grand ; qu'enfin les Persans l'ayant reprise en 1635. ils en sont demeurez les maîtres depuis ce temps-là.

Aprés nous être promenez dans la ville, nous allâmes voir le Patriarche des Armeniens qui loge dans un ancien Monastere hors de la ville ; mais il s'en faut bien qu'il ne soit aussi-bien logé qu'aux Trois Eglises. Ce Patriarche qui s'appelle *Nahabied* étoit un bon vieillard assez rougeau, qui par humilité, ou pour être plus à son aise, n'avoit sur son corps qu'une mauvaise soutane de toile bleüe. Nous lui baisâmes les mains, à la mode du pays, & cette cerémonie lui fit grand plaisir, à ce que nous dirent nos Interpretes ; car il y a bien des Francs qui ne lui font pas le même honneur ; mais nous lui aurions baisé les pieds pour peu qu'il eût témoigné le souhaiter, attendu le besoin que nous avions de son credit. Par reconnoissance il nous fit servir une colation, à la verité tres-frugale. On vit paroître, sur un cabaret de bois, un plat de noix au milieu de deux assiettes, sur l'une desquelles il y avoit des prunes & sur l'autre des raisins. On ne nous presenta ni pain, ni foüasse, ni biscuit. Nous mangeâmes une prune & bûmes chacun un coup à la santé du Prelat, c'étoit d'excellent vin rosé ; mais comment reboire sans pain ! nos Interpretes qui étoient dans le Vestibule eurent l'esprit de s'en faire donner, sans oser pourtant nous en presenter ; nous aurions excusé volontiers pour le coup leur incivilité ; ils entrérent aprés la colation , & nous fîmes prier pour lors le Maître de la maison de nous faire donner pour nôtre argent de bons chevaux & des guides qui pussent nous conduire au Mont Ararat. *Quelle devotion avez-vous*, dit-il, *pour le Mont Macis !* c'est le nom que les Armeniens donnent à cette Montagne ; les Turcs l'appellent *Agrida*. Nous répondîmes, *que nous trouvans si prés d'un lieu celebre, sur lequel on croyoit que l'Arche de Noé s'étoit arrêtée, nous serions mal receus dans nôtre pays si nous nous retirions sans le voir. Vous aurez de la peine*, dit le Patriarche, *d'aller jusques aux neiges ; & pour ce qui est de l'Arche, Dieu n'a jamais fait la grace de la faire voir à personne qu'à un saint Religieux de nôtre Ordre, qui aprés cinquante ans de jeûnes & de priéres y fut miraculeusement transporté ; mais le froid le penétra si fort, qu'il en mourut à son retour.* Nôtre Interprete le fit rire en lui repliquant de nôtre part, *qu'aprés avoir jeuné & prié la moitié de nôtre vie, nous demanderions à Dieu la grace de voir le Paradis, plutost que les débris de la maison de Noé.* On nous raconta aux Trois Eglises, qu'un de leurs Religieux nommé *Jaques*, qui fut ensuite Evêque de *Nisibe*, résolut de monter au sommet de la Montagne ou de perir en chemin, trop heureux d'avoir tenté de découvrir les reliques de l'Arche ; qu'il exécuta son dessein avec beaucoup de peine, car quelques efforts qu'il fist pour y monter, il se trouvoit toujours, aprés son réveil, dans un certain endroit à peu prés vers le milieu de la hauteur : que ce bon homme connut bien, aprés quelques jours, qu'il tenteroit inutilement d'aller plus loin ; & que dans son affliction un Ange lui apparut & lui apporta le bout d'une planche de l'Arche. *Jaques* revint au Couvent chargé d'un si precieux fardeau ; mais avant que de partir l'Ange lui déclara que Dieu ne vouloit pas que les hommes al-

laſſent mettre en pieces un vaiſſeau qui avoit ſervi d'aſile à tant de creatures. C'eſt ainſi que, par de ſemblables
contes, les Armeniens amuſent les étrangers.

Le Patriarche nous fit demander ſi nous avions veû le
Pape, & trouva fort mauvais quand nous répondîmes, que
ce ne ſeroit que pour nôtre retour. *Comment*, dit-il, *vous
venez de ſi loin pour me voir , & vous n'avez pas veû vôtre
Patriarche !* Nous n'oſâmes pas lui dire que nous n'étions
venus en Armenie que pour chercher des Plantes. *Que
vous ſemble*, continua-t-il, *de mon Egliſe d'Itchmiadzin !
en avez-vous d'auſſi belles en France !* Nous lui répondîmes *que chaque pays avoit ſes maniéres de bâtir: que nos
Egliſes étoient dans un goût fort different , & que nous n'a-
vions reconnu l'habileté des ouvriers que dans les chandeliers,
les lampes & le reſte de ſa vaiſſelle.* Ces pieces n'étoient
certainement pas de fabrique d'Armenie. Pendant que ce
venerable Prelat, que l'on auroit pris en ce pays-ci pour un
bon Maître d'Ecole de campagne, donnoit ſes ordres
nous demandâmes à voir ſa Chapelle, & nous mîmes trois
écus dans le baſſin pour payer la colation; on fait ces fortes de charitez, plutoſt par bienſéance que par devotion.
On nous offrit encore à boire à nôtre retour, ce que
nous refuſâmes d'abord ne voyant point venir de pain;
mais il fallut boire pour remercier le Patriarche qui bût
auſſi à nôtre ſanté; tout cela ſe paſſa fort agréablement.
Aprés les complimens ordinaires, il nous donna un homme de ſa maiſon, avec une Lettre de recommandation
pour les Religieux qui ſont ſur la route du Mont Ararat;
ainſi nous allâmes coucher ce jour-là à deux heures d'E-
rivan, dans un Couvent d'Armeniens au village de *Nocquevit.* Nous y bûmes d'excellent vin clairet tirant ſur l'o-
rangé & auſſi-bon que celui de Candie : mais de peur
que le pain ne manquât, nous fîmes dire par nos Inter-

pretes, que nous ferions les chofes honnêtement. Cette promeffe eut tout le fuccés que nous pouvions attendre; nous fûmes bien traitez, auffi leur tinmes-nous parole le lendemain avant que de partir.

La Campagne de Nocquevit eft admirable, toutes fortes de biens y abondent, & l'on y méprife des Melons que l'on eftimeroit fort à Paris. On ne bâtit dans tous ce quartiers-là qu'avec des quarreaux de boüe cuite au foleil, faute de bois.

Nous partîmes à quatre heures du matin le 9 Aouft, avec des vifages défigurez par les piqueüres des coufins qui nous faifoient une cruelle guerre pendant la nuit depuis quelques jours. Nous continuâmes nôtre route par une grande & belle plaine qui conduit au Mont Ararat. On fe retira fur les huit heures du matin à *Corvirap* ou *Couervirab* qui en langue Armenienne fignifie, à ce qu'on dit, *l'Eglife du Puits.* Corvirap eft un autre Monaftere d'Armeniens dont l'Eglife eft bâtie fur un Puits, où ils affûrent que Saint Gregoire fut jetté & nourri miraculeufement, comme Daniel dans la Foffe aux Lions. Le Monaftere paroît comme un petit Fort fur le haut d'une colline qui domine fur toute la Plaine, & c'eft de cette hauteur que nous commençames à voir la riviere d'*Aras,* fi connuë autrefois fous le nom d'*Araxes ;* elle paffe à quatre lieües du Mont Ararat. Nous fûmes obligez de nous repofer & de nous rafraîchir dans ce Monaftere, car nous paffions de cruelles nuits à caufe des coufins & le jour les chaleurs étoient infupportables. Ce genre de vie duroit cependant depuis Teflis ; mais nous fûmes tout confolez de nos fatigues à la veüe de l'Araxe & du Mont Ararat. De Corvirap on découvre diftinctement les deux fommets de cette fameufe Montagne. Le petit, qui eft le plus pointu, n'étoit point couvert de neige ; mais le grand

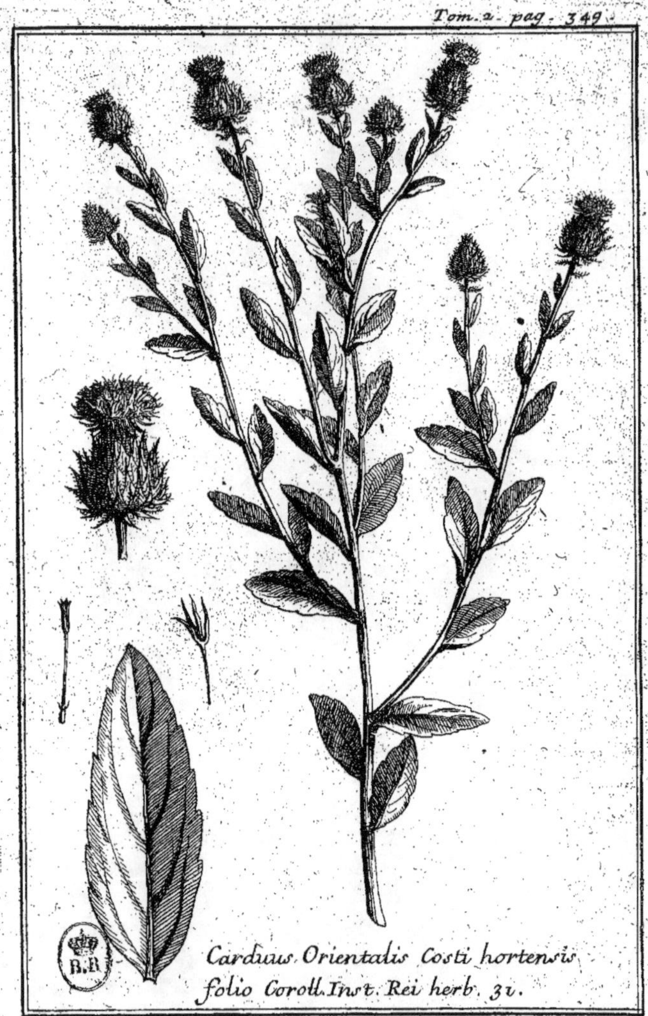

Carduus Orientalis Costi hortensis
folio Coroll. Inst. Rei herb. 31.

en étoit furieufement chargé. Voici les Plantes que nous décrivîmes dans ce Monaftere, pendant que nos voituriers fe repofoient.

Carduus Orientalis Cofti hortenfis folio, Coroll. Inft. Rei herb. pag. 31.

La racine de cette plante eft longue d'environ un pied, dure, ligneufe, blanche, groffe au colet comme le petit doit, garnie de plufieurs fibres, & couverte d'une écorce rouffâtre ; elle pouffe une tige haute de deux ou trois pieds, branchuë dés fa naiffance, dure, ferme, blanchâtre, épaiffe de deux pouces, accompagnée de feüilles longues d'environ trois pouces fur un pouce & demi de large, dentées legérement fur les bords, femblables à celles de cette efpece de *Tanaifie* qu'on appelle *le Coq*, ce qui me paroit un mot corrompu de *Coftus hortenfis*. Les feüilles du *Chardon* que l'on décrit, diminuent jufques au haut de la plante & perdent leur denture, mais elles finiffent par une efpece de piquant molaffe. De leurs aiffelles naiffent des branches tout le long des tiges, & chacune de ces branches fe termine par une fleur jaune. Les feüilles qui font le long des branches font menuës, & quelquefois deliées comme des filets. Le calice des fleurs eft haut de 8 ou 9 lignes, fur prefque autant d'épaiffeur. C'eft une poire compofée de plufieurs écailles blanchâtres, pointuës, fermes, piquantes, & quelquefois purpurines à leur extremité. Les piquants qui font fur le bord font plus molaffes & difpofez en maniére de cil. Chaque fleur eft à fleurons jaunes qui ne débordent que de cinq ou fix lignes, découpez en autant de pointes menuës, du milieu defquelles s'éleve une gaine furmontée par un filet tres-delié. Les fleurons portent fur des embrions de graines, longs d'environ deux lignes fur une ligne de large, chargez d'une aigrette blanche. Ceux qui n'avortent pas, deviennent des femences longues de trois lignes. Les fleurs n'ont point d'odeur fenfible, mais les feüilles font tres-ameres.

Nous eûmes le plaifir ce jour-là de faire un nouveau genre de plante, & nous lui impofâmes le nom d'un des plus fçavans hommes de ce fiecle, également eftimé par fa modeftie, & par la pureté de fes mœurs. C'eft celui de Mʳ *Dodart* de l'Académie Royale des Sciences, Medecin de S. A. S. Madame la Princeffe de Conti la Doüairiere.

Cette plante pouffe de tiges d'un pied & demi de haut, droites, fermes, liffes, ligneufes, vert-gai, épaiffes de deux lignes, branchuës dés le bas, arrondies en buiffon & garnies de feüilles longues d'un pouce ou quinze lignes fur deux ou trois lignes de large, un peu charnuës, dentées fur les bords, principalement vers le bas de la plante, car enfuite elles font plus étroites & moins crenelées; il y en a même qui font auffi menuës que celles de la *Linaire commune.* Le haut des branches eft garni de fleurs dans les aiffelles des feüilles. Chaque fleur eft un mafque violet foncé, long de huit ou neuf lignes, dont la derniere eft un tuyau d'une ligne de diametre, évafé en deux levres: la fuperieure eft un cueilleron renverfé long d'une ligne & demi, fendu en deux pieces affez pointuës, l'inferieure eft longue de trois lignes, affez arrondie, mais découpée en trois parties, dont celle du milieu eft la plus petite & la plus pointuë; cette levre eft relevée vers le milieu de quelques poils blancs & duvetez. Le calice eft un godet liffe haut de deux lignes, découpé en cinq pointes; il pouffe un piftille fphérique de prés d'une ligne de diametre, lequel s'infére dans le tuyau de la fleur, comme par gomphofe, furmonté par un filet affez menu, & devient dans la fuite une coque fphérique de trois lignes de diametre, terminée en pointe. Cette coque eſt rouſſatre, dure, partagée en deux loges par une cloiſon mitoyenne, dont les deux parois ſont garnis d'un placenta charnu, creuſé de quelques foſſes, leſquelles reçoivent des graines brunes & menuës.

On ne voit dans toutes les plaines le long de l'Aras, que de la *Regliſſe* & du *Cuſcute.* La Regliſſe reſſemble tout-a-fait à l'ordinaire, ſi ce n'eſt que ſes gouſſes ſont plus longues & toutes heriſſées de piquants. Pour la Cuſcute, elle embraſſe ſi fort les tiges de la Regliſſe, qu'elle ſemble ne faire que le même corps avec elle. Quand on l'en détache on s'aperçoit de quelques tubercules épaiſſes d'environ demi ligne, qui ſont comme autant de petits clous ou de chevilles qui entrent dans les tiges de la Plante à laquelle elles ſont attachées. Ces tiges ont une ligne d'épaiſſeur & quelquefois davantage. Nous les prîmes d'abord pour des tiges de quelque eſpece de *Lizeron,* dont les feüilles étoient paſſées. On ne ſçauroit mieux comparer les feüilles de la Cuſcute, qu'à ces cordes de boyau qui ſont groſſes comme de la ficelle; mais elle ſont fermes, difficiles à caſſer, ameres, peu aromatiques, vert-pale, diviſées en pluſieurs branches tortillées ſur les plantes voiſines dont elles ſucent le ſuc nourricier, lequel s'imbibe dans les tubercules dont on vient de parler. Ces tubercules ſont ordinairement poſez obliquement dans l'intervalle d'une ligne l'un de l'autre; mais auſſi en des endroits differents ne trouve-t-on point de racines à cette Plante, non-plus qu'aux autres eſpeces du même genre, lorſque les tubercules ſont en état de diſtribuer le ſuc nourricier. Ses fleurs naiſſent par bouquets en maniére de tête grisdelin-lavé, haute de deux lignes, du diametre d'une ligne & demi. Ce ſont des godets découpez en cinq pointes obtuſes,

percez dans le fond, & qui reçoivent dans cet endroit le
piſtille que leur fournit un calice haut de deux lignes, découpé en cinq parties. Ce piſtille devient un fruit ſemblable à celui du grand *Lizeron blanc*, long de quatre lignes ſur trois lignes de diametre, membraneux, vert-pâle,
puis rouſſatre, terminé par une petite pointe, & compoſé
de deux pieces, dont la ſupérieure eſt une eſpece de
calote : il renferme ordinairement quatre graines auſſi
groſſes que celles du Lizeron dont on vient de parler.
Ces graines ſont arrondies ſur le dos, anguleuſes de l'autre coſté, longues d'une ligne & demi, épaiſſes d'une ligne & comme ſéparées en deux lobes par une membra-
ne tres-menüe, échancrées en bas & attachées à un placenta ſpongieux & gluant.

Ces graines ne ſont autre choſe que des veſſies mem-
braneuſes, dans chacune deſquelles ſe trouve pliée en ſpi-
rale ou limaçon, une jeune plante de Cuſcute. Cette jeune plante eſt un cordon vert-gai, long de demi pouce,
épais d'un quart de ligne dans ſon commencement, mais
qui diminüe juſques à la fin, attaché par ſon bout le plus
épais à un placenta ſpongieux & gluant, lequel eſt en partie dans la capſule, & en partie dans le calice. Peut-être
que le Créateur a voulu, par l'exemple de cette Plante,
nous faire connoître que les embrions des plantes étoient
renfermez comme en miniature dans les germes de leur
ſemences; & qu'ainſi les graines étoient comme autant de
veſcies où la jeune plante toute formée n'attendoit, pour
ſe rendre ſenſible, qu'un peu de ſuc nourricier qui en fît
gonfler les parties. Il y a de grands exemples dans la nature qui nous feroient connoître la ſtructure des choſes
les plus cachées, ſi nous y faiſions aſſez d'attention. M.
Malpighi avoit un talent merveilleux pour profiter de ces
ſortes d'obſervations; ce n'eſt en effet que ſur pluſieurs

obſer-

vations qu'il faut établir des syftemes. Par exemple on obferve dans le mois d'Octobre au fond de l'oignon des
Tulipes, une Tulipe entiere, fur la tige de laquelle, qui
n'a pas encor trois lignes de haut, on découvre dêja la
fleur qui ne doit paroître que dans le mois d'Avril fuivant : on compte les fix feüilles de cette fleur, les etamines,
les fommets, le piftile ou le jeune fruit, les capfules & les
femences qu'elles renferment. Qui ne croiroit aprés cela
que toutes ces parties étoient renfermées dans un efpace
encore plus petit, qui n'a pû fe rendre vifible qu'à mefure que le fuc nourricier en a dilaté les moindres parties ?

Les Oifeaux que nous voyions dans ces belles Plaines
qui s'étendent jufques à la riviere, nous auroient peut-
être fourni quelques obfervations utiles pour l'anatomie,
fi nous euffions eû un fufil pour les tuer. On y voit des
efpeces de *Heron* qui n'ont pas le corps plus gros qu'-
un pigeon, & qui ont les jambes d'un pied & demi de
haut. Les *Aigrettes* n'y font pas rares, mais rien n'approche de la beauté d'un Oifeau merveilleux dont je garde
la dépoüille dans mon Cabinet, & dont j'ay veû la figure dans les livres des Oifeaux que l'on peint pour le Roy.
Il eft gros comme un Corbeau, fes ailes font noires, les
plumes du dos violettes vers le croupion ; celles qui s'é-
tendent depuis cette partie jufques au col, font tres-poin-
tuës à leur extremité, & d'un vert admirable doré & luifant ; celles du col jufques vers le milieu font d'un cou-
leur-de-feu éclatant ; les autres qui couvrent le refte du col
& toute la tête, font d'un vert éblouïffant. Enfin la tête eft
relevée d'une houppe du même vert, haute d'environ quatre pouces, dont les plus longues plumes font comme des
palettes à long manche. Le bec de cet oifeau eft brun, femblable à celui d'un corbeau. On pourroit avec plus de
raifon lui donner le nom de *Roy des Corbeaux*, qu'à ce-

lui qu'on a apporté du Mexique à Verfailles, puifque l'Oifeau d'Amerique, quelqu'admirable qu'il foit, n'a rien
de commun avec nos Corbeaux ordinaires.

Je ne fcaurois me confoler d'avoir paffé par Corvirap,
fans avoir eté à *Ardachat*. Ce n'eft qu'à Paris que j'ai appris par la lecture du *Voyage de Mr Chardin*, qu'Ardachat, fuivant la tradition des Armeniens, étoit le refte
de l'ancienne ville d'*Artaxate*. *Les gens du pays*, dit cet
auteur, *appellent cette ville* Ardachat, *du nom d'Artaxer-
xes, que les Orientaux nomment* Ardechier. *Ils affûrent
qu'on voit parmi fes ruines, celles du Palais de Tiridate,
qui fut bâti il y a 1300. ans.* Ils difent de plus ; *qu'il y a
une face du Palais qui n'eft qu'à demi ruïnée ; qu'il y refte
quatre rangs de Colomnes de marbre noir ; que ces Colomnes entourent une grande piece de marbre ouvragé, & qu'elles font fi groffes que trois hommes ne les peuvent pas embraffer. Cet amas de ruines s'appelle* Tact-tardat, *c'eft à
dire*, le Thrône de Tiridate.

Tavernier marque auffi les ruïnes d'Artaxate entre Erivan & le Mont Ararat, mais il n'en dit rien davantage. La
fituation d'Artaxate eft fi bien décrite dans Strabon, qu'on
ne fçauroit s'y tromper en examinant le cours de l'Araxe.
Artaxate, dit ce Prince des Geographes anciens, *fut bâtie fur le deffein qu'Annibal en donna au Roy Artaxes
qui en fit la Capitale de l'Armenie. La ville eft fituée*,
continüe-t-il, *dans un contour que la riviere d'Araxe fait
en forme de peninfule, fi bien que l'enceinte de cette riviere lui
tient lieu de muraille, hormis dans l'endroit où eft l'Ifthme ;
mais cet Ifthme eft fermé par un rempart & par un bon foffé.
La campagne des environs s'appelle* le Champ Artaxene.

Cette defcription de Strabon augmente mon chagrin,
car nous aurions verifié fi Ardachat eft dans une peninfule, ou nous l'aurions peut-être trouvée plus haut ou plus

bas ; mais nos guides nous voyoient si attachez à la recherche des plantes, qu'ils ne croyoient pas que nous pen-
sassions à autre chose. Qui est-ce qui se pourroit imaginer aussi qu'Annibal fût venu des côtes d'Afrique jusques à l'Araxe, pour servir d'Ingenieur à un Roy d'Armenie? Plutarque le certifie pourtant ; & dit que ce fameux
Affriquain, après la défaite d'Antiochus par Scipion l'Asia-
tique, s'enfuit en Armenie, où il donna mille bons avis à
Artaxes, entre autres celui de bâtir Artaxate dans la situation
la plus avantageuse de son Royaume. Lucullus feignit de
vouloir assiéger cette Place, afin d'attirer au combat Tigrane son successeur ; mais le Roy d'Armenie vint se camper sur le fleuve *Arsamias* pour en disputer le passage aux
Romains : suivant cette remarque, Arsamias ne sçauroit
être que la riviere d'*Erivan*. Les Armeniens furent battus à ce passage & dans une seconde rencontre aprés le
le passage. Nôtre Historien assûre que Lucullus jugea à
propos de monter vers l'Iberie ; ainsi Artaxate ne fut pas
prise. Pompée qui eut le commandement de l'armée,
aprés lui, pressa si fort Tigrane qu'il l'obligea de lui remettre sa Capitale sans coup ferir. Corbulon General des
Romains, sous l'Empereur Neron, contraignit le Roy
Tiridate de luy ceder Artaxate ; mais bien loin de l'épargner, comme avoit fait Pompée, il la fit entierement détruire. Cependant Tiridate vint à Rome & fit sa paix
avec l'Empereur, qui non seulement lui remit le Diadê-
me sur la tête ; mais lui permit encore d'emmener de Rome des ouvriers pour rétablir Artaxate, que le Roy d'Armenie, par reconnoissance, appella *Neronia* du nom de
son bienfaicteur. Il est surprenant qu'aucun des Auteurs
qui parlent de cette Place, ne nous ait dit le nom que
portoit alors le Mont Ararat, sur lequel nous allons
monter.

Yy ij

Le 10 d'Aouſt nous partîmes de Corvirap & marchâmes juſques à 7 heures pour trouver le gué de l'Aras qui ne paſſe qu'à une lieüe du Monaſtere. Quelque rapide que ſoit cette riviere, le gué en eſt ſi large & ſi étendu qu'un de nos guides riſqua de le paſſer ſur un âne ; à la verité il eut aſſez de peine à s'en tirer. On arriva ſur les onze heures au pied de la montagne, & nous dinâmes, ſuivant la coutume du pays, dans l'Egliſe d'un Couvent au village d'*Acourlou* ; ce Couvent, qui eſt ruiné, s'appelloit autrefois *Araxil-vane*, c'eſt à dire *le Monaſtere des Apôtres*. Toute la plaine au delà de l'Aras eſt remplie de belles Plantes. Nous y en obſervâmes une d'un genre bien ſingulier à laquelle je donnay le nom de *Polygonoides*, parce qu'elle a beaucoup de rapport à *l'Ephedra*, qu'on a nommée autrefois *Polygonum Maritimum*.

C'eſt un arbuſte de trois ou quatre pieds de long, fort touffu & fort étendu ſur les côtez, ſon tronc eſt tortu, dur, caſſant, épais comme le bras, couvert d'une écorce rouſſatre, diviſé en branches tortuës auſſi, ſubdiviſées en rameaux d'où naiſſent, au lieu de feüilles, des brins cilindriques épais de demi ligne vert-de-mer, longs d'un pouce ou 15 lignes, compoſez de pluſieurs pieces articulées bout à bout, ſi ſemblables aux feüilles de l'*Ephedra*, qu'il n'eſt pas poſſible de les diſtinguer ſans voir les fleurs. Des articulations de ces brins il en ſort d'autres qui ſont articulez de même, & ces derniers pouſſent dans leur longueur quelques fleurs de trois lignes de diametre. Ce ſont des baſſins découpez en cinq parties juſques vers le centre, vert-pâle dans le milieu, & blancs dans le reſte. Du fond de chaque baſſin ſort un piſtile long d'une ligne & demi, anguleux, relevé de petites arêtes & entouré d'étamines blanches dont les ſommets ſont purpurins.

Chaque fleur eft foutenuë par un pedicule tres-délié &
fort court. Le piftile devient un fruit long d'environ
demi pouce, épais de quatre lignes, de figure conique,
canelé profondément dans fa longueur. Les caneleûres
font quelquefois droites, quelquefois fpirales. Leurs a-
rêtes font terminées par des aîles découpées en franges,
tres-menuës. Quand on coupe le fruit en travers on en
découvre la partie moelleufe, laquelle eft blanche & an-
gulaire, Les fleurs ont l'odeur de celles du *Tilleul*, ne fe
flétriffent que tard, & reftent à la bafe du fruit comme
une éfpece de rofette. Les feüilles ont un goût d'herbe,
mais ftiptique.

Nous commençâmes à monter ce jour-là le Mont
Ararat fur les deux heures aprés midi; mais ce ne fut pas
fans peine. Il faut grimper dans des fables mouvans où
l'on ne voit que quelques pieds de *Geniévre* & d'*Epine de
bouc.* Cette Montagne qui refte entre le Sud & le Sud-
Sud-Eft des Trois Eglifes, eft un des plus triftes & des plus
defagreables afpects qu'il y ait fur la terre. On n'y trouve
ni arbres ni arbriffeaux, encore moins des Couvents de Religieux Armeniens ou Francs. Mr Struys nous auroit fait
plaifir de nous apprendre où logent les Anachorettes
dont il parle, car les gens du pays ne fe fouviennent pas
d'avoir oüi dire qu'il y ait jamais eû dans cette Montagne, ni Moines Armeniens, ni Carmes ; tous les Monafteres font dans la Plaine. Je ne crois pas que la place fût
tenable autre part, puifque tout le terrein de l'Ararat eft
mouvant ou couvert de neige. Il femble même que cette
Montagne fe confomme tous les jours.

Du haut du grand abîme, qui eft une ravine épouventable, s'il y en eut jamais, & qui répond au village d'où
nous étions partis, fe détachent à tous momens des rochers qui font un bruit effroyable, & ces rochers font

font de pierres noirâtres & fort dures. Il n'y a d'animaux vivans, qu'au bas de la Montagne & vers le milieu ; ceux qui occupent la premiere region, font de pauvres bergers & des troupeaux galeux, parmi lefquels on
voit quelques perdrix ; ceux de la feconde region font
des Tigres & des Corneilles. Tout le refte de la Montagne, ou pour mieux dire la moitié de la Montagne, eft
couverte de neige depuis que l'Arche s'y arrêta, & ces
neiges font cachées la moitié de l'année fous des nuages
fort épais. Les Tigres que nous apperceûmes ne laiffe-
rent pas de nous faire peur, quoiqu'ils fuffent à plus de
200 pas de nous, & qu'on nous affûrât qu'ils ne venoient pas ordinairement infulter les paffans ; ils cher-
choient à boire, & n'avoient fans doute pas faim ce jour-
là. Nous nous profternâmes pourtant dans le fable & les
laiffâmes paffer fort refpectueufement. On en tuë quelquefois à coups de fufil ; mais la principale chaffe fe fait
avec des traquenards ou piéges, par le moyen defquels
on prend les jeunes Tigres que l'on apprivoife, & que
l'on mene promener enfuite dans les principales villes de
Perfe.

Ce qu'il y a de plus incommode dans cette Montagne, c'eft que toutes les neiges fonduës ne fe dégorgent
dans l'abîme que par une infinité de fources où l'on ne
fauroit atteindre, & qui font auffi fales que l'eau des torrens dans les plus grands orages. Toutes ces fources forment le ruiffeau qui vient paffer à Acourlou, & qui ne
s'éclaircit jamais. On y boit de la boüie pendant toute
l'année, mais nous trouvions cette boüie plus délicieufe
que le meilleur vin ; elle eft perpetuellement à la glace, &
n'a point de goût limoneux. Malgré l'étonnement où cette effroyable folitude nous avoit jettez, nous ne laiffions
pas de chercher ces Monafteres prétendus, & de deman-

der s'il n'y avoit pas des Religieux reclus dans quelques cavernes! L'idée qu'on a dans le pays que l'Arche s'y arrêta, & la vénération que tous les Armeniens ont pour cette Montagne, ont fait préfumer à bien des gens qu'elle devoit être remplie de Solitaires, & Struys n'eft pas le feul qui l'ait publié; cependant on nous affeûra qu'il n'y avoit qu'un petit Couvent abbandonné, au pied de l'abîme, où l'on envoyoit d'Acourlou tous les ans un Moine pour recüeillir quelques facs de Blé que produifent les terres des environs. Nous fûmes obligez d'y aller le lendemain pour boire, car nous confommâmes bientôt l'eau dont nos guides avoient fait provifion, fur les bons avis des Bergers. Ces Bergers y font plus devots qu'ailleurs, & même tous les Armeniens baifent la terre dés qu'ils découvrent l'Ararat, & récitent quelques priéres aprés avoir fait le figne de la croix.

Nous campâmes ce jour-là tout prés des cabanes des Bergers; ce font de méchantes huttes qu'ils tranfportent en differens endroits, fuivant le befoin, car ils n'y fçauroient refter que pendant le beau temps. Ces pauvres Bergers qui n'avoient jamais veû de Francs, & fur tout de Francs *Herboriftes*, avoient prefque autant de peur de nous, que nous en avions eü des Tigres; neanmoins il fallut que ces bonnes gens fe familiariffent avec nous, & nous commençames à leur donner, pour marque de nôtre amitié, quelques taffes de bon vin. Dans toutes les montagnes du monde on gagne les Bergers par cette liqueur qu'ils eftiment infiniment plus que le lait dont ils fe nourriffent. Il fe trouva deux malades parmi eux qui faifoient des efforts inutiles pour vomir; nous les fecourumes fur le champ, & cela nous attira la confiance de leurs camarades.

Comme nous allions toûjours à nôtre but, qui étoit

de prendre langue & de nous inftruire des particularitez de cette Montagne, nous leur fîmes propofer plufieurs queftions; mais tout bien confideré, ils nous confeillérent de nous en retourner, plûtoft que d'ofer entreprendre de monter jufques à la neige. Ils nous avertirent qu'il n'y avoit aucune fontaine dans la montagne, excepté le ruiffeau de l'abîme, où l'on ne pouvoit aller boire qu'auprés du Couvent abbandonné, dont on vient de parler, & qu'ainfi un jour ne fuffiroit pas pour aller jufques à la neige, & pour defcendre au fond de l'abîme. Qu'il faudroit pouvoir faire comme les Chameaux, c'eft à dire boire le matin pour toute la journée, n'étant pas poffible de porter de l'eau en grimpant fur une montagne auffi affreufe, où ils s'égaroient eux-mêmes affez fouvent. Que nous pouvions juger de la mifere du pays, par la neceffité où ils étoient de creufer la terre de temps en temps pour trouver une fource qui leur fournît de l'eau pour eux & pour leurs troupeaux. Que pour des Plantes il étoit tres-inutile d'aller plus loin, parce que nous ne trouverions au deffus de nos têtes que des rochers entaffez les uns fur les autres. Enfin qu'il y avoit de la folie à vouloir faire cette courfe; que les jambes nous manqueroient, & que pour eux ils ne nous y accompagneroient pas pour tout l'or du Roy de Perfe.

Nous obfervâmes ce jour-là d'affez belles Plantes; mais nous nous attendions à bien d'autres chofes pour le lendemain, quoiqu'en diffent les Bergers. Qui eft-ce qui au feul nom du Mont Ararat ne s'y feroit pas attendu? Qui eft-ce qui ne fe feroit pas imaginé de trouver des Plantes les plus extraordinaires fur une Montagne qui fervit, pour ainfi dire, d'efcalier à Noé pour defcendre du ciel en terre avec le refte de toutes les creatures! Cependant nous eûmes le chagrin de voir fur cette route le *Coto-*

nafter

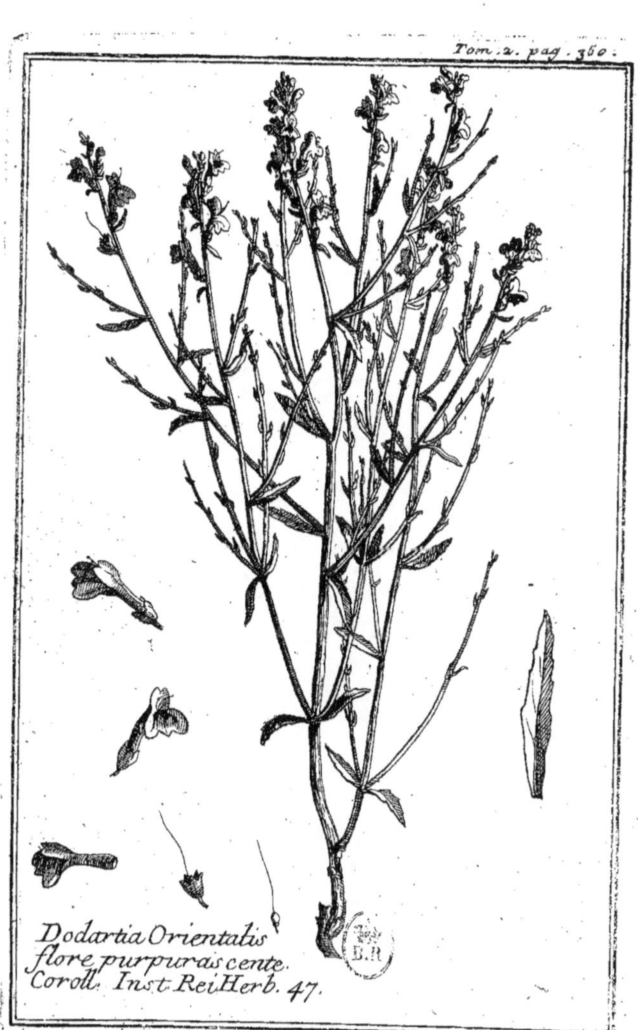

Tom. 2. pag. 350.
Dodartia Orientalis
flore purpurascente.
Coroll. Inst. Rei Herb. 47.

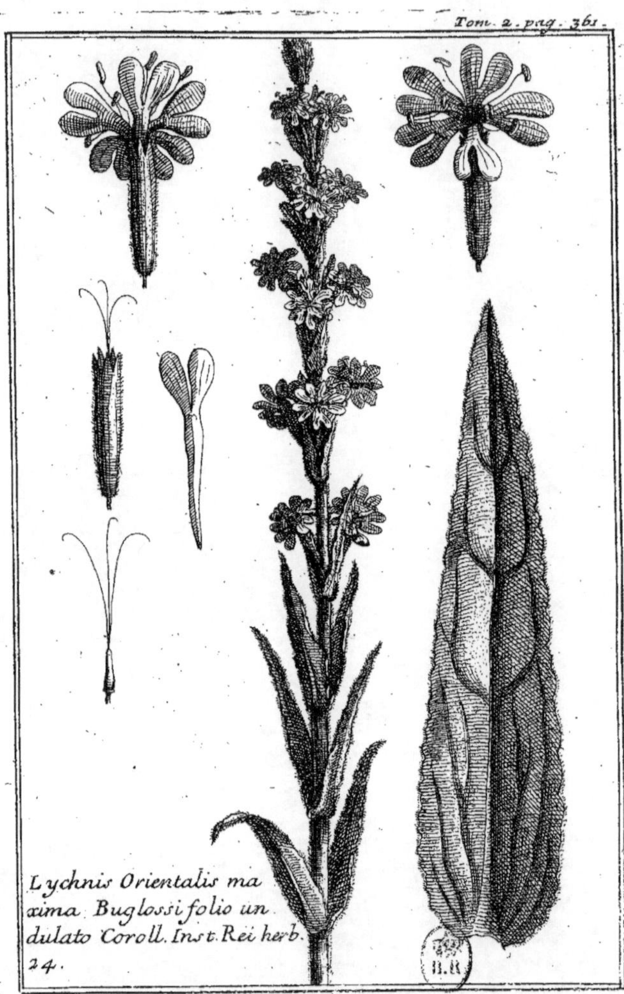

Lychnis Orientalis ma
xima Buglossi folio un
dulato Coroll. Inst. Rei herb.
24.

nafter folio rotundo IB. La *Conyza acris, cærulea CB.*
l'*Hieracium fruticofum, angufti folium, majus CB.* La *Ja-
cobæa, Sencionis folio.* Le *Fraifier*, l'*Orpin*, l'*Euphraife*,
& je ne fçai combien de plantes les plus communes, mêlées parmi d'autres beaucoup plus rares que nous avions
déja veües en plufieurs endroits. En voici deux qui nous
parurent toutes nouvelles.

Lychnis Orientalis, maxima, Bugloffi folio undulato.
Coroll. Inft. Rei Herbar. 23.

La racine de cette Plante eft longue d'un pied & demi,
blanchâtre, partagée en groffes fibres affez cheveluës,
groffe au collet comme le pouce, divifée en plufieurs
teftes d'où naiffent des tiges hautes de trois pieds, droites, fermes, épaiffes de quatre lignes, creufes vert pâle,
veluës, gluantes, garnies de feüilles deux à deux, longues
d'environ cinq pouces fur un pouce de large, femblables
à celles de la *Bugloffe*, ondées, frifées fur les bords, relevées en deffous d'une cofte affez groffe, laquelle fournit
plufieurs vaiffeaux répandus dans la longueur des feüilles.
Elles diminüent confidérablement vers le milieu de la
tige, & de leurs aiffelles naiffent de chaque côté des branches ou brins partagez ordinairement en trois pedicules,
dont chacun foutient une fleur; ainfi toutes ces fleurs
paroiffent difpofées comme par étage. Chaque fleur eft
à cinq feüilles blanches, longues d'environ deux pouces,
larges vers le haut de demi pouce, échancrées profondément & terminées en bas par une queüe verdâtre. Du
milieu de ces feüilles fort une touffe d'étamines de même
couleur, menuës, mais beaucoup plus longues que les
feüilles, & chargées de fommets celadon. Le calice eft
un tuyau d'un pouce de long fur trois lignes de large,
blanchâtre, rayé de vert, découpé en pointes, du fond
duquel fort un piftile de quatre lignes de long fur une

ligne d'épaiſſeur, vert-pâle, ſurmonté de trois filets blancs
auſſi longs que les étamines.

*Geum Orientale ; Cymbalariæ folio molli & glabro , flo-
re magno albo.* Coroll. Inſt. Rei Herb. 18.

Cette belle eſpece de *Geum* ſort des fentes des rochers les plus eſcarpez. Sa racine eſt fibreuſe , blanchatre, longue de 4 ou 5 pouces, cheveluë. Ses feüilles naiſſent en foule , ſi ſemblables à celles de la *Cymbalaria ordinaire* qu'elles impoſent : Cependant elles ſont plus fermes. La pluſpart ont 9 ou 10 lignes de largeur, ſur 7 ou
8 lignes de long, découpées à groſſes crenelures en arcade gotique , luiſantes & ſoutenuës par une queüe d'un
pouce ou deux pouces & demi de long. Les tiges ſont
hautes d'un empan , & n'ont gueres plus d'un tiers de ligne d'épais, foibles, couchées preſque ſur les rochers,
puis relevées, accompagnées de peu de feüilles dont les
crenelures ſont plus pointüës que celles des feüilles d'en
bas. Le haut de la tige & des branches, eſt velu & chargé de fleurs à cinq feüilles longues de demi pouce, larges
à leur extremité d'environ 3 lignes, blanches, veinées de
vert à leur baſe. Les etamines qui s'élevent du milieu
de ces feüilles ſont blanches, & n'ont gueres plus de deux
lignes de long, chargées de ſommets verdâtres & menus.
Le calice eſt découpé juſques au centre en cinq parties
étroites & velües. Le piſtile eſt vert-pâle, aſſez arrondi par
le bas & de la figure d'une aiguiere à deux becs, comme
celui des eſpeces du même genre. Il devient une capſule de même forme, membraneuſe, brune, diviſée en deux
loges, hautes de trois lignes, dans chacune deſquelles il
y a un placenta ſpongieux, chargé de ſemences menuës
& noirâtres. Les feüilles de cette Plante ont un gout
d'herbe tant ſoit peu ſalé. Les fleurs ſont ſans odeur. Les
racines ſont douceâtres & puis ſtiptiques.

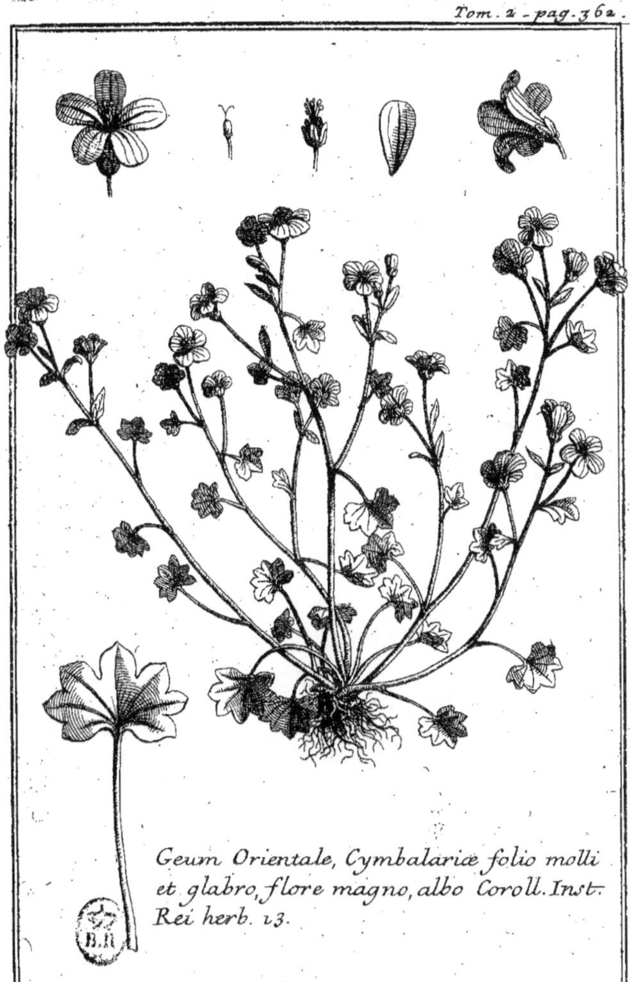

Geum Orientale, Cymbalariæ folio molli et glabro, flore magno, albo Coroll. Inst. Rei herb. 13.

Aprés avoir mis nôtre Journal au net, nous tinmes conseil à table nous trois, pour déliberer sur la route que nous devions prendre le lendemain. Nous ne courions certainement aucun risque d'être entendus, car nous parlions François; & qui est-ce qui peut se vanter dans le Mont Ararat d'entendre cette Langue, pas même Noé s'il y revenoit avec son Arche ! D'un autre côté nous examinions les raisons des Bergers, lesquelles nous paroissoient tres pertinentes, & sur tout l'insurmontable difficulté de ne pouvoir boire que le soir; car nous comptions pour rien celle d'escalader une Montagne aussi affreuse. Quel chagrin, disions-nous, d'être venus de si loin, d'être montez au quart de la Montagne, de n'avoir trouvé que trois ou quatre Plantes rares, & de s'en retourner sans aller plus avant ! Nous fîmes entrer nos Guides dans le conseil : ces bonnes gens qui ne vouloient pas s'exposer à mourir de soif & qui n'avoient pas la curiosité de mesurer, aux dépens de leurs jambes, la hauteur de la Montagne, furent d'abord du sentiment des Bergers, & ensuite ils conclurent qu'on pouvoit aller jusques à des certains rochers qui avoient plus de saillie que les autres, & que l'on reviendroit coucher au même gîte où nous étions. Cet expedient nous parut fort raisonnable : on se coucha là-dessus, mais comment dormir dans l'inquietude où nous étions ! Pendant la nuit l'amour des Plantes l'emporta sur toutes les autres difficultez; nous conclumes tous trois séparément, qu'il étoit de nôtre honneur d'aller visiter la Montagne jusques aux neiges, au hazard d'être mangez des Tigres. Dés qu'il fut jour, de peur de mourir de soif pendant le reste de la journée, nous commençames par boire beaucoup, & nous nous donnâmes une espece de question volontaire. Les Bergers, qui n'étoient plus si farouches, rioient de tout leur

Z z ij

cœur, & nous prenoient pour des gens qui cherchions à
nous perdre. Neantmoins aprés cette précaution il fallut
difner, & ce fut un pareil fupplice pour nous de manger
fans faim, que d'avoir bû fans foif; mais c'étoit une neceffité abfoluë, car outre qu'il n'y avoit point de gîte
en chemin, bien loin de fe charger de provifions, on a
de la peine à porter même fes habits dans des lieux auffi
fcabreux. Nous ordonnâmes donc à deux de nos Guides d'aller nous attendre avec nos chevaux au Couvent
abbandonné qui eft au bas de l'abîme; il faut le défigner
ainfi, pour le diftinguer de celui d'Acourlou qui eft auffi
abbandonné, & qui ne fert plus que de retraite aux voyageurs.

Nous commençames aprés cela à marcher vers la premiere barre de rochers avec une bouteille d'eau que nous
portions tour à tour pour nous foulager; mais quoique
nos ventres fuffent devenus des cruches, elles furent à fec
deux heures aprés; d'ailleurs l'eau battuë dans une bouteille eft une fort défagreable boiffon : toute nôtre efperance
fut donc d'aller manger de la neige pour nous defalterer.
Le plaifir qu'il y a en herborifant, c'eft que fous pretexte de
chercher des Plantes, on fait autant de détours que l'on
veut, ainfi on fe laffe moins que fi par honneur il falloit
monter en ligne droite; d'ailleurs on s'amufe agréablement, fur-tout quand on découvre des Plantes nouvelles.
Nous ne trouvions pourtant pas trop de nouveautez, mais
l'efperance d'une belle moiffon nous faifoit avancer vigoureufement. Il faut avoüer que la veüe eft bien trom-
pée quand on mefure une montagne de bas en haut, fur-
tout quand il faut paffer des fables auffi facheux que les
Syrtes d'Afrique. On ne fçauroit placer le pied ferme
dans ceux du Mont Ararat & l'on perd, en bonne Phi-
fique, bien plus de mouvement que lorfqu'on marche fur

un terrein folide. Quel cadeau pour des gens qui n'a-
voient que de l'eau dans le ventre, d'enfoncer jufques à
la cheville dans le fable? En plufieurs endroits nous étions
obligez de defcendre au lieu de monter, & pour continuer nôtre route il falloit fouvent fe détourner à droit
ou à gauche ; fi nous trouvions de la peloufe, elle limoit
fi fort nos bottines, qu'elles gliffoient comme du verre, &
malgré nous il falloit nous arrêter. Ce temps-là n'étoit
pourtant pas tout-a-fait perdu, car nous l'employions à
rendre l'eau que nous avions beüe ; mais à la verité nous
fûmes deux ou trois fois fur le point d'abbandonner la
partie. Je crois même que nous aurions mieux fait, pourquoi lutter contre un fable fi terrible & contre une pé-
loufe fi courte que les moutons les plus affamez n'y fçauroient broutter? cependant le chagrin de n'avoir pas tout
veû nous auroit trop inquietez dans la fuite, & nous aurions toujours crû d'avoir manqué les plus beaux endroits. Il eft naturel de fe flatter, dans ces fortes de recherches, & de croire qu'il ne faut qu'un bon moment
pour découvrir quelque chofe d'extraordinaire & qui
dédommage de tout le temps perdu. D'ailleurs cette
neige qui fe prefentoit toujours devant nos yeux, & qui
fembloit s'approcher, quoiqu'elle en fut tres-éloignée,
avoit de grands attraits pour nous, & nous fafcinoit continuellement les yeux ; plus nous en approchions, moins
cependant nous découvrions de Plantes.

Pour éviter les fables qui nous fatiguoient horriblement, nous tirâmes droit vers de grands rochers entaffez
les uns fur les autres, comme fi l'on avoit mis *Offa* fur
Pelion, pour parler le langage d'Ovide. On paffe au deffous comme au travers des cavernes, & l'on y eft à l'abri
des injures du temps, excepté du froid ; nous nous en ap-
perçumes bien, mais ce froid adoucit un peu l'alteration

où nous étions. Il fallut en déloger bientôt, de peur d'y
gagner la pleurefie; nous tombâmes enfuite dans un chemin tres fatiguant, c'étoient des pierres femblables aux
moilons que l'on employe à Paris pour la maçonnerie, &
nous étions contraints de fauter d'un pavé fur l'autre.
Cet exercice nous paroiffoit tres-incommode, & nous
nous ne pouvions nous empêcher de rire de nous voir
obligez à faire un fi mauvais manége; mais franchement
on ne rioit que du bout des dens. N'en pouvant plus je
commençay le premier à me répofer, cela fervit de pretexte à la compagnie pour en faire autant.

Comme la converfation fe renoüe quand on eft affis,
l'un parloit des Tigres qui fe promenoient fort tranquillement, ou qui fe joüoient à une diftance affez raifonnable
de nous. Un autre fe plaignoit que fes eaux ne paffoient
pas, & qu'il ne pouvoit plus refpirer. Pour moi je n'ai
jamais tant apprehendé que quelque vaiffeau limphati-
que ne fe caffât dans mon corps. Enfin parmi tous ces
petits contes avec lefquels nous tâchions de nous amufer,
& qui fembloient nous donner de nouvelles forces; nous
arrivâmes fur le midi dans un endroit plus réjoüiffant, car
il nous fembloit que nous allions prendre la neige avec
les dens. Nôtre joye ne fut pas longue, c'étoit une crête
de rocher qui nous déroboit la veuë d'un terrein éloigné
de la neige, de plus de deux heures de chemin, & ce terrein nous parut d'un nouveau genre de pavé. Ce n'é-
toient pas de petits cailloux, mais de ces petits éclats de
pierres que la gelée fait brifer & dont la vive-arête coupe comme celle de la pierre à fufil. Nos Guides difoient
qu'ils étoient nuds pieds, & que nous ferions bientoft
de même; qu'il fe faifoit tard & que nous nous perdrions
indubitablement pendant la nuit, ou qu'au moins nous
nous cafferions le col dans les tenebres, fi mieux n'ai-

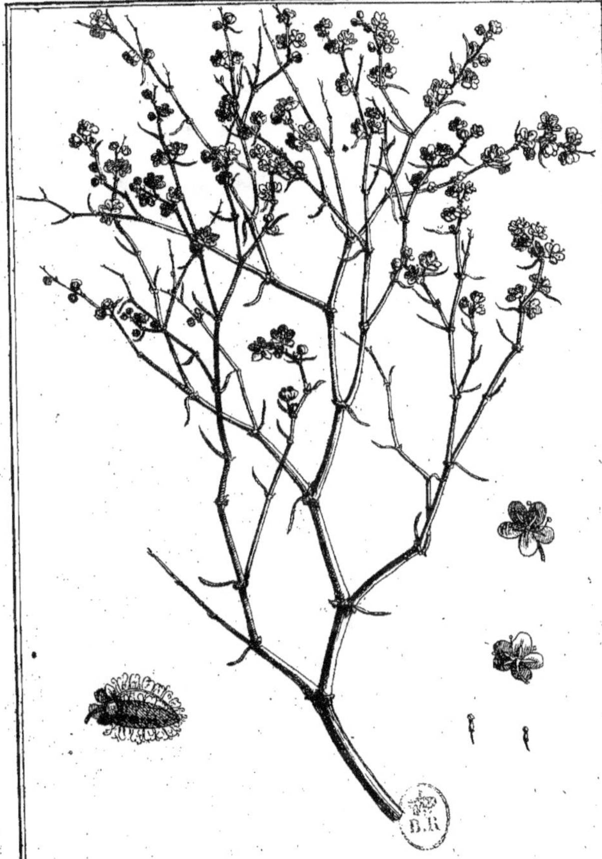

Polygonoides Orientale Ephedræ facie
Coroll. Inst. Rei herb. 47.

mions nous repofer pour fervir de pafture aux Tigres qui
font ordinairemenr leurs grands coups pendant la nuit.
Tout cela nous paroiffoit affez vrai-femblable, cependant
nos bottines n'étoient pas encore trop mal-traitées. Aprés
avoir jetté les yeux fur nos montres, qui étoient fort bien
reglées, nous affûrâmes nos Guides que nous ne paffe-
rions pas au-delà d'un tas de neige que nous leur mon-
trâmes, & qui ne paroiffoit gueres plus grand qu'un gâ-
teau; mais quand nous y fûmes arrivez nous y en trouvâmes plus qu'il n'en falloit pour nous rafrîchir, car le
tas avoit plus de 30 pas de diametre. Chacun en man-
gea tant & fi peu qu'il voulut, & d'un commun confentement il fut réfolu qu'on n'iroit pas plus loin. Cette neige avoit plus de quatre pieds d'épaiffeur; & comme elle étoit toute criftalifée, nous en pilâmes un gros morceau dont nous remplimes nôtre bouteille. On ne fçauroit croire combien la neige fortifie quand on la mange.
Quelque temps aprés on fent dans l'eftomac une chaleur
pareille à celle que l'on fent dans les mains, quand on l'y
a tenuë un demi quart d'heure, & bien loin d'avoir des
tranchées, comme la plufpart des gens fe l'imaginent, on
en a le ventre tout confolé. Nous defcendîmes donc avec
une vigueur admirable, ravis d'avoir accompli nôtre
vœu, & de n'avoir plus rien à faire que de nous retirer
au Monaftere.

Comme un bonheur eft ordinairement fuivi de quelqu'autre, je ne fçai comment j'apperçeûs une petite verdure qui brilloit parmi ces débris de pierres. Nous y courûmes tous comme à un tréfor, & certainement la découverte nous fit plaifir. C'étoit une efpece admirable
de *Veronique à feüille de Telephium*, à laquelle nous ne
nous attendions pas, car nous ne penfions plus qu'à nôtre retraite, & nôtre vigueur pretenduë ne fut pas de lon-

gue durée. Nous retombâmes dans des fables qui cou-
vroient le dos de l'abîme & qui étoient pour le moins auffi
fâcheux que les premiers. Quand nous voulions gliffer,
nous nous y enterrions jufqu'à la moitié du corps, outre
que nous n'allions pas le bon chemin, parce qu'il falloit
tourner fur la gauche pour venir fur les bords de l'abîme
que nous fouhaitons de voir de plus prés. C'eft une effroyable veüe que celle de cet abîme, & David avoit
bien raifon de dire que ces fortes de lieux montroient
la grandeur du Seigneur.. On ne pouvoit s'empécher
de frémir quand on le découvroit, & la tête tournoit
pour peu qu'on voulût en examiner les horribles précipices. Les cris d'une infinité de Corneilles qui volent in-
ceffamment de l'un à l'autre cofté, ont quelque chofe
d'effrayant. On n'a qu'à s'imaginer une des plus hautes
Montagnes du monde, qui n'ouvre fon fein que pour
faire voir le fpectacle le plus affreux qu'on puiffe fe réprefenter. Tous ces précipices font taillez aplomb, & les
extrémitez en font hériffées & noirâtres, comme s'il en
fortoit quelque fumée qui les falît, il n'en fort pourtant
que des torrens de boüe. Sur les fix heures aprés midi
nous nous trouvâmes tres-épuifez, & nous ne pouvions
pas mettre un pied devant l'autre, mais il fallut faire de
de néceffité vertu, & mériter les noms de *Martyrs de la
Botanique.*

Nous nous aperçeûmes d'un endroit couvert de peloufe, dont la pente paroiffoit propre à favorifer nôtre
defcente, c'eft à dire le chemin qu'avoit tenu Noé pour
aller au bas de la Montagne. Nous y courûmes avec
empreffement; on s'y repofa; on y trouva même plus de
Plantes qu'on n'avoit fait pendant toute la journée; & ce
qui nous fit plaifir, c'eft que nos Guides nous firent voir
de là, quoique de fort loin, le Monaftere où nous devions

vions aller nous défalterer. Je laiſſe à deviner de quelle voiture Noé ſe ſervit pour deſcendre, lui qui pouvoit monter ſur tant de ſortes d'animaux puiſqu'il les avoit tous à
ſa ſuite. Nous nous laiſſâmes gliſſer ſur le dos pendant plus
d'une heure ſur ce tapis vert ; nous avancions chemin
fort agréablement, & nous allions plus vîte de cette façon
là que ſi nous avions voulu nous ſervir de nos jambes.
La nuit & la ſoif nous ſervoient comme d'éperons pour
nous faire hâter. On continua donc à gliſſer autant que
le terrein le permit ; & quand nous rencontrions des cailloux qui meurtriſſoient nos épaules, nous gliſſions ſur le
ventre , ou nous marchions à reculon à quatre pattes.
Peu à peu nous nous rendîmes au Monaſtere , mais ſi
étourdis des coups & ſi fatiguez de ces alleûres, que nous
ne pouvions remuer ni bras ni jambes. Nous trouvâmes
aſſez bonne compagnie dans ce Monaſtere, dont les
portes ſont ouvertes à tout le monde , faute de battans
pour les fermer. C'étoient des gens du village qui s'y
étoient venus promener ; ils étoient ſur leur départ &
malheureuſement pour nous ils n'avoient ni eau ni vin.
Il fallut donc envoyer au ruiſſeau , mais nous n'avions
pour tout uſtencile que nôtre bouteille de cuir qui ne tenoit qu'environ deux pintes. Quel ſupplice pour celui de
nos Guides ſur qui le ſort tomba pour l'aller remplir ! Il
eut à la verité le plaiſir de boire le premier, mais perſonne ne le lui envia, car il le paya bien cher, la deſcente du
Monaſtere au ruiſſeau étant de prés d'un quart de lieuë
perpendiculaire & le chemin fort heriſſé. On peut juger
de là ſi le retour devoit être agréable. Il faut demi heure
de temps pour ce voyage, & la premiere bouteille fut preſque beuë d'un trait; cette eau nous parut du nectar ; il fallut donc attendre encore demi heure pour en avoir autant : Quelle miſere ! Nous montâmes à cheval pendant

la nuit pour aller au village chercher du pain & du vin ,
car aprés ce manége nous avions le ventre affez vuide;
nous n'y arrivâmes que fur le minuit, & celui qui gardoit la clef de l'Eglife où nous devions fouper & coucher, dormoit tout à fon aife à l'autre bout du village. On
fut trop heureux, à cette heure-là, de pouvoir trouver du
pain & du vin. Aprés ce leger repas nous ne laiffâmes
pas de dormir d'un profond fommeil, fans réve, fans inquiétude, fans indigeftion, & même fans fentir les piqueu-
res des coufins.

Le lendemain 12 Aouft nous partîmes d'Acourlou à
fix heures du matin, pour retourner aux Trois Eglifes, où
nous n'arrivâmes que le 13 aprés avoir paffé l'Araxe à
gué ; ce qui nous fit perdre bien du temps, car cette
riviere eft connüe pour indocile depuis le fiécle d'Augufte ; elle eft trop rapide pour fouffrir des Ponts, & autrefois elle a renverfé ceux que les Maîtres du monde y
avoient fait conftruire. Cet Araxe, fur les bords duquel
on a veû les plus fameux Conquerans de l'antiquité,
Xerxés, Alexandre, Lucullus, Pompée, Mithridate, Antoine ; cet Araxe, dis-je, féparoit l'Arménie du pays des
Medes, ainfi les Trois Eglifes & Erivan fe trouvent dans
la Medie. Les anciens auteurs font venir, avec raifon,
cette riviere de ces fameufes Montagnes où l'Euphrate
a fes fources, car nous la trouvâmes à Affancalé proche
d'Erzeron d'où l'Euphrate n'eft pas éloigné, comme
nous l'avons remarqué plus haut. Les Geographes qui
difent que l'Araxe coule du Mont Ararat, fe trompent
fort ; ils ont pris le ruiffeau d'Acourlou pour l'Aras, lequel eft plus large entre le Mont Ararat & Erivan, que
la Seine ne l'eft à Paris.

Le 14 Aouft nous féjournâmes aux Trois Eglifes pour
y attendre fix chevaux que nous avions envoyé chercher

à Erivan, dans le deſſein de nous en retourner à Cars.
Nous eûmes le chagrin de partir ſans compagnie, car toutes les Caravanes qui étoient aux Trois Egliſes alloient à
Tauris, & quelqu'honnêtes gens que ſoient les Perſans,
nous apprehendions fort leurs frontieres, & ſur tout le
le voiſinage de Cars. Il tomba ce jour-là tant de neige ſur
le Mont Ararat, que ſon petit ſommet en étoit tout blanc.
Nous rendîmes graces au Seigneur d'en être revenus, car
peut-être que nous nous ſerions perdus, ou que nous ſerions morts de faim ſur cette Montagne. On partit le lendemain à ſix heures du matin, & nous marchâmes juſques
à midi dans une plaine fort ſeche, couverte de differentes eſpeces de *Soude*, d'*Harmala*, de cette eſpece de *Ptar-
mica* que Zanoni a priſe pour la premiere eſpece d'*Au-
rone* de Dioſcoride. L'*Alhagi Maurorum* de Bauvolf, qui
fournit la Manne de Perſe, s'y trouve par tout. J'en ay
donné ci-devant la deſcription. On campa ce jour-là
ſur le bord d'un ruiſſeau auprés d'un village aſſez agréable par la verdure qui étoit aux environs. Nous n'y reſtâ-
mes qu'environ une heure, & laiſſant toujours le Mont
Ararat à main gauche, nous tirions vers le couchant
pour venir à Cars. On continua de marcher juſques à ſix
heures aprés midi, mais ce fut dans des plaines remplies
de cailloux & de rochers.

Il me ſemble que le pays que Procope appelle *Dubios*,
ne devoit pas être éloigné du Mont Ararat. C'eſt une
Province, dit-il, non ſeulement fertile, mais tres-commo-
de par la bonté de ſon climat & de ſes eaux, éloignée de
Theodoſiopolis de huit journées. On n'y voit que de grandes plaines où l'on a bâti des villages aſſez prés les uns
des autres, habitez par des Facteurs qui s'y ſont établis
pour faciliter le commerce des marchandiſes de la Georgie, de la Perſe, des Indes & de l'Europe, leſquelles on

y tranfporte comme dans le centre du negoce. Le Patriarche des Chrétiens qui font dans ce pays-là, eft appellé *Catholique*, parce qu'il eft généralement reconnû pour le Chef de leur Religion. Il paroit par là que le commerce des marchandifes de Perfe & des Indes n'eft pas nouveau. Peut-être que ce *Dubios* étoit la plaine des Trois Eglifes, & que les Romains s'y rendoient avec leurs marchandifes, comme à la plus celebre Foire du monde. Il n'y a pas de lieu plus propre pour fervir d'entrepoft commun aux nations d'Europe & d'Afie.

Le 16 Aouft nous partîmes à trois heures du matin, fans efcorte ni Caravane. Nos voituriers nous firent marcher jufques à fept heures dans des campagnes feches, pierreufes, incultes & fort defagréables. Nous montâmes à cheval fur le midi, & paffâmes par *Cochavan* qui eft le dernier village de Perfe. La peur commença à s'emparer de nous fur cette frontiere, mais je ne m'attendois pas au malheur qui devoit m'arriver au paffage de la riviere d'*Arpajo* ou d'*Arpafou*. Il s'y noye quelqu'un tous les ans, à ce qu'on dit, & je courus grand rifque d'être du nombre de ceux qui payent ce tribut: non feulement le gué eft dangereux par fa profondeur, mais outre cela la riviere charrie de temps en temps de gros quartiers de pierres qui roulent des montagnes, & que l'on ne fçauroit découvrir au fond de l'eau. Les chevaux ne fçauroient placer leurs pieds fûrement dans ce fond; ils s'abbattent fouvent & fe caffent les jambes, quand elles fe trouvent engagées parmi ces pierres. Nous marchions tous de file deux à deux; mon cheval qui fuivoit fon rang, aprés s'eftre abbattu d'abord, fe releva heureufement fans fe bleffer; mais ce ne fut pas fans peur de ma part. Je m'abbandonnay alors à fa fage conduite, ou plutôt à ma bonne fortune, & je le laiffai aller comme il voulut, le piquant avec le talon de la bottine, dont le fer, qui eſt en demi cercle, excede tant ſoit peu, car on ne connoit pas les éperons dans le Levant. Ma pauvre beſte qui s'enfonça une ſeconde fois dans un trou, n'avoit que la teſte hors de l'eau & ne ſortit de là qu'aprés de grands efforts, pendant leſquels je faiſois de tres mauvais ſang. Les cris, pour ne pas dire les hûrlemens de nos voituriers, augmentoient ma peur bien loin de la diſſiper ; je n'entendois ni ne comprenois rien de tout ce qu'ils vouloient me dire, & mes camarades ne pouvoient pas me ſecourir. Mais mon heure n'étoit pas encore venuë ; le Seigneur vouloit que je revinſſe herboriſer en France, & j'en fus quitte pour laiſſer un peu ſécher mon habit & mes papiers que je portois dans mon ſein, ſuivant la mode du pays, car nous avions laiſſé nôtre bagage à Erzeron, & nous marchions fort à la légere.

Cette leſſive étoit d'autant plus incommode, que nous n'oſâmes pas entrer dans le village de *Chout-louc* ſitué ſur les terres des Turcs. Nos voituriers qui étoient d'Erivan, & qui apprehendoient qu'on leur fit payer la Capitation en Turquie, quoique les Perſans n'éxigent rien des Turcs qui viennent ſur leurs terres ; ces voituriers, dis-je, voulurent s'arrêter ſur le bord d'un ruiſſeau à un quart de lieuë de ce village. L'air de ce ruiſſeau ne m'échauffoit guerre, & contribuoit encore moins à ſécher mes habits. Il fallut donc paſſer la nuit ſans feu ni viande chaude, nous n'avions pas même du vin de reſte. Pour comble de diſgraces, le demi bain que j'avois pris malgré moi, m'avoit cauſé une indiſpoſition qui m'obligea de me lever plus ſouvent que je n'aurois voulu. Nous nous ferions pourtant conſolez de tous ces malheurs, ſi un homme du pays, je ne ſçai de quelle religion, ne s'étoit aviſé de nous rendre une viſite aſſez chagrinante, quelque ſoin que nos voituriers euſſent pris pour ſe cacher.

A a iij

Ce fut, à ce qu'il difoit, pour nous avertir charitable-
ment que nous n'étions pas là en feûreté ; que nous ferions trop heureux, fi l'on ne venoit pas nous dépoüiller
pendant la nuit ; qu'il ne répondoit pas de nos vies ;
que nous devions nous retirer au village dont le *Sous-
Bachi* étoit ennemi juré des voleurs, mais qu'il ne pouvoit pas répondre de ceux de la campagne, entre les
mains defquels nous tomberions peut-être le lendemain
fur la route de Cars. Nous fîmes dire aux voituriers de
feller nos chevaux pour nous retirer au village, où non
feulement nous ferions en feûreté, mais en lieu propre à
fecher mes habits ; ces malheureux, quelques inftances
qu'on pût faire, ne voulurent jamais fe lever, & traitérent
le donneur d'avis de vifionnaire. Inutilement nous em-
portâmes-nous ; ils ne s'en emeûrent point ; les cinq écus de
Capitation leur tenoient plus au cœur que nos vies. J'eus
beau les faire affeûrer que je payerois pour eux, fuppofé
que le Sous-Bachi les voulût exiger, ils crurent que c'étoit
un leurre de ma part pour les engager à partir. Il y en eut
un, qui pour faire le bon valet, apporta une braffée de
broffailles, qu'il avoit amaffées avec affez de peine, & qu'il
avoit deftinées à fecher mes hardes ; mais le donneur
d'avis, dont nous admirions la charité, ne jugea pas à
propos qu'on l'allumât, de peur de nous faire découvrir
à quelques malhonnêtes gens qui auroient pû faire leur
ronde ; il affeûra même, que fi le Sous-Bachi avoit eté averti du parti que nous avions pris, qu'il nous auroit obligez d'aller coucher au village ; qu'il falloit que nous fuffions chargez de tous les diamants du Royaume de Gol-
conde pour fuir le monde avec tant de précaution. Tout
cela ne toucha pas nos Perfans ; ils ne fongeoient qu'à
leur Capitation, mais nous en fûmes bien vangez le lendemain, quand on les faifit au colet aux portes de Cars,
& qu'on les obligea de payer.

Ils eurent beau se renommer du Roy de Perse, & faire valoir les bons traitemens que les sujets du Grand Seigneur recevoient dans leurs pays. Les Turcs de Cars ont l'ame dure ; il fallut payer cinq écus par tête, & prendre un billet de *Carach* qui leur tint lieu de quittance, pour ne pas payer une seconde fois. Ils furent assez sots de nous proposer de les indemniser de ce tribut, parceque c'é-toit pour nôtre service qu'on leur faisoit cette avanie ; nous répondîmes que nous n'avions pas mis cette clause dans nôtre marché, mais que pourtant nous aurions volontiers donné cet argent s'ils nous avoient fait coucher dans le village & non pas en pleine campagne à la merci des voleurs & des loups.

A la verité nous passâmes une cruelle nuit prés de ce ruisseau. Elle nous parut encore plus longue aprés la retraite du donneur d'avis ; car enfin ce bon homme, voyant que sa rhetorique ne servoit de rien, se retira. Nous ne sçavions s'il étoit venu pour nous reconnoître, & pour avertir ses amis que nous avions une charge de marchandises outre nôtre bagage. Cependant ce qui paroissoit marchandise n'étoit que nôtre *Recüeil de Plantes seches* enfermées dans deux coffres à la Turque. Le donneur d'avis n'avoit pas laissé de les soupeser en nous faisant ses remontrances & il en avoit admiré la légereté. Pour parler tout naturellement, je crois que nôtre air de pauvreté nous sauva, car tout nôtre bagage ne valoit pas la peine qu'on auroit prise de venir du village pour l'enlever. Neanmoins comme les nuits sont froides en Levant, & que celle-là me paroissoit encore plus froide à moi qu'à aucun de la compagnie, parce que mes habits n'étoient pas encore bien secs, j'étois dans une étrange perplexité. Le chemin que nous avions à faire jusques à Cars augmentoit mon inquiétude ; on ne parloit que de brigands,

& nous n'avions point de lettre pour prendre de l'argent
à Cars, en cas qu'on nous eût dépoüillez.

Nous eûmes aussi le chagrin d'être venus à Chout-louc
sans voir les ruines d'*Anicavac* ou *Anicagué*, c'est à dire la
ville d'*Ani* qui est le nom de je ne sçai quel Roy d'Armenie. Ces ruines sont sur les terres de Perse à demi
lieüe du chemin que nous avions tenu ; mais nos voituriers ne s'aviserent de nous en parler que lorsque nous fûmes arrivez au gîte. Je ne crois pas qu'il y ait rien de curieux à voir dans ces ruines pour des voyageurs ; il n'y a
que les débris des villes grecques qui meritent d'être veûs,
parce qu'on y trouve toujours quelques restes d'Inscriptions, lesquelles bien souvent sont d'un grand secours
pour débroüiller l'ancienne Geographie.

Nous partîmes donc le 17 Aoust à quatre heures du
matin, & nous marchâmes jusques à sept heures sans rencontrer ni voleurs, ni honnêtes gens. La clarté du jour
nous encouragea, & comme la peur de me noyer m'avoit laissé une incommodité qui m'obligeoit à descendre
assez souvent de cheval, je proposai à la compaghie de
nous reposer. La campagne étoit agréable, on y étendit
la nappe, & les restes de nos provisions y furent consommez. Aprés ce repas nous continuâmes nôtre route dans
un pays plat, réjoüissant & bien cultivé. On découvre
trois ou quatre villages assez considérables, & l'on sent
bien que l'on approche d'une des meilleures villes du
pays. Nous trouvâmes des pâturages charmans au pied
d'une colline fort agréable & les Bergers, qui n'étoient
pas éloignez du grand chemin, avoient la physionomie
d'être de bonnes gens.

Nous arrivâmes à Cars sur les quatre heures & nous y
séjournâmes jusques au 22 Aoust pour attendre compagnie. Un gros parti de Curdes s'étoit avisé de venir camper

per

per dans les montagnes à deux journées de Cars, sur la
route d'Erzeron ; & comme nous n'avions plus d'Evêque
Armenien qui pût interceder pour nous , nous crûmes qu'il y auroit de l'imprudence de rifquer le paffage
fans Caravane. En attendant qu'il s'en prefentât quelqu'une , nous vîmes plufieurs malades avec fuccés , au
moins par rapport à leur fanté ; car toutes nos vifites ne
nous procuroient que quelques plats de fruits , ou quelques pintes de lait. Les environs de Cars font propres
pour herborifer , & nous nous promenions en liberté à la
faveur des amis que nous nous y étions faits en venant
d'Erzeron. L'Aga qui avoit une fiftule au fondement,
quoiqu'il n'euft reffenti aucun foulagement de nos remedes , vint pourtant nous en remercier & nous protefta
qu'il ne permettroit pas que nous partiffions fans bonne
efcorte. Un autre Seigneur que nous avions fort foulagé
des hemorroïdes dont il étoit cruellement tourmenté,
voulut lui-même nous accompagner avec trois ou quatre
perfonnes de fa maifon jufques à ce qu'il nous crut hors
de danger ; tant il eft vrai qu'il y a d'honnêtes gens par
tout , & qu'une boëte de remedes bien choifis, bien pré-
parez , & donnez à propos , eft un excellent paffeport.
Il n'y a point de lieu fur la terre où l'on ne fe faffe de
bons amis avec le fecours de la medecine ; le plus grand
Jurifconfulte de France pafferoit pour un perfonnage fort
inutile en Afie , en Affrique , & en Armenie ; les plus profonds & les plus zelez Theologiens n'y feroient pas de
grands progrés fi le Seigneur ne touchoit efficacement le
cœur des infidelles : mais comme on fuit la mort par
tout pays , on y recherche & on y révere les Medecins.
Le plus grand éloge qu'on puiffe faire des gens de nôtre
profeffion ; c'eft de convenir qu'ils font néceffaires, car le
Seigneur n'a établi la medecine que pour le foulagement

du genre humain. Je vous prie, Mgr, de me pardonner cette petite digression en faveur de mon mestier.

Voici la description de quelques belles Plantes qui naissent autour de Cars.

Campanula Orientalis, foliorum crenis amplioribus & crispis, flore patulo subcæruleo. Coroll. Inst. Rei Herb. 3.

La racine de cette Plante qui est enfoncée dans les fentes des rochers, a prés d'un pied de long, elle est grosse comme le pouce au collet, partagée en plusieurs têtes assez charnuës, divisées en grosses fibres assez cheveluës, blanches en dedans, mais tirant sur le jaunâtre vers le cœur. L'écorce en est brune & roussatre. Les tiges hautes d'un pied & demi ou deux, sortent en bottes sept ou huit ensemble, épaisses d'environ deux ou trois lignes, fermes, pleines de moëlle blanche, lisses, vert-pâle, garnies en bas de feüilles assez fermes, longues de quatre pouces en comptant leur queüe. Elles sont assez semblables à celles de l'*Ortie*, lisses, vert-gai, crenelées profondément à grosses crenelures pointuës & inégales, recoupées, frisées, & même partagées vers le bas en quelques pieces menuës & inégales. Ces feüilles diminüent le long de la tige, & perdent tout-a-fait leur queüe vers le haut, où elles ressemblent aux feüilles de la *Verge dorée*, mais elles conservent toujours leur frisure. De leurs aisselles naissent, dés le bas, des fleurs attachées à des pedicules fort courts, évasées en bassin de plus d'un pouce de diametre sur un demi pouce de hauteur, & découpées en cinq parties. Du fond de ce bassin sortent autant d'étamines chargées de sommets jaunes. Le pistile est aussi long que les fleurs, & terminé par une espece d'ancre à trois crampons. Le calice est une autre espece de bassin d'environ cinq lignes de haut, vert-pâle, fendu en cinq pointes. Quand cette Plante a eté broutée, comme cela arrive

Campanula Orientalis, foliorum
crenis amplioribus et crispis, flore
patulo, subcæruleo. Coroll. Inst. Rei.
Herbar. 3.

Tom. 2. pag. 379.
Ferula Orientalis, Cachryos
folio et facie Coroll. Inst. Rei
herb. 22.

souvent autour de Cars, elle pousse des branches dés le bas. Nous en avons veû des pieds dont les fleurs étoient fort blanches, & d'autres sur lequel elles étoient bleüatres. Les feüilles sont d'un gout d'herbe assez fort. La racine est fort douceatre, les fleurs sans odeur. Toute la Plante rend un lait assez doux, mais qui a l'odeur de l'*O-pium*.

Ferula Orientalis, Cachryos folio & facie. Coroll. Inst. Rei Herb. 22.

Sa racine est grosse comme le bras, longue de deux pieds & demi, branchuë, peu cheveluë, blanche, couverte d'une ecorce jaunatre & qui rend du lait de la même couleur. La tige s'éleve jusques à trois pieds, épaisse de demi pouce, lisse, ferme, rougeatre, pleine de moëlle blanche, garnie de feüilles semblables à celle du *Fenoüil*, longues d'un pied & demi ou deux, dont la côte se divise & se subdivise en brins aussi menus que ceux des feüilles de la *Cachrys, Ferulæ folio, semine fungoso lævi* deMorison, à laquelle cette Plante ressemble si fort qu'on se tromperoit si on n'en voyoit pas les semences. Les feüilles qui accompagnent les tiges sont beaucoup plus courtes & plus éloignées les unes des autres. Elles commencent par une étamine longue de trois pouces, large de deux, lisse, roussatre, terminée par une feüille d'environ deux pouces de long, découpée aussi menu que les autres. Au-delà de la moitié de la tige, naissent plusieurs branches des aisselles des feüilles; ces branches n'ont gueres plus d'un empan de long, & soutiennent des ombelles chargées de fleurs jaunes, composées depuis cinq jusques à sept ou huit feüilles, longues de demi ligne. Pour les graines, elles sont tout-a-fait semblables à celles de la *Ferule Ordinaire*, longues d'environ demi pouce sur deux lignes & demi de large, minces vers les bords,

rouſſatres, légerement rayées ſur le dos, ameres & hui-
leuſes.

Lychnis Orientalis, Buplevri folio. Coroll. Inſt. Rei
Herb. 24.

La tige de cette Plante eſt haute de trois pieds, épaiſſe
de deux lignes, dure, ferme, droite, nöüeuſe, liſſe, couverte d'une pouſſiere blanche comme celle qui eſt ſur la
tige des *Oeillets*, accompagnée en bas de feüilles longues
de quatre pouces ſur quatre lignes de large, vert-de-mer,
pointuës, ſemblables à celles du *Bupleurum anguſtifolium,
Herbariorum Lob.* relevées d'un côté, car d'ailleurs elles
elles ne ſont pas veinées. Celles qui ſont aux premiers
nœuds de la tige ſont les plus longues, mais elles n'ont
que quatre ou cinq lignes de largeur; les autres deviennent plus étroites; les dernieres reſſemblent à celles des
Oeillets. De leurs aiſſelles, tout le long de la tige depuis la
moitié en haut, naiſſent des branches longues de demi
pied, dont les feüilles ſont tres menuës, & ces branches
ſoutiennent chacune trois ou quatre fleurs, dont le calice eſt un tuyau long d'un pouce ou de quinze lignes,
épais d'une ligne vers le bas, & de deux lignes vers le haut
où il eſt découpé en cinq pointes, vert-de-mer & liſſe.
Du fond du tuyau ſortent cinq feüilles qui débordent de
demi pouce, échancrées en deux parties aſſez arrondies,
blanches en deſſus, mais vert-jaunatre en deſſous, relevées
chacune de deux appendices blancs qui ſervent à former
la couronne de la fleur. Les etamines ſont blanches chargées de ſommets jaunâtres. Le piſtile qui eſt vert-pâle,
oblong, ſurmonté de deux houppes blanches, devient un
fruit long ſeulement de demi pouce & de trois lignes de
diametre, il porte ſur un pedicule de trois lignes de haut.
Ce fruit eſt une coque dure, ovale, rouſſatre, qui s'ouvre
par la pointe en cinq ou ſix parties, & laiſſe échapper des

Tom. 2. pag. 380.
Lychnis Orientalis.

femences grifâtres affez femblables à celles de la *Jufquia-*
me. Toute la Plante eft faveur d'herbe affez mucilagineufe.

Le 23 Aouft nous partîmes de Cars avec une petite
Caravane deftinée pour efcorter une voiture d'argent que
le *Carachi-Bachi* ou le *Receveur de la Capitation* envoyoit
à Erzeron. C'étoient tous gens choifis, bien armez, & dé-
terminez à fe bien battre ; au lieu que les Caravanes des
marchands font compofées de gens qui épargnent leur
peau, comme l'on dit, & qui aiment mieux être rançon-
nez que d'en venir aux mains. Tout bien confideré, ce
parti leur convient mieux, un marchand gagne toujours
beaucoup, quand il fauve fa vie & fes marchandifes pour
une poignée d'écus. Nous ne marchâmes que quatre
heures ce jour-là, & nous campâmes auprés de *Beneclia-*
met village dans une affez grande Plaine où nous trouvâmes une nouvelle efcorte de Turcs, gens bien faits &
bien réfolus.

Le 24 Aouft le *Carachi-Bachi* qui avoit un Commandement du Pacha de Cars pour prendre dans les villages
de la route autant de gens qu'il jugeroit à propos pour
affûrer le tranfport de fon argent, fit venir des montagnes environ trente perfonnes bien armées qui ne laiffe-
rent pas de nous faire plaifir, car le bruit couroit que les
Curdes vouloient enlever le trefor. Cette nouvelle efcorte fut relevée le lendemain par une autre bande auffi forte. Une Caravane de foixante Turcs ne craint pas deux
cens Curdes ; ceux-ci n'ont que des lances, & nos Turcs
avoient de bon fufils & des piftolets. On ne partit ce
jour-là que fur les neuf heures pour aller coucher à *Ke-*
kez village fitué dans la même Plaine à trois heures de
diftance. Nous eûmes une recrüe de fept ou huit perfonnes qui conduifoient du Ris à Erzeron ; mais ce n'étoit
pas gens à fortifier nôtre troupe.

On ne fit que quatre lieües le lendemain ; nous marchâmes toute la nuit au clair de la lune par des montagnes dont les défilez font dangereux, & où fort peu de gens auroient pû facilement nous arrêter ; mais les tenebres favorisérent nôtre marche, tandis que les Curdes dormoient à leur aise. On se reposa le 26 jusques à neuf heures du matin, & l'on passa seulement sur une des plus hautes montagnes du pays couverte de *Pins*, de *Peupliers noirs*, & de *Trembles*. Comme nous apprehendions quelque embuscade, on détacha des Turcs pour aller reconnoître les passages, & ces batteurs d'estrade amenérent au *Catachi-Bachi* quatre paysans qui l'asseurérent que les voleurs étoient restez en arriere, & que nous leurs avions dérobé une grande marche. A cette nouvelle on campa sur les trois heures aprés midi tout prés d'une petite riviere où nous avions déja campé en allant à Cars, le long de laquelle nous trouvâmes une belle espece de *Valeriane*, dont les racines font tout-a-fait semblables à celles de la *grande Valeriane des Jardins*, aussi grosses & aussi aromatiques. Les feüilles en font plus étroites ; mais comme la grande Valeriane ne se trouve pas, que je sache, en campagne, je crois que ce n'est autre chose que celle-ci qui est cultivée dans les Jardins depuis quelques siécles.

Le 27 Aoust nous marchâmes prés de six heures, & nous retirâmes à *Lavander* village peu considérable. Le 28 aprés une route aussi longue, on arriva aux bains d'*Assancalé* bâtis assez proprement sur le bord de l'Araxe, à une petite journée d'Erzeron. Ils font chauds & fort frequentez. L'Araxe qui tombe des montagnes où font les sources de l'Euphrate, n'est pas considérable à Assancalé, dont la Plaine est plus fertile que celle d'Erzeron, & produit de meilleur froment. Généralement parlant tous les bleds font bas en Armenie, & la plufpart ne font que qua-

ASSAMCALÉ,
Veüe du coté d'Erzeron.
Bains
d'Eau
chaude

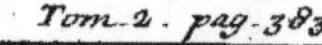

ASSAMCALÉ,
veü du côté de Cars.
Bains
d'Eau
chaude

drupler, furtôut auprés d'Erzeron ; mais aufſi il y en a une fi grande quantité, qu'elle fupplée au refte. Si l'on n'avoit pas la commodité d'arrofer les terres, elles feroient pref- que fteriles.

Au milieu de la Plaine d'Affancalé s'éleve une roche horriblement efcarpée, fur laquelle on a bâti la ville & une forterefſe qui menace tous les environs, & où l'on apprehende plus la famine que le canon. Il n'y a pas plus de trois cens hommes de garnifon, quoiqu'il en fal- luft plus de quinze cens pour la deffendre. Les mu- railles font comme en limaçon tout autour de la roche, flanquées fur des tours quarrées, dont le canon en em- pécheroit les approches s'il étoit bien fervi, car ces tours ne font pas plus élevées que les murailles, & paroiffent comme des plateformes. Les foffez n'ont gueres plus de deux toifes de largeur, & encore moins de profondeur, creufez dans un roc tres dur. Si cette Place étoit fur la frontiere, on la rendroit imprenable à peu de frais. Les marchandifes que l'on conduit d'Erzeron à Erivan par Affancalé, doivent demi piaftre par charge, foit de che- val ou de chameau, quoique la difference des poids foit fort grande. Celles qui viennent d'Erivan à Erzeron ne payent que la moitié des droits. Nos Plantes feches ne payoient rien du tout ; les Turcs & les Perfans ne font pas cas de cette marchandife, que nous eftimions pourtant plus que la plus belle foye du Levant.

Le chemin d'Affancalé à Erzeron eft fort beau. Nous le fîmes en fix heures de temps, & nous courûmes le même jour embraffer Mr *Prefcot* Conful de la nation An- gloife, nôtre bon ami, qui avoit bien voulu être le dé- pofitaire de nos hardes, de nôtre argent, & de nos Plan- tes feches. Nous allâmes le lendemain rendre nos ref- pects au Beglierbey Cuperli nôtre protecteur, qui nous fit mille queſtions ſur ce que nous avions veû dans nôtre route, & ſur tout touchant la difference que nous trouvions entre la Turquie & la Perſe. Aprés l'avoir remercié de ſa recommendation pour le Pacha de Cars, nous lui contâmes une partie de nos avantures; nous nous loüames fort du bon naturel des Perſans, & du bon accueil qu'ils faiſoient aux Francs. Il nous dit entre autres choſes, que le Patriarche des Trois Egliſes étoit *un bon marchand d'Huile*, faiſant alluſion au procez qu'il a avec le Patriarche Armenien de Jeruſalem, pour le débit de l'Huile ſacrée que l'on employe dans l'adminiſtration des ſacremens parmi les Armeniens.

Nous allâmes viſiter la campagne aprés nous être délaſſez dans la ville, & ne manquâmes pas de parcourir la belle vallée des *40 Moulins* où nous avions laiſſé trop de Plantes rares en fleur, pour oublier d'en aller amaſſer les graines. Nous paſſâmes dans le même deſſein le premier Septembre au *Monaſtere Rouge* des Armeniens, d'où nous montâmes encore vers les ſources de l'Euphrate pour continuer nôtre moiſſon. Les Curdes, graces à Dieu, avoient evacué ces Montagnes, ainſi nôtre seconde récolte fut faite avec plus de tranquillité que la premiere. Cette récolte conſiſtoit plus en graines de plantes que nous avions déja veües, qu'en nouvelles découvertes; mais ces graines n'étoient pas le moindre fruit de nôtre voyage. C'eſt par leur moyen que les Plantes d'Armenie ſe ſont répanduës dans le Jardin du Roy, & dans les plus celebres Jardins de l'Europe, aux Intendans deſquels nous en avons communiqué une bonne partie. Nous nous amuſions de cette maniére autour d'Erzeron, tantôt d'un côté, tantôt de l'autre, & nous ne laiſſions pas de glaner utilement. Voici la deſcription d'une tres belle eſpece d'*Armoiſe*, dont perſonne, je crois, n'a fait encore aucune mention.

Artemisia Orientalis
Tanaceti folio inodo=
ra Coroll. Inst. Rei
herb. 34.

mention. Elle se trouve dans le Cimetiere des Armeniens, & dans quelques endroits autour de la ville où elle ne fleurit qu'en automne.

La racine de cette plante est longue d'environ un pied, dure, ligneuse, grosse comme le petit doit, garnie de fibres cheveluës, blanche en dedans, couverte d'une écorce roussatre. Les tiges naissent en bottes, hautes d'environ deux pieds, droites, fermes, lisses, vert-pâle, rougeatres en quelques endroits, cassantes, accompagnées de feüilles tout-a-fait semblables à celles de la *Tanaisie*, mais insipides & sans odeur ; les plus grandes ont environ trois pouces de long sur deux pouces de largeur, vert-brun, lisses, découpées profondément jusques à la côte, & recoupées à dents tres menuës ; elles diminuent jusques au bout sans changer de figure. De leurs aisselles naissent des branches longues seulement de demi pied, subdivisécs en plusieurs brins tous chargez de fleurs fort serrées & relevées en haut ; ce sont des boutons semblables à ceux de l'*Armoise commune,* composez de quelques demi-fleurons fort menus & purpurins, renfermez dans un calice à petites écailles vert-foncé. Chaque fleuron porte sur un embrion de graine, lequel devient une semence tres menuë, roussatre, longue de demi ligne. On ne découvre point de saveur ni d'odeur dans cette Plante ; elle aime la terre grasse, fraiche, humide.

Au Sud-Est d'Erzeron est la vallée de *Caracaia* qui est toute remplie de belles Plantes. Nous y observâmes entre autres choses le vrai *Napel découpé,* comme le represente la figure que Clusius en a donnée. La *Caryophyllata aquatica, nutante flore CB.* n'y est pas rare. Rien ne nous faisoit plus de plaisir que de voir de temps en temps des Plantes des Alpes & des Pyrenées.

En attendant le départ de la Caravane de *Tocat,* dont

Tome II.   .C c c

nous devions profiter pour aller à Smyrne, nous allions
cauſer dans les Caravanſerais pour apprendre des nouvelles. Nous y trouvâmes une troupe de ces gens qui vont
chercher les Drogues en Perſe & dans le Mogol pour les
apporter en Turquie. Ils nous aſſeûrérent que c'eſt principalement à *Machat* ville de Perſe, où ceux du pays font
leurs principaux magaſins; mais tout cela ne nous inſtrui-
ſoit gueres, car ceux qui rempliſſent les magaſins, & ceux
même qui vont encore plus loin chercher les Drogues ſur
les lieux & dans les villages où les payſans les apportent
de la campagne, ne ſont gueres mieux informez. Je ne
vois rien de ſi difficile que de faire une bonne *Hiſtoire
des Drogues*, c'eſt à dire de décrire non ſeulement tout
ce qui compoſe la matiere medecinale, mais encore de
faire la deſcription des Plantes, des Animaux & des Mi-
neraux d'où l'on les tire. Non ſeulement il faudroit aller
en Perſe, mais auſſi dans le Mogol qui eſt le plus riche
Empire du monde, & où l'on reçoit parfaitement bien les
étrangers, ſur tout ceux qui ſont riches en eſpeces d'or
& d'argent. Tout s'y achette argent comptant, & il n'eſt
permis d'en faire ſortir que les marchandiſes, ainſi toutes
les monnoyes étrangeres reſtent dans le pays, où elles
ſont converties en celles du Prince: mais quelle peine
n'auroit-on pas quand on ſeroit dans ce Royaume, ſi l'on
vouloit s'éclaircir par ſoi-même de ce qui concerne la
connoiſſance des Drogues! on ſe trouveroit obligé de ſe
tranſporter ſur les lieux où elles naiſſent, pour décrire
les Plantes qui les produiſent; & à combien de maladies
ne s'expoſeroit-on pas! la vie d'un homme ſuffiroit à peine pour bien obſerver celles que l'Aſie produit. Il faudroit d'ailleurs parcourir la *Perſe*, le *Mogol*, les *Iſles de
Ceylan*, *Sumatra*, *Ternate*, & je ne ſçai combien d'autres
contrées où l'on ne trouveroit pas les mêmes facilitez que

chez le Mogol. La feule Rhubarbe demanderoit un voyage à la Chine ou en Tartarie. Enfuite il faudroit defcendre en Arabie, en Egypte, en Ethiopie. Je ne parle pas des Drogues qui ne fe trouvent qu'en Amerique, & qui ne font pas moins pretieufes que celles que nous fourniffent les autres parties du monde. En allant en Amerique il faudroit relâcher dans les *Ifles Canaries* pour décrire le *Sang de Dragon*.

Aprés cela je ne fuis pas furpris fi ceux qui fe mêlent d'écrire l'Hiftoire des Drogues, font tant de beveües, & moi le premier. On ne rapporte que des faits incertains & des defcriptions imparfaites. Il eft encore plus honteux pour nous de ne pas connoître celles qui fe préparent en France. Où trouve-t-on des relations exactes du *Vermillon*, du *Tournefol*, du *Vert-degris*, de *la Poix*, de *la Terebentine*, du *Sapin*, de la *Melize*, de l'*Agaric*, de nos *Vitriols !*

En caufant dans les Caravanferais d'Erzeron, nous apprîmes par les Caravaniers de *Wan*, ville de Turquie fur la frontiere de Perfe à huit journées d'Erzeron, que l'on amaffoit avec foin la terre qui eft fur les grands chemins par où paffent les Caravanes de Chameaux. On leffive cette terre & l'on en tire tous les ans plus de cent quintaux de Nitre, que l'on débite principalement dans le *Curdiftan* pour faire de la poudre. On nous affeûra que la terre des champs voifins des chemins de Wan, ne donnoit point de Nitre. Il faut cependant qu'elle contienne quelque chofe de propre à devenir Nitre par le mêlange de l'urine des chameaux.

La poudre à canon ne vaut pas quinze fols l'oque à Erzeron, auffi n'eft-elle bonne que pour charger, il en faut de plus fine pour amorcer. Tout le monde y charge à cartouche, & rien n'eft mieux imaginé pour tirer prom-

ptement avec nos fufils, Ceux que Mr *de la Chaumete*
vient d'inventer, valent incomparablement mieux,& donnent la fuperiorité du feu à ceux qui s'en fervent. On
n'a jamais porté les armes au point de perfection où Mr
de la Chaumete les a mifes. Les Gibecieres dont on fe fert
en Levant, font compofées de tuyaux de canne affem-
blez ordinairement à double rang, affez femblables aux
anciennes fluttes de Pan, ou pour me fervir d'une comparaifon plus intelligible, aux fiflets de ces Chaudron-
niers ambulans qui vont chercher de l'ouvrage de Province en Province. La Gibeciere des Orientaux eft légere, courbe, & s'accommode aifément fur le côté. Ses
tuyaux font hauts de quatre ou cinq pouces, & couverts
d'une peau affez propre; chaque tuyau contient fa charge, & cette charge eft un tuyau de papier rempli de la
quantité de poudre & de plomb neceffaire pour ti-
un coup. Quand on veut charger un fufil, on tire un
de ces tuyaux de la Gibeciere; avec un coup de dent on
ouvre le papier du côté où eft la poudre, on la vuide
en même temps dans le canon du fufil, & on laiffe couler le plomb qui eft enfermé dans le refte du tuyau de papier. La charge eft faite avec un coup de baguette que
l'on donne par deffus & le même papier, qui renfermoit
la poudre & le plomb, fert de bourre.

J'ay l'honneur d'être avec un profond refpect, &c.

LETTRE XX.

A Monseigneur le Comte de Pontchartrain, Secre-
taire d'Etat & des Commandemens
de Sa Majesté, &c.

MONSEIGNEUR,

Comme nous écrivions tous les soirs, pendant le sé- DES MŒURS,
de la Religion, &
du Commerce des
Armeniens.
jour que nous fîmes à Erzeron, ce que nous apprenions
pendant la journée en nous entretenant avec les Armeniens & principalement dans le Couvent où nous logions ; il se trouva à la fin que nos remarques jointes à
celles que nous avions faites dans les autres Couvens &
sur nos differentes routes, me fournirent assez de matiere pour vous adresser une Lettre touchant le genie, les
mœurs, la religion, & le commerce de cette Nation. Je
vous prie donc, Mgr, de vouloir agréer le fruit de nos
conversations.

Les Armeniens sont les meilleures gens du monde,
honnêtes, polis, pleins de bon sens & de probité. Je
les estimerois heureux de ne sçavoir pas manier les armes, s'il n'étoit nécessaire, de la maniére dont les hommes sont faits, de s'en servir quelquefois pour éviter
leur cruauté. Quoiqu'il en soit les Armeniens ne se mêlent que de leur commerce, & s'y appliquent avec toute
l'attention dont ils sont capables. Non seulement ils sont
les maîtres du commerce du Levant, mais ils ont beaucoup de part à celui des plus grandes villes de l'Europe. On les voit venir du fond de la Perse jusqu'à Li-

Ccc iij

vourne! Il n'y a pas long-temps qu'ils étoient établis à Marseille. Combien en trouve-t'on en Hollande & en Angleterre! Ils passent chez le Mogol, à Siam, à Java, aux Philippines, & dans tout l'Orient, excepté à la Chine.

Le centre des Marchands Armeniens n'est pas en Armenie, mais à *Julfa* celebre fauxbourg d'Hispaham, que tous les voyageurs ont décrit. Ce fauxbourg qui merite bien le nom de ville, puisqu'il renferme plus de trente mille habitans, est une Colonie d'Armeniens que le plus grand Roy de Perse *Cha-Abbas*, premier du nom, établit dabord dans Hispaham, & que l'on transporta peu de temps aprés au delà de la riviere de *Zenderou*, pour les séparer des Mahometans qui les méprisoient à cause de leur religion. On prétend que ce changement se fit sous le petit Cha-Abbas ; d'autres asseûrent qu'il est plus ancien. Il est certain du moins que le premier auteur de la Colonie est le grand Cha-Abbas contemporain de Henri IV. à qui il envoya le P. Juste Capucin en qualité d'Ambassadeur ; mais il n'arriva qu'aprés la mort du Roy. Cha-Abbas travailla efficacement à deux choses pour le bien de son Royaume : il le mit à couvert des insultes des Turcs, & il l'enrichit beaucoup par l'établissement du commerce. Pour empécher les Turcs, que les Persans appellent *Osmalins*, de pénétrer avant dans les Etats, il crut qu'il étoit nécessaire de leur ôter le moyen d'entretenir de grandes armées sur ses Frontieres ; & comme l'Armenie est une des principales, sur laquelle les Turcs se jettoient ordinairement, il la dépeupla autant qu'il le jugea nécessaire à son dessein. Le sort tomba sur la ville de Julfa la plus grande & la plus puissante du pays, dont les ruines se voyent encore sur l'Araxe, entre Erivan & Tauris. Les habitans de Julfa eurent ordre de passer à Hispaham, & depuis ce temps-là, cette ville qu'ils abandonnérent s'appelle l'*Ancienne Julfa*. Les peuples de *Nac-siuan* & des environs d'Erivan furent difperfez en diffe-tens endroits du Royaume. On affeûre que ce Prince fit paffer plus de vingt mille familles d'Armeniens dans la feule Province de *Guilan*, d'où viennent les plus bel-les foyes de Perfe.

Comme Cha-Abbas n'avoit d'autre veûë que d'enri-chir fes Etats, & qu'il étoit convaincu qu'il ne le pou-voit faire que par le commerce; il jetta les yeux fur la foye, comme la marchandife la plus pretieufe, & fur les Armeniens, comme gens les plus propres pour la débiter; tres-mal fatisfait d'ailleurs du peu d'application de fes au-tres fujets & de leur peu de genie pour le commerce. La frugalité des Armeniens, leur œconomie, leur bonne foi, leur vigueur pour entreprendre, & pour foutenir de grands voyages, lui parurent des talens propres pour fon deffein. La Religion Chrétienne qui leur facilitoit la communication avec toutes les nations de l'Europe, lui parut encore une difpofition affez favorable pour parve-nir à fes fins. En un mot, de laboureurs qu'étoient les Armeniens, il en fit des marchands, & ces marchands font devenus les plus celebres commerçans de la Terre.

C'eft ainfi que ce Prince, dont le génie étoit fort éten-du pour les affaires de la guerre & pour la politique, fçut profiter des talens de fes peuples & des marchandifes du crû de fon Royaume. Pour bien fonder le commerce il confia aux Armeniens de *Julfa la Nouvelle*, une certaine quantité de balles de foye pour faire voiturer par Carava-nes dans les pays étrangers, & fur tout en Europe, à con-dition qu'il les accompagneroient eux-mêmes, & qu'à leur retour ils payeroient les balles au prix qui auroit eté ar-rêté, avant leur départ, par des perfonnes judicieufes. Pour les encourager à pouffer ce commerce, il leur re-

mit tout ce qu'ils pouvoient gagner au delà du prix qui
auroit eté fixé. Le succés répondit aux esperances du
Prince & des marchands. Quoique la soye soit encore
aujourd'hui la meilleure marchandise de Perse, elle étoit
encore bien plus recherchée dans ce temps-là. Il n'y a-
voit presque pas de Meuriers en Europe; par contre l'or
& l'argent qui étoient alors fort rares en Perse, commencérent à y briller par le retour des Caravanes, de même que celles d'aujourd'hui font la richesse de ce Royaume. Les Armeniens, à leur retour, se chargérent aussi
de draps d'Angleterre & de Hollande, de Brocards, de
Glaces de Venise, de Cochenille, de Montres, & de
tout ce qu'ils jugérent propre pour leur pays & pour les
Indes. Peut-on voir un plus bel établissement! à combien de Manufactures n'a-t-il pas donné naissance en Europe & en Asie! Abbas le grand fit changer de face à
toute la terre; toutes les marchandises d'Orient furent
connuës en Occident, & celles d'Occident servirent de
nouvelle décoration à l'Orient.

Julfa la Nouvelle s'étendit bientôt sur la riviere de
Zenderou. Il parut par la magnificence de ses Maisons
& par la beauté de ses Jardins, que les habitans avoient
pris le gout des meilleures villes d'Europe. On voit
aujourd'hui au centre de la Perse ce qu'il y a de plus
curieux dans les pays où ces marchands ont étendu leurs
correspondances. Le Roy ne s'en mêle plus; les bourgeois de Julfa, par le moyen de leurs procureurs ou agens,
soutiennent ce grand commerce, & font distribuer dans
le reste du monde tout ce qu'il y a de plus curieux en
Orient. Ces procureurs sont des Armeniens qui se chargent, moyennant un certain profit, d'accompagner les
marchandises en Caravane, & de les débiter au plus grand
avantage de ceux qui les leur confient.

Ces

Ces Armeniens, soit qu'ils travaillent pour eux ou pour les marchands de Julfa, sont infatigables dans les voyages, & méprisent les rigueurs des saisons. Nous en avons veû plusieurs & des plus riches, passer de grandes rivieres à pied ayant l'eau jusques au col, pour relever les chevaux qui s'étoient abbatus, & sauver leurs balles de soye ou celles de leurs amis ; car les voituriers Turcs ne s'embarrassent pas des marchandises qu'ils conduisent, & ne répondent de rien. Les Armeniens dans les passages des rivieres escortent leurs chevaux, & rien n'est plus édifiant que de voir avec quelle charité ils se secourent entre eux & même les autres nations, pendant les Caravanes. Ces bonnes gens ne se dérangent guere dans leurs maniéres ; toujours égaux, ils fuyent les étrangers qui sont trop turbulens, autant qu'ils estiment ceux qui sont pacifiques ; ils les logent volontiers avec eux & leur donnent à manger avec plaisir. Quand nous soulagions quelqu'un de leurs malades, toute la Caravane nous en remercioit. Lors qu'ils sont avertis qu'une Caravane doit passer, ils vont un jour ou deux au devant de leurs confreres leur porter des rafraichissemens, & sur tout du meilleur vin : non seulement ils en offrent aux Francs, mais ils les obligent même par leurs honnêtetez d'en boire à leur santé. On les accuse mal à propos d'aimer trop le vin, il ne nous a jamais paru qu'ils en abusassent, au contraire il faut convenir que de tous les voyageurs, les Armeniens sont les plus sobres, les plus œconomes, les moins glorieux. S'ils portent, en sortant de chez eux, des provisions pour les plus grands voyages, ils en rapportent souvent une bonne partie ; il est vray que ces provisions ne leur coûtent rien à voiturer, car ordinairement quand on loüe six chameaux, on en donne un septiéme sur le marché pour porter le bagage, les usteneiles, les hardes. Les provisions

Tome II.   .Ddd

dont les Armeniens se chargent chez eux, sont de la fari-
ne, du biscuit, des viandes fumées, du beurre fondu, du
vin, de l'eau de vie, des fruits secs.

Quand ils séjournent dans les villes, ils se mettent par
chambrées & vivent à peu de frais. Ils ne vont jamais sans
filets; ils peschent sur les routes, & ils nous ont fait souvent manger d'excellens poissons. Ils troquent sur les chemins des épiceries pour de la viande fraîche, ou pour
d'autres denrées qui leur conviennent. En Asie ils débi-
tent la quinquaillerie de Venise, de France, d'Allemagne.
Les petits miroirs, les bagues, les colliers, les émaux, les
petits couteaux, les ciseaux, les épingles, les éguilles sont
plus recherchez dans les villages que la bonne monnoye.
En Europe ils portent du musc & des épiceries. Quelques fatigues qu'ils ayent, ils observent les jeûnes de l'E-
glise comme s'ils étoient en repos dans un bonne ville, &
ne connoissent pas de dispenses, même pendant leurs maladies. La seule chose qu'on peut reprocher aux Armeniens, en fait de commerce, c'est que lorsque leurs affaires tournent mal dans les pays étrangers où ils négocient,
ils ne retournent plus chez eux; ils ont beau dire que c'est
parce qu'ils n'ont pas le front de se montrer aprés une
banqueroute, cependant leurs creanciers n'en sçauroient
tirer aucune raison; mais d'un autre côté il faut leur rendre justice, les banqueroutes sont tres rares parmi eux.

Les Marchands de Julfa ont fait un Traité avec le
Grand Duc de Moscovie pour faire passer dans ses Etats
toutes les marchandises qu'ils trouveront à propos, &
pour cela il n'est permis à aucun Marchand d'Europe, de
quelque nation qu'il soit, d'avancer plus avant qu'à *Astra-
can* ville puissante que les Moscovites possedent depuis
l'an 1554. Elle est située au delà de la mer Caspienne sur
les frontieres de l'Asie & de l'Europe. Le Grand Duc

favorife autant qu'il peut ce commerce; ceux de Julfa payent la doüanne de tout ce qu'ils font entrer en Mofcovie, mais ils ne payent rien des marchandifes qu'ils font paffer de Mofcovie en Perfe. Voici le chemin qu'ils tiennent pour aller & venir. D'Hifpaham ils font porter leurs marchandifes à Tauris , à Schamakée & à Nofava Port fur la mer Cafpienne à trois journées de Schamakée. On embarque à Nofava la foye & les autres marchandifes de Perfe & du Mogol pour les faire paffer à Aftracan. D'Aftracan on les tranfporte par terre à Mofcou , & delà à Archangel qui eft le dernier Port de Mofcovie fur l'Ocean feptentrional. Les Anglois & les Hollandois y font un grand commerce; on y embarque les marchandifes pour Stokolm , & delà par le Détroit d'Elfeneur on les fait paffer en Hollande & en Angleterre.

Frideric Duc de Holftein, comme dit Olearius, fit bâtir la ville de *Fridericftad* dans le Duché de Holftein, pour y établir un commerce de foye plus confidérable que tous ceux qui fe font en Europe. Pour cet effet il réfolut d'entretenir correfpondance avec le Roy de Perfe afin d'en faciliter le tranfport par terre; mais cela ne fe pouvant faire fans la permiffion du grand Duc de Mofcovie, il jugea à propos en l'année 1633. de lui envoyer une Ambaffade folemnelle, à laquelle il nomma *Crufius* l'un de fes Confeillers d'Etat, & *Brugman* Marchand d'Hambourg; ce dernier par fon mauvais procedé joint aux dangers qu'il y avoit à effuyer en paffant chez les Tartares du Dagefthan, fut caufe que l'établiffement des foyes échoüa; convaincu enfuite de malverfations, il fut condamné à mort & executé à Gottorp le 5. May 1640. Les Hollandois qui ont voulu depuis ce temps-là fe rendre les maîtres des foyes de Perfe qui viennent à Aftracan, font obligez d'en prendre une certaine quantité tous les ans, ce qui fait qu'ils gagnent peu sur cette marchandise; parce que les Armeniens leur font prendre la bonne & la mauvaise sans distinction. Mr Prescot nous asseûra que les Anglois chargeoient beaucoup de marchandises d'Asie à Archangel, & qu'ils y trouvoient les meilleurs *Caviars* qu'on puisse manger. Celui que l'on vend en Turquie vient de la mer Noire; il est mal-propre & enfermé dans des outres: aucontraire le Caviar de la mer Caspienne est fait avec beaucoup de soin, & on l'enquaisse proprement. Nous mangeâmes chez Mr Prescot des œufs d'Esturgeons qui avoient eté salez aux environs de la mer Caspienne, & des Caviars salez dans les mêmes endroits, lesquels nous trouvâmes excellens; les Saucissons faits à Marseille ne sont pas meilleurs.

Nous ne pouvions nous empécher de rire dans les Caravanserais d'Erzeron, en voyant faire les marchez parmi les Armeniens. On commence, de même que chez les Turcs, à mettre de l'argent sur la table: aprés cela on chicane autant qu'on peut, en ajoutant une piece sur l'autre; cette chicane ne se fait pas sans bruit. Nous croyions, à les entendre parler, qu'ils étoient prêts à se couper la gorge, mais il ne s'agit de rien moins entre eux. Aprés s'être poussez & repoussez avec violence; les Courretiers ou Entremetteurs du marché, serrent avec tant de force les mains de celui qui veut vendre, qu'ils le font crier & ne le quittent pas qu'il n'ait consenti que l'acheteur ne payera qu'une certaine somme; ensuite chacun rit de son côté. Ils prétendent, avec raison, que la veüe de l'argent fait plutôt conclurre les marchez.

A l'égard de la Religion, tout le monde sçait que les Armeniens sont Chrétiens, & ce seroient de très bons Chrétiens sans le schisme qui les sépare de nous. On les accuse d'être Eutychiens, c'est à dire de ne reconnoître

qu'une nature en Jefus-Chrift, ou pour mieux dire deux
natures fi bien confonduës, que quoiqu'ils admettent les
proprietez de chacune en particulier, ils ne veulent pourtant entendre parler que d'une feule nature. Leurs plus
habiles Evêques prétendent fe laver de cette herefie, &
foutiennent que toute l'erreur vient de la difette de leur
langue, laquelle manquant de termes propres, fait qu'ils
confondent fouvent le mot de nature, avec celui de perfonne. Lorfqu'ils parlent de l'*Union hypoftatique*, ils
croyent la prouver affez en confeffant que Jefus-Chrift
dans l'Incarnation eft Dieu parfait & homme parfait, fans
mélange, fans changement, & fans confufion. La verité
eft qu'ils ne s'expliquent pas tous également, & que la
plufpart ont grande vénération pour deux fameux Eutychiens *Diofcore* & *Barfuma*. Quand on leur reproche qu'-
ils excommuniérent les Peres du Concile de Calcedoine
pour avoir condamné les premiers de ces heretiques ; ils
avoüent que quoiqu'il paroiffe ridicule d'excommunier
les morts, la coûtume s'en étoit introduite parmi eux
pour fe vanger des Grecs, qui dans toutes leurs fêtes excommunient l'Eglife Armenienne ; que pour eux ils n'a-
voient pas deffein d'excommunier précifément les Peres
du Concile de Calcedoine qui avoient condamné Diofcore Patriarche d'Alexandrie fans trop examiner fes raifons ; mais que leur intention étoit d'excommunier les
Evêques Grecs d'aujourd'hui, comme fucceffeurs des
Prelats de la plus fameufe affemblée qui fe foit jamais tenüe en Grece ; que les Peres Grecs avoient fait une grande injuftice à Diofcore de confondre fes fentimens avec
ceux d'Eutyches, puifque Diofcore avoit toujours fou-
tenu que le Verbe Incarné étoit Dieu parfait & homme
parfait. La fource de l'inimitié irréconciliable des Armeniens & des Grecs vient depuis ce Concile ; & cette ini-

Ddd iij

mitié est si grande, que si un Grec entre dans une Eglise Armenienne, ou un Armenien dans une Eglise Grecque, les uns & les autres la croyent profanée & la bénissent de nouveau.

Quand on veut approfondir leurs croyances, on trouve qu'il y a bien des articles de schime qu'il ne faut pas attribuer à l'Eglise Armenienne, mais à des particuliers; par exemple il n'est pas vray qu'ils excommunient trois fois l'année l'Eglise Latine; les bonnes gens n'y pensent pas, & l'on ne trouve point cette pratique dans leurs Rituels, quoiqu'il ne soit que trop vray que certains phrenétiques Evêques ou *Vertabieds* déclarez contre l'Eglise Latine, l'ayent pratiqué ou le pratiquent encore; car dans une Eglise mal reglée, souvent chacun fait comme il l'entend. Le Patriarche *Ozuietsi* ennemi juré des Latins, a peut-être ajouté à cette excommunication le nom du Pape saint Leon, parce qu'il avoit confirmé la condamnation de Dioscore. Quelque estime qu'ils ayent pour le grand Docteur *Altenasi*, ce seroit leur faire tort que d'attribuer à toute l'Eglise Armenienne les injures que ce fanatique à vomi contre l'Eglise Romaine.

Il n'y a que les plus sots ou les plus ignorans des Armeniens qui croyent le petit Evangile. Ce petit Evangile est un livre rempli de fables & d'extravagances touchant l'enfance de Nôtre Seigneur; par exemple que *la Vierge en étant enceinte, Salomé sa sœur l'accusa de s'être abandonnée à quelqu'un; la Vierge luy dit alors qu'elle n'avoit qu'à mettre la main sur son ventre, & qu'elle connoîtroit bien le fruit qu'elle portoit. Salomé y ayant appliqué sa main, il en sortit un feu qui la consuma jusqu'à la moitié du bras. Elle reconnut sa faute & retira sa main & son bras parfaitement gueris, après les avoir appliquez sur le même endroit par ordre de la Vierge. Ils* prétendent que *le Fils de Dieu se seroit fait tort de passer par le sein d'une femme, qu'il n'en fit que le semblant, & que les Juifs firent mettre quelqu'un à sa place ;* ils ont tiré des Mahometans cette derniere réverie. Ils disent aussi que *Jesus-Christ étant à l'école pour apprendre l'Armenien, ne voulut jamais prononcer la premiere lettre de leur alphabet, que le maître ne lui eût dit la raison pourquoi elle répresente une M renversée ;* ce bon homme qui ne connoissoit pas l'Enfant Jesus, lui donna un souflet. *Hé bien,* dit Jesus sans s'émouvoir, *puisque vous ne le sçavez pas je vais vous l'apprendre, cette lettre répresente la Trinité par ses trois jambes.* Le maître d'école admira sa science & le rendit à sa mere, avoüant qu'il étoit plus habile que lui. Mr Thevenot qui rapporte aussi ce conte, asseûre qu'il y a un manuscrit Armenien dans la Bibliotheque du Roy où l'histoire & les inventeurs de leurs caracteres sont expliquez, mais il n'en fait remonter l'invention qu'à environ 400 ans ; ils se servoient auparavant de caracteres Grecs.

Les Armeniens content que *Jesus-Christ étant à la chasse avec saint Barthelemy & saint Thadée, il tua cinq perdrix le long de l'Aras, & qu'une infinité de monde vint autour de lui pour l'entendre prêcher, mais que la nuit étant survenuë, les deux Apôtres l'avertirent qu'il falloit renvoyer ces gens. Jesus leur répondit; qu'après avoir donné à leurs ames la pâture necessaire il falloit prendre soin de leurs corps, & que pour cela ils n'avoient qu'à faire boüillir les cinq perdrix avec une oque de ris.* Tout le monde en fut rassasié, & comme il ne faisoit pas clair, chacun crût qu'on lui avoit servi une perdrix entiere. Le Roy d'Armenie qui aimoit fort la chasse en fut tres fâché, & ordonna qu'on fist mourir les Apôtres & leur Maître. Jesus se sauva dans l'Arche sur les hauteurs du Mont

Macis ; mais faint Barthelemy & faint Thadée payérent pour lui.

La plus plaifante hiftoire qu'ils racontent, eft celle de Judas : *ce malheureux, à ce qu'ils difent, fe repentant d'avoir trahi fon Maître, crut qu'il n'y avoit pas de meilleur expédient pour fauver fon ame, que de fe pendre & d'aller aux Limbes où il fçavoit bien que Jefus Chrift devoit defcendre pour délivrer les ames ; mais le diable qui le vouloit mener en enfer lui joüa un tour de fon métier ; il le foutint par les pieds, tout pendu qu'il étoit, jufqu'à ce que Jefus-Chrift eût fait fa vifite dans les Limbes, aprés quoi il le laiffa cheoir & l'entraîna à tous les diables.* Les Georgiens font mille contes auffi ridicules, tirez de leur petit Evangile. Je crois que ces deux ouvrages font fabriquez de la même main.

Quoique les Armeniens ne veuillent pas entendre parler du Purgatoire, ils ne laiffent pas de prier fur les tombeaux, & de faire dire des Meffes pour les morts ; c'eft peut-être l'avarice de leurs Prêtres qui, ayant aboli leurs dogmes, ont fait continüer l'ufage d'une chofe tres lucrative. Selon la plufpart de ces Prêtres, il n'y a préfentement ni paradis ni enfer ; ils croyent que l'enfer fut détruit aprés que Jefus-Chrift en eut enlevé les ames des Saints, auffi-bien que celles des damnez. Par rapport à la création des ames, ils font du fentiment d'Origene, fans fçavoir qu'il y ait eû un Origene dans le monde ; car ils s'imaginent que toutes les ames ont eté creées au commencement du monde. Il y a des Millenaires parmi eux fans connoître Papias ni S^t. Irenée. Ils croyent qu'aprés le Jugement univerfel, Jefus-Chrift reftera pendant mille ans fur la terre avec les prédeftinez pour les faire joüir de la beatitude. La plufpart des Docteurs Armeniens font pourtant du fentiment, que les ames attendent le Jugement

ment universel dans un endroit qu'ils placent entre le Ciel
& la Terre, où elles se flattent de joüir un jour de la gloire,
quoiqu'elles soient dans la crainte d'être condamnées à
un supplice eternel.

Saint Nicon qui étoit de la petite Armenie, & qui
avoit passé quelques années de sa vie à faire des Missions
dans la grande Armenie pendant le x. siécle, nous a laissé
un Traité en Grec touchant *les Erreurs des Armeniens* ;
l'original est dans la Bibliotheque du Roy, & Mr Cotte-
lier en a donné une version Latine. S. Nicon rapporte des
choses fort singulieres sur la croyance de ces peuples, &
ne les accuse pas seulement d'être disciples d'Eutyches,
de Dioscore, de Pierre l'Armenien, & de Mantacunez,
mais aussi d'être dans l'heresie des Monothelites. Il raconte quelques-unes des fables qui font encore partie de leur
petit Evangile.

Cependant ces peuples ont des grandes graces à rendre au Seigneur qui leur envoya deux de ses Apôtres peu
de temps aprés sa Passion. Baronius asseûre que S. Barthelemy & S. Thadée souffrirent le martyre en Armenie
44 ans aprés la mort de Jesus-Christ, en récompense de
la foy qu'ils y avoient annoncée. Malheureusement elle
n'y fist pas de grands progrés, car Eusebe nous apprend
qu'un saint Evêque appellé *Meruzane* y sema le bon
grain sous l'Empire de Dece, & Dieu répandit tant de
benedictions sur ces peuples, qu'on ne voyoit que des
Chrétiens parmi eux sous Diocletien. Maximien se mit
en teste de les détruire, mais les Armeniens prirent les armes pour la défense de leur foy, & ce fut, comme dit Eusebe, la premiere guerre qu'on eût entreprise pour la religion. Enfin Dieu acheva d'ouvrir les yeux à ces peuples par le ministere de S. Gregoire l'*Illuminateur* Armenien de naissance, mais élevé à Cesarée en Cappadoce

où il avoit été facré par S. Leonce. S. Gregoire revenu
dans fon pays fous l'Empire du grand Conftantin, convertit Tyridate Roy d'Armenie par un miracle éclatant,
& ce Prince qui l'avoit d'abord fait maltraiter, en fut fi touché, qu'il obligea par un Edit tous fes fujets à embraffer
le Chriftianifme. Le Saint acheva par fa doctrine, par fon
exemple, & par fes miracles, ce que le Roy ne pouvoit
qu'ordonner. Une efclave qui fe fit chrétienne à Conftantinople en même temps, ne contribua pas peu par fes
miracles à la propagation du Chriftianifme dans le même
pays.

Il ne faut pas confondre S. Gregoire l'*Illuminateur* premier Patriarche des Armeniens, avec un autre Saint du
même pays & du même nom, qui dans le x fiécle vint
mourir en France, reclus dans une folitude auprés de Plu-
viers en Beauce dans le Diocefe d'Orleans. Il paffa fept
ans dans cet hermitage, jeûnant à la mode de fon pays,
c'eft à dire d'une maniére que les Chrétiens d'Occident
ne fçauroient prefque imiter. Il ne mangeoit rien du tout
les Lundi, Mercredi, Vendredi & Samedi ; & même
s'il rompoit fon jeune les mardi & vendredi aprés le
le foleil couché, c'étoit pour manger trois onces de pain
d'orge, quelques herbes cruës, une poignée de lentilles
trempées dans de l'eau & germées au foleil ; les jours de
Fêtes & de Dimanche il fe nourriffoit un peu mieux,
mais il ne mangeoit jamais de viande.

Le Clergé d'Armenie eft compofé du Patriarche, des
Archevêques, des Evêques, des *Vertabiets* ou Docteurs,
des Prêtres Seculiers, & des Moines. Le Patriarche
porte le nom de *Catholicos* depuis fort long-temps ; car
Procope remarque que les Arméniens ont emprunté
ce terme des Grecs. Les Arméniens ont plufieurs Patriarches aujourd'huy fur les terres du Roy de Perfe, &

sur celles du Grand Seigneur. Outre celui d'*Itchmiadzin* qui est le plus celebre de tous, on compte en Perse celui de *Schamakée* proche la mer Caspienne, & celui de *Nacsivan* que les Armeniens Catholiques Romains reconnoissent pour Patriarche aprés le Pape. En Turquie il y a deux Prelats qui se font eriger en Patriarches par le grand Visir, qui donneroit ce titre à tous les Prelats s'ils vouloient l'acheter comme font l'Evêque de *Cis* proche de *Tarse* en Cilicie, & l'Evêque Armenien de Jerusalem, lesquels à force de presens reçoivent leur mission & leur authorité de la Porte. Les Armeniens ont encore un autre Patriarche à *Caminiec* en Pologne, car le Pere *Pidou* Parisien Religieux Theatin & Missionnaire Apostolique, ménagea si bien les esprits des Armeniens de Pologne, & sur tout celui de leur Archevêque, qu'il les ramena à leur mere l'Eglise Romaine en 1666. On purgea leurs livres de toutes les erreurs qui séparent les Schismatiques d'avec nous. Ce Patriarche reconnut le Pape pour Chef de la veritable Eglise, & porta le Saint Sacrement dans les rües à la Procession générale que l'on fit pour en remercier Dieu plus solemnellement.

Le Patriarche d'Itchmiadzin est le plus riche de tous dans un sens, car on asseûre qu'il a prés de six cens mille écus de revenu. Tous les Armeniens qui le reconnoissent & qui passent l'âge de 15 ans, lui payent cinq sols par an. Les aisez lui donnent jusques à trois ou quatre écus. Cependant il est pauvre dans un autre sens, & veritablement pauvre, puisqu'il est obligé de payer la Capitation pour retenir dans son troupeau ceux qui ne font pas en état de satisfaire à ce tribut. Souvent il y consomme ses revenus & y ajoute de ses épargnes. Les Archevêques & Evêques lui envoyent tous les ans l'état des pauvres familles de leurs dioceses, lesquelles on menace de faire vendre

ou de leur faire changer de religion faute de payement de
la Capitation. Ce Patriarche eſt vêtu auſſi ſimplement que
les autres Prêtres, il vit tres frugalement & n'a qu'un petit nombre de domeſtiques, mais c'eſt un Prelat des plus
conſidérables du monde par l'authorité qu'il a ſur ſa nation, laquelle tremble ſous lui à la moindre menace d'excommunication. On aſſeûre qu'il y a quatre-vingt mille
villages qui le reconnoiſſent. Pour ſe maintenir en place,
combien ne donne-t-il pas au Gouverneur d'Erivan &
aux puiſſances de la Cour! Il faut être bien eſclave de
l'ambition pour acheter de ſemblables poſtes.

C'étoit autrefois le ſeul Patriarche parmi les Armeniens qui eût le pouvoir de faire le *St. Chreſme* ou *Mie-*
ron, du Grec *Myron*, compoſition liquide ou huile parfumée. Il en fourniſſoit tous les Etats de Perſe & de Turquie; les Grecs même l'achetoient avec vénération, &
l'on diſoit communément que des Trois Egliſes il ſor-
toit une fontaine d'huile ſacrée, laquelle arroſoit tout l'O-
rient. Le Patriarche l'envoyoit aux Archevêques & aux
Evêques Armeniens, pour le répandre & pour l'employer
dans le Baptême & dans l'Extrême-Onction : mais depuis
plus de 40 ans Jacob *Veſtabiet* & Evêque Armenien qui
faiſoit ſa réſidence à Jeruſalem, s'aviſa de s'ériger en
Patriarche ſous le bon plaiſir du grand Viſir, & refuſa de
prendre le *Mieron* du Patriarche des Trois Egliſes. Comme l'huile eſt à bon marché dans la Paleſtine, & que cette liqueur ne ſe corrompt pas, il en fit plus qu'il n'en falloit pour oindre, pendant pluſieurs années, tous les Armeniens qui ſont en Turquie. Voilà le ſujet d'un grand
Schiſme parmi eux. Les Patriarches s'excommuniérent réciproquement ; celui des Trois Egliſes forma un grand
procés à la Porte contre celui de Jeruſalem. Les Turcs
qui ſont trop habiles pour vouloir décider la queſtion, ſe

contentent de recevoir les prefens que leur font les Parties à mefure qu'elles reviennent à la charge : en attendant
chacun débite fon huile comme il peut.

Ils la préparent depuis les Vefpres du Dimanche des
Rameaux, jufques à la Meffe du Jeudi Saint , laquelle ce
jour là fe celebre fur le grand vaiffeau où l'on conferve cette liqueur. On n'employe ni bois ni charbon ordinaire pour faire boüillir la chaudiere où on la prépare , &
cette chaudiere eft plus grande que la marmite des Inva-
lides. On la fait boüillir avec des bois benits, & même
avec tout ce qui a fervi aux Eglifes, vieilles images, ornemens ufez, livres déchirez & trop gras ; tout eft refervé
pour cette céremonie. Ce feu ne doit pas fentir trop bon ;
mais l'huile eft parfumée par des herbes & par des drogues odoriferantes que l'on y mêle. Ce ne font pas de petits clercs qui travaillent à cette merveilleufe compofi-
tion ; c'eft le Patriarche lui-même, vêtu pontificalement &
affifté au moins de trois Prelats en habits Pontificaux, qui
récitent tous enfemble des priéres pendant toute la céremonie. Le peuple en eft plus frappé que de la préfence
réelle de Jefus-Chrift ; tant il vrai que les hommes ne font
fufceptibles que des chofes fenfibles !

Il n'y a rien à dire en particulier des Archevêques &
des Evêques Armeniens, fi ce n'eft qu'il y en a plufieurs
qui font fans Diocefe & qui logent dans des Monafteres
dont ils font Abbez. Tous ces Prelats font fubordonnez
au Patriarche, comme dans les autres Eglifes chrétiennes.
Il feroit à fouhaiter feulement qu'ils s'acquitaffent de leurs
devoirs ; mais ils n'ont aucun zéle & font plongez dans
une ignorance pitoyable ; auffi les confidere-t-on bien fouvent moins que les Vertabiets. Quelquefois ils font Evêques & Vertabiets tout enfemble, c'eft à dire Evêques &
Docteurs. Ces Vertabiets qui font tant de bruit pami les

Armeniens, ne font pas véritablement de grands Docteurs; mais ce font les plus habiles gens du pays, ou du moins ils paffent pour tels. Pour être receû à ce degré fi eminent il ne faut pas avoir étudié la Theologie pendant longues années; il fuffit de fçavoir la langue Armenienne litterale, & d'apprendre par cœur quelque fermon de leur grand Maître *Gregoire Atenafi*, dont toute l'éloquence brilloit dans les blafphémes qu'il vomiffoit contre l'Eglife Romaine. La Langue litterale eft chez eux la Langue des fçavans, & l'on prétend qu'elle n'a aucun rapport avec les autres Langues Orientales; c'eft ce qui la rend fi difficile. On affeûre qu'elle eft fort expreffive & enrichie de tous les termes de la religion, des fciences & des arts, ce qui montre que les Armeniens étoient autrefois bien plus habiles qu'ils ne font aujourd'hui. Enfin c'eft un grand merite chez eux d'entendre cette langue; elle ne fe trouve que dans leurs meilleurs manufcrits. Les Vertabiets font facrez, mais ils difent rarement la Meffe, & font proprement deftinez pour la predication. Leurs fermons roulent fur des paraboles mal imaginées, fur des paffages de l'Ecriture mal entendus & mal expliquez, & fur quelques hiftoires vrayes ou fauffes qu'ils fçavent par tradition; cependant ils les prononcent avec beaucoup de gravité, & ces difcours leurs donnent prefque autant d'authorité qu'au Patriarche: ils ufurpent fur tout celle d'excommunier. Aprés s'être exercez dans quelques villages, un ancien Vertabiet les reçoit Docteurs avec beaucoup de céremonies, & leur met entre les mains le bâton paftoral. La céremonie ne fe paffe pas fans Simonie, car le degré de Docteur étant regardé parmi eux comme un Ordre facré, ils ne font aucun fcrupule de le vendre de même que les autres Ordres. Ces Docteurs ont le privilege d'être affis en prêchant & de tenir le bâton paſtoral ; au lieu que les Evêques qui ne ſont pas Docteurs prêchent debout. Les Vertabiets vivent de la quête que l'on fait pour eux aprés le ſermon, & cette quête eſt conſidérable, ſur tout dans les lieux où les Caravanes ſe repoſent. Ces Predicateurs gardent le celibat & jeûnent fort rigoureuſement les trois quarts de l'année, car ils ne mangent alors ni œufs, ni poiſſon, ni laitage. Quoiqu'ils parlent dans leurs ſermons, moitié langue litterale & moitié langue vulgaire, ils ne laiſſent pas ſouvent de prêcher en langue vulgaire pour mieux ſe faire entendre : mais la Meſſe, le chant de l'Egliſe, la vie des Saints, les paroles dont on ſe ſert pour l'adminiſtration des Sacremens, ſont en langue litterale.

Les Curez & les Prêtres Seculiers ſe marient de même que les Papas Grecs, & ne ſçauroient paſſer à de ſecondes noces ; auſſi choiſiſſent-ils des filles dont le teint promette une longue vie & une forte ſanté. Ils travaillent tous à quelque mêtier pour gagner leur vie & pour entretenir leur famille, & cela les occupe ſi fort qu'à peine ſçavent-ils faire les fonctions Eccleſiaſtiques. Pour approcher de l'autel plus purement, ils ſont obligez de coucher dans l'Egliſe la veille des jours qu'ils doivent celebrer.

Les Religieux Armeniens ſont ou Schiſmatiques ou Catholiques. Les Schiſmatiques ſuivent la Regle de Saint Baſile ; les Catholiques celle de Saint Dominique. Leur Provincial eſt nommé par le Géneral des Dominicains qui ſe tient à Rome. Environ l'an 1320 le P. *Barthelemy* Dominicain réunit beaucoup d'Armeniens à l'Egliſe Romaine que le Pape Jean XXII. gouvernoit alors, & ce grand Miſſionnaire y établit pluſieurs Couvents de ſon Ordre ; il y en a encore quelques-uns dans la Province de *Nacſivan* entre Tauris & Erivan. Mr Tavernier en a compté jufques à dix, autour de la ville de Nacfivan & de l'ancienne Julfa qui n'en eft qu'à une journée; tous ces Monafteres font gouvernez par des Dominicains Armeniens. Pour former de bons fujets on envoye de temps en temps à Rome de jeunes enfans de cette nation que l'on éleve dans les Sciences & dans l'efprit de l'Ordre de Saint Dominique. Chaque Monaftere eft dans un bourg, & l'on compte dans ce quartier-là environ fix mille Catholiques. Leur Archevêque, qui prend le titre de Patriarche, va fe faire confirmer à Rome aprés fon élection & l'on fuit dans fon Diocefe le Rite Romain en toutes chofes, excepté la Meffe & l'Office que l'on chante en Armenien afin que le peuple l'entende. Ce petit troupeau vit faintement, il eft bien inftruit & il n'y a pas de meilleurs Chrétiens dans tout l'Orient.

Les Armeniens Schifmatiques font affez à plaindre, ils jeûnent comme les Religieux de la Trappe, & tout cela ne leur fervira de rien s'ils ne fe rangent du bon parti. Ils font maigre deux jours de la femaine, le mercredi & le vendredi, & ils ne mangent ni poiffon, ni œufs, ni huile, ni laitage. Les carêmes des Grecs font des temps de bonne chere, en comparaifon de ceux des Armeniens; outre leur longueur extraordinaire, il ne leur eft permis dans ce temps-là que de manger des racines, & même il leur eft deffendu d'en manger autant qu'il faut pour fatisfaire leur appetit. L'ufage des coquillages, de l'huile, du vin leur eft interdit, excepté le Samedi Saint; ils reprennent ce jour-là le beurre, le fromage & les œufs. Le jour de Pafques ils mangent de la viande, mais feulement de celle dont on a tué les animaux ce jour-là, & non pas les jours précedens. Pendant le grand carême ils ne mangent du poiffon & n'entendent la Meffe que le Dimanche. Elle fe dit à midi, & ils la nomment la *Meffe baffe, baſſe*, parce que l'on tire un grand rideau devant l'autel & que le Prêtre, que l'on ne voit pas, ne prononce tout haut que l'*Evangile* & le *Credo*. Les fidelles ne communient que le Jeudi Saint à la Meſſe qui ne ſe dit qu'à midi ; mais celle du Samedi Saint ſe celebre à cinq ou ſix heures du ſoir, & l'on y donne auſſi la communion. Enſuite l'on rompt le carême, comme l'on vient de dire, en mangeant du poiſſon, du beurre ou de l'huile. Outre le grand carême, ils en ont quatre autres de huit jours chacun pendant le reſte de l'année ; ils ſont inſtituez pour ſe préparer aux quatre grandes fêtes de *Noël*, de l'*Aſcenſion*, de l'*Annonciation*, & de *Saint George*. Ces carêmes ſont auſſi rigoureux que le grand, il ne faut parler pourlors, ni d'œufs, ni de poiſſon, pas même d'huile ou de beurre ; il y en a qui ne prennent aucune nourriture pendant trois jours de ſuite.

Les Armeniens ont ſept Sacremens comme nous, le *Baptême*, la *Confirmation*, la *Penitence*, l'*Euchariſtie*, l'*Extrême-Onction*, l'*Ordre* & le *Mariage*.

Le Baptême chez eux ſe fait par immerſion comme chez les Gecs, & le Prêtre prononce les mêmes paroles, *Je te baptiſe au nom du Pere, du Fils, & du Saint Eſprit ;* il plonge trois fois l'enfant dans l'eau en memoire de la ſainte Trinité. Quoique nos Miſſionnaires les ayent deſabuſez de répeter les mêmes paroles à chaque immerſion, il y a encore beaucoup de Prêtres qui le font par pure ignorance. Pendant que le Curé récite quelques priéres de ſon Rituel, il fait un cordon, moitié de coton blanc, & moitié de ſoye rouge, dont il a lui-même tordu les fils ſéparément. Aprés l'avoir paſſé au col de l'enfant, il fait les onctions avec le St Chrême, au front, au menton, à l'eſtomac, aux aiſſelles, aux mains & aux pieds, en faiſant le ſigne de la croix ſur chacune de ces parties. La céremonie du cordon se fait, disent-ils, en memoire du sang & de l'eau qui sortirent du côté de Jesus-Christ lorsqu'il receut le coup de Lance sur la Croix. On ne baptise que le Dimanche, à moins que l'enfant ne soit en danger de mort, & le Prêtre impose toujours le nom du Saint du jour, ou de celui duquel on doit faire la fête le lendemain, supposé qu'il n'y ait point de Saint particulier le jour du baptême. La Sage-femme porte l'enfant à l'Eglise, mais c'est le Parrain qui le rapporte chez la mere au son des tambours, des trompettes, & des autres instrumens du pays. La mere se prosterne pour recevoir son enfant, & le Parrain dans ce temps-là baise le dessus de la tête de la mere ; ensuite on se met à table avec les parens, les amis, & le Clergé. Il faut que le Clergé soit de la fête, parce que les Armeniens croyent qu'il n'y a que les Prêtres qui puissent baptiser valablement dans quelque rencontre que ce soit. J'ai même oüi dire qu'il y avoit des Prêtres qui baptisoient les enfans morts, & je n'ai pas de peine à le croire, puisqu'ils ne donnent l'Extrême-Onction qu'aux trépassez.

Les Baptêmes qui se font le jour de Noël sont les plus magnifiques, & l'on renvoye à ce jour-là les enfans dont la santé permet qu'on differe la céremonie. Les fêtes les plus célebres se font principalement dans les lieux où il y a quelque étang ou quelque riviere. On dresse pour cela un petit autel sur un bateau tout couvert de beaux tapis ; le Clergé s'y rend dés que le soleil se leve, accompagné des parens, des amis & des voisins pour qui l'on prépare des bateaux ornez de même. Quelque rude que soit la saison, aprés les priéres ordinaires, le Prêtre plonge l'enfant trois fois dans l'eau, & lui fait les onctions. Les peres n'en sont pas quittes à bon marché, car la fête se passe en festins & en présens ; aussi y a-t-il beaucoup de

Prêtres Armeniens en habits Sacerdotaux.

peres qui n'attendent pas la fête de Noël, & qui supposent
que leur enfant est mourant. En effet quelle folie de s'in-
commoder sans nécessité! Les Gouverneurs des Provinces s'y trouvent souvent, le Roy même vient quelquefois
à Julfa pour voir ces sortes de fêtes : Il faut alors faire
beaucoup de présens, outre les festins & les colations.
Les femmes accouchées ne vont à l'Eglise que 40 jours
aprés leur accouchement; elles obervent plusieurs superstitions judaïques.

Il paroît par ce que l'on vient de dire, que les Armeniens conférent deux Sacremens à la fois, le Baptême &
la Confirmation, puisqu'ils donnent *le Saint Chrême* aux
enfans. Ils croyent que tous les Prêtres peuvent admini-
strer ce Sacrement, mais ils sont persuadez qu'il n'y a que
le Patriarche qui puisse benir le Saint Chrême.

Pour la Communion, les Prêtres donnent aux fidelles
un morceau de l'Hostie consacrée, & trempée dans le vin
consacré ; mais il est scandaleux qu'ils communient les enfans à l'âge de deux ou trois mois entre les bras de leurs
meres, parce qu'ils rejettent le plus souvent les especes
consacrées. Les Prêtres Armeniens consacrent avec du
pain sans levain, & font eux-mêmes les hosties la veille du
jour qu'ils doivent consacrer ; elles sont semblables aux
nôtres, si ce n'est qu'elles ont trois ou quatre fois plus d'é-
paisseur. Avant que de commencer la Messe, le Prêtre
prend soin de mettre l'hostie sur une patene, & le vin tout
pur dans un calice. Jesus-Christ, disent-ils, fit la Cene avec
le vin, & réserva l'eau pour le Baptême. Le Prêtre couvre
les especes d'un grand voile & les enferme dans une armoire prés de l'autel du côté de l'Evangile. A l'Offertoi-
te il va prendre le calice & la patene en céremonie, c'est
à dire suivi des Diacres & des Sousdiacres, dont quelques-
uns portent des flambeaux, & les autres des plaques de cui-

vre attachées à des bâtons assez longs, & garnies de clochettes qu'ils font rouler d'une maniére assez harmonieuse. Le Prêtre précedé des encensoirs & au milieu des flambeaux & de ces instrumens de musique, porte les especes en procession autour du sanctuaire. C'est alors que le peuple mal instruit se prosterne & adore les especes non consacrées. Le Clergé encore plus coupable chante à genoux un Cantique qui commence, *le Corps du Seigneur est present devant nous.* Il semble que les Armeniens ayent pris cette abominable coutume des Grecs; car les Grecs, comme nous l'avons remarqué, par une ignorance inexcusable adorent aussi les especes avant la consecration. Leur erreur vient de ce qu'autrefois ils croyoient qu'il n'étoit permis de celebrer que le Jeudi Saint, & consacroient ce jour-là autant d'hosties qu'il en falloit pour tous les jours de l'année; on les gardoit dans une armoire à côté de l'Evangile, & le peuple avoit raison de les adorer quand le Prêtre les portoit de cette armoire à l'autel. Aprés cette petite procession le Prêtre met les especes sur l'autel, & prononce les paroles sacramentelles; se tournant vers le peuple qui se prosterne, baise la terre & frappe sa poitrine; il leur montre l'hostie & le calice, en disant, *Voici le Corps & le Sang de Jesus-Christ qui a eté donné pour nous.* Il se tourne ensuite vers l'autel & communie en mangeant l'hostie trempée dans le vin. Quand il donne la communion aux fidelles, il répete trois fois les paroles suivantes pour en mieux faire sentir l'énergie. *Je crois fermement que ceci est le Corps & le Sang du Fils de Dieu qui ôte les pechez du monde, & qui non seulement est mon propre salut, mais celui de tous les hommes.* Le peuple répete tout bas ces paroles mot pour mot.

Malgré cette sainte précaution les Armeniens Schismatiques ne paroissent gueres pénétrez de la grandeur de

Diacre et Soudiacre Armeniens.

cet adorable miftere. Ils fe préfentent la plufpart à la communion fans préparation, & on la donne aux enfans de 15 ou 16 ans, fans confeffion, quoiqu'à cet âge ils ne foient pas fi innocens que les peuples le fuppofent. Les Armeniens communient rarement à la campagne, parceque fouvent le peuple n'a pas de quoi faire dire la Meffe, & les Prêtres leur perfuadent qu'une Meffe mal payée n'a pas grande vertu.

Nos Miffionnaires fe font admirer par leur Science, par leur zéle & par leur genérofité; mais les Schifmatiques détruifent, par leur argent, ce que ces hommes Apoftoliques édifient de plus folide. Les Miffions les plus fleuriffantes tomberont à la fin fi Dieu ne change le cœur des Schifmatiques. Ces malheureux qui n'apprehendent rien tant que les faints progrés de nos Prêtres, intereffent des puiffances de l'Etat & ne ceffent de leur répréfenter combien il feroit dangereux de fouffrir que les Latins fe multipliaffent chez eux; que ces gens malintentionnez pour le gouvernement font dévoüez au Pape & aux Princes Chrétiens; qu'il faut les regarder comme autant d'efpions, qui fous pretexte de religion viennent pour reconnoître les forces du pays; qu'ils n'infpirent à ceux de leur Rite que l'efprit de fédition & de révolte; que les plus puiffans Princes d'Europe ne s'interefferoient pas pour eux s'ils ne s'en fervoient comme d'autant d'Emiffaires propres à étendre un jour leurs conquêtes. Toutes ces fauffes raifons appuyées de force fequins, font ouvrir les yeux aux Mahometans; & malgré toutes les recommendations du monde, on oblige les Miffionnaires à fe retirer. Neantmoins ces Apôtres ne fe rebutent point; on voit tous les jours en Levant de nouveaux Capucins, des Dominicains, des Carmes, des Jefuites, des Prêtres des Miffions étrangeres de Paris. Ils

inſtruiſent ceux qui ſe préſentent, ils baptiſent, ils ramé-
nent au bercail les brebis égarées, ils ouvrent les portes
du Ciel aux Elus.

Quel dommage que les Armeniens n'ouvrent pas les
yeux, car d'ailleurs ils ſont d'un bon naturel & portez à la
devotion ! Leurs Egliſes ſont d'une grande propreté depuis qu'ils ont veû les nôtres; il n'y a dans chaque Egliſe
qu'un ſeul autel placé au fond de la nef dans le ſanctuaire,
où l'on monte par cinq ou ſix marches. Ils font des dé-
penſes conſidérables pour orner ce ſanctuaire. Il n'eſt permis à aucun ſéculier, de quelque qualité qu'il ſoit, d'y entrer. On voit bien par les richeſſes de ce lieu, que les Armeniens manient plus d'écus, que les Grecs de doubles.
La miſere paroît chez les Grecs dans ce qu'ils ont de plus
ſacré, à peine ont-ils deux petites bougies pour dire la
Meſſe. Chez les Armeniens, au contraire, on voit de belles illuminations & de groſſes torches; leur chant eſt bien
plus agréable auſſi, & la ſimphonie des ſonnettes attachées
à l'inſtrument dont on a parlé, & dont on donne ici la figure, inſpire je ne ſçai quoi qui attendrit le cœur; on en
joüe à l'Evangile & quand on tranſporte les eſpeces.

Les Armeniens n'apportent pas plus de préparation
pour la Confeſſion que pour la Communion; on peut
même dire, ſans calomnie, que la pluſpart de leurs con-
feſſions ſont autant de ſacrileges. Les Prêtres ignorent
l'eſſentiel de ce Sacrement, & les penitens qui ſont de
grands pecheurs auſſi-bien que nous, ne ſçavent pas diſtinguer le peché de qui ne l'eſt pas. Malheureuſement ni
les uns ni les autres ne ſont pas capables de faire un bon
acte de contrition. Les declarations des pechez ſont vagues & indéterminées; ſans inſiſter même ſur ceux qu'ils
ont commis, quelques-uns en diſent trois fois plus qu'ils
n'en ont fait, & récitent par cœur une liſte de crimes

enormes, qui a eté compofée autrefois pour fervir de mo-
déle à faire leur examen. S'ils fe confeffent d'avoir volé
ou tué, bien fouvent les Confeffeurs répondent que Dieu
eft tout plein de mifericorde ; mais il n'y a point avec
eux de remiffion pour avoir rompu le Jeune, ou pour
avoir mangé du beurre le mercredi ou le vendredi; car
leurs Prêtres qui font confifter la religion à faire de grandes abftinences, leur impofent des penitences effroyables
pour ces fortes de fautes ; ils ordonnent auffi quelquefois
des mois entiers de penitence à ceux qui s'accufent d'a-
voir fumé, d'avoir tué un chat, une fouris, un oifeau.

Ce feroit ici l'endroit de parler de l'Extrême-Onction
des Armeniens, puifqu'ils la comptent parmi les Sacremens; mais je ne vois rien de plus abfurde que leur pratique, car ils ne la donnent qu'aprés la mort, & même ce
n'eft ordinairement qu'aux perfonnes facrées; les autres
en font tout-a-fait exclus.

Ils ont des regles particulieres pour le Mariage. Un
homme veuf ne peut époufer qu'une femme, & l'on ne
fçauroit chez eux contracter un troifiéme Mariage; ce feroit vivre dans la fornication. De même une femme veuve ne peut pas époufer un garçon. Il n'y a pas grand
mal jufque-là, peut-être même que les Mariages feroient
mieux affortis que dans les autres Religions, fi les parties
fe connoiffoient avant que de s'unir ; mais on ne fçait ce
que c'eft que de faire l'amour chez eux. Les Mariages fe
font felon la volonté des meres qui ne confultent ordinairement que leurs maris. Aprés qu'on eft convenu des
articles, la mere du garçon vient au logis de la fille, accompagnée d'un Prêtre & de deux vieilles femmes. Elle
préfente à la future une bague de la part de fon fils. Le
garçon fe montre en même temps tenant fa gravité du
mieux qu'il peut, car il n'eft pas permis de rire à la pre-

miere entreveüe; il est vrai que cette entreveüe est fort
indifferente, puisque la belle ou la laide ne montre pas
même le blanc des yeux, tant elle est voilée. On presente à boire au Curé qui fait les fiançailles. Ce n'est pas la
coutume de publier des bancs. La veille des noces le
fiancé envoit des habits, & quelques heures aprés il vient
recevoir chez sa fiancée le present qu'elle veut lui faire.
Le lendemain on monte à cheval & l'on n'oublie rien
pour en avoir des plus beaux. Le fiancé sortant de la
maison de sa future, marche le premier la tête couverte d'un raiseau d'or ou d'argent, ou d'un voile de gaze
incarnat, suivant sa qualité; ce voile ou ce raiseau descend jusqu'à la moitié du corps. Il tient de la main
droite le bout d'une ceinture, dont la fiancée qui le suit
à cheval, couverte d'un voile blanc, tient l'autre bout;
ce voile tombe jusques sur les jambes du cheval. Deux
hommes marchent à côté du cheval de la fiancée pour
en tenir les rênes. Les parens, les amis, la fleur de la
jeunesse, à cheval ou à pied, les accompagnent à l'Eglise au son des instrumens, en procession le cierge à la
main & sans confusion. On met pied à terre à la porte
de l'Elise, & les fiancez vont jusqu'aux marches du sanctuaire tenant toujours la ceinture par les bouts. Là ils
s'approchent de front, & le Prêtre leur ayant mis la Bible
sur la tête, leur demande s'ils veulent bien se prendre
pour mari & pour femme; ils inclinent la tête pour marquer leur confentement. Le Prêtre prononce alors les
paroles sacramentelles, il fait la ceremonie des anneaux
& dit la Messe. On se retire ensuite chez l'époufée, dans
le même ordre qu'on étoit venu. Le mari se couche le premier, aprés avoir eté déchaussé par sa femme qui est chargée du soin d'éteindre la chandelle, & qui ne quitte son
voile que pour entrer dans le lit. Voilà comment se font

les

les Mariages, & les cérémonies qu'obſervent les jeunes mariées en Armenie.

Et cette obſcurité qui cache leur ardeur
Semble mettre à couvert leur honte & leur pudeur.

Cependant cela s'appelle en bon françois, *acheter chat en poche*. On dit qu'il y a des Armeniens qui ne connoîtroient pas leurs femmes s'ils les trouvoient couchées avec un autre homme. Tous les ſoirs elles éteignent la chandelle avant que de ſe dévoiler, & la pluſpart ne découvrent point leur viſage pendant le jour. Un Armenien qui revient d'un grand voyage n'eſt pas aſſeûré s'il trouvera la même femme dans ſon lit, ou ſi quelqu'autre femme, pour profiter de ſes biens, aura pris la place de la defunte.

Quand les filles ont perdu leur mere avant que de ſe marier, c'eſt ordinairement la plus proche parente qui prend le ſoin de leur mariage. Quelquefois les meres accordent leurs enfans à l'âge de deux ou trois ans; il y a même des meres qui pendant leur groſſeſſe conviennent enſemble de marier les enfans qu'elles portent, ſuppoſé que l'un ſoit garçon & l'autre fille; c'eſt la plus grande marque d'amitié que les honnêtes gens ſe puiſſent donner. On les accorde dés qu'ils ſont néz, & depuis les accordailles juſques à la conſommation du mariage, le garçon envoye tous les ans, le jour de Paſques, un habit à ſa maîtreſſe. Je ne parle pas des feſtins ni des réjouïſſances de la nôce; la fête dure trois jours, & les hommes ne ſont point mêlez avec les femmes. On dit qu'on boit beaucoup de part & d'autre; ces bonnes dames ſe dévoilent entre elles, diſent de bons mots, & ſurtout n'épargnent pas les liqueurs.

Les Armeniens ne font pas beaucoup de cérémonies

aujourd'hui pour les Ordres facrez ; celui qui fe deftine à
l'Etat Ecclefiaftique, fe prefente au Curé, accompagné de
fon pere & de fa mere qui authorifent la declaration
que leur fils fait de vouloir fe confacrer à Dieu. Le Curé
bien informé de fon deffein, fans fe mettre en peine de
lui réprefenter la pefanteur du fardeau dont il va fe charger, fans l'exhorter à demander à Dieu les graces néceffaires pour perfeverer dans un état fi faint, fans lui ordonner de pratiquer les vertus inféparables de ce miniftere, fe
contente de luy mettre une chappe fur le dos en récitant
quelques Oraifons. Voilà la premiere céremonie. On la
répete fix fois, d'année en année, fans garder aucune regle
pour le temps qui fe trouve entre deux ; mais lorfque
l'Ecclefiaftique a atteint l'âge de 18 ans, il peut fe faire fa-
crer ; ces impofitions de la Chape, accompagnées de
quelques Oraifons particulieres, ne fervant que pour les
autres Ordres, qui font la Clericature, le Soufdiaconat &
le Diaconat. En attendant fi le Prêtre veut fe marier,
comme cela fe pratique toujours chez eux, aprés la quatriéme céremonie on lui fait époufer la fille qu'il fouhaite. Aprés l'impofition de la Chape, il s'addreffe à un
Evêque ou à un Archevêque qui le revêtit de tous les
habits facerdotaux. Cette céremonie coûte plus que les
autres, car il faut payer plus cher à mefure qu'on avance
dans les Ordres. Autrefois les Prêtres Armeniens ne pouvoient pas fe remarier aprés la mort de leurs femmes ; ils
ne fe font pas tout-a-fait relâchez fur cet article, mais ils ne
peuvent plus dire la Meffe quand ils époufent une fecond e
femme, comme fi leur caractere étoit effacé par le fecond mariage. Les nouveaux Prêtres font obligez de refter un an dans l'Eglife pour ne s'occuper que du fervice
Divin : aprés lequel temps la plufpart couchent dans l'E-
glife la veille du jour qu'ils doivent celebrer ; quelques-

uns y restent cinq jours sans venir chez eux, & ne mangent que des œufs durs, & du ris cuit à l'eau & au sel. Les Evêques ne mangent de la viande & du poisson que quatre fois l'année. Les Archevêques ne vivent que de légumes. Comme ils font consister la perfection de la Religion dans les jeûnes & dans les abstinences, ils les augmentent à mesure qu'ils font élevez en digniré; sur ce pied-là les Patriarches devroient quasi se laisser mourir de faim. Nos Missionnaires font obligez d'entrer un peu dans leurs maniéres, car on ne peut meriter leur estime que par des jeûnes outrez.

Les Prelats ne font de l'Eau-benîte qu'une fois l'année, & ils appellent cette céremonie *le Baptême de la Croix*, parce que le jour de *l'Epiphanie* ils plongent une croix dans l'eau aprés avoir recité plusieurs oraisons; & aprés que l'Eau-benîte est faite, chacun remplit son pot & l'emporte chez soi; les Prêtres, & sur tout les Prelats, retirent de cette céremonie un profit tres considérable.

J'ay l'honneur d'être avec un profond respect, &c.

LETTRE XXI.

A Monseigneur le Comte de Pontchartrain, Secre-
taire d'Etat & des Commandemens
de Sa Majesté, &c.

MONSEIGNEUR,

VOYAGE de To-
cat, & d'Angora.

Nous commençâmes à tourner tout de bon le dos au Levant le 12 Septembre, & quoique nous fussions au fond de la Natolie, il nous sembloit que nous voyions les pointes des clochers de France, dés que nous eûmes pris le parti de nous approcher de la Mediterranée. Nous n'allâmes pourtant ce jour-là qu'à un mille d'Erzeron avec une partie de la Caravane qui s'assembloit pour *To-cat*, & nous partîmes le lendemain 13 Septembre pour les *Bains d'Elija* où le reste des Marchands s'étoient rendus. Ces eaux nous parurent plus chaudes que celles d'Assancalé, & que celles des environs du grand Mona-stere d'Erzeron.

Le 14 Septembre nous marchâmes depuis 5 heures du matin jusques à midi par des pays plats, mais si secs & si brûlez qu'on n'y trouvoit ni plantes ni graines. Nôtre Caravane n'étoit que d'environ 300 personnes, presque tous Armeniens qui conduisoient des soyes à Tocat, à Smyrne & à Constantinople. On partit le 15 à cinq heures & demi, & l'on campa vers le midi sur cette branche de l'Euphrate qui passe par la plaine d'Erzeron sous le pont d'Elija. Nous l'avions toujours côtoyée à gauche, mais la campagne nous parut bien plus rude que celle du jour précedent; ce ne font que rochers qui déterminent l'Euphrate à couler vers le couchant. Les bords de cette riviere font couverts d'une belle efpece d'*Epine-vinette*, plus haute que la nôtre, & que l'on diftingue par fon fruit. C'eft une grappe à fept ou huit grains cilindriques, longs d'environ 4 lignes fur deux lignes d'épais, noirs, couverts d'une fleur femblable à celle des prunes fraîches, pleins d'un fuc violet moins aigre & beaucoup plus agréable que celui de l'*Epine-vinette*. L'arbriffeau dont nous parlons a les feüilles longues d'environ deux pouces fur prés de 10 lignes de largeur, aigrelettes & dentées. Le bois en eft jaune, garni d'épines dures, quelques-unes fimples, & les autres à deux ou trois piquans. Cette plante a levé de graine dans le Jardin du Roy.

Le 16 Septembre on marcha depuis quatre heures & demi du matin jufques à une heure aprés midi, dans une vallée étroite, defagréable, inculte, où l'on ne trouve qu'un feul Caravanferai, & où l'Euphrate qui coule toujours vers l'Oüeft fait plufieurs détours. Nous fûmes obligez de paffer deux fois cette riviere, ayant appris par une Caravane compofée de 24 Chameaux, qu'il y avoit beaucoup de voleurs fur le chemin de Tocat. A cette nouvelle nous nous raffemblâmes pour tenir Confeil, & il fut décidé qu'on tâcheroit de faire la meilleure contenance qu'il feroit poffible. On ne manqua pas de mettre dans le centre de la marche tous les chevaux chargez de foye, & nous nous trouvions tantôt parmi eux, & tantôt à l'arriere garde. On arriva fur les 11 heures à l'entrée d'une vallée encore plus étroite, & tandis que nous nous retranchions fur la pente de la colline à la veüe de ce coupegorge, on détacha trois fufiliers pour aller reconnoître le paffage; heureufement ils rapportérent qu'ils n'avoient

veû que trois ou quatre cavaliers armez qui se retîroient
dans les montagnes, ainsi nous passâmes le défilé sans
dire mot & le plus promptement que nous pûmes. C'est
dans cet endroit-là que l'Euphrate fait un coude considérable vers le Midi pour s'approcher de l'autre de ses branches, laquelle passe à *Mammacoutum*. Nous continuâmes nôtre route vers le Sud-Oüest, & fûmes obligez de
camper à demi heure du défilé, presque à mi-côte d'une
montagne assez rude, dans une solitude affreuse où l'on
ne voit ni village ni Caravanserai; on eut même assez de
peine à trouver des bouzes de vaches pour faire boüillir
la marmite.

Le 17 Septembre nôtre route fut courte, mais fort
incommode; on passa sur une montagne toute pelée, au
pied de laquelle on entre dans une vallée bien cultivée,
où nous campâmes aprés 4 heures de marche, auprés
de *Caraboulac* village assez joli. Nous fûmes joints ce
jour-là par une Caravane de Marchans de soye, aussi
forte que la nôtre; elle étoit partie d'Erzeron deux jours
aprés nous, mais elle avoit fait plus de diligence, sur le
bruit qui couroit qu'un Pacha Mansoul s'étoit mis à la
tête des voleurs. Cette recruë nous fit plaisir & nous partîmes tous ensemble de Caraboulac sur les 5 heures du
matin pour venir à *Acpounar* autre village où nous arrivâmes à une heure aprés midi. La route seroit assez
commode, n'étoit qu'il faut passer par une montagne fort
élevée & toute découverte.

Le 18 Septembre on partit à 4 heures du matin pour
n'aller pourtant pas bien loin, car nous campâmes sur les
8 heures & trois quarts auprés d'un ruisseau qui coule vers
l'Oüest. Il est vrai que nous passâmes sur une montagne
couverte de Pins, dont la descente est fort rude, & qui
conduit dans une vallée étroite & tortuë, sur la gauche de

laquelle on voit le reste d'un vieux Aqueduc à arcades arrondies qui paroît assez ancien. Nous passâmes ce même jour la riviere qui va se jetter dans la mer Noire à Vatiza ; cette riviere vient du Midi, au lieu que dans nos Cartes on la fait couler du côté de l'Est.

Le 19 Septembre on continua de marcher au Nord-Oüest, dans une autre vallée fort étroite, aprés quoi nous entrâmes dans une assez-belle plaine à l'Oüest, où coule un agréable ruisseau sur le bord duquel est le village de *Sukmé.* Un peu en deçà de ce village, à droite du grand chemin, se voyent deux morceaux de colonnes antiques, sur le plus petit desquels il y a des caracteres grecs fort anciens, que la peur des voléurs nous empécha d'examiner ; & d'ailleurs l'inscription nous en parut tres usée. Peut-être qu'elle fait mention du nom de quelque ancienne ville sur les ruines de laquelle Sukmé a eté bâti. Aprés une route de cinq heures & demi, on campa auprés d'un autre village appellé *Kermeri.*

La marche du 20 Septembre fut de 7 heures, & nous nous arrêtames à *Sarvoular* autre village bâti de même que Kermeri, c'est à dire fort pauvrement. A la descente de la montagne & à l'entrée d'un coupé-gorge, on découvrit cinq ou six voleurs à cheval, qui se retirérent, sur ce que nous les menacions de tirer sur eux. On mit pied à terre en tenant le fusil, les pistolets, le sabre ou la lance à la main ; car nous avions dans nôtre troupe des gens armez de toutes ces differentes pieces, mais il y en avoit peu qui fussent bien résolus de s'en servir ; pour moi j'avoüe franchement que je ne me sentois pas l'ame guerriere ce jour-là. Les balles de soye étoient au milieu de la marche, & les cavaliers les plus lestes s'étoient partagez à la tête & à la queuë. Quelques voleurs parurent à un quart de lieuë de là sur les hauteurs voisines ; cependant

nous ne laiſſâmes pas d'entrer dans une petite plaine terminée par un vallon, à l'entrée duquel s'étoient poſtez
15 ou 20 de ces voleurs, qui nous voyans venir en bon
ordre, jugerent à propos de ſe retirer. Ces malheureux
ſont des montagnards qui volent quand ils ſe trouvent
les plus forts, & qui n'ont pas l'eſprit de s'entendre ni de
bien faire leurs parties. Il eſt certain que s'ils nous a-
voient attaquez avec fermeté, ils auroient enlevé la moitié des balles de ſoye. Quelques voleurs de nuit qui ſe
mêlerent avec nous ſur le matin, dans le temps qu'on
chargeoit les balles, furent bien plus habiles, car ils dé-
tournérent deux mulets avec leur charge, & l'on n'en
entendit plus parler. Les montagnes par où nous paſſâmes ſont couvertes de taillis de charmes, parmi leſquels
on voit des *Pins*, de la *Sabine* & du *Geniévre*. Les Melons d'eau ſont excellens dans tous ces quartiers-là ; les
meilleurs ont la chair rouge-pâle, & les graines rouge-
brun tirant ſur le noir; les autres ont la chair jaunatre
& la graine noire; les moins ſucrez ont la chair blanche.

Le 21 Septembre nous partîmes à 5 heures du matin, &
paſſâmes ſur la plus haute, la plus rude & la plus ennuyeu-
ſe montagne du pays, toujours ſur nos gardes de peur des
voleurs. La veûe d'une infinité de Plantes rares nous
conſoloit de nos allarmes; ces Plantes naiſſent parmi le
Chêne commun, le *Saule muſqué*, l'*Aliſier*, le *Tamaris*, les
Pins, l'*Epine-vinette à fruit noir*.

Le 22 Septembre nous ne découvrîmes depuis 5 heures du matin juſques à midi, que des roches fort eſcarpées, toutes de marbre blanc, ou de jaſpe rouge &
& blanc, parmi leſquelles coule avec rapidité, du levant
au couchant, la riviere de *Carmili*. Nous eûmes pour
gîte un mauvais Caravanſerai, ou plutôt une grange dans
laquel-

Celtis Orientalis, minor foliis mi=
noribus, et crassioribus, fructu flavo.
Coroll. Inst Rei herb. 41.

laquelle nous trouvâmes une banquette haute de trois pieds, fur quoi chacun étendit fon équipage. Les Turcs ne portent qu'un tapis pour tout meuble de nuit. Ce lieu n'étoit éclairé que par des ouvertures plus petites que les fenêtres des chambres des Capucins. Nous fûmes heureux de trouver cette retraite, car outre qu'il plût prefque tout le jour, il tomba aufli de la grêle pendant toute la nuit. Nous obfervâmes ce jour-là des *Amandiers fauvages* qui font beaucoup plus petits que l'*Amandier commun*, mais leurs branches ne font pas terminées par un piquant comme celles de l'Amandier fauvage qui naît en Candie. Les feüilles de l'efpece dont nous parlons, n'ont que quatre ou cinq lignes de large fur un pouce & demi de long, & font de même couleur & de même tiffure que celles de nos Amandiers. Le fruit du fauvage eft à peine de 8 ou 9 lignes de long fur 7 ou 8 lignes de large, mais il eft tres-dur. Le noyau eft moins amer que celui de nos amandes ameres, & fent le noyau du fruit du Pefcher. On voit aufli dans ces quartiers-là une efpece de *Micocoulier* qui me parut fort remarquable.

Cet arbre ne vient guere plus haut qu'un Prunier, mais il eft plus touffu; fes branches ont le bois blanc avec l'écorce vert-brun; fes feüilles font plus roides & plus fermes que celles de nôtre *Micocoulier*, plus petites, plus épaiffes, moins pointuës, longues ordinairement d'un pouce & demi, affez femblables à celles du Pommier, mais de la tiffure de celles du Micocoulier; elles font vert-brun en deffus, vert-blanchatre en deffous, de faveur d'herbe, dentées fur les bords, & l'une des oreilles de leur bafe eft plus petite & plus baffe que l'autre. Les fruits naiffent dans les aiffelles de fes feüilles, longs de 4 lignes prefque ovales, jaunes, tirans fur le brun quand ils font bien meurs. Leur chair eft jaunatre, douce mais ftiptique, le noyau eſt verd & renferme une graine moëlleuſe comme l'eſpece commune.

Le 23 Septembre nôtre marche fût de 8 heures & demi ; on trouva à la ſortie du Caravanſerai une montagne fort haute, fort rude & toute pelée ; mais nous entrâmes enſuite dans une grande & belle Plaine où nous campâmes auprés d'un village appellé *Curtanos*. Le 24 nous partîmes à 4 heures du matin de la plaine de Curtanos, & paſſâmes ſur une montagne & dans des vallées fort rudes où coule, à droite du chemin, une riviere toute rouge par la grande quantité de Bol qu'elle détrempe. Elle ſerpente par des défilez fort dangereux où à peine des bêtes de ſomme peuvent paſſer les unes aprés les autres. Ces défilez nous conduiſirent enfin au pied d'autres montagnes toutes heriſſées de pointes, ſur la plus haute deſquelles eſt bâtie la ville de *Chonac* ou *Couleiſar*, petite Place diſpoſée en amphitheatre, & terminée par un vieux château. La riviere, qui paroît toute ſanglante, paſſe au bas de la montagne & rend le paſſage encore plus affreux. Les environs ſont horriblement eſcarpez, mais on change tout d'un coup de ſituation, car paſſé Chonac on entre dans une des plus belles vallées d'Aſie, remplie de vignobles & de vergers. Ce changement auquel on ne s'attend pas naturellement, fait un contraſte fort agréable qui dure juſqu'à *Agimbrat* ou *Agimourat* petite ville à une heure & demi de Chonac. *Agimbrat* eſt ſur une montagne ſemblable à un pâté écraſé, au pied duquel paſſe la même riviere. Un rocher s'éleve à côté de la ville, ſur lequel eſt un ancien château ruiné qui gardoit anciennement ce paſſage de la vallée. Nous ne vîmes que des belles Plantes pendant toute cette journée ; les vignobles ſont mêlez de *Peſchers*, d'*Abricotiers*, & de *Pruniers*. Nôtre gîte fut tres-agréable, c'eſt un beau Caravanſerai au

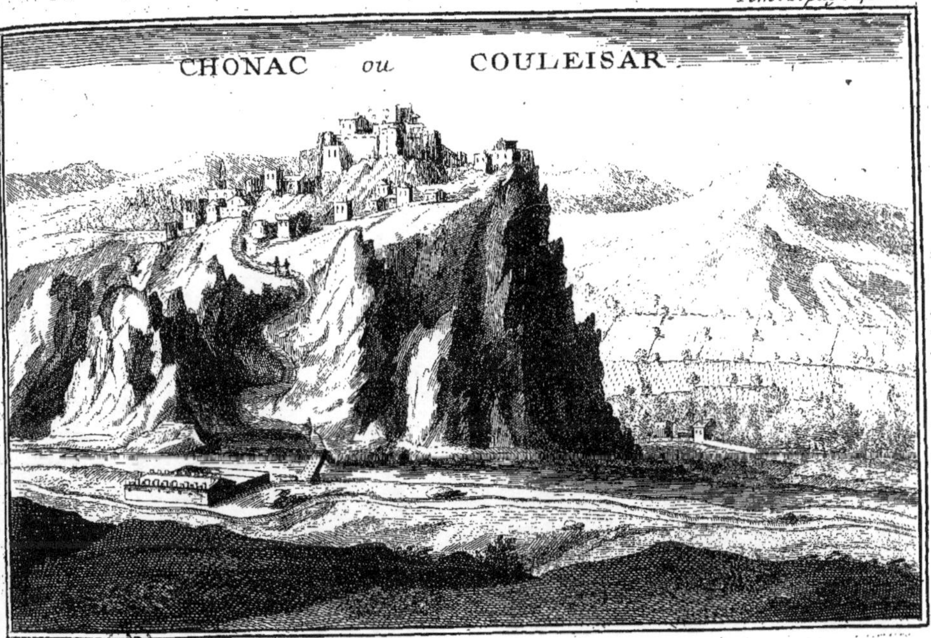
CHONAC ou COULEISAR

pied de la riviere, à double nef comme la grande Sale du
Palais à Paris, la voute eſt de pierre de taille, & les arcades ſont bien cintrées ; mais ce bâtiment qui eſt d'une
beauté ſurprenante pour le pays, n'eſt éclairé que par des
lucarnes, & l'on y loge ſur une banquette qui regne tout
autour de chaque nef. Pour nous qui aimions le frais, nous
allâmes coucher dans la cour où nous ne laiſſions pas de
nous reſſentir encore des grandes chaleurs de la journée ;
mais nous fûmes obligez d'abandonner nôtre gîte une heure avant le jour, & de venir reſpirer l'air infecté du ſoufle
de tous les chevaux & des mulets de la Caravane, car le
froid nous avoit engourdis, & malheureuſement nous n'a-
vions pour toute boiſſon que de l'eau à la glace. Comme il
n'y a que des Turcs dans le pays, ils vendent leur vin en
gros aux Armeniens, & aprés que la vente eſt faite on y
mourroit faute d'en trouver la valeur d'un demi ſeptier ;
nous nous en conſolâmes en mangeant des raiſins, quoiqu'ils fuſſent molaſſes & trop doux. On nous dit que ces
vignes étoient de peu d'apparence & de peu de rapport.

Le 25 Septembre nous ſuivîmes la même vallée depuis 5 heures du matin juſqu'à 8, la riviere rouge couloit
à nôtre droite, mais nous la quittâmes à un village qui occupe preſque tout le fond de la vallée ; cette riviere tire
vers le Nord & va ſe jetter, à ce qu'on nous dit, dans
quelqu'une de celles qui ſe dégorgent dans la mer Noire.
C'eſt dequoi nous ne nous embarraſſions pas beaucoup,
parceque les marchands des Caravanes ne donnent pas de
grands éclairciſſemens ſur ces ſortes de matieres ; mais nous
étions fort inquiets de ſçavoir quel chemin nous prendrions, parce qu'on ne voyoit, quelque part que l'on jettât
la veüe, que l'ouverture par où la riviere s'échape. Nos Armeniens nous montrérent bientôt la route, & la tête de
la Caravane commença à monter ſur la plus haute mon-

tagne que nous euſſions encore paſſée depuis Erzeron.
On y voit beaucoup de *Chênes* & de *Pins*, mais la deſcente en eſt affreuſe, & l'on campa dans une eſpece d'abîme au pied de quelques autres montagnes un peu moins
élevées.

Ces montagnes produiſent de belles eſpeces d'*Azaro-*
lier, il y en a qui ſont auſſi gros que des Chênes. Leur
tronc a l'écorce gerſée & griſatre, les branches touffuës &
étenduës ſur les côtez. Les feüilles ſont diſpoſées par bouquets, longues de deux pouces & demi ſur 15 lignes de large, vert-pâle, luiſantes, légerement veluës des deux côtez,
découpées ordinairement en trois parties juſque vers la côte, & ces parties ſont dentées fort proprement ſur les bords,
aſſez ſemblables à celles *de la Tanaiſie* ; la partie qui termine les feüilles eſt encore recoupée en trois parties. Les
fruits naiſſent deux ou trois enſemble au bout des jeunes
jets, & reſſemblent à des petites Pommes d'un pouce de
diametre, arrondies en cinq coins en côte de Melon, légerement velus, vert-pale tirant ſur le jaune, avec un nombril relevé de 5 feüilles longues de 4 lignes, larges d'une
ligne & demi, & dentées de même que les feüilles de l'arbre : on voit même quelquefois une ou deux de ces feüilles ſortir de la chair du fruit ou de ſon pedicule. Ce fruit
quoi qu'agréable, ne l'eſt pas autant que l'*Azarole*, mais
je crois qu'il ſeroit excellent s'il étoit cultivé. Non ſeulement les Armeniens en mangérent tant qu'il purent, mais
ils en remplirent leurs beſaces. Le centre de ce fruit
eſt occupé par cinq oſſelets longs de quatre lignes, arrondis ſur le dos, un peu aplatis ſur les côtez, aigus du côté
qui regarde le centre du fruit, tres-durs & remplis d'une
moëlle blanche. Cet arbre n'a point de piquans, ſes feüilles ſont fades & d'un goût mucilagineux.

Les autres eſpeces d'*Azarolier* ont le fruit rouge & ne

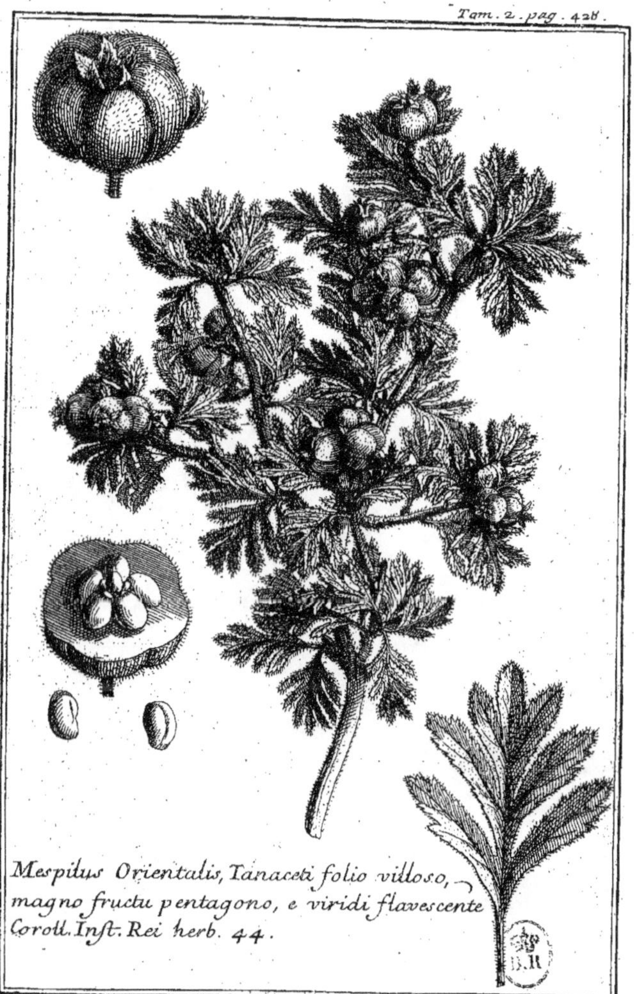

Mespilus Orientalis, Tanaceti folio villoso,
magno fructu pentagono, e viridi flavescente
Coroll. Inst. Rei herb. 44.

different entre elles que par la grosseur de leurs fruits, dont quelques-uns ont un pouce de diametre, & les autres n'ont que 7 ou 8 lignes d'épaisseur. Ces sortes d'arbres qui ne sont pas plus hauts que nos *Pruniers*, ont le tronc gros comme la cuisse, couvert d'une écorce grisâtre & comme gersée. Les branches en sont touffuës, terminées par des piquans fermes, noirâtres & luisans. Les feüilles naissent par bouquets, semblables à celles de l'Azarolier, longues d'un pouce & demi, vert-pâle, veluës, cotonneuses des deux côtez, découpées en trois parties, dont celle du milieu est refenduë en trois, & celle des côtez recoupée en deux. Les fruits naissent 4 ou 5 ensemble, relevez de cinq coins arrondis, rouges, velus, avec un nombril garni de cinq feüilles pointuës; ils sont aigrelets & plus agréables que celui de l'espece précedente; leur chair est jaunâtre & renferme cinq osselets fort durs remplis d'une moëlle blanche.

Le 26 Septembre nous partîmes sur les cinq heures, & nous ne nous arrêtames qu'à midi; ce ne fut pas sans nous ennuyer car on marche toujours dans la même vallée qui, pour ainsi dire, est à ondes & de laquelle on croit sortir à tout moment, quoiqu'elle fasse tant de tours & de détours, que nous y campâmes encore ce jour-là sur le bord d'une riviere. On voit, sur ce chemin, des Tombeaux de pierre bâtis à la Turque sans mortier. On nous asseûra qu'on y avoit enterré des pauvres marchands assassinez, car cette route étoit autrefois une des plus dangereuses de l'Anatolie; présentement les gens du pays qui de temps en temps dévalisent quelques petites Caravanes, tirent sur les voleurs étrangers & les ont presque tous dissipez; ils ont pour maxime que chacun doit voler sur ses terres, ainsi l'on risqueroit beaucoup d'y passer sans bonne escorte; d'ailleurs le pays est fort agréable, & j'ay oublié de dire

que depuis Erzeron nous avions veû une infinité de perdrix sur les chemins.

Outre le *Chêne commun* & celui qui porte la *Velanede*,
on en voit de plusieurs autres especes dans cette vallée,
& sur tout de celle dont les feüilles ont 3 ou 4 pouces de
long sur deux pouces de large, découpées presque jusqu'à
la côte, d'une maniére qui approche assez des découpures
de l'*Acanthe*. La côte est vert-pâle & commence par une
queüe longue de 7 ou 8 lignes, mais les feüilles sont lisses
& vert-brun en dessus, blanchatres en dessous; leurs découpures sont quelquefois incisées en trois parties à la
pointe. Les glands naissent ordinairement deux à deux
par plusieurs paires, entassez les uns sur les autres & attachez sans pedicule contre les branches. Chaque gland
est long de 15 lignes, sur 8 ou 9 lignes de diametre, & déborde de moitié hors de sa calotte, arrondi & terminé
par un petit bec. La calotte a 15 ou 16 lignes de diametre, haute d'environ un pouce, garnie de filets en maniére de perruque, longs de demi pouce, sur tout vers
les bords, recoquillez les uns en haut les autres en bas,
comme frisez, épais de demi ligne à leur base, mais qui
diminuent jusques au bout. On trouve sur les mêmes
pieds quelques glands plus courts & presque ronds. Les
feüilles de cet arbre sont d'un goût fade & mucilagineux.

Nôtre route du 28 Septembre fut de 8 à 9 heures,
presque toujours dans la même vallée, laquelle après s'être
élargie & retrécie en plusieurs endroits, s'ouvre enfin en
une espece de plaine inculte où nous observâmes les mê-
més especes de *Chênes*. La riviere jusques-là couloit toujours à nôtre gauche, nous la passâmes à gué à une heure du gîte, & la laissâmes à droite dans la même plaine.
Une partie de la Caravane alla coucher ce jour-là à To-

cat. On nous fit camper auprés d'un village appellé *Al-mous* au milieu des Chênes à grandes & à petites feüilles. Parmi plufieurs Plantes rares nous y obfervâmes *la Sauge à faucilles larges & frifées*, le *Geniévre à fruit rouge*, le *Fu-fain*, l'*Aulne*, le *Cournoüillier*, le *Terebinthe commun*, le *Melilot*, la *Pimprenelle*, la *Chicorée fauvage*, la *Sarriette*, l'*Ambroifie*, la *Fougere femelle* & je ne fçai combien de plantes fort communes; mais rien ne nous fit plus de plai-fir que cette belle efpece de *Thapfie* dont Rauvolf a don-né la figure fous le nom de *Gingidium Diofcoridis*. En voici la defcription.

Sa racine n'a qu'une ligne d'épais, blanchâtre, longue de trois ou quatre pouces, garnie de quelques fibres. La tige de la plufpart des pieds que nous trouvâmes dans les champs, n'avoit gueres plus d'un empan de haut, tortuë, épaiffe d'une ligne, accompagnée de feüilles femblables à celles du *Scandix Cretica minor* C. B. longues de 2 ou 3 pouces, lefquelles enveloppent la tige par une efpece de gaine de demi pouce de long. Les ombelles font larges d'un pouce & demi, entourez à la bafe de cinq feüilles découpées de même que les autres, longues feulement de fept ou huit lignes, pliées en goutiere à leur naiffance. Chaque rayon eft encore terminé par deux feüilles fem-blables qui accompagnent les fleurs; elles étoient paffées auffi-bien que les graines que nous amaffâmes à terre en quantité. Ces graines font ovales & plattes.

Le 28 Septembre nous montâmes à cheval à une heu-re aprés minuit, & arrivâmes à Tocat fur les 10 heures. Aprés avoir paffé par des vallées fort étroites & couvertes de Chênes, nous retrouvâmes nôtre riviere & la paffâ-mes encore deux fois, elle s'appelle *Tofanlu* & fe jette dans l'*Iris* des anciens, que les Turcs nomment *Cafalmac*. Enfin on entre dans une vallée plus grande & plus belle

que les autres, laquelle conduit à *Tocat* ; mais cette ville
ne paroît que lors qu'on eſt arrivé aux portes, car elle eſt
ſituée dans un recoin au milieu de grandes montagnes
de marbre. Ce recoin eſt bien cultivé & rempli de vignobles & de jardins qui produiſent d'excellens fruits ; le
vin en ſeroit merveilleux s'il étoit moins violent.

La ville de *Tocat* eſt beaucoup plus grande & plus a-
gréable qu'Erzeron. Les maiſons ſont mieux bâties & la
pluſpart a deux étages; elles occupent non ſeulement le terrein qui eſt entre des collines fort eſcarpées, mais encore
la croupe de ces mêmes collines en maniére d'amphitheatre, en ſorte qu'il n'y a pas de ville au monde dont la
ſituation ſoit plus ſinguliere. On n'a pas même negligé deux
roches de marbre qui ſont affreuſes, heriſſées, & taillées à
plomb, car on voit un vieux château ſur chacune. Les
rües de Tocat ſont aſſez bien pavées, ce qui eſt rare dans
le Levant. Je crois que c'eſt la neceſſité qui a obligé les
bourgeois à les faire paver, de peur que les eaux des pluyes,
dans le temps des orages, ne découvriſſent les fondemens
de leurs maiſons & ne fiſſent des ravins dans les rües.
Les collines ſur leſquelles la ville eſt bâtie, fourniſſent tant
de ſources que chaque maiſon a ſa fontaine. Malgré cette grande quantité d'eau on ne pût pas éteindre le feu
qui conſuma, quelque temps avant nôtre arrivée, la plus
belle partie de la ville & des fauxbourgs. Pluſieurs marchands en furent ruinez, car leurs magaſins étoient pleins
dans ce temps-là; mais on commençoit à la rebâtir, & l'on
eſperoit que les marques de l'incendie n'y paroîtroient
bientôt plus. On trouve aſſez de bois & de materiaux autour de la ville.

Il y a dans Tocat un Cadi, un Vaïvode, un Janiſſaire
Aga, avec environ mille Janiſſaires & quelques Spahis.
On y compte vingt mille familles Turques, quatre mille
famil-

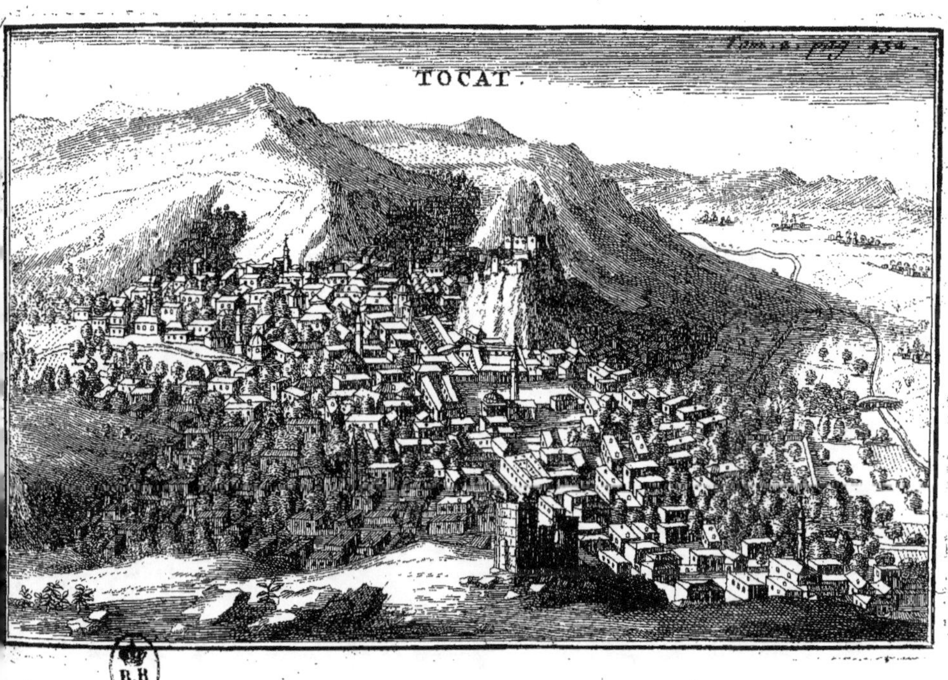
Tom. 2. pag. 134.
TOCAT.

Femmes Turques de TOCAT.

familles d'Armeniens, trois ou quatre cens familles de
Grecs, douze Mosquées à minarets, & une infinité de
chapelles Turques. Les Armeniens y ont sept Eglises, les
Grecs n'ont qu'une méchante chapelle, quoiqu'ils se vantent qu'elle a eté batie par l'Empereur Justinien. Elle
est gouvernée par un Metropolitain dépendant de l'Archevêque de *Nicsara*, ou pour mieux dire, de *Neocæsarea*
ancienne ville presque ruinée, à deux journées de Tocat.

Nicsara est encore la Metropole de Cappadoce, & l'on
n'oubliera jamais que dans le troisiéme siécle elle a eû
pour Pasteur *Saint Gregoire Thaumaturge*, ou *le faiseur
de Miracles*. Niger & quelques autres Geographes n'ont
pas eû raison de confondre cette ville avec Tocat. L'Archevêque de Nicsara a la cinquiéme place parmi les Prelats qui sont sous le Patriarche de Constantinople.

Outre les soyes du pays qui sont assez considérables, on
consomme à Tocat, tous les ans, 8 ou 10 charges de celles de Perse. Toutes ces soyes s'employent en petites
etoffes, en soye à coudre, ou à faire des boutons. Ce commerce est assez bon; mais le grand negoce de Tocat est en
vaisselle de cuivre, comme Marmites, Tasses, Fanaux, Chandeliers, que l'on travaille fort proprement & que l'on envoye ensuite à Constantinople & en Egypte. Les ouvriers
de Tocat tirent leur cuivre des mines de *Gumiscana*, qui
sont à trois journées de Trebisonde & de celles de *Cas-
tamboul* qui sont encore plus abondantes, à dix journées
de Tocat du côté d'Angora. On prepare encore à Tocat
beaucoup de peaux de maroquin jaune, que l'on porte
par terre à *Samson* sur la mer Noire, & de là à *Calas* port
de Valachie. On y en porte aussi beaucoup de rouges,
mais les marchands de Tocat les tirent du *Diarbec* & de
la *Caramanie*. On nous assura qu'on teignoit les peaux
jaunes avec le *Fustet*, & les rouges avec la *Garance*. Les

Tome II.   Iii

toiles peintes de Tocat ne font pas fi belles que celles de
Perfe, mais les Mofcovites & les Tartares de la *Crimée* s'en
contentent. Il en paffe même en France, & ce font celles
que nous appellons *Toiles du Levant*. Tocat & Amafia
en fournissent plus que tout le refte du pays.

Il faut regarder Tocat comme le centre du commerce de l'Afie mineure. Les Caravanes de *Diarbequir* y viennent en dix-huit jours; un homme à cheval fait le chemin
en douze. Celles de Tocat à Synope mettent fix jours; les
gens de pied y vont en quatre jours. De Tocat à Pruffe
les Caravanes employent vingt jours, les gens à cheval y
arrivent en quinze. Celles qui vont en droiture de Tocat
à Smyrne, fans paffer par Angora ni par Pruffe, font
vingt-fept jours en chemin avec des mulets; & quarante
jours avec des chameaux, mais elles rifquent d'être mal-
traitées par les voleurs. Une partie de nôtre Caravane partit pour Pruffe, & l'autre pour Angora, dans le deffein
d'aller à Smyrne & d'eviter les voleurs. Nos Armeniens
nous affeûrérent qu'ils gagnoient beaucoup plus à faire
voiturer leur foye à Smyrne, car ils ne l'avoient achetée
à Gangel fur la frontiere de Perfe, qu'à raifon de vingt
écus le Batman; en forte que vendant le même poids à
Smyrne, fur le pied de trente écus, ils gagnoient trois écus
fur chaque Batman, déduction faite de tous les frais qu'ils
font obligez de faire pendant leur route. Ce gain eft tres
confidérable, parce qu'un Batman ne pefe que 6 Oques,
c'eft à dire 18 livres 12 onces; & la charge d'un cheval
étant du poids de 600 livres, & celle d'un chameau de
1000, il y a, tout bien fupputé, 100 écus à gagner fur
chaque charge de cheval, & 500 livres fur celle d'un chameau. Les marchands qui font conduire dix charges de
foyes gagnent donc mille écus par cheval, & cinq mille
livres par chameau, fans compter le profit qu'ils font fur

les marchandises dont ils se chargent au retour.

Tocat dépend du gouvernement de *Sivas* où il y a un Pacha & un Janissaire Aga. Les Grecs de cette Province payent quatre mille billets de Capitation. Sivas, suivant leur tradition, est l'ancienne ville de *Sebaste*, que Pline & Ptolomée placent dans la Cappadoce. Cette ville n'est qu'à deux journées de Tocat vers le Midi, & *Amasia*, autre ancienne ville, est à trois journées de Tocat vers le Nord-Oüest; mais ces deux villes, quoi qu'anciennes, sont bien plus petites que Tocat. Sivas est peu de chose aujourd'hui, & ne seroit presque pas connuë si le Pacha n'y faisoit sa résidence. Ducas qui a écrit *l'Histoire Byzantine* depuis Jean Paleologue jusques à Mahomet II. asseûre que Bajazet prit Sivas en 1394. Tamerlan l'assiégea peu de temps aprés, & d'une maniere si singuliere, que nos Ingenieurs ne seront pas fâchez d'en apprendre le détail.

Tamerlan fit creuser les fondemens des murailles de la Place, & les fit soûtenir par des pieces de bois à mesure qu'on en tiroit les pierres. Les ouvriers passoient par des soûterreins dont l'ouverture étoit à plus d'un mille de la ville, sans que les habitans en eussent aucun soupçon. Lorsque l'ouvrage fut fini, il les fit sommer de se rendre. Ces pauvres assiegez qui ne sçavoient pas le risque qu'ils couroient, parce qu'ils ne voyoient pas leurs murailles endommagées, crurent qu'ils pouvoient se deffendre encore quelque temps, mais ils furent bien étonnez de les voir tomber tout d'un coup, aprés qu'on eût mis le feu aux pieces de bois qui les soûtenoient. On entra dans la ville, & le carnage fût épouventable; ceux qui en échapérent, perirent par un suplice inconnu jusques à ce temps-là. On les garrota de telle sorte, que la tête se trouvant engagée entre les cuisses, le nez répondoit à leur fondement: dans cette attitude on les jettoit par douzaine dans des fosses qu'on couvroit de planches, & enfuite de terre pour les laiffer mourir à petit feu. La ville fut razée, & l'on ne l'a pas rétablie depuis, quoiqu'elle ait confervé fa dignité.

Il y auroit de belles chofes à dire fur *Amafia*, mais ce n'eft pas ici l'endroit, j'ajoûte feulement que Strabon le plus fameux de tous les Geographes anciens, quoi-qu'originaire de Créte, étoit natif de cette ville. Je ne fçai pas s'il a parlé de Tocat, tous les Grecs de la ville à qui nous en demandâmes l'ancien nom, nous affeûrerent qu'elle s'appelloit autrefois *Eudoxia* ou *Eutochia* : ne feroit-ce point la ville d'*Eudoxiane* que Ptolomée marque dans la Galacie Pontique ? Paul Jove appelle Tocat *Tabenda*, apparemment qu'il a crû que c'étoit la ville que ce Geographe appelle *Tebenda*. On trouveroit peut-être le veritable nom de Tocat fur quelqu'unes des Infcriptions qui font, à ce qu'on nous dit, dans le Château ; mais les Turcs nous en refuférent l'entrée. On venoit de taxer les Armeniens Catholiques de cette ville, enfuite d'une grande perfécution qui s'étoit excitée contre eux à Conftantinople ; ainfi l'on regardoit par toute l'Afie les Francs de bien plus mauvais œil qu'on n'a coutume de faire.

Aprés la fanglante bataille d'Angora où Bajazet fût fait prifonnier par Tamerlan, Sultan Mahomet qui aprés l'interregne & la mort de tous fes freres, regna paifiblement fous le nom de Mahomet I ; ce Sultan, disje, qui étoit un des fils de Bajazet, paffa à l'âge de 15 ans, le fabre à la main, avec le peu de troupes qu'il pût ramaffer, au travers des Tartares qui occupoient tout le pays, & vint fe retirer à Tocat dont il joüiffoit avant le malheur de fon pere qui l'avoit prife quelque temps auparavant ; ainfi cette ville fe trouva la capitale de l'Empire des Turcs ; & Mahomet I ayant défait fon frere *Mufa* ou *Moyfe*, fit mettre dans la prifon de Tocat, appellée *la groffe Corde*, Mahemet Bay

& Jacob Bay qui étoient engagez dans le parti de son frere. Il paroît par là que cette ville ne tomba pas pour lors en la puissance de Tamerlan, mais que ce fut sous Mahomet II. Jusuf-Zes Begue, Géneral des troupes de Usum-Cassan Roy des Parthes, ravagea cette grande ville, dit Leunclaw, & vint fondre sur la Caramanie. Sultan Mustapha, fils de Mahomet le deffit en 1473. & l'envoya prisonnier à son pere qui étoit à Constantinople.

Nous cherchâmes inutilement compagnie pour aller à *Cesarée de Cappadoce.* Cette ville n'est qu'à six journées de Tocat & n'a pas changé de nom, puisque les Grecs l'appellent *Kesaria* depuis le temps de Tibere qui en fit changer les anciens noms d'*Euzebia* & de *Mazaca.* Cesarée eut l'avantage d'avoir pour Pasteur le Grand S. Basile, & son Archevêque occupe aujourd'hui le premier rang parmi les Prelats qui sont soumis au Patriarche de Constantinople. On nous asseûra qu'il y avoit des Inscriptions à Cesarée qui faisoient mention de S. Basile, mais nous ne pûmes pas nous écarter de la campagne de Tocat. Cette campagne produit de fort belles Plantes, & sur tout des végétations de pierres qui sont d'une beauté surprenante. On trouve des merveilles en cassant des cailloux, & des morceaux de roches creuses revêtuës de cristallisations tout a fait ravissantes. J'en ay dans mon Cabinet qui sont semblables à l'écorce de citron confite, quelques-unes ressemblent si fort à la nacre de perle, qu'on les prendroit pour ces mêmes coquilles petrifiées; il y en a de couleur d'or, qui ne different que par leur dureté, de la confiture qu'on fait avec l'écorce d'orange coupée en filets.

La riviere qui passe par Tocat n'est pas l'*Iris* ou le *Casalmac,* comme les Geographes le supposent, c'est le *Tosanlu* qui passe aussi à Neocesarée, & c'est sans doute le

Loup dont Pline a fait mention, & qui va se jetter dans l'Iris. Cette riviere fait de grands ravages dans le temps des pluyes, & lorsque les neiges fondent. On nous asseûra qu'il y avoit trois rivieres qui s'unissoient vers Amasia, le *Couleisar-sou*, ou *la riviere de Chonac*, le *Tosanlu*, ou celle *de Tocat* & le *Casalmac*; cette derniere retient son nom jusques à la mer.

Nous partîmes de Tocat pour Angora le 10 Octobre 1701, avec une Caravane composée de nouveaux venus, & de celle que nous avions suivie jusques à Tocat. Ces nouveaux venus avoient mis 24 jours à venir de Gangel à Erzeron, & par conséquent allongé leur marche de 6 jours pour éviter la Douanne de Teflis où l'on fait payer des droits tres-considérables. Ils conduisoient 75 chevaux ou mulets chargez de 150 bales de soye, qui pesoient chacune 26 Batmans. Sortant de Tocat on entre dans une belle plaine où la riviere serpente; c'est peut-être la plaine que Paul Jove appelle *les Champs des Oyes*, où se donna la bataille entre les troupes de Mahomet II, & celles d'Uzum-Cassan Roy de Perse.

Aprés quatre heures de marche on campa auprés du village d'*Agara*, dans le cimetiere duquel se voyent quelques morceaux de colomnes & de corniches anciennes de marbre blanc & d'un beau profil, mais sans inscriptions. Toutes les montagnes des environs sont de marbre comme celles de Tocat. Pour ce qui est du Bol, je ne doute pas qu'il n'y soit fort commun, car il y a des endroits escarpez & taillez à plomb qui sont d'un rouge vif, semblable à celui des roches, dont parle Paul Jove, dans les cavernes desquelles se retira *Techellis* fameux Mahometan, disciple d'*Hardüal* grand Interprete de la Loi, pour y vaquer non seulement à la meditation & à la priere; mais aussi pour éviter les persécutions de ceux qui s'opposoient à la doctrine de son Maître.

Le 11 Octobre nous continuâmes nôtre route dans la plaine de Tocat, laquelle se retrécit à six milles en deçà de Turcal, & s'élargit ensuite à mesure qu'on en approche. *Turcal* est une belle Bourgade à 15 milles d'Agara, située autour & sur la pente d'une colline escarpée, séparée des autres, terminée par un vieux château, & moüillée au pied par la riviere de Tocat. Tout ce quartier est plein de beaux vignobles ; les champs y sont bien cultivez, les villages frequens, & les bouts de colomnes antiques assez communs dans les cimetieres ; ce qui marque bien que le pays étoit autrefois peuplé par des gens aisez. Passé Tocat on n'entend plus parler de Curdes ; mais bien de *Turcmans*, c'est à dire d'une autre espece de voleurs encore plus dangereux, en ce que les Curdes dorment la nuit, & que les Turcmans volent jour & nuit. Nous campâmes pourtant sans crainte dans la plaine à une demi lieuë au-dessous de Turcal. On entra le lendemain dans une vallée assez étroite, bornée par une montagne considérable d'où l'on descend dans une autre vallée étranglée & tortuë où nôtre Caravane s'arrêta. Tout le pays est agréable & couvert de bois, mais les Pins & les Chênes y sont plus petits qu'ailleurs. La riviere de Tocat tire vers le Nord à Turcal, & va se jetter dans le Casalmac vers Amasia. Nous la laissâmes à droite pour suivre la route d'Angora, & ne trouvâmes rien de considérable pendant le reste du chemin jusques à la ville. On entendoit chanter les perdrix, & le gibier de toutes les especes y est tres abbondant, de même que dans tout le reste de la Natolie.

Le lendemain nous ne vîmes que des Chênes & des Pins pendant neuf heures de marche. Tantôt ce sont de petites vallées, & tantôt des montagnes d'une hauteur considérable. On n'y voit qu'une plaine assez jolie où est le

village de *Geder* fur une petite riviere du même nom. Paffé le village ce ne font plus que rochers efcarpez à droite
& à gauche, garnis de quelques bouquets de bois.

Le 14 Novembre le payfage fut le même que celui du
jour precedent, mais la marche ne fut que d'environ 5
heures. On campa dans une plaine affez agréable auprés
du village d'*Emar-Pacha*. Tous les Tithymales étoient
couverts d'une petite efpece de *Buccinum* fort jolie, longue feulement d'un pouce, fur trois ou quatre lignes de
diametre, prefque cilindrique, grifatre, tournée en vis à
neuf pas, & terminée par une pointe obtufe. La bouche
de cette coquille eft plus remarquable que tout le refte,
car elle eft tournée à droite, longue de deux lignes & demi,
pointuë en bas, arrondie vers le haut & garnie de deux ou
trois dens. Cette coquille eft commune dans les Ifles de
l'Archipel, & Columna en a fait graver une qui reffem-
ble fort à celle dont nous parlons. Quoiqu'il ne paroiffe
pas extraordinaire qu'une coquille ait la bouche tournée
à droite ou à gauche, cependant il eft certain que l'Auteur
de la nature a fait fi peu de coquilles avec la bouche &
les pas du limaçon tournez à droite, que les curieux les
recherchent avec foin. Parmi tant d'efpeces de *Buccinum*
qui font dans mon Cabinet, il n'y en a que trois ou quatre dont la bouche & les pas de la vis foient tournez dans
ce fens-là ; fçavoir la petite dont nous parlons, une autre
efpece d'environ deux pouces de long fur un pouce d'é-
pais, jaune-luifant, ou marbrée par bandes obliques fau-
ves & jaunatres avec le tour le la bouche blanc. La plus
confidérable eft toute fauve, haute de cinq pouces fur
deux pouces d'épaiffeur avec la bouche fans rebord, au
lieu que les autres ont la bouche relevée d'un rebord, &
que leur limaçon eft à huit ou neuf pas.

Le 14 Octobre on marcha dans des défilez horribles
qui

qui aboutiffent à une plaine affez belle. Aprés huit heures de marche on campa au deffous de *Siké.* Le lendemain nous fîmes dreffer nos tentes auprés de *Tekia* autre village à 4 heures du premier & dans la même plaine. Tout le pays eft riant & bien cultivé. Les Poiriers fauvages y font couverts de *Guy ;* & j'obfervai fur leurs troncs, quelque dure qu'en fut l'écorce, la premiere germination de leurs graines, que je cherchois depuis long temps & que je n'avois pas eû occafion de voir en France où cette plante eft fi commune. Ces graines, qui ont la figure d'un cœur, étoient hors de leurs coëffes, & s'étoient attachées par leur glu fur les troncs & fur les branches de ces arbres, dans le temps que les vents ou quelqu'autre caufe les faifoit tomber. Chaque graine étoit couchée fur le côté, de telle forte que la pointe de la radicule commençoit à fe planter dans l'écorce, tandis que les yeux de la même graine fe développoient & germoient. Tout cela me confirma dans la penfée que j'ai propofée touchant la multiplication du Guy dans mon *Hiftoire des Plantes qui naiffent aux environs de Paris.*

La marche du 17 Octobre fut d'environ douze heures. Nous ne paffâmes ce jour-là que par de petites vallées couvertes de Chênes & de Pins. Le lendemain la décoration fut bien differente, car nous marchâmes pendant neuf heures dans un pays affez plat, peu cultivé, fans bois, ni broffailles, & relevé de quelques buttes remplies de fel foffile. Ce fel qui fe criftallife dans les fonds où l'eau de la pluye croupit, affaifonne le fuc de la terre, & lui fait produire des plantes qui aiment le bord de la mer, comme font les efpeces de *Soude* & de *Limonium.* J'ai remarqué la même chofe fur la montagne de Cardone, fituée fur les frontieres de Catalogne & d'Aragon, laquelle n'eft qu'un effroyable bloc de fel.

Le 19 Octobre nous quittâmes le pays salé pour rentrer dans des vallées & des plaines couvertes de plusieurs sortes de Chênes. On campa tout prés du village de *Beglaise* aprés sept heures de marche. La route du lendemain fut de 12 heures dans des plaines entrecoupées de buttes garnies de bois de chênes, qui ont les feüilles semblables aux nôtres, quoiqu'ils ne montent guere plus haut que ceux de nos taillis. Nous passâmes ce jour-là à gué la riviere d'*Halys* ou le *Casilrimac* des Turcs, qu'une montagne toute opposée au grand chemin oblige de prendre son cours vers le Nord. Le Casilrimac n'est pas profond, mais il nous parut aussi large que la Seine à Paris, & l'on nous asseûra qu'il ne passoit qu'à une journée de Cesarée. Du haut de la montagne nous tombâmes, pour ainsi dire, dans un horrible fond, & nous nous arretâmes au village de *Courbaga*. De là jusques à deux lieües d'Angora le pays est rude & desagréable. Nous arrivâmes dans cette celebre ville le 22 Octobre, aprés quatre heures de marche, par une vallée assez-bien cultivée en quelques endroits.

Angora ou *Angori*, comme prononcent quelques-uns, & que les Turcs appellent *Engour*, nous réjoüit plus qu'aucune autre ville du Levant. Nous nous imaginions que le sang de ces braves Gaulois qui occupoient autrefois les environs de Toulouse & le pays qui est entre les Cevenes & les Pyrenées, couloit encore dans les veines des habitans de cette place. Ces genereux Gaulois trop resserrez dans leurs terres, par rapport à leur courage, partirent au nombre de trente mille hommes pour aller faire des conquêtes dans le Levant, sous la conduite de plusieurs Chefs dont *Brennus* étoit le principal. Tandis que ce Géneral ravageoit la Grece & qu'il pilloit le Temple de Delphes où il y avoit des richesses immenses, vingt

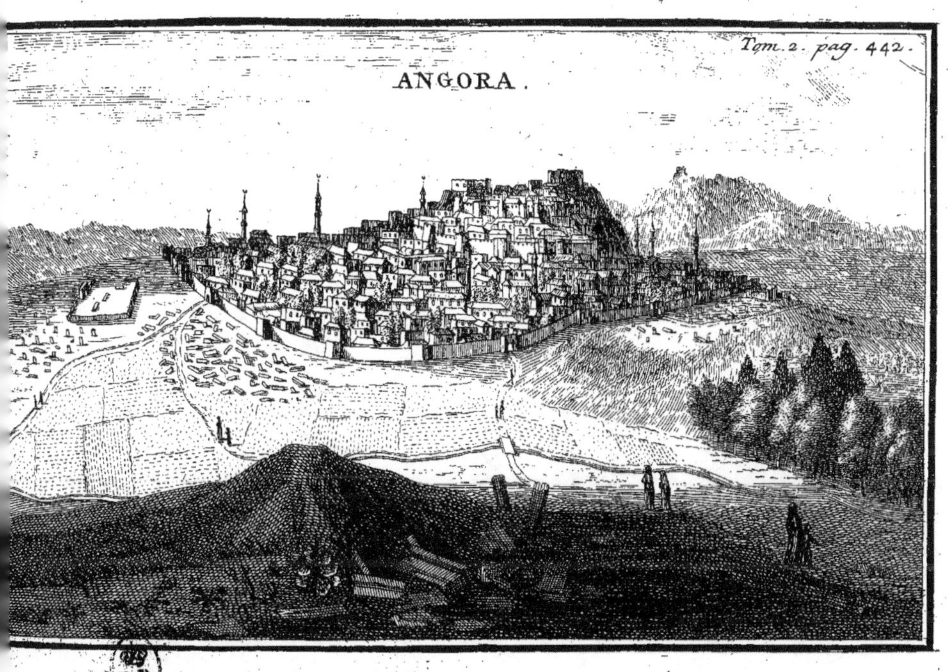

ANGORA.
Tom. 2. pag. 442.

mille hommes de cette armée passérent dans la Thrace avec *Leonorius*, qui s'appelloit sans doute *Leonorix* comme Gaulois, & que je nommerois volontiers *Leonor* pour m'accommoder à nôtre Langue. On en peut dire de même de l'autre Chef qui le suivit : les Auteurs Latins l'appellent *Lutarius* du mot *Lutarix*, lequel répond bien mieux à nos anciennes terminaisons gauloises.

Ces deux Chefs soumirent tout le pays jusques à Byzance, & descendirent sur l'Hellespont. Ravis de ne trouver l'Asie séparée de l'Europe que par un bras de mer, ils députérent à Antipater, qui commandoit sur la côte d'Asie, & qui pouvoit s'opposer à leur passage. Comme la chose traînoit, & qu'apparemment Antipater ne croyoit pas pouvoir s'accommoder de tels hostes, les deux Roys se séparérent. Leonorius retourna à Byzance. Lutarius receut quelque temps aprés une Ambassade de Macedoniens, députez par Antipater sur deux vaisseaux & trois chaloupes. Pendant qu'ils observoient les troupes Gauloises, Lutarius ne perdit pas de temps, & les fit passer jour & nuit en Asie sur ces bâtimens. Leonorius ne tarda pas d'entrer en Bithynie avec les siennes, invité par le Roy Nicomede, qui se servit fort utilement de ces deux corps de Gaulois pour combattre Zipœtes, qui occupoit une partie de ses Etats.

Les Gaulois jettérent la terreur par toute l'Asie, jusques vers le Mont Taurus, comme nous l'apprend Tite-Live que je suis pas à pas dans cette expedition. Des vingt mille Gaulois qui étoient partis de Grece, il n'en restoit pourtant gueres plus de la moitié, mais tout cedoit à leur valeur, & ils mirent tout le pays à contribution. Enfin comme il y avoit trois sortes de Gaulois parmi eux, ils partagérent leurs conquêtes de telle sorte, que les uns s'arrêterent sur les côtes de l'Hellespont; les autres habi-

térent l'Eolide & l'Ionie ; & les plus fameux, qu'on appelloit les *Tectofages*, penétrant plus avant s'étendirent jufques au Fleuve Halys, à une journée d'Angora qui eft l'ancienne ville d'Ancyre. Ce Fleuve eft repreſenté ſur une
Medaille de Geta, fous la forme d'un vieillard à demi
couché, tenant un rofeau de la main droite. Ainſi nos
Touloufains occupérent la grande Phrygie jufques à la
Cappadoce & à la Paphlagonie, & tout le pays où ils s'é-
tablirent fut nommé *Galatie* ou *Gallo-Grece,* comme qui
diroit *la Grece des Gaulois.* Strabon affeûre qu'ils diviſé-
rent leurs conquêtes en quatre parties, que chacune avoit
fon Roy & ſes Officiers de Juftice & de Guerre ; & ſur
tout qu'ils n'avoient pas oublié de rendre la Juftice au
milieu des bois de Chênes, fuivant la coûtume de leurs
ancêtres : il ne manquoit pas de ces fortes d'arbres autour
d'Ancyre. Pline fait mention de pluſieurs peuples qui ſe
trouvoient parmi les Gaulois, & qui peut-être portoient
les noms de leurs Chefs ; il y a apparence que c'étoient
plutôt de gros Regimens de la même nation.

　　Memnon rapporte que les *Gaulois Trocmïens* bâtirent
la ville d'Ancyre, mais je crois que le paſſage de cet Auteur eft corrompu dans l'extrait que Photius en a laiſſé ;
car outre qu'ils s'étoient établis ſur les côtes de la Phrygie, Pline dit préciſément qu'Ancyre étoit l'ouvrage des
Tectofages. L'Inſcription fuivante qui ſe lit ſur une colomne enchaſſée dans la muraille de cette ville, entre la
porte de Smyrne & celle de Conftantinople, ne fait mention que des Tectofages, & leur fait beaucoup d'honneur.

Η ΒΟΥΛΗ ΚΑΙ Ο ΔΗ-	*Senatus populuſque*
ΜΟΣ ΣΕΒΑΣΤΗ-	*Sebaſtenorum*
ΝΩΝ ΤΕΚΤΟΣΑ-	*Tectoſagum*
ΓΩΝ ΕΤΙΜΗΣΕΝ	*honoravit*

M. KOKKHION   *M. Cocceium*
  ΑΛΕΞΑΝΔΡΟΝ ΤΟΝ   *Alexandrum*
  ΕΑΥΤΩΝ ΠΟΛΙΤΗΝ   *Civem suum*
  ΑΝΔΡΑ ΣΕΜΝΟΝ ΚΑΙ   *virum honorabilem*
  ΤΩΝ ΗΘΩΝ ΚΟΣΜΙΟ-   *Et morum elegantia*
  ΤΗΤΙ ΔΟΚΙΜΩΤΑΤΟΝ   *Spectabilissimum.*

D'ailleurs quand Manlius Conful Romain eut deffait une partie des Gaulois au Mont Olympe, il vint attaquer les Tectofages à Ancyre. Il y a apparence que ces Tectofages n'avoient fait que rétablir cette ville, puifque long-temps avant leur venuë en Afie, Alexandre le Grand y avoit donné audiance aux Députez de Paphlagonie. Il eft furprenant que Strabon qui étoit d'Amafia, n'ait parlé d'Ancyre que comme d'un Château des Gaulois, lui qui vivoit fous Augufte, auquel on avoit confacré au milieu d'Ancyre ce bel édifice de marbre dont on parlera plus bas. Apparemment que Strabon n'étoit pas content des Gaulois, qui peut-être avoient maltraité les habitans d'Amafia. Tite-Live rend plus de juftice à Ancyre, & l'appelle une *Ville illuftre.*

De tous les Roys d'Afie, Attalus fut le feul qui s'oppofa vigoureufement aux entreprifes des Gaulois, & qui eut l'avantage de les battre, mais ils fe foutinrent puiffamment jufques à la deffaite d'Antiochus par Scipion. Les Gaulois compofoient la meilleure partie des troupes de ce Prince, & fe flattoient même que les Romains ne pénétreroient pas jufques dans leurs terres ; mais le Conful Manlius, fous pretexte qu'ils avoient affifté Antiochus, leur déclara la guerre, & les deffit au Mont Olympe. Il penetra jufques à Ancyre qu'il prit, felon Zonare, & les obligea d'accepter la Paix aux conditions qu'il voulut. Les quatre Provinces de Galatie furent réduites à trois, comme dit Strabon, ensuite à deux, puis à un seul Royaume, dont Dejotarus fut pourveû par les Romains; son fils Amyntas lui succeda. Enfin Lelius Marcus subjugua la Galatie sous Auguste; elle fut réduite en Province & Pylemene fils d'Amyntas en fut dépoüillé. Le nom de *Pylemene*, étoit si commun aux Roys de Paphlagonie, que cette Province avoit eté appellée *Pylemenie*. Ainsi finit l'Empire des Galates qui avoient rendu tributaires jusques aux Roys de Syrie; ces Galates sans lesquels les Roys d'Asie ne pouvoient pas faire la guerre, & qui conservoient la majesté des Roys, pour me servir des termes de Justin.

L'Empereur Auguste avoit sans doute embelli Ancyre, puisque *Tzetzes* l'en appelle le fondateur, & ce fut apparemment par reconnoissance que les habitans lui consacrérent le plus grand monument qui soit encore en Asie. Vous jugerez, Mgr, de la beauté de cet édifice par le dessein que vous m'avez ordonné d'en faire graver. Il étoit tout de marbre blanc à gros quartiers, & les encoigneures du Vestibule qui subsiste encore, sont alternativement d'une seule piece à angle rentrant en maniére d'équerre, dont les côtez ont trois ou quatre pieds de long. Ces pierres d'ailleurs sont attachées ensemble par des crampons de cuivre, comme il paroît par les trous où ils étoient enchassez; les maîtresses murailles ont encore 30 ou 35 pieds de haut. Pour la façade elle est entierement détruite, il ne reste plus que la porte par où l'on entroit du Vestibule dans la maison. Cette porte qui est quarrée, a 24 pieds de haut sur 9 pieds 2 pouces de largeur, & ses montans qui sont chacun d'une seule piece, sont épais de 2 pieds 3 pouces. C'est à côté de cette porte, qui est toute chargée d'ornemens, que l'on grava il y a plus de dix-sept cens ans, la vie d'Auguste en beau latin, & en

Monumentum Ancyranum.
Tom. 2. pag. 446.

beaux caracteres. L'Inscription est à trois colomnes à droite & à gauche; mais outre les lettres effacées, tout est plein de grands trous semblables à ceux qu'auroient pû faire des boulets de canon; & ces trous que les paysans ont fait pour arracher les crampons, ont emporté la moitié des caracteres. Les paremens des pierres sont des quarrez barlongs fort propres, & d'un pouce de saillie. Sans compter le Vestibule, cet édifice est dans œuvre de 52 pieds de long, sur 36 pieds & demi de large. Il y reste encore trois fenêtres grillées, de marbre à grands carreaux semblables à ceux de nos fenêtres. Je ne sçai pas de quelle matiere ces carreaux étoient garnis, si c'étoit de pierre transparente ou de verre.

On voit dans l'enceinte de cet edifice les ruines d'une pauvre Eglise de Chrétiens, auprés de deux ou trois méchantes maisons, & de quelques escuries à vaches. Voilà à quoi se réduit le monument d'Ancyre, lequel n'étoit pas un Temple d'Auguste, mais une maison publique ou le *Prytanée* où se faisoient les repas lors des grandes fêtes des jeux publics que l'on celebroit souvent dans cette ville, comme il paroît par les Médailles de Neron, de Caracalla, de Dece, de Valerien le vieux, de Gallien & de [a] Salonine. Les legendes marquent les jeux ausquels on s'exerçoit.

On découvriroit peut-être quelque chose de plus particulier touchant cet edifice, si l'on pouvoit déchifrer plusieurs Inscriptions grecques que l'on avoit gravées sur les murailles en dehors, car ce bâtiment étoit sans doute isolé. On trouve présentement ces Inscriptions dans les cheminées de quelques maisons de particuliers, où elles sont couvertes de suye; ces maisons sont adossées à la maîtresse muraille à droite.

L'Inscription dont nous avons parlé ci-devant, où

[a] ΠΥΘΙΑ, Pythia. ΑΣΚΛΗΠΕΙΑ, Asclepia. ΣΩΤΗΡΕΙΑ, Soteria. ΙΘΜΙΑ, Isthmia.

la vie d'Auguſte eſt décrite, ſe trouve dans le *Monu-*
mentum Ancyranum Gronovii, on la peut voir auſſi dans
Gruter. Leunclaw la receut de *ᵃCluſius,* qui outre la
grande connoiſſance qu'il avoit des Plantes, poſſedoit
bien auſſi l'Antiquité; & Fauſtus Verantius qui commu-
niqua ce precieux morceau à Cluſius, l'avoit receû de
ſon oncle Antoine Verantius Evêque d'Agria & Ambaſſadeur de Ferdinand II à la Porte. Ce Prelat la fit
tranſcrire en paſſant par Angora. Busbeque la fit copier,
& croit que la maiſon, dont on a parlé, étoit un Pretoi-
re, plutoſt qu'une maiſon deſtinée pour les Feſtins pendant les jeux publics.

Tout ce que l'on vient de dire montre aſſez qu'Ancyre étoit une des plus illuſtres villes du Levant. Ses habitans étoient les principaux Galates que Saint Paul honora d'une de ſes Lettres; & les Conciles qu'on y a tenus
ne la rendent pas moins recommendable parmi les Chrétiens, que les autres actions qui s'y ſont paſſées. Il paroît
par les Médailles d'Ancyre, qu'elle ſe ſoutint avec honneur ſous les Empereurs Romains. Il y en a de frappées
aux têtes de Neron, de Lucius Verus, de Commode, de
ᵇCaracalla, de Geta, de Dece, de Valerien, de Gallien, de
Salonine. Ancyre prit le nom d'*Antoniniane* en recon-
noiſſance des bienfaits dont Antonin Caracalla l'avoit
comblée. Elle fût déclarée Metropole, c'eſt à dire Capitale de Galatie ſous Neron, & n'a jamais quitté ce titre. Il en eſt fait mention ſur une Médaille d'Antinoüs,
de Jules Saturnin l'un de ſes Gouverneurs. Il eſt nommé dans l'Inſcription ſuivante qui eſt ſur un marbre enclavé dans les murailles de cette ville. Gruter la rapporte ainſi:

ΑΓΑΘΗΙ

ΑΓΑΘΗΙ ΤΥΧΗΙ	*Bonæ fortunæ*
Η ΜΗΤΡΟΠΟΛΙΣ	*Metropolis*
ΙΟΥΛΙΟΝ	*Julium*
ΣΑΤΟΡΝΕΙΝΟΝ	*Saturninum*
ΤΟΝ ΗΓΕΜΟΝΑ.	*Ducem.*

Le nom de Metropole se trouve aussi sur un tombeau dans le Cimetiere des Chrétiens hors de la ville.

Λ. ΦΟΥΛΟΥΙΟΝ ΡΟΥ	*Lucium Fulvium*
ΣΤΙΚΟΝ ΑΙΜΙΛΙΑ-	*Rusticum Æmilianum*
ΝΟΝ ΠΡΕΣΒ. ΣΕΒΑ..	*Legatione functum*
ΤΗΣ ᵃΤΡΑΥΠΑΤΟΝ Η ΒΟΥ	*ter Proconsulem*
ΛΗ ΚΑΙ ΔΗΜΟΣ ΤΗΣ ΜΗ-	*Senatus Populusque*
ΤΡΟΠΟΛΕΩΣ ΑΓΚΥ-	*metropoleos Ancyræ*
ΡΑΣ ΤΟΝ ΕΑΥΤΩΝ	*Benefactorem suum;*
ΕΥΕΡΓΕΤΗΝ ΕΠΙΜΕ-	*Curante Trebio*
ΛΟΥΜΕΝΟΥ	*Alexandro.*
ΤΡΕΒΙΟΥ ΑΛΕΞΑΝΔΡΟΥ.	

ᵃ *Pour* Τϱὶς Ἀνθύ-πατον.

La suivante est gravée sur un piédestal qui sert d'auge dans le Caravanserai où nous logions.

ΔΙΙ ΗΛΙΩ ΜΕΓΑΛΩ ΣΑΡΑΠΙΔΙ ΚΑΙ ΤΟΙΣ ΣΥΝ-
ΝΑΙΟΙΣ ΘΕΟΙΣ ΤΟΥΣ ΣΩΤΗΡΑΣ ΔΙΟΣΚΟΥΡ-
ΟΥΣ ΥΠΕΡ ΤΗΣ ΤΩΝ ΑΥΤΟΚΡΑΤΟΡΩΝ ΣΩΤΗ-
ΡΙΑΣ ΚΑΙ ΝΕΙΚΗΣ ΚΑΙ ΑΙΩΝΙΟΥ ΔΙΑΜΟΝΗΣ Μ
ΑΥΡΗΛΙΟΥ ΑΝΤΩΝΕΙΝΟΥ ΚΑΙ Μ. ΑΥΡΗ-
ΛΙΟΥ ΚΟΜΜΟΔΟΥ ΚΑΙ ΤΟΥ ΣΥΜΠΑΝΤΟΣ
ΑΥΤΩΝ ΟΙΚΟΥ ΚΑΙ ΥΠΕΡ ΒΟΥΛΗΣ ΚΑΙ
ΔΗΜΟΥ ΤΗΣ ΜΗΤΡΟΠΟΛΕΩΣ ΑΓΚΥΡΑΣ.
ΑΠΟΛΛΩΝΙΟΣ ΑΠΟΛΛΩΝΙΟΥ.

Jovi Soli magno Sarapidi & ejusdem
Templi Diis; servatores Dioscuros
Pro salute Imperatorum
Et victoria & perennitate

Tome II. .LII

M. Aurelii Antonini & M. Aure-
lii Commodi & pro universa
ipsorum domo & pro Senatu
Populoque metropoleos Ancyræ,
Apollonius Apollonii F.

On trouve celle-ci fur les murailles d'une Tour quarrée entre la porte des Jardins & la porte d'Effet.

Caracylæam	ΚΑΡΑΚΥΛΑΙΑΝ
Sacerdotum principem,	ΑΡΧΙΕΡΕΙΑΝ
ex regibus ortam ,	ΑΠΟΓΟΝΟΝ ΒΑ
filiam Metropoleos ,	ΣΙΛΕΩΝ ΘΥΓΑ-
Uxorem Julii	ΤΕΡΑ ΤΗΣ ΜΗΤΡΟ-
Severi	ΠΟΛΕΩΣ ΓΥΝΑΙ-
Græcorum primi.	ΚΑ ΙΟΥΛΙΟΥ ΣΕ
	ΟΥΗΡΟΥ ΤΟΥ ΠΡΩ-
	ΤΟΥ ΤΩΝ ΕΛΛΗ-
	ΝΩΝ * ΥΠΕΡΡΑ.

La legende d'une Médaille du vieux Valerien marque qu'Ancyre étoit deux fois Neocore. Elle receut cette dignité pour la premiere fois fous Caracalla, & pour la
feconde fois fous Valerien le vieux. Le revers de cette
Médaille réprefente trois Urnes, de chacune defquelles
fortent deux palmes.

On appelloit *Neocores ,* chez les Grecs, ceux qui prenoient le foin des Temples communs à toute une Province & dans lefquels on s'affembloit à l'occafion des
jeux publics. La Charge de Neocore répondoit à peu
prés à celle de *Marguillier ;* mais comme dans la fuite on
s'avifa de déifier les Empereurs , les villes qui demandérent qu'il leur fût permis de leur dreffer des Temples,
aquirent auffi le nom de Neocores.

La fituation d'Ancyre, au milieu de l'Afie mineure, l'a

souvent exposée à de grands ravages. Elle fut prise par les Perses en 611. du temps d'Heraclius,& ruinée en 1101. par cette effroyable armée [a] de Normands ou de Lombards, comme veut Mr du [b] Cange, commandée par Tzitas & par le Comte de S. Gilles, qui fut ensuite connu sous le nom de Raimond Comte de Toulouse & de Provence, du temps que Baudoüin frere de Godefroy de Boüillon fut élû Roy de Jerusalem. Cette armée, qui étoit de cent mille hommes d'infanterie & de cinquante mille hommes de cavalerie, aprés l'expedition d'Angora passa le fleuve Halys ; mais elle fut si bien battuë par les Mahometans, que les Géneraux eurent de la peine à se retirer à Constantinople auprés d'Alexis Comnene.

[a] Alexiad. lib. XI.
[b] Notæ in Alexiad.

Les Tartares se rendirent les maîtres d'Ancyre en 1239. Elle fut ensuite le premier siege des Othomans, car Orthogul pere du fameux Othomans vint s'y établir, & non seulement ses successeurs s'emparérent de la Galatie, mais encore de la Cappadoce & de la Pamphilie. Angora fut funeste aux Othomans, & la bataille que Tamerlan y remporta sur Bajazet, faillit à détruire leur Empire. Bajazet le plus fier des hommes, trop plein de confiance pour lui-même, abbandonna son camp pour aller se divertir à la chasse. Tamerlan dont les troupes commencoient à manquer d'eau, profita de cette faute & s'étant rendu maître de la petite riviere qui couloit entre les deux armées, obligea trois jours aprés Bajazet d'en venir aux mains, pour ne pas laisser perir son armée de soif, cette armée fut taillée en pieces, & le Sultan fait prisonnier le 7 Août 1401. Aprés la retraite de Tamerlan, les enfans de Bajazet se cantonnérent où ils pûrent. Mahomet s'asseûra de la Galatie que son frere Eses lui disputoit ; il se servit de Temirte, ancien Capitaine qui avoit fervi fous Bajazet ; & Temirte battit Efes à Angora & lui fit couper la tête.

Angora préfentement eft une des meilleures villes d'Anatolie, & montre par tout des marques de fon ancienne magnificence. On ne voit dans les ruës que colomnes & vieux marbres, parmi lefquels on diftingue une efpece de Porphyre rougeatre piqué de blanc, femblable à celui qui eft aux Pennes proche de Marfeille. On trouve auffi à Angora quelques morceaux de Jafpe rouge & blanc à groffes taches, approchant de celui de Languedoc. La plufpart des colomnes font liffes & cilindriques, quelques-unes canelées en fpire ; les plus fingulieres font ovales, ornées d'une plate-bande par devant & par derriere, laquelle regne auffi tout le long du piédeftal & du chapiteau. Elles me parurent affez belles pour les faire graver ; il me femble qu'aucun Architecte n'a parlé de cet ordre. Il n'y a rien de fi furprenant que le perron de la porte d'une Mofquée ; il eft de 14 degrez compofez uniquement de bafes de colomnes de marbre, pofées les unes fur les autres. Quoique les maifons prefentement ne foient que de boüe, on ne laiffe pas d'y voir de fort belles pieces de marbre.

Les murailles de la ville font baffes & terminées par de méchans crenaux ; mais on y a employé indifferemment, colomnes, architraves, chapiteaux, bafes & autres morceaux antiques entremêlez avec de la maçonnerie, principalement aux tours & aux portes lefquelles, malgré cela, n'en font pas plus belles ; car les tours font quarrées & les portes toutes fimples. Quoiqu'on ait engagé dans ces murailles beaucoup de morceaux de marbre du cofté où font les Infcriptions, on ne laiffe pas d'en lire plufieurs qui font la plufpart grecques, quelques-unes latines, arabes ou Turques. L'Infcription fuivante eft tout auprés de quelques Lions de marbre fort défigurez, à la porte de Kefaria.

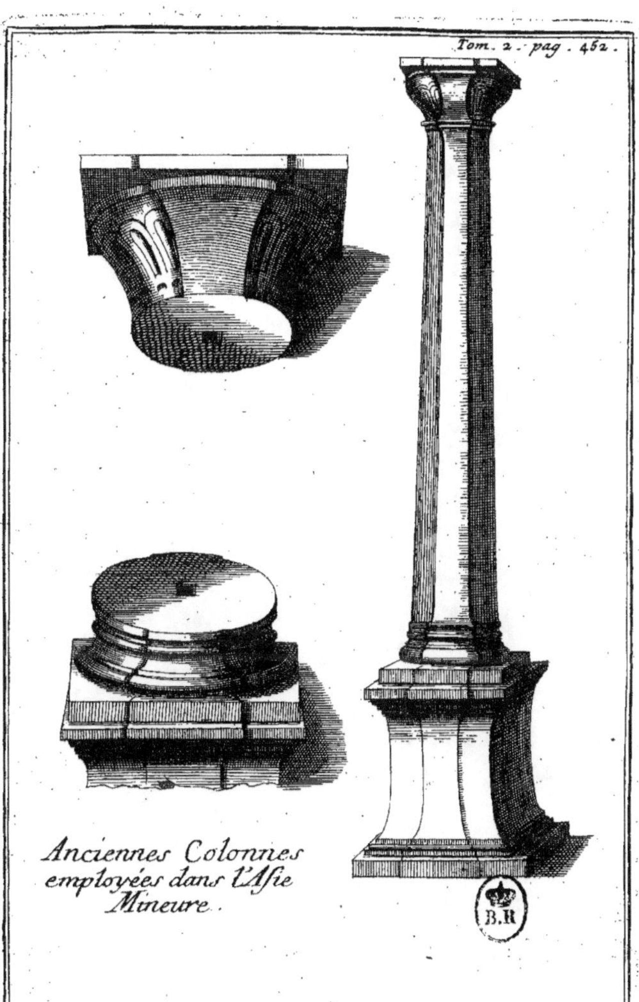

Anciennes Colonnes
employées dans l'Asie
Mineure.

ΚΑΙΡΕ ΠΑΡΟΔΕΙΤΑ *Salve viator.*

Au deſſous de ces paroles il y a une tête en bas relief,
où l'on ne connoît plus rien; mais au deſſous il y a les
paroles ſuivantes.

ΜΑΡΚΕΛΛΟC	*Marcellus*
CΤΡΑΤΟΝΕΙΚΗ	*Stratonice*
ΓΛΥΚΥΤΑΤΗ Γ	*Dulciſſimæ*
ΥΝ....ΜΝΗΜΗC	*Conjugi memoriæ*
ΧΑΡΙΝ	*cauſa*

A la porte des Jardins on lit l'Inſcription qui ſuit.

ΑΓΑΘΗΙ ΤΥΧΗΙ
ΤΟΡΝΕΙΤΟΡΙΑΝΟΝ, ΕΠΙΤΡΟΠΟΝ ΤΩΝ ΚΥΡΙ.
ΩΝ ΗΜΩΝ ΕΠΙ ΑΘΥΛΩΝ
ΤΟΝ ΔΙΚΑΙΟΝ ΚΑΙ ΣΕΜΝΟΝ Κ ΑΙΛΙΟΣ
ΑΓΗΣΙΛΑΟΣ ΤΟΝ ΕΑΥΤΟΥ ΦΙΛΟΝ ΚΑΙ
ΕΥΕ........

Bonæ fortunæ
Tornitorianum curatorem Domi-
norum noſtrorum ....
juſtum & illuſtrem. C. Ælius
Ageſilaus amicum ſuum &
beneficum.

Nous leûmes au delà de la Tour, où l'on paſſe pour aller
à la Porte d'Eſſet, ſur une colomne enchaſſée dans la muraille, les mots ſuivans.

I M P. C Æ S.
. . . . . .
E T I M P R O....
G A L L I E N O

Le reſte eſt écrit ſur la partie de la colomne qui eſt engagée dans la muraille.

Il nous reste trois Médailles frappées à la tête de cet Empereur, & à la legende d'Ancyre, où cette ville est traitée de Metropole. Le revers de la premiere, represente trois Urnes avec des palmes. Celui de la seconde, une Louve que Romulus & Remus tetent. Sur la troisiéme, est la figure d'Apollon debout & tout nud, tenant de la main droite une couronne & appuyé du coude gauche sur une colomne qui soutient sa lyre. On en voit une quatriéme chez le Roy, au même revers que la premiere; mais la legende exprime que la ville est Neocore pour la seconde fois.

Les trois Lions qui sont à la porte de Smyrne sont assez beaux. On lit sur un bout d'architrave cassée, laquelle sert de linteau à la porte, cette ligne imparfaite écrite en gros caracteres.

....ΒΑΣΤΩ ΕΥΣΕΒΕΙ ΕΥΤΤ....

Voici quelques autres Inscriptions qui sont sur les mêmes murailles entre la porte de Smyrne & celle de Constantinople.

Sur un piédestal.

ΘΕΟΙΣ ΚΑΤΑΧΘΟΝΙ-
ΟΙΣ ΚΑΙ ΚΑΠΙΤΟΝΙ
ΠΑΣΙΚΡΑΤΟΥΣ
ΑΝΔΡΙ ΓΕΝΝΑΙΩ
ΚΑΙ ΑΓΑΘΩ ΠΟΥ
ΒΛΙΟΣ ΑΔΕΛΦΟΣ
ΑΥΤΟΥ ΚΑΙ ΠΑΣΙ
ΚΡΑΤΗΣ ΚΑΙ ΜΗ-
ΝΟΔΩΡΟΣ ΥΙΟΙ
ΑΥΤΟΥ ΠΕΡΤΙΝΗ
ΜΝΗΜΗ ΕΙΧΑ.

Pour Μνήμης ἕνεκεν

Dis Manibus
Et Capitoni
Pasicratis F.
Viro generoso
& probo Pu-
blius frater
ejus & Pasi-
crates & Me-
nodorus filii
ejus ....
Memoriæ gratia.

Sur un autre piédeſtal orné d'un feſton,

D. M.

VENTIDIA CAR

PILLA

VIXIT ANNIS

XXXIII M VIII

D VI

T LIUIVS CARPVS

PATER EI....

DIONYSIVS VXORI CARISSIMÆ

Sur les mêmes murailles du côté de la ville.

ΔΙΟΤΕΙΜΟC ΔΙ- OTEIMO KAI ΛΟ- TATIO ΙΔΙΟΙC ΓΟΝΕΥΣΙ ΜΝΗ- ΜΗC ΧΑΡΙΝ.	*Diotimus Dio- timo & Lotatio propriis parentibus memoriæ gratia.*

Dans le même endroit ſur une pierre enchaſſée.

EVTYCHVS

NEREI

CAESARIS

AUG

SER. VIC.

FILIO.

Le Château d'Angora eſt à triple enceinte, & ſes murailles ſont à gros quartiers de marbre blanc & d'une pierre qui approche du porphyre. On nous permit d'entrer
par tout & l'on nous conduiſit dans la premiere enceinte
à une Egliſe Armenienne bâtie, à ce que l'on prétend,
ſous le nom de *la Croix* depuis 1200 ans. Elle eſt fort

petite & fort obfcure, éclairée en partie par une fenêtre, qui ne reçoit le jour qu'au travers d'une piece quarrée de marbre femblable à de l'albaftre poli & luifant
comme du Talc ; mais il eft terne en dedans & la lumiere qui paffe au travers eft fenfiblement rougeatre &
tire fur la cornaline. Le foleil ne donnoit pas deffus quand
nous l'obfervâmes ; c'eft peut-être du marbre *fphengite*
de Pline. Toute cette premiere enceinte eft pleine de
piédeftaux & d'Infcriptions ; où eft-ce qu'il n'y en a pas
dans Angora ! un habile Antiquaire y trouveroit à tranf-
crire pendant un an. Voici celles que nous copiâmes.

L'Infcription qui fait mention de Julien l'Apoftat eft
fur une pierre maçonnée & platrée, les caracteres en font
mal formez,

DOMINO TOTIVS ORBIS
JVLIANO AVGVSTO
EX OCEANO BRI
TANNICO ªVIS PER
BARBARAS GENTES
STRAGE RESISTENTI
VM PATEFACTIS....

ª *Pour* VIIS.

Apparemment qu'elle fut faite dans le temps que cet
Empereur féjourna à Ancyre.

Sur

Sur un piédeſtal dans l'enceinte d'une Moſquée du même Château.

ΤΑΦΟΝ ΤΟΝ
ΕΝΘΑ ΠΛΗΣΙ-
ΟΝ ΒΩΜΟΝ ΑΘ
ΜΑ ΕΤΕΥΞ ΚΑ-
ΤΑ ΓΗΣ ΚΛΑΥΔΙΑ Η
ΚΑΙ ΔΕΞΑΣ ΑΘΗ
ΝΙΩΝ ΓΛΥΚΥΤΑΤΩ
ΚΑΙ ΦΙΛΤΑΤΩ ΑΓΝΩ
ΓΕΝΟΜΕΝΩ ΣΥΜ-
ΒΙΩ ΜΝΗΜΗΣ
ΧΑΡΙΝ.

Sepulchrum hoc
& aram ſimul
excitavit in terra
Claudia , Dexas
item vocata ,
Athenioni dulciſſimo
& amabiliſſimo
Caſtoque conjugi ,
memoriæ cauſa.

Sur un piédeſtal dans l'enceinte du Château.

ΑΠΟΛΛΩΝΙΟΣ ΕΥΤΥ-
ΧΟΥ ΚΛΑΥΔΙΑ ΙΟΥ-
ΛΙΤΤΗ ΣΥΜΒΙΩ Α-
ΓΑΘΗ ΤΟΝ ΒΩΜΟΝ
ΚΑΙ ΤΗΝ ΟΣΤΟΘΗ-
ΚΗΝ ΜΝΗΜΗC ΧΑ-
ΡΙΝ ΑΝΕCΤΗ-
CΕΝ.

Apollonius Euty-
chis F. Claudiæ Ju-
littæ conjugi opti-
mæ hanc aram
& hoc monumen-
tum memoriæ cauſa
poſuit.

Sur un autre piédeſtal dans le même Château.

ΑΡΧΗΣΑΝΙΑ
ΚΑΙ ΑΣΤΥΝΟ-
ΜΗΣ ΑΝΤΑΚΑΙ
ΙΕΡΑΣΑΜΕΝΟΝ
ΔΙΣ ΘΕΑΣ ΔΗΜΗ-
ΤΡΟΣ ΤΙΜΗΘΕΝ
ΤΑ ΕΝ ΕΚΚΛΗΣΙ-
ΑΙΣ ΠΟΛΛΑΚ
ΦΥΛΗ ΕΝΑΤΗ

ΙΕΡΑ ΒΟΥΛΑΙΑ
ΤΟΝ ΕΑΥΤΗΣ
ΕΥΕΡΓΕΤΗΝ.

Sur une pierre d'un ancien batiment que les Turcs appellent *Meferefail.*

D. M.
Q. AQVILIO LVCIO
LEG II AVG
SEVERIA MAPTINV
LA CONIVNX. ET
AQVILIA SEVERINA
FILIA ET HERES
F. C.

Dans la chambre d'un particulier qui loge dans cette
maison, fur une pierre derriere la porte ;

G. Longino Pau-	Γ. ΛΟΝΓΕΙΝΩ ΠΑΥ-
lino G. Longi-	ΛΕΙΝΩ Γ. ΛΟΝΓΕΙ-
nus Sagaris, &	ΝΟΣ ΣΑΓΑΡΙΣ. ΚΑΙ
G. Longinus	Γ. ΛΟΝΓΕΙΝΟΣ
Claudianus,	ΚΛΑΥΔΙΑΝΟΣ
Patri, me-	ΠΑΤΡΙ ΜΝΗ-
moriæ caufa.	ΜΗΣ ΧΑΡΙΝ.

Dans le même batiment fur une pierre de la muraille.

Flavio Sabi-	ΦΛΑΟΥΙΩ ΣΑΒΕΙ-
no genere Nico	ΝΩ ΓΕΝΕΙ ΝΕΙΚΟ
medienfi, Filia	ΜΗΔΕΙΗ ΘΥΓΑΤΗΡ
Cippum (fupple, pofuit)	ΤΗΝ ΣΤΗΛΗΝ
memoriæ caufa.	ΜΝΕΙΑΣ ΧΑΡΙΝ.

ΟΣΑΝ Δ ΕΣΚΥΛΗΤΟ   *Qui expilaverit*
ΜΝΗΜΑ ΔΩΣΕΙ ΕΙΣ   *Sepulchrum dabit*
ΤΟΝ ΦΙΣΚΟΝ B̄. Φ.   *ad fiscum denaria bis*
               mille quingenta.

Sur trois differentes pierres du même batiment.

D. M.
C. JVL. CANDIDO
P.P. LEG. XVII. GEM.
HEREDES EX TES
TAMENTO FECE
RVNT.

ΛΟΥΚΙΟΣ   *Lucius*
ΣΕΡΗΝΙΑ ΣΥΝΒΙΩ   *Sereniæ conjugi*
ΑΝΕΣΤΗΣΑ ΜΝΗ   *erexi, memoriæ*
ΜΗΣ ΧΑΡΙΝ   *gratia : prospere*
ΔΙ ΕΥΤΥΧΙΤΕ   *agite.*

D. M.
C. SECVNDI
NIO IVLIANO
EQVITI LEG
XXII PR. P. P. AN
N XXXV. STIP. XV
C. SERANIVS VE
CTIVS SECVNDVS
HERES ET CONLEGA
F. C.

Le Cimetiere des Chrétiens est inépuisable en Inscriptions grecques & latines; mais la pluspart font des Epitaphes de personnes pour lesquelles on ne s'interesse plus.

Sur un Tombeau.

D. M.
ASTIO AVG
LIB. TAR.
VENNONIA AETETE
CONIVGI
PIENTISSIMO FECIT.

Sur un autre Tombeau.

ᵃ Pour τῇ ἰδίᾳ.

ᵇ Pour ἀνέστησαν.

Valens & San-
batus propriæ ma
tri hanc aram
erexerunt memoriæ
causa.

ΟΥΑΛΗϹ ΚΑΙ ΣΑΝ-
ΒΑΤΟΣ ᵃΤΗΕ ΔΙΑ ΜΗ-
ΤΡΙ ᵇΑΕϹΤΗϹΑΝ ΤΟΝ
ΒΩΜΟΝ ΜΝΗΜΗϹ
ΧΑΡΙΝ.

Sur un autre Tombeau.

C IVI' SENECIO
NEM: VE
PROC PROV: GA
LAT. ITEM VICEPRAE
SIDIS EIVSD. PROV
ET PONTI
ZENO AVC CVB
TABVLAR
PROV: EIVSD: PRÆPO
SITO INCOMPARABILI.

Hors la ville autour du Couvent de Sᵗᵉ Marie des Armeniens, parmi de beaux marbres antiques, des colomnes,
architraves, bases, chapiteaux qui sont auprés de la petite

riviere de *Chibouboujou*, se voyent plusieurs Inscriptions,
dont la plus remarquable est celle de M. Aurele.

IMP. CAESARI
M. AVRELLIO
ANTONINO. IN
VICTO. AVGVSTO
PIO FELICI
AEL. LYCINVS. V. L.
DEVOTISSIMVS
NVMINI EIVS.

Peut-être même que le Buste qui est auprés, est celui de
cet Empereur. C'est un Buste de front, de deux pieds de
haut sur vingt pouces de largeur; mais il est fort maltraité. Le marbre est gris veiné de blanc, de même que le piédestal qui le soutenoit.

Voici une Inscription qui se trouve sur un autre piédestal, couché sur un tombeau auprés du Couvent.

Ces deux Epitaphes modernes sont dans le même Cimetiere.

HIC IACET INTERRATVS
D. IOANNES ROOS
SCOTVS QVI OBIIT IN AN
GORA DIE 22. IVNII ANNO
DOMINI M. DC. LXVIII.
ÆTATIS SVÆ XXXV.
ANNORVM.
HODIE MIHI: CRAS TIBI.

HIC IACET
SAMVEL FARRINGTON
ANGLVS. ACIDWALLI
FARRINGTON MERCA
TORIS LONDINENSIS
FILIVS: OBDORMIVIT
IN CHRISTO, ANNO
ÆTATIS XXIII.
SALVTIS MDCLX.

Vous trouverez ici, Mgr, le dessein d'une colomne assez jolie qui est dressée prés du monument d'Auguste,
dont j'ai eû l'honneur de vous entretenir. Cette colomne
est à 15 ou 16 tambours de marbre blanc, hauts d'environ
20 pouces, la base & le chapiteau sont de même pierre.
Ce chapiteau, qui est quarré, est orné à chaque coin d'u-
ne feüille d'Acanthe, & d'une espece d'écusson entre
deux, dont les ornemens sont effacez. On n'y trouve aucune inscription. Les Turcs appellent cette colomne le

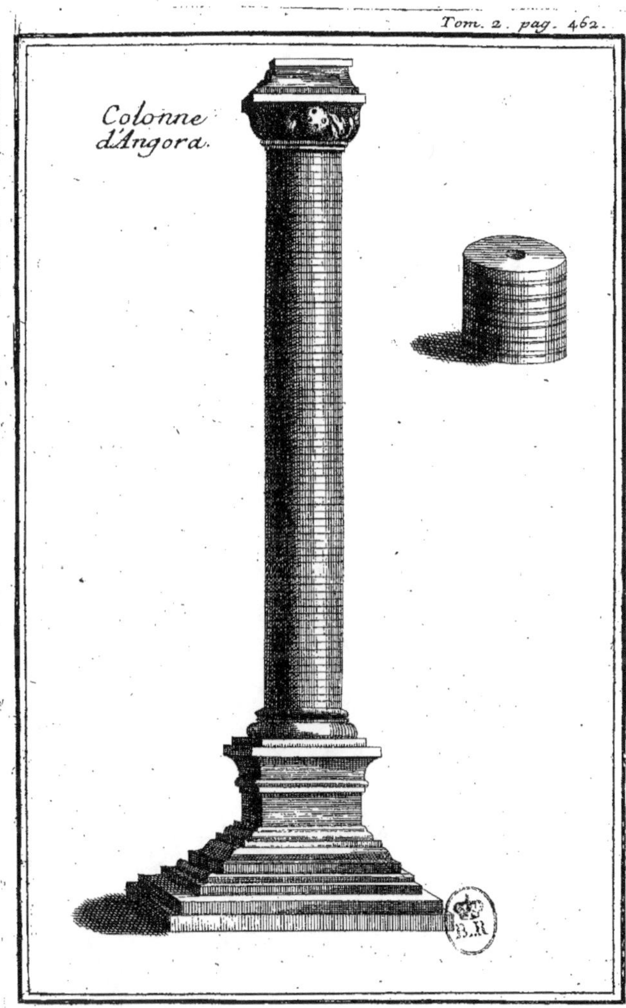
Colonne
d'Angora.

Chevre d'Angora.
Tom. a. pag. 463.

Minaret des filles, parce qu'ils s'imaginent qu'elle soutenoit le Tombeau d'une fille.

Le Pacha d'Angora joüit de 30 ou 35 bourses de revenu. Les Janissaires y sont commandez par un Sardar;
mais il n'y en a qu'environ trois cens. On compte dans
cette ville quarante mille ames parmi les Turcs, quatre
ou cinq mille Armeniens, & six cens Grecs. Les Armeniens y ont sept Eglises, sans compter le Monastere de
Ste Marie. Les Grecs n'ont qu'une Eglise dans la ville,
& une dans le Château.

Angora est à quatre grandes journées de la mer Noire par le plus court chemin. La Caravane d'Angora à
Smyrne met 20 jours, & l'ancienne ville de *Cotyæum*, à
qui les Turcs ont conservé le nom de *Cataye*, est à moitié chemin. Les Caravanes vont d'Angora à Pruse dans
dix jours; d'Angora à Kesarie en huit; d'Angora à Sinope en dix; d'Angora à Ismith, ou l'ancienne Nicome-
die en neuf jours: enfin d'Angora à Assamboul en douze ou treize jours.

On nourrit les plus belles Chevres du monde dans la
campagne d'Angora. Elles éblouïssent par leur blancheur,
& leur poil qui est aussi fin que la soye, frisé naturellement
par tresses de huit ou neuf pouces de long, est la matiere de plusieurs belles étoffes, & sur tout du Camelot; mais
on ne permet gueres de transporter cette toison sans la filer, parce que les gens du pays y gagnent leur vie. Il semble que Strabon ait parlé de ces belles Chevres. *Aux en-*
virons de la riviere Halys, dit-il, *on nourrit des moutons dont*
la laine est fort épaisse & fort douce; & de plus il y a des
Chevres qui ne se trouvent pas ailleurs. Quoiqu'il en soit,
ces belles Chevres d'aujourd'hui ne se voyent qu'à quatre
ou cinq journées d'Angora & de Beibasar; leurs portées
dégénerent quand on les transporte plus loin. Le fil de

Chevre se vend depuis 4 livres jusques à 12 ou 15 livres l'Oque ; il y en a même de 20 ou 25 écus l'Oque, mais ce dernier est destiné uniquement pour le Camelot que l'on fait pour le Serrail du Grand Seigneur. Les ouvriers d'Angora employent le fil de Chevre tout pur dans leurs Camelots, au lieu qu'à Bruxelles, je ne sçai par quelle raison, on est obligé d'y mêler du fil de laine. En Angleterre on mêle cette toison dans les Perruques, mais il ne faut pas qu'elle soit filée : elle fait la richesse d'Angora, tous les bourgeois s'appliquent à ce commerce. On a raison de préferer le poil de Chevre d'Angora, à celui de Cougna, qui est l'ancienne ville d'*Iconium* où Ciceron fit assembler l'armée Romaine ; car les Chevres de Cougna sont toutes ou brunes ou noires.

Le 2 Novembre nous partîmes d'Angora pour Pruse ou *Brousse*, comme disent les Francs, accompagnez seulement d'un voiturier Turc & d'un valet Grec qui n'entendoit pas le Franc, ainsi nous fûmes obligez de nous servir nous-mêmes. On ne marcha ce jour-là que pendant quatre heures, dans un beau pays plat & bien cultivé. Nous couchâmes à *Sousous* méchant village où nous joignîmes quelques personnes de Kesarie qui alloient à Pruse. Le 3 Novembre on marcha pendant sept heures, dans de belles plaines relevées d'une seule colline, en deçà d'*Aias* ville assez jolie, dans un fond dont les Jardins sont agréables & où il ne manque pas de vieux marbres. Le lendemain nous arrivâmes à Beibazar aprés neuf heures de marche.

Beibazar est une petite ville bâtie sur trois collines à peu prés égales, dans une vallée assez reserrée. Les maisons sont à deux étages, couvertes assez proprement avec des planches ; mais il faut toujours monter ou descendre. Le ruisseau de Beibazar se jette dans l'*Aiala* aprés avoir fait

moudre

moudre quelques moulins & porté la fertilité dans plufieurs campagnes partagées en fruitiers & en potagers.
C'eft de là que viennent ces excellentes poires que l'on
vend à Conftantinople, fous le nom de *Poires d'Angora;*
mais elles font fort tardives & nous n'eûmes pas le plaifir
d'en gouter. Tout ce quartier eft fec & pelé, excepté les
fruitiers. Les Chevres n'y broutent que des brins d'herbes,
& c'eft peut-être, comme remarque Busbeque, ce qui contribuë à conferver la beauté de leur toifon, qui fe perd
quand elles changent de climat & de pâturage. Les Bergers de Beibazar & d'Angora les peignent fouvent, & les
lavent dans les ruiffeaux. Ce pays me fait fouvenir de la
Terre fans bois, dont parle Tite-Live, laquelle ne devoit
pas être éloignée de Beibazar, puifque le fleuve Sangaris y rouloit fes eaux; on n'y brûloit que de la bouze de
vache, comme l'on fait en plufieurs endroits de l'Afie.

Nous partîmes de Beibazar le 6 Novembre fur les
neuf heures du matin, & nous retirâmes vers les quatre
heures du foir dans un vieux bâtiment abbandonné &
fans couvert; cependant la campagne eft belle & bien
cultivée, quoique relevée de buttes affez efcarpées. On
y paffe la riviere d'Aïala dans un gué profond, fes eaux
inondent les terres quand on veut, mais c'eft pour y élever de tres-bon ris. Elle va fe jetter dans la mer Noire, &
nous avions déja campé à fon embouchêure en allant à
Trebifonde.

On monta à cheval fur les fix heures du matin pour
arriver le 7 Novembre à une heure & demi, proche le
village de *Kahé,* dans un Kan fans banquette, ou pour
mieux dire, dans une grande efcuirie. La campagne commence à s'élever en montagnes couvertes de Pins & de
Chênes que l'on ne coupe jamais, & qui neanmoins ne
font gueres plus hauts que nos taillis, tant les terres y font

maigres & ingrates. Le 8 nous couchâmes à *Caragamous*
aprés une traite de dix heures, au travers d'une des plus
belles plaines d'Afie, inculte pourtant, fans arbres, affez
feche, quoique marécageufe en quelques endroits, & entrecoupée de collines affez baffes. Les vieux marbres, qui
font dans les cimetieres, marquent bien qu'il y avoit là
anciennement quelque fameufe ville ; mais comment en
découvrir le nom, fuppofé qu'il fe puiffe trouver encore
dans quelque Infcription ! On ne s'y repofe nulle part, &
les voituriers ne fongent qu'à eviter les voleurs.

Le 9 Novembre nous pourfuivîmes nôtre route pendant fept heures dans la même plaine. On y découvre
plufieurs villages, dont les champs font arrofez par une
petite riviere qui ferpente agréablement. On s'arrêta à
Mounptalat dans un mauvais Kan au lieu d'aller, comme
nous le fouhaitions, à *Eskiffar* qui eft à une lieüe de là.
Tous les lieux que les Turcs appellent *Eskiffar* font remarquables par leur antiquité, de même que ceux que les
Grecs nomment *Paleocaftron,* car ces deux mots fignifient
un *vieux Château.* On nous affeûra qu'*Eskiffar* étoit une
affez bonne ville remplie de vieux marbres : elle eft à gauche du grand chemin de Prufe ; ne feroit-ce point la celebre *Peffinunte* ! La marche du 10 Novembre fut de 12
heures, parmi de belles plaines bordées de petits bois.
Nous fumes logez agréablement à *Bourdouc* dans un Caravanferai couvert de plomb, de même que le dôme de la
Mofquée. Les Cimetieres n'y manquent pas de colomnes, & l'on ne voit que vieux marbres dans le village, mais
fans Infcriptions. La marche du 11 Novembre fut pareille à celle du jour precedent ; on fe retira à *Kourfounou* dans
un affez beau Caravanferai au delà d'une petite riviere ;
c'eft un pays de bois & fur tout de Chênes. Le 12 Novembre on arriva à *Acfou,* qui fignifie une *Eau blanche.*

C'eſt un village, à cinq heures de Pruſe, dans une plaine
bien cultivée & bien peuplée; aprés laquelle on ne trouve que des bois de chênes grands & petits de differentes
eſpeces. Nous laiſſâmes tout ce jour-là le mont Olympe
à nôtre gauche. C'eſt une horrible chaine de montagnes, ſur le ſommet deſquelles il ne paroiſſoit encore que
de la vieille neige & en fort grande quantité.

Il y a long temps, Mgr, que je n'ai eû l'honneur de
vous parler Botanique, quoique nous ayions veû de tres-
belles Plantes depuis Tocat, mêlees avec la pluſpart de
celles que nous avions obſervées en Armenie, & avec
pluſieurs autres qui ne ſont pas rares en Europe. En approchant du mont Olympe on ne voit que des Chênes,
des Pins, du Thym de Crete, du Ciſte à Ladanum, d'u-
ne autre belle eſpece de Ciſte, que I. Bauhin a nommé
Ciſte de Crete à larges feüilles, lequel non ſeulement vient
à la campagne de Montpellier, mais à l'Abbaye de Font-
frede, & dans tout le Rouſſillon. C. Bauhin remarque
avec raiſon, que Belon l'a obſervé ſur le mont Olympe,
mais Bauhin l'a confondu avec le Ciſte à Ladanum, dont
Belon & Proſper Alpin ont fait mention. L'Aune, l'Ie-
ble, le Cornoüillier mâle & femelle, la Digitale à fleur
ferruginée, le Piſſenlit, la Chicorée, le petit Houx, la
Ronce ſont communes aux environs du mont Olympe:
mais combien d'autres choſes rares n'y a-t-il pas? Il faut
les réſerver pour l'*Hiſtoire des Plantes du Levant*, à laquelle j'eſpere travailler quelque jour.

Nous arrivâmes enfin à Pruſe, aprés cinq heures de
marche dans des défilez couverts de bois, leſquels vont
aboutir auſſi à cette belle plaine qui eſt au Nord du mont
Olympe. On commence à y voir des Plantes & des Chataigniers auſſi hauts que les Sapins qui ſont ſur la montagne. A la verité les Landes ſont un peu gâtées par les

*a Ciſtus ledon,
Creticum latifo-
lium. I. B.*

pierres que les eaux charrient; mais à mesure qu'on approche de Pruse, les champs font couverts de Meuriers & de vignobles. La plufpart des Meuriers font bas & comme plantez par pepinieres. Les plus grands font ferrez les uns prés des autres, & forment de petites forêts entrecoupées par de grandes broffailles, parmi lefquelles naît une efpece d'*Apocin,* laquelle non feulement fe tortille fur les hayes, mais qui grimpe auffi fur les plus grands arbres. En arrivant à Pruse, du côté d'Angora, on ne découvre qu'une partie de la ville, au travers des futayes. Le plus bel endroit de cette place, qui eft le quartier du Serrail, ne paroit pas; c'eft pourquoi j'ai l'honneur de vous en envoyer deux Plans differens. Le premier a eté deffiné au Nord-Eft fur le chemin d'Angora, & l'autre du côté des Bains au Nord-Nord-Oüeft.

Pruse, capitale de l'ancienne Bithynie, eft la plus grande & la plus magnifique ville d'Afie. Cette Place s'étend du couchant au levant au pied des premieres collines du mont Olympe, dont la verdure eft admirable. Ces collines font, pour ainfi dire, autant de degrez pour aller fur cette fameufe montagne. Du côté du Nord la ville fe trouve à l'entrée d'une grande & belle plaine où l'on ne voit que Meuriers & arbres fruitiers. Il femble que Pruse ait eté faite exprés pour les Turcs, car le mont Olympe lui fournit tant de fources, que chaque maifon a fes fontaines; & je n'ai point veû de ville qui en ait autant, fi ce n'eft Grenade en Efpagne. La plus confidérable des fources de Pruse, eft au Sud-Oüeft auprés d'une petite Mofquée. Cette fource qui fournit de l'eau, de la groffeur du corps d'un homme, coule dans un canal de marbre & va fe diftribuer dans la ville. On affeûre qu'on y compte plus de trois cens Minarets. Les Mofquées font tres belles, la plufpart font couvertes de plomb, embel-

Tom. 11. pag. 468.
PRUSA,
du Mont Olympe.

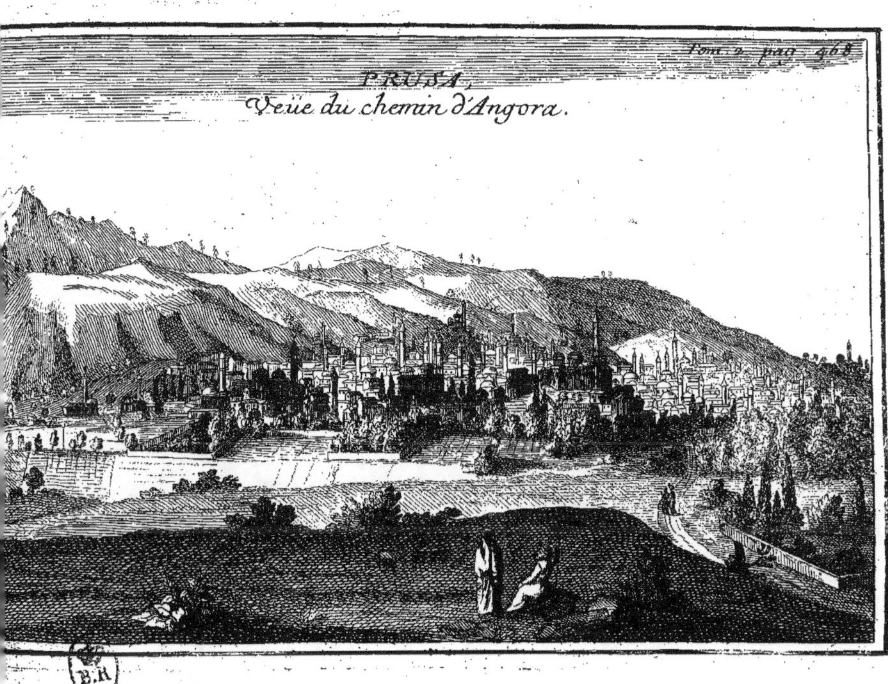

Tom. 2. pag. 468
PRUSA,
Veüe du chemin d'Angora.

lies de domes, de même que les Caravanferais. Au delà
de la ruë des Juifs, à main gauche en allant aux Bains, eſt
une Moſquée Royale, dans la cour de laquelle ſont les
Mauſolées de quelques Sultans, dans des chapelles ſolide-
dement bâties & ſéparées les unes des autres. Nous ne
trouvâmes perſonne aſſez inſtruit pour nous apprendre
les noms de ces Sultans. On peut conſulter Leunclaw [a] Libitinarius Inqui a fait un fort beau traité [a] des Tombeaux des Sultans. dex Oſmænida-
    rum. Francofurti.
   Le nouveau Serrail eſt ſur une colline eſcarpée dans le 1591.
même quartier ; c'eſt l'ouvrage de Mahomet I V, car le
vieux Serrail fut bati du temps d'Amurat ou Mourat I. Leuncl. Hiſt.
Les Caravanſerais de la ville ſont beaux & commodes. Le Muſulm. Lib. 5.
Bezeſtein eſt une grande maiſon bien bâtie, où ſont pluſieurs magazins & boutiques ſemblables à celles du Palais
de Paris, & l'on y trouve toutes les marchandiſes du Levant, outre celles que l'on travaille dans cette ville. Non
ſeulement on y conſomme la ſoye du pays, qui paſſe pour
la plus belle ſoye de Turquie, mais encore celle de Perſe,
qui n'eſt ni ſi chere ni ſi eſtimée. La ſoye de Pruſe vaut juſques à 14 ou 15 piaſtres l'Oque & demi. Toutes ces ſoyes
y ſont bien employées, car il faut convenir que les meilleurs ouvriers de Turquie ſont à Pruſe, & qu'ils executent
admirablement les deſſeins de Tapiſſeries qu'on y envoye
de France ou d'Italie.

   La ville d'ailleurs eſt agréable, bien pavée, propre, ſur
tout dans le quartier du Bazar. On y boit d'aſſez bon vin à
trois parats l'Oque. Le pain & le ſel y ſont à fort bon
marché. La viande de boucherie y eſt bonne. On y mange d'excellentes Truites & de bons Barbeaux. Les Carpes
y ſont d'une grandeur & d'une beauté ſurprenante, mais
fades & mollaſſes à quelque ſauce qu'on les mette. En venant d'Angora à Pruſe on paſſe un beau ruiſſeau, ſur un
pont aſſez bien bâti ; ce ruiſſeau coule enſuite dans des val-

lées de Chênes, du côté du midi. Je crois que c'est le Loufer qui va passer vers Montania. Il y a dix ou douze mille familles de Turcs dans Prufe, lesquelles font plus de quarante mille ames, à ne compter que quatre personnes par famille. On y compte quatre cens cafes ou familles de Juifs, cinq cens cafes d'Armeniens, & trois cens familles de Grecs. Neanmoins cette ville ne nous parut pas fort peuplée, & fon enceinte n'a pas plus de trois milles de tour. Les murailles font à moitié ruinées & n'ont jamais eté belles, quoique fortifiées par des Tours quarrées. On n'y remarque ni vieux marbres ni Infcriptions. On ne voit même que peu de marques d'antiquité dans la ville, parce qu'elle a eté rebâtie plufieurs fois. Sa fituation n'eft pas fi avantageufe qu'elle paroît, puifqu'elle eft dominée par des collines du côté du mont Olympe. Il n'eft permis qu'aux Mufulmans de loger dans la ville. Les fauxbourgs qui font incomparablement plus grands, plus beaux, & mieux peuplez, font remplis de Juifs, d'Armeniens & de Grecs. Les Platanes y font d'une beauté furprenante & font un payfage admirable, entremêlez avec des maifons dont les terraffes ont une veüe tout à fait charmante.

Les Tombeaux d'Orcan, de fa femme & de fes enfans, font dans une Eglife grecque couverte en Mofquée, qui n'eft ni grande ni belle. A l'entrée font deux groffes colomnes de marbre, & tout au fond quatre petites qui ferment le Chœur, auquel les Turcs n'ont pas touché; ainfi leurs bafes ne font pas à la place de leurs chapiteaux, ni les chapiteaux à la place des bafes, comme M**s Spon & Weheler l'ont écrit. Ce Chœur, quoique revêtu de marbre, n'a jamais eté beau; la pierre eft d'un blanc fale, fombre, & jafpée en quelques endroits. Le Sanctuaire y fubfifte encore avec un perron à quatre marches. On fait voir aux étrangers, dans le Veftibule de la Mofquée, le prétendu Tambour d'Orcan, lequel est trois fois plus grand que les Tambours ordinaires. Quand on le remuë il fait beaucoup de bruit, par le moyen de quelques boules de bois ou d'autre matiere qui le font raifonner, au grand étonnement des gens du pays. Le Chapelet de ce Sultan eft auffi dans le même lieu, fes grains en font de jay & gros comme des noix. Il refte encore à la porte de cette Mofquée une piece de marbre fur laquelle on lifoit autrefois une Infcription grecque, car pour aujourd'hui on n'y connoît plus rien. Outre les Mofquées dont j'ay parlé, il y a dans Prufe plufieurs Colleges d'Inftitution Royale, où les Ecoliers font nourris & inftruits gratuitement dans la Langue Arabe & dans la connoiffance de l'Alcoran. On les diftingue par la feffe blanche de leurs Turbans, laquelle forme des nœuds gros comme le poing, difpofez en étoiles. On garde dans une Chapelle Turque, auprés de la ville, une ancienne épée fort large, que l'on prétend être l'epée de Roland. La Chapelle eft fur une eminence du côté du Sud-Oüeft.

Il y a un Pacha dans Prufe, un Janiffaire Aga qui commande environ 250 Janiffaires, & un Moula ou grand Cadi qui eft le plus puiffant Officier de la ville. Dans le temps que nous y étions, c'étoit le fils du Moufti de Conftantinople qui occupoit cette place, & même il avoit la furvivance de la charge de Moufti, qui eft une chofe fans exemple en Turquie. Il fuivit peu de temps aprés le fort de fon pere; non feulement le fils fut dépoüillé de fes biens & honneurs, mais mis à mort dans le temps que le pere fut traîné fur une claye à Andrinople.

Les Armeniens n'ont qu'une Eglife dans Prufe. Les Grecs en ont trois. Les Juifs y ont quatre Sinagogues. Nous fûmes furpris, en nous promenant dans cette ville, d'y entendre parler auffi bon Efpagnol que dans Madrid. Les Juifs à qui je m'adreſſai, m'aſſeûrerent qu'ils avoient toujours conſervé leur langue naturelle, depuis que leurs peres s'étoient retirez de Grenade en Aſie. Il eſt vrai qu'ils choiſirent la ville du monde qui, par ſa ſitua-tion & par ſes fontaines, reſſemble le plus à Grenade, comme je l'ay dit ci-devant.

Le 21 Novembre nous partîmes à ſept heures du ma-tin pour aller voir le mont Olympe, dont la montée eſt aſſez douce; mais aprés trois heures de marche à cheval, nous ne trouvâmes que des Sapins & de la neige; deſor-te que, ſur les onze heures, nous fûmes obligez de nous ar-rêter prés d'un petit lac dans un lieu fort elevé. Pour al-ler de là au ſommet de la montagne, qui eſt une des plus grandes d'Aſie, & ſemblable aux Alpes & aux Pyrenées, il faudroit que les neiges fuſſent fondües, & marcher enco-re pendant toute une journée. La ſaiſon ne nous permit pas d'y voir les Plantes les plus curieuſes. Les Heſtres, les Charmes, les Trembles, les Noiſetiers n'y ſont pas rares. Les Sapins ne different point des nôtres, car nous en exa-minâmes les feüilles & les fruits avec exactitude. Aprés tout nous ne fûmes pas trop contens de nôtre herboriſa-tion, quoique nous y euſſions remarqué quelques Plantes ſingulieres, parmi beaucoup d'autres qui ſont commu-nes ſur les montagnes d'Europe. C'eſt prés de ce mont Olympe, que nos pauvres Gaulois furent deffaits par Man-lius qui, ſous pretexte qu'ils avoient ſuivi le parti d'An-tiochus, voulut ſe vanger ſur eux des maux que leurs pe-res avoient faits en Italie.

Le 23 Novembre nous allâmes voir les nouveaux Bains de *Capliza*, au Nord-Nord-Oüeſt à un mille de la ville & à main droite du chemin de *Montania*. Les Turcs les appellent *Iani-Capliza*, c'eſt à dire *Nouveaux Bains*. Ce ſont deux batimens tout prés l'un de l'autre, dont le plus

grand

grand eſt magnifique, relevé de quatre grands dômes couverts de plomb, percez comme en écumoire, s'il m'eſt
permis de me ſervir de cette comparaiſon ; & tous les
trous de ces dômes ſont fermez par des cloches de verre
ſemblables à celles dont les Jardiniers ſe ſervent pour
couvrir les Melons. Toutes les Sales de ce Bain ſont pavées de marbre. La premiere eſt fort grande & comme
partagée en deux par une arcade gothique. Le milieu de
cette Sale eſt occupé par une belle fontaine à pluſieurs
tuyaux d'eau froide, & le tour des murailles eſt relevé d'u-
ne banquette de deux pieds, couverte de nattes, ſur leſquelles on quitte ſes habits. A droite ſont les Salons où
l'on ſe baigne, éclairez par des dômes percez de même
que les grands. On tempere dans ces appartemens les
ſources d'eau chaude avec celles d'eau froide. Le réſervoir de marbre où l'on ſe baigne, & où l'on nage ſi l'on
veut, eſt dans la derniere Sale. On fume dans cette maiſon, & l'on y boit du Caffé & du Sorbec ; ce dernier n'eſt
que de l'eau à la glace, dans laquelle on délaye quelques
cueillerées de Raiſiné. Ce Bain n'eſt deſtiné que pour les
hommes, les femmes ſe baignent dans l'autre ; mais il n'eſt
pas ſi beau, les dômes en ſont petits & couverts de ces tuiles creuſes, qu'on appelle des *Fequieres* à Paris.

Les ſources d'eau chaude coulent ſur le chemin qui
eſt entre les deux Bains. Leur chaleur eſt ſi grande, que
les œufs y deviennent mollets dans dix ou douze minu-
tes, & tout-a-fait durs en moins de vingt ; ainſi l'on n'y
ſçauroit ſouffrir le bout du doigt. L'eau qui eſt douce,
ou plutoſt fade, ſent un peu la teinture du cuivre ;
elle fume continuellement. Les parois des canaux ſont
couleur de roüille, & la vapeur de ces eaux ſent les
œufs couvis. Ces Bains ſont ſur une colline qui ſe perd
dans la grande Plaine de Pruſe. Sur la même croupe en-

tre le chemin de Montania & de Smyrne, il y a deux autres Bains dont l'un est nommé *Cuchurtli*, à cause que
ses eaux sentent le soufre. [a] C'est Rustom Pacha, gendre
de Solyman II qui en a fait faire le bâtiment.

A deux milles de Pruse, & à un mille des Bains nouveaux, sur le chemin qui va de Smyrne à la ville de *Cechirgé*, sont les anciens Bains de *Capliza*, que les Turcs appellent *Eski-capliza*. Le Docteur Marc Antoine *Cerci*
nous y accompagna & nous fit remarquer que dans ce
village il y avoit un bel Imaret; c'est sans doute celui qui
fut fondé par [b] Mourat I. Les eaux du vieux Capliza sont
fort chaudes, & quoique le bâtiment soit à peu prés comme celui des nouveaux Bains, & par conséquent peu ancien; il y a beaucoup d'apparence que ce sont les eaux
chaudes Royales dont se servoient les Grecs, du temps que
leur Empire florissoit, & dont [c] Constantin & [d] Estienne
de Byzance ont fait mention. Mahomet I les fit rétablir
& mettre dans l'état où elles sont. Outre ce grand Bain,
il y a dans le même village un autre Bain plus petit, que
les Turcs frequentent aussi & où ils se font donner la
douche. Les eaux de tous ces Bains, tant vieux que nouveaux, blanchissent l'huile de Tartre, & ne font rien avec
le papier bleu.

Nous connûmes deux Herboristes à Prusse, l'un Emir
& l'autre Armenien, qui passoient pour de grands Docteurs. Ils nous fournirent des racines du veritable Ellebore noir des anciens, autant que nous voulumes pour en faire l'extrait. C'est la même espece que celle des Anticyres
& des côtes de la mer Noire. Cette Plante que les Turcs
appellent *Zopléme* & qui est tres commune au pied du
mont Olympe, a pour racine un trognon, gros comme
le pouce, couché en travers, long de trois ou quatre pouces, dur, ligneux, divisé en quelques racines plus menües

[a] *Leuncl. Ind. Li-bitin.*

[b] *Leuncl. Hist. Musul. lib. v. in* Murat Chan Gasi.

[c] *De administr. Imp. cap.* 50. Τὰ δ' ἐν Πρού-ση βασιλικὰ λεγό-μδνα.

[d] *Stephan. ad vocem* Θέρμα.

& tortues. Toutes ces parties pouſſent des jets de deux ou trois pouces de long, terminez par des œilletons ou des bourgeons rougeâtres ; mais le trognon & les ſubdiviſions ſont noiratres en dehors, & blanchatres en dedans. Les fibres qui les accompagnent ſont touffuës, longues de huit ou dix pouces, groſſes depuis une ligne juſques à deux, peu ou point du tout chevelües. Les plus vielles ſont noiratres en dedans, d'autres brunes ; les nouvelles ſont blanches ; les unes & les autres ont la chair caſſante, ſans acreté ni odeur, & ſont traverſées d'un nerf rouſſatre. Elles ſentent comme le lard quand elles boüillent dans l'eau.

De 25 livres de ces racines, nous en tirâmes deux livres & demi d'extrait, brun, tres amer & réſineux. Il purge étant pris ſeul depuis 20 grains juſques à demi gros. Trois Armeniens à qui nous en donnâmes, ſe plaignirent tous d'avoir eté fatiguez par des nauſées, des tiraillemens d'entrailles, d'une impreſſion de feu, & d'acreté dans l'eſtomac, le long de l'eſophage, dans la gorge & au fondement ; de crampes, de mouvemens convulſifs, joints à des élancemens violens dans la tête, qui venoient comme par fuſées, & qui ſe renouvelloient quelques jours aprés. Ainſi nous commençames par rabbattre la moitié de l'eſtime que nous avions pour ce grand remede. A l'égard des racines, il faut en uſer comme de celles de nôtre Ellebore, les faire boüillir à la quantité d'un gros, ou d'un gros & demi dans du lait, les laiſſer infuſer pendant la nuit ; faire chauffer le lait le lendemain au matin & le paſſer par un linge.

Les Turcs attribuent de grandes vertus à cette Plante, mais nous ne pûmes les apprendre. Le Sr Antoine Cerci qui a pratiqué long temps la Medecine à Conſtantinople, à Cutaye & à Pruſe, nous aſſeûra qu'il ne s'en ſervoit plus, à cauſe des accidens qu'elle cauſe aux malades. Il nous apprit qu'on amaſſoit de la Gomme Adragant, à *Caraiſſar*,

ou *Chateau-noir*, à quatre journées de Pruſe. Quoiqu'il
ſoit homme d'eſprit, il n'a point de gout pour l'antiquité:
il ſe moquoit de nous quand nous parlions de la belle
Grece & nous renvoyoit à Nicée & à Cutaye. *Nicée*
n'eſt qu'à une journée de Pruſe, mais au delà d'une montagne ſi occupée par les voleurs, qu'on n'oſe y paſſer ſans
une bonne eſcorte. *Cutaye* n'eſt qu'à trois journées de
Pruſe. On accuſoit le Pacha qui y commandoit, de s'entendre avec les voleurs & d'en tirer une rétribution conſidérable. Les Caravanes mettent cinq jours de Cutaye à
Pruſe; c'eſt leur chemin pour venir de *Satalié* ou *Attalia*
ancienne ville de Caramanie. On va de Pruſe à *Monta-*
nia dans quatre heures, & de Montania à Conſtantinople
par eau dans une matinée; ainſi il ne faut qu'une journée pour aller de Pruſe à Conſtantinople. Les gens à
cheval mettent trois jours pour aller de Pruſe à Scutari.
Le mont Olympe s'appelle en Turc *Anatolai-dag.* Les
Grecs l'ont autrefois nommé, *la Montagne des Caloyers*,
à cauſe qu'il y avoit pluſieurs ſolitaires qui s'y étoient retirez.

Le nom de Pruſe & ſa ſituation au pied du mont Olympe, ne permettent pas de douter que cette ville ne ſoit
l'ancienne Προῦσα bâtie par Annibal, s'il faut s'en rapporter à Pline, ou plutoſt par Pruſias Roy de Bithynie qui
fit la guerre à Crœſus & à Cyrus, comme l'aſſeûrent Strabon & ſon Singe Etienne de Byzance. Elle ſeroit même
plus ancienne, s'il eſt vray qu'Ajax s'y ſoit percé la poitrine avec ſon épée, comme il eſt repréſenté ſur une Médaille de Caracalla. Il eſt ſurprenant que Tite-Live qui a
ſi bien décrit les environs du mont Olympe, où les Gaulois furent deffaits par Manlius, n'ait point parlé de cette
Place. Aprés que Lucullus eut batu Mithridate à Cyzique, Triarius vint aſſiéger Pruſe & la prit. Les Médail-

les de cette ville, frapées aux têtes des Empereurs Romains, montrent bien qu'elle leur fut attachée fidellement. Les Empereurs Grecs ne la possedérent pas si tranquillement. Les Mahometans la pillerent & la ruinerent sous Alexis Comnene. L'Empereur Andronic Comnene, à ce que dit Nicetas, la fit saccager à l'occasion d'une révolte qui s'y étoit excitée. Aprés la prise de Constantinople par le Comte de Flandres, Theodore Lascaris, Despote de Romanie, s'empara de Pruse à l'aide du Sultan d'Iconium, sous pretexte de conserver les places d'Asie à son beau-pere Alexis Comnene, surnommé Andronic. Pruse fut assiegée par Bem de Bracheux qui avoit mis en fuite les troupes de Theodore Lascaris. Les Citoyens firent une si belle résistance, que les Latins furent contraints d'abandonner le siége, & la Place resta à Lascaris par la Paix qu'il fit en 1214. avec Henri II Empereur de Constantinople & frere de Baudoüin.

Pruse fut le second siége de l'Empire Othoman en Asie, car il faut convenir qu'Angora fut la premiere Place où les Turcs s'établirent; ils se rendirent les maîtres de Pruse par famine, & par la négligence des Empereurs Grecs. Cet illustre Othoman, que l'on peut comparer aux plus grands Heros de l'antiquité, fit bloquer la ville par deux Forts qui l'empécherent de recevoir aucunes provisions. L'un étoit aux vieux Bains de Capliza avec une forte garnison de gens choisis, commandez par son frere Actemur grand homme de guerre. L'autre qui étoit sur une des collines du mont Olympe, qui divisoient la ville, se nommoit le Fort de *Balabansouc*; il étoit commandé par un Officier général de grande réputation. Comme Pruse s'affamoit tous les jours, Othoman que la goutte attachoit dans son lit, ordonna à son fils Orcan d'en faire le siége. D'autres asseûrent qu'il s'y trouva en personne. Quoiqu'il en soit, Beroses Gouverneur de la Place, capitula le plus honorablement qu'il pût en 1327. Calvifius rapporte la prife de Prufa en 1326.

Aprés la deffaite de Bajazet, Tamerlan vint à Prufa où il trouva les threfors que cet Empereur y avoit amaffez, & dont il avoit dépoüillé les Princes voifins. On y mefuroit, à ce que dit Ducas, les Pierres precieufes & les Perles par boiffeaux. Mais quand Tamerlan fut defcendu du côté de Babylone, le Sultan Mahomet, fils de Bajazet qui regna dans la fuite fous le nom de Mahomet I, prit poffeffion de Prufe, quoiqu'il eût établi le fiege de fes Etats à Tocat. Ifa-beg, un de fes freres, fe prefenta devant la ville, mais les habitans l'abandonnérent pour fe retirer dans le Château, & s'y deffendirent avec tant de fermeté, qu'Ifa-beg ne pouvant l'emporter, fit brûler & razer la ville. Elle fut rétablie quelque temps aprés par Mahomet qui battit les troupes de fon frere. Il femble que cette Place étoit deftinée à fervir de joüet aux Othomans. Solyman qui étoit un autre fils de Bajazet, fe faifit du Château de Prufe par une fauffe lettre qu'il fit donner au Gouverneur, de la part de fon frere Sultan Mahomet, par laquelle il lui ordonnoit de remettre ce Château à Solyman; mais Mahomet le recouvra par le moyen du même Gouverneur, qui par un remords de confcience de s'être laiffé tromper, la fit paffer entre les mains de fon premier maître, dans le temps que Solyman fut obligé de paffer en Europe pour aller deffendre fes Etats qu'un autre de fes freres avoit envahis; & par un malheur bien extraordinaire cette Place qui ne s'attendoit pas à changer de maître, fe vit encore expofée aux infultes de Caraman, Sultan d'Iconium, qui la prit & la pilla en 1413. Il fit déterrer les os de Bajazet & les fit brûler, pour fe vanger de ce que cet Empereur avoit fait couper la tête à fon pere. Leunclaw ajoûte, que Caraman fit brûler Pruſe en 1415.

Aprés la mort de Mahomet I, ſon fils Mourat ou Amurat II qui ſe tenoit à Amaſia, vint à Pruſe pour ſe faire déclarer Empereur. On lit dans les *Annales des Sultans*, qu'il y eût un ſi grand incendie à Pruſe en 1490, que les 25 Regions en furent conſumées; & c'eſt par là que nous apprîmes que la ville étoit diviſée en pluſieurs Regions. Zizime cet illuſtre Prince Othoman, fils de Mahomet II, diſputant l'Empire à ſon frere Bajazet, ſaiſit la ville de Pruſe pour s'aſſeûrer de l'Anatolie; mais ayant eté battu deux fois par Acomathe Géneral de Bajazet, il fut obligé de ſe retirer chez le Grand Maître de Rhodes. C'eſt ce même Zizime qui vint en Italie chez le Pape Innocent IV & qui mourut à Terracine, en accompagnant le Roy Charles VIII dans ſon voyage de Naples.

J'ay l'honneur d'être avec un profond reſpect, &c.

LETTRE XXII.

A Monseigneur le Comte de Pontchartrain, Secretaire d'Etat & des Commandemens de Sa Majesté, &c.

MONSEIGNEUR,

Dans l'incertitude où nous étions, si nous aurions meilleur marché des voleurs qui sont sur le grand chemin de Constantinople, ou de ceux qui courent sur la route de Smyrne, nous préferâmes le voyage de cette dernière ville, dans l'espérance non seulement de trouver des Plantes plus rares que nous n'avions fait sur le canal de la mer Noire ; mais encore pour nous approcher de la Syrie dont nous avions dessein de voir les côtes.

Nous partîmes donc le 8 Decembre de Pruse pour Smyrne, & couchâmes à *Tartali,* village à trois heures & demi de marche. On passe par *Cechirgé* où sont les vieux Bains de Capliza, & de là sur le pont du *Loufer* ou *Mezapli* petite riviere qui tombe du mont Olympe, & qui va se jetter dans la mer prés de *Montania.* Les Truites du Loufer sont excellentes & tout ce pays est beau & bien cultivé. A gauche regne une chaine de collines, sur laquelle est *Phisidar* bourgade considérable habitée par des Grecs, qui pour avoir le plaisir d'être seuls chez eux, sans mélange d'aucuns Turcs, payent double Capitation, & ne voyent qu'une fois l'année un Cadi ambulant.

Le 9 Decembre aprés une marche de 9 heures, on commença à découvrir le lac d'*Abouillona* qui a 25 milles

de

de tour, & sept ou huit milles de largeur en quelques endroits, entrecoupé de plusieurs Isles & de quelques peninsules ; c'est proprement le grand égout du *Mont Olympe*. La plus grande de ces Isles a trois milles de circonference & s'appelle *Abouillona* de même que le village, qui est sans doute l'ancienne ville d'*Apollonia*, puisque c'est de ce Lac que sort la riviere de *Rhyndacus* qui va passer à *Lopadi* ou *Loubat*. *Caragas* est encore un village de Grecs dans une autre Isle du même Lac ; mais il s'est mêlé quelques Turcs parmi eux. Les uns & les autres passent d'une Isle à l'autre sur des Caïques à voile, pour les aller cultiver. Les Carpes de ce Lac pesent 12 ou 15 livres ; mais nous ne les trouvâmes pas meilleures que celles que nous avions mangées à Pruse. Ce Lac s'appelloit anciennement *Stagnum Artynia*. Le *Rhyndacus* se nommoit *Lycus*, & peutêtre que *Lopadi* petite ville à une lieüe au dessous, est la ville de *Metellopolis* dont Pline a fait mention ; mais il ne faut pas la confondre avec la *Metellopolis* de Strabon. Suivant cet Autheur le Lac d'*Abouillona* s'appelloit *Apolloniatis*, & la ville qui s'y trouvoit, portoit le nom d'*Apollonia*. La Médaille de Septime Severe, dont le revers represente un vaisseau à la voile, marque bien que les habitans s'addonnoient fort à la navigation, & que la ville devoit être considérable. Celle de M. Aurele, au revers de laquelle se voit le *Rhyndacus* à longue barbe, couché & appuyé sur son urne, tenant un roseau de la main gauche & poussant de la droite un bateau, fait entendre que cette riviere étoit navigable dans ce temps-là.

Mr Vaillant asseûre qu'il a veû la ville d'*Apollonia*, & la place sur une colline, au pied de laquelle coule le *Rhyndacus* à 15 milles de la mer ; mais sans doute que ce savant homme prit *Lopadi* pour *Apollonia*, laquelle ne fçauroit être que le village d'*Abouillona*. Apollon étoit fans doute reveré dans cette ville, car outre qu'elle en portoit le nom, ce Dieu eft réprefenté fur une Médaille de M. Aurele debout devant un trepié, autour duquel eft tortillé un ferpent ; Apollon y eft couronné par Diane chafferefle. La Médaille de Lucius Verus reprefente auffi un Apollon debout, le bras gauche appuyé fur une colomne & tenant une branche de laurier de la main droite. Le même culte paroît fur une Médaille de Caracalla, où Apollon eft debout au milieu de quatre colomnes du frontifpice de fon Temple. Le même type eft fur la Médaille de Gordien Pie. La ville d'*Apollonia* étoit encore confidérable fous l'Empereur Alexis Comnene ; Anne fa fille rapporte qu'elle fut, comme Prufe, pillée par les Turcs.

On laiffe toujours le Lac d'Abouillona à gauche pour aller à Lopadi où nous couchâmes ce jour-là, après avoir traverfé une belle plaine. La riviere fort du Lac, environ deux milles audeffus de la ville ; mais elle eft profonde & porte bateau, quoique depuis long-temps perfonne ne prenne foin de la nettoyer. On la paffe à Lopadi fur un pont de bois, à la gauche duquel font les ruines d'un ancien Pont de pierre qui paroît avoir eté bien bâti. Lopadi que les Turcs appellent *Ulubat*, les Francs *Loubat*, & les Grecs *Lopadion*, n'a qu'environ 200 maifons d'affez mauvaife apparence ; cependant ce lieu a eté confidérable fous les Empereurs Grecs. Ses murailles, qui font prefque ruinées, étoient deffenduës par des tours, les unes rondes, les autres pentagones, quelques-unes triangulaires ; l'enceinte de la Place eft prefque quarrée. On y voit des morceaux de marbre antique, des colomnes, des chapiteaux, des bas-reliefs & des architraves, mais le tout brizé & tres maltraité. Le Caravanferai où nous logeâmes étoit

fort fale & fort mal bâti, quoiqu'il y ait quelques vieux chapiteaux & quelques bafes de marbre.

L'Empereur Jean Comnene qui parvint à l'Empire en
1118, fit bâtir le Château de Loubat dans le temps qu'il
alloit combatre les Perfes ; il eft prefque tout démoli préfentement. Nicœtas affeûre que ce même Empereur a-
voit fait bâtir la ville de Lopadion lorfqu'il voulut aller
reprendre *Caftancone* fur les côtes de la mer Noire. Tout
cela fe peut aifément concilier, en difant que Jean Comnene avoit fait bâtir le Château dans un de fes voyages,
& les murailles de la ville dans l'autre ; car il eft certain
que cette ville eft encore plus ancienne, puifqu'elle fut
pillée par les Mahometans fous l'Empereur Andronic
Comnene qui regnoit en 1081. Les reftes des marbres qui
s'y trouvent, marquent encore qu'elle eft plus ancienne
que les Comnenes, à moins qu'on ne les ait fait venir
par eau, des ruines d'*Apollonia*. En effet, il y a quelque
apparence que les habitans de cette ville, pour la commodité de leur commerce, s'étoient infenfiblement tranf-
portez à l'endroit où eft Loubat, & qu'ils l'avoient appel-
pellée *Apollonia*, aprés avoir abbandonné l'ancienne
Apollonia qui eft dans la plus grande Ifle dont on vient
de parler ; car Anne Comnene rapporte, que fous Alexis Comnene, Helian fameux Général Mahometan, s'é-
tant faifi de Cyzique & d'Apollonia, l'Empereur y envoya Euphorbene Alexandre pour l'en chaffer. Alexan-
xandre fe rendit le maître d'Apollonia, en forte qu'Helian fut contraint de fe retirer dans le Château ; mais le
fecours ayant paru, les Chrétiens leverent le fiége, &
comme ils vouloient fe retirer par la mer, Helian qui
étoit le maître du pont, les enferma dans la riviere & les
tailla en pieces. Opus qui commandoit l'armée, aprés la
deffaite d'Euphorbene, répara cette perte ; non feulement

il reprit Apollonia, mais il obligea Helian de fe rendre,
& le fit paſſer à Conſtantinople où il fe fit Chrétien avec
deux de fes plus fameux Géneraux. Il femble que cela
prouve que Lopadi avoit pris le nom d'*Apollonia* dans
ce temps-là.

Andronic Comnene envoya une armée à Lopadi
pour ramener à leur devoir les habitans qui, à l'exemple
de ceux de Nicée & de Pruſe, avoient abandonné ſon
parti. Aprés la priſe de Conſtantinople par le Comte de
Flandres, Pierre de Bracheux mit en fuite les troupes de
Theodore Laſcaris, à qui Lopadi reſta par la Paix qu'il
fit avec Henri, fucceſſeur de Baudoüin Comte de Flandres & premier Empereur Latin d'Orient.

Aprés que le grand Othoman eût deffait le Gouverneur de Pruſe, & les Princes voiſins qui s'étoient liguez
pour arrêter le cours de fes conquêtes, il pourſuivit le
Prince de Teck juſques à la tête du pont de Lopadi, & fit
dire au Gouverneur de la Place, que s'il ne lui envoyoit
ſon ennemi egorgé, il paſſeroit le pont & mettroit tout
à feu & à ſang. Le Gouverneur répondit qu'il le ſatisfe-
roit, pourveû qu'il jurât que ni lui ni fes fucceſſeurs ne
paſſeroient jamais le pont. En effet, depuis ce temps-là
les Othomans ont toujours paſſé cette riviere en bateau.
Othoman fit hacher en morceaux le Prince de Teck à la
veüë de la Citadelle, & fe faiſit de la Place. Lopadi eſt
auſſi fameux dans *l'Hiſtoire Turque* par la défaite de Muſtapha, que le Rhyndacus l'eſt dans *l'Hiſtoire Romaine*
par celle de Mithridate.

Ce General qui venoit d'être battu à Cyzique, ayant
appris que Lucullus aſſiégeoit un Château en Bithynie, y
paſſa avec ſa cavalerie & le reſte de ſon infanterie, dans le
deſſein de le ſurprendre ; mais Lucullus averti de ſa marche le ſurprit lui-même malgré la neige & la rigueur de

la saison. Il le battit à la riviere de Rhyndacus, & fit un
si grand carnage de ses troupes, que les femmes d'Apollonia sortirent de leur ville pour dépoüiller les morts &
pour piller le bagage. Appien qui convient de cette victoire, a oublié la plufpart des circonstances dont Plutarque nous a instruits.

A l'égard de la bataille qu'Amurat remporta sur son
Oncle Mustapha, les Auteurs la rapportent diversement.
Ducas & Leunclaw prétendent qu'Amurat fit mettre à
bas le pont de Lopadi, pour empefcher son oncle de
venir à lui. Nous en avons veû les restes, & depuis ce
temps-là on a fait le pont de bois sur lequel on passe
pour aller à la ville. Mustapha se voyant abbandonné de
ses alliez, ne songea qu'à passer en Europe. Calcondyle
asseûre qu'Amurat fit jetter un pont sur la riviere. On
peut lire Leunclaw sur les autres particularitez de l'a-
ction, car il prétend qu'il y eût un sanglant combat, &
que Mustapha fut l'agresseur.

Mr Spon n'a pas eû raison de prendre le Lac de Lopadi pour le Lac *Ascanius*, non plus que d'asseûrer que
la riviere de Lopadi se jette dans le Granique. Le Lac
Ascanius est le Lac de Nicée, que les Grecs appellent
Nixaca, & les Turcs *Ismich*. Mr Tavernier dit, que ce
Lac se nomme *Chabangioul*, à-cause de la ville de *Cha-
bangi* qui est sur ses bords, à 5 ou 6 milles de Nicée. Strabon place le Lac *Ascanius* prés de cette ville. Pour ce
qui est du Granique, il est assez éloigné de Lopadi, comme nous l'allons voir, & l'on reconnoît l'embouchure du
Rhyndacus par une Isle que les anciens ont nommée
Besbicos.

On séjourna à Lopadi le lendemain 10 Decembre,
parce que cinq marchands Juifs de Pruse, qui avoient le
même voiturier que nous, avoient mis dans leur marché

qu'on se reposeroit le jour du Sabbat ; ainsi nous quittâmes la grande Caravane, & nous ne nous trouvâmes plus que six personnes avec des fusils, sçavoir nous trois, deux voituriers, & les Juifs qui tous ensemble n'avoient qu'un méchant mousqueton à roüet, plein de crasse, & qu'on ne pouvoit pas charger faute de baguette. Ces bonnes gens apprehendoient si fort les Turcs, qu'ils se cachoient du plus loin qu'ils en appercevoient ; quand ils ne pouvoient pas se cacher, ils quittoient leurs Turbans à fesse blanche. Nous avions pris des Turbans blancs à Angora, afin de n'être pas connus pour Francs, par les voleurs qui les dépoüillent impitoyablement. Nous en rencontrâmes pourtant cinq, armez de lances, entre Pruse & Lopadi ; mais tout se passa honnêtement de leur part.

Le lendemain 11 Decembre nous continuâmes nôtre route dans la *Michalicie*, laquelle fait une partie de la *Mysie* des anciens, & marchâmes jusques sur les deux heures dans une grande plaine, bien cultivée, relevée de quelques collines couvertes de bois ; mais on ne voit sur le chemin que *Squeticui* méchant village à droite. On laisse à gauche un puis à bascule pour la commodité des passans. Ensuite on passe une petite riviere qui va se jetter dans le Granique ; aprés quoi nous nous trouvâmes sur le bord de cette riviere. Ce Granique, dont on n'oubliera jamais le nom tant qu'on parlera d'Alexandre, coule du Sud-Est au Nord, & ensuite vers le Nord-Oüest avant que de tomber dans la mer ; ses bords sont fort élevez du côté qui regarde le couchant. Ainsi les troupes de Darius avoient un grand avantage, si elles en avoient sçeu profiter. Cette riviere si fameuse par la premiere bataille que le plus grand Capitaine de l'antiquité gagna sur ses bords, s'appelle à present *Sousoughirli*, qui est le nom d'un village où elle passe ; & *Sousoughirli* veut dire *le Village des Bufles d'eau*. Nous paſſâmes le Granique ſur un pont de bois qui ne nous parut pas trop ſeûr. Les Caravanſerais de Souſoughirli ſont de vilaines eſcuries dont la banquette, qui n'a que deux pieds de haut, n'eſt large qu'autant qu'il le faut pour ſe coucher en travers, mal pavée & pleine d'ordures, avec de méchantes cheminées à cinq ou ſix pieds les unes des autres. On voit pourtant quelques colomnes & quelques vieux marbres dans le village, mais ſans inſcriptions. L'*Agnus caſtus*, & l'*Aſphodele jaune* ſont communs ſur les bords du Granique. Mr Weheler a pris cette eſpece d'Aſphodele pour celle qui a les feüilles fiſtuleuſes ; mais je ne comprens pas comment il entend qu'Alexandre rencontra l'armée de Darius ſur le Granique en deça du Mont Taurus proche l'Euphrate.

Le 12 Decembre nous partîmes à quatre heures & demi du matin, & n'arrivâmes qu'aprés douze heures de marche à *Mandragoia* méchant village ſur qui on ne jetteroit pas les yeux s'il n'y avoit quelques vieux marbres ; les colomnes du Caravanſerai où nous logeâmes, quelque antiques qu'elles ſoient, ne ſont que dégroſſies ; & ſuivant les apparences elles reſteront long temps en cet état.

Ces reſtes d'antiquitez ont fait conjecturer à Mr Spon, que *Mandragoia* pourroit bien être la ville de *Mandrapolis* dont Pline a fait mention. Pour aller de Souſoughirli à Mandragoia, on traverſe une montagne que Mr Weheler a priſe pour le *Mont Timnus ;* & nous ne pûmes découvrir les maſures de cette ancienne Citadelle, que l'on prétend qu'Alexandre fit bâtir aprés la bataille du Granique, parce que nous partîmes avant le jour. Le mont Timnus n'eſt pas fort haut, mais il eſt fort étendu, & ſes côteaux ſont couverts de *petits Chênes*, de *Genets*

d'Espagne, & d'*Adrachne*. La *Porte de Fer* eſt un méchant Caravanſerai abbondonné, dans une de ſes vallées,
ſur un ruiſſeau qui coule vers le levant ; heureuſement
nous paſſâmes tous ces défilez dans une ſaiſon où les voleurs ne ſçauroient tenir la campagne.

Le 13. Decembre aprés une route de dix heures, par
des défilez remplis de *Chênes*, de *Pins*, & de *Phillipea*,
que l'on brûle ſouvent pour multiplier les pâturages ;
nous couchâmes à *Courougoulgi*, & nous trouvâmes à
moitié chemin de Mandragoia le village de *Tchoum-*
lèkechi. On ne voit que nids de Cigognes ſur les Caravanſerais de la route ; ces nids ſont comme de grands
paniers creuſez en baſſin, tiſſus confuſément de branches
d'arbres. Les Cigognes ne manquent pas d'y revenir tous
les ans faire leurs petits, & les gens du pays, bien loin de
les chaſſer, ont ces Oyſeaux en ſi grande veneration,
qu'ils n'oſeroient toucher à leurs nids. Un étranger ſeroit
mal receû s'il s'aviſoit de tirer deſſus.

Pour ce qui eſt du ruiſſeau qui paſſe à une promenade
de Mandragoia, & que Mr Spon prit pour le Granique,
c'eſt le *Fourriſſar* qui deſcend du mont Timnus, & qui
pourroit bien être le *Caïcus* des anciens. Nous mangeâmes ce jour-là, pour la premiere fois, du fruit d'*Adrach-*
ne ; ce fruit eſt clair-ſemé ſur des grappes branchuës &
purpurines, preſque ovale, long de demi pouce, chagri-
né à grains applatis, au lieu que ceux de l'*Arbouſier* ſont à
grains pointus. Celui de l'Adrachne finit par un petit bec
noirâtre, long de demi ligne ; la chair en eſt rougeatre,
tirant ſur l'orangé, jaunâtre en dedans, plus ou moins
agréable au goût, ſuivant que les fruits ſont conditionnez ;
ils me parurent plus âpres que ceux de l'Arbouſier, cependant ils ſont de même ſtructure, diviſez en cinq loges,
remplies chacune d'un placenta charnu, chargé de graines.

nes longues d'une ligne, brunes, pointuës par les deux
bouts, un peu courbes & comme triangulaires dans leur
longueur; ce font des pepins dont la chair eſt blanchâtre.

L'*Origan* que Mr Weheler marque dans le mont *Sypi-
la*, eſt fort commun dans tous ces quartiers là, de même
que la *Sauge de Candie* de Cluſius, le *Thym de Crete* des
anciens, le *Terebinthe*, l'*Echinophora* de Columna, *L'Aſ-
ter tomentoſus*, *Verbaſci folio*. La *Valeriana tuberoſa Imp.*
& pluſieurs autres belles Plantes.

Le 14 Decembre nous ne marchâmes qu'environ ſix
heures, & paſſâmes ſur une autre montagne moins élevée
& moins rude, étenduë & entrecoupée de pluſieurs val-
lons pleins de Chênes grands & petits, entremêlez de quelques *Pins de Tarare*, de *Phillyrea*, d'*Adrachne*, de *Tere-
binthes*. Nous arrivâmes à *Baskelambai*, bourgade aſſez
jolie où nous mangeâmes de bons Melons d'hyver, auſſi
longs que ceux de *Vera* en Eſpagne; mais leur chair eſt
blanche, point vineuſe, quoique d'ailleurs aſſez agréable.
On paſſe deux ruiſſeaux avant que d'arriver à Baskelambai; ce lieu eſt ſitué dans une plaine bien cultivée, & l'on
y fait un grand commerce de Coton.

Le 15 Decembre nous continuâmes de marcher dans
la plaine de Baskelambai où paſſe une petite riviere. On
monte enſuite ſur une montagne aſſez plate, & l'on entre
dans la grande plaine de *Balamont* où l'on cultive beaucoup de Coton. Balamont fut nôtre gîte aprés une marche de huit heures. C'eſt un aſſez beau lieu ſur un ruiſſeau qui va vers le Sud-Oüeſt. On voit pluſieurs colomnes briſées dans cette plaine, & les deux Caravanſerais de
Balamont, qui ne ſont ſéparez entre eux que par une
grande cour, ſont pleins de colomnes de marbre & de
Granit qui en ſoutiennent les poutres; on y a même en-
taſſé des bouts de colomnes, entremêlez de chapiteaux &

de bafes, ce qui fait un tres mauvais effet. Nous découvrîmes dans ce village un chapiteau fi bien travaillé, que je n'ay pû m'empécher de le faire graver. Les collines qui font à droite & à gauche laiffent entre elles de bèlles plaines femées de Coton. *Ackiffar* ou l'ancienne *Thyatire*, qui eft une des Sept Eglifes de l'Apocalypfe, eft à gauche du chemin de Balamont. *Kircagan* eft une grande montagne à une heure & demi de Baskelambai, où il y a une autre ville d'Ackiffar. Les Turcs donnent aifément les noms d'*Ackiffar* ou de *Karaiffar*, c'eft à dire de *Château blanc* ou de *Chateau noir*; d'*Eskiffar* ou de *Jeniffar*, *Château vieux* ou *Château neuf*, fuivant leur caprice.

Le 16 Decembre nous marchâmes depuis trois heures du matin jufqu'à midi, dans un pays affez plat, terminé par cette grande plaine de Magnefie, bornée au Sud par le mont Sypilus; & cette montagne, quoique fort étenduë de l'Eft à l'Oüeft, nous parut beaucoup moins haute que le mont Olympe. Le plus haut fommet du Sypilus refte au Sud-Eft de Magnefie, & cette ville n'eft guere plus grande que la moitié de Prufe. Ces deux villes ne fe reffemblent que par leur fituation; car on ne voit ni belles Eglifes ni beaux Caravanferais dans Magnefie, & l'on n'y fait commerce qu'en Coton. La plufpart de fes habitans font Mahometans. Les Juifs qui y font en plus grand nombre que les Grecs ni les Armeniens, y ont trois Synagogues. La Citadelle eft fi négligée qu'elle tombe en ruine, de même que le Serrail, dont tout l'ornement confifte en quelques vieux Cyprés. La verdure eft incomparablement plus belle aux environs de Prufe, & le mont Sypilus n'eft pas comparable au mont Olympe; mais auffi la riviere d'*Hermus*, qui nous parut beaucoup plus grande que le Granique, eft d'un grand ornement à tout le pays. Cette riviere en reçoit deux au-

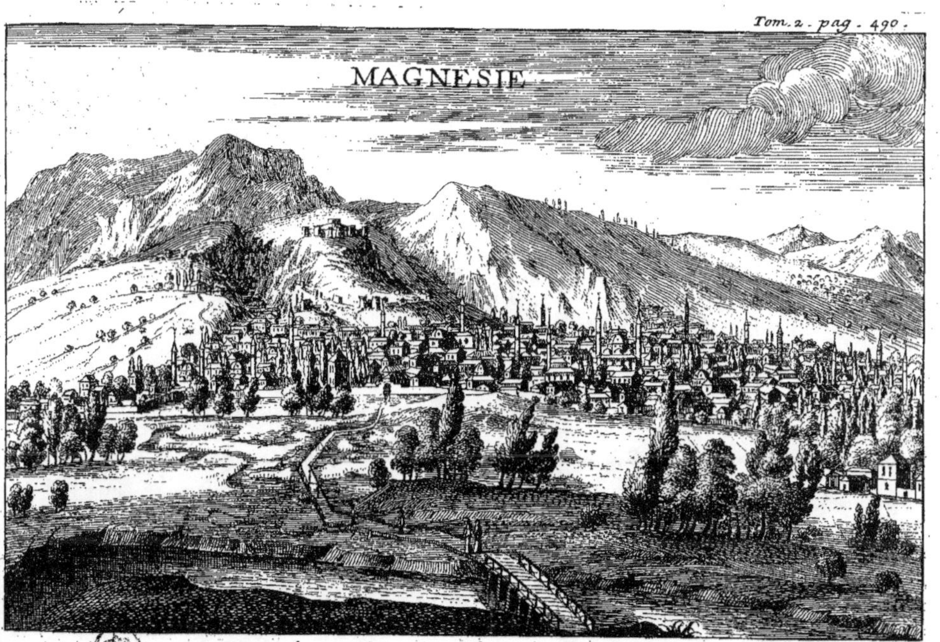

Veüe de Magnesie du Mont Sypili.

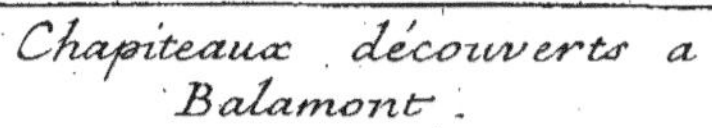

Chapiteaux découverts a
Balamont.

res, dont l'une vient du Nord, & l'autre de l'Eſt. Elle
paſſe à demi lieuë de Magneſie ſous un pont de bois, ſoutenu par des piles de pierre. Aprés avoir traverſé la plaine du Nord Nord-Eſt vers le Sud, elle fait un grand coude avant que de venir au pont ; & tirant ſur le couchant
va ſe jetter dans la mer entre Smyrne & Phocée, comme
l'a fort bien remarqué Strabon ; au lieu que tous nos Geographes la font dégorger dans le fond du golphe de Smyrne, en deçà de la plaine de *Menimen.* Cette riviere forme à ſon embouchûre de grands bancs de ſable, à l'occaſion deſquels les vaiſſeaux qui entrent dans la baye de
Smyrne ſont obligez de ranger la côte & de venir paſſer à la veuë du Château de la Marine.

On paſſe les Marais qui ſont entre l'Hermus & Magneſie ſur une belle jettée d'un quart de lieuë de long,
dans laquelle on a employé quantité de marbres & de
jaſpes antiques ; il y en a quelques-uns dans les murailles
de la ville, mais nous n'y découvrîmes aucune Inſcription.
La Plaine de Magneſie, quoique d'une beauté ſurprenante, eſt preſque toute couverte de *Tamaris,* & n'eſt
bien cultivée que du côté du Levant : la fertilité en eſt
marquée par une Médaille du Cabinet du Roy ; d'un
côté c'eſt la tête de Domitia, femme de Domitien ; de
l'autre un fleuve couché, lequel de la main droite tient
un rameau & de la gauche une corne d'abondance. Patin en a donné une d'un ſemblable type ; auſſi Strabon re-
marque-t-il que l'Hermus eſt un de ces fleuves qui engraiſſent les terres par leur limon.

On ne brûle dans cette ville que du bois d'Adrachne
que le mont Sypilus fournit. Les marchands Juifs de nôtre Caravane nous obligerent d'y ſéjourner le 17 Decembre ; & pour nous dédommager du temps perdu, nous
firent trouver d'excellent vin chez leurs confreres, à huit

parats les mille dragmes, comme ils parlent; ces mille dragmes pesent deux Oques, c'est à dire cinq livres. Le froid étoit rude, & la tramontane souffloit cruellement, mais il ne gela pas.

Nous nous amusâmes ce jour-là à herboriser sur le mont Sypilus qui est tout escarpé du côté du Nord, & parmi des touffes de *Lauriers-roses* & d'*Adrachne* nous trouvâmes dans les précipices quelques plantes rares que nous avions veües en Candie, surtout la *Jacea*.

La Deesse *Sypilene* avoit pris son nom de cette montagne, ou pour mieux dire *Cybele* la mere des Dieux, avoit eté nommée Sypilene, parce qu'on la reveroit d'une maniére particuliere dans le mont Sypilus; ainsi il n'est pas surprenant qu'on voye tant de Médailles de Magnesie, sur le revers desquelles cette Deesse est réprésentée, tantost sur le frontispice d'un Temple à quatre colomnes, tantost dans un char. On juroit même, dans les affaires les plus importantes, par la Desse du mont Sypilus, comme il paroît par ce precieux marbre d'Oxford où est gravée la ligue de Smyrne & de Magnesie sur le Meandre, en faveur du Roy *Seleucus Callinicus.*

Du haut du mont Sypilus, la plaine paroît admirable & l'on découvre avec plaisir tout le cours de la riviere. Tantôt nous nous representions ces grandes armées d'Agesilaüs & de Tissapherne, tantôt celles de Scipion & d'Antiochus, qui disputoient l'Empire d'Asie dans ces vastes campagnes. Pausanias assûre qu'Agesilaus battit l'armée des Perses le long de l'Hermus; & Diodore de Sicile rapporte, que ce fameux Général des Lacedemoniens, descendant du mont Sypilus, alla ravager tous les environs de Sardes. Xenophon prétend que la bataille se donna le long du Pactole, lequel se jette dans l'Hermus.

A l'égard de la bataille de Scipion & d'Antiochus, elle

se donna entre Magnesie & la riviere d'Hermus , que Tite-Live & Appien appellent le *Fleuve de Phrygie.* Cette grande action qui donna une si haute idée de la vertu Romaine en Asie, se passa sur le chemin de Magnesie à Thyatire, dont les ruines sont à Ackissar ou *Château-blanc.* Scipion avoit fait avancer ses troupes de ce costé-là; mais comme il apprit qu'Antiochus étoit venu camper avantageusement autour de Magnesie, il fit passer la riviere à son armée & obligea les ennemis de sortir de leurs retranchemens, & de combattre. On voyoit, dit Florus, dans l'armée de ce Roy, des Elephans d'une grandeur épouventable, qui brilloient par l'or, l'argent, l'ivoire & la pourpre dont ils étoient couverts. Cette bataille, qui fut la premiere que les Romains gagnerent en Asie, leur assûra le pays jusques aux guerres de Mithridate.

Aprés la prise de Constantinople par le Comte de Flandres, *Jean Ducas Vatatze,* gendre & successeur de Theodore Lascaris, établit le siége de son Empire à Magnesie, & y regna pendant 33 ans. Les Turcs s'en rendirent les maîtres sous Bajazet; mais Tamerlan qui le fit prisonnier à la fameuse bataille d'Angora, aprés avoir pillé Pruse & les villes des environs, vint à Magnesie & y fit transporter toutes les richesses des villes de Lydie.

La guerre de Sicile étant finie entre le Comte de Valois & Frideric Roy de Sicile, fils de Pierre d'Arragon; les Catalans, qui avoient servi sous Frideric, passérent dans les troupes d'Andronic Empereur de Constantinople, qui étoit en guerre avec les Turcs. Roger de Flor, Vice-Amiral de Sicile, vint en Asie à la tête des troupes Catalanes, & battit les Mahometans en 1304. & 1305; mais les desordres & les violences que les Catalans commettoient contre les Grecs, ayant obligé ceux de Magnesie, soutenus d'Ataliote leur Gonverneur, de se soulever contre la garnison Catalane & de l'égorger; Roger qui y avoit laissé ses thresors, vint mettre le siége devant la Place, laquelle se deffendit si bien, qu'il fut contraint de se retirer.

Amurat I I. choisit Magnesie pour y passer en repos le reste de ses jours, après avoir mis sur le Throne des Othomans son fils Mahomet I I; neanmoins les guerres que le Roy de Hongrie & Jean Hunniade lui suscitérent en Europe, l'obligérent de quitter sa solitude, car son fils étoit trop jeune pour soutenir un si grand fardeau. Amurat passa le canal de la mer Noire à Neocastron, vint à Andrinople, & marcha contre les Princes Chrétiens : le Roy d'Hongrie fut tué, Hunniade mis en fuite.

Aprés cette signalée victoire, les Visirs par leurs instances obtinrent que le Sultan reprendroit le soin des affaires, & Mahomet se retira à Magnesie. Les Turcs firent des environs de cette Place une petite Province, dont Magnesie étoit la capitale & où Corcut fils de Bajazet I I. a regné. Le grand Solyman I I. fit aussi sa résidance à Magnesie jusques à la mort de son pere. Sultan Selim s'en rendit le maître & en chassa un autre Corcut Prince Othoman. Il n'y a point de Pacha dans Magnesie, mais un *Mousselin* & un *Sardar* y commandent. Les Grecs y sont pauvres & n'y ont qu'une Eglise.

Le 18 Decembre nous montâmes encore sur le mont Sypilus pour aller à Smyrne. Le chemin est rude & la montagne fort escarpée : aussi Plutarque dit qu'elle s'appelloit la *Montagne de la Foudre*, parce qu'il y tonnoit plus souvent que sur les autres qui sont aux environs ; & c'est apparemment pour cela qu'on a frappé à Magnesie des Médailles de M. Aurele, du vieux Philippe, d'Herennia, & d'Etruscilla, dont les revers réprésentent Jupiter armé

Tom. 2. pag. 495.
Veüe de
SMYRNE.
La Citadelle
Ruines du
Theatre.
Eglise de St Policarpe
proche le Cirque

de sa foudre. Aprés huit heures de marche nous arrivâmes à Smyrne. Il n'y a rien de plus commun sur cette route que l'*Adrachne* ; on en chauffe les fours, on en couvre même le haut des murailles des jardins & des vignes, pour les garentir de la pluye.

Smyrne est la plus belle porte par où l'on puisse entrer en Levant ; bâtie au fond d'une baye capable de contenir la plus grande armée navale du monde. Des Sept Eglises de l'Apocalypse, c'est la seule qui subsiste avec honneur ; elle doit cet avantage à Saint Polycarpe, à qui Saint Jean, qui l'avoit formé dans l'Episcopat, écrivit par ordre du Seigneur. *Soyez fidelle jusques à la mort, je vous donnerai la couronne de vie.* Les autres villes que S. Jean avertit par ordre du Seigneur, sont ou de miserables villages, ou d'autres tout-a-fait ruinez. Cette illustre ville de Sardes, si renommée par les guerres des Perses & des Grecs ; Pergame capitale d'un beau Royaume ; Ephese qui se glorifioit d'être la Metropole de toute l'Asie ; ces trois celebres villes sont de petites bourgades bâties de boüe & de vieux marbres. Thyatire, Philadelphie, Laodicée, ne sont connuës que par quelques restes d'Inscriptions où il est fait mention de leurs noms.

Smyrne est une des plus grandes & des plus riches villes du Levant. La bonté de son Port, si nécessaire pour le commerce, l'a conservée & fait rebâtir plusieurs fois, aprés avoir eté renversée par les tremblemens de terre. C'est comme le rendez-vous des marchands des quatre parties du monde, & l'entrepost des marchandises qu'elles produisent. On compte quinze mille Turcs dans cette ville, dix mille Grecs, dix-huit cens Juifs, deux cens Armeniens, autant de Francs. Les Turcs y ont dix-neuf Mosquées, les Grecs deux Eglises, les Juifs huit Synagogues, les Armeniens une Eglise, & les Latins trois Couvens de

Religieux. L'Evêque Latin n'a que cent écus Romains de rente ; celui des Grecs a mille cinq cens piaftres. Quoique celui des Armeniens ne fubfifte que par les aumônes de fa nation, il eft le mieux partagé de tous les Prelats Chrétiens. On amaffe ces aumônes les Feftes & les Dimanches, & on affûre qu'elles montent à fix ou fept bourfes par an.

La fituation de Smyrne eft admirable. La ville s'étend tout le long de la marine, au pied d'une colline qui domine le Port. Les ruës y font mieux percées, mieux pavées & les maifons mieux bâties que dans les autres villes de terre-ferme. La ruë des Francs, qui eft le plus bel endroit de Smyrne, regne tout le long du Port. On peut dire que c'eft un des plus riches magazins du monde ; auffi la ville eft placée comme au centre du commerce du Levant, à huit journées de Conftantinople par terre & à 400 milles par eau, à 25 journées d'Alep par Caravanes, à fix journées de Cogna, à fept de Cutaye, & à fix journées de Satalie.

Il n'y a point de Pacha dans Smyrne, mais feulement un Sardar qui commande deux milles Janiffaires logez dans la ville ou aux environs. La Juftice y eft adminif-trée par un Cadi. La nation Françoife étoit compofée en 1702, d'environ 30 marchands bien établis, fans compter plufieurs autres François qui y faifoient un commerce moins confidérable. La nation Angloife y étoit nombreufe auffi, & leur negoce étoit floriffant.

Dans le temps que nous étions à Smyrne, la nation Hollandoife n'étoit compofée que de 18 ou 20 marchands bien établis & fort eftimez. Il n'y avoit que deux Genois, qui negocioient fous la Banniere de France. Il y réfidoit un Conful de Venife, quoiqu'il n'y eût aucun marchand de cette nation. C'étoit le Signor *Lupazzolo venera-*

venerable vieillard de 118 ans, qui se vantoit d'être dans
le troisiéme siécle de sa vie, puisqu'il étoit né sur la fin
de 1500, & nous le regardions comme le Doyen du genre humain. Il étoit d'une taille moyenne & quarrée ; il
mourut quelque temps aprés. On asseûroit qu'il avoit eû
prés de 60 enfans de cinq femmes qu'il avoit épousées,
sans compter ses maîtresses & ses esclaves, car le bon
homme étoit de complexion amoureuse. Ce qu'il y a
de plus certain, c'est que le plus vieux de ses garçons
est mort avant lui, âgé de 85 ans, & la plus jeune de ses
filles n'en avoit que seize pour lors.

Les Caravanes de Perse ne cessent d'arriver à Smyrne,
depuis la Toussains jusques en May & Juin. On y porte
quelquefois jusques à deux mille balles de soye par an,
sans compter les drogues & les toiles. Nos François y
portent de la Cochenille, de l'Indigo, de la Salsepareille,
du bois de Bresil & de Campech, du Verd de Gris, des
Amandes, du Tartre, du Poivre, de la Canelle, du Gi-
rofle, du Gingembre, de la Muscade. Les Draps de Languedoc, les Serges de Beauvais, les Cadis de Nismes, les
Pinchinats, les Satins de Florence, le Papier, l'Etain fin,
le bon Acier & les Emaux de Nevers y sont de bonne
débite. Avant que nôtre commerce y fût bien établi, les
marchands des autres nations nous appelloient *Mercanti
di Barretti*, parce que nous fournissions, de même qu'aujourd'hui, presque tous les bonnets & les calotes de laines. Nous y portions aussi de la Fayance ; mais la plus
grande quantité est envoyée d'Ancone. On estime à
Smyrne les Foüines de France, & sur tout celles du
Dauphiné, dont on se sert pour les fourrures. Une fourrure de veste s'y vend depuis 50 jusques à 80 écus ; on
mêle les plus foncées en couleur, avec le *Samour* qui est
la *Marte Zibeline* ou la *Foüine de Moscovie*. On employe

beaucoup plus de ces peaux de Foüines qui viennent par
la Sicile, que de celles de France, mais elles y sont moins
cheres, parce que celles de France passent sur le pied des
Foüines d'Armenie & de Georgie.

Outre les soyes de Perse & le fil de chevre d'Angora
& de Beibazar, qui sont les plus riches marchandises du
Levant, nos marchands tirent de Smyrne le Coton filé
ou *Caragach*, le Coton en rame, les Laines fines, les Laines bâtardes, & celles de Metelin, les Noix de Gale, la
Cire, la Scamonée, la Rhubarbe, l'Opium, l'Aloës, la
Tutie, le Galbanum, la Gomme Arabique, la Gomme
Adragant, la Gomme Ammoniac, le *Semen contra*, l'Encens, la Zadoavia, & des Tapis grands & communs.

Tout le commerce se fait par l'entremise des Juifs, &
on ne sçauroit rien vendre ni acheter qui ne passe par
leurs mains. On a beau les traiter de *Chifous* & de malheureux, rien ne se meut que par leurs organes. Il faut
leur rendre justice, ils ont plus d'habileté que les autres
marchands ; ils vivent d'ailleurs à Smyrne d'une maniere assez aisée, & ils y font une dépense fort honorable, ce
qui paroît tres extraordinaire parmi une nation qui n'étu-
die que l'art de leziner. Les marchands étrangers vivent
entreux avec beaucoup de politesse, & ils ne manquent à
aucune visite de céremonie ou de bienséance. Les Turcs
paroissent rarement dans la ruë des Francs, qui est de
toute la longueur de la ville. Il semble, quand on est dans
cette ruë, que l'on soit en pleine chrétienté ; on n'y parle
qu'Italien, François, Anglois, Hollandois. Tout le monde se découvre en se saluant. On y voit des Capucins, des
Jesuites, des Recolets. La langue Provençale y brille sur
toutes les autres, parce qu'il y a beaucoup plus de Provençaux que d'autres nations. On chante publiquement dans
les Eglises, on psalmodie, on prêche, on y fait le service

Divin sans aucun trouble ; mais d'un autre côté on n'y
garde pas affez de mesures avec les Mahometans, car les
Cabarets y sont ouverts à toutes les heures du jour & de
la nuit. On y joüe, on y fait bonne chere, on y danse à la
Françoise, à la Grecque, à la Turque. Ce quartier seroit
tres beau s'il y avoit un Quay sur le Port, mais la mer
vient battre jusques au derriere des maisons, & les batteaux entrent, pour ainsi dire, dans les magazins.

Mr Royer nôtre Consul soutient tres dignement l'honneur de sa nation ; il est dans un petit Palais où les honnêtes gens sont receûs fort agréablement ; il est avec cela
fort bien fait, sçavant, habile, bienfaisant, surtout tres appliqué à tout ce qui regarde l'honneur & l'avantage des
François. Comme il avoit eû la complaisance de nous
loger chez lui, nous nous y trouvâmes lorsque les nego-
cians Anglois & Hollandois vinrent lui souhaiter les bonnes Festes. Son Buffet étoit fort bien garni ; car outre
les vins du pays, il y avoit abbondamment de ceux de
France, d'Italie & d'Espagne ; les liqueurs, & les differens fruits suivant la saison, n'y étoient pas épargnez :
voici comment se passa la Feste, où nos principaux
marchands étoient invitez pour soutenir l'honneur de
la nation. Aprés les complimens ordinaires, on presenta à boire à tout le monde, & il fallut faire raison, ou du
moins en faire le semblant en portant le verre à la bouche. Mr le Consul fut condamné ce jour-là à boire à plus
de cent reprises differentes, de toutes sortes de vins.
Quand les Anglois & les Hollandois se furent retirez, les
Grecs, les Armeniens & les Juifs parurent à leur tour.
Nos marchands vont aussi faire leurs complimens aux
Consuls d'Angleterre & de Hollande, chez qui ils sont
receûs à peu prés de la même maniere ; c'est à dire au
bruit des bouteilles & des flacons, mais heureusement ce

n'eſt pas le même jour, parce qu'ils comptent ſuivant le vieux ſtyle. Les Conſuls ne ſe viſitent pas dans ces ſortes d'occaſions ; ils ſe contentent de ſe faire complimenter reciproquement par leurs Interpretes.

Aprés nous être délaſſez pendant quelques jours chez Mr Royer, où l'on trouve tout ce qu'on peut ſouhaiter pour ſe dédommager de ce qu'on a ſouffert dans les grands voyages, c'eſt à dire fort bonne chere, une converſation charmante, toutes les Gazettes & même une Bibliotheque ; nous allâmes nous promener du côté du Château de la Marine avec le Chancelier de la nation, & quelques-uns de ſes amis bien armez, de même que leurs valets : cette précaution eſt néceſſaire quand il y a des vaiſſeaux de Barbarie aux environs de Smyrne ; car les ſoldats & les matelots qui courent les côtes, tirent ſur les chaſſeurs dés qu'ils voyent qu'ils ont déchargé leurs fuſils ſur quelque piece de gibier.

Le Château de la Marine, dont j'ay l'honneur de vous envoyer le Plan, eſt un Fort quarré, dont les côtez ont environ cent pas de long, flanqué de quatre mauvais baſtions, & deffendu par une Tour quarrée qui en occupe le milieu ; l'enceinte en eſt baſſe & crenelée ; l'artillerie qui eſt ſans affuſt, eſt auſſi groſſe que celle des Châteaux des Dardanelles. Cette Place eſt entourée de marais praticables & pleins de Beccaſſines. Aprés avoir paſſé une petite foreſt d'Oliviers, on trouve, au pied d'une des collines dont la rade eſt bordée, des Bains d'eau chaude preſque abbandonnez. Peut-être que ce ſont ceux dont Strabon a parlé en faiſant la deſcription des lieux qui ſe trouvent en venant de Clazomene à Smyrne : cet Auteur aſſûre que l'on y rencontre le Temple d'Apollon, & les eaux chaudes. De l'ancien bâtiment des Bains, qui étoit aſſez beau, s'il en faut juger par les ruines, il ne reſte aujour-

Mosco nisi.
Fochia
Golfe de Sanderli
Metelin
Port Caloni
Port Jero ou Port Olivier
Baye de SMYRNE.
Cap Calaberno ou Cara Boroun.
Nova Fochia
Rade
de
Scio
Spalmodori
Port Daufin.
Port de Scio.
Gesmé
Smyrne
Isles de Vourla
Smyrne
Chateau
B.R

d'huy qu'un caveau où eſt le réſervoir dans lequel ſe vuident deux tuyaux, l'un d'eau chaude, & l'autre d'eau froide. Ces Bains ſont au Sud-Eſt de Smyrne, mais l'eau
nous parut moins moins chaude que celle de Milo. Pour
le Temple d'Apollon il ne devoit pas être bien loin de
là, & le Chapelain de Mʳ le Conſul d'Angleterre m'aſſeûra qu'il en avoit découvert les ruines. C'eſt un galant
homme, habile Antiquaire, à qui je communiquay les
Inſcriptions que j'avois copiées à Angora. Nous devions
à mon retour d'Epheſe avoir une conference ſur nos recherches, mais il partit pendant mon abſence pour aller
joindre Mylord Paget à Conſtantinople, & ſe retirer enſuite en Angleterre, ainſi je n'ay pas appris d'autres nouvelles du Temple d'Apollon. J'eſpere que Mʳ *Sherard*
qui eſt préſentement Conſul de la même nation, nous
éclaircira de toutes les Antiquitez de Smyrne & des environs; car c'eſt un tres ſçavant homme, de mes bons
amis, & tout plein de zéle pour la perfection des Sciences;
il m'a communiqué quelques lumieres pour la ſituation
de *Clazomene* & de ſes Iſles.

　Clazomene, que l'on prend pour le village de *Vourla*,
étoit une ville illuſtre du temps de la belle Grece, & elle
eût beaucoup de part à la guerre du Peloponneſe. Les
Perſes la jugerent ſi néceſſaire à leurs deſſeins, que non
ſeulement ils s'en ſaiſirent, mais qu'ils la conſervérent
par la fameuſe Paix d'Antalcidas. Auguſte eſt appellé
fondateur de cette ville, ſur une Médaille du Cabinet
de l'Electeur de Brandebourg; mais cet Empereur ne
fut que le reſtaurateur de la Place. Clazomene autrefois
tenoit ſi bien en raiſon Smyrne & tout le pays qui eſt
autour de la Baye, que Tzachas, fameux Corſaire Mahometan, fut obligé de s'en emparer lorſqu'il s'établit à Smyrne ſous l'Empereur Alexis Comnene.

R r r iij

On ne fçauroit mieux défigner la fituation de Clazomene, que par les Ifles qui font à l'entrée de la Baye de
Smyrne, aprés avoir doublé le Cap de Carabouron. Strabon en compte jufques à huit. Pline ne parle que de quatre; elles font prés de la côte en deçà du Château de la
Marine. Les Turcs les connoiffent fous le nom des Ifles
de *Vourla.*

Paufanias affûre que Clazomene étoit en terre ferme,
& que les Ioniens la fortifiérent pour arrêter les conquêtes des Perfes; cependant ils furent fi épouvantez de leurs
progrés, aprés la prife de Sardes, qu'ils pafferent dans une
des Ifles qui étoit vis à vis de la ville, s'y croyant beaucoup
plus en feûreté, parce que les Perfes n'avoient pas encore de Flotte. Enfuite Alexandre le Grand en fit une Peninfule par une jettée de 250 pas de long, fur laquelle on alloit de l'Ifle à la terre ferme. Pour éviter le grand & dangereux tour de Carabouron, ce grand Prince fit ouvrir
une plaine au travers du mont *Mimas*, laquelle condui-
foit à Erythrée, fameufe ville & port de mer vis à vis Scio;
en forte qu'ayant débarqué à Erythrée, on paffoit par ce
nouveau chemin à Clazomene, de même que l'on débar-
que aujourd'hui à *Seagi* pour venir par terre à Smyrne,
fans entrer dans la Baye. Peut-être que *Seagi* eft un nom
corrompu de *Teus*, car la plufpart des Grecs prononcent
le T comme un S; de *Teus* on a fait *Seus*, & puis *Seagi.*
C'eft le pays du bon vin; nous avons une Médaille d'Augufte à la legende de cette ville, dont le revers réprefente Bachus debout, vêtu en femme, tenant une cruche de
la main droite, & le Thyrfe de la gauche : on a marqué par
flaterie autour de la tête d'Augufte, qu'il étoit le fondateur de cette ville.

Les anciens appelloient *Mineas* toute la chaine de montagnes, qui occupe la Peninfule qu'ils nommoient *Myon-*

nese ou l'*Isle aux Mulots,* dont toute la côte d'Asie est in-fectée. Les deux principaux sommets de cette montagne s'appellent *les Freres,* parce qu'ils paroissent égaux, & qu'ils sont l'un contre l'autre comme deux jumeaux. Les Provençaux leur ont donné le nom de *Poussos,* c'est à dire *Mamelles,* suivant l'idée des anciens Grecs qui regardoient les pointes des montagnes comme des mamelles. M.r Morel qui a surpassé les plus grands Antiquaires de son temps, par la correction admirable de ses desseins, a crû que Clazomene étoit l'ancienne ville de *Grynée* qui avoit donné le surnom de *Grynéen* à Apollon. Cybele, la mere des Dieux, étoit fort venerée à Clazomone & portoit le nom de la ville, comme on le voit sur les Médailles de Valerien. On y adoroit aussi Diane *aux blancs sourcils,* comme nous l'apprenons par quelques Médailles de Gallien. Il y auroit plaisir d'aller foüiller dans les ruines de Vourla.

Quelques jours aprés nous allâmes au vieux Château de Smyrne, situé sur la colline qui domine la ville. Les Turcs ont achevé de démolir un des plus beaux Theatres de marbre qui fût en Asie, & qui occupoit la croupe de cette montagne du côté qui regarde la rade. Ils ont employé tous ces marbres à bâtir un beau Bezestein & un grand Caravanserai. L'ancien Château, bâti par Jean Ducas, est au sommet de cette colline; son enceinte est irreguliere & se ressent du temps des derniers Empereurs Grecs, sous lesquels on employoit les plus beaux marbres parmi la maçonnerie des murailles des villes. On voit au devant de la porte de ce Château, un arbre fameux, parce que les Grecs prétendent que c'est un rejetton du bâton de Saint Polycarpe. Autant que j'en pus juger, au commencement de Janvier, par une branche que j'en fis couper & qui commençoit à perdre ses feüilles, c'est ce *Micocoulier* que nous avions observé depuis peu sur la route de Tocat. A droite & à côté de la porte, est enclavé dans la muraille le Buste de la prétenduë Amazone *Smyrne*, haut d'environ trois pieds; mais il ne paroit pas qu'il ait jamais eté fort beau, & les Turcs l'ont maltraité à coups de fusils pour lui casser le nez; ce qu'il y a de certain, c'est que ce Buste n'a aucun des attributs des Amazones, au lieu que sur les Médailles frappées à la legende de cette ville, l'Amazone qui en est la fondatrice, se distingue par sa hache à double tranchant & par son bouclier. Dans les premiers temps la figure de cette Heroïne étoit comme le symbole de la ville, comme il paroit par les revers des Médailles que l'on frappoit pour marquer les alliances des Smyrnéens avec leurs voisins.

Il n'y a rien dans ce Château qui merite d'être veû: les Turcs y ont bâti une méchante Mosquée. Sur la porte du Nord, il y a deux Aigles fort mal dessinées & une Inscription si haute qu'on ne sçauroit la lire. La Place de ce Château étoit occupée, dans le temps de la belle Grece, par une Citadelle sous la protection de Jupiter *Acrée,* ou qui présidoit aux lieux élevez. Pausanias asseûre que le sommet de la montagne de Smyrne, appellé *Coryphe,* avoit donné le nom de *Coryphéen* à Jupiter qui y avoit un Temple. M* de Camps a un beau Médaillon où ce Dieu Acrée est réprésenté assis, aussi bien que sur une Médaille de Vespasien où le même Dieu assis, tient de la main droite une Victoire & une Haste de l'autre.

Plusieurs autres Médailles de Smyrne servent à nous faire connoître le rang qu'elle tenoit parmi les places d'Asie. Ses Citoyens se vantoient, dit Tacite, d'être les premiers de tous les peuples d'Asie qui avoient dressé dans leur ville un Temple à *Rome,* sous le nom de *Rome la Deesse,* dans le temps même que Carthage subsistoit, &

qu'il

Chateau de la marine a Smyrne.

Teste de l'Amazone de Smyrne.

qu'il y avoit de puiſſans Roys en Aſie, qui ne connoiſſoient pas encore la valeur des Romains. Smyrne fut faite Neocore ſous Tibere avec beaucoup de diſtinction;
& les plus fameuſes villes d'Aſie ayant demandé la per-
miſſion à cet Empereur de lui dédier un Temple, Smyrne fut préferée. Elle devint Neocore des Ceſars, aulieu
qu'Epheſe ne l'étoit encore que de Diane; & dans ce
temps-là les Empereurs étoient bien plus craints, & parconſéquent plus honorez que les Deeſſes. Smyrne fut
déclarée Neocore pour la ſeconde fois ſous Adrien,
comme le marquent les marbres d'Oxford; enfin elle eut
encore le même honneur & prit le titre de *Premiere
ville d'Aſie* ſous Caracalla, qu'elle conſerva ſous Julia
Mæſa, ſous Alexandre Severe, ſous Julia Mammæa, ſous
Gordien Pie, ſous Otacilla, ſous Galliën & ſous Salonine.

En ſortant du Château, nous allâmes voir les reſtes du
Cirque, qui ſont à gauche. On paſſe au devant d'une Chapelle à moitié ruinée, où l'on montre les débris du tombeau de Saint Polycarpe premier Evêque de Smyrne, qui
non ſeulement eut le bonheur d'être Diſciple de Saint
Jean Baptiſte, mais qui fut établi Evêque par les Apôtres
mêmes. Aprés avoir gouverné ſon Egliſe pendant long
temps, il fut brûlé vif à l'âge de cent moins quatre ou
cinq ans, ſous M. Aurele ou ſous Antonin Pie. Les actes
de ſa vie portent que cette ſainte Tragedie ſe paſſa dans
dans l'Amphiteatre de Smyrne; ainſi il y a plus d'apparence que ce fut dans le Theatre dont on vient de parler,
que dans le Cirque où nous allons entrer.

Ce Cirque eſt ſi fort détruit qu'il n'en reſte, pour ainſi
dire, que le moule; on en a emporté tous les marbres,
mais le creux a retenu ſon ancienne figure. C'eſt une eſpece de vallée de 465 pieds de long, ſur 120 de largeur,

dont le haut est terminé en demi cercle, & le bas est ouvert en quarré. Cet endroit présentement est fort agréable par sa pelouse, car les eaux n'y croupissent point. Il ne faut pas juger de la veritable grandeur du Cirque ou du stade, par les mesures que nous avons rapportées; on sçait que ces sortes de lieux n'avoient ordinairement que 125 pas de long, & qu'on les appelloit *Diaules* quand ils avoient le double. On découvre de cette colline toute la campagne de Smyrne qui est parfaitement belle, & dont les vins étoient estimez du temps de Strabon & d'Athenée.

Rien ne donne une plus belle idée de la magnificence de l'ancienne Smyrne, que la description que Strabon en a laissée. *Lorsque les Lydiens, dit cet Auteur, eurent détruit Smyrne, tout ce quartier, pendant environ 400 ans, ne fut peuplé que par bourgades; mais Antigonus la rétablit, & ensuite Lysimachus. C'est aujourd'huy la plus belle ville d'Asie. Une partie est bâtie sur la montagne, mais la plus grande partie est dans la plaine sur le Port, vis à vis le Temple de Cybele & du Gymnase. Les ruës sont les plus belles qu'on ait pû faire, tirées à angles droits & pavées de belles pierres. Il y a de grands & beaux Portiques, une Biblioteque publique, & un Portique quarré où est la statuë d'Homere; car ceux de Smyrne sont fort jaloux de ce qu'Homere a pris naissance parmi eux, & ils ont fait frapper un Médaillon de cuivre qu'ils appellent* Homerion. *La riviere* Meles *coule le long de ses murailles. Entre les autres commoditez de la ville, il y a un Port que l'on ferme quand on veut.*

Telle étoit Smyrne du temps d'Auguste, & suivant les apparences on n'avoit encore bâti ni le Theatre ni le Cirque, car Strabon ne les auroit pas oubliez. Ainsi Mr Spon a conjecturé avec raison, que le Theatre fut bâti sous

Claude, puisqu'on trouva le nom de cet Empereur sur
un piédeſtal. Strabon nous apprend que les Lydiens a-
voient détruit une ville encore plus ancienne que celle
qu'il décrit, & c'eſt de celle dont parle Herodote, lorſqu'il aſſûre que Giges Roy de Lydie déclara la guerre
aux Smyrnéens, & qu'Halyattes ſon petit fils, la prit. Elle
fut enſuite maltraitée par les Ioniens, ſurpriſe par ceux de
Colophon ; enfin renduë à ſes propres Citoyens, mais
démembrée de l'Eolide. Mᵣ Spon écrit que cette ancienne Smyrne étoit entre le Château de la Marine, & la ville
d'aujourd'hui ; il en reſte encore quelques ruines ſur le
rivage.

Les Romains pour ſe conſerver la plus belle porte
d'Aſie, ont toujours traité les Citoyens de Smyrne fort
humainement ; & ceux-ci pour n'être pas expoſez aux armes des Romains, les ont beaucoup ménagez, & leur ont
eté fidelles. Ils ſe mirent ſous leur protection pendant la
guerre d'Antiochus ; il n'y a que Craſſus Proconſul Romain qui fut malheureux auprés de cette ville. Non ſeulement il y fut battu par Ariſtonicus, mais pris & mis à
mort ; ſa tête fut preſentée à ſon ennemi, & ſon corps en-
ſeveli à Smyrne. Perpenna vangea bientôt les Romains,
& fit captif Ariſtonicus. Dans les guerres de Ceſar & de
Pompée, Smyrne ſe déclara pour ce dernier, & lui fournit des vaiſſeaux. Aprés la mort de Ceſar, Smyrne qui
penchoit du côté des conjurez, refuſa l'entrée à Dolabella, & receut le Conſul Trebonius l'un des principaux
auteurs de la mort du Dictateur ; mais Dolabella l'amuſa
ſi à propos, qu'étant entré la nuit dans la ville il s'en ſaiſit & le fit martyriſer pendant deux jours. Dolabella cependant ne pût pas conſerver la Place ; Caſſius & Brutus
s'y aſſemblerent pour y prendre leurs meſures.

On oublia tout le paſſé quand Auguſte fut paiſible poſ-

Sſſ ij

feſſeur de l'Empire. Tibere honora Smyrne de ſa bien-
veillance & régla les droits d'Aſile de la ville. M. Aurele
la fit rebâtir aprés un grand tremblement de terre. Les
Empereurs Grecs qui l'ont poſſedée aprés les Romains,
la perdirent ſous Alexis Comnene. Tzachas fameux Corſaire Mahometan, voyant les affaires de l'Empire fort em-
broüillées, ſe ſaiſit de Clazomene, de Smyrne & de Phocée. L'Empereur y envoya ſon beaufrere Jean Ducas
avec une armée de terre, & Caſpax avec une flotte. Smyrne ſe rendit ſans coup ferir; le gouvernement en fut donné à Caſpax, qui revenant à la ville aprés avoir accompagné Ducas, receut un coup d'épée de la main d'un
Sarraſin; ce malheureux avoit volé une groſſe ſomme
d'argent à un bourgeois de la ville, & voyant ſa condamnation inevitable, il déchargea ſa rage ſur le Gouverneur.

Les Mahometans, ſous Michel Paleologue qui chaſſa
les Latins de Conſtantinople, ſe ſaiſirent de preſque toute l'Anatolie. Atin un de leurs principaux Géneraux prit
Smyrne, ſous Andronic le vieux. Homur ſon fils lui ſucceda; & comme il étoit occupé à ravager les côtes de la
Propontide, les Chevaliers de Rhodes s'emparérent des
environs de Smyrne & y bâtirent le Fort Saint Pierre.
Homur revint à Smyrne, & voulant reconnoître ce Fort
qui n'étoit pas fini, il receut un coup de fleche dont il
mourut. Pendant la vie d'Homur qu'on appelloit le *Prince de Smyrne*, les Latins brûlerent ſa flotte, & ſe ſaiſirent de
la ville. Le Patriarche de Conſtantinople qui avoit eté
fait par l'élection du Pape, ayant jugé à propos de dire la
Meſſe dans la principale Egliſe, y fut ſurpris par les Troupes d'Homur, leſquelles ayant mis les Latins en fuite, le
décollerent tout revétu de ſes habits Pontificaux, & maſ-
ſacrérent la Nobleſſe qui étoit autour de lui. Quelques

Historiens Genois rapportent à l'année 1346 une expedition que les Genois firent sur ces côtes, sous le Doge *Vignosi*, par laquelle ils ajoutérent à leur domaine Scio, Smyrne & Phocée. Suivant les apparences ils ne garderent pas longtemps Smyrne, puisque Morbassan l'assiégea par ordre d'Orcan II Empereur des Turcs, qui avoit épousé une des filles de l'Emperur Cantacuzene.

Aprés la bataille d'Angora, Tamerlan assiégea Smyrne, & campa tout prés du Fort Saint Pierre, que les Chevaliers de Rhodes avoient fait bâtir, & où la pluspart des Chrétiens d'Ephese s'étoient retirez. Ducas qui a fait la relation de ce siége, en a rapporté deux circonstances bien singulieres. 1°. Que Tamerlan fit combler l'entrée du Port, en ordonnant à tous ses soldats d'y jetter chacun une pierre. 2°. Qu'il y avoit fait construire une Tour d'un nouvel ordre d'architecture, composée en partie de pierres & de têtes de morts, rangées comme des pieces de marqueterie, tantôt de front & tantôt de profil. Aprés la retraite des Tartares, Smyrne resta à Cineites fils de Carasupasi Commandant d'Ephese, & qui avoit eté Gouverneur de Smyrne sous Bajazet. Cependant Musulman, l'un des fils de Bajazet, jaloux de la grandeur de Cineites, passa en Asie en 1404. dans le dessein de l'abaisser. Cineites fit une puissante ligue avec Caraman Sultan d'Iconium, & avec Carmian autre Prince Mahometan; mais ils firent la Paix sans en venir aux mains. Cineites n'eut pas si bon marché de Mahomet I, autre fils de Bajazet. Mahomet vint assiéger Smyrne que l'on avoit bien fortifiée & bien munie. Cineites se retira à Ephese, & le Grand Maître de Rhodes fit travailler avec toute la diligence possible à rétablir le Fort Saint Pierre que Tamerlan avoit fait raser; la ville se rendit aprés dix jours de siége; Mahomet en fit démolir les murailles & met-

S ss iij

tre à bas une Tour que le Grand Maître faisoit construire à l'entrée du Port. Depuis ce temps-là les Turcs sont
restez paisibles possesseurs de Smyrne, & ont fait relever
cette Tour, ou pour mieux dire, ils ont bâti une espece
de Château à gauche en entrant dans le Port des galeres,
qui est l'ancien Port de la ville.

Nous allâmes nous promener à l'autre extremité de
Smyrne, tout au bout de la ruë des Francs, vers les Jardins que le ruisseau *Meles* arrose. C'est le plus noble ruisseau du monde, dans la Republique des Lettres. Le plus
fameux des ᵃPoëtes est né sur ses bords; & comme on n'en
connoissoit pas le pere, il porta le nom de ce ruisseau.
Une belle avanturiere nommée Critheis, chassée de la
ville de Cumes, par la honte de se voir enceinte, se trouvant sans logement, y vint faire ses couches. Son enfant perdit la veûë dans la suite, & fut nommé *Homere*,
c'est à dire l'*Aveugle*. Il n'est pas nécessaire de dire que
sa mere épousa Phanius Maître d'Ecole & de Musique de
la ville. Jamais fille d'esprit n'a manqué de mari. Non
seulement Smyrne glorieuse de la naissance de ce grand
Poëte, lui fit dresser une Statuë & un Temple, mais elle
fit frapper des Médailles à son nom. Amastris & Nicée
ses alliées en firent de même, l'une à la tête de M. Aurele, & l'autre à celle de Commode. Pour le ruisseau Meles,
quoiqu'à peine il fasse moudre deux moulins, je vous
laisse à penser s'il fut oublié sur les Médailles; il est devenu bien chetif, depuis le temps de Pausanias qui l'appelle *un beau Fleuve*. Ce ruisseau, à la source duquel Homere travailloit dans une caverne, est réprefenté sur une
Médaille de Sabine, sous la figure d'un vieillard appuyé
de la main gauche sur une Urne, tenant de la droite une
Corne d'abondance. Il est aussi réprefenté sur une Médaille de Neron, à la simple legende de la ville, de mê-

ᵃ *Melesigene* né
sur les bords de
Meles.

me que fur celles de Tite & de Domitien.

A un mille ou environ au delà de Meles, fur le chemin de Magnefie à gauche au milieu d'un champ, on
montre encore les ruines d'un bâtiment que l'on appelle
le Temple de Janus, & que Mr Spon foupçonnoit être celui d'Homere ; mais depuis le départ de ce voyageur, on
l'a mis tout à fait à bas, & tout ce quartier eft rempli de
beaux marbres antiques. A quelques pas de là coule une
fource admirable qui fait moudre continuellement fept
meules dans le même moulin. Quel dommage que la
mere d'Homere ne vint pas accoucher auprés d'une fi
belle fontaine ! On y voit les débris d'un grand Edifice
de marbre, nommé *les Bains de Diane* ; ces débris font
encore magnifiques, mais il n'y a point d'Infcriptions.

Si des Bains de Diane on veut aller dans les campagnes de *Menemé* ; outre qu'elles font fertiles en Melons,
en Vins, & en toutes fortes de fruits, on y trouve une terre remplie de fel fixe naturel, dont on fe fert au lieu de
foude pour faire du favon.

Le 25 Janvier nous partîmes de Smyrne pour Ephefe fur les neuf heures du matin. En fortant de la ville
on entre dans la *voye Militaire*, laquelle eft encore pavée
de grands quartiers de pierre, coupez prefque en lofan-
ges. A trois heures de Smyrne on paffe un affez beau ruiffeau qui va fe rendre dans la mer ; mais nous en rencontrâmes un autre, à prés de quatre heures de là, qui peut
paffer pour une petite riviere. Le pays eft plat, inculte, couvert en quelques endroits de petits bois femblables à des taillis entremêlez de Pins. Nous bûmes du
Caffé fur le chemin dans une prairie où un Turc avoit
établi une échope, ou petite maifon de bois ambulante.
Nous arrivâmes fur les quatre heures & demie, à *Tcherpicui*
méchant village dans une grande plaine toute inculte, où

l'on voit les restes d'une grande & ancienne muraille de
maçonnerie, laquelle a servi d'aqueduc, comme prétendent les gens du pays, pour conduire les eaux à Smyrne.

De la plaine de Tcherpicui jusques à Ephese, ce n'est
qu'une chaîne de montagnes dont les bois & les défilez
sont pleins de voleurs dans la belle saison. Nous n'y trouvâmes que des Cerfs & des Sangliers ; mais nous fûmes
surpris agréablement de voir des collines couvertes naturellement de beaux Oliviers, lesquels sans culture produisent d'excellens fruits, & ces fruits se perdent faute de
gens qui les amassent. En approchant d'Ephese sur la
droite, ces montagnes sont horriblement taillées à plomb,
& font un spectacle affreux. On passe le *Caystre* à demi
lieuë en deçà d'Ephese. Cette riviere, qui est fort rapide, coule sous un pont bâti de marbres antiques, &
fait moudre quelques moulins. On entre ensuite dans
la plaine d'Ephese, c'est à dire dans un grand bassin enfermé de montagnes de tous les côtez, si ce n'est vers
la mer ; le Caystre serpente dans cette plaine, mais il s'en
faut bien que ses contours ne soient aussi frequens que
dans le dessein que Mr Spon en a donné ; & ceux du
Meandre qui sont bien plus entortillez, n'approchent pas
des contours que la Seine fait au dessous de Paris ; je suis
surpris que nos Poëtes ne les ayent jamais décrits. Le
Caystre a été réprésenté sur des Médailles; on en voit aux
têtes des Empereurs Commode, Septime Severe, Valerien & Gallien.

Nous cherchâmes inutilement une autre riviere, dont
les anciens ont parlé, laquelle arrosoit les environs d'Ephese ; sans doute qu'elle se jette dans le Caystre, plus
haut que le Pont. En effet on nous assûra à Ephese que
le Caystre recevoit une riviere assez considérable, au delà
des montagnes du Nord-Est ; ce qui s'accommode fort

bien

1. Chateau d'Ephese ou d'Aiasalouc habité par les Turcs.

2. Ruines d'vn Chateau plus ancien ou est la porte aux bas reliefs.

3. Eglise de S.t Iean convertie en Mosquée.

4. Le Village d'Aiasalouc habité par les Turcs.

5. Aqueduc ruiné.

6. Ruines du Temple de Diane.

7. Restes de la porte ou est l'inscription Accensorensi et Asiæ.

8. La prison de S.t Pol.

9. Marais a la teste du quel etoit le Temple de Diane.

10. Ruines et quartiers de marbre.

11. Ruines et Colonnes vers l'Embou-cheure du Caistre.

12. Lac.

13. Maison de pecheur.

14. Bac ou l'on passe la riviere pour aller de Scalanova a Smirne.

15. Pont et chemin d'Ephese a Smirne.

16. Chemin d'Ephese a Scalanova.

bien avec une Médaille de Septime Sévere, sur laquelle le Cayftre est reprefenté fous la forme d'un homme, comme étant un Fleuve qui fe dégorge dans la mer; & le *Kenchrios*, qui est la riviere dont il s'agit, fous la figure d'une femme, pour marquer qu'elle fe jette dans l'autre. Outre ces deux figures, la Diane *a plufieurs mamelles* est reprefentée d'un côté fur le même revers, & de l'autre est une corne d'abondance. Tout cela marque la fertilité que ces deux rivieres procuroient au terroir d'Ephefe. La Seine & la Marne qui amenent tant de richeffes à Paris, meriteroient bien, ce me femble, une Médaille.

C'est une chofe pitoyable de voir aujourd'hui Ephefe, cette ville autrefois fi illuftre, qu'Eftienne de Byfance appelle *Epiphaneftate*, réduite à un miferable village habité par 30 ou 40 familles grecques, lefquelles certainement, comme remarque Mr Spon, *ne font pas capables d'entendre les Lettres que S. Paul leur a écrites.* La menace du Seigneur a eté accomplie fur elle. *J'oterai vôtre chandelier de fon lieu, fi vous ne vous repentez.* Ces pauvres Grecs font parmi de vieux marbres & contre un bel aqueduc bâti des mêmes pierres. La Citadelle, où les Turcs fe font retirez, est fur un tertre qui s'étendant du Nord au Sud, domine toute la plaine; c'est peut-être le *Mont Pion* de Pline. L'enceinte de cette Citadelle, qui est fortifiée par plufieurs Tours, n'a rien de magnifique; mais à quelques pas de là du côté du Midi, on voit les reftes d'une autre Citadelle plus ancienne, beaucoup plus belle & dont les ouvrages étoient revêtus des plus beaux marbres de l'ancienne Ephefe.

Il y refte encore une Porte de fort bon goût, bâtie des mêmes débris. Je ne fçai par quelle raifon on l'appelle la Porte *de la Perfecution.* Elle est remarquable par trois bas-

Tome II.   .T t t

reliefs encastrez sur son cintre. Celui qui est à la gauche a eté le plus beau de tous, mais il est le plus maltraité. Il est d'environ cinq pieds de long sur deux pieds & demi de haut, & represente une Bacchanale d'enfans qui se roulent sur des pampres de vigne. Celui du milieu a un pied de hauteur plus que l'autre, & le double de longueur. Le dernier est presque aussi haut, mais il n'a qu'environ quatre pieds de long. La Porte *de la Persecution* décline du Sud au Sud-Sud-Est; cette Porte étoit deffenduë par des ouvrages assez irréguliers que l'on avoit aggrandis suivant le besoin, comme on le connoît par les ruines; car à mesure qu'ils s'éboulent, ils laissent voir d'autres ouvrages de marbre qui ont été recouverts.

Au Sud & au pied de la colline où est bâti le Château, est située l'Eglise de *S. Jean* convertie en Mosquée. Je ne sçai si c'est celle que Justinien y fit bâtir; mais il est certain que c'est de ce grand Evangeliste que vient le nom d'*Aïasaloüe*, sous lequel Ephese est connuë des Grecs & des Turcs. Les Grecs appellent Saint Jean *Aios Scologos*, au lieu d'*Agios Theologos*, le *Saint Theologien*, parce qu'ils prononcent le *Theta* comme un *Sigma*, d'*Aios scologos* ils ont fait *Aïasaloüe*. Le dehors de cette Eglise n'a rien d'extraordinaire. On dit qu'il y a de belles colomnes en dedans; mais outre que les plus belles pieces des ruines d'Ephese ont eté emportées à Constantinople pour les Mosquées Royales, le Turc qui en gardoit la clef étoit absent lorsque nous y fûmes. On croit qu'après la mort de Jesus-Christ, S. Jean choisit Ephese pour y faire sa résidence, & que la Sainte Vierge s'y retira aussi. Saint Jean après la mort de Domitien vint reprendre le soin de l'Eglise d'Ephese, & trouva que Saint Timothée, son premier Evêque, y avoit eté martyrisé.

L'Aqueduc qui subsiste encore aujourd'hui, quoyqu'à

Bas reliefs qui se voyent sur la Porte d'Ephese.

Tom. 2. pag. 524.

moitié ruiné, est à l'Est; c'étoit l'ouvrage des Empereurs
Grecs, de même que la Citadelle ruinée. Les piliers qui
soutiennent les arcades, sont bâtis de tres belles pieces de
marbre, entremélées de morceaux d'architecture, & l'on
y lit des Inscriptions qui parlent des premiers Cesars. Ces
piliers sont quarrez, plus ou moins hauts suivant que le
niveau de l'eau le demandoit; mais les cintres sont tous
de brique. Cet Aqueduc servoit à conduire à la Citadelle & à la ville, les eaux de la fontaine *Halitée*, dont a
parlé Pausanias. Elles se distribuoient à la ville par des
tuyaux de brique, pratiquez dans de petites tours quarrées
& appuyées contre quelques-uns des piliers. Cette ville s'étendoit principalement du côté du midi, & tout ce
quartier n'est rempli que de ruines; mais Ephese a eté
renversée tant de fois qu'on n'y connoît plus rien.

Pour ce qui regarde les Inscriptions nous n'en copiâmes
aucune, car outre qu'on n'en sçauroit lire qu'une partie; les
autres sont si hautes qu'il est impossible de les déchifrer;
on ne trouve ni échelles, ni chevalets chez les Grecs.

Le lendemain nous traversâmes la plaine pour aller
reconnoître les ruines de ce fameux Temple de Diane,
qui a passé pour une des merveilles du monde. Ce grand
Edifice étoit situé au pied d'une montagne & à la tête
d'un marais. Pline croit qu'on choisit ce lieu marécageux, comme moins exposé aux tremblemens de terre;
mais aussi l'on s'engagea à une dépense effroyable, car il
fallut faire des caves pour vuider les eaux qui s'écou-
loient de la colline, les jetter dans le marais & de là dans
le Cayftre. Ce sont ces caves que l'on prend mal à propos
pour un labirynthe; on est convaincu par l'inspection des
lieux, qu'elles n'ont jamais servi qu'à vuider les eaux. Ma
pensée est confirmée par Philon de Byzance, qui convient qu'on fut obligé d'y faire des fossez tres profonds, &

des conduits où l'on employa une fi grande quantité de
pierres, qu'on épuifa prefque toutes les carrieres du pays.
Pour mieux aſſûrer les fondemens de ces conduits qui
devoient foutenir un Edifice d'un poids fi effroyable; Pline rapporte qu'on employa quelques couches de char-
bons pilez & quelques autres couches de laine. Cé merveilleux Temple conftruit aux dépens des plus puiſſantes
villes d'Afie, deux cens ans avant que Pline en parlât,
avoit 425 pieds de long, fur 220 pieds de large. On y
voyoit 127 colomnes, dont les Roys d'Afie avoient fait la
dépenfe, & ces colomnes avoient chacune 60 pieds de
haut. Il y en avoit 36 couvertes de bas-reliefs; & parmi celles-ci il s'en trouvoit une de la main de Scopas Sculpteur
fameux. Cherfiphron fut l'Architecte de cet Edifice. Il
n'en refte aujourd'hui que quelques gros quartiers qui
n'ont rien de furprenant que leur épaiſſeur; la pluſpart
font de brique, revêtus de marbre, tous percez de ces
trous de crampons des plaques de bronze dont on croit
qu'ils étoient ornez. On ne voit plus, parmi ces débris,
que 4 ou 5 colomnes caſſées.

　　Ce n'étoient pas là le premier Temple que les Ephefiens avoient dreſſé en l'honneur de Diane. Denys le
Geographe nous apprend que ce premier Temple étoit
une efpece de niche d'une beauté finguliere, que les
Amazones, maîtreſſes d'Ephefe, avoient fait creufer dans
le tronc d'un Ormeau, où apparemment la figure de la
Deeſſe étoit placée. Ce n'eſt pas fans doute de cet ouvrage des Amazones qu'entend parler Pindare, lorfqu'il
avance qu'elles firent bâtir le Temple d'Ephefe dans le
temps qu'elles faifoient la guerre à Thefée. Paufanias foutient que c'étoit l'ouvrage de Crœfus & d'Ephefus fils de
Cayftre, & qu'il étoit celebre avant le paſſage de Nileus,
fils de Codrus, en Afie. Cela étant, le Temple étoit plus

ancien que la ville ; car Strabon croit qu'Androclus, fils
de Codrus, bâtit Ephese ; & Pausanias parle de ce même
Androclus qui en chassa les Cariens.

Le Temple que ce fou d'Herostrate brûla, le jour de
la naissance d'Alexandre, n'étoit pas le même que celui
qui subsistoit du temps de Pline, puisque Alexandre voulut le faire bâtir quand il passa à Ephese. Ce grand Prince fit proposer aux Ephesiens, qu'il en feroit volontiers la
dépense pourveû qu'on mît son nom sur le frontispice ;
mais ils répondirent avec beaucoup de politesse, *qu'il ne
convenoit pas à un Dieu de dresser des Temples à d'autres
Divinitez.* Strabon, qui rapporte ce trait, assûre que Cher-
siphron fut bien le premier Architecte du Temple de
Diane, mais qu'un autre Architecte l'augmenta. Aprés
l'incendie d'Herostrate, non seulement les Ephesiens ven-
dirent les colomnes qui avoient servi au premier ; mais
tous les bijoux des Dames de la ville furent encor convertis en argent, & cet argent employé pour faire un Edifice beaucoup plus beau que celui qu'on avoit brûlé. Chei-
romocrate en fut l'Architecte ; c'est lui qui fit bâtir la ville
d'Alexandrie, & qui du Mont Athos voulut faire la Statuë d'Alexandre. On voyoit dans ce Temple des ouvrages des plus fameux Sculpteurs de Grece. L'Autel étoit
presque tout de la main de Praxitele. Strabon en parle
pour l'avoir veû du temps d'Auguste ; & le droit d'A-
zyle, dit cet Auteur, s'étendoit jusques à 125 pieds aux
environs. Mithridate avoit reglé cet Azyle, à un trait de
fleche. M. Antoine doubla cet espace, & y ajoûta une
partie de la ville ; mais Tibere, pour éviter les abus qui se
commettoient à l'occasion de ces sortes de droits, abolit
celui d'Ephese. On ne marqua l'Azyle sur les Médailles
de cette ville, qu'aprés que l'Empereur Philippe le vieux
y eût passé ; encore ce ne fut que sur celle d'Otacilla ; le

T tt iij

revers repréfentoit la Diane d'Ephefe avec fes attributs, le Soleil d'un côté, & la Lune de l'autre. Nous avons une Médaille de Philippe le jeune au même type, mais la legende eft differente. Celle qui eft frappée à la tête d'Etrufcilla repréfente Diane avec fes attributs, & des cerfs; la legende eft la même que celle de la Médaille d'Otacilla. Pour ce qui eft de l'arrivée de Philippe à Ephefe, elle eft marquée fur une Médaille de cet Empereur, dont le revers eft chargé d'un vaiffeau qui va à la rame & à la voile.

Du temps d'Herodote, la ville d'Ephefe étoit éloignée du Temple de Diane, mais cet Auteur ne parle pas de la Statuë d'or que l'on y avoit placée, fuivant Xenophon. Strabon affûre que les Ephefiens, par reconnoiffance, avoient dreffé dans leur Temple une Statuë d'or à Artemidore. Syncelle qui affûre que ce Temple fut brûlé, parle apparemment d'un incendie particulier, dont on répara le dommage fans en changer le deffein; ainfi le Temple que Pline a décrit, étoit le même que celui que Strabon avoit veû. Ce même Temple fut dépoüillé & brûlé par les Scythes en 263. Les Gots le pillerent fous l'Empereur Gallien. Nous avons plufieurs Médailles, fur les revers defquelles ce Temple eft reprefenté avec un frontifpice tantôt à deux colomnes, à quatre, à fix & même jufques à huit, aux têtes des Empereurs Domitien, Adrien, Antonin Pie, M. Aurele, Lucius Verus, Septime Severe, Caracalla, Macrin, Elagabale, Alexandre Severe, Maximin.

Outre les bas-reliefs & les ftatuës, ce Temple devoit être orné de Tableaux merveilleux; car Apelles & Parrhafius, les deux plus fameux Peintres de l'antiquité, étoient d'Ephefe. Autour des ruines de ce Temple, fe voyent les débris de plufieurs maifons bâties de briques, dans lefquelles logeoient peut-être les Preftres de Diane, qui venoient

Ruines d'vn ancien bâtiment de
Marbre, qui se voyent a Ephese.
Porte de la persécution a Ephese.

souvent de bien loin pour être honnorez de cette dignité. On leur confioit le soin des Vierges Preftreffes, mais ce n'étoit qu'aprés les avoir fait eunuques. Nous avons peu de villes dont il refte autant de Médailles. Les unes nous apprennent qu'elle fut trois fois Neocore des Cefars, & une fois de Diane. Les autres, qu'elle fut bâtie à l'occafion d'un Sanglier. On prouve par quelques-unes que fes Citoyens fe qualifioient *de premiers peuples d'Afie.* La plufpart de ces pieces reprefentent Diane ou Chafferefe, ou à plufieurs mamelles, ou parée de fes attributs.

On ne voit plus de belles ruines aujourd'hui à Ephefe, celles qui reftent font même affez clair-femées. Les débris de quelques Châteaux bâtis de marbre, ne montrent rien qui foit digne de l'ancienne ville. J'ai fait graver une Porte qui eft à gauche fur le chemin de Scalanova. Le cintre qui en eft beau, n'eft pas proportionné aux jambages qui le foutiennent, car il fait plus que le demi cercle; les frifes font entaillées proprement, & c'eft fur ce refte de bâtiment qu'on lit, en dedans & en dehors, un bout d'Infcription que voici, elle eft en caracteres Romains, où l'on ne comprend rien.

ACCENSO
RENSI ET ASIÆ

Les *Arphodeles* à fleur jaune, à tige droite & fans canelure, brillent parmi plufieurs autres plantes rares.

Le Château qu'on appelle *la Prifon de S. Paul,* n'eft pas ancien & n'a jamais été beau. La Grotte *des fept Dormans* meriteroit d'être veüë, fi l'on étoit bien affûré de la verité de cette Hiftoire. En fortant des ruines du Temple, on entre dans un vilain marais rempli de joncs & de rofeaux, lequel fe dégorge dans le Cayftre. Au delà de cette riviere eft un Lac affez bourbeux; peut-être qu'il nous parut tel à caufe des grandes pluyes qui tomboient;

Il faut que ce soit le Lac de *Selinusia* de Strabon. En
allant au Port, on voit sur le bord de la riviere beaucoup d'anciennes ruines & de vieux marbres. C'étoit là
proprement le quartier d'Ephese que Lysimachus avoit
fait bâtir, & où se trouvoient les Arsenaux dont parle
Strabon. On passe le Caystre à quelques pas de là dans un
Bac à corde, pour aller de Scalanova à Smyrne, sans venir passer sur le Pont. C'est encore l'ancien chemin d'E-
phese à Smyrne, car c'est le plus court, & Strabon assûre
qu'il alloit en droiture d'une de ces villes à l'autre; c'est
aujourd'hui le chemin le plus dangereux.

Quoique la plaine d'Ephese soit belle, néanmoins la situation de Smyrne a quelque chose de plus grand; & la
colline qui en termine le golphe, est comme un theatre
destiné pour representer une belle ville; au lieu qu'Ephese est dans un bassin. D'ailleurs quoique cette ville ait
eté le siége du Proconsul Romain, & le rendévous des
étrangers qui alloient en Asie, son Port n'a jamais eté
comparable à celui de Smyrne. Celui d'Ephese, à l'occasion duquel on a frappé tant de Médailles, n'est qu'une
rade découverte & exposée; il n'est plus frequenté à présent. Autrefois les bâtimens entroient dans la riviere, mais
la barre a été depuis comblée de sable.

Rien n'est si ennuyeux que de chercher les fondateurs
d'Ephese dans les anciens livres. Que nous importe de
sçavoir comment elle s'appelloit du temps de la guerre
de Troye! ou si elle a pris son nom d'Ephesus fils de
Caystre & de l'Amazone Ephese! Il n'est guere plus im-
portant de sçavoir si c'est l'ouvrage des Amazones, ou
d'Androclus, un des fils de Codrus Roy d'Athenes; cela
ne peut servir qu'à éclaircir un endroit de Syncelle, où il
est dit que ce fut Andronic, au lieu d'Androclus, qui fit
bâtir Ephese. Qui est-ce qui s'embarasse de sçavoir s'il y
avoit

avoit un quartier de cette ville qui s'appelloit Smyrne;
ces fortes d'éruditions ne nous intereffent plus! mais il y
a plaifir de fe fouvenir que pendant les guerres des Atheniens & des Lacedemoniens, Ephefe avoit la politique de
vivre en bonne intelligence avec le parti le plus fort: Que
le jour de la naiffance d'Alexandre, les devins de cette
ville fe prirent tous à crier que le deftructeur de l'Afie
étoit venu au monde: Qu'Alexandre le Grand, fur lequel la prophetie étoit tombée, vint à Ephefe aprés la bataille du Granique, & qu'il y rétablit la Democratie: Que
la place fut prife par Lyfimachus l'un de fes fucceffeurs:
Qu'enfin Antigonus l'occupa à fon tour, & y faifit les
threfors de Polyfperchon.

Peut-on ignorer qu'Annibal ne fe foit abouché à Ephefe avec Antiochus, pour prendre de concert des mefures
contre les Romains! Que le Proconful Manlius y paffa
l'hyver, aprés la deffaite des Galates! Tous ces evene-
mens renouvellent les grandes idées qu'on a de l'Hiftoire ancienne. Rien n'eft plus effroyable que le maffacre
des Romains en cette ville par les ordres de Mithridate.
Lucullus fit de grandes feftes à Ephefe. Pompée & Ciceron ne manquérent pas de voir cette celebre ville. Ciceron ne faifoit aucun pas dans la Grece, qu'il n'y trouvât
de nouveaux fujets d'admiration. Scipion le beau-pere de
Pompée eut un peu moins de refpect pour Ephefe, car
il fe faifit des threfors du Temple; mais rien n'eft fi confolant pour les Chrétiens, que de fuivre S. Paul à Ephefe. Augufte honnora cette Place d'une de fes vifites, &
l'on y dreffa des Temples à Jules Cefar & à la ville de
Rome. Ephefe fut rebâtie par les foins de Tibere. D'un
autre côté les Perfes la pillerent dans le troifiéme fiécle,
& les Scythes ne l'épargnérent pas quelque temps aprés.
Il y a beaucoup d'apparence que le fameux Temple de

Tome II. .V u u

Diane fut détruit fous Conftantin, enfuite de l'Edit par
lequel cet Empereur ordonna de renverfer tous les Temples des Payens.

Ephefe étoit une Place trop confidérable pour n'être
pas expofée à fon tour aux ravages des Mahometans.
Anne Comnene rapporte, que les Infidelles s'étant rendus les maîtres d'Ephefe, fous le regne de fon pere Alexis, il y envoya Jean Ducas fon beaupere, qui deffit Tan-
griperme & Marace Generaux des Mahometans. La bataille fe donna dans la plaine au deffous de la Citadelle;
ce qui fait connoître que la plus belle partie de la ville
étoit déja détruite pour lors. Les Chrétiens eurent tout
l'avantage; on fit deux mille prifonniers, & le gouvernement de la Place fut donné à Petzeas. Il y a apparence
que la Citadelle, dont parle Comnene, étoit l'ancien
Château de marbre abbandonné. Theodore Lafcaris fe
rendit le maître d'Ephefe en 1206. Les Mahometans y
revinrent fous Andronic Paleologue, qui commença à regner en 1283. Mantachias, un de leurs Princes, conquit
toute la Carie, & Homur fils d'Afin, Prince de Smyrne,
lui fucceda. Tamerlan, aprés la bataille d'Angora, ordonna à tous les petits Princes d'Anatolie de le venir joindre à Ephefe, & s'occupa pendant un mois à faire piller
la ville & les environs. Ducas affeûre que tout fut épuifé,
or, argent, bijoux; on enleva même jufques aux habits.
Aprés le départ de ce conquerant, Cineites grand Capitaine Turc, fils de Carafupafi qui avoit été Gouverneur
de Smyrne fous Bajazet, déclara la guerre aux enfans
d'Afin, qui s'étoient venus établir à Ephefe. Il ravagea
d'abord la campagne à la tête de 500. hommes; enfuite il fe préfenta devant la Citadelle avec un plus grand
nombre d'autres Troupes, & l'empórta facilement : mais
quelque temps aprés, un autre fils d'Atin qui s'appelloit

Homur, du même nom que son frere qui venoit de mourir, se joignit à Mantachias Prince de Carie, qui l'accompagna à Ephese avec une armée de 6000. hommes. Carasupasi, pere de Cineites, commandoit dans la ville, où ce même Cineites, qui étoit dans Smyrne, n'avoit laissé que 3000 hommes. Malgré la vigoureuse deffence des Ephesiens, les assiégeans mirent le feu à la ville, & dans deux jours tout ce qui étoit échappé à la fureur des Tartares fut réduit en cendres. Carasupasi s'étant retiré dans la Citadelle, en soutint le siége jusques en Automne ; mais ne pouvant être secouru par son fils, il se rendit à Mantachias qui remit le pays d'Ephese à Homur, & fit enfermer dans le Château de Mamalus, sur les côtes de Carie, Carasupasi & ses principaux Officiers. Alors Cineites partit de Smyrne avec une galere, & fit sçavoir à son pere son arrivée à Mamalus. Les prisonniers firent tant boire leurs gardes, qu'ils les enyvrerent, & profitant de cette ruse ils descendirent avec des cordes & se sauverent à Smyrne. Au commencement de l'hiver, ils entreprirent le siege d'Ephese. Homur à son tour se retira dans la Citadelle. La ville fut livrée aux soldats ; on y commit toutes sortes de crimes & de cruautez. Au milieu de tant de malheurs, Cineites se réconcilia avec Homur, & lui donna sa fille en mariage. Ephese ensuite tomba entre les mains de Mahomet I, qui ayant vaincu non seulement tous ses freres ; mais encore tous les Princes Mahometans qui l'embarrassoient, resta paisible possesseur de l'Empire. Depuis ce temps-là Ephese est restée aux Turcs ; mais son commerce a été transporté à Smyrne & à Scalanova.

Nous partîmes d'Ephese le 27 Janvier pour aller voir cette derniere place que les Turcs appellent *Cousada*, & les Grecs *Scalanova*, nom Italien que les Francs lui

V u u ij

donnerent peut-être aprés la deſtruction d'Epheſe. Ce qu'il y a de plaiſant dans ce changement de nom, c'eſt qu'il repond à l'ancien nom de la ville qui eſt la *Neapolis* des Mileſiens. Malgré un tres grande pluye nous y arrivâmes dans trois heures. Quand on eſt prés des ruines du Temple d'Epheſe il faut tirer droit au Sud, enſuite au Sud-Oüeſt pour gagner la Marine. Delà on prend ſur la gauche au pied des collines, où eſt la priſon de S. Paul, laiſſant à droite le marais qui ſe dégorge dans le Cayſtre. Ce chemin eſt fort étroit en pluſieurs endroits, à cauſe de la riviere qui ſerpente & qui vient battre au pied des montagnes; aprés quoi elle tire droit à la mer. A peine diſtingue-t-on le chemin à cauſe de la quantité des *Tamaris* & des *Agnus caſtus*. La rade d'Epheſe eſt terminée dans cet endroit-là, qui eſt au Sud-Oüeſt, par un Cap qu'il faut laiſſer à droite, & ſur lequel on paſſe pour prendre le chemin de Scalanova. On vient enſuite à la Marine d'où l'on découvre le Cap de Scalanova qui avance beaucoup plus dans la mer. A deux milles en deçà de la ville, on paſſe par la breche d'une grande muraille, laquelle, à ce qu'on prétend, a ſervi d'aqueduc pour porter les eaux à Epheſe; mais il n'y a point d'arcades. On voit pourtant la ſuite de la muraille qui approche de la ville en ſuivant le contour des collines. Les avenües de Scalanova ſont agréables par leurs vignobles. On y fait un negoce conſidérable en vins rouges & blancs, & en raiſins ſecs; on y prépare auſſi beaucoup de peaux de Marroquin.

Scalanova eſt une aſſez jolie ville, bien bâtie, bien pavée & couverte de tuiles creuſes comme les toits de nos villes de Provence. Son enceinte eſt preſque quarrée, & telle que les Chrétiens l'ont bâtie. Il n'y loge que des Turcs & des Juifs. Les Grecs & les Armeniens en occupent les fauxbourgs. On voit beaucoup de vieux marbres dans cette ville.

Veüe de Scalanova proche de Smyrne.

L'Eglife de *S. George des Grecs* eft dans le fauxbourg
fur la croupe de la colline qui fait le tour du Port ; vis à
vis eft l'écueil fur lequel on a bâti un Château quarré où
l'on tient une vintaine de foldats en garnifon. Le Port de
Scalanova eft un Port d'armée, il regarde le Ponant & le
Miftral : Il y a environ mille familles de Turcs dans cette
ville, fix cens familles de Grecs, dix familles de Juifs, &
foixante d'Armeniens. Les Grecs y ont l'Eglife de Saint
George, les Juifs une Synagogue, les Armeniens n'y ont
point d'Eglife. Les Mofquées y font petites. On n'entretient dans la ville & aux environs, qu'environ cent Janiffaires. Pour le commerce, il n'eft pas confidérable ,
parce qu'il eft deffendu d'y charger des marchandifes deftinées pour Smyrne ; ainfi l'on n'y va charger que du blé
& des haricots. Il y a dans cette Place un Cadi, un Dif-
dar & un Sardar. On ne compte qu'une journée de Scalanova à *Tyre,* autant à *Guzetliffar* ou *Beau Château,* qui
eft la fameufe *Magnefie* fur le Meandre, à une journée
& demie des ruines de Milet.

Le 25 Mars en revenant de Samos, nous allàmes de
Scalanova à Ephefe. Le lendemin nous partîmes pour
revenir à Smyrne, & nous couchâmes ce jour-là à Tourbalé qui eft à fix heures de Smyrne. *Tourbalé* eft un méchant village dans lequel on voit plufieurs vieux marbres qui font plaifir aux étrangers ; car d'ailleurs les Turcs
qui y habitent font peu gracieux. On voit encore dans
le Caravanferai, des colomnes de Granit ou de marbre
blanc. A trois mille de Tourbalé, au pied de la montagne prés d'un cimetiere, font les débris d'une ancienne
ville, mais on n'y trouve rien qui puiffe en apprendre le
nom. Tout ce quartier eft plein de *Leontopetalon* , &
d'*Anemones fatinées couleur de feu.* Nous ne trouvâmes à
manger à Tourbalé que du pain de Dora, qui eft fort

V u u iij

pesant, sans être pourtant desagréable. Le 27. nous arrivâmes à Smyrne où nous séjournâmes en attendant une
occasion pour nous embarquer.

Le Jeudy Saint 13. Avril 1702. nous mîmes à la voile
avec un vent de Sud-Est, sur le vaisseau nommé *le Soleil
d'or*, commandé par le Capitaine *Laurent Guerin* de la
Cioutad, armé de six pieces de canons de fer, & de huit
pierriers; il étoit chargé pour Livournes de Soye, de Coton, de Fil de Chevre, & de Cire. Le vaisseau étoit d'environ 6000 quintaux. Aprés une navigation de 40 jours,
pendant laquelle nous essuyâmes du gros temps & des
vents assez contraires qui nous obligerent de prendre à
Malthe des rafraichissemens, nous arrivâmes à Livournes
le 23 May, & nous entrâmes dans le Lazaret. Le 27 nous
sortîmes du Lazaret & nous nous embarquâmes sur une
felouque qui nous conduisit à Marseille le 3 Juin veille de
la Pentecoste, où nous rendîmes graces à Dieu de nous
avoir conservez pendant le cours de nôtre voyage.

F I N.

TABLE

de

I.

Tome II. . BBbb

TABLE

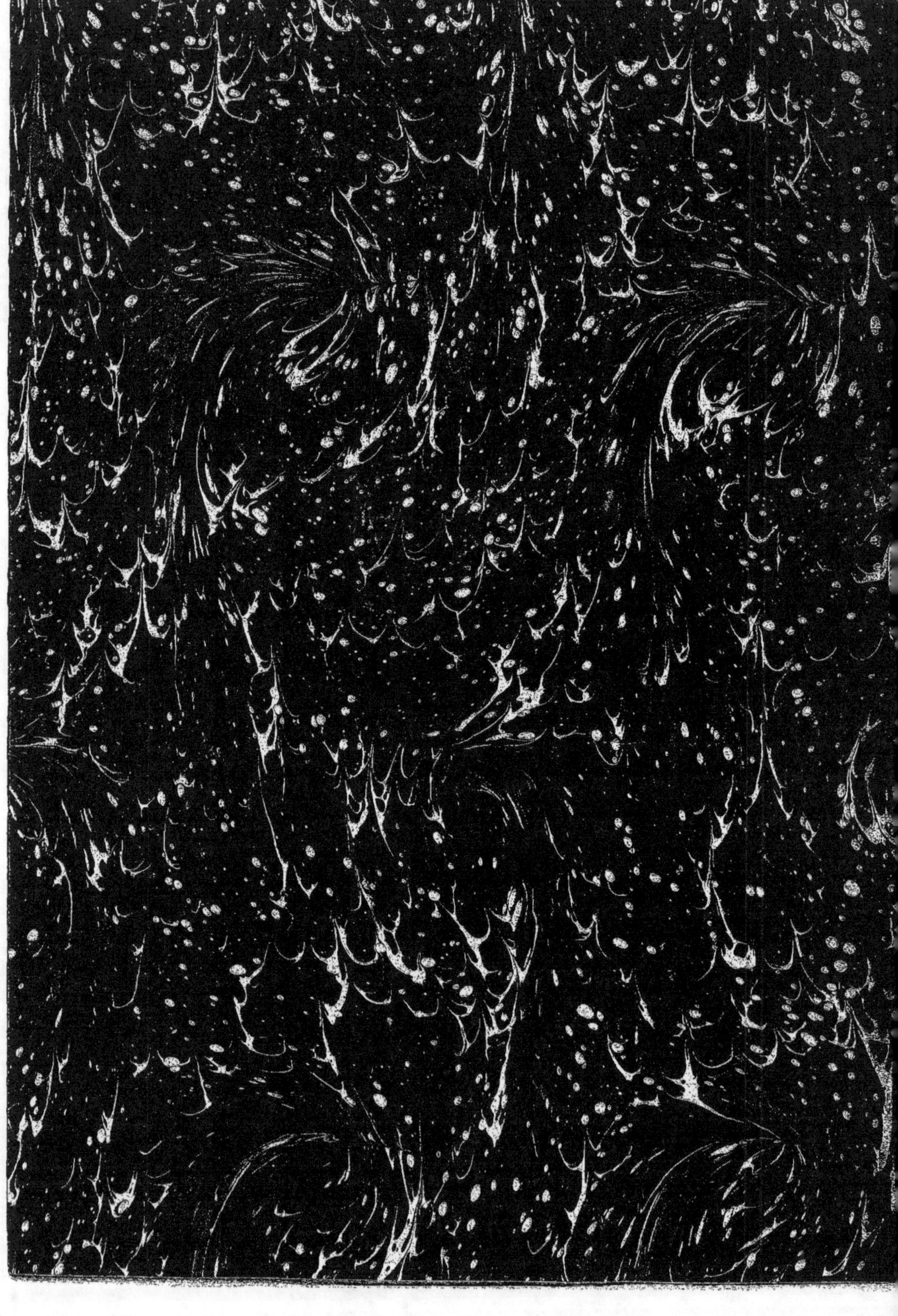